이 소설을
내 사랑하는 아들 김형규와
내 사랑하는 딸 김여진에게
곁에서 끝까지 지켜주지 못한 못난 아비로서 사죄하는 마음으로 바친다.

釜山文學
The Monthly Pure Literature of Busan

장르가 전혀 다른, 가수 '밥 딜런 Bob Dylan' 이 문학성 높은 가사로 노랠 불렀다며 노벨문학상을 탔다.
바야흐로… 노벨문학상도 맛이 갔구나?
도대체 전 세계 문인들은 노벨문학상을 엉뚱한 놈에게 빼앗기고도 칠칠맞게 뭐하고 있냐?
그리고, 전 세계 문학관련 단체들은 '노벨문학상 보이콧 운동' 벌이지 않고 왜 숨을 죽이고 있냐?
그게 소위 지식인들 사이에 새롭게 불기 시작한 '장르 파괴' 냐?

그리하야… 앞으론 똑같은 이유로 아카데미 여우 주연상에 여성 비보이가,
그리고… 퓰리처상 수상자로 방송사 조명기사가,
그리고… '박경리 토지문학상'엔 인기 트롯가수 '심수봉'이 선정되겠구나!

2019. 09

밥 딜런 노벨문학상 수상 소식에 마냥 심란했던 은유시인이…

SF 미래공상과학소설 『모하메르의 비밀』 각 권 구성

500여 쪽짜리 책자 총 4권으로 구성되어 있으며, 각 권 영화로 제작되었을 경우 러닝타임 2시간짜리 영화에 해당하는 분량이다. 각 권의 내용을 간추리면 다음과 같다.

제1권

[서막] 지구 최후의 날

서기 2047년11월25일 오후3시 정각, '드윈 스뮐러'가 이끄는 뉴나치즘 테러리스트 '싸이파'들이 터뜨린 광양자화학탄 '데쓰루'의 테러 이후 지구는 돌이킬 수 없는 죽음의 별로 전락하였다. 한때는 83억 명으로 헤아릴 만큼 번창했던 인류는 5억 남짓으로 줄어들었고, 그마저 본인의 의지와는 달리 오염된 지상을 피해 지하에 구축된 저장소에 생명유지장치 '바이오아이스캡슐'에 냉동된 채로 안치된다.

환상의 행성 스강나하르

그후 전 세계 통합국가 '유니타스'의 '스페이스디벨롭파100'에 의해 지구로부터 12억 광년 떨어진 외우주 B블럭 '바카' 은하계 소속 '스강나하르' 행성이 개척되고, 서기 2100년10월10일부터 진행된 '드림언더스페이스100' 이주 프로그램에 의해 모든 인류는 스강나하르 행성으로 이주를 완료한다.

유니타스는 제2의 지구 스강나하르에서의 새로운 국호를 '파라토피아'로 명명하고 지구연도 2151년1월1일을 파라 1년1월1일로 선포하여 인류에게 있어 새로운 신기원의 시작을 알린다.

지구 연도 2212년6월17일, 스강나하르 행성엔 지구로부터 집단 이주한 지구인들의 미래도시가 펼쳐지고, 고도로 발달한 문명과 더불어 인류의 퇴폐와 오만함이 절정을 이루고 있는 상황이 전개되는 가운데 괴인 '하마슐드 디 까르디 바스라시하씰러'가 피의 의식을 통해 음흉한 정체를 드러낸다.

제2권

천하무적 키케이 군단

인류의 폭군으로 군림한 세르데카성 하씰러 성주의 열일곱 번째 딸 '이디아후'가 그녀의 지나친 호기심에 못 이겨 F블럭 '쇼뎅' 은하계 소속의 '비지리' 행성 탐사를 위해 그 행성에 진입하고, 이어 정체불명의 에너지에 의해 볼모로 잡혀 죽어가면서 보낸 '엔레이파시'로 대규모 정벌단 '키케이' 군단이 비지리 행성으로 보내진다.

제3권

금단의 파뤄버시를 범하다

비지리 행성을 정복한 키케이 군단은 오만함이 극치에 달하면서 그 행성에 은밀히 자리한 금단의 '파뤄버시'를 범한다.
우주를 주재하는 영靈'파나시르'의 에너지 원천인 파뤄버시는 다차원 세계로 통하는 통로로 그 문이 열리면서 인류가 감당키 어려운 엄청난 재앙을 가져다 준다.

제4권

우주의 수수께끼 상자 모하메르

인간 내면에 잠재하고 있는 악으로 말미암아 순수와 정의감을 상실한 인류는 우주를 떠돌다가 우주의 영 파나시르에 의해 마침내 멸종 위기에 봉착하였다.
인류의 구원자인가? 신비의 노인이 세르데카 성주 하씰러에게 '인류를 구할 수 있는 열쇠가 이 안에 있다'라며 건네 준 비밀스런 상자 '모하메르'.
3,600제곱승의 암호로도 풀리지 않는 수수께끼상자 모하메르를 단 한명, 지고한 영혼의 소유자인 한 어린 소년 '빅토르 잔'이 풀자 비로소 인류는 재앙으로부터 해방되고 진정한 평화가 찾아온다.
태초부터 인류가 믿어 왔던 천국이 존재한다면 바로 그곳이리라.

목차 Contents

서문

『모하메르의 비밀[1)]』은…….

머잖은 미래에 인류에게 닥쳐 올 엄청난 재앙과 그에 대한 인류의 생존전략을 그린 가상의 이야기로 인류의 미래를 희망적으로 서술한 SF미래공상과학소설이다.

저 광활한 우주에는 인간보다 월등한 지능과 과학문명을 지닌 다른 생명체의 종種이 그 수효를 헤아릴 수 없을 정도로 존재할 수 있겠으나, 그들 생명체가 반드시 인류를 상대로 한 치열한 경쟁자가 될 까닭이 없다.
이는 인간의 발가락 사이에 낀 각질角質이란 우주에 사는 나노 종족과 인간이 결코 경쟁관계가 될 수 없는 것과 같은 이치이다.
결국 인간의 적敵은 종을 달리하는 생명체나 외계인이 아니라, 같은 종족인 인간일 수밖에 없다는 가정을 두고 이 소설의 이야기는 전개된다.

머잖은 미래, 인류 가운데 극소수의 인간은 극초과학極超科學의 발달과 초영술超靈術의 개발로 시공時空을 자유롭게 넘나들고, 신체의 잠재된 에너지氣를 극대화한 초인적 능력과 신체의 변형이나 변이를 임의대로 구사할 수 있게끔 고도로 진화하는 단계에 이른다.
그러나 반면에 절대 다수의 인류는 지능이 점차 퇴화하고 동물적 본능만 발달하는, 이른바 인류를 두 가지 계층으로 나뉘어 극단적으로 양극화되게끔 역기능을 부채질하였다.
인간은 같은 종種인 인간들과 더불어 살아가야 하는 사회적인 동물이다.
인간은 인간들의 무리로 이루어진 사회에서 경쟁하기를 즐기는 동물이며, 인간의 무리를 떠나 혼자서는 결코 아무 것도 이룰 수 없는 동물이다. 그럼에도 불구하고 인간은 자신 이외에 다른 인간들에 대한 배려에는 마냥 인색하기만 하다.
인간이라면 어느 누구든 예외 없이 자신의 핏줄이 천세만세 영원히 이어가기를 바랄 뿐만아니라, 보다 번성하고 보다 부귀영화를 누릴 수 있게 되기를 염원한다. 그러한 바람은 동물적 본능에서 우러나오는 번식의 욕구 외에 인간만이 지닌 악착같은 이기심이 짙게 깔려있게 마련이다.

어떤 특정 인간이 지닐 수 있는 모든 권력은 인간의 무리로부터 나오는 것이고, 모든 부귀영화 또한 인간의 무리로부터 창출되는 것이다. 한쪽이 권력을 쥐면 다른 한쪽은 무조건 그 권력에 순종하게끔 강요되며, 한쪽이 부귀영화를 쌓아갈수록 다른 한쪽은 그만큼 빈곤해 질 수밖에 없기 마련이다. 왜냐하면 소수가 누리는 권력이나 부귀영화는 실제로 다수의 굴종과 희생을 전제로 하지 않으면 결코 얻어질 수 없는 것들이기 때문이다.
만약에 일부 세력의 권력과 부귀영화를 지탱시켜 주는 원천이라 할 수 있는 인간의 무리가 어느날 갑자기 사라진다면, 그 권력이나 부귀영화가 과연 얼마나 오랫동안 지속될 수 있겠는가.
직원들이 모두 사라지고 없는 회사를 상상할 수 있겠는가, 근로자들이 모두 증발해 버린 공장을 상상할 수 있겠는가, 관리인들이 모두 없어진 대형 빌딩을 상상할 수 있겠는가, 요리사나 가정부나 정원사가 모두 없어진 대저택을 상상할 수 있겠는가,
사장이나 주인이 제 아무리 잘나고 똑똑해도 그 밑에서 떠받들며 대신 일해 줄 사람들이 없다면 회사나 공장이나 대저택이 무슨 소용이 있겠는가.
그러니 일부 기득권층이 누리고 있는 권력과 부귀영화는 그들만이 잘나고 똑똑해서, 또 그들만이 지닌 재능과 재주만으로 그러한 특권을 누리는 것이 결코 아니라는 것이다. 따라서 양식 있는 인사들이 사회정의구현이란 대의명분으로 그들 기득권층에 부와 권력의 사회환원을 꾸준히 요구하는 것도 그러한 맥락인 것이다.

인간은 권력과 부귀영화에 한번 맛들이면, 그 또한 아편과 같은 강한 중독성이 있어 어느 정도의 수준에서 만족하려 들지 않는다. 그러기에 다른 인간들의 희생이나 좌절은 아랑곳하지 않고 오로지 자신의 권력과 부귀영화를 점점 더 확대하고 견고히 하기 위해 더욱 혈안인 것이다.
과학문명이 발달할수록, 사회 규모가 커질수록, 인간관계가 무너질수록 인간은 남을 전혀 배려하지 않는 극단적 이기주의에 사로잡혀 남이야 어찌되든 나만 잘 살면 된다는 그릇된 사고방식을 지니게 된다.
그러한 사고방식은 돈만 벌 수 있다면 인류가 파멸 하든 말든, 지구의 종말이 오든 말든 전혀 개의치 않겠다는 금권 만능주의로, 극단적 이기주의로 치닫게 되어 인류의 파멸이나 지구의 종말은 물론 자신의 파멸마저 서둘러 앞당기려 하는 행위로 나타난다.
개발이란 미명 하에 산림을 마구 파헤치고 해안을 매립하여 땅을 넓히고 강줄기를 제멋대로 옮긴다. 그뿐만아니라 독극물 처리비용을 아낀다며 남의 땅에 몰래 갖다 파묻어버리거나 강이나 해양에 몰래 쏟아버리는 인면수심의 사람들도 부지기수이다.

지금, 선진 각국은 남아도는 돈으로 화성탐사다 토성탐사다 하여 인류가 이주하여 살만한 행성 발굴에 치열한 경쟁을 벌이고 있다. 그러나 그러한 노력에도 불구하고 우리 인류가 맘 놓고 살 수 있는 유일한 곳은 그 끝을 가늠할 수 없을 만큼 넓다는 우주 어디를 둘러보아도 이 지구밖에 없다는 것이 거듭 확인될 뿐이다.
그런데도 우리 인간은 이 지구를 오염시키고 파괴하는데 아무런 망설임이나 거리낌이 없다. 머잖아 돌이킬 수 없는 상황이 닥쳐오리란 징후들이 속속 드러나고 있는데도 말이다.
지구의 환경오염이 가속화되어 나타난 엘니뇨 현상, 열대화 현상 등으로 인해 지구의 환경생태계가 총체적 위기에 빠져들수록 더욱더 우주 쪽으로 시선을 돌리게 된다.
태양계가 소속되어 있는 은하계에만 지구와 환경이 비교적 흡사한 행성이 수억 개는 족히 되리라는, 또한 그런 은하계가 우주에는 수억 개가 되리라는 과학적 가설이 있는 만큼 '설혹, 지구가 사람이 살 수 없을 정도로 황폐해 지더라도 우주 어딘가의 사람이 살만한 행성을 발굴하여 이주해 가서 살면 될 것이 아니겠는가'라는 기대를 갖게 마련이다.
그러한 기대심리를 자극하는 근거 없는 주장에 동조하고, 한편으로는 '하늘이 무너져도 솟아날 구멍이 있다'라는 안일한 생각을 지닌 사람들이 의외로 많기 때문에 '지구를 온전하게 보존해야 인간이 생존할 수 있다'라는 지극히 온당한 소수의 목소리가 묻혀버리는 것이다.

하나밖에 없는 지구조차 못 쓰게 만든 인간이라면, 설혹 지구와 흡사한 행성이 발견되어 그 행성으로 이주하여 살게되었다손 치더라도 그 행성 역시 온전하게 보존할 수 있겠는가.
설령, 이 너른 우주에 지구와 자연환경이 아주 유사한 행성이 수천억 개가 있다손치더라도 인간에게있어 극단적 이기심이 여전히 존재한다면, 결국 인류는 새로운 행성을 찾아 끊임없이 떠도는 우주의 방랑자 신세를 면키 어려울 것이다.

2004년10월17일, 일요일 오후
모처럼 햇볕 쬐려나온 은유시인 **김영찬**이…

※ 참고로 이번에 새로 출간되는 「환상의 행성, 스강나하르」 재판1쇄 출판본은 2005년8월10일에 출간된 초판1쇄 출판본(총3권으로 분류 출간)에서 명칭과 연대 일부만 수정하였으며, 그외 초판1쇄본 원본 그대로 출간하였습니다. 참! 주석은 해당 면 하단에 붙여놓았었는데, 흡사 대학 논문같은 느낌이 들어 제일 뒷쪽에 '[색인] 주요용어해설 Index'제하에 몰아서 넣었습니다.

[서막]

지구 최후의 날

The Last Day of the Earth

지구, 영원한 암흑에 잠기다

인간의 잠재의식에는 선善과 함께 악惡도 엄연히 공존하고 있다. 선이나 이외의 타인에 대해 베풀고 욕구를 인내하는 것이라면, 악은 타인으로부터 빼앗고 욕구를 억제치 못하는 본능인 것이다.
악은 선에 비해 지극히 유동적流動的이고 파상적波狀的이며 격동적激動的이다. 선이 소극적이고 그 파장이 은근할 정도로 미약하다면, 악은 적극적이며 그 파장이 가히 파괴적이다.

1

서기 2000년 이래 지구의 자연생태계는 지속적으로 그리고 더욱 조직화된 인간의 무계획적인 개발로 인한 파괴행위로 급속히 황폐화하였다. 그 결과 2030년 이후에는 대부분의 원시 수림이 소멸되고 자연엔 고등 식물군이 거의 자취를 감추었다. 따라서 대부분의 동물이나 조류들도 그 개체수를 헤아릴 수 있을 정도로 크게 감소하여 그들 동식물을 보려면 동물원이나 식물원, 생태공원을 찾아가야 비로소 볼 수 있게 되었다.

오염은 육지뿐만 아니라 너른 바다까지 잠식하였다. 온갖 중금속이 함유된 산업용 폐수와 생활하수가 걸러지지 않고 계속 바다로 유입되면서 비소나 수은, 카드뮴, 납 등 중금속으로 인해 수많은 어패류들이 사라지고 적조가 급속히 확산되어 대양을 온통 붉게 물들였다. 뿐만 아니라 해저 깊숙이 매몰한 다량의 핵폐기물로부터 방출된 방사능으로 마침내 바다는 정화 기능을 완전히 상실하였음은 물론, 바다 그 자체마저 거대한 오염원으로 전락하였다.

환경의 오염으로 농작물이나 가축의 생산도 해마다 큰 폭으로 감소하고 대체식량의 생산도 한계에 이르게 되자 인류 대부분이 극심한 식량난에 시달리게 되었다. 굶주림에 의해, 또는 원인도 규명할 수 없는 온갖 질병으로 인해 죽는 사람이 갈수록 늘어만 갔다. 특히 기형아의 출산이 부쩍 늘어나면서 사람들은 임신하기를 극도로 두려워하였으며, 그로인해 기형아들은 낳기가 무섭게 몰래 산 채로 태워버리거나 땅에 묻거나 하는 것도 사회적으로 큰 문제였다.

더군다나 0.3%에도 못 미치는 극소수의 신귀족층이 전체 경제력의 84.6%를 장악함으로써 빈부의 격차는 이미 그 한계를 넘어섰다.

그러한 상황에서 그들 신귀족층은 자신들만을 위한 신낙원新樂園건설을 암암리에 추진하는 한편, 80억을 훌쩍 넘어선 인류의 개체수를 최대 5억으로 줄이고 그들을 노예화하겠다는 엄청난 음모마저 획책하고 있었다. 그런가 하면 절대 다수의 하층민들은 삶의 의욕을 잃고 굶주림과 질병, 절망 속에서 죽는 날만 기다릴 수밖에 없는 형국이 되었다.

서기 2032년6월12일, 국제환경기구는 마침내 우려해왔던 대기권의 오존층이 완전히 붕괴되었음을 선언했다. 이미 오래 전부터 수많은 환경론자들이 오존층의 붕괴로 인한 가공할 피해를 예상하여 인류에게 숱한 경고를 보내왔지만, 그에 대한 미온적인 대처로 재앙은 미처 손 쓸 겨를 없이 들이닥친 것이다.

태양으로부터 걸러지지 않고 쏟아져 들어오는 온갖 유해 광선과 뜨거운 태양열로부터 신체를 보호하기 위해 인간들은 방열, 방광 처리한 특수복으로 온몸을 감싸듯 입지 않고서는 밖으로 나돌아다닐 수도 없게 되어 생활에 큰 불편을 겪기 시작하였다.

지표면의 온도도 지속적으로 상승하여 대기 중의 수분이 대부분 증발하면서 지구의 열대화가 더욱 빠르게 진행되었다. 지구촌 곳곳이 고온 건조한 기후로 대형화재가 빈번해지고, 초원이나 농경지 대부분이 사막으로 변해갔다. 남북극의 빙하가 급속히 녹으면서 해수면이 상승하여 육지의 상당 부분이 바닷물에 잠기게 되었으며, 그러한 바닷물에 의한 침수현상은 갈수록 심해져 대부분의 육지가 바닷물에 잠길 위기에 처했다.

육지의 침하는 과거 인류가 이루어 낸 수많은 시설물과 주거지역이 바닷물에 수장되는 비극을 초래하였으며, 그나마 침수되지 않고 남아 있던 육지마저 예기치 못하게 거듭되는 해일, 태풍, 홍수, 지진, 고온건조 등 기상이변으로 인류를 괴롭혔다. 게다가 신종 변이바이러스의 창궐 등으로 수많은 생명을 앗아갔다.

인간들이 거주하는 곳마다 약탈과 살상행위도 끊이질 않아 그 아비규환이 마치 지옥을 방불케 했다. 그렇듯 지상이 오염으로 황폐화되고 폭력 등으로 살벌해지자 대부분 재벌이나 권력층으로 구성된 신귀족층은 그러한 재앙을 피해 지하 몇 백 미터 깊숙이 지하도시를 건설하여 숨어들기 시작했다.
인간들을 통제하고 질서를 유지해왔던 그들 신귀족층이 모두 지하로 잠적해버린 지상의 세계는 그야말로 아수라장이었다. 기존의 법질서와 체계마저 완전히 붕괴되어 약육강식의 세계, 인륜보다 생존이 우선인 세계, 즉 인간 세상은 지옥이나 다를 바없이 황량하게 변해갔다.
거리마다 집집마다 굶주리고 병든 인간들로 인산인해를 이루었고 폭력과 약탈, 살상이 난무했지만 모든 국가의 공권력은 그에 대해 속수무책이었다. 특히 인류의 미래를 더욱 암담하게 하는 것은 유전자변이에 의한 기형인간들의 속출이었다.
대규모의 자연재앙과 도시마다 휩쓸고 지나간 각종 돌연변이 바이러스의 창궐, 기아와 영양결핍 등으로 한 때는 83억에 달했던 인류가 불과 수년 사이에 절반도 넘게 희생되었다. 비로소 전 세계의 양식 있는 수장首長들과 국가 정상들은 '인류를 포함한 모든 생명체의 멸종과 지구의 종말' 위기를 심각하게 받아들였고, 지구상의 모든 국가가 지구적 차원의 강력한 통치권을 행사할 수 있는 단일국가로 통합하자는데 의견을 모으기에 이르렀다.

서기 2032년10월1일, 몰리브와 네팔 등 20여 개국이 불참한 가운데 220여 개국의 정상이 스위스 〈몽트뢰Montreux[2)]〉에 모여 마침내 단일국가로 통합하는 합의서에 서명함으로써, 명실공히 초강력 연합국가 〈유니타스Unitas[3)]〉가 탄생하게 되었다. 그리고 초대 대통령으로 가장 막강한 영향력을 행사해왔던 당시 미국 대통령인 프랑스계 〈리처드 말콤Ricard E. Malcom[4)]〉이 만장일치로 추대되었다.
"모든 인류는 지구의 환경개선과 인류의 생존을 위해 개개인의 인권을 철저히 포기해야 한다. 이에 유니타스는 인류 유사이래 그 어떤 군주제나 독재정권보다도 더 가혹한 통치를 하게 될 것이다."
'리처드 말콤'은 취임하자마자 전 인류를 상대로 인권포기 선포령을 내렸고 그로써 유래 없는 철권통치를 예고했다. 유니타스는 즉각 전 세계에 전시상황인 1급 계엄령을 선포하고, 주요 도시마다 최정예 특수요원으로 구성된, 이른바 인류에게 '인간 사냥꾼부대'로 불리며 두려움의 대상이 될 〈헤이븐밀리터리HM[5]〉를 배치하였다.
에치엠의 가장 큰 임무는 지구의 환경을 악화시키는 행위를 중단시키는 것과 치안유지로서 그에 대한 범법이 인정될 경우 죄질의 크고 작고나 지위고하를 막론하고 즉시 사살하라는 명령을 부여받았다.
'리처드 말콤'은 인류의 효율적인 통제를 위해 먼저 집단 거주체제와 철저한 배급제를 실시하였다. 한동안 개개인의 인격과 권리가 무참히 짓밟히는 조치와 규제들로 인류의 원성을 사기도 했지만, '리처드 말콤'에 의한 강력한 통치, 이른바 '죽음의 행진'으로 불리는 〈리사이클링프로그램Recycling Program[6]〉에 의해 지구의 환경은 불과 10년 만에 놀라운 변화를 가져왔다.
리사이클링프로그램에서 거둔 가장 큰 성과는 환경관련 자연과학의 눈부신 발전을 이룬 것이다. 인류의 주거지를 태양광으로부터 보호하기 위해 성층권 28킬로미터 상공에 2억4천 평방킬로미터의 넓이와 두께 3.2킬로미터에 이르는 인공 오존층 〈헬로우파파Hallow Papa[7]〉를 형성하고, 수몰된 지역의 복원을 위해 총 연장 길이 2천6백40만 킬로미터에 이르는 인공수막人工守幕을 설치했다. 그리고 육지와 대양을 막론하고 만연된 오염물질을 분해하는 극초자극성極超磁極性 순환펌프도 개발되었다.

'리처드 말콤'은 연합국가 유니타스 대통령에 세 번 연속 연임하면서 잔혹한 철권통치로 인해 인류로부터 숱한 원성을 샀다. 그리고 그 결과 일부 기득세력의 부추김을 받고 일견 영웅심리에 사로잡혀 있던 그의 최측근 이집트계 〈압살라 키케르Apssaler Cicer[8)]〉에 의해 대통령궁 집무실에서 근접 총탄세례를 받고 피살되는 비운을 맞게 되었다. 그때가 서기 2043년12월22일 오전11시13분경으로 인류에게 있어 역사상 가장 위대한 지도자를 잃게 되었음은 물론, 4년 후엔 돌이킬 수 없는 크나큰 재앙을 불러들이게 된 계기가 되었다.

지구의 환경은 '리처드 말콤' 집권 11년 만에 눈에 띄게 좋아졌다. 빗물을 직접 받아 마실 수 있을 정도로 대기권이 맑아졌다. 강에는 물고기들이 모여들었으며 산야에는 푸른 초목이 되살아났다.

'리처드 말콤'의 사후, 폭정의 잔혹함에 진저리를 쳐왔던 유니타스 각료회의에서는 대통령의 절대적 권한을 대폭 축소하고 32인으로 구성된 원로원 집정제를 도입하였다.

따라서 원로원 회의의 영향력은 대통령의 권위를 누를만한 초법적이었으며, 그에 속한 인사의 명단은 특1급 국가보안으로 처리되어 극히 제한된 사람만이 알 수 있을 뿐이었다. 그리고 원로원 회의에서는 유니타스 연합국가 제4대 대통령으로 러시아계 〈알렉산드로 미하일로프Alexandro Mikhailov[9)]〉를 선출했고, 다음해인 2044년2월10일 '알렉산드로 미하일로프'는 대통령직에 정식 취임함으로서 '리처드 말콤'의 임기 잔여기간을 승계했다.

한편 '리처드 말콤' 유니타스 전 대통령 암살범 '압살라 키케르'는 사건발생 7개월 만인 2044년7월23일 안데스산맥 중턱의 한 비밀스런 지하별궁에서 에치엠에 의해 사로잡혔고, 다음날 콜로라도주 〈록키플래츠Rocky Flats[10)]〉에 위치한 〈아나콘다특별재판소Extraordinary Tribunal of Anaconda[11)]〉의 구치소로 긴급 이송되었다.

서기 2044년9월18일, 재판부는 비공개 재판을 통해 '압살라 키케르'를 산 채로 밀랍인형으로 가공하여 영구히 인류에게 공개할 것을 명하였다. 그 형벌은 '리처드 말콤' 사후 그 즉시 인권회복이란 차원에서 즉결 사형제도를 완전히 폐지한 당시로서는 정식재판을 통해 언도할 수 있는 최고의 극형에 해당하는 형벌이었다.

따라서 '압살라 키케르'는 자신의 이름과 이력, 죄명을 소상히 밝힌 대형 안내판과 함께 진열된 유리관 속에 벌거벗겨진 채 전시되어 많은 사람들의 구경거리가 되었다. 밀랍인형으로 가공된 압살라 키케르는 두뇌의 일부분과 시각 및 청각 기관만 제 기능이 살아있을 뿐, 그 외 나머지 부분은 미이라로 만들어져 아무런 감각을 못 느끼게 되었고 손가락은커녕 눈꺼풀조차 움직일 수 없었다. 오직 보고 듣고 생각만 할 수 있는 식물인간이 된 것이다.

'압살라 키케르'가 보고 듣고 생각할 수 있도록 그 기능을 유지시키기 위해서는 특별히 많은 장치들이 고안되었다. 머리 뒤쪽에 연결된 가는 호스로 미량의 필수 영양분이 공급되고, 인체에서 생성된 노폐물과 불순물은 저절로 여과되게끔 혈액 자동순환장치가 설치되었다.

또 깜빡이지 못하는 눈꺼풀로 건조된 안구를 보호하기 위해 머리 위에 설치된 노즐이 7분 간격으로 오르내리며 눈동자에 생리식염수를 분사했다.

'압살라 키케르'는 사람들이 지껄이는 소리를 듣거나 움직임을 볼 수 있고 생각하는 것도 예전과 같았다. 그러니 압살라 키케르'의 입장에선 사람들이 바로 코앞에서 빤히 쳐다보며 욕하고 침 뱉고 윽박지르는 것을 그저 보고 듣고만 있어야한다는 것이 여간 큰 곤욕이 아닌 것이다.

"아들, 이 사람이 대통령을 죽인 아주 나쁜 사람이란다."

"엄마, 이 사람… 진짜 악질처럼 생겼다. 무서워."

다섯 살쯤으로 보이는 어린 남자아이를 데리고 구경나온 젊은 엄마의 설명에 아이가 얼굴을 찡그리며 하는 소리였다.

"이런 쳐죽일 놈 봤나. 네 놈이 그래 인간의 탈을 썼을지언정 지옥의 악귀만도 못한 놈이지, 어찌 인간이라 할 수 있겠는가?"

주독이 잔뜩 든 딸기코를 가진 별 볼 일 없어보이는 50대 남자 하나가 욕을 퍼붓더니 '압살라 키케르'의 얼굴에 걸쭉한 가래를 '퉤!'하고 내뱉었다. 가래는 그의 얼굴에 못 미치고 대신 유리면에 철썩 달라붙어 조금씩 누런 흔적을 남기며 흘러내렸다.

상황이 그러할진대 한때는 권력의 핵심부에서 무소불위의 권력을 휘둘렀던 '압살라 키케르'로선 여간 죽을 맛이 아닌 것이다.

후일 인류 최고의 명예헌장 〈노엘Noel[12]〉에 헌정된 네덜란드계 〈니머라이 박사Dr. Nimerai[13]〉의 스퀘어식 대량육질 양생법에 의해 최소의 비용으로 양질의 살코기를 대량생산하게 되었고, 과일이나 야채 등도 수중에서 재배하는 청정 재배방식에 의해 양산됨으로써 인류의 식량난도 어느 정도 해결되었다.

극단적 이기주의와 부의 축적을 위해 자연생태계의 파괴를 일삼았던 인류는 그로인해 많은 것을 잃었고, 또 많은 교훈을 얻었다.

보다 진보한 생명과학의 힘으로, 그리고 인류의 단합된 복원 의지로 지구의 생태계가 조금씩 활기를 되찾아가기 시작하자 인류는 어느덧 평온을 되찾고 조금씩 자유를 누리는 듯했다.

2

인류의 생존을 위협하고 지구를 파괴하려는 반인륜적 조직과 음모는 예나 다름없이 늘 존재해 왔다.
오히려 과학문명이 고도로 발달할수록 인간의 극단적 이기주의는 더욱 심화되었고, 반인륜적 음모 또한 비례하여 더욱 지능적으로 조직화, 고도화되었다.
인간은 산업혁명 이래로 개발이란 미명 아래 자연생태계를 철저히 유린하여 왔으며, 특히 엄청난 살상력과 파괴력을 지닌 대형무기의 개발경쟁과 그것을 개인의 치부수단으로 또는 권력을 장악하려거나 유지하려는 수단으로 이용하려는 미치광이가 존재하는 한 인류와 지구의 미래는 항상 위태로울 수밖에 없었다.
추정 45억년 된 지구는 '리처드 말콤' 사후 4년 후인 서기 2047년 11월25일 오후3시 정각, 〈뉴나치즘New Nazism[14]〉 테러리스트 〈싸이파Ssyper[15]〉들이 터뜨린 단 한발의 300기가급 광양자화학탄 〈데쓰루Detheroo[16]〉의 하얀 섬광이 번쩍하는 순간 암흑세계로 돌변했다. 동시에 지상에 존재했던 모든 사물은 흔적도 남기지 않고 잿더미로 변했다.
자연생태계는 완전히 파괴되었으며, 당시의 통계인구 42억의 인류 중 살아남은 인간은 싸이파의 테러 경고 시한을 앞두고 지하세계로 피신해 있었던 〈신귀족층New Aristocratic class[17]〉을 비롯해 채 5억이 되지 않았다.
지구 지표면의 98% 이상이 독성 화학물질로 오염된 농갈색의 부글거리는 바닷물로 덮이고, 대기는 끈적거리는 복합 탄화물질이 부유하여 지표면과의 경계를 구분할 수 없을 정도였다. 따라서 태양광선이 지표면까지 도달하지 못해 바로 코앞도 식별할 수 없어 마치 암흑세계를 방불케 하였다. 한 순간에 지구는 더 이상 어떠한 생명체도 살 수 없는 죽음의 행성으로 바뀐 것이다.
싸이파의 테러 이후 운 좋게 살아남은 일부 인류는 죽음의 바다로 변한 지표면의 심각한 오염을 피해 더 깊은 지하로 파고들어 보다 안전한 지하세계를 구축하였으나, 미래에 대한 꿈을 저버린 채 죽음과 같은 삶에 적응해야 했다.
그러나 더 큰 불행은 그들 또한 방사능에 오염되어 온갖 질환에 시달려야 했으며 생식능력마저 상실하여 더 이상 인류에겐 어떠한 희망도 없는 듯이 여겨졌다.
인류, 엄밀히 말해 신귀족층이 구축한 대부분의 지하도시들은 지표면으로부터 300미터에서 최고 1,500미터 깊이에 건설되었으며, 그곳에는 〈오하이오바이오센터Ohio Bio Center[18]〉와 같은 거대한 냉동공장이 들어섰다.
전 세계 도처에 230여 군데의 지하도시가 건설된 직후 일부 과학기술자를 제외한 인류 대부분은 급속 냉각처리되어 〈바이오아이스캡슐Bio Ice Capsule[19]〉 속에 담겨지고 냉동창고의 〈아이스컨테이너Ice Container[20]〉 안에 차곡차곡 안치되었다.
비록 막연하지만 그 언젠가 그 어느 누군가에 의해 해동될 그날이 틀림없이 올 것이란 기대를 하며 생명의 끈을 잇기 위해 기나긴 동면에 들어갔다.
그나마 다행스러운 것은 데쓰루 투하 이래 유니타스가 생존한 5억 인류들을 대상으로 종합정밀검진을 실시한 결과, 건강에 아무 이상 없고 유전관련 질환은 물론 생식기관에 전혀 하자가 없는 그야말로 생식능력을 완벽하게 보존한 인간의 개체수가 남성 129명, 여성 1,243명 등 모두 1,372명이 존재하는 것으로 드러났다.
그리고 같은 시기에 화성의 개척기지 〈마르스센텀시티Mars Centum City[21]〉와 천왕성 우주개척기지 〈스페이스벤처유알Space Venture UR[22]〉 내에서도 당시 파견되어 근무하고 있던 우주과학자나 엔지니어, 전투병력, 그리고 거주 민간인 등을 대상으로 정밀검사가 이뤄졌으며, 그중에 남성 9,247명, 여성 12,182명 등 모두 21,429명의 건강하고 생식능력이 완벽한 인간을 가려냈다.

유니타스 정부는 남성 9,376명, 여성 13,425명 등 모두 22,801명의 건강하고 생식능력을 완벽하게 보존한 인간을 〈팅거휴Tingger Heu[23]〉라 명명하고 그들에게 각기 고유 〈디멘션Dimension[24]〉을 부여한 뒤, 극비리에 건설된 특별보호구역 〈샬롬Salrom[25]〉에 그들을 집단 거주토록하여 철저하게 관리하였다.

지구에는 비교적 덜 오염된 지역인 알래스카 지하 7백 미터 지점에다 〈알파샬롬Alpha Salrom[26]〉을 건설하였고, 천왕성에는 스페이스벤처유알 개척기지 안에 〈베타샬롬Betta Salrom[27]〉을 건설하였다.

그들 팅거휴는 특별 보호구역 안에서 철저히 통제된 상황 하에 집단으로 거주하게끔 강요 당했는데, 그로인해 운신의 폭이 대폭 좁아진 그들의 불만은 한동안 여간 아니었다.

그러나 인류의 종種 보존이란 차원에서 더 나아가 인류의 번식을 위해서 그들이야말로 유일한 희망이라 할 수 있어 그만큼 소중한 존재라는 인식하에 유니타스의 계획에 따르지 않을 수 없었다.

대신 그들은 규정된 공간 내에서 유해한 일을 제외하고는 자신이 원하는 그 어떤 일도 할 수 있는 자유가 철저히 보장되어 학자나 과학자의 경우 학문이나 연구를 계속할 수 있을 뿐더러 그 외에 취미활동이나 게임 등을 즐길 수 있었다.

이로서 인류에게는 크나큰 희망이라 할 수 있는 생명의 불씨를 꺼뜨리지 않게 된 것이다.

그리고 한때나마 지구상에 번식했던 대부분의 생명체들도 사전에 유전자 정보와 함께 그들 생체 중 일부를 간幹세포로 냉동보관하여 기약없는 미래를 대비하였다.

3

싸이파에 의한 데쓰루 투하 8개월 전인 서기 2047년3월16일, 이른 아침이었다.
미국 미네소타주에 위치한 〈베링거마을Behringer Village[28)]〉의 회관 앞 너른 광장에는 수천 명의 건장한 사내들이 꾸역꾸역 모여들고 있었다. 인구 3천 명 내외의 한적한 시골마을은 며칠 전부터 그들과 그들이 몰고 온 차량들로 북새통을 이루었으며, 마을의 호텔은 물론 레스토랑과 술집도 발디딜 틈 없이 그들로 붐볐다.
그들은 모두 순수 게르만 혈통을 이어받은 독일계 백인들로 연령은 10대 후반부터 50대 초반까지 다양하였다.
그들은 한결같이 제2차 세계대전 당시 독일 병사들이 입었던 옛 나치스 문양이 선명한 군복을 착용하였고, 마치 제식훈련이 잘 된 현역군인들 못잖게 절도와 군기가 제대로 잡혀있었다.

오전10시 정각, 광장에 도열한 10만여 장정들 앞에 가로놓인 단상 위로 서너 명의 건장한 청년을 앞세우고 제2차 세계대전 당시의 독일군 육군 정복차림에 대장 계급장을 단 덩치 큰 중년의 사내 〈해머 스콧트Hamer Scott[29)]〉가 올라섰다. '해머 스콧트'는 마이크 앞으로 다가서더니 사자가 포효하듯 큰 소리로 외쳐대었다.
"오늘, 우리는 우리의 위대한 영도자 〈드윈 스밀러Dwin Smiller[30)]〉 각하를 모시고 세계를 평정하기 위한 대열에 합류하기 위해 이 자리에 모였다."
드넓은 광장은 숨죽인 긴장감으로 멀리 떨어진 곳에서 들려오는 어린 아이들의 재잘거림과 웃음소리가 바로 곁에서 들리는 듯했다. 순간

주먹을 불끈 쥔 오른팔을 하늘로 향해 쭉 뻗어 올리며 사자후를 연상시키듯 '해머 스콧트'의 구호 선창이 우렁차게 울려 퍼졌다.
"새로운 제국 〈슈틀러SSuttler[31]〉를 위하여……!"
이어 일제히 터져나온 수천 장정들의 복창소리가 조용한 마을을 진동시켰으며 마찬가지로 그들이 내지른 무수한 오른팔들이 바람을 가르며 힘차게 허공을 찔렀다.
"슈틀러를 위하여……!"
"우리의 위대한 영도자 드윈 스뮐러'를 위하여……!"
"드윈 스뮐러를 위하여……!"
곧이어 '해머 스콧트'의 안내를 받으며 키가 작고 깡마른 60대 초반의 사내 '드윈 스뮐러'가 단상 위에 올라섰다. 장정들 사이에 웅성거리는 소리로 잠시 소요가 이는 듯했으나 다시 무거운 침묵이 흐르고 팽팽한 긴장감이 맴돌았다. '해머 스콧트'의 구령이 이어졌다.
"일동……, 차려 엇!"
'착!'
"'드윈 스뮐러' 각하를 향하여……, 경례 엣!"
"하잇, '스뮐러'!"

'해머 스콧트'의 우람한 체격과는 대조되리만큼 왜소한 체격의 '드윈 스뮐러'가 마이크 앞으로 한 발 성큼 다가서자 청년 하나가 황급히 따라붙으며 마이크의 높이를 낮춰주었다.
'드윈 스뮐러'는 짙은 회색 정장에 꼬리를 위로 말아 올린 특유의 카이젤 수염을 하고 있었고, 하이칼라 스타일의 머리형에 기름을 발라 단정하게 빗어넘겼다.
'드윈 스뮐러'는 시종일관 영국 황실의 근위병과 같은 꼿꼿한 자세를 유지하여 그로부터 풍겨오는 느낌은 칼칼함과 고지식함, 그리고 다분히 신경질적인 것이었다. 어찌보면 '히틀러'를 쏙 빼닮은 모습이라 할 수 있었다.
그는 잠시 동안 광장에 운집한 장정들을 쭉 훑어보고는 가늘고 카랑카랑한 목소리로 연설을 시작하였다.
"친애하는 열혈동지 여러분! 지금 온 세계는 불순분자, 불온세력들에 의해 점거되어 제멋대로 유린되어 가고 있다. 이는 과거 환경오염으로 인류가 굶주리고 기형인간이 대량 속출하던 때와도 비교할 수 없는 최악의 시나리오이다. 오직 하늘이 내린 우리 게르만 혈통만이 이 오염된 세계를 정화시킬 수 있으며, 바로 여기에 모인 여러분에게 그런 막중한 사명이 있음을 명심해야 한다. 따라서 오늘 우리가 이 자리에 모인 것도 그러한 하늘의 뜻을 여러분에게 전하고 이제부터 행동으로 실천하기 위함이다. 때가 왔다. 지금이 바로 그때이며, 우리는 힘을 합쳐 분연히 일어나야 한다. 새로운 제국 슈틀러를 위하여!"
연설 도중 '드윈 스필러'도 주먹을 불끈 쥔 오른팔을 하늘로 향해 쭉 뻗어 올리며 구호를 외쳤다. 그리고 수천 장정들의 거수와 복창 소리가 이어졌다.
"슈틀러를 위하여!"

'드윈 스필러'가 컵의 물로 목을 축이는 동안 광장은 긴장감으로 숨이 막힐 듯 고요하여 물이 목울대를 타고 넘어가는 소리가 광장 끝에 있는 장정들 귀에도 선명하게 들렸다.
"친애하는 제군 여러분! 우리는 과거 위대한 총통 히틀러 각하께서 미처 이루지 못한 역사적 과업, 독일 민족지상주의를 대신하여 전통 계승하고, 이를 반드시 성취해야 할 막중한 임무를 양 어깨에 짊어지고 있다. 이 지상에서 열등 인종과 무능한 집단들을 영원히 도태시키고, 우리 순수 게르만 혈통만이 영구히 번성할 수 있도록 하는 것이야말로 진정 하늘의 섭리이다. 우리는 주먹을 불끈 쥐고 분연히 일어나야하며 지금이 바로 그 때이다. 우리 게르만족의 대단결을 외치자. 새로운 제국 슈틀러를 위하여!”
“슈틀러를 위하여!”

4

‘드윈 스밀러’는 1986년2월14일, 독일의 전형적인 공업도시 하이델베르크에서 태어났다. 그의 조부 〈그란츠 스밀러Glanz Smiller[32]〉는 철저한 나치 신봉자로 제2차 세계대전 당시 ‘히틀러’의 산하부대 작전참모로 근무하다가 영국군에게 체포되어 연합군 포로수용소에 갇혀 지냈고, 종전 후 네덜란드 전범재판소에서 10년형을 언도받아 실제론 6년간을 전범형무소에서 복역한 전력을 지닌 위인이다.
그리고 그의 부친 〈에릭 스밀러Eric Smiller[33]〉 또한 조부의 영향을 받아 조부와 마찬가지로 나치즘 부활을 위해 동분서주하며 세월을 보냈던 인물이다. 서른셋의 나이로 열여섯 살이나 나이 차이가 나는 〈스와츠 린네Swarz Linne[34]〉와 결혼한 ‘에릭 스밀러’는 결국 나이어린 아내와의 불화 끝에 이혼을 하고 당시 세 살 된 아들 ‘드윈 스밀러’만 데리고 미국으로 이주했다. 그때가 1989년10월경이었다.

‘드윈 스밀러’는 늘 또래에 비해 키가 작은데다 유약한 체격을 지녔다. 성격 또한 극히 내성적이고 소심한 편이라 어려서는 또래 아이들로부터 계집아이란 놀림과 함께 집단 따돌림을 받기도 했으며, 그로

인해 부친의 기대에 크게 부응하지도 못했다.
반면에 그는 타의 추종을 불허할 만큼 대단히 뛰어난 두뇌를 지녔다. 그의 수리적이고 분석적인 명석한 두뇌는 성장하면서 특히 과학과 관련된 전 분야에서 두각을 나타내기 시작했다.
그는 어려서부터 마찬가지로 부친 에릭 스뮐러'의 나치즘에 큰 영향을 받고 자랐다. 때문에 과학분야에 유독 집착을 보이던 그가 하버드 법대에서 법학을 전공한 이후 다시 미국 뉴요크주 웨스트포인트 육군 사관학교에 진학한 것도 다분히 부친의 권유에 의해서였다.
"너는 게르만족의 위대한 지도자인 '히틀러' 총통의 유일한 후계자다. 따라서 너는 이제부터 원하든 원하지 않던 운명적으로 지도자의 길을 걸어야 한다. '히틀러' 각하의 사후로 나치즘의 위세가 많이 꺾였다지만, 전통 게르만족의 혈통과 위상은 영원할 것이다. 네가 '히틀러' 각하의 유지를 이어받도록 하라."

미국 육군에 장교로 투입된 '드윈 스뮐러'는 극도로 치밀한 수리적 능력과 대입분석능력을 지니고 있어 군사작전과 군사정보에 쉽게 통달할 수 있었다. 또한 원자핵물리학과 각종 군사장비에 정통했으며, 특히 핵과 화학탄두미사일이 그의 전문이었다. 그가 그렇게 군에서 습득한 1급 기밀의 군사정보들은 훗날 그의 야망을 성취하는데 있어 좋은 밑거름이 되었다.
군에서도 그는 여전히 내성적이고 소심한 성격을 보인데다 지나칠 정도로 냉소적이어서 그 누구와도 쉽게 어울리지 못했다. 뿐만아니라 견해를 달리하는 그 누구와도 타협이 통하지 않는 철저한 외골수였다. 한때는 군 상급자나 동료들로부터 그로인해 따돌림을 당하기도 했다.
그리고 부하의 사소한 실수도 절대 용납하는 일이 없어 냉혈한으로 불리기도 하였다. 그렇지만 군에서의 그의 위치는 흔들림 없이 늘 확고부동했으며 그에 대한 진급 또한 예상 외로 파격적으로 이루어졌다.

하지만 '드윈 스뮐러'는 미국 육군소장으로 복무하던 해인 2036년2월4일 오후2시20분경, 오랜 기간 그의 직속 참모로 함께 일해 온 그의 최측근이자 그의 신봉자인 '해머 스콧트' 대령과 함께 불법무기 거래에 연루되어 미육군정보국AI과 미연방수사국FBI에 의해 전격 체포되었다. 당시 그들이 불법무기 판매로 빼돌린 자금만 2억 달러가 넘었으나 그 두 사람은 수사기관의 온갖 협박과 회유에도 굴하지 않고 끝까지 자금의 행방을 토설하지 않았다.
'드윈 스뮐러'는 육군형무소에서 11년의 형기를 마치고 얼마 전인 2047년3월14일에 만기출소하였다. 또 당시 함께 체포되었던 '해머 스콧트'는 8년형을 언도받았으나 감형되어 그보다 5년 먼저 출소하였다. '해머 스콧트'는 출소 이래 5년여 동안 '드윈 스뮐러'의 지령에 따라 은밀히 싸이파 결성을 위해 헌신하여 온, 그야말로 '드윈 스뮐러'의 수족과 같은 인물이었다.
'해머 스콧트'는 유니타스 대통령 '리처드 말콤'이 최측근에 의해 살해된 직후, 유니타스 정부의 기강이 헤이해 진 틈을 타 암암리에 에치엠 요원 가운데 순수 게르만혈통을 지닌 요원들을 대거 포섭하였다. 그리고 싸이파 정예부대를 창설하고 그 비밀 본거지를 베링거 마을에 세웠던 것이다.
'해머 스콧트'는 마을에서 북동쪽 70여 킬로미터 지점에 위치한 3천2백여만 평방미터나 되는 광활한 황무지에 훈련캠프를 건설했다.
그 지역은 대부분 험준한 산악과 암석들로 이루어졌고 수심이 꽤 깊은 호수도 끼고 있어 외부와의 접촉을 완벽하게 차단한 채 군사훈련하기에는 적격이었다.
평활한 땅에는 대형 군막사들이 줄줄이 들어섰고, 요소요소마다 암벽을 깎고 지하터널을 뚫어 어떠한 포격에도 견딜 수 있는 견고한 벙커를 수도 없이 만들었다. 전투기나 미사일로는 쉽게 파괴시킬 수 없는 자연이 제공한 그야말로 비밀스런 철옹성이었다.
'해머 스콧트'는 '드윈 스뮐러'의 만기출소에 맞춰 그 모든 사전작업을 불과 1년 반만에 끝냈으며, 이틀 전인 3월14일 오클라호마주 캔스빌의 유니타스 특별수형자 형무소로 찾아가서 방면된 그를 직접 맞아 베링거 마을로 함께 돌아왔다.

5

폭력조직이든 테러조직이든 크나 큰 불법을 자행하는 조직일수록 철저한 비밀유지를 전제로 하며, 이를 위해 조직원의 생명을 담보로 한다. 조직이 비대해질수록 위계에 따른 절대적 복종을 강권하게 마련이며, 세력을 확대하고 견고히 유지하기 위해서는 많은 자금을 필요로 한다.
'드윈 스뮐러'가 이끄는 테러조직 싸이파는 최종목표가 세계정복인 극단적 조직인 만큼, 많은 수의 조직원과 가공할 무기의 확보에 천문학적인 자금이 필요했다. 그리고 그러한 자금은 정상적인 기업활동을 통해 조달하기란 거의 불가능했다.

'드윈 스뮐러'는 2004년 하버드대학에 입학했을 당시부터 '순수 게르만족이 이끄는 이상세계 슈틀러 제국'을 꿈꿔왔던 〈로트링 쿠버 Rotring Kuber[35]〉 법학과 석좌교수와 깊은 연관을 맺어왔고, 그 다음 해인 2005년6월부터는 비밀결사조직 싸이파를 결성하여 세를 키워나가기 시작했다.

그리고 사이파 조직은 2018년3월 그가 미육군 중령으로 미전략무기 통제사업단SACP:Strategic Arms Control Project 실무책임자가 되고부터 급성장을 거듭했다. 그는 전략무기들을 빼돌려 제3국에 팔아넘기고 막대한 자금을 챙길 수 있었으며, 그 자금으로 싸이파 조직의 세를 불려 나갔던 것이다.

당시 자연생태계가 걷잡을 수 없으리만큼 황폐화로 치닫자 '생태계의 파멸과 인류의 멸종은 곧 슈틀러 제국건설 자체를 불가능하게 할 것이다'란 위기의식을 느낀 그는 싸이파의 세력을 보다 증강하고 최첨단무기로 무장시키기 위해 무기밀매 외에도 수단방법을 가리지 않고 막대한 자금을 끌어모으지 않을 수 없었다.

따라서 그의 치밀한 작전에 따라 전 세계에 걸쳐 무자비한 테러와 약탈이 자행되었고, 마피아나 삼합회, 야쿠자 등 전 세계 폭력조직들과 결탁하여 마약 및 인신매매에도 적극 가담하였으며, 과학자들을 납치하여 대규모 살상용 화학무기개발에도 열을 올렸다.

'드윈 스뮐러'는 그렇게 불법으로 조성한 막대한 자금을 이용하여 첨단무기들을 비축하는 한편, 전 세계의 모든 게르만 혈통을 지닌 독일계 청소년들을 회유하여 싸이파에 투신시키는데 그 비용을 아끼지 않았다.

'드윈 스뮐러'의 모든 작전들은 외부 그 어떤 세력에 의해서도 감지되지 않도록 극비리에 추진되었다. 모든 작전은 일체의 통신을 배제하고 오직 〈임마누엘Immanuel[36]〉 포털사이트만을 이용하여 그들만의 암호화된 언어체계로 전달되었다.
싸이파 개개인의 신분도 철저한 위장을 의무화하고 비밀누설의 방지를 위해 정보를 완벽하게 통제하였다. 절대적 상명하달식 지휘체계를 확립하고 '정보 누설은 곧 죽음'임을 늘 주지시켰다.
싸이파는 각 지부산하 지역별 점조직 형태로 결성되었으며, 오로지 중앙의 통제와 지휘 하에 관리되었다. 시설들 또한 용병양성을 위한 일종의 훈련소 정도로 대수롭지 않게 보이도록 철저히 위장되었다.
모든 시설들은 열감지나 레이저, 엑스레이, 감마선, 자외선 등을 차단할 수 있도록 특수 차단막으로 보호되어 정보위성에서도 중요시설들이 전혀 드러나지 않음으로써 유니타스 소속의 정보기관 〈유씨씨UCC[36]〉에서조차 눈치를 챌 수 없었다.

'드윈 스뮐러'의 싸이파 조직은 결성된지 42년 만에 전 세계에 180여 지부를 설치하고 조직원 수만 130만 명을 헤아릴 정도로 급성장하였다.
그럼에도 불구하고 그 조직의 활동범위는 테러, 살상, 납치 등 가공할 범죄 외에 마약 및 무기밀매, 국제매춘, 살인청부업에까지 뛰어들어 인류로부터 비난이 빗발치는 조직으로 전락하였으나 그 실체는 여전히 드러나지 않았기에 인류에게는 베일에 싸인 존재로 인식될 수밖에 없었다.

6

서기 2047년6월20일 오후4시, 베일에 싸인 인물로서 전 인류를 상대로 무차별적 테러와 살상을 일 삼던 가공할 테러조직 싸이파의 실세인 '드윈 스뮐러'의 유씨씨에 의한 체포는 모든 인류를 경악케 했다.

연일 매스컴들은 그에 관련된 내용들을 보도하기 시작했고 그의 일거수일투족은 물론 유니타스 정부의 그에 대한 향후 조치는 모든 인류에게 있어 초미의 관심사였다.

"아니 저 자그마한 사람이 어떻게 감옥 안에서 그 거대한 테러조직을 이끌 수 있었단 말인가."

"저 사람 저래 뵈도 아이큐가 200이라카데. 저 사람이 지닌 박사학위만 다섯 개가 넘는다지 아마."

"아이큐 200짜리가 어딨노? 130만 되도 천재라 카든데……."

"하여튼 캐리어를 보니 대단하더구먼……. 콩밥 먹기 전에 빼돌린 돈만해도 수억 달러는 될끼구먼."

"싸이판지 뭔지도 대번에 절딴 나겠구먼."

그는 유니타스 특별수형자 형무소에서 11년의 형기를 마치고 출소한지 불과 3개월여 만에 또 다시 전격 체포되었고, 그로써 싸이파 조직을 이끌어온 지 42년 만에 그의 실체가 백일하에 드러난 것이다.

'드윈 스뮐러'의 체포는 그에게 충성을 맹서했으나 결국 사소한 것에 불만을 품게 된 가장 가까운 최측근, 즉 내부자 고발 없이는 절대 불가능한 것이었다. 그리고 그에겐 1억7천만 유니타스 달러란 엄청난 현상금이 걸려있었다. 그 고발자는 유니타스의 철저한 보호 하에 비밀 장소에 숨겨져 있어 관계자 몇몇만 알고 있을 뿐 언론에서는 이니셜 '디D' 즉 듀크Duke로 소개될 뿐이었다.

그간 싸이파에 의한 대규모 폭탄테러와 살상행위가 벌어졌을 때마다 그 배후는 그야말로 오리무중이었다. 폭탄테러 이후 어쩌다 사로잡힌 테러범들을 상대로 기억회생 프로그램에 의해 정밀 추적을 했어도 그에 관한 자료는 물론 싸이파와 관련된 그 어떤 자료도 전혀 얻을 수가 없었다. 테러에 투입되기 직전에 이미 테러범들의 기억을 완전히 삭제한 경우가 많았기 때문이다.
뿐만 아니라 전 세계에 흩어져 있는 싸이파의 조직은 철저한 점조직으로 이루어져 있어 하부 조직들끼리도 상호 정보교류 없이 별개의 조직으로 행동했으며 아지트들도 일반 거주지에 은폐되어 있어 어쩌다 유씨씨가 알고 덮친들 이미 아지트를 옮긴 직후로 번번이 허탕치기 예사였다.

한동안 우려하였던, 그의 체포를 계기로 더욱 기승을 부릴 것 같았던 싸이파에 의한 테러도 불식된 듯싶었다. 간혹 국지적인 테러행위가 있긴 했으나 싸이파를 모방한 테러행위이거나 아니면 싸이파와 전혀 관련 없는 테러단들의 테러행위로 밝혀졌다. 인류로서는 '드윈 스퓔러의 체포와 함께 구심점을 잃은 싸이파들이 해체 위기를 맞은 것으로 오인하기에 족했다.
그가 싸이파를 통솔해 온 그 42년 동안 싸이파에 의해 인류에게 자행된 갖가지 범죄는 유니타스 범죄조사위원회에서 집계한 총 범죄 건수에 있어 3분지1에 해당하는 31.24%를 차지했다. 따라서 전 세계에서 벌어진 굵직한 사건에 예외없이 싸이파가 개입되지 않은 건이 없었으니 수법도 잔혹하기에 이를 데 없었지만 상당히 치밀하여 아무리 하찮은 작은 것이라도 증거를 남기는 예가 없었다.
최근 발표된 유니타스의 집계에 의하면, '리차드 말콤' 전 유니타스 대통령 시해弑害 이후 2044년1월부터 2046년12월까지 최근 3년간 전 세계를 상대로 자행된 온갖 테러에 의한 인명살상의 경우 전체 사망자 3,224,627명 가운데 92%에 해당하는 3,012,656명이 싸이파에 의해 살해되었고, 폭파테러 등으로 인해 파괴된 건물, 플랜트, 공공시설 등 재산상 피해는 실로 막대하여 동일기간 테러 등으로 인해 입은 재산상의 손실액 유니타스 달러 7,267억9,460만 달러 가운데 82.4%에 해당하는 5,988억7,875만 달러가 싸이파에 의해 발생한 것으로 나타났다.

싸이파의 테러행위는 지상에만 국한된 것이 아니었다. 인류가 이용하는 시설이라면 지하든 해저든 대기권이든 구분이 없었고, 인류가 이용하는 모든 운송수단도 망라되어 있으며, 우주에까지 그들의 영향력이 광범위하게 뻗어있었다. 따라서 유니타스는 많은 대중이 이용하는 운송수단과 많은 인원을 수용하는 시설물에 대해 1급 경계경보를 발동했으며, 특히 우주건설현장으로 파견되는 엔지니어들이나 우주여행 탑승객들 가운데 독일계열 인류를 철저히 배제하여 독일계열 인류들로부터 거센 반발을 일으키기도 했다.

이미 싸이파의 무차별적 테러로 인해 전 인류 사이에는 독일계열 인류에 대한 노골적인 강한 거부감이 조성되어 있었고, 언론들도 그에 동조하는 성향이 짙어갔다. 특히 보수성이 짙은 최대 규모의 〈스페이스넷Space Net[38]〉 방송채널 〈유니온 메가넷Union Mega Net[39]〉의 경우 독일계열 인류를 색출하여 다른 행성에 집단거주토록 하자는 주장을 거듭 제기했다.

“왜 하필 독일계열이냐? 싸이파 구성원들이 모두 독일계열이란 증거가 있느냐?”

“독일계열이라 하여 싸이파의 테러행위를 지지한다고 볼 수는 없다. 오히려 독일계열인들 가운데 절대 다수는 싸이파의 테러행위를 비난하고 있으며, 그들로 인해 세계평화가 깨지는 것을 탐탁지 않게 여기고 있다."

독일계열 인류의 차별에 대한 불만의 소리는 점점 커져갔다. 그리고 어느 순간부터는 독일계열 인류에 대한 개별적인 테러가 빈번해지면서 사회문제로 비화飛火되기까지 했다.

다음은 '드윈 스뮐러'가 체포되고, 그 이틀 뒤인 2047년6월22일 오전 11시부터 전 우주로 내 보낸 유니온메가넷의 방송내용이다. 주요 패널로는 유니온메가넷 상임논설위원인 일본계 〈다나까 요시히로Tanaka Yosihiro[40)]〉와 인류학자인 헝가리계 〈아그네스 다로찌Agnes Darozzi[41)]〉, 유니타스 범죄수사위원회 대테러감시국장인 프랑스계 〈에티엥 클라리Etienne Clary[42)]〉, 유니타스 원로원의원인 미국계 〈레슬리 호프Leslie Hope[43)]〉와 이집트계 〈나왈 엘 사다위Nawall El Sadawei[44)]〉, 이탈리아계 〈미카엘 케룰라리오스Michael Keroullarios[45)]〉가 배석했다.

진행자 겸 패널인 상임 논설위원 '다나까 요시히로'가 말문을 열었다.

"싸이파의 수괴 '드윈 스뮐러'가 체포된 지 이틀이 지났습니다. 인류의 우려와는 달리 아직까지는 싸이파의 활동이 감지되지 않고 있습니다. 어쩜 바람으로 끝날 수 있겠습니다만, 싸이파 조직이 완전히 붕괴되어 더 이상 인류를 상대로 한 위협적이고도 무차별적인 테러가 영원히 사라졌으면 하는 바람입니다. 그간 싸이파의 테러행위에 가담했다 잡힌 테러리스트 대다수가 순수 독일계열이 차지하고 있으며, 그 외에 나치즘에 세뇌되어있는 이탈리아계와 포르투칼계, 스페인계, 영국계가 극소수를 차지하고 있습니다. 어쩜 그 극소수 조차도 독일계열의 혈통을 이어받은 자들이라 할 수 있겠습니다."

인류학자 '아그네스 다로찌'가 그 말을 이어받아 다음과 같이 주장했다.

"현재 전체 인류의 수는 41억8,400여만 명으로 파악되고 있으며, 그 중에 독일계열인은 1.42%인 4,402만여 명에 이릅니다. 그 독일계열인들 가운데 3%남짓이 현재 싸이파로 활동하고 있는 것으로 추정되며 대략 130만 명을 웃도는 수준이라 여겨집니다. 그런데 더욱 우려되는 것은 최근 〈투가Tuga[46]〉로부터 도출된 확률분석에 의하면 독일계열에 속하는 4,400여만 명의 인류 가운데 87%인 3,820여만 명이 싸이파에 적극 동조할 가능성이 있는 것으로 나타났습니다."

원로원 의원 '미카엘 케룰라리오스'가 벌겋게 상기된 얼굴로 벌떡 자리를 박차고 일어서며 고함을 질러댔다.

"듣자듣자하니 넘 지나치구료. 이봐요, 마치 독일계열인이라면 가릴 것 없이 무조건 싸이파와 한 통속이란 식으로 몰아가려는 것 아니요? 독일계열인 또한 여러분들과 전혀 다를 바없는 선량한 인간들일진대 어찌 일방적으로 테러리스트 집단으로 몰고가려는 게요? 여러분들 말하는 것을 들어보니 싸이파는 곧 독일계열인이고 독일계열인은 곧 싸이파란 등식으로만 몰고가려는 것으로 보이요. 그리고 싸이파가 130만 명을 웃돈다느니 그 구성원의 대다수가 독일계열인이라느니 독일계열인들 가운데 87%가 싸이파에 동조한다느니 하는 엉터리 통계는 또 뭐요? 그렇게 정확하게 그들의 신상 파악을 했다면 왜 그들을 모조리 잡아넣지 못하고 있는 게요? 그리고……."

진행자가 막무가내로 분위기를 험악하게 몰고가는 '미카엘 케룰라리오스'의 마이크를 껐다. 한동안 마이크가 꺼진 것을 모르고 계속 폭넓은 보디랭귀지를 구사해 가며 떠들어대는 그의 모습이 카메라에 잡혔다.

마치 팬터마임을 연기하는 모습 같았다. 한참 후에 자신의 마이크가 꺼진 것을 확인한 그는 욕설을 몇 마디 더 지껄이는 듯하더니 황망히 그 자리를 떠났다.

미모를 겸비한 젊은 여성 원로원 의원 '나왈 엘 사다위'가 말을 이었다.
"이미 오래 전부터 유지해 왔던 민족주의나 사상 이데올로기, 종교 이데올로기도 어느덧 퇴색되고, 전 세계 국가들이 유니타스란 하나의 국가로 통합되면서 나라 간의 국경이 사라지고 더불어 인종이나 민족 개념도 사라지고 있습니다. 이러한 상황에서 유독 과거의 독재 망령에 대한 집착이랄 지 아님 향수병이라 할 지 어쨌든 과거에로의 회귀를 꿈꾸는 인종이 있는데, 바로 독일계열인, 즉 게르만족 혈통을 은근히 과시하려드는 그들뿐입니다. 그들은 과거 히틀러 추종자들처럼 나치즘을 표방한 선민사상에 집착한 부류들입니다. 사실 특정 계열인들을 타깃으로 비난한다는 것은 결코 바람직하지 않다는 것을 잘 압니다만, 인류의 생존이 위협받고 있는 현 상황에서는 절대로 간과할 수 없는 중요한 사안임이 분명합니다."
대테러 감시국장인 '에티엥 클라리'도 의견을 내놓았다.
"범죄에 악용할 목적으로 세뇌시킨 인간은 오래된 범죄 역사를 돌이켜봐도 알 수 있듯이 교화하는 데 어려움이 많습니다. 특히 투가의 확률 분석에서 나타났듯이 특정 대규모집단이 동일한 성향을 보일 때엔 유니타스가 아무리 초법적 권한을 지녔더라도 문제를 수습할 수 없는 상황까지 전개되지 말란 보장도 없습니다. 참으로 가슴 아픈 일이겠지만 인류가 생존하기 위해서는 독일계열인을 집단으로 격리시킬 방법 외엔 다른 방법이 없을 듯싶습니다."

'드윈 스필러'는 1개 사단에 해당하는 병력의 삼엄한 경비와 5중으로 차단된 철저한 감시망에 갇혀있으면서도 특유의 거만함과 자신감을 드러냈다. 그의 거처는 수시로 극비리에 옮겨졌으며, 일체의 매스컴으로부터도 철저히 차단되었다.
그러나 철통같은 정보통제에도 불구하고 그에 대한 비교적 정확한 정보들이 암암리에 유포되었다. 매스컴은 연일 그에 대한 보도를 다루었으며 차츰 매스컴을 통해 싸이파에 대한 베일이 한 꺼풀씩 벗겨졌다.
그런데 참 묘한 것이 인류 사이엔 어느덧 '드윈 스뮐러'가 과대포장되어 '칭기즈칸' 못잖은 영웅으로 비쳐졌고, 심지어 싸이파란 테러조직조차 지구를 구하려는 집단인양 미화되는 분위기마저 감돌았다.
그뿐만 아니라 '드윈 스뮐러'를 석방하라고 요구하는 시위가 지구촌 곳곳에서 벌어졌다. 그것도 독일계열 인류뿐만 아닌 다국적 인류들이 더 열성적으로 시위에 가담했다.
'드윈 스뮐러'가 체포되고 2개월여 동안 잠잠했던 싸이파의 테러가 또다시 재개되었다. 2047년8월23일 '드윈 스뮐러'가 미국 켄터키주 리시빌에 위치한 계엄법원에서 첫 재판이 진행될 때, 그의 즉각적인 석방을 요구하는 싸이파의 테러가 전 세계 23개 지역에서 동시다발로 터졌고, 사상자 수만 35만 명에 이르렀다. 특히 라스베가스의 홀리데이인 카지노 폭발사고로 인해 86층짜리 맥밀리언호텔이 폭삭 무너져 내려 그 밑에 압사하여 죽은 사람만 6만7천여 명으로, 그 현장의 참혹함은 보는 이로 하여금 모골이 송연할 지경이었다.
이에 고무된 듯 '드윈 스뮐러'는 재판이 진행되는 와중에도 느긋한 여유를 부리며 조건 없는 석방을 촉구했고, 심지어 '알렉산드로 미하일로프' 대통령에게 집중적으로 입에 담지 못할 비난과 협박을 일삼았다.
"푸홧하하하! 누가 감히 나를 심판하려 하는고? 너희들은 나를 심판할 자격도 없거니와 나 역시 그대들로부터 심판받을 건덕지가 전혀 없느니, 나를 당장 풀어주지 않고 무엇을 기대할꼬? 나를 가찮게 여기고 계속 가둬 둔다면 반드시 그 대가를 톡톡히 치르도록 해주겠다. 아니, 오히려 그 백만 배, 천만 배에 상응하는 엄청난 고통을 너희에게 안겨줄 것이야."
참으로 무시무시한 협박을 주저 않고 내뱉었다. 뿐만 아니라 인종차별적인 언사도 마다 않았다.
"왜 독일계 인류를 싸잡아 비난하느냐? 독일계 인류야말로 모든 종족 가운데 가장 우수한 종족이라 할 수 있을 것이야. 그간의 과학발전에 이룩해온 독일계 인류의 공적을 상기한다면 수긍할 수 있을 것이다. 열등 인종은 아무리 가르친다하여도 그 혈통마저 바꿀 수는 없다. 그것이 곧 하늘의 섭리이며 역사가 이를 증명하여 왔다. 따라서 이 세상이 쓰레기 같은 열등인종으로 뒤덮일 때, 인류의 진화는 결코 희망적일 수 없으며 그 미래 또한 보장할 수 없는 것이야."
그는 게르만 혈통의 우월성을 주장하고, 인류가 더 진보하려면 열등인종은 제거해야 한다는 주장을 폈다. 특히 그의 유태인에 대한 감정은 증오에 가까웠다.
"'알렉산드로 미하일로프', 네 놈도 반드시 내 앞에 무릎을 꿇고 목숨을 구걸하게 될 것이야. 네 놈과 같은 유대종자가 세계의 통치권자란 것은 순리를 역행하는 그야말로 오만방자한 짓거리란 말이다. 유대종자란 일찍이 씨를 말렸어야 했을 가장 천박하고 교활한 종자가 아니었던가?"
유태인들에 대한 반감 때문에 '알렉산드로 미하일로프' 유니타스 대통령에 대한 비난의 목소리는 높았다.
"'알렉산드로 미하일로프', 네 놈은 나를 너무 과소평가하고 있어. 내 휘하에는 나를 위해 목숨까지 기꺼이 바쳐 충성할 정예요원들이 수십만이 넘어. 그리고 이 지구를 분해하여 먼지로 만들 수 있을 만큼 가공할 광양자탄도 가지고 있어. 그러니 나를 당장 석방하지 않는다면, 너희 모두는 후회할 기회도 없이 죽음을 맞게 될 것이야. 파~아핫하하하하하하……!"

7

'드윈 스뮐러'에 대한 재판은 그 판결이 계속 미루어졌다. 웬만한 재판은 한달을 넘기지 않고 판결하며 그 즉시 집행하기 마련인 것에 비해 매우 이례적이었다. 싸이파의 테러가 끊임없이 이어지자 그에 대한 처벌을 놓고 배심원들 간의 첨예한 의견대립이 좁혀지지 않고 있기 때문이다.

한쪽에선 '드윈 스뮐러'를 그의 죄질에 걸맞게 최고형이라 할 수 있는 밀랍인형으로 만들어 인류에게 공개하여 욕을 보이자는 의견을 고집했으나 또 한 쪽에서는 그의 추종세력의 규모가 워낙 크고 그들이 지닌 전투력이 워낙 막강하여 과소평가해서는 큰 화를 자초하게 되리라는 주장을 폈다.

"이것 보세요. '드윈 스뮐러'를 밀랍인형으로 만들어 사람들이 구경하게끔 전시해 놓겠다는 게 어디 제 정신 갖고 하는 소리요? 그 싸이판가 뭔가하는 잡당들이 가만히 있을 것 같소? 대뜸 전시장을 폭파하려들 테지. 그렇다고 사람들이 늘 드나드는 전시장 주변에 1개 사단급 병력과 탱크니 미사일이니 하는 것들을 배치해놓을 수도 없고 말이야."

"그렇다고 달리 적용할만한 마땅한 형벌도 없잖우. 아무리 극악무도해도 죽일 수 있는 법 조항이 없으니……. 거 왜 사형제도를 폐지했는지 모르겠어. 차라리 사형언도를 내릴 수만 있다면……. 결국 최고형인 밀랍인형 형벌밖엔 선택할 여지가 없지 않겠소?"

"참, 딱도 하시구려. 지금 '드윈 스뮐러' 재판 때마다 얼마나 많은 사람들이 싸이파의 테러 때문에 애꿎은 목숨을 잃고 있는지 그걸 아직까지 모르고 하는 소리요? 밀랍인형 판결만 났다 하면 아마 지금보다 더한 테러를 각오해야 할 게요.”
“그러게……. ‘드윈 스뮐러’인지 뭔지는 잡아놓고서도 오히려 더 골머리를 썩이고 있으니……. 풀어 줄 수도 없고, 그렇다고 계속 가둬 둘 수도 없고…….”
“방법은 딱 한 가지요. 싸이판지 뭔지 하는 불순세력들을 하루 빨리 씨도 남기지 않고 모조리 잡아다 밀랍인형으로 만들어 놓는 것이요.”
배심원들 사이에서 의견차를 좁히지 못하고 재판이 거듭될수록 전 세계 도처에서는 싸이파로 인한 테러가 끊이질 않았다. 싸이파의 테러 대상은 사람들이 밀집한 학교나 영화관, 백화점, 공항이나 전철역 등 장소나 대상을 가리지 않았다.

모든 스페이스넷 언론매체들은 쉴 새 없이 싸이파가 저지른 테러사건들과 ‘드윈 스뮐러’나 그의 조직 싸이파에 관한 내용을 방영했다. 처음엔 그를 단순 테러리스트로 보도하면서 흉악무도한 인간으로 묘사하더니, 어느덧 시간이 지나면서 그의 과거 행적이 부풀려지기 시작했고, 일부 언론은 그를 미화하고 더 나아가 영웅시하는 데에도 주저함이 없었다. 따라서 사람들 사이에서도 그에 대한 평가가 엇갈리기 시작했다.
“비록 ‘드윈 스뮐러’가 악질 테러리스트는 분명하지만, 그 사람이 어디 보통사람인가? 그 카리스마만 놓고 봐도 분명 비범한 인물임엔 틀림없네. 차라리 그 사람을 대통령 자리에 앉히면 어떨까 싶네. 물론 그리된다면 그 사람이 싸이파를 시켜 더 이상 테러를 저질러야 할 이유도 없어지고 말이야. 내 말이 틀렸는가?”
“뗏끼 이 사람아! 아무리 농담이라도 그 따위 말 함부로 지껄이지 말게. 어디 가서 그 따위로 주절대다간 아마 실없는 놈 취급 당하거나 아님 얻어터지기 딱 맞는 소리니까. 그 놈은 인간이 아닐세, 인간의 탈을 쓴 악마이지. 자기가 하버드법대니 또 웨스트포인트 육군사관학교니 등등 아무리 명문대 나왔기로 또 아무리 똑똑하고 잘났으면 뭘 하나, 하는 짓거리가 악마같으면 악마일 뿐이지. 그런 인간에게 뭔 대통령을 맡긴단 말인가, 세상 망쳐놓기 딱 십상이지. 괜한 소리 아예 하지를 말게. 말이 씨가 되네."

한동안 극성을 부리던 싸이파의 테러가 잠시 주춤해 지는 듯했다. 그리고 언론에서도 '드윈 스뮐러'에 관한 보도가 뜸해지고 사람들 입방아에도 차츰 덜 오르내리는 듯했다.

'드윈 스뮐러'가 에치엠에 의해 체포된 지 5개월여가 지난 서기 2047년11월24일 오전10시, 전세계 주요 스페이스넷 언론방송을 통해 스스로 싸이파의 제2인자라 자칭하는 '해머 스콧트'의 5분에도 채 못 미치는 녹화테이프가 일제히 방영되었다.

화면이 시작되면서 첫 장면으로 제2차 세계대전 당시의 독일군 전투복차림에 별 네 개짜리 대장 계급장을 단 '해머 스콧트'가 '하잇, 스뮐러!'를 외치며 주먹 쥔 손을 위로 뻗어올리는 모습이 나타났다. 그리고 그는 이어 광양자화학탄 데쓰루의 모형과 그 데쓰루가 가져올 엄청난 파괴력을 담은 시뮬레이션을 공개했다.

일반 영상은 아마추어가 촬영한 듯 화면이 다소 거칠고 흐릿했다. 그러나 데쓰루의 구조를 입체적으로 표현한 영상이나 데쓰루의 파괴력과 관련된 시뮬레이션은 마치 실제상황처럼 정교하게 묘사되어 있었다.

화려한 외모에 고운 목소리를 지닌 40대 중반의 중년 여성이 데쓰루의 일반적 사양과 시뮬레이션을 설명하기 시작했다.

"300기가급 광양자화학탄 데쓰루는 암벽지반 지하 300미터 지점에 건설된 두께 2미터의 〈듀얼크롬Dual Chrome[47]〉 〈돔Dome[48]〉속에 안치되어 있습니다. 데쓰루의 외관은 언뜻 보기에는 외계인이 몰고 왔을 법한 비행접시, 즉 도톰한 원형접시처럼 생겼습니다."
영상은 데쓰루의 외관부터 구조가 하나하나 절개되어 가는 모습을 상세히 보여주기 시작했다.
"직경은 17.62미터이며 높이는 4.33미터, 무게는 261.82톤으로 은백색 몸체 부분의 둥근 윗면에는 무수한 디지털 계기들이 형형색색의 불빛을 깜빡이며 촘촘히 박혀있습니다. 이 계기들은 사전에 입력된 정보 외에 시시각각 변화되는 외부 환경을 스스로 계산하고 제어하는 기능을 갖고 있는, 몸체에 내장되어 있는 슈퍼 컴퓨터의 통제를 받고 있습니다."
복잡하게 보이는 각종 디지털 계기들이 각종 그래프와 수치들을 형형색색의 빛깔들로 표시하고 있고 그 현란함은 불꽃놀이 못잖은 아름다움마저 지니고 있어 보는 이로 하여금 경탄을 자아내기에 족했다.
"데쓰루는 리모트 컨트롤에 의해 원격 조정되며, 작동시 176개의 각기 다른 핵탄두로 분해되어 각 핵탄두마다 미리 입력된 정보에 의해 지정된 장소로 이동하여 폭발하게끔 추적장치가 탑재되어 있습니다. 분해시의 엄청난 핵폭발력에 의해 순간 최고 속도는 광속에 가까운 20마하에 이릅니다."
시뮬레이션은 섬광이 번쩍하는 순간, 천지가 온통 검은 잿더미에 쌓이게 되는 섬뜩한 장면을 보여주었다.
"데쓰루는 제2차 세계대전 당시 일본 히로시마에 투하된 원자폭탄의 7천5백만 배에 해당하는 파괴력을 지녔으며, 광양자 폭풍이 미치는 영향권은 대기권으로 38킬로미터 지점과 암벽으로 이루어진 지하 60여 미터 지점까지 미치게 됩니다."
여성의 멘트가 끝나자 화면이 '찌직!'거리며 몇 초간 거칠게 흔들렸다. 그리고 잠시 후 '해머 스콧트'가 다시 두툼한 살집의 모습을 드러냈다. 그는 진지한 목소리로 말을 이어갔다.
"본인은 우리의 위대한 영도자 '드윈 스뮐러' 각하로부터 비상시 전권을 위임받은 해머 스콧트 대장이다. '알렉산드로 미하일로프' 대통령 각하, 그리고 원로원 의원 여러분, 그리고 전 세계 모든 인류에게 경고한다. 오는 11월25일 낮12시 정각까지 우리의 위대한 영도자 '드윈 스뮐러 각하를 조건 없이 석방하라. 다시 한번 강조하여 말하건대 11월25일 낮12시 정각까지 우리의 위대한 영도자 '드윈 스뮐러' 각하를 조건 없이 석방하라. 어떠한 대화나 협상도 거부할 것이며 요구에 불응하면 그로부터 정확하게 3시간 후인 오후3시 정각에 데쓰루를 가차 없이 터뜨릴 것이다. 인류가 몸담고 있는 이 지구를 영원한 암흑의 세계로 만들 것이다. 영원한 암흑의 세계로……. 이상!"

'해머 스콧트'가 제시한 시간적 여유는 불과 26시간뿐이었다. 인류는 불안에 떨며 동요하기 시작했다.
"도대체 '해머 스콧트'란 작자는 누구인가?"
매스컴에서는 '해머 스콧트'에 대한 집중적인 보도를 하는 한편, 그에 대한 분석기사를 내보냈다. 그러나 그에 관련된 보도는 최근의 그의 모습을 담은 영상 몇 편을 제외하고는 그의 출생 및 성장과정의 자료며 군경력의 자료며 형무소 수형기록까지 모두가 하나같이 증발해 버린 상태로 그와 관련된 내용은 모두 과거 한때 그를 알고 지냈던 사람들의 증언과 추측에서 나온 것들 뿐이다.
유씨씨 뿐만아니라 모든 정보기관이나 언론기관에서 '해머 스콧트'에 관한 정보를 찾으려 해도 '드윈 스뮐러'와는 달리 그와 관련된 정보는 유니타스의 초집적지능 컴퓨터 투가는 물론 그 어디에도 남아있지 않았다. 단지 유니타스 특별수형자 형무소에 수기로 된 단편적 기록 일부만이 남아있을 뿐이었다.

'드윈 스퀼러'를 체포하고 나서 그 시각까지 전 세계에서 발생한 싸이파와 관련된 크고 작은 테러가 총 126건이나 되었으며, 그러한 테러는 모두 '해머 스콧트'에 의해 지시된 것으로 판단되었다.
테러에 의한 사상자는 200만 명을 육박했고, 유니타스 인구통계부가 밝힌 보다 정확한 통계에 의하면 764,276명이 사망하고 부상자 수만 1,207,352명이나 되었다. 그렇듯 사람 목숨을 파리 목숨처럼 다루는 싸이파가 무슨 짓인들 못 저지르겠는가 하는 우려가 여론을 지배하기 시작했다.
유니타스가 다시 발령한 1급 계엄령 하에 에치엠을 비롯한 모든 병력을 총동원하여 전 세계에서 펼쳐진 싸이파 소탕작전에서 사살된 싸이파는 52, 782명이고 사로잡힌 싸이파는 23,916명이나 되었지만, 그들 사로잡힌 싸이파들로부터는 그 어떠한 정보도 얻어낼 수 없었다.
사살되었거나 사로잡힌 싸이파들은 모두 행동대원으로서 누군지 전혀 알 수 없는, 또한 알려고도 하지 않는 얼굴 없는 상부의 지시에 의해 행동했을 뿐 어떠한 정보도 공유하고 있지 않았다. 단지 '순수 게르만 혈통으로만 이루어진 슈틀러란 제국을 건설하는 데 자신의 한 목숨을 기꺼이 바친다'라는 것이 그들을 테러리스트로 나서게하는 당위성의 전부였다.
매스컴에서는 싸이파의 실세가 '드윈 스퀼러'가 아닌 '해머 스콧트'라고 단정 짓고, 오히려 '해머 스콧트'가 '드윈 스퀼러'를 전면에 내세워 그를 조정해 왔을 것이란 그럴듯한 스토리를 엮어냈다. 그리고 그의 우람한 덩치에 걸맞게 그의 대담무쌍하고 과격한 성격을 조명했다.

인류는 어느새 '드윈 스퀼러'보다 '해머 스콧트'에게 더 큰 관심을 보였다. 사람들은 만나기만 하면 대개 비슷한 말을 주고받았다.
"이건 어디까지나 기 싸움이야. 싸이파의 우두머리인 '해머 스콧트와

'알렉산드로 미하일로프' 대통령 간의……. 결국 '해머 스콧트'가 기싸움에서 이기게 되겠지만…….”
“만약에 '알렉산드로 미하일로프'가 '해머 스콧트'의 요구대로 '드윈 스윌러'를 풀어줬을 경우, 어떻게 되는 걸까?”
“글쎄……, 나중 문제야 어찌되든 간에 '해머 스콧트'의 요구를 안 들어줄 수도 없잖아. 데쓰루인지 뭔지 터뜨리는 날엔 모두가 끝장난다는 데 대통령인들 무슨 수로 버틸 수 있겠어. 그리고 그리되면 그 '해머 스콧튼'지 '드윈 스윌런'지 하는 인간은 유니타스 최고의 권력기관조차 통제할 수 없는 막강한 세력을 거머쥐게 되겠지.”

그러나 계엄령 발효 이후 원로원으로부터 전권을 위임받은 '알렉산드로 미하일로프'는 인류의 예상과는 전혀 다르게 초강경 입장을 표명했다.
'해머 스콧트'의 협박성명이 발표된지 불과 4시간 후, 전 세계 매스컴을 통해 테러범과의 타협이란 절대로 있을 수 없으며, 또한 그러한 생각조차 가져서는 안 될 것이라 강변하고, 따라서 '해머 스콧트'의 요구는 결코 받아들일 수 없다고 단호하게 못박았다.
“본인은 전 세계 통합국가 유니타스의 전권을 위임받은 대통령으로서, 42억 인류의 생명과 안전을 위험과 협박으로부터 지키고 보호해야 할 의무를 지닌 사람입니다. 그동안 싸이파에 의한 수많은 테러로 인해 무고한 생명이 숱하게 죽거나 다친 것에 대해 심히 유감스럽게 생각하며, 테러를 미리 막지 못한 것에 대해 깊은 사죄를 드립니다.”
'알렉산드로 미하일로프'는 잠시 연설을 중단하고 고개를 깊숙이 숙인 채 한동안 침묵상태를 유지했다. 그 모습을 지켜 본 인류들도 아마 죽은 영령들을 위해 묵념하는 중일 것이란 생각이 들자 덩달아 숙연한 감정에 휩싸였다.

"전 세계의 모든 인류는 네 시간 전, '해머 스콧트'의 협박방송을 보아 잘 알고 있듯이, 지금 우리는 상당한 딜레마에 빠져있습니다. '해머 스콧트'의 요구를 들어 줄 수도 안 들어 줄 수도 없는 상황이라는……."
'알렉산드로 미하일로프'는 말을 잇지 못하고 이마에서 흐르는 땀방울을 손수건으로 닦아냈다. 참으로 곤혹스럽다는 표정을 감추지 않은 채 한동안 고개를 떨어뜨리고 있었다. 그리고 마침내 비장한 결심을 한 듯 고개를 번쩍 들더니 전면을 빤히 응시하고는 단숨에 다음 말을 이어갔다.
"본인은 어떠한 테러에도 굽히지 않고 강경한 대응으로 맞설 것입니다. 우리가 '해머 스콧트'의 협박에 굴한다면 그 순간부터 이 세계는 걷잡을 수 없는 대혼란과 대혼돈에 휩싸이게 될 것입니다. 테러리스트들이 주인처럼 설쳐대는 세상에서, 모든 공권력이 제 기능을 상실한 무정부 상태에서 힘없는 자들이 어떻게 살아남을 수 있겠습니까? 그렇게 되면 우리 인류에게는 더 이상 밝은 미래가 보장될 수 없으며, 희망이란 것도 물거품처럼 사라지게 될 것입니다."
'알렉산드로 미하일로프'는 모든 병력을 총동원하여 싸이파 전멸작전에 상당한 성과를 거두고 있다고 천명했고, 싸이파가 보유하고 있다는 데쓰루란 광양자화학탄의 존재마저 완강하게 부인했다.

'알렉산드로 미하일로프'는 성명이 끝나는 즉시 기존에 발동한 1급 계엄령 대신 전 세계에 특A급 전시상황체제를 선포했다. 일체의 사적인 통행은 물론 산업활동행위, 수송수단의 운행 등 모든 가시적 활동 일체를 금지시켰다. 에치엠은 물론 군병력, 경찰 및 자위대와 정보기관 등을 총동원하여 모든 시설에서 가정집까지 철저히 수색하고 싸이파의 행방을 추적하는 한편 의심되는 모든 사람들을 체포, 구금하기 시작했다.

모든 활동이 철저히 통제되어 도시의 거리는 물론 위성으로 내려다보이는 모든 산야에서도 사람의 움직임은커녕 눈을 씻고 봐도 그림자조차 찾을 수 없게 되었다.
그처럼 개미새끼 한 마리의 움직임조차 파악되고 모든 것이 엄격하게 통제된 상황에서는 제 아무리 싸이파라 해도 활동에 제약을 받을 수밖에 없으며, 따라서 싸이파의 테러행위는 겉으로 보기에는 사전에 모두 원천봉쇄가 된 듯했고, '해머 스콧트'의 협박도 실행으로 옮길 가능성이 희박해 보였다.

8

예상과는 달리 대통령 '알렉산드로 미하일로프'가 '해머 스콧트'의 '드윈 스퀼러'를 석방하라는 요구에 끝내 응하지 않고 철저하게 맞대응하겠다는 결단을 내리자, 인류는 이에 큰 우려를 표명하면서도 한편으로는 뜨거운 갈채를 보냈다.
"잘 한 짓이다. 이참에 일당들 모조리 잡아죽일 수만 있다면 속이 다 시원하겠다."
"참 미친놈들이야. 아무리 물불 안 가리는 테러리스트라지만 인류와 지구를 볼모로 그따위 협박이나 하고……. 그런 놈들은 잡히기만 하면 갈가리 찢어죽여야 하는 데……."
"폭탄 터뜨리면 제놈들은 안 죽나? 어찌 생각하는 게 그 모양인지……."
"저들 목숨뿐인가? 저들한테도 부모나 처자가 있을 텐데……."

"설마 폭탄 하나 터뜨린다고 그 영화처럼 지구가 그 모양이 되겠나. 괜히 겁주려고 그러는 거겠지."
"도대체 그 미치광이 '해머 스콧트'란 놈은 어디에 숨어있는 거야? 하여튼 그놈 잡으려고 난리법석인데도 잡히질 않으니 말이야."
"어딘가 쥐새끼처럼 꽁꽁 숨어있겠지. 하도 인간들이 많다보니 별 미친놈들이 다 섞여있네. 꼭 테러하는 놈들 보면 떳떳하게 나서서 하질 못하고 숨어서 뒤통수만 깐다니까. 도둑괭이처럼……. 치사하고 야비한 놈들 같으니……."

그러나 인류 대다수는 '알렉산드로 미하일로프' 대통령의 결단에 전적으로 동조하면서도 왠지 석연치 않은 느낌을 마음 한 구석에서 지울 수 없었다.
어쨌든 인류는 '해머 스콧트'의 경고방송을 지켜본 이래, 식사도 제대로 못하고 잠도 제대로 자지 못한 채 시계와 멀티스크린만 계속 들여다보며 지구와 인류의 운명을 점치기에 바빴다. 모든 인류가 지켜보는 가운데 드디어 해머 스콧트의 석방 요구시한이 지나갔다.
그리고 보복의 시간인 오후3시도 예정대로 다가오고 있었다. 스페이스넷 방송마다 대통령궁에서 초조한 듯 팔짱 끼고 서성거리는 '알렉산드로 미하일로프' 대통령의 모습과 원로원 의원들, 주요 수장들의 동태를 시시각각 생중계로 보여주었다. 모두들 가만히 있질 못하고 엉덩이를 자꾸 들썩이며 마른 침을 삼켜대고 있었다. 누구라도 예외 없이 시계를 자꾸 들여다보게 되고, 그외에 어떤 일도 손에 잡히질 않아 애꿎은 멀티스크린만 뚫어져라 응시할 수밖에 없는 것이다.

인류 모두가 가슴을 졸이며 최후의 카운트다운을 지켜보는 그 시각에 재벌이나 특권층들은 '해머 스콧트'의 경고를 피하여 지하도시로 숨어들거나 우주선을 타고 화성으로 대피하고 있었다.
지하도시는 지표면의 오염이 가속화되던 2018년경부터 일부 신귀족층들의 수요에 맞물려 대기업들에 의해 벙커형식으로 건설되기 시작했던 것이 나중엔 각 나라별로 한꺼번에 수백만 명을 수용할 수 있는 거대한 규모의 지하도시 건설붐이 일었었다.
따라서 그간 건설된 지하도시는 전 세계 곳곳에 걸쳐 지하 300m에서 깊게는 1,500m 지점에 모두 230여 개소가 건설되었으며, 모든 지하도시의 수용능력을 합산하면 4억5천만 명은 충분히 수용할 수 있었다.
그러한 지하도시들은 모두 극비리에 건설되었으며, 일반 서민들은 전 세계에 지하도시가 이미 수백 개나 건설되었을 것이란 얘기를 들었어도 그저 풍문으로 떠도는 소문이려니 여길 뿐이었다.
지하도시는 땅 속에 거대한 인공 공간을 조성하여 도시 하나를 수용해야 하는 만큼 건설공사로서의 난해함은 물론, 지상과 다를 바 없는 주거환경을 조성하기 위해 지상 도시와는 비교할 수 없을 정도로 엄청난 비용을 투입해야 했다. 따라서 똑같은 전용면적이라도 지상의 것에 비해 적게는 20배, 많게는 60배 이상의 건설비용이 소요되었다.
데쓰루 투하 협박성명이 발표된 직후에 지하도시에 입주하려는 인류들의 성황으로 불과 7시간 만에 여유 주거공간이 모두 매진되었는데, 최소 단위 1블록 30입방미터에 웬만한 고급저택 한 채 값인 2천4백만 유니타스 달러까지 치솟았다.
신귀족층을 비롯한 특권층 가운데 일부는 화성행 우주여행선을 택했다. 유니타스는 과거 미국정부가 막대한 자금을 투입하여 진행하여 왔던 우주개발계획 미저리-4의 일환으로 건설된 화성연구기지 외에 여행객 2만 명 정도를 수용할 수 있는 마르스센텀시티를 건설했다.

평상시엔 성인 1인 우주여행선 왕복 탑승비용과 20일간 화성 체류비용 등의 합산비용이 1백7십2만 유니타스 달러였으나 협박성명 발표 직후 화성으로 향하는 우주여행선 편도비용만 8백6십만 달러까지 폭등했다. 그럼에도 불구하고 불과 두 시간 만에 매진된 것이다.

매스컴에서는 핵물리학자와 핵무기관련 전문가들을 초빙하여 광양자화학탄의 성격이나 그 파괴력에 대한 열띤 토론들을 보여주고, 데쓰루가 미칠 파장에 대한 모의 장면을 재구성해 보이기도 했다. 학자와 전문가 간에도 많은 의견 차이가 드러났다.
학자들은 데쓰루의 파괴력을 과소평가하는 반면, 전문가들은 현재의 화학 및 핵무기 제조기술로도 한 발의 폭탄으로 세계를 쓸어버릴만한 파괴력을 지닐 수 있는 폭탄을 제조할 수 있다고 장담하며 광양자화학탄의 성능을 300기가급으로 높일 수만 있다면 얼마든지 지구를 초토화시킬 수 있다는 의견을 내놓았다.
"예끼 여보슈, 상식적으로 생각해 봐도 한 발의 폭탄으로 어찌 지구를 빙 돌아가며 파괴할 수 있단 말이오? 만유인력의 법칙도 모르슈? 중력에 의해 폭발력은 확산에 제한을 받게 된다는 사실을……. 그러니 아무리 파괴력이 대단한 광양자폭탄이라도 지구 한쪽 면은 파괴시킬 수 있을 지는 모르겠지만, 단 한 발로 전 지구면을 파괴시킬 수 있다는 것은 아무리 생각해 봐도 순 억지에 불과하다, 그런 말이오."
"그건 틀린 생각입니다. 마침 중력을 거론하시는 데, 이 중력이란 게 있기 때문에 오히려 확산이 가능하다는 겁니다. 중력을 상쇄시킬 수 있는 일정 압력을 넘어서면 그 초과된 여분의 에너지에 의해 확산이 진행되고, 또 이 중력이란 것이 광양자화학탄의 폭발력을 대기권으로 빠져나가지 못하게 억제하면서 일견 확산을 돕게 된다는 이치지요. 그리고 단 한 발이라지만 데쓰루가 폭발하면서 176개의 핵탄두로 분해되어 그 핵탄두들이 전 세계 각지의 목표물로 흩어지면서 연쇄적으로 폭발하게 되어있다는 겁니다."
"주제가 빗나가는 말씀만 하시는구려. 지금 단 한 발의 폭탄으로 지구를 과연 폐허로 만들 수 있냐 없냐를 논하는 자리로 여겨지는 데…….
어쨌든 제 생각은 혹 네 발을 동시다발적으로 터뜨린다면 모를까, 단 한 발로는 어림없다고 여겨집니다. 따라서 거 해머 스콧트가 단 한 발 어쩌고 하는 말은 신빙성이 없다 이런 말이지요. 아마 그 친구 괜한 엄포일 겁니다."
"제 생각은 그 친구의 말을 단순한 엄포로 하찮게 여겼다간 오히려 큰 화를 자초할 수 있다고 봅니다. 비록 지구 전체를 절단 낼 수는 없을지 몰라도 광양자화학탄을 제조할 수 있는 기술만 보유하고 있다면, 언제라도 상당한 피해를 가할 수 있다고 봅니다."

스페이스넷 방송들은 싸이파란 테러조직에 관한 실체가 조금씩 드러날 때마다 그것과 관련된 뉴스를 내보냈다. 싸이파의 본거지인 베링거 마을이 집중포화를 맞아 화염에 휩싸인 광경도 보였고, 지하 깊숙이 파고들어 간 벙커들을 대규모 병력이 에워싸고 하나씩 폭파해 나가는 장면도 보였다.
가끔씩 싸이파와 관련된 특집과 뉴스가 진행되는 중간중간에 싸이파 대원의 검거나 사살과 관련된 속보도 보도되었다. 한동안 인류는 그런 속보가 보도될 때마다 함성을 지르며 즐거워했으나, 시간이 지날수록 점점 불안해 질뿐 도무지 그런 뉴스에도 감흥이 일지 않았다. 오히려 불안감이 증폭되어 숨막힐 듯한 두려움이 일기 시작했다.
참으로 매정한 것이 시간을 재는 시계들이었다. 불안에 떠는 인류의 조바심도 아랑곳하지 않고 전 세계의 모든 시계들이 일제히 그리고 정확하고도 어김없이 1초, 1초……, 촌각을 잠식해 들어가는 것이다.
'해머 스콧트가 데쓰루를 터뜨리겠다고 호언장담한 시각인 3시 정각을 불과 100초 남겨놓고 전 세계 모든 스페이스넷 방송들이 카운트다운을 생중계하기 시작했다. 화면마다 디지털 숫자 100이 가득 채워졌다.
그리고…….

99

98

97

96

.

.

.

디지털 카운터의 숫자는 어김없이 깜빡거리며 계속 내려갔다.
이를 지켜보는 전 세계 모든 인류는 입의 침이 바싹 마르고 가슴이 금방이라도 터져나갈 듯한 숨막히는 긴장 속에 오직 '죽음의 사자'가 제발 빗겨가기를 진심으로 빌고 또 빌 수밖에 없었다.

카운터의 숫자가 작아질수록 자신도 모르게 오줌을 지려서 아랫도리가 흥건하게 젖은 사람은 물론, 똥까지 싼 사람도 제법 많았다.
그러나 이제는 되돌릴 수가 없었다.
'어떠한 테러에도 협상이란 있을 수 없다'며 시종일관 초강경세로 밀어붙이던 '알렉산드로 미하일로프'의 협상 거부로 결국 지구는 죽음의 별로, 그리고 인류는 결코 되돌릴 수 없는 파멸의 길로 들어서게 된 것이다.

.

.

.

.

.

.

.

5 '화이브'

4 '포오'

3 '쓰리'

2 '투'

1 '원'

0 '제로'

드디어 운명의 시각은 정확하게 들이닥쳤다.

서기 2047년11월25일 오후3시 정각, 모든 인류가 초조함과 긴장감 속에 맞이한 운명의 시각. 숨 막히는 정적으로 쌓인, 어쩌면 그로인해 더욱 평화롭게 비쳐지기만 하던 세상이 3초 동안 눈을 뜰 수 없는 눈부신 백광으로 뒤덮였다.
그리고 지상의 모든 생명체들은 흔적 없이 녹아 사라지고, 세상은 순식간에 창세기의 태초처럼 칠흑 같은 어둠에 잠겨버렸다.

[제1화]
스페이스디벨롭파 100
Space Developper 100

오, 아름다운 스강나하르여!

1

인간의 교만함과 사악함이 극에 달하자 마침내 만물을 주재하는 우주의 영靈, 절대신絕對神께서 기어이 인간을 저버렸음인가?

서기 2047년11월25일 오후3시 정각. 우주의 영롱한 보석 지구가 죽음의 행성으로 바뀌는 순간, 인류는 바야흐로 멸종 위기에 직면했다. 지하 깊숙이 파고들어 죽음을 겨우 면한 인류 또한 지상으로 나다니기는커녕 오도 가도 못하고 지하에 갇힌 신세가 되었음은 물론, 그들 중 극히 일부만 제외하곤 거의 대부분이 생식능력마저 잃었다.
뉴나치즘에 세뇌된 극렬 과격 테러단 싸이파에 의한 인류에 대한 무차별적 테러인 광양자화학탄 데쓰루의 투하 직후 폐허가 된 지구는 그야말로 아수라장이요, 지옥 그 자체였다.
천지를 시꺼멓게 뒤덮은 잿빛 먼지로 태양도 제 빛을 잃었고, 뜨거운 열기가 휩쓸고 간 도심의 곳곳은 사람들과 동물들의 녹아 뒤엉킨 사체들로 즐비하였으며, 시체 썩는 냄새와 코를 쏘는 듯한 자극적이고도 매캐한 냄새가 천지를 진동하였다.
오로지 단 한발, 광양자화학탄 데쓰루의 폭발과 함께 애꿎게도 42억에 이르는 인류 가운데 아무런 대책도 없이 지상에 머무르고 있었던 34억에 이르는 인류가 그날의 대참사로 일시에 목숨을 잃었다. 범지구연합국가 유니타스의 '알렉산드로 미하일로프' 대통령도 자신의 집무실에서 여러 측근 및 몇몇 방송사 기자들과 함께 순직하였으며, 싸이파의 수장 '드윈 스필러'도 자신이 갇혀있던 세 평 남짓 감방에서 형체도 없이 산화되었다.
죽음의 사신은 인류만 덮친 것이 아니다. 지표상의 모든 생명체, 코끼리든 사자든 발 달린 동물은 물론, 지렁이나 달팽이 그리고 그보다 못한 작은 개미 한 마리도 남기지 않고 녹여버렸다. 뿐만 아니라 지상의 모든 식물들과 해양의 깊숙한 곳에 서식하던 아주 작은 생명체까지 훑고 지나갔다. 자연계의 모든 생명체들이 폭발 당시의 뜨거운 열기와 방사능, 강한 산성으로 녹아없어진 것이다.
특수 보호막이 설치되지 않은 허술한 지하대피소로 숨었던 3억 남짓의 인류들도 당장은 화를 면했다지만, 그들 역시 시름시름 앓다가 보름이나 한달 사이에 모두 맥없이 죽어갔다. 그렇듯 최소 3미터 두께의 특수보호막으로부터 보호받지 못한 지상의 모든 인류들이 일거에 죽어간 것이다.
재벌이나 특권층 등 신귀족층이 구축해놓은 지하세계의 두터운 특수 보호막에 가려져 겨우 살아남은 5억의 인류마저도 대부분 고밀도 방사능의 영향을 받아 유전자변이로 인한 신체변화로 고통을 겪게 되었고, 인류의 대를 잇게 할 생식능력을 잃었다. 즉 남성은 남성으로서의 정자 생산능력을, 여성은 여성으로서의 난자 생산능력을 상실한 것이다.

살아남은 인류는 그저 망연자실茫然自失할 수밖에 없었다. 설마, 설마 했던 상황이 실제로 벌어졌을 뿐만아니라, 그 파괴력 또한 상상을 초월했기에 살아남았어도 다행이라 여길 수가 없을 지경이었다.

지표면의 상황은 실시간대로 지하도시의 인류들에게 공개되었다. 지상으로 올려 보내진 로봇 탐사장비들에 의해 지표면의 상태를 촬영하고 채집된 자료의 분석에 의해 대기권과 해양, 토양의 상태들이 어떠한 상황인지 확인할 수 있었다.

지구 대기권을 벗어난 궤도별로도 수천 대의 인공위성들이 실시간대로 지구의 상태를 분석한 데이터와 사진들을 보내왔다.

인공위성 사진들은 레이저 투사영상기법을 적용하여 촬영했음에도 불구하고 지구의 모습이 얼룩이 가미된 단순한 검은 점으로만 찍혀왔는데, 이는 이온화된 중금속 혼합물질이 지구의 대기권에 고농도로 분포한 때문인 것으로 밝혀졌다.

지표면은 독성이 강한 탄화물 가루에 휩싸여 짙은 어둠에 묻혔고, 기온은 점차 떨어지기 시작하여 온대지역의 도심권도 영하 60도 이하로 떨어져 고온에 녹아버린 사물들도 얼어붙었다. 데쓰루의 폭발압과 파장으로 인해 일부 연약지반에서는 화산이 폭발하고 지진이 일어나기도 했다.

대지는 짙은 농갈색의 미끈거리는 부유물로 덮여 악취를 풍기고, 대양은 거품과 부유물로 덮인 채 독성으로 부글부글 끓어올랐다.

어떠한 생명체도 온전하게 살 수 없는 죽어버린 행성, 그것이 인류의 원초적 고향인 지구의 종말이었다.

2

서기 2047년12월10일, 지구 최후의 날을 맞고 보름이 지났다. 그 보름이란 시간의 중압감은 절망에 빠져있던 인류에게 있어 1년이란 세월의 흐름과 같았다.
한때는 풍광이 수려하여 지상낙원이라 불리었던 온두라스 지하별궁에 살아남은 원로원 의원 7명과 93개 지역대표들이 원로원 부의장 영국계 〈셀마 블레어Selma Blair[49]〉가 인류생존대책을 위해 발의한 비상소집에 의해 모여들었다. 모여든 그들의 얼굴 표정은 하나같이 음울하고 침통하여 활기라곤 전혀 찾아볼 수 없었다.
'셀마 블레어'가 데쓰루 투하 이래의 경과에 대해 입을 열었다.
"설마 했던 것이…… 마침내 현실로 다가올 줄 어찌 알았겠습니까? 데쓰루로 말미암아 '알렉산드로 미하일로프' 대통령과 〈자비네 마이어Sabine Meyer[50]〉 원로원 의장을 비롯하여 23분의 원로원 의원들……, 그리고 수많은 지역수장들과 27억에 이르는 인류가…… 처참한 최후를 맞았습니다. 그분들을 생각하면…… 이렇게…… 살아남아…… 이 자리에 모인 것 자체가 심히…… 죄스럽고, 더불어 자책감에…… 시달리지 않을 수 없습니다."
'셀마 블레어'가 더 이상 말을 잇지 못하고 허공을 바라보자 장내에 모인 인사들 가운데 상당수도 오열을 참지 못하고 쏟아냈다.
"돌아가신 분들은…… 모두…… 의연하였습니다. 테러에 맞서 자신의 안위를 돌보지 않았던 분들입니다. '자비네 마이어' 원로원 의장의 경우 지하벙커에 피신할 것을 그리 간곡하게 청을 했어도 '알렉산드로 미하일로프' 대통령과 42억 인류와 운명을 함께 하겠다며…… 고집을 부리시더니…… 끝내 산화하셨습니다."

장내는 숙연해지고 침묵이 흘렀다. 모두들 비통함에 잠겨 눈을 감고 턱을 괴고 앉았거나 손수건을 꺼내어 눈물을 닦거나 콧물을 닦아내고 있었다.

“여러분! 우리는 이대로 주저앉을 수 없습니다. 이런 때일수록 더욱 용기를 내야합니다. 그분들이 남긴 숭고한 뜻은…… 살아남은 우리가 지구를 재건하고 인류가 더욱 번성하여 우주의 주인이 되길 바라는 것일 겁니다. 여기 이 자리에 모인 지도자들께서 먼저 가신 분들의 뜻을 남아 있는 인류들이 실천할 수 있도록 한 마음 한 뜻으로 앞장 서 주시는 겁니다.”

‘셀마 블레어’는 장내를 둘러보았다. 모두들 긴장된 표정으로 그의 다음 말을 기다렸다.

“데쓰루는 우리에게 많은 교훈을 남겨주었습니다. 지구가 우리에게 얼마나 소중한 자산인가를, 우리 인간이 얼마나 나약한 존재인가를 다시 인식시켜 주었습니다. 데쓰루로 인해 지상의 생명체는 모두 사라졌습니다. 그 어떤 생명체도 살아남을 수가 없을 만큼 지구는 완전히 초토화되었습니다. 유사 이래 인류가 건설해온 온갖 시설물들도 흔적 없이 사라졌습니다. 그 찬란한 문화유적지도 과학문명의 결집체들도 한 순간에 사라졌습니다. 더불어 인간으로서의 존엄성도 정체성도 물거품처럼 사라졌습니다. 그렇기 때문에 살아남은 우리에겐 더욱 막중한 책임과 사명감이 주어졌습니다. 우리 인류는 하나의 운명공동체입니다. 국적을 떠나, 인종을 떠나, 잘나고 못나고를 떠나, 잘 살고 못 살고를 떠나, 많이 배우고 못 배우고를 떠나, 함께 손잡고 가야할 운명공동체임을 깨닫게 해주었습니다.”

그 자리에 모였던 지도자급 인사들뿐만이 아니다. 생중계를 통해 온두라스 인류생존대책회의를 지켜본 모든 인류는 절실히 공감하고 있었다. 인간이 스스로를 만물의 영장이라며 신의 경지에까지 이른 것처럼 오만하였고, 그러면서도 지독한 이기심에 사로잡혀 타인과 함께 스스로를 자멸시키려 한 결과였다.
따라서 인류는 생존을 위해 모든 인류가 기존의 벽을 허물고 혼연일치되어 단결해야 한다는 것을 뼈저리게 느꼈다.
인류생존대책회의는 시종일관 침통한 분위기에서 3일 동안 진행되었다. 대책회의에서는 지구환경복원과 화성 및 천왕성 외에 인류가 집단 거주할 수 있는 새로운 행성의 개척, 지하도시의 지질적 안전성 확보와 인체공학적 바이오시스템 개선, 방사능으로 인한 인체오염의 원상회복과 종족번식 등 1천2백여 항목의 안건을 처리했다.
또한 유니타스 제5대 대통령으로 중국계 〈짜이오 왕Zzaiho Wang[51]〉을 선출하고, 전 세계에 위급 전시상황에 준하는 1급 계엄령을 선포하였다. 그리고 인류의 생존을 지키고 관리하기 위한 극소수의 과학자와 엔지니어들을 제외한 나머지 모든 인류를 냉동시켜 생명을 지속시키기로 결정하였다.
비축된 식량과 물은 물론 공기마저 5억의 인구를 감당하기에는 1년을 못 버틸 정도로 빈약하였으며, 그나마 자연계에선 더 이상 그러한 물질을 구할 수 있으리라는 기대를 할 수 없기 때문이다.

유니타스는 생존하고 있는 모든 인력과 활용 가능한 모든 자원을 투입하여 지하 300m에서 깊게는 1500m 지점에 건설되어 있는 기존의 230여 개소의 지하도시를 더 넓게 확장하거나 재정비하고, 초대형 냉동창고 건설에 나섰다. 인류의 생존과 연관된 사업인 만큼 모든 계획이 일사불란하고도 치밀하게 이루어졌으며, 공정의 진척도 예상보다 훨씬 빠르게 진행되었다. 인류가 그때처럼 인종이나 이념, 신분 격차를 초월하여 단결된 예가 없었다.

5억 개 가까이 되는 바이오아이스캡슐 생산도 대단한 역사役事였다. 캡슐들은 완성되는 즉시 노약자와 어린이, 그리고 여성 순으로 인체의 수분이 결빙되는 것을 막는 특수처리 후 캡슐에 넣어졌으며, 그들 캡슐들은 초저온 순간냉동되어 냉동창고 안에 수만 개씩 설치되어 있는 대형 아이스컨테이너에 20구씩 보관되었다.
아주 먼 미래, 좋은 세상이 도래한 어느날 누군가 캡슐 문을 열어주기를 고대하면서 불안하고도 긴 동면에 들어 간 것이다.
한편, 유니타스는 과거 미국정부가 막대한 자금을 투입하여 진행하여 오던 우주개발계획 미저리-4의 화성 연구기지를 천왕성 스페이스벤처유알 우주개척기지로 옮겨 합병하고, 우주개발계획을 앞당겨 진행하기 위한 대규모의 우주기지를 건설하였다.
유니타스는 수많은 과학자, 엔지니어링 기술자, 전투병력들을 보내어 우주를 빠른 속도로 유영할 수 있는 초광속 운송수단과 대규모 〈스페이스스테이션Space Station[52)]〉의 건설도 함께 추진하였다. 그리고 정밀검사를 통해 분류하여 알파샬롬에 수용한 1,372명의 팅거휴를 천왕성으로 보냈다.
천왕성 우주기지 내의 베타샬롬에도 엄격한 테스트에 의해 선정된 21,429명의 팅거휴가 있어 그들과 합류를 시킴으로써 마지막 인류의 희망인 팅거휴는 남성 9,376명, 여성 13,425명 등 모두 22,801명으로 집계되었다.
천왕성에 건설한 연구기지 스페이스벤처유알의 주된 연구는 우주개척, 종족의 보존과 형질개량, 자원의 개발과 과학문명 향상 및 방위체재 개발 등 세 개 분야로 나뉘어 진행되었다.
그러한 연구는 70년간에 걸쳐 극비리에 진행되었는데, 그 프로젝트명을 이른바 〈스페이스디벨롭파100Space Developper 100[53)]〉이라 명명하였다.

서기 2055년3월20일, 천왕성의 우주과학자들은 하나의 한계우주LS, 리미티드 스페이스, 시간과 속도에 의해 도달할 수 있는 우주공간와 네개의 무한계우주ULS, 언리미티드 스페이스, 한계우주와의 경계가 왜곡, 뒤틀림에 의해 시간과 속도만으로 결코 도달할 수 없는 우주공간의 실체를 파악하기에 이르렀으며, 그로써 정삼각형 네 개로 이루어진 피라미드 형태의 우주모형을 완성하였다. 그렇게 완성된 우주모형을 통해 실질적인 우주윤곽을 정확하게 파악할 수 있게 되었으며, 우주탐험에 좀 더 박차를 가할 수 있는 계기를 마련해준 것이다.

지구가 속한 우주는 한계우주로서 내우주로 칭하였으며, 나머지 네 개의 무한계우주를 외우주로 칭하였다.

네 개의 각기 다른 외우주는 한개의 한계우주에 맞물려 있으나 흔히 〈아인슈타인-로웬의 다리Bridge of Einstein-Lowen[54)]〉로 일컬어지는 스페이스웜블랙홀과 화이트홀로 연결된 우주 이동통로에 의한 심한 굴절로 스페이스웜을 통하지 않고서는 닿을 수 없는 곳에 위치하고 있었다.

태양계 및 안드로메다 은하Andromeda Galaxy, 북아메리카 성운North American Nebula, 오리온 성운Orion Nebula 등을 포함하는 내우주 안에는 직경 1만km 이상 되는 행성만 4,728억6,700여만 개로 밝혀졌으며, 그 중 생명체가 있는 행성이 2억2,764만5천여 개이고, 인간 이상의 지능을 갖춘 고등지능 생명체가 있는 행성도 47개로 밝혀졌다.

네개의 외우주에도 현재까지 밝혀진 직경 1만km 이상 되는 행성은 모두 2,646억2천여만 개로 그 중 생명체가 있는 행성이 1억124만여 개이며, 고등지능 생명체가 존재하는 행성도 24개가 있는 것으로 밝혀졌다.

그리고 그 많은 행성 중 유일하게 지구와 가장 유사한 환경을 지닌 행성은 지구로부터 12억 광년 떨어진 외우주의 B블럭 〈바카 은하계 the Milky Way Galaxy of Baca[55]〉 소속, 〈스강나하르 행성Sgangnahare Planet[56]〉 하나뿐인 것으로 밝혀졌다.

3

서기 2100년5월25일, 옛 북아메리카 로스엔젤리스 동남쪽 120킬로 지점의 해저 신생도시 프리덤에 위치한 대통령궁 〈스피릿트하우스 Spirit House[57]〉의 대회의장에는 유례없이 연합정부 고위관료들과 원로원 의원들, 개별 지역수장들을 비롯하여 3천여 명의 인사들이 속속 모여들었다.
그로부터 약 10개월 전인 2099년8월4일 유니타스 제18대 대통령 모잠비크계 〈코난 디말루Conan Dymaloo[58]〉의 서거로 1개월 후인 9월2일 제19대 대통령 자리에 오른 한국계 〈질레 박Jille Park[59]〉의 요청에 의한 소집이었다.
그날은 광양자화학탄 데쓰루의 투하로 지구가 황폐화한지 어언 53년의 세월이 흐른 시점으로 그동안 4억8천여만 명의 인류는 급냉상태로 지하 냉동창고에 보관되어 세월의 흐름을 전혀 인지할 수 없었으나 그간 인류의 과학문명은 절정을 이르고 있었다.

질레 박이 단상 중앙에 자리 잡자 그 뒤로 원로원 의원들과 연합정부 관계자들이 착석을 하고, 단 아래로 각 지역을 대표하는 수장들이 정해진 자리에 속속 착석하였다. 이어서 회의장 양측의 단상에 설치되어 있는 〈무빙플로어Moving Floor[60]〉에는 레이저빔Laser Beam에 의해 미처 그 자리에 참석하지 못한 인사들의 홀로그램Hologram이 재생되어 자리하였다.
'질레 박'의 연설이 시작되었다.
"원로원의원 합하, 각 지역을 대표하는 정상각하와 대사, 그리고 연합정부 관계자 여러분! 저는 오늘 이 자리에서 인류의 새로운 역사가 도래하였음을 선언하고자 합니다."
착석 인사들로부터 우레와 같은 박수갈채가 쏟아졌다. 박수소리는 거의 10분 동안 계속 지속되었다.
"짝짝짝짝짝짝짝짝짝짝짝짝짝짝짝짝짝……."
박수소리가 오랜 시간 끊이질 않고 이어진 이유는 몇십 년동안 그렇게 많은 인사들이 한 자리에 모이기도 처음이지만, 오랜 기간 참담한 영어의 세월을 보내온 전세계 모든 인류에게 있어 꿈에 부푼 새로운 세계가 막 개벽하려는 역사적 순간이었기에 너무 벅찬 감동을 주체할 수 없었기 때문이었다.
"오늘 이 자리는 우리 유니타스 산하 천왕성 소재 우주과학연구기지 스페이스벤처유알에서 지난 70여 년간 진행해온 역사적인 우주계획 스페이스디벨롭파100이 이룬 성과를 보고 드림과 동시에 이를 추인하고자 합니다. 더불어 우주이주계획 〈드림언더스페이스100 Dream on the Space 100[61]〉을 승인 받고자 여러분을 모신 자리입니다."
'질레 박'의 유창한 한국어 연설은 참석자들은 물론, 지하도시나 우주 전역에서 활동하고 있는 전 인류들도 스페이스넷 방송을 통해 각기 자신이 사용하는 언어로 자동통역되어 전달되었다.
"돌이켜 보건데, 50여 년 전인 2047년11월25일 오후3시 정각은 우리 인류 유사이래 가장 비극적이고도 참담한 순간이었습니다. 전 인류 공동의 적으로서 전 인류를 말살하려 하였던 뉴나치즘이란 악령의 지배를 받던 극단적 테러리스트 싸이파, 그 악마의 화신 싸이파에 의해 그토록 아름답고 영롱한 지구는 일순간에 영원한 죽음의 별이 되었습니다."

'질레 박'은 초대형 멀티스크린을 통해 과거 아름다웠던 지구의 자연환경과 갖가지 생명체가 눈부시게 화려한 모습으로 번영을 구가했던 당시의 상황을 재현해보이며 예찬했다. 이젠 돌이킬 수 없는 먼 과거의 추억으로 머물 수밖에 없는 것들이라 더욱 아름답고 소중하게 여겨지는 것들이었다.

"이렇듯 아름다운 지구를 죽음의 별로 만든 책임은 비단 싸이파에게만 있는 것이 아니라 우리 모든 인류에게 있습니다. 우리 인류 모두가 지녀왔던 안일함과 방만함, 극도의 자만심이 결국 돌이킬 수 없는 상황을 자초한 것입니다. 싸이파에 의해 투하된 단 한 발의 광양자화학탄 데쓰루, 그 무엇이 그 어떤 명분이 그 테러분자들로 하여금 하나뿐인 지구를 인류로부터 앗으려 하였을까요? 한 순간의 치기어린 행위로 보기엔 그 어떤 대단한 명분에 의해 저질러진 행위로 보기엔, 인류의 생존을 담보로 게다가 인류가 살아가기엔 가장 이상적이고 유일한 지구를 황폐화함에 있어 절대악으로 단정 짓지 않을 수 없습니다."

'질레 박'의 연설은 거침없이 이어졌다. 그의 연설을 경청하고 있는 인류는 새로운 세계에 대한 기대감에서 오는 설렘과 그로인한 흥분 속에서도 일견 인간 심성에 깊숙이 뿌리내리고 있는 악의 성향에 대해 몸서리를 치지 않을 수 없었다.

"당시 보호막으로부터 철저히 소외된 모든 생명체들이 흔적도 없이 사라졌음은 물론, 인류의 대다수도 무참하게 희생되었습니다. 설혹 보호막에 의해 살아남은 인류라 할지라도 방사능 등 오염으로 인한 온갖 질병에 시달리게 되었고, 유전자변이에 의한 심각한 후유증을 잃게 되었으며, 더 나아가 생식능력마저 상실하였습니다."
'질레 박'은 정확한 숫자는 밝힐 수 없지만 천왕성 개척기지 내의 특별 통제구역 샬롬에 생식능력을 갖춘 극소수의 팅커휴가 존재함으로 말미암아 인류의 대는 끊기지 않고 영원히 지속될 수 있음을 천만다행이라 말했다. 따라서 팅커휴는 인류의 꺼지지 않는 등불로서 존재할 것이며, 어떠한 대가를 치루더라도 반드시 지켜야하고 결코 꺼뜨려서는 안될 마지막 불씨라고 강조했다. '질레 박'의 그러한 다짐의 말에 참석자는 물론 스페이스넷 방송을 통해 그의 담화를 들은 인류는 비로소 안도의 한숨을 내쉴 수 있었다.
"우리 유니타스는 과거 미국정부가 화성에서 극비리에 추진해오던 우주개발계획 미저리-4를 인수하고, 그후 각 지역수장들의 적극적인 협조 하에 천왕성에 대규모의 연구기지를 건설, 그 계획을 현재까지 차질 없이 추진하여 왔습니다."
초대형 멀티스크린이 다시 펼쳐지면서 천왕성에 건설된 개척기지이자 연구기지 스페이스벤처유알의 위용이 그 모습을 드러냈다. 면적이나 규모로는 과거 미국 동부도시 로스앤젤리스를 능가하는 초대형 도시의 규모를 갖춘 모습이었다. 특이한 것은 도시 전체가 외관상으로 보기에 하얀 송이버섯 군락을 연상케 했고, 그 버섯 하나하나는 거대한 돔으로서 큰 것은 직경이 3,200미터에 이르렀다.
"앞서 주지한 바와 같이 스페이스벤처유알의 연구목적은 세 개 분야로 나뉘어 진척해왔으며, 첫번째 분야는 우주개척분야로 인간이 자연과 더불어 살아 갈 수 있는 지구와 가장 유사한 행성을 찾아 개발하는 것이었습니다. 두번째 분야는 종족의 보존과 형질개량의 분야로 순수한 인간의 맥을 영영세세 이어가게 하는 것이 목적이었습니다. 세번째 분야는 자원의 개발과 과학문명을 향상시키고 어떠한 파괴자로부터든지 우주를 지킬 수 있는 방위체제 구축에 관한 것입니다."
초대형 멀티스크린에 의해 장시간에 걸쳐 세개 분야의 진척과정이 상세히 소개되었다.
'질레 박'은 회의장을 돌며 참석자들과 일일이 악수를 나누고 그들의 공을 치하했다. 단상으로 돌아온 질레 박은 긴장한 낯빛으로 장내를 둘러봤다. 모든 참석자들의 시선들도 자연스레 질레 박을 향했다. 질레 박은 천천히, 그리고 한마디 한마디에 힘을 주듯 말을 이어갔다.
"먼저…… 가장 희망적인 메시지부터……, 전 세계…… 모든 인류에게…… 발표하고자 합니다."
'질레 박'은 다음 말을 몹시 아껴가며 꺼내려는 듯이 한참 뜸을 들였다. 탁자 위에 놓인 물컵을 천천히 들어올려 몇 모금 음미하듯 마셨다. 그리고 단숨에 내뱉듯 다음말을 이어갔다.
"이미 23년 전인 2077년11월11일, 지구의 생태계와 거의 유사하여 당장이라도 이주하여 자연과 더불어 살아갈 수 있는 별, 지구로부터 12억 광년 떨어진 외우주 B블럭 바카은하계 소속의 스강나하르행성을 발견하였으며, 20년간의 대역사 끝에 오늘 이 자리에서 인류가 거주할 수 있는 스강나하르 제1차 도시기반시설이 완공되었음을 선포하는 바입니다."
순간 대회의장은 환호성과 박수갈채가 동시에 터져나왔고, 한동안 대회의장이 떠나갈 듯 계속 이어졌다.

4

환호성과 박수갈채가 거의 수그러들 즈음 초대형 멀티스크린을 통해 스강나하르행성의 위용이 드러났다. 그리고 물흐르듯 거침없이 흘러가는 영상을 설명하는 여성의 단아하면서도 또렷한 멘트가 흘러나왔다.
"스강나하르행성은 추정행령 125억 년된 행성으로 〈쏘울드법칙Sold Method[62]〉의 은하중력다변이동 계산식에서 이미 밝혀진 바와 같이 은하계 중력의 다변이동으로 생성된 행성이며, 외형은 마치 팽이를 닮은 정교한 원추형의 모양을 지니고 있습니다."
대부분의 행성들이 자체중력과 공전에 의해 공처럼 둥근 원형인데 반해 위아래로 길쭉한 참으로 독특하게 생긴 행성이었다.
"경도직경이 62,162km, 수직위도 직경이 94,659km, 총부피는 약 7.553 곱하기 10의 13승 입방km로서, 이는 지구의 부피와 비교할 때 42.3배가 더 크고 총질량은 약 249.142 곱하기 10의 27승 그램으로 39.34배 가까이 됩니다. 표면적 또한 72.45배 가량 더 넓으며, 평균밀도는 5.442로 지구의 5.525와 거의 유사한 것으로 드러났습니다."
스강나하르 행성을 다각적인 측면에서 촬영한 영상들이 나타났다. 형태는 지구와는 전혀 딴판이었으며, 특히 바다로 여겨지는 넓은 부위가 짙은 초록색을 띠고 있는 것이 신기했다.
"스강나하르는 특이하게도 지구와 같이 자기磁氣를 갖고 있는 행성이며, 위성이 하나인 지구와는 달리 13개의 위성을 갖고 있습니다. 그 중 〈선샤인Sunshine[63]〉이라는 위성이 마치 태양처럼 스스로 빛을 발광하며 스강나하르를 137.45시간을 주기로 돌고 있어, 스강나하르의 낮과 밤을 구분지어주고 있습니다. 나머지 12개의 위성은 스스로 빛을 내지는 못하지만 표면의 독특한 성분구조로 말미암아 반사광에 의해 형용할 수 없을 정도로 아름다운 색채를 보여주고 있습니다."
장내는 일순간 스강나하르의 장관에 넋을 잃고 탄성을 질렀다.
"와!"

멀티스크린은 화면이 바뀌어 사막같이 건조한 모래바다와 기암괴석 따위로 뒤덮인 광활한 광경을 보여주었고, 이어서 독특한 형태의 빙산과 천년설로 이루어진 장엄한 광경들을 보여주었다.

"적도부위의 경우 낮 최고온도는 섭씨 172도, 밤 최저온도는 영하 16도이며, 남극권은 평균 섭씨 영하 76도, 북극권은 평균 섭씨 영하 54도입니다. 스강나하르의 여러 지역 중 인간이 살 수 있는 지역은 북위 13도에서 32도, 남위 12도에서 27도 지역을 꼽을 수 있습니다. 그러나 이들 지역도 주야 온도차가 심하여 인류 거주지역엔 자동 대기온도조절장치 〈스프링엑시머Spring Excimer[64]〉를 운용하고 있어 인류가 생활하기에 아주 쾌적한 온도를 자동으로 유지하고 있습니다."

멀티스크린에는 캐주얼한 차림의 100여 명쯤 되는 사람들로 둘러싸인 테니스코트에서 복식경기가 치러지는 모습이 보였는데, 모두 행복한 미소를 띠고 있었으며, 몇몇 사람들은 카메라앵글을 향해 손가락 두개로 브이V자를 그려보이기까지 했다.

"대기권에는 산소 37%, 질소 56%, 알곤 1.2%, 이산화탄소 0.025%, 탄화수소 3%, 무기질 2%로 산소가 다소 높고, 그 외에 스강나하르에만 존재하는 〈게발트Gebalt[65]〉 0.275%, 〈헬세이Helsay[66]〉 0.032%가 함유되어 있으나 인체에는 아무런 영향도 안 미치는 것으로 드러났습니다."

쾌청한 하늘에 몇 개의 조각구름이 떠있는 장면이 나타났다.

"지표는 화강암, 퇴적암, 변성암이 주류를 이루고 있는데, 주요성분으로는 규소가 압도적으로 많고 그외 철, 구리, 망간, 알루미늄 등은 지구와 거의 유사한 분포를 보이며, 지층에서는 탄화물과 185종의 각종 금속성분이 발견되었습니다. 그리고 스강나하르 중심부는 대부분 고밀도의 〈써든헬륨Sudden Helium[67]〉이 차지하고 있는 것으로 분석되었습니다."

멀티스크린에는 입체적으로 영상화된 지층 구조도가 나타났다.
"원소 종류도 지구보다 더 다양하여 그간 발견된 원소는 모두 138종에 이르며, 특히 다른 우주에서도 발견된 바가 없는 이 행성만이 가진 희귀성분의 원소가 14종이나 되는데, 그 중 중요한 성분으로는 〈아타나바Attanaba[68]〉, 듀얼크롬Dualchrom[47], 써든헬륨[67], 〈수지편Sujipyeun[69]〉, 〈드롱Drong[70]〉, 〈써리얼Surrial[71]〉 등이 있습니다."
멀티스크린에는 스강나하르에서 새로 발견된 원소들의 화학구조 모형과 설명이 자막으로 나타났다. 이후 정립된 각 원소의 특징은 다음과 같다.

- 아타나바는 전도율이 구리의 30배가 넘는 초강력 전도체로 그 매장량도 12억 톤에 이르는 것으로 밝혀졌다.
- 듀얼크롬은 다이아몬드보다 경도와 마모력이 훨씬 뛰어나고, 빛을 흡수하나 반사하지 않는 금속으로 암흑색을 지녔다.
- 써든헬륨은 헬륨과 같은 질량을 지닌 무거운 금속으로 스강나하르행성의 삼분의 이를 차지하며, 이 행성의 중심을 유지할 뿐만 아니라 자장을 띄고 있는 성분이다.
- 수지편은 물고기비늘 같은 편상片狀이며, 듀얼크롬과 정반대의 성격을 가진 성분으로, 열이나 전파는 물론이고 레이저나 방사능을 철저히 차단하는 성분이다.
- 드롱은 천연의 상태에서는 짙은 암갈색의 액체로 존재하지만 섭씨 2,130도의 고온에서 탄소와 반응하면 투명해지면서 탄성을 지닌 고체로 변형되며, 쉽게 가공이 되고 가공 후엔 변형이나 웬만한 충격에도 부러지거나 깨지는 경우가 없고 가볍기 때문에 인체의 뼈 등 의료용으로 사용하기에 적합한 물질이다.
- 써리얼은 지구에서도 미량으로 발견되는 우라늄 계열로 스강나

하르엔 무려 2.8억 톤이 매장되어 있으며, 핵융합시에는 우라늄 버금가는 엄청난 에너지를 방출하는 원소이다. 그러나 써리얼에는 우라늄과 같은 방사능이 없어 인류가 발견한 가장 안전하고 부가가치가 가장 높은 원료로 사용되는 성분이다. 써리얼은 발견 이래 한동안 연합국가 유니타스에서 직접 관리하고 개인소유를 일체 불허하였다. 후에 금을 대신하여 기본가치로 인정하고, 이 원소의 소유량으로 부를 측정하는 기준으로 삼았다.

멀티스크린은 장면을 바꾸어 이번엔 웅장한 스강나하르의 자연경관을 보여주었다.
“이른바 온대지역에 해당하는 지표면에는 높이 30m가 넘는 거목巨木들의 원시림이 무성하게 우거지고, 스강나하르의 전표면의 84%를 차지하고 있는 바다는 지구의 해양과 같으나 염분이 없는 것이 큰 특징이며, 녹색의 미세 프랑크톤 〈쉬잘Syzal[72)]〉로 초록빛을 띄고 있는 것도 큰 특징이라 할 수 있습니다.”
스강나하르의 대양이 진초록색으로 화면 가득 클로즈업되었다. 코발트블루의 하늘색과 눈부신 흰빛의 구름, 둥두렷이 떠 있는 크고 작은 여러 개의 오색으로 알록진 달들……. 참으로 환상적이고 화려한 장관이었다.
화면은 다시 스강나하르의 12개 위성들을 번갈아 보여주고 그중 대낮에도 일곱 개의 달이 한꺼번에 잡힌 바로 손에 잡힐 듯 근접하여 떠 있는 장관을 보여주었다. 알록달록한 유리구슬처럼 그 모습들이 한결같이 환상적이었다. 장내는 다시 탄성으로 출렁거렸다.
“물론 스강나하르행성에도 2억 종으로 추산되는 지구와는 전혀 다른 형태와 습성을 가진 괴상한 생명체들이 살고 있으나, 다행히 인간 이상의 지능을 가진 생명체는 아직 존재하지 않는 것으로 밝혀졌습니다.”
스크린 화면은 자연에서 한가하게 노니는 진기한 모습의 동물들과 형형색색의 식물들이 ‘줌인 앤 아웃’으로 나타났다 사라졌다.
“어떻게 저런 생물들이 다 있을까?”
“참으로 불가사의한 세계로구나!”
“너무 아름다워 마치 파라다이스 같다.”
모두들 입을 다물지 못하고 감탄과 놀라움에 몸을 떨었다.

화면은 다시 개척기지의 끝없이 펼쳐진 웅장한 모습과 최첨단시설들을 보여 주었다.
“스강나하르의 개척기지에는 제1차 도시기반시설로서 현재 1억2천만 명을 수용할 수 있는 주거도시가 건설되어 있습니다. 또한 승객 3천명과 2천 톤의 화물을 동시에 탑재할 수 있는 〈스페이스트라인Spacest Line[73)]〉 30기가 동시 접안할 수 있도록 〈스페이스도크Space Dock[74)]〉가 3개소에 건설되었으며, 개인승용 〈스페이스카Space Car[75)]〉를 2,000대 수용할 수 있는 전용공간도 1,500여 개소가 마련되어 있습니다.”
사람들은 너무 놀라운 장면에 모두 일어나서 어쩔줄 몰라 우왕좌왕하였다. 개척기지의 그 거대하고도 웅장함은 물론, 인류를 스강나하르로 이주시킬 거대한 스페이스트라인의 위용과 중앙통제방식의 자동컨트롤로 웬만한 거리는 순간이동을 한다는 자가용 스페이스카 등등, 그 모든 것이 도무지 믿어지지 않아 옆 사람들에게 ‘이게 꿈인지 아니면 뭔가에 홀린 건지’ 서로 간에 확인하기에 바빴다.
“단일시설의 규모 면에서도 인류사 초유의 것들이 많이 들어섰는데, 〈멤사스센터Memsas Center[76)]〉의 경우 총 2,220층 규모의 빌딩으로써 지하로는 120층으로 땅 밑으로 673m를 파고 내려갔으며, 지상은 2,100층으로 하늘로 치솟은 높이만 7,777m에 이릅니다. 이는 과거 2028년에 로스앤젤리스에 건설되었던 지하 22층, 지상 220층짜리 〈아마겟돈빌딩Armageddon Building[77]〉의 열배에 해당되며 연면적 12억 평방미터는 2022년 한국의 용인에 건설되었던 〈밀레니엄홀리데이 빌딩Millennium Holiday Building[78]〉의 7천만 평방미터와 비교할 때 열일곱 배에 해당할 만큼 엄청난 규모라 할 수 있겠습니다."

도무지 믿어지지 않는 장면들이었다. 그 모든 영상들이 고도의 테크닉을 구사하여 만든 컴퓨터그래픽의 합성이 아니라면 실현 불가능하다 여겨졌기에 속임수라는 생각이 들 지경이었다.

"무엇보다도 지식 및 정보공유를 위해 각 세대, 각 정부부처와 기관, 각 기업들을 중앙 초집적 지능헤드에 연결하는 〈토탈세이브라인Total Saveline[79]〉은 폐허 직전 지구의 모든 광케이블의 총용량 50배가 넘는 125억 헥사Hexa규모로 모든 생활권역을 스페이스넷화하여, 항차 인류의 쾌적하고 편리한 삶을 보장할 것입니다. 이는 곧 모든 환경이 인공지능시스템에 의해 최적의 상태로 스스로 유지되고 관리된다는 것을 의미합니다."

대회의장은 놀람과 흥분에 겨운 사람들이 삼삼오오 모여 도무지 믿을 수 없다는 표정을 굳이 감추려 하지 않았다.

"아니, 불과 20년 만에 어떻게 저런 시설들을……. 도대체 이게 무슨 도깨비 장난이라도 된단 말이요?"

"언제 저런 일들이 벌어진 건지, 난 도무지 믿을 수가 없소."

"이건 우리를 갖고 놀려는 사기극이다. 우릴 까마득하게 속이고……. 이건 도저히 용납할 수 없는 짓이다."

"저 사람들은 저기서 꿈같은 생활을 하는 동안, 우린 이 지옥 같은 곳에서 허송세월 보낸 것 같소. 안 그렇소? 여러분!"

회의장의 어수선한 분위기에는 아랑곳하지 않고 멀티스크린 화면은 계속해서 진기한 자연생태계와 괴이한 동식물들, 그리고 끝없이 펼쳐진 원시림을 보여주었으며, 그러한 자연 속에서 뛰노는 아이들의 모습도 보여주었다.
극락이 있다면 바로 화면 속의 장면이 그것일 것이다.

"이 행성에는 현재까지 480여만 종에 이르는 동물과 1,200여만 종이 넘는 식물, 700여만 종의 단세포생물, 23종의 무형생명체가 살고 있음이 밝혀졌으며, 밝혀지지 않은 종까지 대략 2억 종의 생명체가 살고 있으리라 여겨집니다. 특히 무형생명체 가운데 〈이즈레라 Ezrera[80]〉라는 동물이 있는데, 분홍빛을 띤 연기형상의 생물로 붉은색의 초미세 단세포들이 세포간 거리를 산소화합물을 삼중고리로 하여 연결하고 있는 특이한 구조로 되어있고, 생명체들이 갖고 있는 소화기관이나 배설기관 등이 없어 한동안은 이즈레라가 생명체임을 몰랐습니다. 그러나 이 이즈레라에겐 놀랄만한 기억소자를 지니고 있어 이 불가사의한 능력을 연구 중에 있습니다."
회의장 안은 쑥대밭이 되었다.
질레 박 대통령을 향해서 '장난을 그만 치라'는 항의가 빗발치기도 했고, 개 중에는 '인류를 위로한답시고 벌이는 코미디쇼이기 때문에 잠시라도 시름을 잊을 수 있어 좋은 것이니 그리 흥분할 게 못된다'는 여유를 부리는 사람도 있었다.
어쨌든 멀티스크린은 장내의 소란에 아랑곳하지 않고 계속 스강나하르의 장관을 연출하였다.
"스강나하르는 천연환경도 지구와 거의 유사하여 자연에 그대로 인체가 노출되어도 아무런 장애 없이 쾌적하게 살 수 있습니다. 아름다운 자연경관은 천국을 연상시키고 극히 일부를 제외하곤 대부분 동물들이 쉬잘이란 프랑크톤을 먹이로 하기 때문에 품성이 온순하고 인간에겐 전혀 위협적이지 않음을 확인하였습니다.”

5

이어서 멀티스크린에는 첨단시설들의 웅장하면서도 일견 그로테스크한 위용과 모든 시설들이 복잡한 구조의 토털세이브라인과 연결된 자동제어시스템에 의해 스스로 제어되고 작동되고 있음을 보여주었다.
이번엔 신축 중인 거대한 플랜트현장이 나타났는데, 그 수효를 일일이 셀 수 없을 만큼 많은 인간의 형상을 닮은 로봇과 탱크처럼 생긴 로봇 등 온갖 형태를 갖춘 로봇들이 각자 맡은 일들을 척척 해내고 있는 것이었다. 물론 주변에는 그들을 지휘감독하는 인간들의 모습은 전혀 보이지 않았다.
“스강나하르에서 우리 인간들은 노동이나 위험하고 험한 일을 하지 않습니다. 도시계획부터 토목시공, 플랜트건설, 자동화설계, 전투에 이르기까지 모든 일들은 중앙컴퓨터의 지시와 통제를 받는 로봇이 대신합니다. 모든 설비의 이상 유무는 컴퓨터가 체크하고 스스로 점검하기도 하지만, 외부의 충격 등으로 파손되었을 경우 전담로봇이 수리를 합니다.”
장내의 소란이 어느 정도 멎었다. 참석자들 모두는 얼이 빠진 상태로 멀티스크린만 응시했다. ‘밑져야 본전’이라고 하나의 잘 만들어진 공상과학영화처럼 느껴졌기에 ‘어쨌든 봐둬서 손해볼 것은 없지 않겠느냐’라는 심리가 작용했던 것이다.

"이외에도 가사를 전담하는 로봇이 있는가 하면 유아를 돌보는 로봇도 있고, 각종 연예활동이나 스포츠선수로서의 역할을 하는 로봇도 있습니다. 또 로봇이 관광가이드도 하며, 안마나 마사지 등 서비스산업에서 봉사하기도 합니다."
장내에선 잔잔한 웃음소리가 일었다. 비록 잘 만들어진 공상과학영화라 여겨지지만 그래도 어린아이들의 천진난만한 모습이 등장하고 과거 인류의 일상생활이었던 장면들이 나타나자 절로 즐거운 마음이 들었던 것이다.
"우리 유니타스는 지난 20년간 극비리에 8만여 명을 스강나하르에 이주시켜 왔으며, 그들 이주민들은 대부분 과학자와 엔지니어들 그리고 일부의 전투병력과 인류의 미래라 할 수 있는 팅거휴 등으로 구성되어 있습니다. 현재 스강나하르엔 그곳에서 태어난 2세를 포함 10만 8천여 명이 거주하고 있으며, 그중 우주환경에 대응할 수 있도록 특수훈련과 특수군사작전을 익힌 4,300여 정예병력들이 스강나하르를 지키고 있습니다."

멀티스크린은 마지막으로 막강한 방위력을 보여주는 첨단무기들의 기동장면들을 보여주었다. 1인승 〈뱀파이어스페이스Vampire Space[81]〉 전투기들이 수직 이착륙과 순간발진장면을 연출했다. 그 전투기들은 수직으로 떠오르는가 싶더니 순식간에 시야에서 사라져버리는 것이다.
"이 전투기들은 이착륙뿐만 아니라 출격 목적지나 요격대상물까지 모두 초집적 지능헤드 〈에니악Eniac[82]〉에 의해 조종됩니다. 전투원이 조종간 좌석에 앉는 순간 모든 기기들은 자동으로 제어가 되고, 이륙에서 최고속도 3〈다이징Dising[83]〉까지는 0.3초 밖에 소요되지 않습니다. 참고로 1다이징은 지구 속도로 초속 12만 킬로미터입니다."

전투기들은 밋밋하고 동글동글한 형태가 언뜻 보기엔 돌고래를 본뜬 듯했다. 크기도 작아 평균신장을 지닌 어른이 팔을 넓게 벌린 크기에 못미치며. 어른 둘이 양쪽에서 번쩍 들어 보일만큼 가벼웠다. 전투기라기보다는 과거 유원지에서 흔히 보이는 범프카Bump Car 수준이었다. 장난감이라면 모를까 도무지 전투에는 어울리지 않을 작고 미약한 모습을 지녔다.
"그리고 이 전투기들은 미사일이나 레이저 등 재래식무기를 일체 사용하지 않고, 어떤 목표물이든 선택적으로 분해시켜 사라지게 할 수 있습니다."
한 전투기가 이해력을 돕기 위해 하늘 높이 치솟은 2,100층짜리 멤사스센터 중간 층 쯤의 한 대형유리창에 붙여놓은 10센티미터 정도의 황금으로 만든 하트를 3킬로미터 떨어진 지점에서 공격하는 장면을 보여주었다.
"이는 마치 바닷가의 너른 백사장에서 모래 한알만을 선택하여 겨냥, 사라지게 하는 것과 같습니다."
전투기의 모습이 언뜻 보이더니 황금하트는 흔적도 없이 사라진 것이다. 멀티스크린은 멤사스센터의 그 유리창이 아무런 손상도 없이 원상태 그대로임을 보여주고, 다시 전자현미경으로 백만 배 확대하여 황금하트가 미세한 원소 가루로 변해있음을 확인시켜 주었다.

"이 전투기는 폭발에 의한 파괴력, 방사능이나 독성 등을 이용한 그 어떠한 재래식 형태의 무기를 사용하지 않고도 단지 목표물만을 선택하여 그 목표물이 지닌 특성을 분석, 진동의 강약으로 목표물의 구조를 와해시켜 애초에 그 목표물이 지닌 기본원소로 환원시킴으로써 그 목표물 특성 자체가 흔적 없이 사라지게 하는 것입니다. 따라서 그 목표물과 특성을 달리하는 물체에는 아무런 영향을 주지 않게 될

뿐만 아니라 방사능이나 소음, 파편의 확산으로 인한 피해는 전혀 없습니다."

대회의장 안은 찬물을 끼얹은 것처럼 한동안 정적이 흘렀다. 아무리 과학의 세계가 도깨비 방망이 같다한들 화면만 보고서는 도저히 납득할 수 없기 때문이다.
한 사람이 갑자기 단상 위로 뛰어 올라 갔다. 얼굴이 벌게진 그는 한참동안 대회의장 좌중을 훑어보았다.
심상치 않은 그의 기색에 장내는 아연 긴장하면서 잠시 소란스러워졌다. 그는 멍청한 표정을 짓더니 두 주먹을 불끈 쥐고 머리 위로 번쩍 치켜들고는 큰 소리로 외쳤다.
"여러분! 지금 우리가 꿈을 꾸고 있는 것 맞지요?"

[제2화]

드림언더스페이스 100

Dream on the Space 100

12억 광년의 머나먼 여행

1

지나친 욕심은 반드시 재앙을 불러 온다. 유사 이래 인간의 욕심으로 인해 피로 얼룩진 역사가 그를 증명하고, 장구長久한 역사役事로 건설된 숱한 제국들의 멸망도 지나친 욕심에 의해 재앙을 자초한 결과이다.

인류는 굳이 싸이파에 의한 광양자화학탄 데쓰루 테러가 아니더라도 자연의 재앙을 통해 자멸을 불러왔을 것이다. 자연은 늘 인류에게 숱한 경고를 울려왔음에도 인류는 그에 귀를 기울이지 않았다. 인류에 의해 파헤쳐진 자연은 곧 인류가 그토록 갈망해온 천국이었으며, 더불어 공존했어야 할 숱한 생명체들의 멸종을 초래했음은 곧 자신의 천국을 스스로 파괴해온 꼴이었다.

인간만이 지닌 한도 끝도 없는 게걸스러움, 아무리 소유를 해도 결코 채워질 수 없는 소유에 대한 허기는 자연을 파괴함으로써 같은 종족 인류를 핍박함으로써 채워질 수 있는 것이 아니다. 그것은 절대로 치유될 수 없는 정신병으로 인간이라면 태생적으로 지니게 되는 유전병이다. 따라서 인간은 자연계를 통털어 유일한 악의 원천일 수밖에 없고, 악마란 인간의 다른 모습을 일컫는 말이다.

데쓰루의 후유증으로 죽어가면서 페루계 시성詩聖 〈마마 토리비아Mama Toribia[84]〉는 '인간'이란 다음과 같은 대서사시를 남겼다.

인간

인간,
너 영원히 구제할 수 없는
악의 화신 메피스트펠레스
도덕道德으로 화장化粧한
가장 추악한 우주의 프랑켄슈타인
게걸스러움에 있어
태평양보다 더 큰 위를 지닌 피니아Penia
말초적 쾌락만 탐닉하는 음흉한 걸레

…… 중략 ……

자식이 아비를 죽이고 어미를 범하는
그 자식의 자식 또한 아비를 죽이고 어미를 범하는
그 자식의 그 자식의 자식 또한 아비를 죽이고 어미를 범하는
우주에 가장 부도덕하고 가장 야만적인 종족이 있으니
그 이름하여 인간이니라.

'마마 토리비아'의 '인간'이란 대서사시는 한동안 인류에게 큰 감명으로 읽혀졌고, 인간의 도리를 깨닫게 하는 거울로 삼게 되었다.

싸이파들에 의한 광양자화학탄 데쓰루의 투하 이래 어언 50여 년의 세월이 흘렀어도 지구의 밤과 낮은 여전히 잿빛으로 감싸여 있고 죽음의 신령들이 세계를 지배하는 것처럼 보였다. 지상에는 개미새끼 한 마리 얼씬거리지 않고 바람 한점 없는 대기는 어떠한 움직임이나 어떠한 소리도 들리지 않는 적막감에 휩싸였다. 마치 시간이 멈춰 있는 듯 수억 겁 세월동안 흐르지 않고 고여있는 깊은 물속과 같았다. 그 꽉 막힌 공간과도 같은 잿빛 고요가 주는 공포는 차라리 질식에 가까웠다.

그러나 죽음의 지구 저 깊은 속 은밀한 속살에는, 그리고 머나먼 우주 미로의 여정 곳곳에는 여전히 5억 가까운 인류가 꿈을 저버리지 않고 생명의 불씨를 간직하고 있었으며, 건설적인 인류에 의해 새로운 세계가 펼쳐지고 있었다.

50년 세월을 딛고 마침내 유니타스 대통령 '질레 박'이 발표한 스페이스디벨롭파100[54]은 바이오아이스캡슐[19]에 냉동되어 동면상태에 있는 인류는 그 영문을 알 까닭이 없겠지만, 눈뜬 모든 인류에게 있어 가히 폭발적인 반향과 파장을 불러왔다.

환상의 행성 스강나하르와 그 개척기지의 위용은 프리덤에 위치한 대통령궁 스피릿트하우스의 대회의장에 참석하여 멀티스크린을 통해 그 광경을 목격한 인사들뿐만 아니라 스페이스넷방송을 통해 그 장면들을 바라본 현장의 깨어있는 모든 인류들에게 있어 그들의 놀람은 차라리 충격에 가까웠다.

그러나 대개의 인류는 기쁨, 놀람, 환호성에 앞서 도무지 믿으려 하지 않았다. 한편의 잘 만들어진 공상과학영화를 보여준 것이라 여기고,

오히려 '질레 박'을 미친놈으로 몰고가는 경향까지 보였다.
유니타스는 계속하여 스강나하르 행성과 그 개척기지와 관련된 각종 정보들을 인류에게 공개하고, 그것이 결코 헛된 꿈이 아니며 실제로 유니타스와 스페이스벤처유알[22]의 수많은 과학자, 엔지니어링기술자들, 그리고 전 인류가 합심하여 이룬 개과라고 발표하였다.
인류들이 그렇듯 믿기지 않는 사실들을 현실로 받아들이기까지는 그리 오랜 시간이 걸리지 않았다. 20세기 초부터 과학문명이 급진적으로 발전하여 왔고, 또한 지구의 대참사 이래로 기적이라 할 수 있는 일들을 숱하게 겪어왔기에 그간 인류가 사활을 걸고 들인 노력이라면 얼마든지 현실로 드러날 수 있는 기적이라 여겨졌기 때문이다.
그동안 지하 수백 미터 아래에서 죽은 듯 생명을 이어온 인류였다. 냉동캡슐에 담겨져 가사상태로 50년 가까이 동면해온 4억8천여만 명의 인류는 물론, 살아서 활동해온 3천2백여만 명의 인류들 역시 그간의 삶이란 고통의 연속이었다. 영원할 것 같았던 지구, 생명의 태반胎盤을 영원히 상실했다는 자괴감自愧感에 한동안 절망에 빠져있었던 사람들이었다.

2

인간은 자연계의 그 어떤 생명체보다도 더 생존욕구가 강한 존재이다. 특히 더 이상 자손을 생산할 수 없다는 절망적이고도 엄연한 상황 속에서 그러한 생존욕구에 대한 강한 집착은 꺼질 줄 모르고 뻘건 용암줄기를 하늘 높이 치솟게 하는 활화산의 분출구와 같은 강력한 투지를 도출시켰다. 그러한 생존을 위한 강한 욕구는 의학분야뿐만 아니라 지하생활을 영유하기 위한 과학발전에 상당한 성과를 걷을 수 있게 하는 원동력이 되었다.
먼저 광양자화학탄 데쓰루로 인한 후유증과 지하생활에 잘 적응하기 위한 의학분야의 눈부신 발전을 꼽을 수 있다. 이미 상실한 생식능력의 복원은 불가능하였으나 기타 신체상의 질병이나 기형은 모두 정상으로 치유할 수 있을 정도로 의료수준에 놀랄만한 발전을 가져왔고, 더불어 인체의 모든 기관의 노화를 획기적으로 늦출 수 있는 '생명연장과학'도 상당한 수준에 이르렀다.
일부 생명의과학자 간에 간세포 복제로 인한 인간의 대량 양식을 시도하기도 했었으나 〈유니타스 생명윤리위원회[85)]〉의 제동으로 실현되지 못했다. 그러한 실험이 현실화될 경우, 인류에겐 또 다른 재앙이 미칠 것이란 우려 때문이었다. 따라서 팅거휴로부터 자연분만으로 생산되는 인간만이 정통성을 보장받게 되고, 그 외엔 인간 복제행위나 유전자 조작행위는 일체 용납하지 않았다.

지구 최후의 날 이래 한동안 인류는 지하의 냉동창고건설과 바이오아이스캡슐[19)] 제작에 급급했었다. 그리고 '환경인체공학'을 비롯해 '지압地壓과 인체의 반응'에 관련된 의과학분야에 관심을 두었고, 지하도시의 환경을 개선하는 연구에 몰두하였다. 지하생활에 오래 견디려면 지하환경에 견딜 수 있는 체질로의 개선이 필요하다.
창세기 이래 지상의 여러 자연적인 현상, 그리고 복합적 요소에 의해 진화를 거쳐 적응되어 온 인류는 지하세계의 물리적 중압에서 나타난 신체적 질환보다 폐쇄적이고 답답한 공간에서 오는 심리적 압박감과 정신적인 고통이 더 견디기 어렵다고 호소하였다.
지하 몇 백 미터 아래는 지압地壓과 지열地熱에서 오는 압력에 의해 신체의 모든 기관에 이상을 가져온다. 먼저 눈과 귀에 이상이 오고 그 다음으로 호흡기관에 장애가 생기기 시작했다. 그리고 소화기관과 뼈의 관절, 피부에도 각종 이상 질환이 생겨났다.
지하세계에도 지상의 태풍이나 지진, 해일과도 같은 자연재해가 자주 발생하였다. 일종의 지진현상이라 할 수 있는 지층의 분리나 상호간에 작용하는 압력 등에 의해 애써 만든 각종시설들이 파괴되기도 하였고, 불완전한 지층의 붕괴로 지하시설과 함께 많은 사람들이 용암 속으로 빨려들어가는 참상도 여러 번 겪었다. 따라서 지질과 관련된 지질과학과 지하건설관련 엔지니어링도 상당한 수준으로 발전할 수 있었다.
식량개발에 관한 연구도 활발하여 지층 속에 매장되어 있는 다양한 종류의 유기질을 식량화하는데에 성공하였다. 지하에 매장되어 있는 석유나 석탄뿐만 아니라 퇴적암에서도 단백질을 추출하고 그 단백질을 여러가지 다양한 맛과 향, 그리고 색깔 및 모양, 씹는 느낌 등으로 특수가공하는 식품가공기술도 발전하였다. 지표면의 비교적 오염도가 낮은 물을 채취하여 이를 식용수로 정수하는 대규모 정수처리시설을 개발하였고, 그 물을 이용하여 화학반응을 거쳐 산소로 환원시키는 대규모 '원소이온화분리'시설도 개발하였다.

그밖에 지하세계에 적응하기 위해 부단하게 노력해온 인류는 지하생활에서 오는 단조로움과 스트레스를 해소하기 위해 나름대로 지하환경을 지상의 환경과 거의 유사하도록 개선하고 조성할 수 있는 능력이 생겼다. 지상에서 행하여졌던 웬만한 스포츠나 레저도 똑같은 환경을 조성하여 즐길 수 있게 된 것이다.
사우나, 헬스는 물론 인공태양 아래에서의 썬텐은 보편화되었고, 축구, 아이스하키 같은 경기를 할 수 있도록 제법 규모가 큰 체육관도 건립하였다. 규모는 작지만 인공호수를 조성하여 수영이나 보트 놀이를 즐길 수 있었으며, 골프를 즐길 수 있도록 인공골프장도 건립하였다. 그 모든 것들이 실제 지구가 폐허화되기 이전의 과학기술로는 지하 수백 미터 아래에 조성하기란 불가능한 것들이었다.

3

유니타스[3)]는 서기 2100년10월10일을 〈오픈더스페이스데이Open the Space Day[86)]〉로 정하고 범세계적인 페스티벌을 펼치기로 하였다. 그를 위해 '질레 박 대통령을 위원장으로 하는 〈스페이스페스티벌어소시에이션Space Festival Association[87)]〉을 발족하고 각 지역의 수장들이 당연직 위원으로 선임되었다. 그리고 각 단위지역별로 페스티벌을 개최하도록 하였다.

그날을 기하여 드림언더스페이스100[61)]의 프로그램이 전개되며 인류의 대역사, 즉 대대적인 스강나하르 이주가 시작되는 것이다. 대통령 '질레 박'은 전 우주로 방영되는 스페이스넷 방송매체를 통해 특별담화를 내보냈다.

"전 세계, 전 우주 모든 인류에게 무한한 영광과 축복을 보냅니다. 앞으로 40일 후에 도래할 10월10일은 우리 인류 역사상 가장 크나큰 축복과 영광이 내려지는 날이 될 것입니다. 따라서 유니타스에서는 그 날을 오픈더스페이스데이[86)]로 선언합니다."

전 인류에게 보내는 '질레 박'의 담화가 계속되었다.

"그날, 우리는 전 세계적으로 펼치는 대축제 속에 스강나하르를 향한 첫 우주선을 발진시킬 것입니다. 스강나하르의 개척기지로부터 출발한 우주여객선 스페이스트라인[73] 1,200여 기가 우리 지구의 인류를 스강나하르로 이주시키기 위해 지금 이 순간에도 지구를 향해 항진해 오고 있는 중입니다."

스강나하르 우주기지 〈월드피스World Peace[88]〉에 가지런히 대기하고 있는 스페이스트라인들의 위용이 화면에 드러났다. 스페이스트라인의 형상은 마치 고생대에 지구해양에서 번성했던 절지동물 삼엽충三葉蟲을 본뜬 듯했다. 은빛 몸체에 이륙시 잠깐 활짝 펼쳐졌다 접히는 가속 엔진익翼:날개으로 비상시 더욱 우아하게 보였다.

"이 스페이스트라인들 중 첫번째로 도착되는 'SK 2087-22 SL'기는 정확하게 9월 13일 오후 3시18분 자메이카지역의 지하도시 입구에 도착하게 되며, 이어서 나머지 스페이스트라인들도 10월 2일까지 지구에 속속 도착될 예정입니다."

스페이스트라인들이 한 대, 두 대, 세 대…… 연이어 우주공간으로 사라지는 모습들이 나타났다.

"이 스페이스트라인들 중 가장 먼저 스강나하르 개척기지를 뒤로 하고 지구를 향한 기종은 'SK 2084-1 SL'기로, 지구시간으로 2084년 10월 10일 오전 10시 정각에 제1 스페이스도크 월드피스를 이륙하였으며, 〈퍼스트챔버First Chamber[89]〉로는 우주 물리학자이자 미공군 파일럿 출신인〈아놀드 파가로니Arnold Pagaroni[90]〉라 전해지고 있습니다."

긴가민가하여 스강나하르의 존재에 반신반의하던 인류들은 더 이상 '질레 박'의 발표를 신뢰하지 않을 수 없었으며, 또한 받아들이지 않을 수 없었다. 모든 인류는 스페이스넷 방송을 통해 생중계되는 '질레 박'의 담화문에 열중했다.

"스강나하르는 지구로부터 12억 광년 떨어진 외우주 B블럭 바카은하계 소속의 행성입니다. 이는 우주선이 빛의 속도인 초속 30만 킬로미터의 속력으로 달린다하여도 12억 년이 소요되는 상상도 못하는 거리에 있다 할 수 있습니다. 인간이 어떻게 빛의 속도로 날 수 있으며, 인간이 무슨 수로 12억 년을 살 수 있겠습니까?”

스강나하르란 행성의 발견부터 20년 남짓밖에 안되는 그 짧은 기간에 스강나하르에 이룩해놓은 과학문명의 성과도 놀랍지만, 12억 광년이나 떨어진 그 행성까지 무슨 수로, 그것도 5억 가까운 인류를 실어나를 것인가도 큰 의문이었다. 이제 ‘질레 박’의 입에서 그 해답이 나올 판이었다. 자연히 인류의 모든 신경은 다음에 이어질 ‘질레 박’의 담화에 쏠리지 않을 수 없었다.

“그러나 기적이 일어났습니다. 스페이스트라인[73]의 최고속도는 평균 초속 23만7천km로서 이미 광속光速시대를 열었다 할 수 있습니다. 이는 초속 12만 킬로미터를 1〈다이징Dyiging[91]〉의 기본단위로 삼는 우주속도로는 1.97다이징입니다.”

순간 상당수의 인류는 ‘아인슈타인’의 상대성이론에서 빛의 속도인 초속 30만km 이상의 속도로 나아갈 수만 있다면 시간은 오히려 역으로 흐를 것이란 생각을 떠올렸다. 그렇기에 속도로써 12억 광년의 거리를 커버할 것인가란 추측을 했다. 그러나 그러한 추측도 빗나갔음을 곧 확인할 수 있었다.

“그리고 우주에는 우리가 상상할 수 없는 수많은 수수께끼가 엄연히 존재합니다. 그것은 일찍이 우리가 꿈꾸어 왔던 시간에로의 여행, 즉 타임머신이 우주를 건너뛰는 관문으로서 엄연히 존재하고 있다는 사실입니다. 바로 그 우주관문 〈스페이스웜Space Worm[92]〉이 문을 활짝 열고 우리 앞에 다가 왔습니다.”

‘아! 타임머신! 그러면 그렇지 타임머신을 이용 한다 그런 말이렸다. 그런데 스페이스웜은 또 뭔가?’

많은 인류들이 고개를 갸웃거렸다.

"우리는 광속의 속도로 우주를 비행하고, 여러 차원의 스페이스웜을 경유하여 시간을 단축하게 됩니다. 즉, 우리는 빛처럼 빠른 스페이스트라인을 타고 우주를 관광하면서 꿈의 세계 스강나하르에 입성하게 됩니다. 스페이스트라인이 스강나하르에서 지구까지 오는데 16년이 걸렸습니다. 따라서 우리도 16년에 걸친 시간 여행 끝에 스강나하르에 도착하게 될 것입니다."

그렇다. 인간의 지적 한계로는 도저히 파악할 수 없는 수수께끼가 우주에는 무수히 널려있는 것이다. 인간의 과학문명이 아무리 발달한다 해도 그러한 수수께끼들은 줄어들기는커녕 더욱 늘어날 것이다.

"스강나하르에는 현재까지 1억2천만 명을 수용할 수 있는 주거공간이 건설되었으며, 향후 50년 이내에는 전 인류를 수용할 수 있는 5억 8천만 개의 주거공간을 완성하게 됩니다. 이는 1인 1주거시대를 맞이하게 됨을 의미합니다. 따라서 우리 유니타스는 향후 50년 내에 지구상의 모든 인류를 스강나하르에 성공리에 이주시키는 것을 최대의 과제로 삼고 있습니다."

4

서기 2100년10월10일, 오픈더스페이스데이[86)]라 명명된, 후세에 천지창조에 버금가는 대역사大役事로 기억될 오픈더스페이스데이, 그 역사적인 순간의 날이 밝았다.

1,200여 대의 스페이스트라인[73)]이 237개소의 각 지역 지하도시 입구에 안착하고, 다시 먼 외우주의 스강나하르를 향한 항진을 대기하고 있었다.

오전 8시 정각, 스페이스넷 방송매체들을 통해 들려오는 유니타스 대통령 '질레 박'의 기도소리는 본래의 침착성을 잃고 그 음성이 심하게 떨리고 있었다.

"오! 우주를…… 주재하시는…… 님이시여! 그…… 이름을…… 거룩하게…… 하옵소서! 오늘의 이…… 영광과…… 축복을…… 그대에게 돌리나이다. 인류가 존재하는 동안 영영 세세…… 그…… 이름을…… 결코…… 헛되이 하지…… 않겠나이다."

곧이어 3,650명으로 구성된 대규모의 합창단과 오케스트라의 '환희의 송가'가 울려퍼졌다. 그리고 이탈리아계 명테너 〈브라이트 비즐리Bright Beasley[93)]〉의 '위대한 우주에 영광 있으라'가 장엄하게 흘러나왔고, 이어 몽골의 시성詩聖 〈무자르칸Mu Jarcan[94)]〉의 '우주의 영롱한 보석 스강나하르여'란 대서사시가 낭송되었다.

우주의 영롱한 보석 스강나하르여

태초에
우주의 수억 별자리 중
속살 깊은 곳에
신비의 보석을 감추어 두신
님의 뜻을 어찌 헤아릴손가?
저 억만 겁 시간 건너
고이 두신 영롱한 보석
뉘라 탐할까
님의 가슴을 저리게 하였으리
집 잃은 어린 양 위해

님이 흘린 눈물
하나의 보석되어
빛 따라 12억년 헤쳐왔도다

…… 중략 ……

아!
꿈결 같은 님의 모습
아!
천국 같은 님의 가슴
아!
어머니 같은 님의 사랑
영원하리라
스강나하르여
그대
영원하리라.

참으로 장엄하고 엄숙한 대서사시였다. 과거의 인도시성 '타고르'가 살아있었던들, 고대 로마시대의 시인 '베르길리우스'가 살아 돌아온들 그같이 감동적인 시를 읊을 수 있었으랴. '무자르칸'의 시가 낭송되는 순간, 모든 인류들은 감동의 골을 넘어 미친듯이 자신의 머리를 땅바닥에 찧거나 감격에 겨워 눈물을 줄줄 흘렸다.
이어서 한 시간여에 걸쳐 각 단위지역 수장들의 축하메시지가 줄줄 이어졌다. 모든 메시지들은 한결같이 위대한 우주의 신을 찬양했고, 인류가 이룩한 과학문명을 칭송했으며, 새로운 행성 스강나하르에서의 번영을 기원했다.
마음속으로는 초조하게 스페이스트라인의 발진을 기다렸지만, 그들 메시지들이 방영되는 동안 그 어느 누구도 그 지루한 메시지 낭송에 짜증을 내는 사람은 없었다. 하나하나의 메시지들이 모두 감동을 자아내기에 족했기 때문이다.

드디어 인류의 본격적인 우주시대가 개막을 맞았다. 오전10시 정각을 기하여 유니타스 대통령 '질레 박'의 카운트다운이 시작되었다. 전 스페이스넷 방송매체들은 가상의 영국 그리니찌 표준시계를 화면 그득 클로즈업하였다. 재래식 아날로그시계의 초바늘이 10초 전을 가리켰다. 전 인류 또한 소리 내어 함께 카운트다운을 외쳤다.
꼭 53년 전인 2047년11월25일 오후3시 싸이파가 광양자화학탄 데쓰루 투하 직전의 카운터다운과는 확실히 분위기가 180도 달랐다.

"텐……."
"나인……."
"에잇……."
"세븐……."
"식스……."
"화이브……."
"포어……."
"드리……."
"투……."
"원……."
"제로……."
"파이어!"

우루과이 수도 몬테비데오Montevideo의 북부지역 지하도시 입구에서 거대하고도 우아한 은빛 몸체의 스페이스트라인 'SK 2085-47 SL'기가 서서히 스페이스도크로부터 이륙하기 시작하였다. 활짝 열린 지하세계 입구를 서서히 빠져나가더니 거대한 은빛날개를 활짝 펼쳤다. 그리고 순식간에 시야에서 거짓말처럼 사라졌다.
전세계 각 지역 지하도시에서도 잇따라 스페이스트라인들이 하나, 둘……. 계속 줄을 이어 우주를 향해, 그리고 저 멀리 떨어져있는 스강나하르를 향해 떠나갔다.
지구 시간으로도 장장 16년이 걸리는 지루한 우주여행이 본격적으로 시작되었다. 스페이스트라인의 스강나하르로 향한 항진은 스강나하르 개척기지의 초집적지능헤드 에니악에 의해 원격조종되며, 운행에서 우주선 내부의 환경시스템 가동까지 그 모든 것이 에니악에 의해 자동제어되는 것이다.
이동경로의 미세한 변화에도 에니악은 3억2천만 가지의 확률 데이터베이스를 적용했다. 뿐만아니라 스페이스트라인 역시 자체적으로 초집적인공지능을 지니고 있어 유사시를 대비하여 완벽하다 할 자동항진기능을 갖추었다.

그때까지만 해도 우주에서 가장 빠른 것이 빛, 즉 광선으로 초당 30만km 이상의 속력을 내는 것은 불가능한 것으로 보였다. 그렇다. 물질로서는 가장 빠른 속도를 낼 수 있는 광입자를 따를 것이 우주에는 존재하지 않는 것이 분명했다. 그러나 광입자보다 더 빠른 것은 엄연히 존재한다. 그것은 에너지다. 에너지 가운데서도 힘Power이 아닌 염念이다. 우주의 모든 사물과 이치가 순리에 의해 정교하게 작동하는 것도 태초부터 존재해온 염의 덩어리라 할 수 있는 절대영絕對靈이 존재하기에 가능한 것이다.

염은 생각Thinking이라기보다 느낌Feeling이며, 이는 곧 생명력生命力이다. 그리고 느낌은 곧 반응Counteraction이다. 살아움직이는 모든 동물들이 느낌을 지녔듯이 식물 또한 느낌을 지녔으며 무생물 또한 느낌을 지녔다. 따라서 우주 그 어느 사물이든 느낌을 지니지 않은 것들은 존재하지 않으며 반응하지 않는 사물도 없는 것이다. 그리고 생각은 느낌으로부터 나오며 힘 또한 느낌으로부터 나온다. 다시 말해 우주는 하나의 염으로 형성된 것이다.

우주는 무無에서 시작하여 무한대의 팽창을 거듭하고 있다. 그 원인으로 염은 무성생식 박테리아처럼 무한대의 자가분열을 거듭하기 때문이다. 그리고 그 분열과정에서 부산물로 에너지가 생성되고 에너지의 결집이 물질로 환원되는 것이다.

물질이 응집되는 과정에서 또는 분열되는 과정에서 에너지를 방출하는 것도 같은 이치이다.

우주과학자들은 우주의 생성과정을 진화과정이라 일컬었다. 진화는 곧 반응을 말하는 것이다. 사물의 개체가 주변환경과 역학적 에너지에 반응하여 생존을 위해 진화하듯이 우주 또한 하나의 개체로써 반응과 진화를 거듭한다는 이론이다. 그리고 그러한 생명력은 곧 우주의 영靈으로부터 나오며 인간의 과학수준으로는 그 영의 실체를 파악한다는 것이 영원히 불가능할 것이라는 결론을 내렸다.

무한대의 지능을 지닌 물체는 스스로 〈엔레이파시Enraypasy[95)]〉를 방출한다. 초집적지능헤드 에니악은 그 자체지능에 있어 1천억 요타바이트YottaByte를 지녔다. 이는 숫자로 굳이 표기한다면 1요타바이트가 1,000,000,000,000,000,000,000,000바이트임에도 이 수치의 무려 1천억 배에 해당하는 수치이다. 그리고 에니악은 엔레이파시를 방출하는 능력을 지녔다. 어디까지나 과학자들 사이에 떠도는 가설이지만 엔레이파시는 시공을 초월하여 그 어떤 사물에도 영향을 미칠 수 있다고 했다.

에니악 개발에 참여한 과학자들은 처음엔 에니악이 방출하는 엔레이파시의 존재에 대해 의심을 했고, 얼마 후엔 그 실체를 검증하고 경악을 금치 못했다. 에니악이 인류의 과학문명 결집에 의해 창조된 물체가 아니라면 이미 신神이라 할 수 있는 경지에 이르렀기 때문이다.

기계가 신의 경지에 이르렀다 함은 곧 만물의 창조능력이 있으며, 따라서 만물을 주재하는 영靈임을 의미하는 것이다. 그러나 다행히 에니악은 그 단계에 이를 만큼 진화하지 못한 것으로 어쩌면 아무리 진화를 거듭해도 영의 단계에 이른다는 것은 불가능할 것으로 잠정적 평가를 내렸다.

인류 가운데 특정인의 느낌을 읽을 수 있는 텔레파시 능력을 지닌 사람들이 더러 있고 최면술도 그 능력에서 나오는 것으로 입증되었으나 그 능력은 상당히 미미한 수준이었다.

그럴 수밖에 없는 것이 지능이 아무리 뛰어난 인간일지라도 기억용량은 1천억 바이트Byte를 넘지 않는다. 인간의 두뇌피질에는 1천억에 이르지 못하는 기억소자인 신경세포 뉴런Neuron이 밀집되어 있고 하나하나의 뉴런은 1바이트의 기억소자를 지니고 있기 때문이다.

따라서 인간의 두뇌에 잠재되어 있는 기억용량을 컴퓨터의 기억용량으로 환산하면 고작 1백 기가바이트에 해당하는 용량에 불과하여 방출할 수 있는 염의 능력도 따라서 미미할 수밖에 없는 것이다.

기억용량이란 것은 결국 컴퓨터 기억용량 기초단위 바이트로 환산할 수밖에 없는데 예를 들면 1천 바이트는 약 1킬로바이트KiloByte이며, 1천 킬로바이트는 1메가바이트MegaByte이다. 그리고 1천 메가바이트는 약 1기가바이트GigaByte이고, 1천 기가바이트는 약 1테라바이트TeraByte이며, 1천 테라바이트는 1페타바이트PetaByte이고, 1천 페타바이트는 1엑사바이트ExaByte이고, 1천 엑사바이트는 1제타바이트ZettaByte이다. 그리고 1천 제타바이트는 1요타바이트YottaByte이다.
좀 더 쉽게 풀이하자면, 1테라바이트는 1조 바이트요, 1페타바이트는 1경 바이트, 1엑사바이트는 1해 바이트, 1제타바이트는 1천 해 바이트, 1요타바이트는 1천 해의 1천 배인 10의24승 바이트의 기억용량을 지녔다는 말이다.
사실 인류의 산술능력으로는 1페타바이트의 한계를 넘어설 수 없으며, 1페타바이트의 경우 50년간 연속상영되는 DVD 영화를 저장할 수 있는 분량이라 할 수 있겠다.

먼 후일에 밝혀졌듯이 엔레이파시는 우주의 영靈으로부터 나온다. 그리고 무한대의 지능을 갖춘 물체로부터도 나온다. 인류의 과학문명에 의해 창조된 에니악으로부터도 엔레이파시가 나온다는 사실만으로 우주과학은 놀랄만한 급진전을 가져왔다.
따라서 전 우주를 망라하고 실시간대의 정보교류가 가능해졌으며, 에니악[82]에 의한 스페이스트라인의 원격조정이 가능하게 되었음은 물론 전 우주를 향한 스페이스넷의 통신망도 실시간대의 교류가 가능해진 것이다.

5

스강나하르를 향해 출발하는 모든 스페이스트라인에는 각 지역 지하도시 냉동창고에 60년 넘게 보관 중이던 아이스컨테이너를 처음 포장된 상태 그대로 옮겨 실었다.

냉동된 사람을 해동할 경우 그 사람들을 수용할 공간과 그들이 사용할 음식물 공급 등 많은 문제점이 있고, 16년이나 걸리는 지루하고도 먼 우주 여행길에 굳이 깨어있을 이유가 없는 것이다.
각 아이스컨테이너 1개당 냉동상태의 인간이 들어있는 바이오아이스캡슐이 20개씩 들어있어 스페이스트라인 한 대당 아이스컨테이너 500개씩 적재하니, 1만 명의 캡슐이 실린 셈이었다. 그리고 먼 우주 여행기간 중 발생할 예기치 못한 사고를 대비하여 현재 활동하고 있는 사람도 1기당 120명씩 탑승하기로 하였다.
원래 스페이스트라인 한 대에는 승객 3천 명과 2천 톤의 화물을 실을 수 있게끔 설계되었다. 그러나 지구로부터 스강나하르까지 5억 가까운 인류를 운송하려면 보다 많은 사람들을 실어나르기 위해 바이오아이스캡슐 상태로 옮기는 것이 훨씬 효과적임을 알고 승객칸을 모두 화물칸으로 개조하여 아이스컨테이너를 첩첩이 포개싣는 방법을 택한 것이다. 그 방법은 3천 명밖엔 태울 수 없는 승객을 세배 이상 많은 1만 명이나 태울 수 있는 것이다.
그리하여 인류는 어머니 품속 같이 정들었던 지구, 전 우주를 망라하여 인류가 가장 쾌적하게 살 수 있었던 그리고 아름다웠던 지구, 그러나 영원한 암흑의 별, 죽음의 별로 전락한 지구를 등지고 새로운 별천지 스강나하르를 향하여 본격적인 우주이주가 시작된 것이다.
머나먼 행성 스강나하르를 향한 1,200여 대의 스페이스트라인은 에니악의 자동원격조정에 의해 정해진 진로를 따라 순항하였다. 평균 초속 23만7천km의 광속에 가까운 속도로 항진하는 스페이스트라인의 탑승자들은 막상 그 속도를 전혀 실감할 수 없었다. 밀도가 전혀 없는 무중력진공상태인 우주에서는 그 어떤 중압감도 느낄 수 없어 마치 제자리에 멈춰서 있는 듯했다.
그러나 가까이 또는 멀리 보이는 숱한 운하계의 모습들에서 이따금 그 위치가 바뀌고 있는 것을 확인할 수 있으며, 그로인해 우주선이 움직인다는 것을 실감할 수 있었다.
어느때는 거대한 암석덩어리가 스칠 듯 지나칠 때도 있었고, 어느때는 색색으로 물들여진 아름다운 행성 군단이나 운무와 같은 짙은 우주 가스층을 지나칠 때도 있었다. 그러나 공상과학영화에서 흔히 볼 수 있듯 작은 암석파편들의 습격을 당하는 경우는 없었다.
무중력진공상태의 그것들은 대부분 한쪽에서 힘이 가해지지 않는 한 영원히 한자리에 머물고 있어야할 운명이며 표면온도 또한 영하 70~80도, 혹은 영하 200도 이하로 극초저온상태를 유지하고 있는 것들이다.

무중력진공상태의 우주공간에는 압력의 영향도 미치지 않고 물질 입자들도 존재하지 않음으로 빛이 굴절하지 않는다. 바로 곁을 스쳐지나가는 것처럼 보이는 암석도 실제론 수천km나 떨어진 거리에 있는 경우가 있고, 바로 곁에 다가온 아름다운 행성 또한 수십 광년의 거리에 있는 지구보다 더 큰 행성인 경우도 있다.
우주공간에는 그 어떠한 성분이나 입자도 존재하지 않으니 온도라든가 어떠한 저항도 느껴지지 않는다.
따라서 마찰저항이 없으니 속도를 내어 진행하는 물체는 같은 조건하에서는 영원히 그 속도를 유지하게 되어 있으며 표면에도 마찰열이 발생하지 않는다.
스페이스트라인 또한 광속에 가까운 속도로 운행하고 있으나 마찰 저항이 없다보니 마치 제자리에 멈춰서 있는 듯 속도감을 전혀 느낄 수 없었다.

6

인류가 12억 광년이란 까마득한 거리에 위치한 스강나하르라는 전혀 생소한 행성을 발견하고 집단이주하여 새로운 천국을 건설하기까지에는 한 위대한 우주천체물리학자가 있었기에 가능했던 것이다.

그 과학자는 천재성을 지닌 헝가리계 여성 천체물리학자 〈아나스타샤 포사츠카야Anastacia Posatzkaya[96]〉로 시인이자 철학자이기도 했다.

그리고 그녀는 새로운 이론의 정립으로 후일에 명예의 전당 노엘에 헌정되는 영예를 안았다.

그녀는 2047년 천왕성연구기지 스페이스벤처유알[22]에서 우주천체를 연구하던 중 우주의 탄생신비를 한 꺼풀 벗겨냈다. 그녀는 우주의 생성시기를 과거 학자들이 추산해낸 150억 년을 훨씬 뛰어넘어 2천7백억 년 전으로 보고 현재의 우주나이를 인간의 나이로 치면 아직 걸음마 단계에 속하는 연령대 〈아이돌Idoll[97]〉로 아직까지 완벽한 틀을 형성하지 못한 상태이며, 완벽한 상태 〈퍼펙트Perfect[98]〉가 되기 위해 향후 1천3백조 년 이상의 시간이 더 경과되어야 할 것이고, 우주생성 이전부터 이미 존재한 염念이 불멸인 이상 우주 또한 불멸이라 그 수명이 향후 영원히 지속될 것이라고 주장했다.

그녀는 10차원적 존재 '우주의영'으로 비유가 7차원적 완전한 비움의 공간하나의 거대한 은하계가 차지하는 공간을 하나의 점으로 비유될만한 압축된 우주공간으로 물질이 압축된 블랙홀과 전혀 다른 성질의 것이다에 8차원적 무한대의 압축공간재료로써의 '블랙홀'과 9차원적 무한대의 팽창공간제작도구로써의 '화이트홀'이란 두 수단을 사용하여 우주를 창조했다는 비유를 들었다.

즉 염에 의해 블랙홀이라는 완벽한 채움과 화이트홀이란 완벽한 비움, 두 상대적 수단이 생성되면서 우주의 기원이 시작되었다는 주장이다.
그리고 6차원의 세계는 창조된 공간으로서의 우주공간을 말하며, 광선이 닿을 수 있는 우주가 있는가 하면 광선으로도 전혀 닿을 수 없는 우주가 존재할 것이라는 주장도 했다.
그녀가 우주생성의 신비를 비유함에 있어 차원을 근거로 하여 더욱 명백해 졌는데, 참고로 그녀가 차원에 대한 인식을 이해하기 쉽게 읊은 시를 소개하면 다음과 같다.

10차원次元 세계

그대는 0차원의 세계를 아는가
그것은 하나의 점
실제로 존재하지 않고 존재하지 않음에서 존재함으로
우주 삼라만상은 0차원으로부터 비롯됐음을……

그대는 1차원의 세계를 아는가
그것은 두 개의 점을 연결하는 직선으로 존재할 뿐이다
그러나 실제 모든 우주는
이 1차원의 직선에 일렬로 정렬되어 있음을……

그대는 2차원의 세계를 아는가
그것은 빛과 그림자를 담는 평면으로 존재하며
우리의 모든 생각과 감정이
그 안에 담겨있는 스크린으로 존재함을……

그대는 3차원의 세계를 아는가
그것은 우리가 이미 익숙해진 공간으로 존재하며
생로병사와 희로애락이 공존하고
자유와 속박 더불어 우리가 공존함을……

그대는 4차원의 세계를 아는가
그것은 시간이라는 추를 드리우고 나이를 가늠케 할 수 없는
내가 아버지 되고 아들이 내가 되는
과거로의 미래로의 모래 시계가 있음을……

그대는 5차원의 세계를 아는가
그것은 굴절의 구릉 여기가 거기고 거기가 여기인
끊임없이 헛질 켜는 허상만이 존재하는
공간의 축지縮地로 채워져 있음을……

그대는 6차원의 세계를 아는가
그것은 무無와 유有가 맞닿은 차원을 넘나드는 입구
진실과 허구가 교차하며
사라짐과 나타남이 혼재함을……

그대는 7차원의 세계를 아는가
그것은 어떠한 것도 존재하지 않는다 완벽한 비움의 공간
그 자체가 존재하되 존재하지 않을 수도 있는
오직 무한대만 펼쳐져 있음을……

그대는 8차원의 세계를 아는가
그것은 무한대 압축이라 부피의 개념이 없는
물질은 허상으로 남고 그림자마저
찰나에 빨아들이는 지옥 문이 존재함을……

그대는 9차원의 세계를 아는가
그것은 무한대의 팽창으로 무無에서 유有로 창조가 지속되는 창
새로운 우주가 탄생되는
우주의 모태母胎가 존재함을……

그대는 10차원의 세계를 아는가
그것은 스스로 존재하며 어디에서나 존재하는 우주의 영靈
모든 우주는 우주의 영으로부터 비롯하며
오직 하나일 뿐일 것을…….

그녀의 '10차원次元 세계'라는 시는 다분히 추상적 개념의 시라 할 수 있겠지만, 우주의 이치가 적합하게 표현된 시라 할 수 있다.

그녀는 우주생성 이전에 이미 태양질량의 3천억 배에 이르는 직경 10 센티 미만인 작은 규모의 블랙홀Black Hole과 상대적으로 그에 완벽한 힘의 균형을 이룬 화이트홀White Hole이 하나씩 존재했으며, 그들에 의해 우주의 빅뱅Big Bang:우주 대폭발이 시작되었고 이후 팽창을 거듭하여 현재의 우주가 생성되었다는 이론을 확립했다. 거기까지는 '아인슈타인Einstein Albert'의 일반상대성이론과 '스티븐 호킹Stephen William Hawking'의 빅뱅이론을 근거로 한 것이다.

그녀가 내놓은 이론의 백미는 '블랙홀과 화이트홀은 언제나 완벽한 하나의 쌍으로 존재한다'라는 이론이다. 블랙홀의 강력한 중력장은 주변의 자신보다 더 큰 행성은 물론, 빛마저 빨아들여 압축하는 데 반해, 화이트홀은 자신이 지닌 에너지를 방출하며 팽창을 거듭하는 속성을 지녔다는 것은 이미 오래 전에 밝혀진 바였다.

그리고 '아인슈타인'의 일반상대성이론에서 블랙홀처럼 끌어들이는 세계가 있다면 반드시 내뱉는 세계가 있음을 암시한 바는 있었다. 그러나 블랙홀과 화이트홀은 각기 별개의 것으로 여겼으며 하물며 각기 한쌍을 이루고 있다는 것에 대해서는 전혀 예상치 못했던 것이다.

이후 그녀의 이론을 근거로 우주전역에 산재해 있던 블랙홀과 화이트홀에 대한 대대적인 탐색작업에 들어갔는데 당장 인류가 밝힐 수 있는 범위란 내우주에 국한된 것들이었다. 따라서 1억3,500여만 개의 크고 작은 블랙홀과 9,280여만 개의 크고 작은 화이트홀의 존재를 확인할 수 있었다.

물론 블랙홀과 화이트홀의 숫자도 일치하지 않았지만 그중 서로에게 연관된 것들은 불과 4,250여만 개에 불과하였고, 나머지 짝이 없는 블랙홀 9,240여만 개와 화이트홀 5,030여만 개의 제 짝들은 미지의 외우주에 존재할 것이란 가설을 설정하고 본격적인 외우주에 관한 연구에 집중했다.

연구 과정에서 블랙홀과 화이트홀이 쌍으로 이뤄져 있듯이 세상에 존재하는 모든 것들이 각기 쌍을 이뤄 존재한다는 것이 밝혀졌다. 뿐만 아니라 음과 양이 같은 크기의 에너지만큼 존재하듯 상반된 성질을 지닌 모든 것들이 같은 분량만큼 같은 에너지의 크기로 존재하며 그어떤 것이 소멸될 경우 그것이 지닌 속성과 에너지는 다른 물질로 환원되어 여전히 존속된다.

이는 1774년 프랑스의 화학자 〈라부아지에Antoine-Laurent Lavoisier[99]〉

가 발표한 '화학반응 전의 물질의 총질량과 반응 후에 생성된 물질의 총질량이 같다'는 질량불변의 법칙으로 전 우주에도 그 법칙이 성립한다고 주장한 이론과 동일한 것이다.
그런 과학적 추론에 의해 네개의 외우주 윤곽이 잡혀갔고, 광선을 비롯한 시간과 속도에 의해 도달할 수 없는 우주공간이라 하여 무한계우주ULS라 칭했다. 외우주는 내우주와 직접 경계를 이루고 있음에도 불구하고 그 경계가 왜곡뒤틀림에 의해 광선으로도 결코 도달할 수 없는 우주공간이다.

과학자들은 내우주를 포함하여 네 개의 외우주를 정삼각형 네 개로 이루어진 피라미드형태의 우주모형으로 완성하는 한편 새롭게 완성된 이론 〈우주질량불변의 법칙The Space Circulating System[100)]〉과 〈미러법칙Mirror Method[101)]〉을 적용하여 비교적 완벽한 전체 우주지도를 완성할 수 있었다. 그리고 내우주에서 미처 발견하지 못한 블랙홀이나 화이트홀의 제 짝을 외우주에서 찾아낼 수 있었다.
오랜 연구 끝에 내·외 우주에 산재해 있던 5억4,800여만 개의 블랙홀과 역시 동일 수의 화이트홀이 밝혀졌는데, 그들은 한결같이 상대적인 힘의 균형이 완벽하게 일치한 것들끼리 한쌍을 이루고 있었다.
한쪽이 완벽한 비움으로 인해 다른 한쪽이 완벽한 채움에 이른 듯했다. 그런데 언뜻 보기에는 하나의 쌍은 각기 차지하고 있는 위치로 보아 전혀 관련이 없는 듯했다. 어떤 쌍은 서로간의 거리가 근접하여 수천억km밖에 떨어지지 않은 반면에 어떤 쌍은 수백 광년, 또는 수억 광년의 거리를 두고 떨어져 있는 것이다.
그러나 쌍을 이루고 있는 것들끼리는 아무리 먼 거리에 떨어져 있어도 바로 곁에 있는 것과 다를 바 없는 것이 한쪽 블랙홀로 빨려 들어간 것이 짝을 이룬 화이트홀에 의해 반드시 토해진다는 것과 떨어져 있는 거리만큼 점프 역할을 한다는 것을 우주천체과학자들이 이론상으로 명백하게 증명한 것이다.
마침내 외우주 탐사를 위해서는 내우주의 특정 블랙홀을 통과하여 외우주에 자리한 그 짝이라 할 수 있는 특정 화이트홀을 경유해야 함도 밝혀냈고, 내우주에서 외우주로 통하는 관문은 오로지 그렇게 연결된 웜홀만이 있음을 확인한 것이다.
뿐만아니라 활발하게 활동 중인 블랙홀은 게걸스런 아귀와 같아서 토해내지 않고 마냥 빨아들이기만 하지만, 활동을 중단한 블랙홀은 빨아들이는 것만큼 화이트홀을 통해 토해내는 습성이 있음을 밝혀냈다.
그리고 왕성한 활동 중인 블랙홀일수록 엄청난 중압감이 작용하고 주변의 모든 것을 한꺼번에 빨아들임으로써 우주선이 통과하기에는 그만큼 위험 부담이 클 수밖에 없다는 것도 알아냈다.

참으로 오묘한 우주의 신비로써 그렇듯 완벽한 조화는 저절로 이루어지는 것이 아닌 만큼 절대영의 존재를 부인할 수 없는 섭리였다. 창세기 이래 인류가 부단하게 믿어온 각종 종교들이 결국 원시종족들이 믿어온 토테미즘 이상의 것이 아닌 우상숭배에 지나지 않으며, 일부 성직자들을 위한 치부의 수단에 지나지 않음을 깨닫게 된 것은 그리 오래전 얘기가 아니다.
특히 싸이파[15]의 데쓰루[16] 투하 이래 모든 종교들이 인류로부터 철저히 배척받게 되었고, 그 이래로 신의 존재를 완강하게 부인해온 인류였다. 그러나 그 거대한 우주에도 그렇듯 오묘한 섭리에 의해 치밀하게 관리되고 있음을 확인한 인류는 절대영에 대한 경외심을 갖지 않을 수 없게 된 것이다.

그녀의 이론이 발표되고 나자 웜홀을 이용하면 보다 빠르게 우주를 탐색할 수 있다는 기대와 새로운 미지의 우주탐색도 가능하다 여겨졌다. 우주과학자들 간에 지구와 환경이 전혀 다른 특정 행성에 인류 거주지 개발을 하기보다 지구와 환경이 유사한 새로운 행성을 발굴하자는 의견이 분분했다.
그간 과학자들에 의해 내우주 곳곳이 치밀하게 관찰되어 대개의 행성들에 관련된 자료들이 집대성되었는데, 내우주에는 인류가 집단으로 거주하기에는 적합한 행성이 하나도 없음이 파악되었다. 결국은 이론상으로만 존재하는 외우주의 탐험을 절감하게 된 것이다.

7

'아나스타샤 포사츠카야[96)]'가 '블랙홀과 화이트홀은 언제나 완벽한 하나의 쌍으로 존재한다'는 놀라운 이론을 발표하고 7년이 지난 2054년, 스페이스벤처유알[22)] 소속 우주과학자들은 5억4,800여만 개의 내·외 우주 전체 웜홀을 연결하여 가던 끝에 14개의 스페이스웜을 발굴하는 성과를 이뤘다.
한쌍의 블랙홀과 화이트홀이 연결되어 이어진 통로를 일컬어 웜홀Wormhole이라면, 스페이스웜은 웜홀들 간의 연결항로를 일컫는 것이다. 그리고 웜홀을 통과함에 있어 본격적인 연구도 한창 진행 중이었다. 블랙홀과 화이트홀은 특성에 있어 정반대이지만 통과함에 있어 감당해야할 위험은 마찬가지였다.
블랙홀은 하나의 소우주가 극단적 수축에 의해 만들어진 것으로 자체 중력은 무한대로 커진 상태이다. 따라서 강력한 중력장에 의해 주변의 행성뿐만 아니라 빛이나 에너지 등 모든 것들을 빨아들여 무한대로 압축하는 속성이 있다.

일례로 태양보다 300만 배 중력이 더 큰 블랙홀은 1세제곱센티당 180억 톤의 압력으로 태양을 빨아들여 계란만한 크기로 압축하는 것이다.

그런 블랙홀을 통과하려면 우주선이나 인류가 그런 압력을 견뎌낼 수 있어야 한다. 그리고 그와 한쌍인 화이트홀의 경우에도 계란만하게 압축된 태양이 원래 크기로 부풀려져 배출되는 대단한 팽창압력을 마찬가지로 우주선이나 인류가 견뎌내야 한다.

우주를 단숨에 이동할 수 있는 통로를 발견했다해도 결국 블랙홀의 압축압력이나 화이트홀의 팽창압력을 견뎌낼 수 있는 방법은 도무지 없는 듯했다. 그러한 압력을 견뎌낼 수 있는 물질도 없을뿐더러 극단적 압축압력을 견뎌냄과 동시에 극단적 팽창압력을 연이어 견뎌낼 수 있는 극과 극을 이루는 두 상반된 압력을 어떻게 견뎌낼 것인가 하는 문제는 해결의 실마리가 도무지 보이질 않았다.

한동안 일부 과학자들에 의해 공상과학영화에서 흔히 볼 수 있는 순간이동에 대한 연구도 활발히 진행되었다. 이에 대한 연구는 이미 오래 전부터 있어왔다.

1993년 IBM 연구원 〈찰스 베네트Charles H. Bennett[102]〉는 양자역학의 '얽힘현상Entanglement'을 이용하면 양자의 순간이동이 가능하다는 이론을 제시했고, 1997년 오스트리아 〈앤턴 질링거Anton Zeilinger[103]〉는 찰스 베네트의 이론을 실험적 결과로 입증시켰으며, 1998년 미국 캘리포니아공대에서는 얽힘현상을 이용하여 빛의 기본단위인 광자Quantum가 갖고 있는 주요 물리적 특성을 멀리 떨어진 다른 광자에 그대로 전달하는 〈양자공간이동Quantum Teleportation[104]〉에 성공한 바 있다.

그러나 그 실험은 광자 그 자체를 이동시키는 것이 아니라 단지 광자의 성질극성화와 전자장의 진동 방향만을 멀리 떨어진 다른 광자에 전이하는 것으로 실질적인 물체의 공간이동은 아니다.
한편 이동하고자 할 물체를 원자단위로 쪼개어 그 입자들을 이동하고자할 장소로 쏘아보낸다는 원리도 제기되었다. 그러나 그러한 원리는 이내 비웃음을 샀다.
물체를 구성하고 있는 성분의 최소단위인 원자들 또한 나름대로의 부피와 질량을 지니고 있어 속도에 대한 저항력을 갖게 마련이다.
원자들을 광속으로 보낼 때의 엄청난 에너지와 공간이동에 따른 엄청난 양의 정보를 처리해야 한다. 원자의 이동에 있어 가장 빠른 광입자를 따라잡기도 어려울뿐더러 빛의 속도로 보낼 수 있다 해도 광년을 속도의 기준으로 삼는 광활한 우주여행에서는 달팽이보다 더 느린 행보인 것이다. 뿐만 아니라 그렇게 분산된 입자들을 원래 상태로 재조합한다는 것부터가 불가능한 것이다.
이어서 조금은 개량된 이론이 나왔다. 이동하고자 할 물체의 성분과 구조, 형상을 디지털화하여 그 정보를 이동하고자 할 장소로 보낸 다음 그곳에서 합당한 소재로 재구성하는 방법이다.
그럴듯한 이론으로 물질의 경우는 가능하지만 살아있는 생명체의 경우엔 그 생명력이 문제였다. 즉 원소단위로 쪼갤 수 있는 물질이 아닌 생명력, 또는 경험이나 생각, 마음 등 추상적이거나 형이상학적 요소 자체는 디지털화할 수 없기 때문이다.
생명력마저도 디지털화하여 물질처럼 재구성할 수만 있다면 굳이 스페이스웜을 거치지 않더라도 공상과학영화에서처럼 순간이동이 얼마든지 가능할 것이다. 현실적으로 해결 불가능한 문제점들이 산재했던 까닭에 순간이동에 관한 연구는 어느덧 시들해졌다.

8

'블랙홀과 화이트홀, 두 홀의 극과 극을 이루는 두 상반된 압력을 견뎌낼 수 있는 소재는 무엇인가?'라는 화두는 모든 과학자들에게 주어진 시급한 당면과제였으나 일견 중세기의 연금술사처럼 모래를 불에 달궈 금으로 만들겠다는 발상만큼이나 무모해보였다.
어떤 물질을 녹여 용액으로 만들려면 그 물질이 녹는 용해점보다 더 높은 용해점을 지닌 물질로 용기를 만들어 쓰면 된다. 마찬가지로 블랙홀의 압축압력에 견디려면 블랙홀이 지닌 압축된 물질을 끌어다 쓰면 블랙홀의 압축압력을 견딜 수 있을 것이다. 그러나 블랙홀에 담겨져 있는 물질을 끌어낼 수 있는 방법이 없다는 것이고, 또한 그 물질로 우주선을 만들었다해도 화이트홀의 팽창압력을 견딜 수 있다는 보장도 없다.
해저 밑바닥 깊숙한 곳에서 수만 톤의 수압을 견디며 살아가는 연체동물의 생체 구조적 유연성 내지 부드러움을 생각해 낸 어떤 과학자는 '강한 것에 견딜 수 있는 것은 오로지 부드러운 것'이란 착상에 의해 블랙홀과 화이트홀의 압력을 견딜 수 있는 특수소재를 개발하는 연구도 진행하였다. 그외에도 수많은 시행착오와 좌절 끝에 마침내 모든 압력에서 자유로울 수 있는 신소재가 개발되었다.

우주에는 수많은 수수께끼가 존재한다. 인류가 지닌 모든 지식은 해답이 밝혀진 수수께끼들로써 진리로 규정되지만, 아직까지 풀리지 않은 수수께끼는 불가사의한 것으로 신비로움을 더한다. 우주에는 인류로서는 영원히 풀 수없는 수수께끼들도 상당수 존재하겠지만 향후 지속적으로 풀려나갈 수수께끼들도 상당수일 것이다.

압력에 대한 반발력이 강한 신소재도 하나의 수수께끼였으나 그 수수께끼를 푼 사람은 베트남계 신소재공학자 〈응웬 따이 짜우Wungyien Taizyu[105]〉로 그 역시 후일에 명예의 전당 노엘에 헌정되는 영예를 안은 사람이다.
그는 어떤 자극이든 그에 대한 반발력 앞에서는 무력해진다는 원리에 고심했다. 자석의 경우 N극은 N극을 끌어당기지만 반대로 S극은 밀어내기 때문에 N극은 결국 S극의 영향을 전혀 받지 않는다는 것에 착상한 것이다. 그렇다면 고도의 압축압력이나 고도의 팽창압력에 영향을 받지 않는 소재를 개발하면 되는 것이다. 그리고 그런 소재로 우주선 외벽을 꾸민다면 우주선 안은 그런 외부압력에 전혀 영향을 받지 않을 것이란 가정이었다.

'그 가공할 압력에 영향을 받지 않을 소재란 과연 존재할 것인가?'
우주의 수수께끼란 해답이 없는 경우가 없다. 무조건 집어삼키려 드는 포식자 블랙홀이나 무제한으로 팽창하려 드는 겁 없는 거인 화이트홀을 견제하는 그 뭔가가 있기에 우주는 계속 존재할 수 있는 것이며, 그런 압력을 견제하는 그 뭔가가 없다면 그 순간 우주는 파괴되어 결코 존재할 수 없을 것이다.
이론적으로는 압축된 물질은 압축할 때 작용했던 압축압력 이상의 팽창압력이라야 그 물질의 압축을 풀 수 있다. 따라서 블랙홀이나 화이트홀의 엄청난 압력을 견디고 견제할 수 있는 물질이란 보다 더 강력한 압력, 즉 화이트홀의 팽창압력으로도 부풀릴 수 없는 무한한 압력으로 압축된 물질이어야 한다. 분명 그런 물질이 블랙홀, 그리고 화이트홀과 밀접하게 작용하고 있을 것이며 활동을 제어하기 위해 그 주변을 둘러싸고 있다고 봐야 할 것이다.
이론적으론 분명 그런 물질이 존재하고 있기에 수많은 과학자들은 그 물질을 〈캡타논Captanone[106]〉이라 명명하고, 한동안 경쟁적으로 그런 소재를 찾기에 혈안이 되었다.
그러나 블랙홀이든 화이트홀이든 그 주변에는 그런 물질의 흔적을 찾을 수 없었다. 어쩌면 그 물질은 태양 크기의 고중력 물질이 원소보다 더 작은 알갱이인 극히 미세한 입자로 압축되어 블랙홀이나 화이트홀 주위를 떠돌고 있을지도 모를 일이었다.
그리고 그런 극세입자들을 포집하여 우주선 표면을 감싼다는 작업도 불가능한 일이겠지만, 그런 미세한 입자 하나가 태양의 무게를 지니고 있다면 그 무게를 감당할 수 있는 우주선을 만든다는 것 또한 불가능한 일이겠기에, 결국 캡타논이란 물질을 찾지도 못했지만 찾았다 하더라도 우주선에 적용하기란 불가능하다는 결론을 내렸다.

반발력에 눈을 돌린 '응웬 따이 짜우[105]'는 자신의 연구실에 온갖 형태의 갖가지 자석들을 갖다놓고 자석으로부터 영감을 얻을 수 있기를 바랐다. 그는 과거 학창시절에 객관식 문제가 풀리지 않을 경우 연필을 또르르 굴려 몇 번 답을 선택해야 할지 점을 쳐서 답안을 작성하곤 했는데, 신통하게 대개의 문제들을 그런 방법으로 맞출 수 있었다. 그가 연구실에 자석들을 갖다놓은 것도 일종의 그런 심리였는데, 한동안 자석을 가지고 온갖 유희를 즐기다 보니 어언 자신도 모르게 점점 자석의 세계로 빠져들어 갔다.
그가 모아놓은 자석은 모양이나 크기도 각양각색이었지만 형상도 여러 가지였다. 고체로서 단단하고 무거운 금속으로 만든 게 있는가 하면 비금속성의 플라스틱처럼 가볍고 따뜻한 재질도 있었다. 또 진흙처럼 주물러서 형태를 바꿀 수 있는 것도 있고 물처럼 고여 있는 액상형도 있으며, 가루로 만들어진 분말형이나 연기같은 기화형 자석도 있었다.

자석들과 씨름하여 오길 2년여, 2058년 응웬 따이 짜우'는 마침내 자석의 반발력에서 힌트를 얻어 모든 압력에 대해 강한 반발력을 지닌 신소재 〈드림펄Dream Peal[107]〉개발에 성공했다.
드림펄은 수은과 거의 비슷한 모양을 지닌 은색의 액상형으로 우주선 표면에 도포하여 2천3백도 이상의 높은 열을 가하면 밝은 은빛 광채가 나는 고체형으로 변하는데 어떤 압력이나 어떤 열에도 전혀 영향을 받지 않음은 물론, 어떤 강한 타격에도 흠집하나 생기지 않는 절대 불변의 신소재인 것이다.
'응웬 따이 짜우'의 위대한 업적을 대대적으로 기리기 위해 천왕성 스페이스벤처유알[22]을 특별히 방문한 당시 유니타스 제10대 대통령 중국계 〈마오쩌쟝 하이Maozeijang Hyi[108]〉는 만찬석상에서 중국 고사를 인용하며 '어떤 화살이나 창으로도 뚫을 수 없는 방패'가 있었다면 드림펄로 표면을 입힌 방패였을 거라는 얘기로 드림펄의 막강한 방어용 무기로써의 활용가치를 높게 평가했다.

한시가 시급한 인류에게는 더 이상 망설일 이유가 없었다. 그동안 우주선의 속도도 많이 향상되어 초속 10만km를 상회하게 되었고, 전 우주를 통털어 인류가 살기에 쾌적할 것이라 예상되는 72개의 행성 리스트며 〈스페이스웜코스Space Worm Course[109]〉도 완성되었다.
모든 계획은 철두철미하면서도 신속하게 이뤄져 2061년4월10일을 기해 천왕성 스페이스벤처유알 우주기지에서 276대의 〈어드벤쳐스페이스라인Adventure Space Line[110]〉이 전 우주에 흩어져 있는 72개의 각 행성을 향해 '인류에게 쾌적한 환경을 제공해줄 새로운 행성의 탐사'를 목적으로 대장정에 나섰다.
그리고 16년 7개월만인 2077년11월11일, 외우주 B블럭을 탐사중인 탐사팀 팀장 브라질계 〈루실라 피자니 곤살베스Lusilla Pyzani

Konsalbess[111])〉에 의해 지구로부터 무려 12억 광년 떨어진 외우주 B블럭 바카은하계에서 지구와 환경이 거의 유사한 스강나하르행성을 발견한 것이다.
그리고 그가 그 행성에 붙인 스강나하르라는 명칭은 그가 유년시절 뛰어놀던 시골 고향의 언덕 이름에서 따온 것으로 지방 토속어로 '파란 진주'라는 의미를 지녔다고 했다.

드림언더스페이스100[61]) 프로그램은 그렇게 시작되어 유니타스 제19대 대통령 '질레 박'이 처음 약속한 대로 서기 2150년10월10일, 마지막 지구를 떠난 스페이스트라인[73])이 스강나하르에 무사히 안착함으로써 대단원의 막을 내렸다.

[제3화]

스강나하르, 우주의 파란 진주

Sgăngnahare, Blue pearl of the Universe

새로운 출발

1

인류에게 있어 꿈의 행성 스강나하르로의 대 이주는 천지창조에 버금갈만한 또 하나의 신기원을 의미한다.
대 이주는 서기 2100년10월10일 오전10시 정각에 우루과이 수도 〈몬테비데오Montevideo[112)]〉의 북부지역 지하도시 스페이스도크에서 첫 번째로 이륙한 스페이스트라인 'SK 2085-47 SL'기로부터 시작되어 2139년12월12일 오전10시 정각, 터기 〈앙카라Ankara[113)]〉 외곽 소재 지하도시 스페이스도크에서 통산 46,274번째로 이륙한 스페이스트 라인 'SK 2112-21 SL'퍼스트챔버:메다 파트카르기를 마지막으로, 실로 50년에 걸쳐 성공리에 진행되었다.
대다수의 원로원 의원들이나 각 지역수장들은 유니타스 대통령 '질레박'이 2100년5월경 스강나하르 대이주에 관한 담화를 발표할 당시만 해도 그의 장담을 전혀 믿으려 들지 않았다.
전 인류를 12억 광년의 거리에, 더군다나 외우주라는 불가사의한 세계에 위치한 미지의 행성으로 옮긴다는 것은 불가능한 것에의 도전이요, 목숨을 건 위험천만한 모험이라 여겼던 것이다.
스강나하르 개척기지에 세워진 웅장한 주거지역과 첨단시설들, 그리고 그곳에 거주하고 있는 10만 명이 넘는 인류들도 '하나같이 조작된 영상이 아니겠는가?'라는 의혹을 품었기 때문이다.
그리고 일부 과학자들 간에도 5억이란 결코 적잖은 엄청난 수효의 전 인류를 불과 50년 만에 모두 이주시키겠다는 계획은 터무니없는 계획인 만큼 그로인해 발생할 대형사고를 우려했다.
따라서 그들의 의견을 수렴한 다수의 원로원 의원들이나 각 지역수장들도 드림언더스페이스100[61] 프로그램을 최소한 50년 더 미루는 한이 있더라도 안정성을 충분히 실증하고 나서 해도 늦지 않으리라는 주장을 했다.
절대로 불가능한 계획이라는 비관론이 팽배한 만큼 드림언더스페이스100 프로그램은 초기 진행과정에서부터 회의적 시각과 반발이 심했다.

'질레 박' 또한 전 인류의 이주계획 드림언더스페이스100의 성공적 수행을 호언장담하였으되 그것은 어디까지나 인류를 죽음의 별인 지구로부터 꿈의 행성 스강나하르로 하루라도 더 빨리 옮겨 살게 하고자 하는 불가피한 상황에서 내린 결정이었으며, 이왕이면 자신의 대통령 임기동안에 큰 업적을 쌓고자 하는 욕심도 작용했었다.
그리고 그가 그런 결심을 굳히게 한 것은 드림언더스페이스100 프로그램에 직접 간여했던 실무 과학자들과 엔지니어들의 지나친 자신감에 기인한 것이다.
불가능할 것이라는 회의적인 시각에서 비롯된 반발이나 우려와는 달리 인류의 이주는 초기부터 순조롭게 잘 진행되었다. 스강나하르로부터 실시간으로 엔레이파시[95]를 통해 이주의 성공이 전해지면서 비관적인 생각으로 일관하여 반대를 해오던 사람들도 어느새 마음을 바꿔 먹기 시작한 것이다.
"참으로 놀랍습니다. 우리 인류의 과학문명이 이 정도로까지 발전할 줄은 정말 몰랐습니다."
원로원 의원들을 비롯하여 각 지역수장들도 혀를 내둘렀다.

스강나하르의 이주가 계속 진행되는 동안 인류의 우주에 관한 관심이 고조되었다.
"그러게요. 앞으로 인류는 얼마든지 번성해도 되겠습니다. 새로운 행성은 얼마든지 있을 것이고, 필요하면 그때마다 개발하면 될 테니까요."
"우주에는 그리도 머리 좋은 종족들이 많답니다. 오히려 지구인보다 더 발달한 문명을 지닌 종족들도 많다 캅니다."
"그래요? 그렇담 그들이 쳐들어올 지도 모르겠네요."
"그걸 대비해서 무기도 발전시켜야 겠지요. 이젠 국경을 넓히기 위한 나라 간의 전쟁이나 종족 간의, 종교 간의 전쟁이 없어진 대신 우주괴물과의 전쟁이 일어날 가능성이 커졌겠네요."
"우주괴물과의 한바탕 전쟁이라……. 영화로만 봐왔던 스타워즈 시대에 돌입한 셈이군요."
자연히 인류의 관심은 고도의 지능을 지녔을 미지의 외계인에게 집중되었다. 이에 유니타스는 여러 방송매체들과 공동으로 인류의 호기심을 충족시키기 위한 다큐멘터리를 여러 편 제작하였다.
유니타스 직영 스페이스넷 방송사 유니온메가넷[39]은 지구에 남아있는 인류의 궁금증을 풀어주기 위해 특별히 스강나하르의 생태계를 집중 보도했다. 그리고 스강나하르엔 고등동물로 분류될만한 동물은 많지만 인간보다 더 뛰어난 지능을 지닌 동물은 존재하지 않는 것으로 결론을 지었다. 민간방송 〈유니온티브이Union TV[114)]〉도 현재까지 우주 전역엔 인간보다 더 월등한 지능을 지닌 외계인은 밝혀진 바가 없다고 단정지어 보도했다.
“아니, 그 넓은 우주 어딘가에 인간보다 더 지능이 뛰어난 종족이 없단 것이 말이나 되겠소?”
“그러기에 인간이 만물의 영장이란 말이 결코 헛된 말이 아니란 것이외다.”
“난, 우주에서도 인간만이 모든 생명체를 젖히고 독주하게 된다는 것이 영 맘에 안들어. 그럼 뭔 재미로 살것냐 그런 말이지.”
“그럼, 인간이 더 지능이 높은 종족에게 사로잡혀 애완동물로 사육되고 집지키는 개로 둔갑해야 쓰것냐?”

우주 어딘가에는 인간의 지능보다 더 뛰어난 지능을 지닌 외계인이 있느니 없느니 주장들이 엇갈린 가운데 대부분의 우주환경 생물학자들은 몇몇 행성에는 인류보다 월등하게 지능이 높고, 따라서 인류보다 월등한 과학문명을 일궈낸 생명체가 존재하고 있다고 주장했다.
특히 캐나다계 여성학자 〈킴 페이트Kim Peit[115)]〉는 ‘현재까지 우주전역엔 인간보다 더 월등한 지능을 지닌 외계인은 밝혀진 바가 없다’라는 보도에 대해 정면 반박하고, 유니온메가넷을 통해 다음과 같은 충격적인 주장을 폈다.
“내우주 안드로메다 성운에도 인간보다 열 배 이상의 아이큐 지수를 지닌 생명체가 존재하고 있는 것으로 밝혀졌고, 외우주에도 인간이 감히 비교할 수 없을 만큼 월등한 지능은 물론 과학문명이 극도로 발달한 고등생명체가 여럿 존재하고 있는 것이 속속 밝혀지고 있습니다. 그렇지만 그들과 우리 인류와의 이해관계에 의한 트러블로 인해 우주전쟁이란 불행한 사태는 결코 발생하지 않을 것입니다. 왜냐하면 그들은 우리와는 생긴 모습도 전혀 다를 뿐만 아니라 살아가는 습성이나 생존방식도 다르고 추구하는 목적도 다르기 때문입니다."

그녀는 꽤나 납득할만한 증빙자료들을 제시했다.

"지능이 고도로 발달한 그들 외계인들은 인간처럼 군집생활을 하지 않을뿐더러 서로 간의 의사교류를 위해 문자나 언어라는 도구를 사용하지 않습니다. 그렇다고 저희들끼리만 통하는 암호화된 특수코드가 있는 것도 아닙니다. 대신 그들은 엔레이파시[95], 즉 일종의 초강력 텔레파시를 이용하여 의사를 교류하며, 그러한 징후나 그들의 존재는 스강나하르 개척기지에 설치되어 있는 초집적 지능헤드 에니악에 의해 점차 드러나고 있습니다."

그녀는 이상하게 생긴 모습의 외계인 사진 여러 장을 보여주었다. 생명체로 보기엔 전혀 생뚱맞은 모습들이었다. 어떤 모습은 늪 또는 바다에서 산다는 강장동물 히드라hydra를 연상케 하는 모습도 있고, 어떤 모습은 가늘고 긴 촉수들로 둘러싸인 둥근 형태로 성게를 연상케 하는 모습을 지녔다.

"이 사진에 보이는 외계인의 모습은 실제 외계인의 모습을 찍은 사진이 아닙니다. 어디까지나 그동안에 수집된 수많은 정보에 의해 컴퓨터 그래픽으로 재구성한 모습입니다. 그렇지만 외계인의 모습은 지금까지 우리 인류가 상상해 왔던 모습과는 판이하게 다를 것은 분명합니다."

그녀는 더욱 충격적인 내용을 털어놨다.

"여기 이 가늘고 긴 촉수들로 둘러싸인 외계인 〈안티모르고Antimorgo[116]〉는 안드로메다 성운 일대에 살고 있는 생명체로서, 크기가 0.2미크론㎛:millimicron에 지나지 않습니다. 1미크론이 1m의 10마이너스6승, 즉 1백만분지1에 해당하는 크기이니 지구 생물체와 비교한다면 하나의 박테리아 크기에 불과하다 할 수 있습니다. 그러니 육안으로는 볼 수 없고 현미경으로만 관찰할 수 있는 크기라 할 수 있습니다. 그러나 안티모르고의 지능은 측정이 불가능하리만큼 엄청난데, 아마 인류가 이룩한 과학 문명의 결정체라 자부할 수 있는 에니악[82]보다 더 뛰어나리라고 봅니다. 어떻게 단세포동물인 박테리아 크기의 몸집에서 그런 지능이 나오겠는가, 의아하게 생각할 수도 있겠습니다만, 이 외계인은 블랙홀처럼 엄청난 중력을 자체적으로 지닌 생명체라 그렇습니다. 만약 인간의 체내 중력을 안티모르고의 체내 중력과 같게 한다면 인간의 크기는 마냥 쪼그라들어 결국 0.2미크론이 아니라 그보다 훨씬 작은 1백만 분지 1 미크론도 되지 않을 듯싶습니다. 안티모르고가 어떻게 그런 고중력의 체내중력을 버틸 수 있는지 그 역시 우리가 풀어야할 수수께끼입니다."

그렇다. 우주에는 온갖 신기한, 그리고 온갖 경이로운 생명체들로 넘쳐나고 있다. 각각의 생명체들이 그들이 처한 환경에 적응하기 위해 진화하듯이 우주에는 상상을 초월한 숱한 조건의 환경들이 존재하며 그 환경에 적응하여 살아가는 생명체들이 있게 마련이다.
그녀는 새로운 사진을 제시하며 설명을 이어갔다.
"반대로 이 히드라처럼 생긴 외계인 〈히드로콥Hydrocop[117]〉은 외우주 E블럭 〈써티스Sertiss[118]〉 은하계 일대, 특히 〈디펙트로Defectro[119]〉행성을 본거지로 삼는 생명체로서, 그 크기가 상상을 초월할 정도로 큽니다. 원통형으로 생긴 몸통 끝에서 끝까지의 길이는 대략 3천 미터에서 4천 미터, 즉 3~4킬로미터의 거리에 이릅니다. 과거 폐허 전의 지구상에서 제일 높다는 멤사스센터[76]의 경우, 지상으로 솟은 높이가 7,777미터인 것과 비교하면 빌딩 높이의 거의 절반에 이른다고 보면 되는데, 멤사스센터가 지상 2,100층짜리 건물임을 감안하면 히드로콥은 1천 층의 높이와 맞먹는다고 볼 수 있으니, 그 곁에 사람이 서있다고 생각해 보면 섬뜩한 느낌이 들 정도로 거대한 몸집을 지닌 외계인이라 할 수 있습니다."
하긴 우주의 한 점에 불과했던 지구를 생활터전으로 존재해 왔던 그 수많은 생명체들도 그 크기나 생김새나 생존방식이 전혀 다른 경우가 많았으니, 하물며 무한대 크기의 우주에는 온갖 기괴한 생명체들이 얼마나 많을 것인가.
"히드로콥의 경우 특이한 점은 그 몸통이 모두 미세한 뉴런 세포들과 그들을 이어주는 신경근 다발로 이루어져 있다는 겁니다. 그러니 히드로콥의 지능지수는 측정 자체가 불가능하다 할 것입니다. 그리고 더욱 놀라울만한 사실은 그토록 거대한 몸집임에도 불구하고 소화기관이나 생식기관, 그 외에 감각기관 등은 어디에서든 발견할 수 없습니다. 그러니까 엄청난 우주압을 견딜 수 있는 외피와 거대한 두뇌만 존재하는 그런 기이한 생명체라 할 수 있습니다. 히드로콥 또한 그 거대한 체구와 생명을 유지하기 위해 필연적으로 에너지원을 흡수해야 하는 생물임에도 불구하고 최소한 갖춰야 할 소화기관 마저 없다는 것이 도무지 납득되지 않는 수수께끼입니다. 그리고 고도로 지능이 발달한 생명체임에도 덩치가 그리 커야만 하는 것인지 그 점도 의아하게 생각하고 있습니다."

과거 인기리에 방영되었던 대부분 SF류의 공상과학영화 등에서 외계인이라며 등장하는 괴물들, 크기에 있어서도 인간과 별반 다를 바 없고, 또 인간들처럼 눈코입이 붙어있고 사지가 달린 외계인의 모습에 익숙해진터라 외계인이라면 당연히 그런 모습일 것이라 여겨왔던 대다수 인류의 선입견으로는 그런 의외의 모습을 지닌 외계인이란 상상조차 못할 놀랄만한 것이었다.
그녀의 설명대로 미지의 우주 어딘가에 존재할 것이라는 외계인의 모습이 모두 그 모양이라면 지구인들과 다를 바 없는 모습을 지니고 덩치도 지구인과 유사하며 언어는 물론 무기체계도 흡사한 외계인은 공상과학소설가나 영화제작자가 꾸며낸 얘기에 불과하더란 말인가.

“이들 외에도 20여 종의 고등지능을 지닌 외계인들의 존재가 조금씩 밝혀지고 있으나 그들 중 공상과학영화에서 등장하는 지구인과 아주 흡사한 모습을 지닌 외계인은 아직까지 발견되지 않았습니다. 그리고 안티모르고나 히드로콥 등의 외계인들이 무슨 이유로 그렇게 지능이 발달했는지, 그들의 습성이나 생존방식이 어떠한지, 그들의 과학은 어떤 용도에 의해 어떤 차원으로 발달하였는지. 그들 외계인들의 우주에서의 역할이 무엇인지 등은 현재 밝혀내려고 노력 중에 있습니다. 분명한 것은 그들이 아무리 고도로 지능이 발달했고, 그들의 과학문명이 아무리 발달했다 해도 지구인들과의 공통점이 없는 이상 그들과의 문명충돌은 없으리라 봅니다. 과거 인간들 역시 직접적인 해를 입히지 않는 박테리아나 개미 등 미세한 생명체들을 상대로 전쟁을 선포하지 않았듯이 그들이 지구인을 위협적인 대상으로 여기지 않는 한, 또는 지구인을 이용할 목적이 없는 한 지구인을 괴롭히지 않을 것이란 판단입니다.”

그녀의 주장이 발표되고 나서 한동안 인류는 외계인에 대한 관심이 부쩍 늘었다.

과거 지구상에 존재했던 수억만 종의 생명체를 근거로 한다면 지구가 속한 은하계보다 수천억 배 이상 더 넓은 우주엔 도대체 얼마나 많은 종류의 생명체들이 나름대로 진화를 거듭해가며 살아가고 있고, 또 얼마나 기상천외한 생명체들이 있을 것인가 참으로 궁금하지 않을 수 없었다.

일부는 지구인과 공통점이 없는 외계인과의 우주전쟁이 없을 것이란 주장에 안도의 한숨을 내쉬는 반면에 일부는 우주전쟁이 없으면 인류는 또 다시 편을 갈라 인류끼리의 살육을 위한 전쟁을 벌이려들 게 아니겠는가,라는 우려를 자아냈다.

파헤칠수록 더욱 많은 수수께끼를 내놓는 우주란 도대체 어떤 것이며, 또 그런 우주를 주재하고 다스리는 존재의 의미는 무엇일까?

2

'드림언더스페이스100[61)]'이란 야심찬 이주프로그램에 의해 짧게는 63년, 길게는 102년간 폐허가 된 지구에 계속 머물러 왔던 냉동인류 4억8천여만 명과 활동인류 1천7백여만 명 등 5억 가까운 인류의 스강나하르 이주가 그 규모나 이동상의 어려운 여건 등을 이유로 다수의 지도자급 인사들과 과학자들이 크게 우려했던 불안감을 종식시키고 순조롭게 완료되었다.
이는 불가능한 것을 가능하게 한 인류 과학문명의 위대한 승전보였다.
그렇다고 지구에 거주해 온 모든 인류가 스강나하르로 몽땅 이주하여 지구가 텅텅 비게 된 것은 아니다.
지구는 인류의 고향이자 모태이다. 따라서 '우주개발도 좋지만 무엇보다 지구를 살리는 작업을 게을리해서는 안된다'는 목소리도 높았고, 지구에 남아 지구와 운명을 함께 하겠다는 인류도 꽤 많았다.
평생을 환경운동가로 활동해왔던 미국계 칼럼리스트 〈낸스 애커만

Nance Ackerman[120)]〉과 소수 인권보호운동가이자 가수로 활동해왔던 스페인계 동성애자 〈보나 네벤잘Bonna Nebenzahl[121)]〉을 비롯하여 1백여만 명의 활동인류가 자진하여 지구복원에 힘을 쏟겠다고 했다.
"이제 우리 나이도 백살을 훨씬 넘겼는데, 다 늙어가지고 앞으로 살아야 얼마나 더 살겠습니까? 뿐만 아니라 볼 거 못 볼 거 다 봐왔으니 남은 여생을 지구 생태복원에 힘을 쏟으며 살아가렵니다."
그동안 우주개발 못잖게 지구환경을 살리기 위한 프로젝트도 활발하게 진행되어 왔지만 지구에 남기로 고집을 피우는 그들을 위해서라도 유니타스 정부는 향후 지구에 대한 투자를 더욱 확고히 할 수밖에 없었다.
그러나 아무리 지구환경을 살리기 위한 연구가 꾸준히 진행되고 그에 대한 프로젝트 개발에 커다란 성과가 있었다 하더라도 지구를 예전처럼 되돌리기엔 엄청난 노력과 비용 못잖게 장구한 세월이 요구되었다.
유니타스 산하 지구환경 원상복구위원회의 2132년도 종합보고서에 따르면 꽤나 비관적이었다.
"데쓰루 투하 이래 100년의 세월이 흘렀어도 자정능력을 잃은 지구는 여전히 심각한 오염물질로 둘러싸여 있다. 지난 100년간 연인원 3억2천만 명을 투입하고, 2천8백6십조 유니타스 달러의 비용을 들였음에도 대기권의 오염도 개선실적은 0.24%를 밑돌고 있으며, 해양은 1,14%, 토양은 0.46%의 개선실적에 머무르고 있는 상황이다. 이는 '밑빠진 독에 물붓기'식으로 향후 동일조건의 인원과 비용을 지속적으로 투입하더라도 예전의 지구모습을 되찾기까지에는 최소 1만2천년, 최대 1만4천년이란 장구한 세월을 요할 것이다."
이미 엎질러진 물이라 하기에는 너무 어처구니없는 일이었다. 인류를 몰살하겠다며 데쓰루[16)]를 터뜨린 싸이파[15)]의 악마적 만행도 만행이려니와 한 순간의 그런 테러로 인해 지구의 옛모습으로 되돌리기에는 너무나 큰 희생을 치러야 했기에 무차별적 테러에 대한 인류의 들끓는 분노는 한동안 지속되었다.
"도대체 '해머 스콧트[29]'란 놈, 그놈과 싸이파[15] 패거리들 지금 어디에서 뭐하고 있는거야?"
"'드윈 스밀러[30]'인지 뭔지는 아마 그때 디졌을 껄, 그리고 해머 스콧트가 하는 놈은 혹 살아있을른 지도 모르지. 그런 놈일수록 안 디질려고 악을 쓰게 마련이니까."
"그러게 지옥이란 게 있긴 있어야 혀, 그런 놈들을 위해서 말야."
지구환경원상복구위원회의 보고서는 지구의 원상복구를 위해 소요되는 노동력과 비용 등을 따질 것 같으면 지구와 똑같은 크기인 불모의 행성 32개를 인류가 살기에 쾌적한 환경으로 개발하는 비용과 맞먹을 것이라는 결론으로 말미를 장식했다.

스강나하르로 이주가 한창 진행 중일 때 활동인류 중 끝까지 지구에 남아있기를 희망한 사람들은 모두 1백2만5천7백여 명이었다. '비록 지하세계일지라도 살아가는 덴 아무런 문제가 없으니, 이왕이면 내가 태어난 지구에서 남은 여생을 마치고 싶다'는 것이 그들의 바람이었다. 하긴 지구에도 누군가는 남아서 지구와 인류가 이룩해놓은 문명을 지켜야 했다.
전 세계에 흩어져 있는 237개소의 지역 지하도시와 스피릿트하우스[57] 대통령궁을 비롯하여 86개소의 특수시설물들을 관리해 줄 사람이 필요했고, 지구환경을 예전처럼 복원하기 위해 설치해놓은 수많은 시스템을 맡아서 관리해 줄 과학자나 엔지니어도 필요했다.
유니타스는 꼭 필요한 수효만큼 해당 전문인력을 엄격한 심사에 의해 선발했다. 237개소의 지하도시엔 각 세명씩, 그리고 대통령궁을 비롯한 86개소의 특수시설엔 각 두 명씩, 3천2백여 군데의 시설 시스템 관리요원은 각 한명씩, 그리고 지구환경복원기술자 1,720명 등 모두 5,793명의 전문인력을 지구에 남기기로 최종결정을 했고, 남기를 희망하는 1백2만여 명의 인류 가운데 42만4천여 명을 겨우 설득하여 스강나하르[56]로 보낼 수 있었다. 그러나 '차라리 죽었으면 죽었지 절대로 지구를 떠나지 않겠다'라며 막무가내로 버티는 사람들도 5십9만여 명으로 어쩔 수 없이 그들도 잔류를 허용할 수밖에 없었다.

드림언더스페이스100[61] 이주 프로그램에 동원된 우주선 스페이스트라인은 모두 23,800대로 왕복 운항회수는 총 46,274회로 기록되었다. 인류의 이주가 진행되는 기간에도 스페이스트라인[73]은 계속 제작되었으며 속도도 많이 향상되었다. 뿐만아니라 시간을 훨씬 단축시킬 수 있는 지름길로서의 스페이스웜도 개발되었다.
따라서 이주 초기엔 지구와 스강나하르 사이를 한번 왕복하는데 소요되는 시간이 32년이나 걸렸지만, 이후엔 점점 단축되어 어느새 21년이면 왕복을 할 수 있게 되어 50년 동안 스페이스트라인 대당 평균 2회를 왕복한 셈이었다.
아무리 완벽을 기한다며 최선을 다했다지만 스페이스트라인 또한 인간이 만든 우주선이다. 따라서 운항 도중에 예기치 못한 사고가 네 차례나 발생했다.

첫번째 대형사고는 지구연도 2108년4월14일경에 발생했으며, 한창 무사고운행으로 이주계획이 순조롭게 진행될 때였다. 스강나하르의 초집적지능헤드 에니악[82]은 엔레이파시[95]를 통해 'SK 2088-13 SL'퍼스트 챔버:브렌다 호차츠카기의 사고를 알려왔다.
사고 우주선은 외우주 C블록 N18-4 블랙홀을 빠져나오지 못하여 결국 탑승자 10,118명 전원이 유명을 달리한 것이다. 유니타스 산하 우주운송사고조사위원회 발표에 의하면 우주선의 드림펄 표면처리과정에서 미처 발견하지 못한 2픽셀 단위로 추정되는 아주 미세한 불량소자로 인해 블랙홀에서 빠져나오지 못한 결과를 초래했다는 것이다.
스페이스트라인이 웜홀을 통과하는 동안에는 자동으로 전망창을 비롯한 전 기체 외면을 별도의 드림펄[107] 표면처리막이 3중으로 겹겹이 둘러싸고 막과 막사이의 미세한 공간 또한 천2백만 마이너스 헥토파스칼-Hectopascal의 고장력 진공으로 압축 처리된다.
스페이스트라인은 운항 직전에 철두철미한 엑스레이 투사를 통해 드림펄 표면처리의 불량화소를 사전에 잡아내는 데, SK 2088-13 SL기 역시 출항 직전의 엑스레이검사에서는 아무런 불량화소도 나타나지 않았다고 해당기 엑스레이검사 담당자 스페인계 〈피스코 발렌뚜아Pisco Balentua[122]〉는 밝혔다.
그는 '원인이 뭐든 간에 사고에 대한 전적인 책임을 지겠노라'는 유서를 남기고 스스로 자결했다. SK 2088-13 SL기의 사고 소식에 인류는 한동안 비통에 잠겼으며, 유니타스 제21대 대통령 미국계 〈로버트 제퍼슨Robert Jefferson[123]〉은 담화문을 통해 유명을 달리한 그들을 '우주영웅'으로 추서했다.

두번째 대형사고는 첫번째 대형사고와 거의 동일한 사고로 4년여 만에 되풀이된 참사였다. 지구연도 2112년 11월 6일경, 'SK 2091-22 SL'(퍼스트 챔버:제인 프로스트)기 또한 내우주 GH42-13 블랙홀을 빠져나오지 못하여 10,120명이 유명을 달리했다. 그 사고소식이 들려오자 스강나하르에서는 우주선의 결함을 문제삼는 30만 명이 넘는 대규모의 군중시위까지 벌어졌고, 취임한 지 한 달여 밖에 되지 않은 유니타스 제22대 여성대통령 남아공계 〈이사벨라 아도르Isabella

Author[124]〉는 사임위기로 몰리기까지 했다.
그외에도 두건의 사고가 더 발생했다. 하나는'SK 2084-37 SL'퍼스트 챔버: 나왈 엘 사다위기로 내우주 항진 중 카시오페아Cassiopeia 별자리 부근에서 원인 모를 내부화재로 냉동캡슬 3,274개가 전소하여 승무원 27명을 포함 모두 3,301명이 사망, 12명이 부상한 것으로 밝혀졌으며, 또 하나는 'SK 2097-5 SL'(퍼스트 챔버: 타미나 파리얀)기가 스강나하르 우주기지 착륙시 착륙바퀴 기어의 오작동으로 인한 불시착에 의해 기체 일부가 파손되면서 순간충격에 의해 기체로부터 냉동캡슬 183개가 분리되어 밖으로 이탈된 사고로 당시 냉동상태였던 43명이 숨지고 81명이 다쳤으며 탑승 승무원 가운데서도 2명이 숨지고 11명이 크게 다쳤다.
따지고 보면 5억 가까운 인류가 스강나하르로 이주하면서 겪은 네건의 사고로 인해 23,584명이 숨지고 104명이 부상을 당했으나 그 정도의 희생은 경미하다고 볼 수밖에 없었다. 50년에 걸친 이주기간 동안 스강나하르에서 발생한 사고로 인해 희생된 사람의 숫자가 우주에서 돌발적으로 일어난 사고에 비해 오히려 훨씬 더 많았던 것이다.
유니타스 산하 범죄과학수사위원회의 통계를 보면, 자살로 인한 사망자수가 67,542명이고 타살로 인한 사망자수가 126,974명, 사고로 인한 사망자수가 9,637명으로 같은 기간에 사망한 사람만 20만4천 명이 넘었다. 보다 쾌적하고 보다 안전한 곳에서 사망자수는 오히려 9배가 넘게 발생했던 것이다.

12억 광년 머나먼 지구로부터 스페이스트라인에 실려 이송되어온 바이오아이스캡슐 속의 냉동인류들은 스강나하르 〈유니온메디칼큐센터Union Medical Q-Center[125]〉의 〈알파인냉동클리닉하우징Alpha Freezing clinic Housing〉[126]〉에서 특별히 짜여진 〈벤츄라프로그램Ventura

Program[127]〉에 의해 생체복원과정을 거쳐 온전한 사람으로 깨어날 수 있었으나 잃어버린 생식능력만큼은 현재의 '생체복원의과학'수준으로서는 원상태로의 복원이 불가능했다. 그리고 안타깝게도 1,700여 명은 냉동상태에서 깨어나지 못하고 사망하였는데, 독성물질에 의한 오염이 너무 심하여 냉동되는 순간 이미 사망한 것으로 판단되었다. 또 38명은 성공적인 해동과 신체에 아무 이상이 없음에도 불구하고 식물인간상태로 의식을 회복하지 못하고 있었다. 그중 열세 살짜리 프랑스계 소녀 〈라우덴 에말리어Lowden Emalia[128]〉는 그 잠자는 듯한 모습이 마치 천사처럼 너무나도 아름다워 스강나하르로 이주해온 모든 인류의 눈시울을 붉게 하였다.
유니타스는 그들을 지구의 마지막 희생자로 규정하고 범인류적 행사를 벌이기로 하였다. 그에 대해 스강나하르의 시성詩聖 포르투칼계 〈안토니오 슈잘레Antonio Sujalle[129]〉는 다음과 같은 시를 헌정하였다.

아! 인류여!

아!
인류여!
우리,
어찌 그 날을 잊을 수 있으리오!
티끌 하나 없는 그 찬란한 광명의 하늘을
뒤덮는 검은 구름을……
지옥의 악마들이 천군만마 이끌고
우리의 순결 짓밟던 그날을
어찌 잊으라 말할 수 있으리오

악귀들이 내치는 칼끝에
연분홍 꽃잎들이 무수히 땅에 떨어져 흩날리던 그날
하늘도 울부짖고
땅도 요동치며
통한의 탄식 마다하지 않았으리

…… 중략 ……

마지막 한 잎
채 피워 보지도 못한
너의 정절
어여삐 여기노니
여기 스강나하르가
그대 위해
눈물 흘리노라.

3

마침내 지구로부터 스강나하르 행성까지 전 인류의 이주가 50년에 걸쳐 성공적으로 마무리되었다. 그리고 전 우주의 개척기지에 파견 나가있던 과학자나 엔지니어들도 속속 스강나하르로 몰려들었다. 인류의 최대행사인 스강나하르 원년을 맞이하기 위해서였다.
대규모 이주계획을 실현하기 위해 우주항공과학분야는 놀랄만한 발전을 거듭했다. 스강나하르에서 지구까지는 불과 10년이면 도착할 수 있는 거리만큼 좁혀졌다. 그리고 우주공간에서의 사고는 더 이상 발생하지 않았기에 우주여행이란 것이 일상생활에서 겪게 되는 갖가지 위협보다 오히려 더 안전하다는 인식이 지배적이었다.

내우주는 물론이고 네 개의 외우주도 절반 가까운 47%정도 실체가 밝혀졌고, 그 나머지 미확인된 우주공간마저 향후 50년 내에는 완전히 밝혀질 것이라 전망하였다. 스페이스웜도 7천개 이상 개척되어 수백억 광년 이상 떨어진 아무리 먼 우주라도 수백 년이면 도달할 수 있을 만큼 우주항로 역시 잘 발달하였다.
그리고 우주여행의 경우 대부분 목적지까지 냉동 동면상태로 가기 때문에 지겹다고 푸념할 이유도 없었다. 다만 여행기간 내내 동면상태로 있다가 목적지에 도달해서 깨어나기에 그 기간만큼 세상이 바뀌어 낯선 기분을 느끼는게 당연하겠지만, 그것도 몇달 생활하다 보면 익숙해지게 마련인 것이다.

지구환경원상복구위원회가 2132년4월12일에 발표한 종합보고서에 따르면 예전의 지구모습을 되찾기까지 1만2천년에서 1만4천년이란 세월이 걸릴 것이라 했다.
유니타스에서 특별히 지구에 집중적인 노력과 투자를 기울이지 않는 한 진척이 빨라지더라도 인류가 지구로 다시 귀향하기 위해서는 1만년 이상의 세월을 더 기다려야 할 것이다.
아무리 생명과학이 발달하여 인간의 수명을 고무줄처럼 마구 늘릴 수가 있다 하더라도 인간이 1만년 이상을 살 수는 없을 것이다. 그러니 향후 몇 십대, 또는 몇 백대에 걸쳐 이어내려간 인류의 후손들이나 지구를 다시 찾을 수 있을까, 그때까지는 스강나하르가 인류의 보금자리임에는 틀림없는 사실이다.

스강나하르로 이주해간 인류는 새로운 환경에 적응해야 했다. 스강나하르가 전 우주를 통털어 유일하게 인류가 살아갈 수 있는 쾌적한 환경이라 하지만 어쨌든 스강나하르의 그 모든 것들이 인류의 눈에는 생소할 수밖에 없었다. 지구에서는 지구가 태양을 도는 위성에 불과하지만, 스강나하르는 선샤인이라는 태양의 수백분지1 크기밖에 안 되는 작은 태양을 위성으로 거느리고 있다. 뿐만아니라 지구는 위성으로 밤에 희끄무레하게 보이는 달을 하나만 거느린 데 비해 스강나하르는 13개의 위성을 거느리고 있으며, 그들 위성 또한 달과는 비교할 수 없을 만큼 갖가지 아름다운 색채로 발광하는 것이다.

우주에서 바라볼 때 스강나하르는 전체 모양새가 마치 팽이처럼 생긴 길쭉한 원추형으로 초록색과 갈색 계열의 색상이 뒤섞인 모습이다. 그 모습은 공처럼 동그랗고 파랗게 빛나는 지구의 생김새와는 너무나 판이하게 다른 모습이다. 스강나하르는 지구에 비해 부피로는 40배가 더 크고 표면적은 자그마치 70배가 더 넓다. 그리고 사막이나 협곡 등의 지형이나 기묘한 모습을 지닌 생명체들도 지구의 것들보다 대체적으로 더 큼직하다.
지구의 바다는 온통 파란색인데 비해 스강나하르의 바다는 짙은 초록색을 띠고 있다. 그렇게 짙은 초록색을 띠고 있는 것은 물속에 그득 서식하고 있는 식물성 프랑크톤 쉬잘[72)]의 엽록소 때문이다. 스강나하르의 바다는 '물 반 쉬잘 반'일 정도로 물에 섞인 쉬잘의 농도가 짙은 반면에 염분이 전혀 없는 것이 특징이다. 스강나하르엔 나트륨 성분이 거의 없어 소금이 전혀 생성되지 않는다. 따라서 공업용 소금은 인공 합성소금을 만들어 사용하지만 식용 소금만큼은 지구에서 조달하여 사용해야 했다.
특히 냉동에서 갓 깨어난 인류들의 경우 스강나하르의 낯선 풍광에 한동안 어리둥절한 기색이 역력했지만, 대개가 시간이 지나면서 잘 적응하는 듯보였다. 그리고 스강나하르의 기기묘묘한 자연풍광에 매료되어 스강나하르 전체를 둘러보는 관광코스가 크게 인기를 누린 적도 있었다.
그러나 그런 스강나하르의 이질적 분위기에 적응하지 못하는 인류도 생겨났다. 그들은 유니타스 정부의 적극적인 만류에도 불구하고 황폐화된 지구로 향하는 스페이스트라인에 승선했다. 죽어도 지구에서 죽겠노라며…….

지구로부터 인류들이 속속 스강나하르에 도착할 때마다 미리 도착한 사람들은 그들을 위해 열렬한 환영을 아끼지 않았다. 마치 죽은 줄만 알았던 가족이 살아서 돌아온 것 같은 감동과 감사함이 인류의 가슴에 벅차게 자리했다.
유니타스는 지구 최후의 날에 희생된 인류의 원혼을 달래기 위한 대규모의 위령탑을 스강나하르 주요시설들이 밀집되어 있는 제1지역인 알파구역 내의 〈드볼드쉬Dboldshuy[130)]〉언덕 위에 세우고, 스강나하르 신기원이 선포되는 날을 〈디어쓰데이The Earthday[131)]〉로 정하여, 영원히 '지구 최후의 날'과 그날의 희생자들을 기리기로 하였다.
또한 식물인간 에말리어와 나머지 37명의 회생을 위해 전 인류가 한마음이 되어 '우주의 큰 영靈'에게 기원하기로 하고 그를 위한 대규모 신전을 드볼드쉬 언덕에 세우기로 하였다.
그동안 대규모 주거지역들이 계속해서 스강나하르 온대지역 전역에 걸쳐 건설되었고, 애초에 유니타스가 예정했던 대로 전 인류를 수용하고도 1억 이상을 더 수용할 수 있는 5억8천만 개의 주거공간을 완성하였다.
그들 신도시들은 철저한 기본설계와 도시계획 하에 스강나하르 시간으로 1백년지구시간으로는 572년에 해당후를, 인구로는 10억 시대를 내다보고 치밀하게 건설되었다.
따라서 건축물을 포함한 모든 시설들은 〈단위블록시스템Unit Block System[132]〉공법으로 시공되어 내구연한이 다 된 시설의 일부는 마치 자동차부품 갈아 끼우듯 쉽게 교체할 수 있도록 모든 시설들은 처음부터 규격화된 블록으로 조립하는 것이다.
도시와 도시를 잇는 정보망도 과부하가 나타나지 않는 특수합금 섬유인 〈아타나바케이블Attanaba Cable[133]〉로 연결되어 있어 모든 도시 간의 정보교류도 동시간대에 이뤄질 수 있게 하였으며, 지하에는 에니악의 통제를 받는 지구속도 시속 5,200킬로미터의 〈초전도자기부상열차超傳導磁氣浮上列車[134]〉로 연결되어 아무리 먼곳에 위치한 도시라도 지구시간으로 12시간 안에 도착할 수 있게 되었다.
초전도자기부상열차는 진공터널을 레일 없이 초전도유도장치誘導裝置에 의해 운행되는 열차로 진공궤도열차眞空軌道列車로 불리기도 한다.
스강나하르에 새로 건설된 모든 기반시설의 운용을 비롯, 모든 산업활동은 인공지능헤드 에니악의 통제에 의해 자동화된 로봇이 대신했다. 자원채취나 공산품제조, 작물재배와 가축사육 및 식품가공, 건설이나 기타 가공산업, 서비스업 등 모든 것이 컴퓨터와 자동제어시스템, 그리고 로봇에 의해 조정되고 처리되므로 인류는 노동으로부터 완전히 해방된 것이다.
따라서 전혀 일을 하지 않고도 문명의 혜택을 누릴 수 있게 되었으니 애초에 인류가 꿈꾸어 온 파라다이스, 즉 이상향을 마침내 실현한 것이다.

그러나 일을 하고 그로인한 성취감을 곧 살아있는 자각으로 그리고 기쁨으로 여기는 사람도 있게 마련이다.

따라서 유니타스에서는 육체적 노동을 원하는 사람들을 위한 자유노동 지역을 따로 마련하였는데, 그 지역은 스강나하르 제13지역의 〈스볼러강Sboler River[135]〉유역에 위치하였으며, 2억4천만 평방미터에 해당하는 광활한 지역으로 지구의 여러 생태지역을 그대로 옮겨 놓은 듯한 곳이다.

스볼러강 유역은 비교적 온도가 높은 지역으로 초원지대가 있는가 하면 거친 황무지와 사막과 같은 지역도 있으며, 원시림이 무성한 숲지대가 있고 굽이쳐 흐르는 강도 거대한 호수도 자리한 곳이다.

그곳엔 미국 서부 개척시대처럼 꾸며진 데도 있고 영국의 전원도시처럼 꾸며진 데도 있었다. 노동을 즐기며 살고자 하는 사람들은 원하는 기간만큼 자의대로 그곳에 가서 농사도 지을 수 있고 목장을 운영할 수도 있으며, 대장간이나 식품점을 직접 차려서 일할 수도 있게 하였다.

물론 재배하고자 하는 작물들과 기르고자 하는 동물들은 지구의 것과는 판이하게 그 모양새며 습성들이 다르기는 하겠지만, 어찌되었든 그들도 생명체로써 그 적응도 의외로 빨랐다. 대개의 동물들은 특별한 천적이 없던 까닭인지 지나치리만큼 온순하여 가축화하는 데에 큰 무리가 없었다.

4

스강나하르의 생태계는 지구와는 사뭇 달랐다. 생긴 모습들도 생물학적 구조도 습생도 천차만별이었다. 그렇지만 유사한 점들도 많았다.

스강나하르에서 주로 한국계 인류들이 즐겨먹는 삼겹살구이가 있다.

영락없는 돼지고기 삼겹살인데 그렇다고 스강나하르 자연계에 자신의 배설물로 더럽혀진 시궁창같은 곳에서 오물을 뒤집어쓰고 '꿀꿀' 거리는 돼지란 동물이 있는 것도 아니요, 누군가가 지구로부터 돼지를 반입하여 키우고 있는 것도 아니다.
지구의 돼지와 이곳의 〈스매Smae[136]〉는 고기 맛은 매우 비슷하지만 겉모습과 습성은 전혀 다르다. 스매는 우선 지구의 이끼 낀 바위모양을 하고 있다. 그래서 처음 이곳에 온 개척단 중 한 사람이 바위로 착각하고 그위에 걸터앉아 땀을 닦고 있는데, 깔고 앉은 바위가 움직이는 바람에 깜짝 놀라 자세히 관찰한 결과 그제야 그것이 아주 느릿느릿 움직이는, 외피가 바위처럼 단단한 동물임을 알았다는 얘기다.

스매는 눈도 귀도 입도 그리고 특별히 두뇌라 단정 지을만한 부분도 없는, 지구로 치면 말미잘과 습성이 비슷하지만 의외로 영리한 동물이다. 비록 단순하지만 스스로 생각하고 판단하는 동물로 위험을 느끼면 몸체에서 '꼬고르~'하고 비명을 질러대는 엄살쟁이다.
몸체 윗부분의 이끼처럼 생긴 촉수들로 광합성을 하여 아미노산을 만들고, 그 촉수들 내부에 있는 특이한 사고능력세포들이 서로 연결되어 두뇌역할을 하는 것이다. 뒤집어보면 지렁이처럼 생긴 수많은 촉수들이 보이는데 그 촉수를 통해 땅표면의 미세한 자양분을 흡수한다.
스매를 해부해보면, 몸체의 90% 이상이 노르스름한 빛깔을 띠고 있는 육질로 구성되어 있다. 그 육질엔 고열량의 단백질 외에 돼지고기와 아주 유사한 맛을 내는 성분들이 들어 있어 고기 익는 냄새는 물론 맛도 영락없는 돼지고기와 같다. 스매는 비단 한국계 인류뿐만 아니라 대부분의 인류 입맛에 가장 잘 맞는 천연식품으로 각광받고 있어 수의공학자와 생체과학자들이 연대하여 스매의 대량번식과 성장촉진에 대한 연구가 한창 진행 중이다.
성장속도는 상당히 더디고 따라서 번식하는 속도도 상당히 느린 동물이다. 수명은 지구나이로 8백년에서 1천년으로 추정되며, 다 자라기까지 120년 정도 걸리고 큰놈은 최대 무게가 30톤에 이른다.
인류의 마구잡이식 사냥으로 스강나하르의 동물계에서 가장 먼저 멸종시키다시피 하여 유니타스로부터 제1호 보호동물로 지정된 것이 스매이다.

스강나하르에는 또 지구에 서식하는 식물 보리麥와 아주 유사한 성분과 맛을 가진 알갱이를 생산하는 동물이 있다. 〈유끼Yuki[137]〉라는 동물로 생김새는 가운데가 볼록하고 긴 항아리 모양의 몸체를 여섯 개의 털이 북실북실한 티스푼처럼 생긴 다리들이 떠받들고 있다.
크기는 다양하여 큰 것은 키가 8미터를 넘는 것도 있고, 작은 것은 키가 10센티에도 못미치는 것이 있다. 물론 작은 것이 갓 태어난 어린 새끼라 덜 자라서 그런 것이 아니다. 이곳에도 같은 종에 큰 종자가 있고 작은 종자가 있는 것이다.
유끼는 항아리 모양의 몸통 안에 열매처럼 동글동글한 알갱이들로 그득 채워져 있다. 그 알갱이들의 성분이나 맛이 영락없는 보리로 그것을 건조하여 분말로 가공한 다음 부풀려 빵을 만들어 먹는 것이다.
연구에 의하면 그 알갱이들은 대부분 녹말성분으로서 유끼가 자신의 몸체를 부풀려 크게 보이기 위한 동족 간에 일종의 과시용이며, 그 알갱이들이 몸체 안에 많이 들어 있을수록 몸체는 불룩해지는 것이다.
굳이 그 알갱이 모두를 없애버려도 유끼의 생존에는 전혀 문제될 게 없는 것들이다. 그러나 그 알갱이들을 모두 없앨 경우 유끼는 심한 스트레스로 인해 몇달씩 꼼짝도 않는 것이다. 유끼라는 동물은 자존심이 강한만큼 영리한 동물인 것이다.

유끼는 공기 중에 섞여 있는 극소량의 미네랄과 다리 사이에 숨겨져 있는 가늘고 긴 촉수로 식물의 즙을 섭취하며 살아간다. 귀나 입 등은 없지만 의외로 눈과 지능이 있는 것으로 드러났다. 6개의 발 끝부분에 깨알같이 작고 검정 구슬 같은 눈들이 작게는 3개, 많게는 수십 개씩 붙어 있으며 그 눈들을 통해 들어온 화상들이 몸체 밑에 붙어있는 호두알만한 두뇌로 전달되어 물체를 판단하고 분석하는 것이다.
지능도 의외로 좋아 지구의 고양이 정도의 지능을 지녔다. 유끼는 여섯 개의 다리를 이용하여 이동을 하는데, 큰 종의 경우 지구시간으로 한 시간에 대략 5~6미터를 이동한다. 달팽이의 속도보다는 조금 빠른 정도일 것이다.
유끼는 그 크기를 항상 유지하면서 영양상태가 좋으면 그 몸체가 분열하는 습성이 있다. 그래서 분열을 끝내고 두 개의 개체로 나뉘기 직전의 모습은 두 마리가 붙어서 교미하는 것으로 착각할 정도이다. 유끼는 분열을 거듭하여 번식하는 동물로 환경만 맞으면 수명은 거의 무한대라 할 수 있지만 대신 환경변화가 심하면 몰살당할 만큼 환경적응에 매우 취약한 동물인 것으로 드러났다.

스강나하르는 워낙 토양이 비옥하고 고단백질의 단세포식물 프랑크톤 쉬잘[72]이 풍부하며, 육식동물이 별로 없는 까닭에 먹이사슬이 아주 단순하다. 대부분이 땅속의 유기질이나 기타 자양분을 빨아 먹거나 그렇지 않으면 쉬잘을 먹이로 한다. 따라서 바삐 살아야할 하등의 이유가 없는 이곳의 동물들은 구태여 빠른 번식이나 성장, 재빠른 동작이 전혀 필요 없어 마냥 느긋하게 살아온 것들이다.
덩치 큰 동물들 대부분이 한번 자리를 잡으면 한동안 꼼짝 않고 있기를 마치 식물인 듯 보이는데, 실제론 동물인 경우가 많고 또 동물로 보이는데 실제론 식물인 경우도 많은 것이 스강나하르의 생태계이다.

그렇듯 스강나하르의 생태계에는 2억 종에 이르는 갖가지 괴이쩍은 생명체들이 살고 있으나, 지구의 생태계에 서식하는 생명체들과는 전혀 다른 습성과 성질을 지니고 있으며, 다행히 인간 이상의 지능을 가진 생명체는 발견되지 않았다.

5

오픈더스페이스데이[86]로 명명된 2100년10월10일 오전10시 정각, 우루과이 몬테비데오 북부 지역 지하도시를 첫 번째로 이륙한 스페이스트라인 SK 2085-47 SL기를 시작으로, 2139년12월12일 오전10시 정각, 터기 앙카라 외곽 지하도시를 통산 46,274번째이자 마지막으로 이륙한 스페이스트라인 SK 2112-21 SL기가 10년여 우주 항진 여정을 마치고 2150년10월10일 오전10시 정각에 스강나하르 스페이스스테이션[52] N1270 도크에 안착함으로써 실로 만 50년 만에 드림언더스페이스100[61] 이주 프로그램은 일정상 한치의 차질 없이 성공리에 마쳤다.
드림언더스페이스100에 의해 스강나하르에 지구의 인류들이 본격적으로 이주를 시작할 즈음, 스강나하르에는 이미 개척초기 개척기지를 건설하기 위해 5만여 명의 과학자, 엔지니어링 기술자, 전투병력 등이 미리 파견되어 있었고, 그 외에 천왕성개척기지 스페이스벤처유알[22]의 과학자들과 함께 이송되어온 2만5천3백56명의 팅거휴와 이후 그들 팅거휴들로부터 태어난 2세대 3천5백64명 등 모두 11만 명 정도가 거주하고 있었다.
50년에 걸쳐 인류의 스강나하르 이주가 진행되는 동안 스강나하르의 인구는 도착되는 우주선의 탑승객 수효만큼 늘어갔으며, 새로운 세계에 도착한 그들은 스강나하르의 색다른 환경에 쉽사리 적응하였다. 비록 낯설고 생소한 세계이지만 나름대로 볼거리가 풍부하고 흥미를 유발하는 요소들이 지구보다 더 많았다.

유니타스는 냉동상태로 도착한 4억8천여만 명과 냉동되지 않은 상태로 지구에서 활동 중이던 1천7백여만 명이 50년에 걸쳐 순차적으로 이주함으로써 이주가 완료된 2150년10월10일 오전10시를 기준하여 스강나하르 인구는 모두 4억9천9백12만4천2백37명인 것으로 공식 집계하였다. 5억에서 약간 모자라는 수치인 것이다.
지구에 잔류해 있는 인류 60만2천9백41명과 화성개척기지의 연구인력 72만4천9백45명, 천왕성개척기지의 연구인력 120만6천4백14명을 모두 합치면 5억1백65만8천5백37명이며 5억을 약간 초과한 것으로 나타났다.
당장이야 팅거휴의 숫자가 2만8천9백20명으로 그 수효가 많지 않아 인류의 증가가 더디겠지만, 생식능력을 지닌 팅거휴의 개체수가 어느 정도 확보되면 그 후부터는 인구증가에 가속도가 붙을 것으로 내다봤다.

지구연도 2150년12월31일 밤11시경, 스강나하르의 명물이자 2,100층짜리 멤사스센터[76] 앞 777만 평방미터 너른 잔디밭은 느릿하게 넘어가는 스강나하르의 태양 선샤인의 붉은 빛에 물들어 황금물결처럼 출렁거렸다.
하늘을 찌를 듯이 우뚝 서있는 멤사스센터엔 크리스마스트리를 연상케 하는 오색찬란한 각종 발광장식들로 웅장하고도 경이적인 아름다움을 연출하고 있었다.

넓디넓은 〈빌모어Villmore[138]〉잔디광장에는 새로운 초인류국가 〈파라토피아Paratopia[139]〉 개국행사를 지켜보려는 350여만 명의 인파들로 북적거렸다. 광장이 너무 혼잡하여 참석을 포기한 인류들도 멀티스크린을 통해 개국행사의 생중계를 지켜봤다.
멤사스센터 양쪽 하늘 높이 둘러쳐진 수십 킬로미터에 이르는 초광폭 수지편 백색스크린에는 오늘의 행사일정이 유니타스어로 소개되고, 각자 지참한 〈패스컴Passcom[140]〉의 액정과 패스컴에 연결된 이어폰을 통해 67개 국어 중 선택한 언어로 자동번역되거나 통역되었다.

이윽고 저 먼 하늘로부터 빛을 발하는 희디흰 옷을 펄럭이며 수천의 천사들이 황금빛 나팔을 입에 물고 서서히 날아오면서 환상의 극치를 이루었다. 이어서 백색스크린에는 파라토피아 초대 대통령으로 취임하게 될 유니타스 제30대 대통령 브라질계 〈아시리스 리잔테Asiris Rejante[141]〉의 모습이 등장하였다.
"친애하는 유니타스 인류 여러분! 지구연도 2151년1월1일 자정0시를 기하여 우리 스강나하르에 새로운 초인류국가 파라토피아가 탄생하였음을 엄숙히 선포합니다."
밤12시 자정을 넘기는 순간, 개국을 알리는 천사들의 나팔소리가 일제히 연주되기 시작하자 광장에 운집한 모든 군중이 너무나 놀랍고 황홀한 광경에 도취되어 그 자리에 얼어붙은 듯이 꼼짝도 못했다. 그 천사들은 일종의 환상 홀로그램으로 한 천재적인 이탈리아계 예술가 〈리잔 데 고흐Rizan De Gogh[142]〉의 연출이었다.
상상을 초월한 어마어마한 스크린의 위용, 그리고 그에 어우러진 백색 천사들의 운무와 연주, 그리고 이어지는 합창에 지켜보는 인류들은 한결같이 벌어진 입을 다물지 못했다. 천사들의 조용하면서도 화음의 극치를 이른 합창을 배경으로 아시리스 리잔테는 우주의 영을 찬미하는 기도를 올렸다.

오! 위대한 우주의 영靈

위대한 우주의 영靈 〈파나시르Panasir[143]〉여!
영께서는 우주 만물을 주재하시는 유일한 주체이시옵니다
영의 위대함을 소리 높여 칭송하오며
영의 권능에 몸을 낮춰 순응하겠나이다
한때 우리 인류는 스스로 저지른 죄악에 의해
우주로부터 사라질 운명에 놓여 있었으나,
이를 가엽게 여긴 영께서는
끝내 인류를 저버리지 않았나이다
엎디어 경건한 마음으로 간구하옵나니
인류로 하여금 선한 마음을 갖게 하시와
죄업을 쌓는 일이 없도록 하시옵고,
아울러 만물을 경외하는 마음을 늘 지니도록 하옵소서!"

신의 존재를 완강하게 부인해 온 숱한 사람들조차 천사들의 운무와 합창, 그리고 경건한 음성으로 올리는 '아시리스 리잔테'의 기도소리에 크게 마음이 흔들려 벅찬 감동에 젖지 않을 수 없었으며, 따라서 우주의 영을 향한 절대 복종심이 절로 우러나지 않을 수 없었다.
광장에 모인 인류들 대부분이 벅찬 감동과 경외심에 젖어 자신도 모르게 무릎을 꿇고 눈물을 쏟아냈다. 과거 인류가 숭배해 온 인간형상을 본떠 만든 엉터리 신은 없을지라도 우주에는 분명 우주를 주재하고 다스리는 영은 반드시 존재한다는 신념을 지니게 되었다.
빌모어잔디광장에 모인 모든 인류들이 경건함 속에 참회의 눈물로 자책하고 있을 때, 천상의 분위기는 어느새 축제분위기로 바뀌었다.

수천 천사들이 화려한 율동과 템포 빠른 음악을 연주하기 시작했으며, 그에 맞춰 경쾌한 합창이 이어졌다.
인류는 눈가에 맺힌 눈물을 닦아낼 새 없이 축제분위기에 빠져들어 절로 어깨가 들썩여졌다. '아시리스 리잔테'의 선언이 이어졌다.
"멀리 떨어진 우리 인류의 영원한 고향 지구를 기리기 위해 해마나 새해 첫날을 디어쓰데이로 정하여 가장 큰 축제일로 삼기로 하였습니다. 또한, 우리 유니타스는 새로운 국호를 파라토피아로 명명하고 지구연도를 대신하여 스강나하르 연도 〈파라Para[144)]〉를 사용하기로 결정하였습니다."
'아시리스 리잔테'는 두 팔을 머리 위로 불끈 치켜들고 선창을 했다.
"파라토피아 만세……!"
인류의 함성이 여기저기서 터져나왔다. 그리고 그 함성들이 하나씩 모이고 정리되면서 하나의 거대한 구호로 뭉쳐졌다.
"파라토피아 만세!"
"파라토피아 만세!"
"파라토피아 만세!"
인류는 목이 터져라 외쳤다. 두 손을 번쩍 하늘로 치켜들고 만세를 외쳐댔다. 빌모어잔디광장에 모인 350여만 명의 인류가 한 목소리로 쏟아내는 함성은 천지를 진동시켰고, 그 파동의 힘으로 스강나하르 밤하늘에 떠있는 흰구름을 날려보낼 정도였다.
그렇게 40여 분간 지속되던 함성도 잦아들기 시작했다. 너무 큰소리로 고함을 질러댄 탓에 대개의 인류들이 목이 쉬었기 때문이다.
군중의 소요가 어느 정도 가라앉자 이어서 '아시리스 리잔테'는 새로운 스강나하르 연도인 파라 연도를 정식으로 선언했다.
"따라서 지구연도 2151년1월1일을 파라 1년1월1일로 선포하여 인류의 새로운 신기원이 시작되었음을 만 우주에 알리는 바입니다."

디어쓰데이[131] 축제는 그로부터 30일간 지속되었다.
지구에서 행해졌던 온갖 유희가 펼쳐졌고, 스강나하르에 맞는 새로운 유희도 소개되었다. 그렇게 오랜 기간 축제가 벌어졌어도 어떤 불상사도 일어나지 않았다.
모두가 새로운 세계에 대해 감사했고, 인류애의 소중함을 깨닫고 있었기 때문이다.

6

유니타스는 지난 2년 전부터 스강나하르에 거주하는 인류들로부터 새로운 국호와 지구를 기리는 날의 명칭에 대해 대대적인 공모를 하였다. 국호에는 파라토피아 외에도 월드피아, 썬에메랄드, 스강나하르, 굿비치스타, 월드네이션, 쟈이안트킹카 등 2만7천5백여 종의 명칭들이 접수되었다.
그중 파라토피아가 3천2백9십6만4천8백74명으로부터 접수되어 가장 많은 선호도를 보였고, 파라토피아 외에도 1천7백4십6만9천4백14명이 접수한 월드피아와 8백7십2만5천1백2명이 접수한 스강나하르 등 중복접수가 많은 순위대로 5개 명칭을 선별하여 다시 인기도를 가려본 결과, 총투표참여자 3억7천600여만 명 중 67.429%의 압도적 지지를 얻어 파라토피아로 결정하게 된 것이다.
지구를 기리는 날은 당연히 지구라는 단어가 들어가야 한다는 여론이 비등하여 디어쓰데이로 결정하기까지 별 문제가 없었다.
그리고 디어쓰데이 선포식 때 인류의 생존과 번영, 그리고 과학발전과 평화에 크게 기여한 인사들의 명단을 함께 공개하기로 하고 전 인류의 스페이스넷을 통한 추천과 평점, 엄격한 심사를 거쳐 스강나하르 명예의 전당 〈그레잇스피리트노엘Great Spirit Noel[145]〉에 헌정될 2백 13인의 명단도 확정했다. 노엘에 헌정된 인사들에 대한 예우는 현직 대통령보다 우선한다.

유니타스는 스강나하르에서의 모든 인류가 단일 인류로써 영원한 삶을 새로 시작한다는 의미로 먼저 계량단위와 경제단위, 계수단위부터 개혁하기로 하였다. 그리고 그 명칭부터 바꾸었다.
먼저 유니타스는 시간단위에 있어 스강나하르를 돌고 있는 선샤인의 주기 137.45시간을 1일로 하여 이를 24로 나눈 시간을 1시간으로 정하고 이것을 다시 60으로 나눈 것을 1분으로, 또 이것을 60으로 나눈 것을 1초로 규정하였다. 다시 말해 스강나하르의 1시간은 지구시간으로 약 5.72시간이 되는 셈이다.
그러나 길이를 측정하는 단위는 미터를, 무게를 측정하는 단위는 그램을, 액체의 양을 측정하는 단위는 리터를 그대로 쓰는 등 상당수의 것들은 지구에서 오래 사용하던 것인 만큼 지구를 기리자는 의미로 그냥 쓰자는데 이의가 없었다.
인류의 사용언어는 과거 〈에스페란토Esperanto[146]〉어인 유니타스어를 지속적으로 연구, 발전시켜나가면서 최종적으로 파라토피아어로 단일화하기로 만장일치하였다.
화폐는 사용할 용도를 잃었다. 모든 것이 국가에서 무상으로 제공되기 때문이다.
그러나 국가 경제가치를 측정하기 위한 기준으로 그 대체재화의 필요성을 느끼고, 그 대체재화로는 전 우주에서 오직 스강나하르에만 존재하며 핵융합시 우라늄 버금가는 엄청난 에너지를 방출하는 원소로 그 매장량도 2.8억 톤에 이르는 써리얼[71]로 정하기로 하였다.

스강나하르로 이주해 온 인류에게는 과거 지구시절 때의 것들 중 없어진 것들이 상당하다. 학교나 학원 같은 교육기관이 일체 없다. 따라서 입학시험이나 취직시험, 자격증시험 같은 것이 있을 리 없다. 모든 교육은 스스로 알아서 자신이 원하는 학문이나 기술 등을 단독 주거주택 〈뱅뱅Bengbeng[147]〉에서 스페이스넷을 통해 한다.
인류가 현재까지 이룩해 놓은 모든 분야의 학문과 예술, 문화, 스포츠, 역사, 기술, 과학이 스페이스넷을 통해 손쉽게 찾을 수 있도록 에니악에 세밀하게 분류되어 있고, 쉽게 익히고 터득할 수 있도록 체계화되어 있다.
그러나 크고 작은 연구기관은 헤아릴 수 없을 만큼 많으며, 그들 기관들이 이룩해 놓은 업적과 실적들은 다시 중앙초집적지능헤드에니악[82]에 축적, 분류되어 토털세이브라인[79]을 통해 스페이스넷[38]에 올려 진다.

물건을 사고파는 매장들이 없으며, 대신 원하는 물건이 있으면 스페이스넷을 통해 물류주문센터에 필요한 물건을 주문하기만 하면 된다. 그럼 물류유통을 담당하는 로봇이 빠르면 20분, 늦어도 3시간 이내에 배달해 준다. 물론 해당 제품을 주문코자 클릭을 하는 순간, 모니터에 표시된 '배달에 소요되는 시간' 항목에 배달에 소요되는 시간이 표시된다.
대개 배달이 늦어질 경우는 다음의 두 가지 경우로써, 첫번째 경우는 주문품 자체가 흔히 쓰이지 않는 특수한 제품일 경우 우주공간에 특별히 마련된 물류센터 〈스페이스스퀘어Space Square[148]〉에서 배달되어 온다. 두번째 경우는 현재까지 제품화되지 않은 것이거나 기존제품에서 주문자의 별도 요구사항이 반영된 것으로 그 경우에는 제품개발까지의 공정을 감안하여 배달기일이 결정된다.
예를 들면, 어떤 괴이한 습성을 지닌 사람이 '실제의 주거공간은 지구에서와 마찬가지로 서서 또는 앉아서 누워서 생활하는데 편리하게끔 되어 있다. 그렇지만 나는 거꾸로 매달린 채 생활하기를 원하는데 이러한 주거환경은 나한테는 아무 의미가 없다. 그런고로 거꾸로 매달린채 생활하기를 원하는 나만을 위한 환경을 만들어 달라'는 요구를 할 경우 특별히 시간을 요하는 주문이 될 것이다.
또 공차기를 무척 좋아하는 한 축구광이 '축구를 하려해도 자꾸 헛발질을 하게 되어 딴 사람들에게 민망스럽다. 어찌 내가 발로 걷어차는 시늉만 해도 축구공이 스스로 알아서 내 발 끝에 맞고 튕겨나가 하늘 높이 치솟게 해줄 수 없겠는가?'라고 주문을 하면, 기존 축구공에 그 축구광의 생각을 읽을 수 있는 센서와 스스로 판단할 수 있는 인공지능, 그리고 스스로 그의 발에 갔다가 하늘 높이 솟구칠 수 있는 프로그램과 운동력을 부여해야 한다. 그러한 장치들을 새로이 제작하여 부착해야 함으로 배달이 늦어질 수밖에 없는 것이다.
모든 것이 무상으로 지급됨으로 철물점이나 컴퓨터 대리점은 물론, 동네에서 흔히 보던 구멍가게나 피자집, 통닭집, 족발집같은 것이 있을 리 없다.
그렇다고 물건을 고르고 깎고 흥정하는 인간적인 관계가 사라져 삭막한 것은 아니다. 그런 것을 원하는 사람들을 위해 파는데에 재미 붙인 사람들이 차린 구멍가게 같은 것이 있기 때문이다.
그러한 가게에 가면 깎으려고, 또 안 깎이려고 서로 핏대 올리며 물건을 사고파는 광경을 쉽게 목격하게 된다. 물론 그때 물건을 사기 위해 필요한 돈은 지구에서 들여온 과거의 지구지폐나 동전을 사용하게 된다.

7

따지고 보면 극락이나 천국으로 비유되는 이상향은 손이 미치지 않는 마냥 먼곳에 있는 것이 아니다. 과거 지구에서는 83억이란 적잖은 인류가 번성했을 그 당시만 해도 식량과 물자는 넘쳐났고 주거공간도 넘쳐났다.

전체 경제력의 84.6%를 거머쥔 0.3%에도 채 못미치는 극소수의 신귀족층만이라도 게걸스런 욕심을 버렸을 것 같으면 당시 절반 가까운 수효의 인류가 불과 2~3년 만에 처참한 환경에서 굶어죽거나 병들어 죽거나 할 하등의 이유가 없었을 것이다.

그러나 신귀족층은 '가난은 나랏님도 구제하지 못 한다'라는 한국 속담을 즐겨 인용하고 '빈곤층은 도와줄수록 손을 벌이려드는 게으르고 염치없는 족속'으로 여겨 빈곤층에게 가혹하리만큼 인색하였다. 남아도는 식량은 태평양 한 가운데다 버릴지언정 굶주린 자들에게 내주지 않았다. 그리고 그들 대부분이 수십 채씩 또는 수백 채씩 지닌 호화별장이나 호화콘도, 빌라 등 상당수의 비어 있는 주거공간도 잠가놓고 사용하지 않았다. 결국 가진 자들의 욕심은 한도 끝도 없었기에 없는 자들은 계속 헐벗고 굶주려야 했던 것이다.

지구에서 마지막으로 인류가 추구해 온 가치이자 이념은 자본주의로부터 잉태한 경제이데올로기로 그 어떤 사상이나 이념, 종교보다 더 강력하게 인류를 지배해 왔다. 또한 중세기의 왕권시대나 근대의 독재철권시대보다도 인류를 신분상 양극화하는데 더욱 기여해 온 것이 경제 이데올로기이다.

미국계 경제학자 〈조디 윌리엄스Jody Williams[149)]〉는 다음과 같은 '유리 구슬놀이'라는 우화를 통해 경제이데올로기의 폐해를 잘 묘사한 바 있다.

"1백 명의 아이들이 모여사는 세계가 있다. 처음엔 그 아이들에게 놀이용 유리구슬이 스무 개 밖에 없어 힘이 가장 센 아이 혼자 10개를 갖고 나머지 열 명의 아이들이 각 한 개씩의 구슬을 갖게 되었다. 그리고 그 열 명의 아이들은 힘이 가장 센 아이의 주변에 모여 그의 비위를 맞추던 아이들이었다. 어차피 1백 명의 아이들이 하나씩 갖으려 해도 스무 개의 구슬은 턱없이 모자라기에 구슬을 못 가진 89명의 아이들은 못 가진 것에 대한 불만이 그다지 없었다."

여기까지는 중세기 왕권 시대 때의 얘기이다.

"그러다가 지혜가 생긴 아이들은 합심하여 구슬을 만들기 시작했다. 구슬이 많으면 모두가 구슬을 차지할 수 있다는 논리에 의해서이다. 오랜 고생 끝에 80개의 구슬이 완성되었고, 이전에 지녔던 구슬과 합하면 구슬은 모두 100개가 되었다. 그만하면 구슬을 하나씩 공평하게 나누어 가질 법한데 현실은 그렇지 못했다. 힘이 센 아이 혼자서 구슬 50개를 차지해버렸고, 나머지 구슬들도 힘이 센 아이에 대한 충성도에 따라 분배되었다. 10개씩 가진 아이가 둘, 다섯 개씩 가진 아이가 셋, 두 개씩 가진 아이가 넷, 그리고 일곱 아이들은 구슬 하나씩 갖게 되었으며 나머지 83명이나 되는 아이들은 여전히 구슬을 가질 수 없었으나, 100개의 구슬에서 힘이 센 아이들이 하나라도 더 갖게 되면 어차피 구슬 수효도 모자랄 것이기에 그런대로 견딜만하다 여겼다."

여기까지는 산업혁명 이래 사회주의를 거쳐 자본주의 초기 때의 얘기이다.

"더 많은 구슬을 만들다 보면 그래도 내 차례가 오겠거니,라는 기대감에 구슬을 갖지 못한 아이들은 더욱 열심히 구슬을 만들었다. 그러나 아무리 많이 만들어도 구슬은 모두 힘 센 아이들이 차지해 버려 힘없는 아이들은 여전히 구슬을 가질 수 없었다. 결국 구슬을 아무리 많이 만들어봤자 힘없는 아이들은 구슬을 차지할 수 없다는 절망감에 구슬을 만들지 않으려 했으나 그때부터 힘이 센 아이들의 협박과 폭력에 길들여지기 시작하여 결국 힘이 센 아이들을 위해 아무 감정 없이 구슬을 만들게 되었다."
조디 윌리엄스가 경제 이데올로기로 대다수의 인류를 노예보다 못한 불필요한 존재로 옭아맨 상황을 적나라하게 빗대어 묘사한 대목이다.

인류가 꿈꿔 온 천국이나 극락은 별다른 것이 아니다. 모든 인류가 공평하게 나누어 가짐으로써 굶주리지 않고 포근한 잠자리에서 잠을 잘 수만 있다면 그것이 곧 천국이요 극락인 것이다.
지구에서 살아남아 스강나하르로 이주해 온 5억에 이르는 인류는 지구에서는 나름대로 부귀영화를 누려왔던 소수의 신귀족층과 상류층 인사들이다.
그들은 싸이파의 협박에 앞서 자기들만의 이상향을 건설하려 했던 사람들이다. 그리고 언제 싸이파[15]같은 테러리스트로 인해 지구의 환경이 파괴될지 몰라 전전긍긍했던 사람들로 일찍이 땅속 저 깊은 지하에 방사능도 침투하지 못할 방어막을 구축하고 쾌적한 지하 주거도시를 건설했던 사람들이며, 극히 일부는 화성으로 도피했던 사람들이다. 따라서 살아남은 인류 모두가 지극히 교활하고 이기적인 사람들이라 할 수 있었다.

새로운 이상향의 국가기구 파라토피아는 5억에 이르는 모든 인류에게 많은 혜택을 부여했다.
모든 인류가 차별 없이 과학문명을 함께 공유하고 모든 재화를 공평하게 분배하는 이른바 '공평분배 원칙'에 의한 것으로 이는 한정된 재원을 공평하게 나누자는 원칙이 아니라 누구나 자신이 갖기를 원하는 것은 다 가질 수 있게 함으로써 공평주의를 실현한 것이다.
인류 개개인이 차지할 수 있는 주거공간은 1인 독거의 경우 100제곱미터의 뱅뱅으로 제한하되 그 외에 갖고 싶은 것은 뭐든 다 가지라는 원칙이다. 남들이 관리해주지 않는 이상 개인 혼자 가질 수 있는, 그리고 관리할 수 있는 물질의 양에는 분명 한계가 있기 마련이다.
파라토피아는 '개인지상주의'의 실현을 위해 인류 개개인의 삶에 있어 최대한의 자유를 보장했다. 자신의 삶은 자신이 어떻게 활용하든 자유였다. 하루종일 잠만 자든 하루종일 먹기만 하든 하루종일 놀기만 하든 하루종일 일만 하든 모든 것이 자유였다.
그러나 일견 엄격한 통제도 있었다. 모든 사물은 사용할 수 있되 소유를 할 수는 없었다. 지구에서처럼 땅투기나 부동산투기, 사재기 따위는 있을 수도 없거니와 아무 의미도 없었다. 그리고 무엇보다도 인류의 안위와 관련된 범죄만큼은 지위 고하를 막론하고 철저히 다스렸다.

파라토피아 정부는 전 인류의 직접 투표에 의해 가장 많은 득표로 선출된 3년 임기의 대통령과 대통령이 임명한 3년 임기의 13인으로 구성된 국무위원, 그리고 정부기구를 견제하기 위한 강력한 기구로써 32인의 원로원 의원으로 구성된 원로원제가 존재한다.
대통령은 현직 원로원 의원으로 재임 중인 의원만이 출마가 가능하며 원로원 의원은 노엘에 헌정된 사람 또는 인류에 기여가 많은 사람들 가운데 스스로 의원직 출마를 선언한 사람 가운데 모든 인류의 투표에 의해 많은 표를 획득한 순서대로 선출된다.
그리고 모든 투표는 인류가 직접 스페이스넷[38)]에 연결되고 각자의 '아이디ID'가 입력된 전용컴퓨터에서 전자투표로 두 시간에 걸쳐 실시되며, 초집적지능헤드 에니악에 의해 집계가 완료됨과 동시에 스페이스넷에 공표된다.
따라서 투표가 시작되는 순간부터 끝날 때까지 투표에 참여한 수치는 스페이스넷에 실시간으로 나타나며 타임아웃이 되면 기다릴 것도 없이 그 즉시로 투표결과가 바로 공표되는 것이다. 그러니 투표조작이나 해커의 난동이란 있을 수 없는 것이다. 지구에선 아무리 뛰어난 해커라도 에니악에의 침투는 구조적으로 불가능한 것이 에니악의 엔레이파시가 온 인류의 사고에 영향을 미치기 때문에 에니악의 이상 징후는 모든 인류가 그 즉시 느끼게 되어 있다.
파라토피아 정부 산하에는 수많은 기구와 위원회, 연구기관이 있다. 그리고 그 조직에 소속되어 있는 사람들은 모두 관련지식이나 경험을 지닌 자원봉사자들이다. 파라토피아에선 사람사이를 간편하게 오가는 재화의 압축수단인 화폐란 것이 아예 없으니 애당초 급료란 게 없으며, 어떤 일을 잘 처리하기 위해 뇌물을 건네주는 사람도 없다.
임금을 올려달라거나 초과수당 문제로 분규를 일으킬 일도 없다. 모두가 스스로 일하기를 원해서 모여든 사람들로 원하는 시간에 따라 아무 때고 근무할 수도 있고 언제라도 그만 둘 수도 있다. 그러나 조직의 권한은 무시할 수가 없다.
위원회의 결정은 모든 인류에게 가차 없이 적용되는 법이고, 연구기관의 연구결과는 절대진리로 인정받는 것이다.

파라토피아 정부의 권한은 파라토피아 법률에 의해 보장되며, 권력의 집행은 강력한 사법권의 행사에 의해 이뤄진다. 정부는 인류의 범죄행위를 통제하기 위한 체포나 구금을 위해 막강한 첨단병기로 무장한 6천여 전투병력을 지니고 있으며, 그 전투병력 또한 자원자들 가운데에서 적격자를 선발하여 충원한다.

그리고 인류의 범죄행위에 대한 최종판결권을 지닌 1만 명 정족수의 배심원제가 있는데, 매년 5억 인류를 상대로 무작위 추출하여 1년 임기를 보장하고 있으며 그 명단은 철저한 비밀에 속한다.
배심원의 역할은 임기 중에 일어난 범죄사건의 죄질에 따라 초집적지능헤드 에니악이 산출한 형량에 대해 'YES' 또는 'NO' 찬반을 결정짓는 단순한 역할이다. 사건에 대해 보다 정확한 자료를 검토하여 응할 수도 있으나 대부분은 에니악의 판단을 신뢰하기 때문에 'NO' 버튼보다는 'YES' 버튼을 누를 경우가 많다.
판결에 응하든 응하지 않든 그것도 배심원 개개인의 재량에 달린 것이다. 파라토피아 정부는 배심원들의 적극적 참여를 유도하기 위해 특별한 혜택들을 제공해왔다.
죄질에 따른 형량은 과거 지구에서의 7,649조5,427억6,825만여 건에 달하는 각국의 크고 작은 법원판결사례를 집대성하여 초집적지능헤드 에니악에 입력되어 있으며, 각 범죄에 따른 형량은 유사범죄판결사례의 평균적 형량으로 벌금형은 없어진 대신에 대개 폐쇄된 공간에서의 구금이나 우주공간을 떠돌게 하는 유배형이 내려졌다.

인간의 노동력이 전혀 필요치 않은 스강나하르에는 지구에서처럼 인력을 노동력으로 하는 산업이나 기업이 있을 리 없다. 따라서 복종하고 일만 하는 종업원이 없으니 사장도 없고 가게 주인도 없다. 스강나하르를 비롯하여 우주에 산재해 있는 기지 건설현장이나 생산공장 등에는 20억 개가 넘는 인공지능로봇들이 있어 그들이 인간을 대신하여 노동력을 제공하고 있다.
대개 우주공간에 건설된 물류생산기지의 각 공장들은 컴퓨터의 조정을 받는 자동화시설에 의해 물품들이 생산되고 있으며, 건설현장 또한 로봇들이 험하고 정교한 작업을 처리하고 있다. 뿐만아니라 인간의 영역이라 할 미래지향 과학분야까지 특수지능을 지닌 로봇들이 담당하고 있어 사실 인간이 할 일이라곤 전혀 없는 것이다.
과학과 더불어 물질문명이 고도로 발달한 인류에게 있어서는 스강나하르 및 우주 어느 곳에서든 자원을 무한대로 공급받을 수 있는데다 모든 생산관련산업 시스템이 고지능 컴퓨터와 로봇에 의해 운영됨으로 물자는 인류의 예상수요에 충족할 만큼 자동으로 생산되어 물류 창고에 보관되고 필요로 하는 인류에게 즉시즉시 보급이 가능해졌다.
따라서 인류는 필요한 물건이 있으면 그것이 뭐든지 무상으로 얻을 수 있고, 고장 나거나 사용 기간이 경과한 물건들은 유통로봇들이 알아서 회수해 간다.

이미 결혼관이 무너진 데다 생식능력까지 잃은 인류는 가정이란 공동체가 사라진지 오래이다. 따라서 인류는 팅거휴를 제외하고는 대부분 철저한 독신으로 생활한다.
파라토피아는 지위 고하를 막론하고 모든 인류에게 차별 없이 똑같은 규격인 100제곱미터 면적의 뱅뱅[147)]을 주거공간으로 제공하며 인류의 체형과 생체리듬에 맞는 인체공학적 설계로 모든 기구나 시스템이 설치 운영되는데, 입주자가 자신의 성향과 기호에 맞게끔 다시 디스플레이를 할 수 있다.
뱅뱅은 바닥에서 천정까지의 높이가 5미터에 이른다. 그리고 천정에는 거주자의 두뇌에서 발생하는 전자파와 상호교류를 할 수 있게 입력된 인공지능의 통제를 받는 여러 장치들이 부착되어 있다. 뱅뱅의 내부온도, 습도, 기압, 조명, 음향 등은 거주자의 심리상태나 기분의 변화에 따라 최적의 상태를 자동으로 유지한다.
뱅뱅의 크기가 지구시절에 몇 평짜리 아파트에 사느냐의 문제와는 달리 별 의미가 없는 것이 네 귀퉁이가 라운딩 처리된 네 면의 벽면은 별도의 벽지나 액자 등으로 장식할 필요가 없게 〈파노라마스크린 Panorama Screen[150]〉이 장치되어 있어 원하는 경치나 그림을 투영할 수 있고, 입주자의 염력에 의해 사막의 한가운데 홀로 서있는 것처럼, 대양의 한가운데 홀로 둥둥 떠있는 것처럼 무한대의 공간을 얼마든지 연출할 수 있기 때문이다.
뱅뱅의 바닥면에는 아무 것도 놓여있지 않은 상태로 텅 비어있고 식탁, 수납장, 변기를 겸한 〈샤워셔틀Shower Shuttles[151]〉 등 몇가지 안되는 가구들은 천정에 감춰진 듯 부착되어 있어 필요에 의해 천정에서 바닥으로 미끄러지듯 오르락 내리락한다.

뱅뱅의 내부공간을 유일하게 차지하고 있는 것은 의자와 침대의 용도를 함께 지닌 〈드로윙쿠션Drowing Cushion[152]〉으로 한개의 드로윙쿠션을 제작하기 위해서는 약 3백만 개의 부품이 소요될 만큼 정교하게 만들어졌다. 부품수로 따졌을 경우 옛날 지구에서 하늘을 운항하던 보잉707기와 맞먹을 것이다.
인류는 뱅뱅 안에 거주할 때엔 일하든 잠자든 오락을 하든 간에 예외없이 그 드로윙쿠션 위에서 생활하게 되어 있다. 따라서 드로윙쿠션은 가장 생활과 밀접한 기구로 온갖 과학메커니즘이 총결집한 만능기계인 것이다.
드로윙쿠션은 높낮이라든가 위치라든가 각도라든가 모든 것이 사용자의 임의대로 자유롭게 조정된다. 손이 닿는 양쪽으로는 온갖 작동버튼들이 부착되어 있고 각종 마이크로센서가 부착된 얇은 장갑과 머리에 덮어쓰는 〈닥캡Duck Cap[153]〉도 있다.
드로윙쿠션의 용도는 스페이스넷을 검색하거나 시뮬레이션게임을 즐기거나 영화나 음악을 감상하거나 작업을 할 경우엔 의자의 역할을 한다. 그리고 잠을 잘 때는 각도와 높낮이를 조정하여 안락한 침대로 사용한다.
뱅뱅의 실내등을 켠다든가 출입문을 열고 닫거나 폐쇄하는 정도는 음성으로도 가능하다. "불 켜!"라든가 "문 닫아!"라고 말하는 사용자 고유의 음성을 센서에 입력하면 된다.
그러나 그때까지는 인간의 생각을 읽을 수 있는 지능감지시스템이 개발되지 않은 상태라 기계를 자신의 수족처럼 생각만으로 구동시킬 수 있는 단계는 아니다.
인류는 뱅뱅 안에 있을 때엔 늘 벌거벗고 생활한다. 일부러 손님이 찾아오지 않는 한 뱅뱅 안에서는 벌거벗고 있어야 뱅뱅 안에 설치되어 있는 모든 메커니즘을 완벽하게 활용할 수 있는 것이다.
우선 드로윙쿠션만하더라도 아무리 작은 옷 조각이라도 걸치고 있으면 작동을 하지 않는다. 인체에 닿는 부분이라 할 수 있는 드로윙쿠션면은 미세한 구멍으로 이뤄져 있고, 그 구멍에서 산소입자가 강하고도 일정한 압력으로 분출되어 인체를 골고루 떠받힌다.
그 때문에 인체는 공중에 떠있는 느낌을 받을 뿐만 아니라 피부의 특정 부위가 지속적인 압력을 받지 않음으로 오랫동안 앉거나 잠을 자도 결리는 부분이 없고 언제나 상쾌한 기분을 지니게 되는 것이다.
드로윙쿠션에는 인체생명공학의 결정체라 할 수 있는 벤츄라프로그램[127)]에 의해 구동되는 복잡한 장치들이 내장되어 있는데, 신체활성화와 생체복원을 담당하는 역할을 하는 장치이다.
본인은 전혀 못느껴도 자동감지장치가 작동되어 신체리듬과 신체변화를 체크하고 이상이 있을 경우 자동으로 벤츄라프로그램을 생성하여 캡슐막이 형성됨과 동시에 생체복원을 진행하는 것이다. 상황이 그러하니 감기라든가 고혈압, 당뇨, 간염, 변비, 설사 따위는 얼씬도 못한다.

뱅뱅 안에는 사람이 살아가는데 필요한 모든 기구들이 공간을 전혀 차지하지 않고 잘 배치되어 있다. 과거 지구에서 사용하던 가구와 뱅뱅 안에 설치되어 있는 가구는 사뭇 다르다.
책상이나 책장, 옷장 등 장소만 차지하는 가구는 아예 없다. 찬장이나 싱크대, 냉장고, 세탁기, 에어컨, 텔레비전, 컴퓨터 따위도 없다.
원하는 음식은 〈푸드콘Foodcon[154]〉을 통해 이송되어 오고, 빈 그릇은 다시 푸드콘을 통해 내보내면 된다.
싱싱하고 맛있으면 됐지 누가 음식물을 만드는지에 대해서는 관심이 없다. 외출할 경우에도 늘 새옷만을 입을 수 있으니 세탁도 할 필요가 없고, 스페이스넷이 연결된 수지편멀티스크린을 통해 영화나 뉴스 등을 검색할 수 있어 부피만 차지하는 텔레비전이나 컴퓨터가 필요 없는 것이다.
뱅뱅 안에서 사용하는 모든 기구나 물건들은 사용연한이 있다. 그리고 사용 중이라도 상태가 안 좋으면 언제든지 교환이 가능하다.
또 사용 안하는 물건도 일정기간이 지나면 그 물건 메이커 컴퓨터에 입력된 유효사용기간 만료정보에 의해 반품신호가 스페이스넷을 통해 중앙집적헤드 에니악으로 보내지고, 그 정보는 다시 유통로봇 관리시스템으로 보내져 유통로봇이 물품의 소재장소로 찾아와 그 물건을 회수해 가는 것이다.

이에 대한 에피소드를 한가지 들려 줄 것 같으면, 한 욕심 많은 한국계 〈자갈치 송jagalchi Song[155]〉이란 여성이 있었다. 그녀는 지구 최후의 날에 운 좋게 살아남은 빈곤층이었다.
그녀가 어떻게 살아남았는가에 대해 얘기하려면 엄청 길어지겠기에 생략하기로 하고, 어쨌든 그녀는 지구에 살 적엔 지지리 못 살았다. 따라서 공짜라 하여 평소 갖고 싶었던 물건들을 마구 주문하여 그녀가 살고 있는 뱅뱅 안이 온갖 물건으로 그득 쌓이게 되었고, 나중에는 잠 잘 공간마저 여의치 않게 되었다.
뿐만아니라 공용주차장에도 그녀가 특별사양으로 주문한 그녀의 자가용 스페이스카[75]가 수백 대나 놓이게 된 것이다. 그녀는 매일매일 물건을 주문하고 배달되어온 물건들을 받아놓고 살펴보는 것이 취미였던 것이다.
그런데 어느날부터 로봇들이 물건들을 반납 받으러 오기 시작한 것이다. 그때부터 그녀의 뱅뱅 현관 앞은 신규주문에 의해 납품하러 온 로봇들과 반납 받으러 온 로봇들로 북새통을 이루기 시작했다. 그것도 한둘이 아닌 일개 중대급의 로봇들이 말이다.
인간이 제아무리 욕심이 많아도 밑에서 관리해주고 부려먹을 수 있는 졸개들이 없다면 일개 개인의 물욕은 한계가 있다는 것이 증명된 것이다.

스강나하르에 거주하게 된 인류는 세금 한푼 안 내고 국가를 위해 져야하는 의무도 전혀 없이 공공이나 타인에게 피해가 될 수 있는 것만 빼고는 뭐든지 하고 싶은 것은 다 할 수 있다.
섹스의 경우도 대개의 인류가 편리성과 청결성 때문에 가상현실인 시뮬레이션섹스를 즐기지만, 이성간의 섹스 또한 무한정으로 개방되어 있어서 아무나 눈이 맞는 상대와 과거 지구식의 원시적 성관계를 맺을 수 있다.
그렇다고 노상방뇨식으로 노상에서 제멋대로 해서는 안된다. 반드시 공원 주위에 널려있는 〈핑크텔Pinktell[156]〉이라는 방갈로에 들어가서 문을 닫고 해야 한다. 물론 핑크텔은 웬만한 특급호텔 특실급이고 안에는 애정행위를 위해 시중 드는 로봇도 있으며 사용료도 당연히 무료이다.
이렇듯 파라토피아 정부는 팅거휴라 불리는 극히 일부를 제외하고는 생식능력이 없어진 인류에게 대신 건강한 육체와 장구한 수명을 보장하고 다양하게 개발된 성테크닉을 통해 마음껏 즐길 수 있는 권리를 부여했다.
성병 걸릴 염려 없고, 또 원하지 않는 임신을 할 염려가 없어진 마당에 한동안은 인류에게 있어서 섹스는 가장 큰 위안이며 즐거움이었다.

8

거의 1백년이 지나도록 스강나하르엔 믿어지지 않을 정도로 감미로운 평화가 오래 유지되었다. 인류 유사 이래 그렇게 오랜 기간 평화를 유지한 예가 없을 정도로 인류는 새로운 국가 파라토피아의 법을 잘 준수하였으며, 약속이나 한 듯 큰 사건이나 큰 사고도 발생하지 않았다.
마침내 큰 불행을 딛고 인류가 극적으로 파라다이스, 즉 이상향을 실현한 듯 여겨졌다.

먼저 사건사고로 인한 희생자의 숫자가 현격하게 줄어들었다. 인류가 스강나하르로 50년에 걸쳐 이주하는 동안 발생한 사건사고로 인해 희생된 사망자의 숫자가 20만4천여 명이나 되는 것에 비해 파라토피아 개국 이래 같은 기간 동안 사망자수는 10분지1 수준인 불과 2만8천여 명 남짓밖에 되지 않았다.
한창 이주 중일 때엔 냉동상태의 인류를 감안하면 실제 활동인류가 5억에 훨씬 못미치는 상황이었으며, 이주 완료 후엔 5억이 넘는 상황임을 비추어 보면 10분지1이 아니라 20분지1에도 못미치는 현격한 감소인 것이다.
물론 의과학문명의 지속적인 발달과 인체생명공학의 산물 벤츄라프로그램으로 인한 생체복원도 한몫을 했으리라.
그리고 철저한 독신주의의 팽배로 사람들이 서로 섞이려들지 않는 것이며 볼거리 즐길 거리가 유독 많은 것도, 원하는 물질을 양껏 소유할 수 있는 반면에 제도나 규범 따위의 강요로 인해 받는 스트레스가 없는 것도 범죄가 줄어들고 사고의 발생이 줄어든 요인으로 작용했을 것이다.
일부 지도자들이 처음부터 우려했던 바와는 달리 모든 것이 새롭고 생소하기만한 스강나하르의 이질적 환경에서도 인류는 별 탈 없이 잘 적응해 나갔을 뿐만아니라 오히려 더 적극적인 삶의 의지마저 드러냈다.
그러한 의지는 미지의 세계 스강나하르를 탐색하고자 하는 모험 정신을 자극했다. 굳이 생태환경 관련학자들이 일일이 밝혀내지 않아도 모험심이나 호기심이 많은 인간들에 의해 스강나하르의 생태계는 하나하나 그 베일이 벗겨졌다.
스강나하르 생태계엔 인간을 능가할만한 고등동물의 흔적이 없다. 게다가 생태계의 먹이사슬도 지극히 단순할 만큼 육식동물의 개체수가 적고, 대개의 동물들이 단백질과 미네랄이 풍부한 식물성 플랑크톤 쉬잘을 먹이로 하거나 식물성 먹이에 적응되어 있어 거의 모든 동물들의 성정이 지극히 온순한 것도 인류의 모험심을 더욱 북돋게 하는 이유라 할 수 있었다.
스강나하르는 뭐든지 지구에 비해 규모나 덩치들이 큼직큼직했다. 행성의 규모만 해도 지구에 비해 부피로는 40배가 더 크고 표면적은 자그마치 70배가 더 넓다. 따라서 협곡이나 산악도 더 깊거나 더 높았고, 강이나 구릉도 더 넓거나 더 광활하였으며, 수목이나 숲도 더 높게 치솟거나 더 넓게 퍼져있었다. 대개의 동물들도 천년 이상 장수하는 종이 많고, 덩치도 지구의 동물들과 비교하면 훨씬 큰 종류들이 많았다.
특별히 해야 할 일이 없는 상황에서 대개의 인류들은 하루해가 거의 여섯 곱절 가까이 길어진 나날을 보내는 것은 큰 곤욕이었다. 뿐만아니라 밤 또한 여섯 곱절 가까이 길어졌기에 그 긴 밤을 어떻게 보내야 할지 난감했던 것이다. 자고 또 자도 여전히 밤이 지속되는지라 초기엔 생활리듬이 완전히 깨져 하루일과를 어떻게 관리해야 할지 대책이 없었다.
생활리듬을 조절하고 관리하는 프로그램도 다양하게 개발되었으나, 아마 인류의 과학문명이 제대로 발달하지 않았더라면 인류는 생활리듬의 파괴로 상당한 진통을 겪어야 했을 것이다.
어느덧 인류는 스강나하르의 낮과 밤의 길이에 익숙해져갔다. 처음엔 스강나하르의 밤과 낮의 시간을 각 3등분씩, 하루를 여섯 등분하여 취침과 활동시간대로 정하고 그에 맞춰나갔으나 신체리듬이 의도대로 쉽사리 안정되질 않았다.
얼마후 파라토피아 정부는 스강나하르 밤과 낮의 사이클 적응을 위한 〈스강나하르라이프사이클프로그램Sgangnahare Lifecycle Program[157)]〉을 개발하여 모든 인류가 생활훈련에 참여하게 했다. 그리고 인류는 서서히 스강나하르의 환경에 적응되어갔다.
초기의 피로감은 드로윙쿠션[152)]의 신체활성화 벤츄라프로그램[127)]에 의해 극복되었다. 어쩜 스강나하르의 동식물들이 덩치가 크고 수명이 긴 데다 느긋한 여유마저 있는 것은 스강나하르의 라이프사이클이 긴 때문으로 풀이된다.

한동안 인류 사이엔 미지의 스강나하르를 둘러보는 관광이 대단한 인기를 끌었다. 파라토피아 산하 스강나하르관광진흥위원회에서 개발한 수백 종이 넘는 관광패키지 중에 3종의 위성탐사패키지와 14종의 대륙횡단 패키지가 가장 인기가 좋았고, 파라토피아 시간으로 열흘지구시간으로는 57.2일에서 보름일정의 여행이 인기를 끌었다. 뿐만아니라 몇몇이 팀을 이뤄 도보로 탐험에 나서는 일도 잦았다.
파라토피아 정부는 스강나하르가 너무 방대한 면적을 지니고 있는데다 협곡이 발달되어 있는 만큼 미지의 세계가 많고, 그만큼 많은 위험이 도사리고 있으니 정식으로 개발한 관광패키지 외에는 개별적인 도보탐사를 자제해 줄 것을 당부하였다. 그렇다고 막무가내로 떠나는 그들을 막을 수는 없었다.
대개의 인류들은 자신의 주거지 뱅뱅에 틀어박혀 지냈다. 굳이 밖으로 나돌아 다니지 않아도 쾌적한 뱅뱅 안에서 뭐든지 다 할 수 있었다.
대형수지편[69] 멀티스크린과 입체 서라운드로 실감나게 영화를 즐길 수 있고, 완벽한 음향으로 음악감상을 할 수 있으며, 자신이 원하는 취미생활도 전문강사와 화상데이트를 통해 친절한 가르침을 받아가며 즐길 수 있었다.
뿐만아니라 수십만 가지가 넘는 요리가 소개되어 있는 〈푸드매뉴얼Food Manual[158]〉에서 입맛을 돋우는 온갖 진기한 요리를 주문해서 먹을 수도 있고, 비록 시뮬레이션이지만 자신이 원하는 스타일의 이성들을 선택하여 현실과 전혀 다를 바 없는 가상섹스를 실컷 즐길 수도 있었다.
영화광들은 드로윙쿠션에 기대어 앉아 스페이스넷이 연결된 대형수지편 멀티스크린을 통해 입맛에 맞는 영화를 실컷 골라 볼 수 있었다. 그동안 인류가 만든 모든 영화가 총망라된 듯 스페이스넷의 필름라이브러리Film Library에는 수천만 편이 넘는 온갖 영화들이 장르별로 구분되어 있었다.
과거 지구에서 제작된 공상과학영화들도 그 종류가 수천 편에 이를 정도로 많았는데 한땐 외계인들과의 전쟁 씬으로 넘쳐나는 그 황당한 영화에 그토록 열광했었던 자신이 꽤 우스꽝스럽게 여겨지기도 했다.

스페이스넷에는 2백 개가 넘는 뉴스채널, 그리고 음악, 예술, 교육, 취미 등 헤아릴 수 없는 다양한 분야의 3천 개가 넘는 갖가지 전용채널이 운영되고 있으며, 그 모든 채널들이 자동통역 프로그램에 의해 자신이 원하는 언어로 시청할 수 있어 굳이 파라토피아어를 골머리 썩여가며 익힐 필요가 없었다.
원하는 음식은 주문하고 나서 잠시만 기다리면 푸드콘[154]을 통해 이송되어 오고, 빈그릇은 다시 푸드콘을 통해 내보내면 된다. 싱싱하고 맛있으면 됐지 누가 음식물을 만드는지 그리고 어떤 경로를 통해 그처럼 신속하게 음식물을 보내오는지 궁금할 수도 있겠지만 대체적으로 그에 대해서는 별다른 관심을 갖지 않았다.
늘 새옷만 주문해서 입고, 입었던 옷들은 수거함을 통해 내보낸다. 그러니 세탁기도 필요 없는 것이다. 샤워든 용변이든 일상생활에 전혀 불편함이 없도록 꾸며진 것이 뱅뱅이다. 그렇듯 뱅뱅 안에서 생활함에 있어 전혀 불편함이 없다보니 뱅뱅 안에 틀어박혀 밖으로 나오려 들지 않는 인류도 태반이었다.

스강나하르에 입성한 대부분의 인류들은 과거 지구에서는 제법 잘 나가던 사람들이었다. 재벌, 또는 권력가로 이루어진 신귀족층이 소수를 차지하고, 경제적으로 안정된 성공한 사업가나 법률가, 은행가, 예술인, 각계 전문가 등으로 이루어진 상류층이 대부분을 차지했다. 그리고 나머지는 과학자나 엔지니어들이며 그외에 소수의 전투병력과 부유층의 수발을 들기 위해 고용된 빈곤층 출신의 하인들이었다.
그들의 화려한 전력으로 보아 통제에 다소 무리가 따를 것처럼 여겨졌으나 의외로 질서를 잘 지키고 법을 잘 준수하였다.
제법 잘나가는 사람들이었으나 지구 최후의 날을 직접 겪은데다 미래를 기약할 수 없는 공포를 겪은지라 한동안은 자신들의 남다른 성정을 잠재우고 있었던 것이다.

스강나하르에 정착한 인류는 천혜의 자연환경과 첨단과학문명의 혜택을 누리며 만족한 삶을 구가할 수 있었다. 모든 인류가 하기 싫은 일은 억지로 할 필요가 없었고 자신이 원하는 것들만 추구하면 되었다. 지구에서처럼 책임감이나 법적규제에 의해 제한받는 경우가 거의 없기 때문에 그로인한 스트레스를 받을 일도 없었다.
한때 지구상에서의 재벌들이나 사업가들은 과거 지구에서처럼 많은 사람들을 고용하여 그들의 생계를 책임져야 했고, 수많은 부동산과 유가증권들을 관리하고 또 그것들의 가치를 불리기 위해 늘 고심해야 했으며, 경쟁사들을 앞질러가기 위해 늘 뭔가를 끊임없이 추구해야 했던 것을 생각하면 그러한 책임을 지지 않는데서 오는 자유로움은 곧 해방감이었다.
스강나하르에서의 생체리듬이 어느 정도 극복되자 새 생명을 다시 부여받아 새로운 인생을 사는 사람들처럼 모두가 만족한 생활에 젖어들었다. 그런 만족한 생활이 이어지면서 스강나하르의 세월은 고요하게 흘러갔다.
지구 최후의 날에 살아남을 수 있었다는 것은 대단한 특권으로 대단한 부와 권력을 쥐지 않은 사람으로서는 불가능한 일이었다. 따라서 스강나하르에 정착하게 된 인류 대부분이 지구시절에는 나름대로 잘나갔던 사람들로 대단한 자존심과 우월감에 젖어있던 사람들이었다.
소수의 신귀족층 가운데엔 다국적기업을 소유한 재벌로서 수만, 수십만 명의 직원들을 거느리고 지구 곳곳에 숱한 공장과 부동산을 지녔던 사람들이 상당수를 차지했고, 선진제국 또는 각국의 대통령으로서 전세계에 막강한 맹위를 떨쳤던 사람들, 그리고 유엔사무총장이나 IOC위원장 등 내로라 하는 국제기구의 수장을 지닌 사람들도 상당수 있었다.
상류층 인사들의 경우엔 대기업의 CEO들이 대부분을 차지했지만, 유명 정치인을 포함하여 변호사, 회계사, 의사, 학교 재단이사장, 유명 연예인, 유명아티스트, 법관, 고리 사금융업자 등도 상당수였으며 그 외에 노벨상 수상자들을 비롯 각종 국제적인 상을 수상한 사람들과 유명한 과학자들도 더러 끼어있었다.

파라토피아에선 이윤을 추구하는 기업이 없다. 교육기관도 없으며 사법기관이나 의료기관, 금융기관도 없다. 물건을 파는 상점도 없고 식당도 없다. 그러니 직업을 가지려해도 가질 수가 없다.
그러나 나름대로 인류에 기여하는 것을 긍지로 여기며 사는 사람들도 많다. 국가기관이나 연구소 등에서 일하는 사람들도 많고, 독자적으로 또는 단체를 만들어 예술활동을 펴는 사람들도 많다. 그리고 개인이 연구소를 차려 연구활동을 할 수가 있기에 사설 연구기관은 엄청나게 많다.
파라토피아에선 오너 개인의 왕국이라 할 수 있는 기업을 일궈내기가 구조적으로 어렵다. 개인명의의 부동산 취득이 전혀 인정되지 않고 화폐나 은행같은 재테크 수단도 없다. 어떤 획기적인 기술을 개발하거나 발명했다 해도 떼돈을 벌 수 있는 근거가 없다. 그리고 무엇보다도 저마다 아쉬울 것 없는 복지혜택으로 만족한 생활에 젖어있는 인류들이 굳이 남의 밑에 들어가 복종하려 하지 않을 것이다.

어느 정도 세월이 지나자 인류 사이에는 권태감이 서서히 고개를 들기 시작했다. 하루하루가 즐겁고 아쉬울 게 없는 생활이지만 모두가 획일적 생활방식과 제도에 길들여진다는 데에서 오는 반발인 것이다.
지구에서처럼 거대한 기업을 일궈 자신만의 왕국을 건설하고 많은 사람들로부터 신처럼 떠받들리며 살고 싶은 욕망을 지닌 사람들도, 파라토피아가 제공하는 물질적 풍요에 만족하여 길들여진 인간 돼지들을 무참하게 도륙하여 세상을 깜짝 놀라게 해주고 싶은 충동을 지닌 사람들도, 파라토피아의 복지혜택이 인류를 망쳐놓고 있다고 분개하고 새로운 체제와 이데올로기를 내세우려는 사람들도 점점 늘어갔다. 과거 지구시절의 학력이니 경력이니 하는 따위가 전혀 인정되지 않는 파라토피아에선 대통령이나 원로원 의원으로 나서려해도 공식적으로 인류에게 크게 기여한 바가 없으면 주제 넘더라도 나설 수 없는 것에 대한 불만도 컸다.

그중 성정이 급하고 자존심이 강한 사람들로부터 자신의 정체성을 되찾겠다는 분위기가 확산되기 시작했다. 그들은 같은 뜻을 지닌 사람들을 하나둘 끌어들이기 시작하여 집단을 이루는 작업에 들어갔다.

그리고 그런 집단들이 점점 늘어나면서 그중엔 규모가 제법 큰 집단들도 형성되었다. 특히 두드러진 현상으로는 대부분 큰 집단들이 종교적 색채를 강하게 띠면서 하나의 거대한 조직으로 발전하고 예외 없이 사회적 문제를 야기하기 시작한 것이다.

스강나하르의 단일국가 파라토피아는 만족한 돼지로 살기를 거부하는 사람들이 조금씩 늘어나면서 점차 시끄러워지기 시작했다. 그리고 점점 인간이 지닌 사악한 본성을 드러내기 시작했다.

스스로를 감히 신이라 자처하는 인간들도 나타나기 시작했고, 마침내 싸이파[15]와 같이 인류를 파멸시키려 드는 악마와 같은 인간들도 나타나기 시작했다.

[제4화]

전설의 세르데카성

A Legend of Castle Serdeca

피血를 부르는 의식儀式

1

인류가 폐허로 전락한 지구로부터 스강나하르로의 이주를 마친지 62년의 세월이 흐른 파라토피아 연도 파라10년10월3일지구연도 2212년6월17일이었다.
그동안 인류는 천혜의 자연경관과 살기에 더할 나위없는 쾌적한 환경, 거기에 엄청난 매장량의 천연자원들로 고도의 물질문명을 이룩한 이래 마냥 좋은 세월을 구가하고 있었다.
일하지 않고도 물질적 풍요를 마음껏 누릴 수 있었으며, 자율이 최대한 보장되어 정부로부터 그 어떤 규제도 없는 거의 무제한적 자유를 누리고 있는 데다, 온갖 쾌락을 추구해도 누가 뭐라는 사람도 없었고 눈치 볼 일도 없는 그야말로 자유와 방종을 동시에 만끽할 수 있는 세상이었다.
게다가 고무줄처럼 마냥 늘어난 수명에 조금만 아픈 데라도 있으면 제꺼덕 고쳐주질 않나, 할 일이라곤 늘어지게 잠자다가 출출하면 먹고 싶은 거 실컷 먹어서 좋고, 몸이 근질거리면 섹스파티를 벌이거나 어디 가서 스트레스를 풀기만 하면 되는 것이고……. 그러면서 신선처럼 폼만 잔뜩 잡으면 되는, 그야말로 신선이 따로 없는 그런 느긋하고 복에 겨운 세월을 보내고 있었다.
그런 자유와 방종의 세월을 오래 보내다 보니 인류 개개인 모두가 영웅이요 모두가 신의 경지에 오른 듯 착각하여 그 오만함이 절정을 이루게 되었다. 따라서 늘어나느니 퇴폐행각이요, 골머리 써서 내놓는 것들이 잔인하고도 가증스런 엽기행각뿐이었다.
그리고 은연 중에 싹트기 시작한 누구에게라 할 대상조차 없는 막연한 불만감이 공연한 증오심으로 바뀌어가면서 그런 증오감이 가슴 깊은 곳에서 무럭무럭 자라나기 시작했다.

그 너른 우주에는 자신에게 득得이 되거나 반대로 해害가 되는 것들을 분별할 수 있는 소위 지각知覺을 지닌 생명체들이 얼마나 많겠는가. 아마 수천억 종이 넘을 것이다.
그리고 그 중엔 인간의 지능보다 더 뛰어난 지능을 지닌 생명체 또한 그 수를 헤아릴 수 없을 만큼 많을 것이다. 그럼에도 이기적인 욕심에 있어서만큼은 인간을 따를만한 동물 또한 없을 것이다.
같은 인간끼리도 머리가 좋은 인간일수록 비례하여 욕심이 많다고 할 수는 없으니, 욕심은 결코 지능과 비례하는 것이 아닌 전혀 별개의 성향이라 할 수 있다.
따라서 지능이 발달한 종種의 순서대로 욕심 많은 종의 순서가 되는 것은 아니다. 그럴진대 욕심이 가장 많은 것이 인간이란 종이라면 그런 인간의 욕심은 곧 악으로부터 나오는 추악한 성정性情인 것이다.
인간의 게걸스런 욕심은 지능이 높기 때문에 또는 생존을 위해 필연적으로 발생하는 욕구가 아니다. 인간이 지닌 욕심은 파괴의 본능을 내재한 욕심이다. 그래서 인간의 욕심이 그 어떤 악의 기운보다 더 강할 수밖에 없는 것이다.

인간들로 구성된 사회에서는 다른 인간들의 총체적 성향의 변화에 따라 인간 개개인의 성향도 수시로 변화한다. 인간의 심성에는 악과 선이 함께 공존하기 때문에 절대적인 선인이 없듯 절대적인 악인도 없다.

그리고 선보다는 악의 기운이 더 강하기 마련인데, 웬만해서는 쉽게 드러내려 하지 않는다 뿐이지 특정 개인에게 무소불위의 권한을 쥐어 주면 예외 없이 오만함까지 발동, 자신의 악을 만천하에 여지없이 드러내게 되어있다.

이는 과거 절대 왕권시대에 있어서나 군사 독재정권시대에 있어서나 절대권력을 틀어 쥔 자들의 잔혹한 폭압정치에서 잘 드러나 있다. 인간은 자신보다 약한 존재들에게 있어서 선을 베푸는 것에 인색한 반면에 악을 너무 쉽게 드러내는 존재라 할 수 있다.

인간의 성향은 처해진 상황에 대해 아주 민감하게 작용하는 상대성을 지니고 있다. 특히 인간내면의 악한 심성과 선한 심성 간의 상대적 표출에 있어서는 더욱 그러하다.

선인 열 명을 모아 그들만의 고립된 생활을 하도록 하면 그 중엔 어김없이 악한 심성을 더 표출하는 사람이 나타나게 되어 있고, 반대로 악인 열 명을 모아 그들만의 고립된 생활을 하도록 하면 그 중엔 어김없이 선한 심성을 더 표출하는 사람이 나타나게 되어 있다.

선인 집단에서 가장 선한 사람만을 뽑아 다시 그 과정을 거치면 마찬가지로 똑같은 현상이 나타날 것이고 악인의 집단에서도 마찬가지이다. 그건 영원히 변하지 않을 인간만이 지닌 성향인 것이다.

인간의 경우 너무 풍족하고 너무 편해졌다 하여 그 만족감이 계속 이어지는 것이 아니다. 하루에도 몇 번씩 오르내리는 성적 쾌락도 심드렁해지면, 또 이렇다할 만큼 바쁜 일도 없고 남아도는 긴 시간을 때울 만큼 특별히 할 일도 없으면 인간은 복에 겨워 악의적인 일탈逸脫을 꿈꾸게 된다.

"아이구 지겨워!"

"그리 지겹나?"

"응, 지겨워!"

"지겹단 말이지? 하긴 나도 지겨워 죽겠다."

"뭐 별난 거 없어?"

"별난 거?"

"응, 별난 거."

"글쎄, 이럴 땐 누군가를 죽을 만큼 패줬으면 좋겠다."

"아님, 폭탄을 터뜨린다거나 불을 확 질러버린다거나……."

맞는 말이다. 스강나하르의 하루해가 좀 긴가. 과거 지구시절만 해도 하루가 이토록 지겹게 길지는 않았다. 하루길이가 무려 5.72배나 길어졌으니……, 그 뿐인가? 수명도 입맛대로 늘리고 또 늘릴 수가 있으니 결국 남아도는 것이 시간뿐인데, 매일 되풀이하는 그 짓거리도 이젠 질려버렸다. 그래서 생각해 낸 것들이 보다 끔찍하고 자극적인 것들이었다.

언제부터인가 강력한 법 적용이 없어도 질서가 잘 유지되어오던 평화로운 스강나하르에 잔혹하기 이를 데 없는 엽기적 살인사건이나 떡 벌어진 입이 다물어지지 않는 해괴한 일들이 벌어지기 시작했다.

2

언제부터인가 스강나하르 제2지역에서 가장 전망이 좋은 〈세르나데 Sernade[159]〉 언덕 위에는 하늘을 찌를 듯한 날카로운 위용과 다소 으스스한 분위기를 풍겨 감히 세인들이 똑바로 바라보기에도 섬뜩한 이탈리아 비잔틴Byzantine풍의 고풍스러운 〈세르데카성Castle Serdeca[160]〉이 위압적이고도 웅장한 모습으로 자리하고 있었다.

세르데카성의 외벽은 그 어떤 빛이라도 다 빨아들이는 블랙홀과 같은 완벽한 검은 색을 띠고 있어 성의 전체 윤곽을 한 자리에서 한눈에 관찰하기란 불가능했다. 어쩌다 투사되는 빛의 각도에 따라 성의 윤곽이 단편적으로 드러나기도 하지만, 직접 가까이 가서 들여다보지 않는 한 그 복잡하고 섬세한 조각물의 윤곽이 파악되지 않았다.

그런 반면에 빛의 조화를 의도적으로 극대화한 건축구조물이라 할 수 있는 것이 어느 땐 성 전체가 흰 광채로 둘러싸인 듯 신묘한 느낌을 주기도 했고, 어느 땐 성 전체가 핏빛으로 물들어 유령의 성처럼 섬뜩한 느낌을 주기도 했다. 실제로 존재하는 건축물임에도 어느 땐 신기루를 보듯 그 형상이 불안정하여 몽롱한 착각을 불러일으키기에 족한 단순한 건축물이 아닌 형이상학적 건축구조물라 할 수 있다.

세르나데언덕은 빼어난 경관을 전망할 수 있는 좋은 위치이다. 언덕 위에 서서 내려다보면 멀리로는 수백만 마리의 용들이 뛰노는 모습 같다 하여 〈밀리언드레곤Million Dragon[160]〉이라 명명된 망망대해가 드넓게 펼쳐져 있다. 대해와 언덕 사이에는 곳곳에 작은 호수들을 낀 낮은 구릉과 아름드리 수목들, 그리고 온갖 진귀한 꽃들이 그 현란한 빛을 서로 다투기라도 하듯 군락을 이루고 있어 마치 신선과 선녀들이 노니는 무릉도원을 연상케 할만큼 아름다운 풍경이라 할 수 있다.

분명 파라토피아 정부는 인류 개인에게 땅을 불하하지 않을뿐더러 인류의 공익성을 배제한 불분명한 용도로는 그 어떤 시설물의 취득이나 점유를 허가하지 않는다. 그럼에도 불구하고 아주 오래전부터 세르나데 언덕 위에 자리해 온 세르데카성은 그런 파라토피아의 준엄한 법마저 초월한 듯 그 자리에 의연하게 버텨오고 있는 것이다.
세르데카성의 위용을 지켜 본 인류들은 다른 시설물들과는 달리 일반인들의 출입을 철저히 거부해 온 그 성의 존재에 대해 일견 의구심을 품지 않을 수 없었지만, 지극히 당연한 듯 오랜 세월 그 자리에 우뚝 버텨온지라 파라토피아정부 산하의 어떤 특수목적을 지닌 시설물이 아니겠는가 여겨 그 어느 누구도 감히 문제 삼으려하지 못했다. 뿐만 아니라 원로원 의원들 조차도 그 성의 이름을 입에 담는 것조차 터부시하는 듯했다.
그러나 그 성은 엄연히 한 사람의 소유이며, 파라토피아의 국권마저 전혀 미치지 못하는 치외법권지역이라 할 수 있었다. 그 성의 규모는 과거 지구의 그 어느 성과 비교해도 웅장함에 있어서나 규모에 있어서 결코 뒤지지 않을뿐더러 높이로는 100층짜리 빌딩과 맞먹을 정도로 단연 압권이었다. 따라서 세르나데언덕을 찾는 인류들은 세르데카성의 위압적이면서 더할 나위 없이 섬세하고 아름다운 모습에 경탄을 금치 못하면서도 그 성이 지닌 신비로운 비밀을 감히 밝혀낼 엄두를 내지 못했다.

언젠가 세르데카성을 건축할 당시에 종합설계프로젝트 총책임자로 설계에 직접 참여했었노라는 미국계 건축공법공학자 〈클레멘티나 체리Clementina Cherry[162)]〉가 스페이스넷 방송에 출연하여 성의 구조에 대해 잠깐 언급한 적이 있긴 있었다.
“세르데카성은 그 규모에 있어서도 대단하기로 이를 데 없지만, 더 나아가 인류역사상 가장 아름다운 건축물이자 불후의 걸작에 속할 구조물입니다. 과거 영국 왕정시대의 산물인 버킹엄궁과 비교하면 연면적으로 따져도 네 배 이상의 규모는 될 겁니다. 성의 전체적인 분위기는 이탈리아 중세기의 비잔틴풍이면서 바로크Baroque양식도 상당부분 가미했습니다. 그리고 성의 내부는 현대과학문명의 정수만을 적용하여 최첨단화하였으며 견고하기로는 그 어떤 무기체계로도 절대로 함락시킬 수 없는 철옹성이라 봐야 할 겁니다."

'클레멘티나 체리'는 미국 매사추세츠공과대학MIT을 수석으로 졸업한 영재로 22세에 최연소 건축공학박사학위를 취득한 뒤, 수많은 특수 건축공법이론을 발표해왔으며 이후 미국 하버드대학교에서 건축설계공법학과 주임교수로 재직해왔다.

그는 2024년 미국의 유명 건축분야 전문지 〈유니온아크텍춸매거진Union Architectural Magazine[163]〉에 의해 가장 위대한 현대건축가 100인에 선정될 정도로 건축설계분야에서는 독보적 존재로 자리매김해온 인물이다. 그는 〈3D듀얼시뮬레이션3D Dual Simulation[164]〉을 통해 세르데카성의 방대한 내부 모습을 소개하고, 건축 당시 처음으로 응용된 특수 건축공법이 몇 가지에 이른다고 밝혔다.

그는 세르데카성의 구조를 이루고 있는 모든 건축자재는 스강나하르 제8구역 〈산타빅토리아St. Victoria[165]〉일대 지하 1,200미터 지점에 매장되어 있는 화강암을 채굴하여 섭씨 2,300도로 가열하여 분말로 만든 다음 자연계에선 최고의 강도를 지닌 듀알크롬[47]분말과 혼합, 다시 입방제곱센티당 1억7천만 톤의 고압력으로 성형하여 사용했기에 강도에 있어서는 다이아몬드보다 120배 이상 더 강하다고 밝혔다.

"그리고…… 세르데카성이 유달리 검게 보이는 것은 모든 빛을 흡수하는 듀알크롬의 속성 때문입니다."

그는 고무된 표정으로 세르데카성의 첨단성을 피력했다.

"성을 건축할 당시 처음으로 응용된 몇 가지 첨단 특수건축공법 가운데 현재까지 미 공개된 공법이 있습니다."
그는 당시 인류에게 소개한 두 가지 건축공법이 그때까지 철저한 비밀에 붙여졌음을 강조했다.
첫번째 공법은 〈웨이브트러스트Wave Trust[166)]〉공법으로 성의 내부에는 벽이나 기둥이 전혀 없는 대신 천문학적인 자체하중을 외벽만으로 견뎌내도록 하기 위해 하중을 분산시키는 불가사의한 공법이며, 두번째 공법은 〈신시아Cynthia[167)]〉공법으로 외부의 기압과 동일하게 내부의 기압을 조절하기 위해 꼭대기에서 추를 늘어뜨리는 공법임을 밝혔다.
건축공법에 대한 지식이 전혀 없는 인류일지라도 기둥이 하나도 없는 상태에서 그 거대한 구조물을 지탱하기란 예사롭지 않다는 것하며, 거대구조물 안팎의 기압 차이에서 오는 엄청난 상대압을 오로지 늘어뜨린 추 하나로 제어할 수 있다는 것엔 놀라움을 금할 수 없었다.

그는 자신의 전공은 아니지만 세르데카성의 비밀이라는 전제하에 다음과 같은 사실을 털어놓았다.
"장엄하기 이를 데 없는 세르데카성은 108개의 옥탑과 1,080개의 방을 지니고 있으며, 가장 높은 탑의 높이만 1,080m, 즉 1km가 넘는 높이로 제1구역에서도 가장 높은 세르나데 언덕 위에 위치하면서 마치 제1구역 전체를 내려다보고 있는 고압적인 풍모를 지니고 있기에 더욱 웅장하게 비쳐질 수밖에 없습니다. 겉으로 드러난 그 규모만으로 볼 때 몇 천 개 이상의 커다란 방들이 있을 것으로 짐작이 됩니다만, 실제로 벽들이 존재하지 않기 때문에 방이란 구획개념이 없는 구조입니다. 다시 말해 세르데카성은 주인의 의도에 따라 벽이 생성되었다가 사라지기도 하는 등 그 자체가 살아있는 생명체처럼 반응하는 구조물입니다. 사람에 따라 성의 내부 모습이 전혀 다르게 비쳐질 수도 있으며, 입구는 있으나 출구가 없는 미로의 세계로 돌변할 수도 있다는 얘깁니다."

그의 설명을 듣고 있었던 상당수의 인류는 등골이 오싹함을 느꼈다. 우주엔 수많은 불가사의가 존재하지만, 인류가 건축한 구조물에서조차 그런 불가사의함이 존재한다는 것에 대해 두려움을 느끼면서 일견 궁금증이 더해갈수밖에 없었던 것이다.

"세르데카성은 겉으로 드러나 보이는 형상도 대단한 규모라 할 수 있겠지만 그건 어디까지나 빙산의 일각으로, 지하에 감춰져 있는 규모는 지하 2천 미터 이하까지 뻗어내려가 있어 인간의 상상을 초월할 정도로 방대한 규모라 할 수 있습니다. 무엇보다 거대한 원형 빔이 스강나하르 중심부 써든헬륨[67] 부위까지 파고내려가 그곳에 있는 써리얼[71]로부터 무한한 에너지를 흡수하고 있으며, 흡수된 에너지는 하나의 핵으로 응집되어 특정지역에 보관되고 성을 유지하는데 필요한 에너지원으로 활용됩니다. 그건 인간 신체로 치면 온몸으로 혈액을 공급하여 살아 움직이게 할 수 있는 강력한 심장이라 할 수 있겠지요. 그리고 흡수된 에너지의 양이 많아질수록 핵의 크기도 비례하여 커지게 됨은 당연하겠지요."

그의 설명에 인류는 세르데카성의 엄청난 파워를 상상하면서 공포감을 느끼기 시작했다. 과거 싸이파의 광양자화학탄 데쓰루[16]의 공포가 연상되었기 때문이다.

"세르데카성은 곧 살아있는 생명체나 마찬가지라고 말씀드린 바와 같이 유사시 성 자체가 흔적도 없이 사라질 수 있습니다. 어쩌면 실제로 사라진다기보다 입자로 분해되어 눈에 띠지 않는다 뿐이지 여전히 그 자리에 존재하고 있을지 모릅니다. 또한…… 그 입자들은…… 전혀 다른 형태로 변형하여……, 어쩌면…… 수억만 개의 예리한 화살촉 같은 병기가 되어 다가올 위협에 대처할지도 모릅니다. 뿐만 아니라 자체가 하나의 거대한 우주선으로서의 기능을 갖고 있습니다. 그렇다면 스스로 주위 환경에 반응하는 살아 움직이는 생명체로서의 우주선인 셈입니다. 참으로…… 대단한 구조물이라 할 수 있겠지요…….”
그는 감정이 흐트러졌던지 끝내 말을 흐렸다.

웬만한 특이현상이나 대단한 과학적 성과에는 이미 익숙해질 대로 익숙해진 인류였다. 그렇지만 클레멘티나 체리가 밝힌 세르데카성의 일단의 비밀은 많은 인류에게 커다란 충격과 함께 대단한 공포심을 안겨주었다. 그러면서 한편으로는 억제할 수 없는 강한 호기심을 부추겼다.
“도대체 그 성의 용도는 뭔가? 혹 인류에게 공개되어서는 안될 어떤 비밀스런 내용을 숨겨두는 역사박물관쯤이라도 된다는 말인가?”
“공개되지 않는 역사박물관이 있을 수 있더란 말인가? 그런게 있다면 파라토피아정부는 국민들을 기만하는 것이야.”
“그래도 혹 아는가. 파라토피아 고위층 인사 몇몇이 인류 몰래 어떤 음모를 꾸미려드는 것인지.”
“글쎄, 살만하다 싶으니 뭔가 저희들끼리 요상한 짓거리를 벌이려 하는지도 모르지.”
세르데카성과 관련된 온갖 루머들이 인류 사이에 떠돌기 시작했고, 스페이스넷 검색 순위 1위도 세르데카성이었다.
“그 세르데카성 안에서는 정부 고위층 인사들만을 위한 상상도 못할 진기한 일들이 벌어지고 있다는데, 인간들을 몰래 잡아다가 별 짓을 다 시킨다는구먼.”
“인간들을 몰래 잡아다가? 어떤 인간들을?”

"우리 가운데 어느 누군가가 감쪽같이 사라졌다한들 그걸 누가 알아채겠나. 사람들이 남의 일에 관심을 갖고 있어야 말이지. 아마 모르긴 해도 숱한 사람들이 노리개로 잡혀 들어가 온갖 놀이에 이용되고, 막판에는 쥐도 새도 모르게 죽임을 당하고 있는지도 모르지."
"떼끼, 이 사람아. 말이라도 너무 지나치다."
"아니야. 어느 세상에나 권력을 틀어쥔 자들에 의해 저질러지는 비밀과 음모는 있게 마련이거든……, 세르데카성이 우리에게는 엄연한 비밀로 존재하듯이 그 성 안에서 뭔 음모가 벌어지고 있는지 알게 뭔가."
"그렇담 인류를 상대로 모종의 무시무시한 음모가 존재한다는 얘긴데……, 생각만으로도 참으로 끔찍한 일이로군."

그 으스스한 분위기로 보아 절대 권능을 지닌 망령이 다스리는 '유령의 성'이 틀림없으며 인류의 사후세계를 지배하리라고 주장하는 사람도 나타났고, 인류의 영혼을 지배하는 영이 머물 금단의 지역이라 주장하는 사람들도 나타났다.
감히 다가갈 수 없는 신비로운 사물엔 불확실한 추정이 더해져 온갖 상상을 불러일으키게 마련이다. 그럴듯하게 날조되어 떠도는 루머들은 어느새 사실처럼 인식이 되었고, 그로인해 인류 사이엔 긴장감이 고조되었다. 그리고 유명인사들 가운데 뱃장이 두둑한 몇몇 사람들은 세르데카성의 공개 수색은 물론, 완전 개방을 촉구하기도 했다.
그러나 인류의 공연한 소요에 쐐기라도 박으려는 듯 '클레멘티나 체리[162]'가 방송에 출연한지 3일 후쯤 되었을까. 스페이스넷 방송들을 통해 그의 처참하게 변한 모습이 공개되었다.
어떤 과학적인 방법이 동원되었는지 알 수는 없지만, 그의 다른 신체 부위는 예전 크기 그대로였으나 유독 머리만 호두알만한 크기로 줄어든 모습이었다. 확대해 본 그의 머리는 크기만 줄어들었다 뿐이지 모든 기능은 정상이었다. 그는 악을 쓰듯 외쳤다. 그러나 그의 목소리는 줄어든 머리만큼이나 작아진 입에서 나오는 소리로 마치 모기소리처럼 '앵앵'거리듯 자그맣게 들렸다. 그의 음성을 크게 확대해서 들어본바 다음과 같았다.

"떼끼! 너무 알려들면 다친다!"

그는 미친 사람처럼 똑 같은 말만 되풀이했다. 그가 내뱉는 음성이 듣기로는 참으로 음산하여 간담을 서늘케 했으며, '알려들면 다친다'라는 경고 또한 세르데카성과 관련된 것이니 섬뜩한 두려움에 떨지 않을 수 없었다.

한편, 살아있는 사람의 머리를 호두알 크기로 줄일 수 있는 방법이 뭐였는지, 그렇게 줄어든 머리를 다시 원상회복시킬 수 있는 방법이 뭔지를 알아내기 위해 내로라하는 생체의학자들이나 의과학자들은 물론, 연관이 그다지 없는 생물학자들이나 관성물리학자들까지 총동원되었으나 당장의 의과학기술로는 그 방법을 알아낼 수 없었다.

그런 방법을 알아낼 수만 있다면 인간을 박테리아 크기로 줄일 수도 있을 것이다. 그렇다면 한정된 작은 공간은 물론, 한정된 적은 자원만으로도 인류는 생존을 할 수 있다는 결론을 얻을 수 있으며, 한대의 스페이스트라인만으로도 전 인류를 우주 어디로든 실어 나를 수도 있다는 계산이니 자원의 효율적 활용을 위해서는 이보다 더한 혁명은 있을 수 없겠다 싶었던 것이다.

분명 어떤 불가사의한 압력으로 머리의 크기를 줄였음직한데, 본래의 크기로 되돌릴만한 팽창압력을 주었다하여 다시 원래의 모습으로 되돌아올 것이란 보장이 없었다. 호두알 크기로 줄어든 머리는 팽창압력을 가하는 순간 '퍽'하고 터질 만큼 자그마한 압력조차 견디기에는 너무나 연약하기 때문이다.
'클레멘티나 체리' 개인으로서는 대단한 비극이 아닐 수 없다. 남들 보기에 우스꽝스럽게 변한 모습은 그렇다 쳐도 머리가 호두알 크기로 줄어든데 비례하여 입도 작아져 먹는 즐거움을 잃었다. 그 작은 입으로 아무리 먹어도 그의 위엔 기별이 가지 않기에 혼합영양식을 배에 꽂은 호스를 통해 그의 위에 직접 공급해주는 수밖에 없었다.
그리고 의식이나 생각하는 바는 예전과 똑같은데 어떤 말이든 내뱉기만 하면 엉뚱하게도 '떽끼! 너무 알려들면 다친다!'라는 똑같은 말만 녹음기처럼 되풀이 나오는 것이다.
분명 그의 두뇌에서는 '이건 너무해!'라거나 '배고파!'라는 말로 외쳤는데, 그의 입을 통해 나오는 소리는 '떽끼! 너무 알려들면 다친다!'라는 외침뿐이란 것이다. 그러니 남들과의 정상적인 대화도 불가능해진 것이다.
'클레멘티나 체리'의 비극을 목격한 인류들은 더 이상 세르데카성에 대해 알려드는 것을 포기했다. 그리고 사람들이 많이 모인 장소라면 어디든 가리지 않고 걸핏하면 나타나 '떽끼! 너무 알려들면 다친다!'라며 미친 듯이 주절대는 '클레멘티나 체리'의 경고를 무시할 수도 없었다.
인류는 어느새 '클레멘티나 체리'의 존재를 서서히 잊어가듯 세르데카성에 대한 관심도 없어졌다. 대신에 새로운 관심거리를 찾아 나섰다. 인류의 눈에 흔히 띄는 로봇에 대한 관심도 그중 하나였다.

스강나하르엔 5억 가량의 인류가 살아가지만 20억 개가 넘는 로봇이 함께 공존한다. 그들 로봇의 대부분은 생산기지나 건설현장에 투입되어 작업에 전념하지만, 한편 3억 남짓의 생활로봇들은 인류의 주거단지 안에서 활동하기에 거리로 나가보면 사람보다 로봇이 더 많이 눈에 띠는 것이다. 멀리서 보면 사람인지 로봇인지 쉽게 구별할 수 없을 만큼 생활로봇들은 크기며 생김새가 거의 인간을 닮았다.
스강나하르 뿐만아니라 인근 우주공간에 조성되어 있는 수많은 생산기지 〈스페이스팩토리Space Factory[168]〉에는 인간 대신에 수많은 산업로봇들이 자동화된 생산라인을 지켜보며 불량품을 선별하기도 하고, 완성된 제품들을 일일이 성능테스트하여 하자 없는 제품들을 진공포장한다. 뿐만아니라 물류창고에 품목별로 정리하여 보관하기도 하고, 스페이스트라인이나 물류셔틀을 이용하여 인류에게 공급하기도 한다.
건설현장에도 갖가지 모양과 기능을 지닌 건설로봇들이 분주히 자신이 맡은 일들을 척척 처리해내고 있다. 전체 건설공정을 둘러보며 측정하는 로봇이 있고, 거대한 구조물을 들어 올려 조립하는 로봇도 있다. 용접하는 로봇도 있고 볼트를 조이는 로봇도 있다.
우주선을 제작하는 현장이나 로봇을 생산하는 현장 등 생산기지는 물론이고, 해저나 지하를 탐색하는 현장 어느 곳에서든 인간이 아닌 로봇들이 모든 위험을 감수하며 한치의 오차도 없이 정밀하게 작업을 하고 있는데, 그 작업하는 모습을 지켜보노라면 그리 신기할 수가 없다.
위험요소는 사전에 차단되어 어떤 안전사고도 발생하지 않고 모든 작업공정이 일사불란하여 로봇 하나가 인간 열 명, 백 명이 하는 것보다 더 빠르고 더 정교하게 자신에게 주어진 작업물을 처리해내는 것이다.

로봇은 건설현장이나 생산현장, 탐사현장에서만 일하는 것이 아니다. 로봇들은 인류가 얼마전까지 해왔던 모든 분야에서 일을 한다. 일의 성격에 맞게 제작된 로봇들은 다양한 변수가 입력되어 있어 어떤 돌발상황이 일어나더라도 대처하는 능력이 뛰어나다. 몸체는 특수재질과 특수코팅처리되어 무엇보다 강건하고 무엇보다 더 유연하다. 뿐만 아니라 감각도 인간에 비해 수백만 배 이상 뛰어나 더할 나위없이 섬세하다.

과학분야에서 새로운 과학이론을 실증하기 위해 또는 새로운 과학논리를 창출하기 위해 연구활동에 동원된 과학로봇도 있고, 인류에게 제공되는 온갖 음식만을 전문으로 요리하는 요리사로봇, 사고로 인해 몸의 일부를 다친 인간의 치료를 위해 외과적 수술을 전담하는 의료로봇, 갓난아이들의 성장과 탁아를 전담하는 유모로봇, 인류의 섹스행위를 도와주는 섹스 도우미까지 로봇의 역할은 그 어느 분야든 미치지 않는 데가 없었다.

인류가 우주에 건설되는 개척기지 또는 산업기지 등의 건설현장이나 생산기지의 작업현장을 방문하여 그들 로봇들이 일하는 광경을 지켜보는 것도 관광코스의 하나로 자리 잡은지 오래이다.

그들 로봇들에 의해 정교하고도 어려운 작업들이 한치의 오차도 없이 그리고 거침없이 진행되는 것을 지켜보노라면, 그들 로봇들이 마치 살아있는 인간처럼 느껴져 오싹한 느낌도 들지만 새삼 과학문명의 위대함을 인식하지 않을 수 없었다.

그렇듯 다양한 분야에서 인류를 대신하여 험하고 힘든 일들을 처리해주는 인공지능컴퓨터와 로봇들이 있기에 인류는 일을 하지 않고서도 물질문명의 혜택을 누릴 수가 있는 것이고, 자신이 원하는 쾌락만을 탐닉할 수 있었던 것이다.

3

"야! 빨간 놈, 뭐하냐? 잽싸게 치고 빠지는 거야."
"점마는 옆구리가 급소여. 거기만 집중적으로 강타해 버려."
"에쿠……, 저 또라이 녀석 좀 봐……. 뭐해? 씨발 놈아……!"
"어이! 433, 잘했다."
"그래……, 잘헌다. 모가질 콱 비틀어!"
"우메…… 502 개놈아! 그게 뭐꼬? 디질려고 환장했나?"
"파란 놈, 저놈은 힘은 있어 보이는데 대가리가 엄청 나쁜가 봐."

겉으로 보기엔 지나치리만큼 깊은 정적에 휩싸여 흡사 초승달이 뜬 공동묘지처럼 괴기로운 분위기마저 감도는 세르데카성. 그 성의 지하에 위치한 죽음의 격투장 〈하벤Haben[169]〉에서는 파라토피아정부가 금하는 예상치 못한 혈투가 한창 진행 중이었다.
파라토피아정부는 인간의 생명을 가장 중시하여 자칫 큰 부상이 발생하거나 생명을 위태롭게 하는 격투기를 비롯한 위험한 스포츠를 전면 금지시켰다. 복싱이나 무에타이, 가라데, 태권도, 유도, 레슬링 등 과격한 격투기가 모두 그에 속한다. 그 때문에 보다 과격한 스포츠를 즐기려는 인류들로부터 '진짜 즐길만한 스포츠를 생명 존중이란 미명하에 말살하려든다'라는 빈축을 샀다.

로마시대의 원형경기장 콜로세움Colosseum처럼 꾸며진 8천 평방미터쯤 되는 넓이의 하벤홀 중앙엔 두 명의 거한이 이른바 목숨을 걸고 피 터지게 싸우는 중이었다. 그 둘레에는 천여 명의 구경꾼들, 아니 그러한 잔혹한 싸움만을 전문으로 즐기는 '죽음의 격투' 마니아들이 아우성을 치며 난리였다.
우람한 근육으로 다져진 두 거한은 모두 키가 2미터를 훌쩍 넘고, 몸무게도 150킬로를 넘는 우람한 체구를 지녔다. 둘 다 알몸의 상태였으며 남성의 심벌부위만 두터운 〈몽애Mong-Eh[170]〉 가죽으로 만든 〈핫바캡Hotbar Cap[171]〉으로 가렸고, 두 주먹엔 날카로운 가시가 빽빽하게 돋친 〈피냥Pinang[172]〉 껍질로 만든 〈블러드캡Blood Cap[173]〉으로 둘렀다.
그리고 그 둘이 엉겨붙어 싸울 때 쉽게 식별할 수 있도록 하기 위한 배려인지 머리가 유난히 크고 안면이 길쭉한 거인은 머리털과 눈썹, 턱수염 등을 빨갛게 물들였고, 등판엔 인두로 지져 만든 듯 'NS502T'라는 고유번호가 상흔으로 남아 번들거렸다. 그와 싸우고 있는 상대는 머리가 작고 광대뼈와 턱이 발달하여 마치 네안데르탈인을 연상케하는 거인으로 그와 반대로 머리털과 눈썹, 턱수염 등을 파랗게 물들였고, 마찬가지로 등판엔 'NS433Y'라는 고유번호가 새겨져 있었다.

두 거구의 성기를 가린 핫바캡은 〈히키키Hikiki[174]〉라는 거목의 줄기에 붙어 수액을 빨아먹고 사는 몽애라는 어른의 손바닥만한 크기의 거북등처럼 생긴 동물의 가죽으로 만들어졌다. 그 동물의 두꺼운 가죽이 얼마나 질기고도 탄력이 있으며 단단한지 남성들의 성기를 보호할 겸 미적 장식용인 핫바캡을 만드는데 사용한다.
핫바캡은 투박해뵈는 모양새에 비해 습기와 냄새를 잘 흡수하고 서늘한 온도를 유지하며 통풍도 잘되어 성기의 상태를 최적하게 함으로 남성의 필수품이 되었다. 남성들은 혼자 머무는 뱅뱅 안에서는 벗고 생활하지만, 간편한 차림새로 외출할 때에는 대부분 이 핫바캡을 착용하고 과거 동양 일본국의 '유까다Yukata'와 비슷한 가운을 걸치는 정도였다.

피냥은 주로 〈우르사이Urusai[175]〉나무에 기생하는 넝쿨식물의 일종으로 껍질에는 날카롭고 단단한 가시가 빽빽하게 돋쳐있다. 피냥 알맹이는 인간이 먹기엔 상당히 떫고 독성도 있어 복용하면 체질에 따라 며칠씩 혼수상태에 빠뜨리며, 때론 강한 환각증세를 일으킨다.
파라토피아 소속 약제연구소 〈스랑바이오팜Srang Bio Pharm[176]〉에서는 피냥 알맹이 성분을 이용하여 최면효과에 쓰일 약효를 연구 중에 있다. 껍질은 고무보다 신축율과 탄성이 월등하여 공업용으로 많이 쓰이지만, 직접 몸으로 스포츠를 즐기려는 사람들이 외부의 충격이나 상처 등의 예방을 위해 신체보호용 피복으로 가공되어 사용되기도 한다. 가공되지 않은 본래의 껍질표면은 예리하고 충격에 강한 침들이 무수히 박혀 있어 살갗에 살짝 갖다 대이기만 하여도 큰 손상을 입힌다.

격투가 시작된지 두 시간여가 지나자 두 거구의 온몸은 어느덧 철철 흘러내리는 빨건 피로 물들고 얼굴은 으깨어져 형체를 알아볼 수 없을 지경이 되었다.
두 거구 모두 양쪽 눈알을 잃어 두 눈에선 눈물처럼 붉은 피가 연신 흐르고 있었고, 빨간 머리는 머리가죽이 반쯤은 벗겨져나가 허연 해골이 드러난 생태요, 파란 머리는 한쪽 귀를 잃은데다 목울대 부분도 떨어져나가 숨을 내쉴 때마다 목울대에서 붉은 피가 벌컥거리며 솟구쳤다. 눈 뜨고 빤히 쳐다보기엔 모골이 송연할 정도로 참혹한 장면이었다.

"에잇……!"
"윽!"
"으헉!"

“크……!”

두 거구의 몸도 지쳐가는 듯 휘두르는 주먹이 빗나가기 예사이고 제 풀에 자주 나뒹굴기도 하였다. 마침내 두 거한이 투지를 잃고 그 자리에 쓰러졌다.
“뭐 저렇게 약해빠진 놈들이 다있노?”
“파란 놈, 푸딱 몬 일어나나?”
두 거구는 관중들의 야유에도 불구하고 엎드리거나 자빠진 상태에서 꿈쩍도 하지 않았다. 숨을 내쉬는 듯 가슴을 들썩이는 것으로 보아 죽지는 않았으되 더 이상 싸울 기력을 잃은 듯했다.
“때리쳐라! 씨발놈아.”
“뭐 이런 싱거운 놈들이 다 있노?”
“캬…… 죽이뿌라!”
관중들의 야유가 점점 거칠어지고 심해졌다. 그리고 누군가가 〈망구이앙Mangkuiang[177)]〉을 두 거구에게 집어던지자 여기저기에서도 망구이앙들을 마구 집어던져 격투장은 삽시간에 난장판이 되었다.
“으읔~!”
“아아악~!”
두 거구는 온몸에 악착같이 달라붙어 인육을 씹으며 파고들어가는 벌건 망구이앙들로 인한 고통으로 사시나무 떨어대듯 몸을 떨었다. 망구이앙은 그 크고 예리한 이빨들을 ‘딱딱’ 마주쳐가며 살점을 뜯어내었고 뜯겨져나간 부위에선 시뻘건 피가 솟구쳤다.

스강나하르에는 망구이앙 외에도 〈비스트라메Bistrame[178)]〉, 〈오질라Ojilla[179)]〉, 〈두꺼비몽치Duggeobimongchi[180)]〉 등 30여 종의 육식동물이 있다. 그중 절반이 넘는 20여 종이 해양 깊은 곳에 서식하며, 제7구역의 광활한 〈오가페Ogape늪지[181]〉에서만 여섯 종이 서식한다.
망구이앙은 오가페에 주로 서식하며 육식동물은 아니지만 그들의 천적인 육식동물들과 대항하기 위해 육식동물처럼 흉포하게 진화했다. 무는 것을 아주 좋아하는 습성을 지녔고, 크기는 어른 주먹만 한데 멍게와 비슷하게 생긴 원형으로 붉은 빛깔의 몰랑몰랑한 피부를 지녔다.
몸의 절반을 커다란 송곳처럼 예리한 이빨을 가진 큰 입이 차지하고 있으며, 평소엔 가만히 있다가 동물 등 물거리가 보이면 큰 입을 '딱딱'거리며 닥치는 대로 물고, 한번 물면 놓지를 않고 육질 속으로 파고들어간다. 손가락정도는 한번 물리면 그대로 잘려나갈 정도로 강력한 이빨을 갖고 있다.
옮겨 다닐 때에는 반동을 주어 튀어 올라 고무공이 튀어가듯 통통 튀면서 이동하며, 외형상 커다란 입 말고는 다른 장기는 붙어있지 않다. 그리고 커다란 입 바로 밑에는 새끼손가락이 들어 갈만한 큰 구멍 두 개가 가지런히 뚫려있는데, 그 구멍 속을 그득 메운 촉수를 통해 빛을 감지하고 냄새를 맡는다. 후각은 인간보다 백오십만 배 발달하여 지구의 개만큼은 우수하다고 한다.

파라토피아 정부는 망구이앙을 위험한 동물로 간주하여 사람에게 던지는 행위를 금지시켜 왔으며, 그를 어길 경우 즉결심판법에 따라 최하 파라시간 3개월 외출금지란 중형을 선고했다.
괴상망측하게 생긴데다 위험하기까지 한 망구이앙은 대부분의 인류가 혐오하는 동물이다. 그런데도 그런 망구이앙을 전문적으로 사육하고 더욱 크고 보다 강한 종자로 개량까지하여 위험한 놀이에 동원하는 사람들도 생겨났다.

4

지옥에 떨어진 인간을 괴롭히는 귀신 가운데 가장 악랄한 귀신이 아귀餓鬼라는 귀신이다. 날카로운 이빨을 지닌 주둥이만 있는 귀신으로 망구이앙이 바로 그 아귀라는 귀신의 화신이라 할 수 있겠다. 어찌나 맹렬하게 물어뜯는지 오로지 물어뜯기 위해 존재하는 동물처럼 보였다. 이성을 잃은 관중들이 마구 집어던진 망구이앙 떼의 습격을 받아 온몸을 처참하게 물어뜯긴 두 거한은 마침내 초주검이 되어 꼼짝 않고 널브러져있었다. 그들로부터 뜯겨져나간 살점들과 그들로부터 뿜어져나온 벌건 핏물, 그리고 그들로부터 풍겨나오는 비릿한 피비린내로 일대는 도축장을 방불케 했다. 비로소 현장에 몰려든 피에 굶주린 관중들의 잔인한 욕정이 어느 정도 충족이 된듯 만족한 표정이 역력했다.

"간만에 좋은 구경했네."
"100년 묵은 스트레스를 한방에 다 날려버린 기분이야."
"이런 구경 매일 했음 좋겠어."
그 어느 누구도 두 거한의 죽음을 애석하게 생각하는 사람은 없었다. 그리고 그들이 누구라는 것도, 어떤 연유로 그곳에 잡혀와 피터지게 싸워야했는지 왜 죽어야 했는지에 대해서도 관심이 없었다. 오로지 자신에게 짜릿한 쾌감을 느끼게 해줄 수만 있다면 그것으로 만족한 것이지 남의 불행 따위는 안중에도 없는 것이다.
"망구이앙, 역시 대단한 동물이야."
"사람에게 써먹을 때가 젤 볼만하지."
두 거한의 죽음은 이미 예고된 죽음이었다. 상대를 먼저 죽였다하여 결코 살려두는 법이 없으며, 어쩌면 격투에서 살아남은 것이 후회될 정도로 관중들에 의해 더 혹독한 죽음을, 가장 잔인한 방법에 의해 죽임을 당하는 것이다.
망구이앙들도 공격 대상물로부터 반응이 없자 큰 아가리를 닫고 죽은 듯이 미동을 않았다. 망구이앙을 집어던진 일부 관중들은 주위의 눈치를 살펴가며 자신이 던진 망구이앙을 찾아 스텐으로 만든 둥근 포집함에 챙겨 넣었다. 다음에 있을 흥미진진한 놀이를 위해서는 망구이앙만한 소중한 동물이 없기 때문이다.
망구이앙을 사육하는 주인들은 자신이 소유하고 있는 망구이앙이 다른 망구이앙들과 섞여있어도 식별하는데 있어 큰 어려움이 없다. 망구이앙의 콧구멍실제로는 숨 쉬는 기관이 아닌 빛을 감지하고 냄새를 맡는 기관에 불과하지만 대부분의 인류는 콧구멍으로 인식했다을 뀁 코뚜레에는 주인들이 자신만의 표식을 해놓기에 그 소유가 분명했다.
그리고 똑같이 생겼다고 여겨지는 망구이앙도 실제론 생긴 모습에서 조금씩의 차이를 보였다. 크기에 있어서도 그렇고 피부의 붉은 색 또한 짙고 옅은 차이가 있으며, 콧구멍이나 이빨의 모양새에 있어서도 차이가 있었다. 뿐만 아니라 성격에서도 더 사납거나 더 온순하거나 하는 차이를 보였다.
한동안 하벤홀[169] 안을 그득 메운 관중들 사이에 망구이앙의 맹렬함과 잔인성에 대한 얘기들과 망구이앙의 사육법이라든가 훈련법, 형질개량에 대한 의견들이 오갔다. 망구이앙끼리는 싸우려들지 않기에 어떤 동물과 싸움을 붙여야 재미가 쏠쏠하다는 따위의 잡다한 수다로 장내는 시골 장터처럼 소란스러웠다.

어디선가 갑자기 거미처럼 가늘고 긴 여러 개의 다리를 가진 로봇이 나타났다. 관중들의 잔뜩 호기심어린 시선은 로봇에게 집중되었다. 로봇은 피투성이가 되어 쓰러져 있는 두 거구를 번쩍 들어 올려 홀 정면 쪽으로 옮겨 놓았다. 그리고 그와 때를 같이하여 홀 천정 쪽에서 수직 호이스트Hoist에 의해 지름 2미터, 높이 3미터쯤 되는 투명한 원통형 탱크가 서서히 내려오더니 사람 키 높이에서 멈추어 섰다.
탱크 바닥 쪽에는 얼핏 보기에 선박의 스크류Screw처럼 보이는 은빛 나는 커다란 회전반이 달려있고, 회전반에는 여러 개의 칼날처럼 예리하게 생긴 날개들이 장착되어 있었다. 그 회전반이 서서히 움직이기 시작하였다.
'위…… 이이이이이…… 잉…….'
관중들은 난데없는 투명 탱크의 등장으로 잠시 어리둥절했다. 넓은 홀 안은 좀 전의 떠들썩한 분위기는 사라지고 일순 정적에 휩싸였다. 모든 관중의 시선이 한곳을 향해 집중되고 숨막힐 듯한 긴장감이 흐르는 가운데 고속으로 회전하는 회전반의 '윙윙'거리는 소리만 들려왔다. 회전반의 회전속도에 가속이 붙으면서 회전음은 점차 사그라졌으나 대신 그 진동으로 귀청이 얼얼할 지경이었다.
그로부터 얼마후엔 회전반의 형체가 사라지고 대신 탱크바닥에는 회색빛이 도는 뿌연 막이 형성된 듯보였다.

로봇이 쓰러져 있는 두 거구 중 머리털을 파랗게 물들이고 등판엔 'NS433Y'라는 고유번호를 새긴 사내의 머리를 움켜쥐더니 서서히 들어올렸다. 기절한 사내는 죽은 듯 움직이지 않고 로봇이 들어올리는 대로 축 늘어져 있었다.
사내의 머리를 움켜쥔 로봇의 긴 다리가 탱크입구의 바로 위쪽으로 높게 치켜올려지고, 사내의 발부분부터 회전반이 회전하여 그리는 회색 음영 속에 담그려는 듯 서서히 내려보냈다.
'타탁…… 타타탁……!"
사내의 발끝이 회색 음영에 닿는 순간, 둔탁한 마찰음과 잔잔하게 갈린 붉은 살점이 핏물과 함께 투명한 탱크 벽면에 부딪히는 소리가 적막한 실내에 크게 울렸다. 사내가 갑자기 정신을 차린 듯 두 눈을 크게 뜨고 비명을 지르며 몸을 버둥거렸다. 그리고 사내의 두 손이 로봇의 꽉 쥔 마디를 풀려고 애를 써도 아무 소용이 없었다.

'타타타타타……!'

"아아악……!!"

한동안 사내의 신체가 회전반의 칼날에 깎여나가는 소리와 그때마다 신음처럼 질러대는 사내의 비명소리가 되풀이되었다. 회전반은 사내가 다리를 웅크리면 잠시 '윙윙'거리며 공회전하다가 몸의 일부가 닿으면 또다시'타타타타……'거리길 반복하였다.

사내의 몸이 발끝에서 종아리로 무릎으로 허벅지로, 또 허벅지에서 사타구니로 계속 갈려나가는 동안 뼈가 갈리고 살점이 튀는 소리 외엔 혼절한 사내로부터는 더 이상 비명소리가 들리지 않았다. 대신 간헐적으로 신음 비슷한 소리가 입을 통해 새어 나오고 때론 남아있는 나머지 몸이 심하게 경련을 일으키기도 하였다.

발끝부터 조금씩 회전반에 갈려 사라져가는 사내의 참혹한 살육장면을 처음부터 지켜보고 있던 천여 명의 관중들은 그 숨 막히는 긴장감 속에서 한결같이 숨소리조차 제대로 내지 못했을 뿐더러 자신도 모르게 불끈 쥔 손아귀에는 땀으로 흥건해졌다.

그러나 마른 침을 '꼴깍, 꼴깍……' 삼켜 가며 지켜보는 그들의 눈빛은 분명 두려움이라기보다 희열에 가까운 들떠있는 눈빛이었다.

이윽고 모가지 부위도 다 갈려 나가자 로봇이 쥐고 있던 머리 부분을 떨어뜨렸다. 순간 회전반이 멈칫하더니 요동을 쳤다.

'빠직……!'

'터럭…… 터턱……, 타르르…….'

두개골이 바스러지는 둔탁한 소리가 들린 이후로 더 이상 큰 소리는 들리지 않았다. 다만 회전반의 고속회전에 의한 '웅……' 하는 진동음과 살점이나 뼛조각들이 피와 섞여 휘돌아가는 '차르르르……'소리만이 조용한 홀 안을 그득 메우고 있을 따름이었다. 그때 관중 가운데 한 사내가 나직이 중얼거렸다.

"역시 믹서기가 구식이라 그런지 뼈와 살이 분쇄되는게 한결 실감나네."

그때까지도 나머지 한 사내, 머리털을 빨갛게 물들이고 등판엔 'NS502T'라는 고유번호가 새겨진 사내는 혼절한 채로 죽은 듯이 널브러져있었다. 로봇이 기절해서 꼼짝도 못하는 그의 머리를 움켜쥐고 방금 전과 똑같은 과정을 되풀이 하였다. 나머지 한 사내의 몸도 탱크 속에 완전히 갈리어 먼젓번 사내의 육질肉質에 흡수되 듯 섞여 갔다.

회전반의 회전은 이후 한참 만에 서서히 멈춰 섰고 안이 훤히 비치는 탱크 속엔 희끗한 살점들이 점점이 섞인, 핑크빛을 띈 묽은 용액이 회전반 위로 서서히 원을 그리던 것을 멈추어 갔다. 그리고 영원히 지속될 것만 같은 무거운 침묵이 한동안 흘렀다.

살육과정을 처음부터 끝까지 지켜봤던 홀 안의 관중들은 스강나하르로 이주해온 이래 의도적으로 특히 타인에 의해 공개적으로 그처럼 잔혹하게 타살되는 것은 처음 목격하는 것이다. 아무리 참혹한 살육을 즐기는 인간일지라도 방금 전에 일어났던 그런 참혹함에는 그다지 익숙하지 않아 어느새 손바닥은 물론, 온몸에도 식은땀이 흘러 입고 있던 옷이 다 젖을 지경이었다.

어떤 이들은 자신도 모르게 싸질러 놓은 오줌으로 바닥이 흥건하게 젖는 줄도 모르고 있었고, 또 어떤 이는 넘어오는 구토를 참지 못해 앞사람의 등판에 토해 놓은 사람도 있었으며, 그 자리에 주저앉아 두 손으로 머리를 감싸 안은 사람도 있었다.

5

죽음의 격투장 하벤에서 두 거한의 처참한 죽음과 그들의 육체가 거대한 믹서에 의해 잘게 갈려져 걸쭉한 용액으로 변하는 과정을 지켜보기까지 상당한 시간이 흘렀다. 상상으로만 가능할 것 같은 그런 처참한 도륙 현장을 직접 목격한 사람들은 한동안 넋이 나가 제 정신이 아니었다.

'이게 꿈인가, 현실인가?'

아무리 궁리해 봐도 그보다 더 잔혹한 살해방법은 없을 듯싶었다. 따라서 빤히 눈을 치뜨고 보았음에도 현실이라기보다는 속임수에 의해 사실처럼 잘 연출된 3D듀얼시뮬레이션3D Dual Simulation[164)]을 체험한 것처럼 느껴졌다.

하벤에 모여 든 관중들 모두가 심한 허기를 느꼈으나 그렇다고 식욕이 동하지는 않았다. 모래알을 씹는 듯 입안이 깔깔했고 심한 욕지기가 나오려하기 때문에 음식물을 도저히 씹어 삼킬 수가 없었다. 몇몇 사람들이 웅성거리며 주변 사람들을 둘러보았다. 구경거리가 다 끝났음직한데 누구하나 선뜻 자리를 떠나려는 사람이 없었다.

"이제 구경 다했으니 집으로 돌아가야겠지?"

"글쎄, 뭔가 볼거리가 더 남아있는 것 같기도 한데……, 그러니까 사람들이 돌아갈 생각을 않는 게 아니겠나. 잠시만 더 기다려보자. 또 좋은 구경거리가 있으려나 본 데……."

"그래?"

어느덧 관중들 대개가 안정을 되찾은 듯 그들 사이에서 잡담이 오가기 시작했고, 간혹 웃음소리도 들려왔다.

"나도 그렇지만 여기 모인 사람들 모두가 잔혹함을 꽤나 즐기는가 봐.

하긴 이런 잔혹한 구경을 직접 즐길만한 데가 어디 있을라고……."
"그러게…… 스페이스넷[38]에서도 더러 이런 불법적인 장면들이 나오긴 하더라만…… 진짜라고 믿기엔 어쩐지 실감이 나질 않지. 근데 여기선 직접 눈으로 보고…… 또 비린내까지 직접 맡을 수 있으니깐 더욱 실감이 날수밖에……."
"근데 이곳에선 이런 구경거리가 자주 벌어지는 모양이지?"
"듣기로는 전부터 있어왔다는 게야."
"그래? 그렇담 앞으론 자주 와야 쓰것구먼."

시간이 어느 정도 경과하자 탱크 안의 내용물은 대략 세개의 층으로 나뉘어졌다. 제일 위층에는 붉고 푸른 털들과 가벼운 부유물들이 엉켜있고, 중간층은 지방성분이 뭉쳐있는 허연 덩어리들로 채워졌으며, 바닥에 깔린 금속조각과 비중이 큰 물질 외에 전체 내용물의 70%를 차지하는 층은 붉은빛을 띤 용액이었다.
그때 어디선가 한 무리의 하얀 백의를 입은 미소년들과 미소녀들이 나타났다. 나이는 대략 15세 안팎으로 보이는 데다 한결같이 빼어난 미모를 지녔다. 미소년들의 손에는 제법 커다란 크리스털 그릇이 하나씩 들려져있었고, 미소녀들의 손에는 보랏빛 액체가 담겨있는 작은 크리스털 화병이 하나씩 들려져 있었다.
그들은 남녀 한쌍씩 짝을 이뤄 홀 전면에 줄을 지어섰다. 그들의 얼굴표정엔 전혀 감정이 드러나 있지 않고 움직임 또한 진중하여 그들의 일거수일투족이 마치 무슨 엄숙한 의식을 치루고 있는 듯 사뭇 진지해보였다.
미소년들이 줄을 지어 두 거한의 몸체가 녹아있는 탱크 쪽으로 향했다. 탱크 밑 부분에는 빨간 버튼에 의해 작동되는 작은 수도꼭지가 달려있었고 그 밑에는 둥근 받침대가 놓여있었다. 미소년들은 차례대로 크리스털 그릇을 그 받침대 위에 올려놓고 빨간 버튼을 눌러 걸러져 나오는 육수肉水를 그릇에 5분지4정도 차도록 받아냈다. 크리스털 그릇에 담겨진 육수는 약간 탁해 보이는 붉은빛이 도는 액체였다.
육수가 담겨진 그릇들은 홀 전면에 자리한 탁자 위에 차례차례 놓여졌다. 그리고 미소녀들이 그릇 앞으로 다가서더니 그녀들이 지닌 보랏빛 액체를 육수에 조금씩 쏟아 부으며 유리대롱으로 원을 그리듯 젓기 시작했다. 그러자 육수에 변화가 일기 시작했다. 희끄무레하게 부유하던 이물질들이 가라앉고 육수는 투명한 자줏빛 액체로 변해갔다.

미소년소녀들의 그러한 행동을 지켜보던 관중들 사이엔 호기심이 부쩍 동하여 저희들끼리 수군거렸다. 몇몇 관중은 탁자로 다가서서 자줏빛 액체를 유심히 들여다 보며 그 맑고 투명한 색깔의 아름다움에 도취되었고, 한편으로는 그 액체를 어디에 쓸 것인지에 대한 궁금증이 일었다.
"정말 희한하네. 저 보라색 액체가 뭐길래 걸쭉한 핏물이 걸러지면서 저렇듯 예쁜 색깔로 바뀔 수 있을까?"
"불순물을 제거하는 무슨 약물이 아닐까?"
"그럼……, 저 걸러진 물은…… 무엇에 쓸려고 그럴꼬?"
"글쎄, 혹시…… 우리더러…… 마시라고 그러지는 않겠지?"
"저걸…… 우리더러 먹으라고? 말도 안돼!"
"농담으로 해본 소리야. 사람의 몸을 갈아 만든 국물을 설마 우리더러 마시라고 그러기야 하겠냐."
"어쨌든 색깔은 디게 곱네 그랴."
미소년들과 미소녀들의 표정이나 반응은 사람들의 호기심어린 눈빛이나 섣부른 질문 따위엔 전혀 아랑곳 않고 시종일관 아무런 변화가 없었다.
감정을 전혀 드러내지 않는 것으로 보아 실제인간처럼 정교하게 잘 만들어진 로봇이려니 착각을 불러일으킬만 하였으나, 자세히 관찰하다 보면 미간이 살포시 찌푸려진다거나 간혹 양 볼에 보조개가 옴폭 파이는 것으로 보아 로봇이 아닌 인간임엔 분명했다.

그들 외에 또다시 100여 명으로 추정되는 미소녀들이 커다란 은쟁반에 은컵들을 수북하게 받쳐들고 나타났다. 그러자 사람들 사이에 잠시 동요가 일기 시작했다.
"설마…… 사람을 갈아 만든 육수를……?"
"그래…… 우리더러 저 육수를 마시라고 할 게 뻔해."
"참 희한한 의식이로구먼."
"우리가 식인종이야, 뭐야?"
"좋은 구경했으니까 구경 값 하라는 얘긴가 보네."
"아무리 그래도 그렇지…… 저걸 어찌 마신다냐?"
"난 죽어도 저런 건 못 먹는다."
수북하게 쌓여있는 은컵들을 보자 사람들 사이에선 때아닌 걱정으로 볼멘소리가 터져 나오기 시작했다. 그때였다.
"자……, 여러분! 어떻습니까, 즐겁게 보셨습니까?"
나직하고 조용한 말투였으나 내재된 엄청난 에너지로 인해 고막을 찢을 듯 사람들의 귓속으로 파고드는 음성이 들려왔다. 모두들 화들짝 놀라며 소리 나는 방향으로 고개를 들고 목소리의 진원지, 백발의 머리와 긴 수염을 치렁치렁 드리운 키 큰 중년의 사내를 올려보았다.
그는 홀 정면에 높게 자리한 낭청廊廳에서 좌중을 고압적으로 내려다보며 유령처럼 홀연히 서있었다. 순간 관중들은 얼어붙은 듯 긴장하였다. 말로만 들어왔던, 그래서 더욱이 전설 속의 인물처럼 여겨왔던 세르데카성 성주 〈하마숱드 디 까르디 바스라시Hamasuld De Kardi Baslash[182]〉였다.

'검은 도포에 유난히 하얗게 빛나는 백발과 수염을 길게 늘어뜨린 기인'으로 묘사되고, '신의 경지에까지 오른 초영술超靈術로 초인적 능력을 지녔으며, 시공時空을 자유롭게 넘나들 수 있는 인물'로 전해지는 그에 대한 소문은 인류가 스강나하르로 이주해오면서 인류 사이에 이미 떠돌기 시작했다.
스웨덴 귀족출신이자 엄청난 부를 지닌 대부호임에도 불구하고 자신의 신분에 전혀 걸맞지 않는 마법과 심령술 따위에 심취되어 괴이쩍은 돌출행각을 일삼아 온지라 일찍이 신귀족층 사이에선 '인류의 이단아異端兒' 또는 '악마의 화신'으로 불렸던 괴인怪人 '하마숱드'. 일견 〈하씰러Hassyrer[183]〉로 불리기도 하는 그는 자신의 모습을 전혀 드러내려하지 않았기에 그때까지만 해도 그를 직접 봤다는 사람은 없었다. 뿐만 아니라 홀에 모여 있는 사람들 중 일부는 하벤에 드나든 지 여러 해가 되었으나 그들 또한 '하씰러'의 실제 모습을 보기론 처음이었다. 특히 세르데카성의 비밀 가운데 일부를 털어놓은 '클레멘티나 체리[162]'의 머리가 호두알만한 크기로 줄어 든 사건 이래, 인류는 은연중에 세르데카성과 '하씰러'를 결부 짓는 경향을 보여왔으며, '클레멘티나 체리'의 머리를 호두알 크기로 줄일 수 있는 능력자로 '하씰러'를 거론했다. 그리고 그런 권능을 지닌 그를 신으로 섬기려는 사람들도 날로 늘어갔다.
하벤에 모여 있는 관중들은 '하씰러'가 비록 세르데카성의 성주이고, 그가 죽음의 격투를 주관한다 하여 대중 앞에 선뜻 모습을 드러내리라고는 전혀 예상을 못했다. 그에 대해 거역할 수 없는 절대적인 신성神聖을 느끼고 그로인해 심한 두려움에 떨면서도 그와 같은 신비로운 인물을 마주 대할 수 있다는 것에 대해 대단한 자부심까지 느꼈다.
그러나 영험한 동물로 인식되어 왔던 백수의 왕 호랑이와 맞닥뜨렸을 때의 느낌이랄까, 방금 전에 보았던 그 참혹한 살육과도 무관하지는 않았지만 그로부터 살벌하게 뻗쳐오는 살기와 중압감은 인간의 것이라고 하기에는 너무나 이질적이었고, 그 에너지 또한 감당하기 어려울만큼 강력하였다. 따라서 그 누구도 자신의 의지와는 달리 옴짝달싹할 수 없는 상황이었다.
그로부터 파장되어 흐르는 강한 에너지는 홀 안을 공명시키고 모든 사람들의 영육靈肉이 그 에너지에 의해 강점되었기에 홀 안의 모든 사람들은 자신의 의사와는 전혀 상관없이 그에 대한 경외감敬畏感과 더 나아가 그를 섬기고자 하는 충성심이 절로 우러나지 않을 수 없었다.
'하씰러'의 음성이 사람들의 뇌리에 박히듯이 울렸다. 어쩌면 그의 입을 통해 흘러나오는 음성이 아닌 엔레이파시에 의해 전달되는 음성일지도 모르지만 사람들은 그것을 영적 메시지로 받아들이게 되었다.
"오늘, 우리는 '피의 의식'을 통해 하나가 될 것입니다. 따라서 내가 여러분을 따르듯이 여러분도 나를 따라야 합니다."
이미 그는 모든 관중들을 압도하고 있었다. 관중들은 그가 거역할 수 없는 신격 존재로서 반드시 그를 섬겨야 한다는 것을 부지중에 의식했다.
"나를 따르지 않고 거부한다면 방금 사라진 우리의 형제들처럼 '영원한 죽음'에서 결코 벗어날 수 없습니다."
어느덧 하벤에 자리한 모든 사람들은 '하씰러'의 음성을 협박이라기보다는 당연한 것으로 받아들이게 되었고, 따라서 그를 위대한 신으로 인식하고 그를 섬기는 경건함 속에 피의 의식을 받아들였다.

하얀 백의를 입은 미소녀들이 은컵 그득 육수를 담아 하벤에 모인 모든 사람들에게 한잔씩 건네주었다. 그가 어느새 어떤 조화를 부렸는지 모르겠으나 은컵 안에 담겨진 액체는 인간의 피와 살이 범벅된 육수라기보다는 매실주에 가까운 음료로 변해있었다. 비릿한 비린내 대신 향기로운 과일향을 풍겼고, 그 맛 또한 새콤달콤했던 것이다.

6

만물의 영장이라 일컬어지는 인간의 세계는 물론이고 지능이 낮은 동물의 세계나 지능조차 없다고 여겨지는 미생물의 세계나 망라하고 같은 종의 생명체들이 모여 집단을 이룰 경우, 반드시 그 집단을 결속하는 속성이나 질서가 있으며 그 집단을 이끄는 리더가 있게 마련이다. 그렇지 않으면 그 집단의 속성은 퇴보하게 될뿐더러 와해나 멸종의 길을 걷게 되는 것이 자연의 순리이다.

집단을 통솔하고 관리하는 리더는 운명적, 즉 유전적으로 타고날 수도 있겠지만 그렇지 않은 상황에서는 우발적, 또는 자연발생적으로 생겨난다.

유전학에서는 리더로서 적합한 우수한 인자를 따로 규정하고 있는데, 그러한 우수인자를 리더성향의 우성인자라 하며 집단 구성원 중에 특히 그런 우성인자가 강한 개체는 스스로 특수한 호르몬을 분비하게 되어 더욱 완벽한 리더로서의 성향을 갖추게 되는 것이다.

리더가 없는 집단에서는 예외 없이 우발적, 또는 자연발생적으로 집단 구성원 가운데 어느 하나가 반드시 리더로서의 성향을 지니게 된다. 그 예로 벌이나 개미의 일부 종에서는 그 집단을 이끌어가던 여왕

벌이나 여왕개미가 갑자기 죽거나 사라지면 일벌이나 일개미 중에 어느 하나가 대신한다는 사례가 있다.

사람들은 가장 이상적인 국가의 덕목으로 '사람 위에 사람 없고, 사람 밑에 사람 없다'란 만인평등주의를 첫번째로 꼽고 있으며, 그것이 모든 인류를 골고루 행복하게 할 수 있다는 이상주의 국가의 대원칙으로 자리 잡았다. '원래부터 존귀한 사람이 없듯이 원래부터 비천한 사람은 없다'는 만인평등의식은 곧 권력에 의해 서열이 매겨지는 사회질서에 대해 강한 거부감을 표시한다. 따라서 '모든 사회구성원들은 똑같은 사회적 · 정치적 지위를 보장해야 하며, 똑같은 권한을 행사할 수 있어야 한다'고 주장한다.
그런 사회적 요구에 의해 발전된 국가체제가 민주주의이지만, 이 민주주의 또한 애초의 기대와는 달리 은연자중 요지부동한 서열이 매겨짐으로써 평등주의를 온전히 실현시켜주지 못할뿐더러 설혹 온전히 충족할 수 있다하더라도 모든 것이 균등하거나 획일적일 경우 쉽게 식상하게 마련인 것이 또한 인간이다.
모든 인류가 염원하고 주창하는 평등주의원칙에 따라 모든 구성원들에게 똑같은 지위와 권한을 부여하고 특정 개인에게 일체의 리더십을 허용치 않는다 하여 과연 완벽한 평등주의가 실현되겠는가. 아마 사회구성원에 속하는 모든 인간에게 공평한 권한과 역할이 주어진다면 그 사회는 안정은커녕 기존 질서는 파괴되고 엄청난 혼란이 야기되는 통제불능의 사회가 될 것이다.
이는 개미사회에서 여왕개미와 일개미, 병정개미로서의 역할을 따로 맡지 않고 저마다 모두 여왕개미의 역할만 맡는다거나 병정개미의 역할만 맡는 것과 다를 바 없으니, 이같이 인간사회도 각자에게 맡겨진 역할 없이 제멋대로라면 어느 누가 길거리의 쓰레기를 치우려할 것이며, 어느 누가 땡볕에서 비지땀을 흘려가며 육체노동을 하려 하겠는가. 아마 저마다 저하고 싶은 일만 하겠다며 이것도 했다가 싫증나면 또 저것도 하는 등 우왕좌왕하다가 볼일 다볼 것이다. 그러니 집단을 유지하려면 평등에 앞서 역할과 질서가 그만큼 중요한 것이고, 또 집단 구성원들을 통제하기 위해서는 부득이 어느 누군가는 그들 위에 절대 권력을 쥔 제왕으로 군림해야 한다는 것이다.

인간도 다른 생명체들과 마찬가지로 엄연히 본능의 지배를 받는 동물이다. 그러한 본능 중에 하나가 다스리거나 또는 다스림을 받는 주종관계에 얽히고자 하는 본능이다. 따라서 인간들로 이루어진 집단에서도 예외 없이 다스리고자 하는 성향을 지닌 소수의 리더가 있게 마련이며, 그와 반대로 다스림을 받고자하는 성향을 지닌 다수의 인간들이 필연적으로 존재하게 마련이다.

제아무리 지능이 뛰어난 인간일지라도 다른 동물들과 다름없이 절대 권력자 앞에선 절대복종할 수밖에 없는 굴종과 더하여 비굴함을 지니게 마련이다. 다수의 인간들을 복종시키기 위해서는 여러 가지 방법과 기교가 있을 수 있겠으나 그 어떤 방법이나 기교도 생사여탈권을 쥔 강력한 권한을 능가할 수 없으며, 그러한 강력한 권한을 통해 표출되는 강력한 카타르시스를 능가할만한 욕구충족도 없을 것이다.

팔다리를 잘라내고 눈알을 후벼 파고 목을 함부로 베어낼 수 있는 이른바 생사여탈권을 움켜쥔 사람에게 대항한다는 것은 결국 의미 없는 죽음밖엔 없겠기에 그런 절대권력을 움켜쥔 인간이야말로 손쉽게 여타 인간의 육신은 물론이고 그의 생각이나 의지마저 다스릴 수 있는 신격화된 제왕의 자리를 고수하려 할 것이다.

인류가 스강나하르에 정착한 이래 파라토피아란 단일국가를 형성하고 자유나 평등, 풍요 등에 있어 나름의 이상향을 실현해 왔으며, 한동안 풍족한 물질문명의 혜택으로 전혀 부족함이 없는 생활을 영위해 왔음에도 불구하고 그런 물질적 풍요와 평화에 점차 식상하기 시작했다.

아무리 소중하고 고귀한 것들일지라도 저절로 얻어지고 오래 향유하다보면 그 소중하고 고귀함을 잊게 마련이다. 따라서 대다수의 인류들은 막연하게나마 자신들을 다스려 줄 보다 강력한 초인을 염원하게 되었고, 일부 인간들은 무능하고 아무 짝에도 쓸모없어진 인류를 증오하기 시작했다. 그리고 소수의 인간들은 무기력한 인간들을 노예처럼 다스리기 위한 제왕적 권력을 꿈꾸기 시작했다.

대통령과 각료, 그리고 원로원 의원 등 파라토피아의 권력 핵심을 이루고 있는 인사들은 임기가 정해져 있는 선출직이되 그들만의 엘리트층을 이루고 있으며, 중요한 현안문제에 있어서 의결권을 행사할 수 있겠으나 어떤 의미에서는 민주주의 원칙에 따라 막강한 권력을 쥐기보다는 인류를 위한 심부름꾼으로서의 역할과 명예를 얻는 것으로 만족해야 했다.

그러한 권력조차 막강하다 할 수 있고 개인에겐 큰 영광이자 명예일 수 있겠으나, 막상 그런 권력을 쥔 사람의 입장에서는 그렇듯 뜨뜻미지근한 권력일수밖에 없으며 권력으로서의 의미가 크게 퇴색하는 듯 느껴지는 것이다. 반면에 절대다수 대중의 생사여탈권을 쥔 무소불위의 권력이라야 비로소 그 권력을 쥔 자의 만족감과 성취감을 충족시켜줄 수 있으니, 무릇 권력 지향적인 인간이라면 권력을 공유하지 않고 혼자 독차지하려 드는 것은 지극히 당연한 것이다.

인류는 고도로 발달한 과학문명과 그로인한 혜택에 어느덧 익숙해졌고 더 이상 물질문명에 대한 경외감은커녕 기대감마저 상실했다. 반대로 초자연적인 현상, 즉 신비주의에 점차 빠져들기 시작했던 것이다. 그런 사회적 현상으로 말미암아 인류의 의식을 사로잡고 통제하기 위해 신비주의를 가장한 신흥종교들이 극성을 부리기 시작했는데, 그런 교주들 가운데에서도 나름의 수행과정을 거쳐 초영술超靈術을 익힌 인간이 있는가 하면, 눈속임에 불과한 매직쇼Magic Show로 추종자들을 불러 모으려는 얍삽한 족속들도 있게 마련이다.
지구시절부터 신귀족층 사이에서 '인류의 이단아' 또는 '악마의 화신'으로 회자되었던 세르데카성의 성주 '하씰러[183]'도 따지고 보면 일개 신흥종교의 교주에 불과한 셈이다.
그러나 그는 남다른 초인적 성향과 범인으로서는 상상도 할 수 없는 화려한 이력을 지닌데다 오랜 기간에 걸쳐 은둔자적 삶을 살아왔기에 그에 대한 경외감을 더했으며, 더 나아가 인간으로서는 감히 그런 복합적 요인들로 인해 형성된 제왕적 카리스마를 지닌 그를 거스를만한 자가 없었다.
그런 그가 어느날부터 인류에게 그 모습을 서서히 드러내기 시작했다.
"'하씰러'란 누구인가?"
스강나하르에 정착한 인류는 한동안 그를 까마득히 잊고 지냈다. 지구가 테러조직 싸이파[15]의 광양자화학탄 데쓰루[16] 투하로 파멸하기 이전까지는 그에 대한 단편적 정보들이 간혹 소문처럼 떠돌았으나 스강나하르 이주 초기 100여 년간은 마치 '그런 인물이 있었던가?'란 의구심이 들 정도로 그는 전설 속의 인물로만 자리했었다.
'하씰러'는 보통 인간들의 기준이나 상식을 훨씬 뛰어넘는 특출한 인물이다. 비범한 것을 초월한 초인으로서 마침내 스스로 신의 경지를 넘보기에 이른 사람이다. 일찍이 인류가 이룩한 모든 학문을 꿰뚫은 지식인이자 만능 스포츠맨이라 할 수 있는 강인한 체력을 지녔는데, 그것은 그 자신이 태생적으로 지닌 육체의 모든 영역에서 한계를 극복한 결과이기도 했다.

그는 부유한 권력가의 가문에서 태어나 일찍부터 명문 교육과정을 두루 거쳐 리더로서의 완벽한 자질을 갖췄으나, '내가 누구인가?'라는 지극히 단순한 의문마저 명쾌한 해답이 없다는 것에 한동안 깊은 절망감에 빠져 허덕였다.

그리고 '인간 또한 우주를 구성하고 있는 물질에 불과하며, 물질이란 것은 이합집산離合集散을 거듭하는 속성이 있어 인간이 죽어 소멸하면 결국 다른 물질이나 생명체로 다시 생성된다. 그렇다면 인간 또한 아무 의미가 없는 존재라 할 수 있다'라는 허무주의를 절감하고 어느 날 불현듯 자취를 감췄다. 그리고 참으로 오랜 세월, 극한 상황의 고행을 통해 몇 번씩이나 거듭 초인으로 환골탈태換骨奪胎한 인물이다.

그가 오랜 고행 끝에 터득한 것은 '굳이 과학의 힘을 빌리지 않더라도 염력念力에 의해 수명을 무한대로 연장할 수 있으며, 그보다도 우주의 염력을 제어할 수만 있다면 실질적인 우주의 주인, 즉 인간이 말하는 신神의 경지에 도달할 수 있다'라는 확신이었다. 그리고 마침내 그 가능성의 실마리를 찾게 된 것이다.

항차 인류의 운명을 거머쥐게 될 '하씰러'는 스웨덴 구스타브 황실의 피를 이어받고 대대로 부귀영화를 이어내려온 스웨덴 귀족 〈바스라시Basrassy's Family[184]〉 가문의 태생이다. 당시 바스라시 가문의 재산은 스웨덴 황실을 능가하고 스웨덴 재벌 순위로도 다섯 손가락 안에 들 것이라는 소문이 떠돌 정도로 엄청난 부를 지녔음은 물론 그에 걸맞은 권력도 함께 누렸으며, 그러한 부와 권력은 대를 이어 세습되어 왔다.

그는 서기 1975년4월4일, 스웨덴 〈칼 구스타브 16세Carl XVI Gustaf[185]〉 입헌군주제 하에 내무장관을 역임했던 목재왕 〈드리볼리 바인 바스라시Drivoli Bain Baslash[186]〉의 외동 아들로 스웨덴 수도 스톡홀름Stockholm에서 태어났다. 그러니까 현재 그의 나이를 지구나이로 치면

237세로 고령인 셈이다. 유난히 하얗게 빛나는 백발과 수염을 길게 늘어뜨렸으나 2미터가 넘는 장신은 군살 없는 균형 잡힌 근육질로 나이를 비껴간 듯 강건하기만 했다.
그의 소년기와 청년기는 모든 면에 있어서 타의 추종을 불허할 정도로 비상했기에 일견 세간의 스포트라이트는 받았을지언정 비교적 원만하였다. 신체 조건 또한 월등하게 우수한 형질을 타고 난지라 모든 스포츠에서 뛰어난 재능을 발휘했으며, 큰 키에 이지적으로 생긴 외모는 젊은 여성들의 가슴을 무척이나 설레게 했다.
그러나 의외로 냉혹할 만큼 자기관리에 철저하여 좀처럼 감정을 드러내지 않았기에 늘 '얼음왕자Ice Prince'라는 닉네임을 달고 다녔다.
그는 여섯 살 때 신부전증을 앓아왔던 모친을 갑작스레 여의고, 이후 엄격한 부친의 일과 계획에 맞춰 귀공자로서 익혀야 할 규범과 교육에 의해 빈틈없이 길들여졌다.
어렸을 때부터 머리가 비상하고 다방면에 걸쳐 다재다능했던 그는 특히 과학분야에 관심이 많았으나 그의 부친은 그가 자신의 사업을 이어받는 한편 최고의 정치지도자가 되기를 원했고, 그러한 부친의 뜻에 따라 스톡홀름국립대학에서 정치학과 경영학 관련 등 2개 분야의 박사학위를 받았을 때가 그의 나이 스물여섯 되던 해였다.
그는 부친의 권유로 당시 사회민주당 간사였던 〈덴 코마 라게르크비스트Den Coma Lagerkvist[187)]〉의원 밑에서 보좌관으로 정치수업을 하는 한편, 스톡홀름대학과 웁살라대학에 강사로, 스톡홀름대학 경제연구소에서 상임연구원으로, 유력 일간신문 〈다겐스 니헤테르Dagens Nyheter[188)]〉지에 객원논설위원으로 활동범위를 넓혀갔으나 그가 서른 되던 해에 부친 또한 갑작스럽게 폐암으로 사망하였다.
부친의 갑작스런 사망으로 인해 그는 깊은 정신적 공황을 겪었다. 젊은 사람 못잖게 건장하였으며 막대한 재산과 막강한 권력을 지녔음에도 결코 죽음을 피해 갈 수 없는 인간의 한계성을 새삼 깨닫게 됐던 것이다.

부친의 장례를 치루고 나자 그는 곧 그가 소속되었던 모든 공직을 사퇴하고 한동안 두문불출했다. 그리고 그가 어려서부터 관심을 가져왔던 과학분야의 지식을 습득하고자 주저 않고 영국으로 건너갔으며, 이후 옥스퍼드대학 이공학부에서 분자물리학과 광양자물리학 등 2개의 물리학 관련 박사학위를 취득하는 등 한동안 과학분야에 심취했다.
뿐만 아니라 생명공학이며 우주물리학이며 철학이며 모든 분야를 망라하여 지적욕구를 충족시켜 나갔다. 그로써 서른여덟 살에 그가 지닌 박사학위만 네 개였으며, 그 외에 모든 과학분야에 상당한 지식을 갖췄기에 초빙하는 곳이 많았음에도 한결같이 거절을 하고 스스로 자택에 칩거하여 연구에만 몰두했다.

7

그즈음 '하씰러'는 얼마전부터 자신의 개인비서로 일해 왔던 〈올라잉카 코사 콜비츠HolaInca Kosa kollwitz[189]〉라는 한 여인을 사랑하게 되었다. 그녀는 스코틀랜드 지방에서 대대로 어업에 종사해 온 그야말로 보잘것없는 한 어부의 셋째 딸로 태어났으나 유독 머리가 비상하여 옥스퍼드대학에 진학할 기회가 주어졌고, 대학에 진학한 뒤 얼마후엔 집안이 생계를 유지하지 못할 지경으로 몰락한 터라 그때부터 그녀 스스로 호구지책을 해결하지 않으면 안될 만큼 어려운 상황을 맞게 되었다.
비록 시골 어부의 딸에 불과했으나 지적인 언행과 우아한 자태는 아무나 함부로 범접할 수 없는 고귀한 품격을 느끼게 했고, 특히 그녀의 백랍白蠟같이 희디흰 피부는 천상의 것인 양 신비로움을 더해주었다. 따라서 마냥 까다로운 그 역시 그런 그녀의 모습에 사로잡히지 않을 수 없었다.
무척이나 까다롭고 냉소적인 그는 사람들과 잘 사귀려들지 않는 외골수적인 성향을 보여 왔으나 그녀에 대해서만큼은 지극히 예외적이었다. 뿐만 아니라 그녀를 위해서는 모든 것을 희생할 정도로 그녀를 지극히 사랑했다.

2016년6월22일, '하씰러'는 바스라시 가문의 원로들이 정해주는 좋은 혼처를 다 마다하고 그의 고집대로 마침내 그녀와 결혼하기에 이르렀는데, 그녀와의 결혼은 가문에서 인정을 하지 않았기에 부득이 영국 에딘버러Edinburgh의 작은 교회에서 몇몇 친지만이 참석한 가운데 조촐하게 거행되었다.
결혼 당시 그는 마흔한 살이고 그녀는 스물두 살로 나이 차이가 심했으나 그런 나이 차이조차 전혀 의식하지 않을 만큼 서로를 끔찍하게 사랑하였다.
그러나 그녀와의 행복한 결혼생활은 한 순간에 지나지 않았다. 그녀가 그의 아이를 임신하고 나서 얼마후 치유 불가능한 원인 모를 악성빈혈을 앓고 있다는 것을 알게 된 것이다.
당시 의과학이 상당히 진보한 수준이었음에도 불구하고 그녀의 혈액에 적혈구와 헤모글로빈 수치가 자꾸 떨어지는 원인을 밝혀낼 수가 없었을 뿐더러 그에 대한 적절한 치료방법이 없었던 것이다.
결국 그녀와의 사이에서 〈잉카 올리비에Inca Olivier[190)]〉라는 첫 딸을 얻었으나 워낙 병약한 그녀는 그로부터 두 달여 만에 그의 눈앞에서 허망하게 유명을 달리한 것이다.
가까운 사람들을 차례로 잃게 되자 깊은 좌절감에서 헤어나오기란 쉽지 않았다. '인간이란 무엇인가?'란 인간의 존엄성, 그리고 '내가 누구인가?'라는 자신의 존재에 대한 의구심은 짙은 회의를 불러왔다.
결국 인간이 지금처럼 죽음 앞에 무기력한 존재일수밖에 없다면, 그동안 인간이 이룩해놓은 온갖 문명이나 추구하고 있는 온갖 가치관 등은 한갓 신기루에 불과하다는 극단적 허무주의에 젖어들 수밖에 없는 것이다.
그렇게 회의에 잠겨 두문불출하던 그는 어느 날 어린 딸 '잉카 올리비에와 함께 연락도 두절한 채 불현듯 자취를 감췄다. 그리고 세인들로부터 점차 잊혀져갔다.

언제부턴가 '하씰러'는 〈제딘Zedin[191]〉이란 필명으로 수많은 의과학 및 생명과학분야와 관련된 심도 깊은 논문들을 인터넷을 통해 의과학 및 생명과학 사이트에 발표하기 시작했고 그로인해 관련학자들 간에 괄목할 주목을 받았다. 그의 논문들은 상상을 초월하리만큼 놀랄만한 이론과 실증으로 채워져 있어 한결같이 커다란 파장과 논란을 불러왔다.
그리고 무엇보다도 그의 논문들은 초기 때의 임상실험 위주의 논문에서 점차 심령술과 초자연적인 현상들을 다루는 경향으로 바뀌어 갔고, 결국엔 종교계가 터부시하는 분야 전반에 걸쳐 깊숙이 파고 들었다.
그의 논문들은 의과학과 생명과학분야에 큰 영향을 끼쳤으며 그로인해 과학문명의 진일보에 크게 기여했으나, 반대로 윤리적인 면과 종교적인 면에 있어 상당한 악영향을 미치기도 했다.

그리고 그가 발표한 논문들은 한치의 어긋남도 없는 그 치밀함 못지 않게 그를 입증하기 위한 생물학적 임상실험에서의 잔혹함으로 인해 과학자들이나 언론들은 물론 에프비아이FBI나 씨아이에이CIA 같은 정보기관에서도 제딘이란 필명을 사용하는 인물을 추적하였으나 전혀 실마리조차 잡을 수 없었다.
그렇지만 그가 300여 편이 넘는 논문들을 인터넷을 통해 발표를 해온 동안 한때는 그를 알고 지냈던 과학자들 간에 그의 논문일 것이라는 추측이 떠돌기 시작했고, 일부는 그가 틀림없다며 단정 짓기까지 했다.
"그 숱한 문제의 논문들을 발표한 제딘이란 필명의 사람은 하마슐드[182]가 틀림없어."
"그런가? 나도 그렇게 생각해왔는데……."
"'하마슐드'가 어려서부터 얼음왕자로 불려오지 않았던가. 차가운 성격으로도 그리 불렸지만, 냉혹하게 여겨지리만큼 냉철한 지적능력을 놓고도 그리 평한 것이네. 대단한 수재지. 제딘이란 사람 '하마슐드'가 틀림없네. 그 외엔 그런 치밀하고도 완벽한 논문을 낼 사람이 없거든……."

진위야 어떻든 간에 그런 소문들이 떠돌게 되었고 어느덧 인류는 그를 일컬어 '인류의 이단아' 또는 '악마의 화신'이란 대명사를 붙여 부르길 마다 않았다.
그리고 인류가 스강나하르로 이주해오고 그 후로도 오랜 세월이 지나도록 그간의 그의 행적은 오리무중이었다.

8

우주에는 인간이 풀지 못한, 그리고 더 나아가 풀 수 없는 수수께끼들이 이루 헤아릴 수 없을 만큼 많다. 그리고 하나의 수수께끼가 풀리는가 싶으면 그로인해 더 많은 수수께끼가 등장하여 인류를 괴롭히는 것이다.

특히 인간의 삶과 직접 관련된 비밀이라 할 수 있는 생로병사生老病死의 비밀은 부단하게 추적하여 밝혀나가고 있음에도 불구하고 여전히 많은 의문을 낳고 있으며, 그중 가장 두렵게 여겨지는 죽음의 경우 어쩌면 인류로서는 영원히 풀지 못할 수수께끼로 남을 것이다.

의과학과 생명공학이 발달하면서 생로병사의 비밀은 어느 정도 그 윤곽을 드러냈다. 이에 '인간은 어디에서 온 것인가?'란 지극히 철학적인 의문을 누구에게나 예외 없이 제기해왔던 탄생의 생물학적 비밀은 어느 정도 풀렸다. 인간의 신체와 성정性情의 형성 배경과 관련된 의문을 말함이다.

인간은 부모의 유전자코드Genetic Code를 반반씩 물려받아 세상에 태어난다. 그 유전자코드마저 유전병이나 특이체질, 암질환 등과 관련된 유전자적 결함요인을 제거하고, 형질개량을 통해 인위적으로 조작할 수 있게 되어 그로인해 차세대의 인간은 보다 우수한 형질을 지닐 수 있게 되었다.

유전자코드란 자기 자신과 똑같은 특성을 지닌 형질을 자신의 자손을 통해 증식시키려는 생체프로그램으로 육체란 형상을 통해 발현하는 것이다. 따라서 육체란 그러한 생체프로그램을 실현하도록 사전 프로그램에 의해 계획된 성형 틀에 의해 성형된 것에 불과하다.

즉 21세기 한국이란 나라 길거리에서 흔히 볼 수 있는 붕어빵틀에서 닮은꼴의 붕어빵만 생산할 수 있는 것처럼 개犬는 개라는 성형틀에서, 소牛는 소라는 성형틀에서, 인간 또한 인간이란 성형틀에서 생겨나기 때문에 그 겉모습이 거의 유사해 보이는 것이다.

그럼 성형틀이란 무엇인가. 인간의 몸체를 이루고 있는 가장 작은 핵심인자는 세포이다. 그 세포내의 미토콘드리아Mitochondria 속에 염색체가 자리하고 그 염색체에 유전자코드가 배열되어있다. 바로 유전자코드가 각 개체의 성형틀인 것이다.

인간의 유전자코드는 약 30억 개로 추정되는 염기서열로 이루어져 있다. 생물체를 형성하고 생명현상을 영위하는데 필요한 한 세트의 유전자 최소단위를 게놈Genome이라 하는데, 게놈은 22쌍의 상염색체와 1쌍의 성염색체 등 모두 46개의 염색체로 구성된다. 1쌍의 성염색체는 남자인 경우엔 'XY'로 여자인 경우엔 'XX'로 이 한 쌍의 성염색체에 의해 성별이 구분되는 것이다.

인간게놈계획은 30억 개에 달하는 염기서열을 해독하려는 시도로서 유전자의 구조, 유전자지도라 할 수 있는 염색체상의 위치와 게놈의 구조적 본질을 파악하는 작업이다. 이 게놈지도를 바탕으로 유전자기능을 분석하게 되면 어떤 유전자가 어떤 병에 결정적 영향을 미치는지 등이 밝혀짐으로써 유전성 질환 등의 질병을 일으키는 유전자는 교체하거나 기능을 할 수 없도록 사전에 예방이 가능하다.

따라서 1998년부터 진행된 인간게놈 해독작업은 여러 차례의 지연을 거쳐 2013년에 완벽하게 해독할 수 있게 되어 상당수의 유전적 질환이나 병변을 치료할 수 있는 개과를 올렸다. 한동안은 인류를 괴롭혀왔던 온갖 질병이나 질환에서 영원히 해방된 듯 여겨지기도 했다.

그러나 그 이후로도 의과학과 생명과학분야는 상당한 진보를 거쳤음에도 불구하고 면역체계에 위협을 줄 수 있는 새로운 변종바이러스가 수시로 출몰하기도 하는 등 여전히 근본적인 치료나 예방을 할 수 없는 질환이 존재하고 있었으니, 결국 과학자들로서는 온갖 터부를 범해서라도 치유보다 재생 쪽에 더 큰 관심을 기울이지 않을 수 없는 상황을 맞게 된 것이다.

2025년을 계기로 마침내 인류는 죽음을 늦추고 질병으로부터 어느 정도 자유로울 수 있게 된 것이다. 물론 그에 따른 소요되는 비용이 많은 만큼 그 혜택을 누릴 수 있는 인류의 수효도 극히 제한적일 수밖에 없었다.

어쨌든 인간개놈 해독으로 유전인자의 조작이 가능해짐으로서 유전병을 근본적으로 극복할 수 있게 되었으며, 웬만한 질병이나 질환도 예방과 치유가 가능해졌다. 뿐만 아니라 줄기세포증식과 장기복제 연구도 활발해져서 장기이식을 통해 못쓰게 된 장기를 복제된 장기로 교체함으로서 수명도 연장되어 평균수명이 팔십 세에서 백세로, 다시 백이십 세로 고무줄 늘어나듯 연장될 수 있는 계기를 마련한 것이다.

'하씰러'는 제딘이란 필명으로 수많은 논문을 발표하여 의과학과 생명과학분야의 발전에 크게 기여했지만, 그의 실제 살아있는 수많은 인간을 재료로 한 잔혹한 실험에 의해 실증된 이론임이 제기되면서 그의 논문은 배척되었고 오히려 괴팍한 살인마라는 인식을 인류에게 심어주었다.

그때부터 그는 더 이상 논문을 발표하지 않았고 이후부터는 공간이라는 개념과 시간이라는 개념의 실체를 파악하는 연구에 주력하기 시작했다. 시간과 공간을 다스릴 수 있는 자만이 신의 경지에 이를 수 있다는 확신을 갖게 된 것이다.

그는 오랜 시간을 그가 지닌 모든 과학적 지식을 총동원하여 퍼즐 짜맞추듯 짜맞춰나가기 시작했다. 식음도 전폐하고 잠도 자지 않고 한 자리에 화석처럼 굳어져 오로지 깊은 사색에만 전념했다. 마치 가부좌를 틀고 벽면 수도하는 수도승 같은 모습이었다.
그렇게 사색하는 기간도 점차 길어졌다. 사색하는 기간이 육 개월, 또는 1년을 훌쩍 넘는 경우도 많았다. 그 기간 동안 물 한모금 마시지 않고서도 목숨을 잃지 않았으며, 수염이나 머리카락이 자라 앉은 자리 방바닥에 닿을 지경에 이를 때까지 그의 사색은 계속되었다.

걸리버여행기에 나오는 소인국은 달리 해석하면 미물이나 인간이나 다를 바 없다는 인간의 존엄을 빗댄 내용이다. 아무리 작은 생명체라도 환경에 적응하기 위해 진화를 거듭하는 것이고, 생존에 불필요한 것은 추구하지 않는 법이다. 그런 가닥에서 본다면 우주의 모든 생명체들은 생존에 필요한 만큼 진화를 해온 것이고, 그들이 지닌 지능 또한 필요한 만큼 발달시켜왔기에 예외일 수 없다.
인간의 발가락 사이에는 무좀균을 비롯한 온갖 미세한 생명체가 살고 있다. 인간의 눈으로는 그 존재를 식별할 수가 없어 현미경이란 도구가 없다면 무좀균의 실체를 믿지 않았을 것이다. 무좀균에 비하면 몸집도 태산처럼 거대하거니와 만물의 영장이라 일컫는 인간을 굳이 무좀균에 비교하는 것이 우스꽝스럽다 여겨질지 모르나 그 일생을 비교해보면 인간 또한 무좀균보다 별반 나을 것이 없다 여겨진다.
무좀균의 입장에서 보면 인간의 덩치가 너무 크다보니 마치 우주처럼 여겨질 것이고, 역설적으로 인간 또한 우주라 여겨지는 어떤 거대한 거인의 발가락 사이에서 기생하고 있는 미생물에 불과할지도 모른다.
이렇듯 공간을 차지하고 살아가는 생명체마다 공간에 대한 개념이 전혀 다를 수밖에 없는 것이다.
시간의 개념도 마찬가지이다. 하루살이가 하루만 살다 죽는다하여 인간보다 더 짧은 일생을 살다가는 것으로 볼 수는 없다. 인간의 시간과

하루살이라는 미물의 시간이 같을 수가 없기 때문에 인간이 70년을 살다 죽는 것이나 하루살이가 하루를 살다 죽는 것이나 그 삶의 길이는 인간의 시간을 재는 잣대로 측정할 수가 없는 것이다.
우리가 존재할 수 있는 시간을 포함한 공간, 즉 시공간을 4차원으로 정의하고 있으나 그것은 추론적인 것이고, 실제로 시간이란 개념에 불과한 것이지 존재하는 것은 아니다.

'아인슈타인'은 상대성이론을 통해 우주의 모든 것이 영구불변한 절대적인 것이 아니라 운동상태에 따라 모든 것이 달라지는 상대적인 것이라 했다. 즉 빛의 속도에 가까워질수록 시간은 거의 정지상태가 된다는 것이다.
예를 들면 빛의 속도로 날아가는 우주선을 타고 우주여행을 한다면 영원히 늙지 않을 수도 있다는 얘기인데, 우주선을 타고 있는 사람들은 모든 것이 지구에 있을 때나 다름없는 일상생활로 동일한 시간의 경과를 인식하게 되지만 지구에 있는 사람이 우주선을 타고 여행하는 우주비행사들을 볼 때 전혀 늙지 않는 것처럼 보이는 반면에 지구에 있는 사람들이 훨씬 빨리 늙어 가는 것처럼 보인다는 말이다.
지구와 우주선이란 각기 다른 두 세계에 놓여있는 사람은 각각 자신들에게 주어진 시간들이 정상적으로 흐르는 것처럼 느끼며 살아가지만 실제 상대방의 세계에서 시간이 흐르는 속도가 완전히 다르다는 것을 알고는 서로 놀라게 되는 것이다.
상대성이론에 의하면 모든 현상의 추이시간推移時間은 그 현상이 놓여있는 공간의 상태, 즉 중력장에 지배되고, 관측자에 대한 상대운동에도 영향을 받는다. 즉 시간과 3차원 공간은 서로 독립적이 아니라 4차원 시공간으로 생각할 수 있다.
4차원 시공간의 회전을 로렌츠변환Lorentz Transformation이라 하는데,

이 변환에서는 시간좌표와 공간좌표가 대등한 변환을 받는다. 따라서 엄밀한 의미에서 보편성과 균일성, 객관성을 갖춘 절대적 시간은 존재하지 않는다. 시간 역시 빨리 가거나 느리게 갈 수도 있는 극히 유동적이기 때문이다. 그리고 '중력과 가속도는 같다'라는 원리에 의해 중력이 충분히 크다면 빛에 다다르는 속도로 달릴 수 있고 상대적으로 시간이 느려지는 것이다.
물리적 시간 외에 개인의 생리조건에 따른 생리적 시간, 그리고 경험의 질과 양에 좌우되는 심리적 시간도 있다. 예를 들면 같은 길이의 물리적 시간일지라도 유년기의 생리적 변화는 장년기나 노년기의 변화보다 그 정도가 심하다. 또 장년기를 지나면 세월의 흐름이 빠르게 느껴지고, 강렬한 경험이 많이 쌓이면 시간이 길게 느껴지는 등 생리적 및 심리적 시간은 보편적인 물리적 시간에 대하여 주관성이 강한 개인적인 시간이라고 단정할 수 있을 것이다.

어떤 물질이든 그 물질이 지니고 있는 속성은 그 물질을 이루고 있는 분자의 속성에 의해 결정되고 그 분자 또한 특정 속성을 지닌 원자들 간의 조합에 따른 것이다. 마찬가지로 자연계의 모든 생명체들 또한 생명력을 지니고 있는 단위세포들의 결합에 의해 하나의 특성을 갖춘 개체로 살아가게 되는 것이다.
그렇다면 인간 또한 예외일 수 없으니 인간이라는 개체가 하나의 생명체로 살아 움직이듯이 인간을 이루고 있는 모든 장기는 물론, 그 장기를 이루고 있는 단위세포들조차 생명력을 지닌 생명체라 할 수 있는 것과 같다. 그렇다면 인간은 10조 개가 넘는 살아있는 미생물 세포로 이루어진 동물이라 할 수 있다.
하나의 미세한 미생물조차도 우주만큼이나 복잡한 구조와 놀랄만한 정교함을 지니고 있듯이 반대로 거대한 우주 또한 하나의 생명체로써 유지되고 있다. 우주만물이 나름대로의 질서체계를 갖추고 한치의 오차도 없이 영위하여 왔음은 참으로 놀랄만한 일이다.
'하씰러는 그러한 우주의 조화는 어떤 강력한 힘에 의해 조정되고 있음을 확신하게 되었고, 인간 뇌세포의 뉴런처럼 상호 긴밀한 견제와 조정에 의해 유지되고 있음을 알게 되었다. 결국 우주엔 영적 엔레이파시라는 거대한 신경계가 존재하고 있음을 깨닫게 되고 그 정복에 나서게 된 것이다.
그는 참으로 오랜 세월, 극한상황의 고행을 통해 몇 번씩이나 거듭 초인으로 환골탈태換骨奪胎를 거듭했다.

스강나하르로 이주해 온 인류 가운데 파라토피아 권력층 등 극소수의 인간을 제외하고는 절대 다수의 인류들은 점차 지능이 떨어지고 동물적 본능만 발달시켜왔다. 이로써 인류는 극단적으로 양극화되는 역기능을 가져온 것이다.
그러한 상황에서 마침내 전설 속의 인물처럼 여겨왔던 세르데카성 성주 '하씰러183)', 즉 '하마슐드 디 까르디 바스라시182)'가 인류 앞에 다시 모습을 드러낸 것이다.
그에게 내재된 파워는 가공할만하여 파라토피아 권력층은 물론 인류 가운데 그 누구도 그를 거스를 자가 없었다. 그가 추구하는 것은 인류의 제왕적 권력이 아닌 우주의 절대자로서의 지위인 것이다.
'검은 도포에 유난히 하얗게 빛나는 백발과 수염을 길게 늘어뜨린 기인'으로 묘사되고, '신의 경지에까지 오른 초영술超靈術로 초인적 능력을 지녔으며, 시공時空을 자유롭게 넘나들 수 있는 인물'로 전해지는 그에 대한 소문은 인류가 스강나하르로 이주해오면서 인류 사이에 이미 떠돌기 시작했다.
스웨덴 귀족 출신이자 엄청난 부를 지닌 대부호임에도 불구하고 자신의 신분에 전혀 걸맞지 않는 마법과 심령술 따위에 심취되어 괴이쩍은 돌출행각을 일삼아 온 '하씰러', 그는 자신의 모습을 전혀 드러내려하지 않았기에 그때까지만 해도 그를 직접 봤다는 사람은 없었다. 뿐만 아니라 죽음의 격투장 하벤[169]에 모여있는 사람들 중 일부는 하벤에 드나든지 여러 해가 되었으나 그들 또한 '하씰러'의 실제 모습을 보지 못하였기론 마찬가지였다.
특히 세르데카성[160]의 비밀 가운데 일부를 털어놓은 '클레멘티나 체리[162]'의 머리가 호두알만한 크기로 줄어든 사건 이래, 인류는 은연중에 세르데카성과 '하씰러'를 결부 짓는 경향을 보여왔으며, '클레멘티나 체리'의 머리를 호두알 크기로 줄일 수 있는 능력자로 '하씰러'를 거론했다. 그리고 그런 권능을 지닌 그를 신으로 섬기려는 사람들도 날로 늘어갔다.

하벤에 모여있는 관중들은 '하씰러'가 비록 세르데카성의 성주이고, 그가 죽음의 격투를 주관한다 하여 대중 앞에 선뜻 모습을 드러내리라고는 전혀 예상을 못했다. 시공時空을 자유롭게 넘나들고, 신체의 잠재된 에너지氣를 극대화한 초인적 능력으로 신체의 변형이나 변이를 구사할 정도로 엄청난 초영술超靈術을 지닌 인물로 알려진 그에 대해 거역할 수 없는 절대적인 신성神聖을 느끼고 있었다. 그로인해 심한 두려움에 떨면서도 그와 같은 신비로운 인물을 마주 대할 수 있다는 것에 대해 대단한 자부심마저 느꼈다.
이후 하벤에서의 피의 축제는 계속 이어졌다. 그리고 격투장에 드나드는 사람들도 늘어갔다. 따라서 '하씰러'를 신으로 섬기는 추종자들의 수효도 날로 늘어갔다. 보다 잔인한 방법으로 보다 더 혹독한 고통을 주기위해 갖은 방법이 다 동원되었다.
하벤엔 파라토피아 원로원 의원들도 모습을 드러내기 시작했고, 언제부턴가 파라토피아 대통령도 자리하기 시작했다.

[제5화]

열기가 확산되는 '미르올림피아'

The Fire of the Mir Olympia

로봇의 전쟁
철鐵의 투사 '우루수스'

1

이야기는 다시 과거로 돌아간다. 스강나하르로 이주해 온 인류는 고도로 발달한 문명과 첨단과학으로 인류 역사상 처음 맞는 최고조의 번영과 물질의 풍요를 누렸다.
외형상 가난한 자가 없고 핍박받는 자가 없으며, 굶주리거나 추위로 또는 목마름으로 고통 받는 자가 없어졌다. 병들어 신음하거나 불구의 몸으로 남들의 따가운 눈총을 받는 자도 없어졌다. 부자도 없고 군림하는 자도 없고 은행 갱도 없고 마피아도 없고 조폭도 없었다. 그러니 경찰도 없을 수밖에…….
그렇게 외견상으로는 지극히 평화롭고 모든 것이 마냥 더할 나위 없이 좋아보였다. 그러니 인류는 별 생각 없이 그저 먹고 마시고 즐겁게 하루하루를 소일하며 지낼 수 있었으니, 머릿속은 자연스레 텅텅 빌 수밖엔 없었다.

먼저 과거 지구시절의 인간들이 꿈꿔왔던 소망들을 살펴보자.

첫째, 지구인들은 돈을 많이 갖길 원했다. 그것도 아주 많으면 많을수록 좋은 것이라 여겼다. 대부분 사람들은 돈에 깔려 죽는 것을 최고의 횡사로 여기기까지 하였다. 왜냐하면, 돈 가지고 못하는 것이 없을 정도였으며, 개 중에는 죽었던 사람도 살려낼 수 있다고 굳게 믿었다.
돈만 있다면, 이태리 최고급 레스토랑에서 가장 값비싼 원숭이골요리, 곰발바닥요리, 제비집요리, 타조간요리 등 최고급요리를 매일같이 배불리 먹을 수 있었을 것이다. 그리고 옷 한 벌에 2만 달러를 호가하는 최고급 맞춤옷과 3만 달러짜리 오리지널 스위스무브먼트 롤렉스 금장시계를 차고 다닐 수 있었을 것이다. 여성의 경우엔 10만 달러가 넘는 금망사에 다이아가 촘촘히 박힌 값비싼 팬티를 입을 수도 있었을 것이다.
그뿐이랴! 하얀색과 황금색으로 멋들어지게 단장된 대저택을 구입할 수 있었을 것이다. 드넓은 금잔디가 깔린 정원에는 청옥으로 깎아 만든 아기천사의 찌찌에서는 맑은 물이 콸콸 쏟아지는 분수대가 놓이고, 대리석으로 시공한 야외풀장에서 지겹도록 일광욕을 즐길 수 있었을 것이다.
매일매일 우아한 선남선녀를 초대하여 파티도 마음껏 벌릴 수 있었을 것이다. 번쩍이는 초대형 리무진승용차에 풀 먹여 빳빳하게 레지기를 세운 제복의 운전기사가 부동자세로 대기하고, 수많은 하녀와 하인들이 허리 굽혀 굽실굽실 대령하고 있어 눈짓만으로도 그들을 부릴 수 있었을 것이다.
아무리 미모와 교양미가 출중한 고고한 미인이라도 '1억 달러 주겠으니 시집오라'고 해봐라, 마다하겠는가? 그러니 돈 가지고도 할 수 없는 것이 세상에 뭐가 있었겠는가?

둘째, 지구인들은 자신이 대단히 잘난 사람으로 인정받기를 원했다. 정치가나 권력자가 되고자 했던 사람, 박사나 대학교수 등 지식인이 되고자 했던 사람, 시인이나 소설가 등 작가로서 인정받고자 했던 사람, 화가나 조각가 등 예술가로서 인정받고자 했던 사람, 판검사나 저널리스트나 앵커나 등등 전문 지식인이 되고자 했던 사람 등등.

그런데, 사람들이 그 자리에 오르고자 하는 것은 오로지 잘 사는 나라를 만들기 위해서도 아니요, 인류를 위해서도 아니다. 후배양성과 인류사회에 이바지하기 위해서도 아니요, 예술에의 투혼을 불사르려함도 아닌 것이다. 그렇다고 사회정의를 실현하기 위해서도 아닌 것이 오로지 제 잘난 걸 과시하고자 하는 심리가 저마다의 가슴속 저변에 깔려있기 때문이다.

왜냐하면, 유명하지 않은 정치인이 맥 쓰는 것을 보셨는가? 반대로 말발 좀 센 정치인치고 유명하지 않은 사람 보셨는가? 유명하지 않은 소설가의 책을 그 어느 누가 사 보겠는가? 유명하지 않은 대학교수한테 누가 수강신청을 하려들겠는가? 어쨌든 인간은 남한테 인정받으려하고, 그 인정받는다는 것은 결국 유명해지는 것이 지름길일 수밖엔 없는 것이다.

진실로 인류애를 발휘하여 사회사업하는 양심적인 사람들이 어쩌다 '가뭄에 콩나듯'이 있긴 있다만, 대부분이 사회사업을 빙자하여 세금이나 축내는 도적들이 더 많음을 부인하는 사람은 없을 것이다.

기타 하고자 하는 짓거리들이 엄청 많았다지만, 양파껍질 벗기듯이 한꺼풀 한꺼풀 벗기다 보면 언젠가는 속살이 다 드러나는 법이다. 결국 마지막에 드러나는 실체는 오로지 '자기 자신밖에 모르는 게걸스러운 욕심'이라는 것이다.

2

스강나하르로 이주해 온 인류는 먼저, 그 고된 노동으로부터 완전히 벗어났으며, 각종 제한을 강요하는 온갖 규제와 의무로부터 해방되었다. 유아기 때부터 성인에 이르기까지 지겹게 이어지던 의무적이고도 반 강제적인 교육제도도 없어졌다.
가족이란 기초단위도 해체되어 철저한 '1인1실' 독거시대로 들어섰다. 부모형제, 일가친척들은 지구에 불어닥친 대참사로 대부분 잃게 되었지만, 어쩌다 살아남은 그러한 사람들과의 관계는 새롭게 바뀐 인류관에 의해 과거와는 사뭇 다른 것이다.
위계질서가 무너지고, 또 강력한 카리스마를 갖춘 리더가 없는 사회란 쉽게 타락하고 쉽게 병들게 되어 있다. 그래서 '버릇없는 인간이란 채찍으로 다스려야 하는 동물'이란 옛 명언도 있지 않던가?
왜냐하면 인간을 지배의식구조로 나누어 볼 때 '다스리려는 인성人性인자를 가진 인간'이 0.1%라면, '다스림을 받으려는 인성인자를 가진 인간'이 99.9%를 차지하고 있는 사회적 동물인 까닭이다. 즉, 한 사람의 지배자가 나머지 사람들을 지배하여 온 것은 이미 반만년 인류의 역사에서 확인되어 왔지 않던가?

옛날에야 가정에서는 엄연히 부모자식간의 관계가 있었고, 학교에 가면 선생과 제자, 선배와 후배의 관계가 있었다. 군대에서는 고참과 졸병이라는 계급에 따른 관계가 있었고, 직장에서는 상사와 부하직원이란 관계가 있었다.
그렇듯 위계질서가 확실한 사회에서는 이것저것 가릴 줄도 알고, '먼저'라며 사양하는 미덕도 있었을 터다. '존경하는 척, 두려워하는 척'

등등 어려워하는 척이라도 하였겠지만, 스강나하르에서는 그런 것들이 통하지도 않겠지만 굳이 따지려드는 자들도 없었다.
반대로, 위계질서가 없는 사회란 상당히 고무적이고 편리한 것 같아 모두에게 두루뭉실 좋아보이겠지만 알고 보면 반드시 그런 것만은 아니다. 누구의 눈치를 볼 이유가 사라졌으니 모두가 다 제가 제일 잘난 것 같고, 제 잘난 맛에 살게 되는 것이다.
최고조의 번영과 물질적 풍요를 누리게 된 이주 초기에는 인류 모두가 너무나도 화기애애하여 '남他이 나自인 것 같기도 하고, 또 내가 남인 것 같기도 하여' 누가 뭐라고 크게 잔소리하지 않아도, '민중의 지팡이'가 있어서 눈을 부라리지 않아도, '인류를 위하여!'라는 대의명분으로 스스로 법도 잘 지키고 남을 제법 위할 줄도 알았으며 양보할 줄도 알았다.
그러나 수명은 마구 연장되었고, 또 하루해도 지구에 비해 5.72배나 길어졌다. 그런 이유들로 시간은 남아돌고, 또 할일이라고는 늘어지게 자고나서는 먹고 마시고 놀고 즐기는 것이 고작인 인류는 그짓도 한두 해나 일이십 년이지 어떻게 마냥 그러고만 있을 수 있겠는가? 더군다나 위계질서도 강력한 카리스마도 없는 세상에서 말이다.

그래서 처음엔 극히 일부의 당돌한 인간들에 의해 조심스럽게 일탈을 꿈꾸어 오다가 마침내 일부는 실행으로 옮기기 시작하였고, 많은 인류들이 이에 동참하기 시작한 것이다.
일탈이 무엇이던가?
'하지 말라는 것을 하고자 하는 것'이 일탈이 아니던가?

3

파라 1년1월15일, 스강나하르 제5구역 드넓은 '마魔의 질곡疾谷'.
모래와 괴석으로 뒤덮인 수억 평방미터, 거칠 것 없이 광활하고도 황량한 곳에 직경이 30km쯤 되는 정원형의 거대한 〈미르비시Mirbishi[192]〉분화구가 생성되어 있다.
그 분화구 윗부분으로 둘러가며 수천 기의 방갈로가 가지런히 늘어서 있고, 방갈로 타워 부위에는 저마다 형형색색의 갖가지 대형 깃발들이 거칠게 불어오는 바람에 거세게 나부끼고 있었다.
흡사 지구시절 제2차 세계대전 당시, 나치와 대치하고 있던 '사막의 여우' 롬멜Erwin Johannes Eugen Rommel의 기갑사단 부대처럼……. 그리고 그들 방갈로 밑쪽의 분화구 바닥 부분에선 시커먼 흙먼지들이 뭉클뭉클 피어오르고 있었다.

"캬오……!"
"우르르르릉…… 쿵!"
"크아악…… 피우웅……!"
"콰르르르…… 릉!"
"콰콰콰쾅…… 쩌르릉……!"
"우릉…… 우릉……."
"콰당!"
"삐이이이익……!"
흙먼지 사이사이에서는 금속성 물체들이 언뜻 보였다가는 다시 흙먼지 속으로 파묻혔다. 그 물체들은 수천 기에 이르는 격투로봇으로 서로 엉겨붙어 싸우고 있는 중이었다. 이미 천여 기의 로봇들은 부서진 채로 여기저기 널브러져 보기에도 끔찍한 형상이었다.

그 로봇들은 〈로펑Ropuong[193]〉으로 불리며, 로펑의 실력을 겨루는 격투대회 공식 명칭은 〈미르올림피아Mir Olympia[194]〉이다.
지금 벌어지고 있는 대회는 제1회 미르올림피아로서 1월16일까지 이틀에 걸쳐 이어지는 로봇 격투대회인 것이다.

미르올림피아에는 파라토피아정부에서 정한 몇 가지 제한이 있었다.
첫째, 발사되거나 폭파되는 폭탄류는 물론, 일체의 화학물질은 사용을 금하고 있다.
둘째, 철저한 규격제한으로 로펑의 몸체와 그가 사용하는 무기의 총부피는 122세제곱입방미터를 넘지 못하고, 총무게는 215톤을 넘지 못한다.
셋째, 로펑의 몸체나 무기 등은 그들 로펑을 조정하는 사용자가 직접 설계하는 것을 원칙으로 한다.
넷째, 격투장은 미르비시분화구로 제한되어 있다.
다섯째, 최종 승자에겐 '미르의 월계관'을 씌워주지만, 패자에게 어떠한 조건도 요구할 수 없다.

로펑에겐 폭탄과 화학물질 외엔 칼이든 창이든 몽둥이든 튼튼한 이빨이든 물리적인 무기일 경우엔 어떠한 형태나 재질사용을 규제하지 않았으며, 로펑 몸체의 사용재질이나 형태 등엔 제한이 없었다.
로펑의 크기나 형태는 각양각색이었다. 키는 50미터나 되면서 몸체는 가늘가늘한 로봇이 있는가 하면, 키는 2미터가 채 안되면서도 넓적한 원통형의 로봇도 있다. 또 몸통은 아예 없고 대신 거대한 머리에 무시무시한 송곳니로 가득 찬 큰 입이 절반 넘게 차지하는 로펑도 있는데, 물어뜯는 것이 특기인 동물 망구이앙을 모델로 한 것이다. 어떤 로펑은 다이아몬드보다 경도가 훨씬 뛰어난 듀알크롬을 사용하여 만든 강력한 회전톱날을 무기로 사용했다.

그들 로펑들은 대회가 시작된 초기에는 홍과 백, 두 패로 나눠져 싸우지만 한쪽의 로펑들이 모두 부서져 기능을 상실하게 되면 이긴 패 역시 또 두 패로 나뉘어 최후의 승자 하나만 남을 때까지 계속 싸우게 되어있다.

격투용 로펑들은 튼튼한 몸체와 민첩한 움직임, 강력한 파워 외에도 상대 로펑를 재빨리 분석할 수 있는 데이터베이스와 판단력, 대응력 등 뛰어난 두뇌회전과 순발력을 요구하고 있었다.
로펑에는 스스로 방어하고 상대를 공격할 수 있는 인공지능이 부여되어 있다. 그러나 로펑을 최종 컨트롤하는 것은 결국 방갈로 안에서 지휘하는 사람들이다. 그들은 로펑에 부착되어 있는 여러 개의 '투시안'을 통해 격투현장을 지켜보며 상대 로펑의 움직임을 관찰하고, 이에 대응하는 것이다.
그러한 로펑의 격투대회 미르올림피아는 통상 일년에 6회 개최되며, 최후의 승자 하나를 가리기 위해 짧게는 2일, 길게는 5일이 소요되었다. 미르올림피아는 일체의 매스컴중계를 허용하지 않을 뿐더러 일반인의 참관도 허용하지 않는다.
미르올림피아에서 '최후의 승자' 지위에 3회 이상 오르게 되면, 마의 질곡 입구에 마련된 〈겟사르Gettsar제단[195]〉에 그 로펑의 실체를 전시하고 그를 조정한 사람의 이름이 '황금패Gettsar Golden Board'에 오르게 된다.

초기의 로봇격투대회는 무료한 생활에 염증을 느낀 소수의 사람들이 모여 공사현장에 투입되는 노동로봇을 이용, 그들 로봇을 개조하여 격투를 시키기 시작하였다. 노동로봇은 느리기는 하지만 덩치가 크고 단단한 재질로 만들어졌기 때문이다.
처음 그들은 파라토피아정부에 전투로봇을 제공하도록 수차례에 걸쳐 강력하게 요구하였으나, 파라토피아 원로회의 〈로열챔버쉽Royal Chambership[196]〉에 의해 거부 당했다.
로열챔버쉽은 국가 중요안건을 결정하는 의결기구로, 전 현직 대통령들과 명예의 전당에 헌정된 인사들로 구성된 유일한 스강나하르의 통치기구이다. 또한 로열챔버쉽은 입법과 사법, 감찰기능도 함께 갖고 있다.
로열챔버쉽의 단호한 결정에도 불구하고 그들은 끊임없이 정부를 상대로 항의를 하고, 멤사스센터 앞 빌모어 잔디광장에 모여 꽹과리를 뚜드리고 나팔을 부는 등 계속 시끄럽게 굴면서 말썽을 피웠다. 그런데 의외로 이 항의소동에 동조하고 참여하는 사람들이 계속 불어났다.
"야! 너무 신난다."
"심심한데 잘됐다. 나도 한번 가담해 볼까?"
"로열챔버쉽을 해체하라!"
"우리에게 자유를!"
"아무도 우리의 권리를 막을 수 없다."
사람들은 그러한 집회가 너무 오랜만인지라 신기하기도 하였고, 갑갑하던 차에 잘됐다며 별 의식 없이 너도나도 항의집회에 끼어드는 것이었다. 그래서 한창 때는 100만이 넘는 항의군중들이 모여들어 파라 1년 1월 1일에 있은 파라토피아 개국행사 때 참여한 350여만 명 집회이래, 최대의 군중 동원이라는 기록을 세운 것이었다.
매스컴들도 연일 '현 정부와 로열챔버쉽의 처사가 극히 인권을 억압하는 부당한 권력남용'이라며 군중의 시위를 부추겼다.
상황이 그 지경에 이르자 마침내 로열챔버쉽은 '전투로봇은 국가 초비상사태나 스강나하르의 위기상황이 아니면 결코 동원될 수 없다. 전투로봇들의 무기들은 엄청난 파괴력과 살상력을 지녔기에 잘못하면 인류와 스강나하르의 생태계에 큰 피해를 줄 수가 있기 때문이다. 대신, 공사현장에 투입되는 노동로봇을 격투용에 맞게 보완하여 사용해도 좋다'는 허락을 하기에 이르렀다. 그리고 마의 질곡에서만 그러한 행사를 할 것 등 몇 가지 조건을 내건 것이다.
당시 스페이스넷 매스컴들은 정부와 원로회의의 결정에 대해 다음과 같이 논평하였다.
"오랜만에 거둔 민중의 승리"
"인간은 빵만으로는 살 수 없음이 입증되었다"

4

로봇의 격투대회에 관심 갖는 사람들이 점차 늘어나면서 로봇격투와 관련된 각종 연구모임이 활발해졌다. 처음엔 단지 친선모임 정도였으나 시간이 가고 격투대회가 거듭될수록 투지력이 점점 거세지는 것이었다.
"근데 왜 이렇게 재미가 없지?"
"로봇이 힘이라고는 젬병 너무 없어."
"이게 고철인지 고물인지 영 구분이 안 가네?"
"로봇은 우선 덩치가 커야 하는 거야."
"꽝! 하고 한방에 상대 놈을 박살내야 기분이 후련해 질 건데."
로열챔버십의 우려에도 불구하고 그들은 로봇의 대형화와 각종 무기의 사용을 규제하지 말 것을 강력히 요구하게 되었다. 그래서 여러 차례의 합의과정을 거쳐 점점 더 크고 강력해진 로봇을 출전시키게 된 것이다.

철鐵의 투사 〈우루수스Urusus[197)]〉는 일본계 청년 〈모리자와 도끼야로Morishawa Dokiyaro[198)]〉의 격투용 로봇이었다. 그는 청년이라고는 하지만 지구연도 서기 2002년3월생이니까 실제나이는 217세가 된다. 그러나 지구에서 드림언더스페이스100 프로그램이 전개되기 직전까지 73년, 그리고 제2차 이주대열에 끼일 때까지 대기한 기간이 31년, 스강나하르까지 오는 동안의 15년 등 냉동상태로 보낸 기간만 119년이나 되며 그 냉동기간을 나이로 치지 않고 빼더라도 지구나이로 이미 파파할아버지인 98세에 해당된다.
반대로 그의 두 살 아래 동생 〈모리자와 겐따로Morishawa Gentaro[199)]〉는 냉동되지 않고 살아왔으므로 '도끼야로'와 겉모습만 비교하면 오히려 그의 아버지뻘쯤 보일 정도로 늙어있었다.
처음 몇 년간에 걸쳐 미르올림피아에 한 번도 빠짐없이 출전했던 도끼야로는 대회 첫날을 못 버티고 자신의 로봇이 무참히 박살나는 것을 수도 없이 목격해야 했다. 유난히 투지력이 강했던 그는 그럴 때마다 자신의 머리칼을 죄다 쥐어뜯어서 머리털이 남아나지 못하고 결국 대머리가 되었다.
물론 의료기술의 발달로 머리재생은 별문제가 되지 않았으나, 중국의 그 유명한 와신상담臥薪嘗膽의 고사古事를 기억해내고는 그런 각오로 대머리인 채 살아 온 것이다. 물론 스강나하르에는 '도끼야로' 말고도 나중에 나오겠지만 대머리가 하나 더 있기는 하다.
〈템페스트Tempast[200)]〉위성에서 치러지는 〈머드랜드페스티벌Mudland Festival[201)]〉로 유명한 〈마크트웨니Mark Twenty[202)]〉의 친구이자 동료인 〈세로니비치Seronibichi[203)]〉가 바로 그 대머리인데, 이 '세로니비치'는 '도끼야로'처럼 머리를 뜯어서 대머리가 된 것이 아니고 원래 체질상 대머리인 점이 다를 뿐이다.

'우루수스'는 '도끼야로'의 끈질긴 투지와 인내의 소산이었다. 생김새는 고대 로마시대의 호민관 같이 머리엔 외줄의 간자크 깃털장식을 한 투구와 은빛 갑옷을 입고 등에는 길게 늘어뜨린 망토를 걸쳤으며, 온

몸을 가릴 듯한 거대한 방패와 날렵하고 긴 검을 무기로 하였다. 키는 23m에 체형은 떡 벌어진 건장한 사람의 모양으로 만들어졌다. 멀리서 보면 로봇이 아니라 마치 고대 로마의 장수가 살아서 온 듯 아주 멋들어진 모습이었다.

근육질의 몸매는 다이아몬드보다 경도가 뛰어난 듀알크롬과 충격에 강한 드롱의 합성금속인 〈듀알롱Dualong[204]〉을 0.3mm 굵기의 금속실로 가공한 다음, 새끼줄 꼬듯 엮어 그것으로 금속 천을 만들고 이를 다시 탄성이 뛰어나고 고무보다 훨씬 질긴 우르사이나무의 열매껍질 성분 〈라바섬Rubber Seom[205]〉으로 틈새 공간을 메워 조형彫型하고, 마지막으로 4,300도 이상의 고온에 고열처리하여 만들었다. 투구와 갑옷, 그리고 방패는 듀알크롬과 수지편의 합성금속 듀알수지에 특수고강도 스테인리스로 도금을 하였다.

긴 검은 듀알크롬과 특수 스테인리스의 합금으로 특수열처리에 의해 듀알크롬의 경도를 유지하면서도 뛰어난 탄성을 지니게 하였고, 다시 표면에 특수 스테인리스로 도금을 하였다.

'우루수스'의 출현은 로봇격투계에 하나의 센세이션이었다. 민첩한 몸놀림은 타 로봇의 추종을 불허하였고, 그 특수근육질 몸체는 어떠한 충격이나 타격에도 끄떡없었다. 어떠한 예리한 무기로도 손상을 입힐 수 없는 특수근육과 강력한 검의 위력 앞에 남아날 로봇이 없었다.

따라서 '우루수스'는 〈오메가젯Omegazet[206]〉이란 새로운 적수가 나타나기 전까지 장장 7승에 이르도록 적수가 없는 천하무적으로 이름을 떨쳤으며, 그 기록은 이후에도 갱신이 되지 않고 있었다. 따라서 '도끼야로'의 기고만장은 하늘 높은 줄 모르고 치솟기만 하였다.

'우루수스'는 원 상태대로 복원되어 겟사르 제단에 전시되고, '도끼야로'의 이름은 황금패에 올랐음은 물론, '우루수스'에겐 별도로 '철의 투사'란 영웅칭호까지 부여받게 된 것이다.

[제6화]

겟사르 제단의 황금패

Gettsar Golden Board of Gettsar

'진사오'와 '빅마운테스'

1

"슈슈슈슈슈슛……!"

"콰과과과과광…… 콰르릉……!"

"슈~~~~~~~~~~~~~ 우웃!"

"피우웅~~~~~~~~~~~~~ 콰르릉!"

"콰당!"

"크르르르릉……!"

"퍽!"

"으샤샤샤샤샤샤~~~~~~~~~~~ 카르릉!"

"쾅!"

"~~~~~~."

"……?"

"……!"

"……."

"와…… 드디어 해냈다……. 만세!"

60대로 보이는 한국계 〈진사오Jin Saoh[207]〉가 방갈로에서 문을 박차고 뛰어나오며 고래고래 고함을 질러댔다. 그가 파라 2년11월15일부터 개최된 제12회 로봇격투대회 미르올림피아에 처음 출전한 이래, 지난 4년간 거의 20회를 내리 이 미르올림피아에 빠짐없이 출전하였으나 번번이 참패했기에 이날의 첫 승리는 그에게 있어 우주를 통째로 얻은 것만큼이나 가슴 벅찬 것이었다.
"나, 지금 당장이라도 죽고 싶을 정도로 너무 기분이 좋다……!"
진사오는 무릎을 꿇은 채 두 주먹을 불끈 쥐고 하늘을 우러렀다. 승자의 기분이 어떠한 것인지 처음 느껴 본 그로서는 그 순간 차라리 죽고 싶은 심정이었다.
"나를 죽이고 싶은 놈 있다면 나 좀 죽여 다오~!"
'진사오'는 방갈로가 즐비하게 놓여있는 미르비시분화구 위를 뛰어다니며 연신 고래고래 고함을 질렀다. 머리에 덮어 썼던 〈헤드캡Head Cap[208]〉을 분화구 속으로 집어던졌다. 가슴을 쥐어뜯고 바닥에 주저앉아 땅바닥을 치며 '엉엉' 통곡하는 그에게 열댓 명의 사람들이 몰려들었다.
"'진사오'……!"
"축하한다!"
"너무 멋졌다. 그리고 너무 부럽다."
"빅마운테스, 작은 덩치로 정말 대단하다!"
"그 상대 로봇 약 올리며 도망 다닐 땐 정말 밉살스럽더니만……."
"짜식~! 드디어 해냈구나!"
"그 가시침 정말 대단한 무기였다. 어찌 그런 걸 다 생각해냈나?"

"근데 너무 섬뜩하더라. 어찌 그럴 수가 있냐? 그 까시말이다. 꼭 살아 있는 회충 같더라."
"넌, 우리의 진정한 영웅이다."
3박4일도 넘게, 정확히 말하면 파라 6년3월15일 오전8시부터 시작된 이번 로봇격투대회는 3월18일 오후11시32분42초에 〈빅마운테스Big Mountess[209]〉가 마지막 남은 상대 로봇 〈워털루워어Waterloo War[210]〉를 파괴함으로써 대장정의 막을 내렸다.
대회에 소요된 시간은 정확하게 87시간32분42초가 걸린 것이다. 지구시간으로는 5.72배를 곱해야 되니까 무려 20.83일, 그러니까 장장 21일간에 걸쳐 싸운 셈이다. 이 기나긴 싸움 끝에 단 하나 남은 최후의 승자 자리는 '진사오'의 격투로봇 '빅마운테스'에게 돌아갔다.

미르올림피아를 32회 치루는 동안 최후의 승자 지위를 3회 차지한 로봇이 모두 4기에 이른다. 16회, 19회, 21회, 22회 대회 등 4승 기록을 달성한 〈즌마몬사네Znmamonsane[211]〉와 23회, 24회, 25회 대회 등 3승을 기록한 〈미도도Midodo[212]〉, 그리고 28회, 29회, 30회 대회 등 3승을 기록한 〈즈글레Zgle[213]〉가 바로 그들 로봇이다.
그들에 앞서 미르올림피아를 파라토피아 정부로부터 정식으로 승인받은 제1회 대회 때부터 제7회 대회 때까지, '오메가젯'이란 적수로부터 참패를 당할 때까지 우승행진을 기록해 온, 즉 7연승의 대기록을 보유한 로봇도 있다. 바로 일본계 청년 '모리자와 도끼야로[198]'의 '우루수스[197]'라는 로봇이다.
'모리자와 도끼야로'는 그의 격투로봇인 그 유명한 철鐵의 투사 '우루수스'가 이룬 7연승과 함께 최후의 승자 머리에 씌워주는 미르의 월계관도 일곱 번이나 썼고, 황금패에도 두 번이나 연속 이름이 오른 전설적인 인물이다. 그는 미르올림피아 극성 매니어뿐만 아니라 전 파라토피아인들 사이에 모르는 인간이 없을 정도로 명성이 자자하였다.
‘우루수스’의 7연승 기록은 영원히 깨뜨릴 수 없는 신화로 존재할 것이다. 왜냐하면 갈수록 로봇격투대회가 점차 치열해갔고 등장하는 로봇 또한 갈수록 첨단화되어 2연승은커녕 우승조차 이루기란 하늘의 별 따기만큼이나 어려워졌기 때문이다.
그외에 마의 질곡 입구에 마련된 겟사르제단[195)]에 전시는 못 되었을망정 2승으로 끝난 로봇 3기와 1승으로 끝난 로봇도 8기가 있었다.

2

이번 32회 미르올림피아에 출전한 로봇만 무려 1만3천6백74기로 대회사상 최대 규모인 셈이었다. 직전대회로 파라 6년1월15일부터 개최된 31회 대회 땐 1만4백93기가 출전한 것과 비교하면 이번 대회 땐 3천2백기 가까이 참가자가 더 늘어난 것이다.
그러나 참가 로봇의 늘어난 숫자만이 대수가 아니었다. 매 회마다 출전자들의 로봇들이 자꾸 업그레이드됨으로써 로봇의 성능이 점차 보강되어 최강의 자리란 ‘낙타가 바늘구멍으로 들어가는 것’보다 더 어렵다.
직전대회 때를 보더라도 우승자인 네덜란드계 할아버지 〈슈슈왈드Shushu Wald[214)]〉의 〈쟈이안트멀로우Giant Merlot[215)]〉란 로봇은 물론, 중국계 여성 〈쟝마르소Jang Marceau[216)]〉의 〈우먼헬롱Women Hellong[217)]〉이나 필리핀계 앵커 〈바비리아쇼넷Babiria Sowernet[218)]〉의 〈바비리아컴온Babiria Comon[219)]〉은 비록 '쟈이안트멀로우'에겐 패했을지라도 대회 참가자 모두의 간담을 서늘케 했던 괴물이었다.
'쟝마르소'는 직전대회에 첫 출전을 한 중국계 여자로 원래 우주과학자였다. 한동안 〈피저리피아Pijeripia[220)]〉, 지구로 치면 달팽이경주대회와 비슷한 경주로 스강나하르에서 가장 통제하기 어렵고 그러면서도 느린 편에 속한 〈피저리Pijeri[221)]〉란 동물을 조련하여 출전시키는 경주에 매료되어 로봇격투에는 관심이 없었다.
그런데 얼마전에 사귄 〈제이드Jeide:남성섹스파트너를 일컫는 용어[222)]〉로부터 로봇격투의 스릴에서 오는 긴장감과 통쾌감이 상당하다는 것을 알게 되어 '우먼헬롱'을 출전시켰다.

'우먼헬롱'은 고대 중국의 미녀 '양귀비'를 재현하여 만든 로봇인 만큼 그 빼어난 외모는 역대 격투로봇 가운데에서 단연 압권이었다. 그만큼 우아한 곡선미와 노골적인 교태까지 갖추고 있어, 한들한들 춤이라도 춘다면 아무리 무지막지한 로봇이라도 인간지능을 앞선 고도의 인공지능을 갖추고 있는 이상 그 고운 몸체에 상처를 낸다는 것엔 망설임이 따를 수밖엔 없을 것이다.
'우먼헬롱'은 상대 로봇의 그 주춤거리는 순간을 이용하여 전광석화와 같이 상대 로봇의 중추신경에 해당하는 부위를 예리한 〈나카르트광Nacart Rays[223)]〉으로 손상시켜 더 이상 움직이지 못하는 고철로 만드는 것이다. 이 나카르트광은 어떠한 물체라도 관통시키고 절단할 수 있는 인공광人工光으로 레이저보다 더 강력한 투사력과 파괴력을 갖고 있는 광선이다.

‘우먼헬롱’은 직전대회에서 새롭게 선뵌 또 하나의 강력한 무기가 있었다. 키가 28미터에 이르는 ‘우먼헬롱’은 자신의 키보다 3배나 더 긴 86미터에 이르는 채찍을 휘둘렀다. 그 채찍은 손잡이 가까운 곳의 가장 굵은 부위가 지름이 38센티, 중간부위가 22센티, 가장 가는 부위가 8센티로 전체 채찍모양으로 볼 땐 다소 가늘게 보이지만 그 파괴력은 실로 혀를 내두를 정도였다.
그 채찍으로 상대 로봇을 후려치면 그 긴 채찍이 상대 로봇몸체에 감기면서 강력한 전류를 내뿜는 것이다. 그때 순간적인 전류량은 76만 메가 볼트로 웬만한 로봇은 감전되어 그 자리에서 혼절해 버린다.

‘바비리아컴온’은 앵커 출신이 설계한 것 답게 상당히 시끄러운 것이 주무기였다. 2백 데시빌dB만 넘어도 얼마나 시끄러운가? 인간의 고막을 피열하고도 남을 것이다. 근데 ‘바비리아컴온’은 무려 2만4천 데시빌의 목소리로 떠들어댔다. 2센티 두께의 강철판도 찢겨질 파괴력으로 사전 경고가 없었더라면 참가자 모두가 갈가리 찢겨지는 비운을 맞았을 것이다.
“컴온……!”
“빨리 와라! 컴온!”
“푸딱 오라니깐 컴온!”
‘바비리아컴온’은 상대 로봇의 약을 바짝 올려가며 큰 소리로 외쳐댔다. 자신의 가슴을 주먹으로 ‘탕탕’치거나 손바닥이 하늘 쪽으로 들리게 하고 그중 가운데 손가락을 구부리며 ‘이리 와봐라’의 옛 영어 발음 ‘컴온’을 외쳐대는 것이다. 그러한 행동이 멋쩍은 로봇을 기죽게 할뿐 아니라 성질 고약한 로봇의 화를 돋우는 것이다.
물론 그 목소리의 진동을 정통으로 맞은 로봇은 정신이 얼얼하여 판단이 흐려지고 전의戰意를 잃을 뿐만 아니라, 통신체계가 마비되어 방갈로 안의 주인하고도 통신 자체가 두절되어 주인으로 하여금 머리를 연신 쥐어뜯게 만드는 것이다.

'쟈이안트멀로우[215]'란 로봇만 하더라도 격투 끝에 마지막 남은 1백여 기의 로봇 속에 포함되어 있었다. '슈슈왈드'는 2연패를 노리고 직전대회 때보다 훨씬 더 진보된 무기를 보강하여 이번 대회에 출전한 것이다.

직전대회 때 '쟈이안트멀로우'가 보여준 〈파라닥터Para Doctor[224]〉란 무기만 하더라도 그 파괴력은 엄청난 것이었다. 마치 우주의 블랙홀을 축소한 듯 강력한 흡인력을 지닌 깔때기처럼 생긴 무기는 상대 로봇몸체에 들이대면 깔때기 내부의 강력한 소용돌이 속으로 빨려들어가 잘게 썰린 듯한 조각으로 분해되어 배출되는 것이었다.

'파라닥터'는 깔때기형상 안쪽의 표면에 박힌 수억 개의 미세한 특수기둥들이 진동자 역할을 하여 극히 미세한 진동도 그 파장을 수십억배로 증폭시키는 옛 지구시절의 청진기원리를 이용하여 만든 것이다.

그리고 이번 대회 때 '쟈이안트멀로우'가 새롭게 선보인 무기는 〈드롭해머Drop Hammer[225]〉란 것으로 한번 상대 로봇을 내리치면 그 압력이 2만4천 톤, 속도가 시속 1천2백 킬로미터에 이를 정도여서 맞아서 안 부셔지는 로봇이 없고, 그 내리치는 속도도 어찌나 빠른지 제대로 피할 수 있는 로봇도 별로 없었다.

'빅마운테스[209]'도 그 드롭해머에 맞았으나 다행히 간발의 차이로 피할 수 있어서 왼쪽 어깨 부위에 작은 손상을 입는 정도로 끝날 수 있었다. '빅마운테스'는 워낙 교활한 지능이 있는지라, 부상 직후 잠시 격투현장을 벗어나 손상 부위를 스스로 응급복원을 하였다. 그리고 '빅마운테스'의 냉철한 관찰력과 분석능력은 타 로봇의 추종을 불허할 만큼 뛰어났기에 드롭해머의 교묘하게 감추어진 약점을 발견할 수 있었다.

드롭해머의 약점은 자기장磁氣場이었다. 드롭해머의 강력히 내리치는 하중력荷重力을 상승시키기 위해 스강나하르에서 가장 무거운 서든헬륨을 36배 더 고압축하여 주 재질로 사용하였던 관계로, 서든헬륨이 본래 지니고 있던 자장 역시 엄청나게 배가倍加되어 있었던 것이다. 따라서 드롭해머의 무게도 무게지만 그 내리치는 속도에다가 자석같이 빨아들이는 자장 성질의 가세로 그 타격이란 천하무적이었다. 따라서 '빅마운테스'는 그러한 성질을 역으로 응용, 자기역반응원리를 이용하여 드롭해머의 위력을 무력無力화시켰다. 이는 과거 지구시절 일본의 신칸센이나 프랑스의 테제베, 한국의 경부고속철에서 응용하였던 자기부상원리와 비슷한 원리였다.

3

이번 미르올림피아에서 '빅마운테스'가 가장 고전하였던 상대 로봇은 말레이시아계의 백전노장 〈우테테말레Utetemale226)〉의 〈썁가블레SSagable227)〉이란 로봇이었다.

'썁가블레'는 미르올림피아 역대 대회에서 단 한번도 빠진 적이 없는 백전노장 '우테테말레'의 작품답게 허점이 없는 로봇이었다. 생김새는 지구의 문어와 비슷하게 생긴 스강나하르 대양생물 〈닷봉Dachbong[228)]〉을 닮았다. 길이가 40여 미터나 되는 긴 발이 22개가 머리에 붙어있고, 그 발마다 온갖 종류의 무기들이 들려있었다. 무기는 거의 새롭다 할만한 것은 없었으나 그 무기들을 적재적소에 동시다발로 사용해대니 그에 남아날 로봇이 없었던 것이다.

그중 한 무기는 일본도日本刀처럼 생긴 칼로, '우루수스'의 긴 검을 만들 때 사용하였던 듀알크롬과 특수 스테인리스의 합금을 특수 열처리한 〈듀알레스Dualess[229)]〉를 사용하여 강도가 뛰어나 웬만한 물질은 잘려나가지 않을 수 없고, 또 한 무기는 옛날 지구어린이가 놀이할 때 사용하였던 물총 모양의 무기로 상대 로봇의 시야를 덮기 위해 액체를 뿌려대는데 사용하였다.

여기에 사용되는 액체는 응고력이 아주 강해 한번 뿌려지면 그 즉시 찰거머리같이 붙어서 떨어지지 않는 고체덩어리로 변했는데, 이 대회 때 처음 선뵌 액체였다.

탄성이 뛰어나고 고무보다 훨씬 질긴 라바섬에 특수화학약품을 첨가하였다는 것이 대회 후 모 방송기자와의 인터뷰에서 '우테테말레'가 고백함으로써 밝혀진 사실이다. 그러나 그는 특수화학약품이 뭐였는지는 끝내 밝히지 않았다.

'진사오[207)]'의 '빅마운테스[209)]'가 제32회 미르올림피아에 출전하여 4일 만에 1만3천6백73기의 격투로봇을 꺾고 우승을 하자 스페이스넷 매스컴들은 일제히 그의 승리를 크게 보도했다.

"오매여! 나 참피언 묵었심더. 엉엉~!"

멀티스크린 화면을 통해 작달막한 한국계 '진사오'의 울부짖는 모습이 나타났다. 하늘 향해 넙죽 절해가며 흐느끼는 소리가 '진사오의 입에서 흘러나왔다. 그러한 그의 모습은 스강나하르 모든 매스컴에 하이라이트로 방영되었다.

"아따매, 대단하구먼. 1만3천 갠가 하는 로봇을 박살냈다지 아마?"

"그러게……. 참으로 대단하이……."

매스컴들은 며칠간에 걸쳐 '진사오'의 빅마운테스' 승리를 방송하였다. 그의 고향인 대한민국 경남 김해지역 농촌의 모습도 비쳐졌다. 서기 1960년대의 납짝한 초가집이 즐비한 시골풍경이었다.

"저런 자료는 어디서 구했을까잉?"

"그러게…… 한국이란 나라 지지리도 몬 살았구먼."

미르올림피아에 전 파라토피아인들의 관심이 쏠린 만큼 그에 대한 찬사는 끊이질 않았다. 따라서 '진사오'는 지난 4년간 21번째 미르올림피아에 출전하여 처음으로 얻은 그날의 첫 승리로 일약 스강나하르의 영웅이 되었다.

이후로 너나 할 것 없이 미르올림피아에 출전하고자 하는 사람들이 기하급수로 늘게 됨으로써 격투로봇 마니아들의 요구사항은 날로 늘어났다.

파라토피아 정부는 그들의 요구에 한걸음 더 양보하여 로봇에 레이저나 나카르트광 등 광선의 사용과 액체나 기체화되지 않는 화학무기의 사용을 허가하고, 종전에는 그 대회에 대한 일체의 사전방송을 금지시킨 것에 반해 매스컴에서도 간략한 대회결과와 대회일정, 그리고 미르올림피아 스타들과의 인터뷰 정도는 방송할 수 있도록 정식으로 허용하였다.

4

'진사오'는 지구연대 서기 1973년5월4일, 대한민국 제2의 항구도시 부산을 지척에 둔 김해란 시골에서 태어났으며, 학창시절 지독스레 공부하기 싫어 노상 땡땡이나 쳤던 소위 꼴통으로 통하였던 사람이었다. 원래 집안이 부유하여 일명 따라지대학에 돈 좀 쥐어주고 무시험 합격한 그야말로 머릿속에 들은 것이라고는 똥과 잘난 척밖엔 없는 따라지인생이었다.
그런 그가 선대로부터 물려받은 그 많은 재산도 귀가 여려서인지 이놈저놈 돈 된다는 말에 현혹되었고, 또 '사장님'소리가 듣기 괜찮아 '무작정 벌리고 보자'는 식의 몇 번 사업 끝에 나이 오십이 넘어 그나마 철 좀 들었을 땐 이미 거덜 나 있는 상태였다.
그의 수중에 돈이 다 떨어지고 주머니 속에 동전 한닢 딸랑 남았을 때 거짓말같이 지구 최후의 날을 맞게 되었는데, 그것도 살라는 운명인지 마침 그날 아침 일찍부터 '언제 핵폭탄이 터질지 몰라 전전긍긍하는 소심한 친구'이자 3류 코미디언인 '주영광'의 집에 돈 꾸러가서 게기던 중 광양자화학탄 데쓰루가 터진 것이다.
그래서 그는 보호막으로 이중삼중 장치를 한 친구 덕에 가진 돈 미련없이 실컷 써서 다 없애고 목숨까지 덤으로 얻어 이 좋은 세상까지 오게 된 것이다.

그는 냉동된 채로 스강나하르에 이주해 온 사람으로 처음 눈을 뜨고 완전히 바뀐 세상을 봤을 땐 자신이 죽어 천국에 온 것으로 착각했었다. 물론 그러한 착각은 한동안 계속되었다. 그는 아무리 머리를 굴려보아도 구세군 자선냄비에 동전 300원 털어 준 기억밖에는 달리 좋은 일, 착한 일이라곤 한 기억이 없었다. 온갖 농땡이 짓과 하지 말라는 짓을 일부러 골라했는데도 죽어서 온 곳이 천국이라니?
"맞아! 내가 얼마나 좋은 일을 많이 했었노? 이놈저놈 내 돈 안 울궈먹은 놈 있으면 나와 보라구!"
그러고 보니 이놈저놈한테 속아서 돈 털린 것도 착한 일이었구나 싶었다. 그런 '진사오'는 스강나하르에서의 삶도 온건치 못했다.
아는 사람이라고는 당시 보호막에서 함께 살아난 친구 주영광이 고작이었고 머릿속에 든 것이 없어서 하는 일이라곤 실컷 자고 배불리 먹고 영화를 보거나 시뮬레이션게임을 하다가 그것도 질리면 어둑한 공원 주위를 어슬렁거리다 눈이라도 맞는 여자 만나면 주위에 널려 있는 핑크텔로 데리고 들어가서 재미 보는 것이 그의 스강나하르에서 보낸 나날들의 연속이었다.

그렇게 지구에서처럼 한량 짓에 여념 없던 그가 어느날 갑자기 돌변한 것이다. '미르올림피아라는 게 있다더라'는 소문을 들었던 것이다. 사실 그는 농땡이일지언정 그의 별명처럼 꼴통은 아니었던 것이다. 제12회 미르올림피아에 처녀 출전한 이래, 출전이 거듭될수록 그의 남다른 일가견이 있음이 증명되었다.
바로 칠전팔기七顚八起가 아닌 백전백일기百顚百一起정신, 즉 포기할 줄 모르고 데쉬해 들어가는 저돌적 용기와 인내 말이다. 따라서 그는 스무 번의 참패를 겪어오면서 나름대로 반 전문가가 다 되었고 마침내 최정상을 거머쥐게 된 것이다. 물론, 속 깊은 사정을 아는 몇몇 사람들은 진사오의 로봇 '빅마운테스'가 그의 친구 '주영광'의 작품임을 알고는 있었다.

'주영광'은 그가 패할 때마다 새로운, 그것도 더욱 강력한 로봇을 만들어달라며 졸라대는 데엔 몸서리를 쳤다.
"이번엔 틀림없이 챔피언 묵을 수 있는 로봇 좀 만들어 주라!"
"엉? 좀 만들어 주라~잉!"
'징징'짜면서 시도 때도 없이 온종일 귀찮게 따라붙어서 못 살 지경이었다. '주영광'은 덕분에 그 영양가 많은 스강나하르의 음식을 아무리 배불리 먹고 영양제를 보충해도 지구에서는 몸무게가 97키로 나가던 것이 '빅마운테스'를 만들어 준 직후엔 54킬로로 줄어들었을 정도였다.

'빅마운테스'는 지구상 전설의 설인雪人을 모델로 하였다. 거대한 고릴라 같기도 한 '빅마운테스'는 키가 24미터, 가슴둘레는 18미터로 덩치에 있어선 다른 로봇에 비해 작은 편에 속했다. 그러나 아주 교활할 정도로 상대의 결점을 신속하게 파악하고 이를 역이용할 수 있을 만큼 대단한 인공지능을 부여받았다.
다른 로봇이 오직 첨단무기개발에 열 올릴 때, '주영광'은 예의 코미디 대본 짜던 잔머리 굴려 '잔머리 잘 굴리는 지능'을 개발, 어울리지 않게 무식해 보이는 설인 '빅마운테스'에게 넣어준 것이다.
상대 로봇을 진탕 약올리다 쫓아오면 도망가서 얼른 다른 로봇 뒤에 숨고, 그러면 약발 받은 로봇은 제풀에 나가떨어지거나 애꿎게 다른 로봇에게 화가 미치는 것이다.
상대 로봇의 몸체 중 취약한 부분이 파악되면 '빅마운테스'의 온몸에 돋친 털이 모두 예리한 바늘무기가 되어 상대 로봇 몸체의 취약한 부분을 뚫고 들어가 초집적지능회로를 절단 내놓는 것이다.
마치 유도미사일처럼 목표물을 정확하게 찾아가서 꼽히는 것이다. 그리고 바늘 몸체에 들어있는 극초산성액을 흘려 녹여버리는 것이다.

이 바늘무기는 '주영광이 모 무기개발연구소에 있는 친구 아무개를 살살 구슬러 관련 개발프로그램을 빼낸 결과였다.

어느 누가, 또 어느 로봇인들 알았으랴? 참으로 우둔해 보이는 저 설인 머리에 고런 잔꾀가 숨어있을 줄을…….

[제7화]

패션디자이너 '앙드레솔로'

Fashion Designer 'Andre Sŏlo'

스강나하르에 부는 패션바람

1

스강나하르에 정착한 파라토피아 인류는 하루하루가 그리도 즐겁고 복에 겨울 수가 없었다. 나쁜 짓만 빼놓고는 뭐든 다 할 수 있다는 것이 얼마나 신나는 일이던가?
뱅뱅에 틀어박혀 로봇이 배달해 주는 음식을 편안하게 입맛대로 받아 먹을 수 있는데도 불구하고 식도락을 즐기는 사람들은 진기한 메뉴를 찾아 여기저기 기웃거렸다.
특히 빌모어 잔디광장 주변에는 과거 지구의 온갖 음식들을 맛볼 수 있는 레스토랑이 즐비하였다. 그 레스토랑들은 지구의 각 나라별로 별도의 부스를 차지하고 외관부터 실내 인테리어까지 해당 나라의 옛 분위기로 꾸며졌으며, 모든 메뉴를 다 무상으로 제공하였다.
주방장도 로봇이고, 웨이츄레스도 로봇이고, 설거지도 로봇이 맡아 처리하였다. 이들 레스토랑에서 일하는 로봇은 몸집이나 생김새가 인간과 아주 유사하게 생겼다. 오히려 실제 인간보다 한결같이 잘 생긴 미남, 미녀로 행동도 아주 유연하여 사람보다도 더 부드러웠다. 하긴,

무지막지하게 생긴 로봇이 식당 안을 보무도 당당하게 왔다갔다 해봐라. 밥맛이 다 달아나고 있겠는가.
특히 주방장 로봇은 인간보다도 오감이 예민한 감각기관을 갖고 있어 손님들 개개인의 식성과 취향을 맞춰줄 수 있으며, 스강나하르에서 생산되는 재료만 가지고도 어떤 요리든지 다 만들 수 있을 만큼 완벽한 〈푸드프로그램Food Program[230)]〉이 입력되어 있다. 또한 한번 다녀간 손님의 경우 그의 식성과 관련된 정보를 분석, 다음부터는 그 손님에게 이렇게 권했다.
"손님! 오늘은 〈쑈랑그리Showranggree[231)]〉를 권해 드리고 싶습니다요. 이 쑈랑그리는 과거 스페인 황실에서 즐겨먹던 궁중요리인데요. 상어지느러미 말린 것을 갈아서 샥스핀Shark's Pin에 얹혀 불에 살짝 구워 어쩌고……. 저쩌고……. 궁시렁궁시렁……. 그리고 말입니다요. 요놈의 음식에 이태리제 35년 백포도주와 곁들이시면, 그냥 캬~ 갑니다요."
그러니, 메뉴판을 일일이 뒤적이는 수고를 할 필요도 없고, 또 '뭘 먹을 것인가?'로 고민할 필요도 없다. 거기에 한 술 더 떠 그놈의 로봇이 '음식에 대한 유래니, 얽힌 사연이니…….' 라면서 구구절절하게 읊어대며 음식 맛까지 돋게끔 하는 것이 아닌가? 황제에 대한 예까지 갖춰가며…….

그뿐이랴? 그 예쁘디예쁜 웨이츄레스 로봇은 또 어떻던가? 먹여 달라고 명령하면,
"자…… 아! 하고 입 벌리세요……."
라면서 코맹맹이 소리로 먹여 주질 않나, 또 짧은 스커트 밑으로 잘빠

진 엉덩이 살살 만져주면, 엉덩이를 살랑살랑 흔들어 주기까지 한다. 그러니 밥맛이 곧 꿀맛이요, 꿀맛이 곧 입맛이라 소위 식도락깨나 한다는 사람들은 스강나하르의 하루해가 지구보다 5.72배나 긴 고로 하루 세끼가 아니라 서른 끼까지 먹어 젖히게 마련이다.

그래서 스강나하르의 식도락가들은 아무리 다이어트제를 먹고 맞고 부착해도 몸이 공과 같이 뚱뚱해지기 마련인지라 멀리서만 봐도 식도락가인지 금세 알아 볼 지경이었다.

"아! 저 사람? 식도락가 맞아."

모든 사람들이 한눈에 알아 볼 수 있을 정도로 식도락가들의 체형은 '볼球'형으로 진화되었다. 환경에 따라 생명체가 진화되듯이…….

물론 살빼기 위한 간단한 수술요법도 있지만 그들은 전혀 개의치 않는 성격을 지녔다.

"뚱뚱하다고 해서 일찍 죽는 것도 아닌데, 뭐 하러 겁나게스리 몸에 칼을 댄다냐?"

"또, 누구한테 선보일 것도 아닌데 좀 뚱뚱하면 어때?"

"그것뿐인감? 급할 땐 굴러가면 더 빨리 갈 수도 있는데……."

2

스강나하르에도 패션이 있다. 패션 마니아들은 오히려 지구시절보다 더 화려하게 몸치장을 한다. 대부분의 남성들은 몽애[170] 가죽으로 만든 핫바캡[171)]으로 성기만을 살짝 가리고 생활하며 외출할 때에만 〈가리아쥬Gariaju[232)]〉라고 부르는 가운을 걸치는데, 어떤 몰염치한 인간들은 핫바캡 차림으로 거리를 누비기도 한다.
'저 몸매에 저런 꼴로 다니는 것도 다 제 멋에 사는 것이려니…' 라며 누가 굳이 그런 그를 붙잡고 뭐라 하는 사람도 없다. 그러나 패션감각에 아무리 무딘 남성들일지라도 핫바캡에 대해서만큼은 특별히 정성들여 치장을 한다. 온갖 색색의 핫바캡에 그림이나 문양을 그려넣기도 하고 자수나 조각을 하기도 한다.
좀 더 요란한 장식을 좋아하는 남자들은 각종 보석이나 아기자기한 레이스며 고리들을 달기도 한다.
어떤 요란한 친구는 한술 더 떠 핫바캡에 구멍을 뚫어 문신으로 알록달록한 남근男根을 드러내놓고 거리를 활보하다가 망신당한 적도 있었다. 아무리 낯이 두꺼운 그였지만 그것을 보는 사람마다 배꼽을 잡고 웃어대니 그것만큼은 그도 심한 모욕감을 느껴 견뎌낼 수가 없었던 것이다.

유명 패션디자이너였던 한국계 〈앙드레 솔로Andre Solo[233)]〉라는 할아버지는 스강나하르의 패션을 주도하는 사람이다. '앙드레 솔로'는 매년 4회씩 패션쇼를 개최하며 그때마다 기상천외한 디자인을 내놓아 스강나하르의 여성들을 매료시켜 왔다.
그의 첫 패션쇼는 지구연도 2148년10월2일, 스강나하르 멤사스센터[76)] 100층에 위치한 〈뷰티썸머홀Buaty Summer Hall[234)]〉에서 개최되었다. 당시 1만 평 규모의 홀은 17만 6천여 명의 사람들로 붐볐으나 '앙드레 솔로'의 얼굴은 잔뜩 찌푸려져 있었다.

유감스럽게도 유니타스 제19대와 제20대 대통령을 역임했던 한국계 '질레 박[59)]'이 그의 행사에 철석같이 참석하겠다고 약속해 놓곤 행사 하루 전 지구로 출발하는 스페이스트라인[73)]에 탑승하는 바람에 참석을 못한 것이다.
대신 '질레 박'은 행사장에 초대형 〈나리뷰Nariview[235)]〉를 보내고 행사장 중앙무대에 설치되어 있는 초대형 〈멀티뷰Multview[236)]〉를 통해 실사메시지를 보내왔음에도 불구하고 '앙드레 솔로'의 마음은 마냥 심드렁하기만 한 것이다.
'질레 박'은 '앙드레 솔로'가 하도 참석을 종용하여 마지못해 그의 행사에 참석하기로 응낙하였으나 불과 행사 하루 전에 지구로 향하는 스페이스트라인에 탑승하지 않을 수 없었다.

지구의 5억 가까이 되던 인류는 2150년8월14일, 스강나하르에 마지막 도착되는 이주 대열을 끝으로 그가 대통령 재직 시 인류에게 약속했던 드림언더스페이스100 [61)]의 이주프로그램을 성공적으로 실현시킬 수 있었다.
최우선 순위의 인류 우주이주가 성공리에 끝나게 되자, 지구에 남아있는 지구생명체 보존프로그램과 생명체들의 유전자정보, 간幹세포, 기타 그와 관련된 자료 등을 스강나하르로 옮겨오는 일도 시급한 사항이었다.
우주적인 원시생명 과학자이자 단장인 그가 이번 프로젝트의 성공적 마무리를 위해 부득불 지구로 직접 가지 않고는 안될 상황이었다. 그러나 '앙드레 솔로'는 '질레 박'의 불참을 상당히 언짢게 생각하였다.
"짜아식, 뭐? 참석하꾸마? 에라이 쳐죽일 놈아!"

둘 사이는 같은 한국인으로서 뿐만 아니라 그 이전에 죽마고우이기도 하다.

“지 대통령 출마한다 캤을 때 내가 꿔준 돈이 얼만데? 그 돈 아즉 갚기나 했나? 또 유세장에 갈 때 입던 옷 누가 만들어 줬노 말이다. 그 샤프니스하면서도 좌아밍한 드레스를 말이다.”

‘앙드레 솔로’의 패션쇼 ‘지옥에서 천국으로’는 그 테마가 주는 공감대와 한참 단조롭고도 평화로운 스강나하르의 생활에 마치 간식과도 같은 ‘입맛땡김’이었다. 따라서 스페이스넷 방송매체들도 예의주시하며 그의 행사를 제법 크게 보도하였고, 패션에 관심 있는 인사들도 대거 참석하였다.

특히 그의 위상을 증명하려는 듯 유니타스 제27대 대통령 우간다계 〈이디아 말린Idia Malin[237)]〉과 제28, 29대 대통령 〈제임스 부룩클린James Brooklyn[238)]〉도 그 모습을 드러냈고 대부분의 로열챔버쉽[196)] 원로원 의원들도 모습을 드러냈다.

3

‘앙드레 솔로’는 지구연도로 서기 2131년6월10일, 제2차 이주대열에 끼어 지구를 떠나 14년9개월만인 서기 2146년3월14일에 스강나하르에 도착하였다.

2028년6월12일 냉동된 이래, 거의 120년 가까이 냉동상태로 있다가 깨어나던 그 순간, 그를 지켜 본 당시 유니온메디칼큐센터Union Medical Q-Center[125]의 알파인냉동클리닉하우징Alpha Freezing clinic Housing[126]의료진들은 그가 이렇게 외쳤다고 회상하였다.

"어? 댁들은 하나님? 근데 웬 하나님이 이렇게 많으셔? 그건 그렇고, 패션쇼 좀 개최하게 장소 좀 빌려 줄 수 없나요?"

마침 그 자리에는 패션에 관심 없는 사람들뿐인지라 '앙드레 솔로'를 알아보는 사람들이 없었다. 그래서 모 박사는 주위사람들을 쭈욱 훑어보고는 손가락으로 머리 위를 두 번 크게 원을 그렸다고 전한다. 그러한 제스처가 뭘 의미하는지 아는 사람은 알겠지만 '이 사람 또라이? 아니면 미쳤구먼?'이란 뜻이다.

어쨌든 성공적으로 스강나하르 환경에 적응한 '앙드레 솔로'는 스강나하르에서 첫번째 패션쇼를 개최하였는데, 패션쇼에서의 그의 작품 주류는 두개로 분류할 수 있겠다.

'삶과 죽음'

먼저 '죽음의 패션'이 선을 보였는데, 한결같이 말라비틀어지고 다 죽어가는 사람들을 모델로 하였으며, 그들 모델들은 지구상의 상거지들이나 입었을 법한, 다 헤어지고 때에 절어 지독한 냄새까지 '풀풀' 풍기는 거지발싸개 옷을 입고 나왔다. 이후 한동안 스강나하르의 패션을 주도했던 '거지패션'이 바로 그것이다.

모 매스컴의 한 가십에서는 '이 모델들은 이 패션쇼의 모델로 발탁되기 위해 짧게는 두달, 길게는 여덟달까지 굶어서 몸에 붙은 살점을 완전히 뺐다더라'라고 전했다.

그리고 이어진 것이 '삶의 패션'으로 살이 토실토실하게 오른 다소 뚱뚱한 모델들이 여기저기 손바닥 전체지문이 찍힌 유난히 한들거리는 반투명 옷 가리아쥬Gariaju[232]를 입고 머리엔 하얀 바가지를 쓰고 등장하였다. 그 옷들의 모양새는 지구에서는 흔히 밤에 '사랑행위'를 위해 입는 아주 야한 잠옷 비스므리하게 생긴 것들이다.

'앙드레 솔로'는 삶의 패션이 끝난 직후 기자들의 질문에 다음과 같이 들려주었다.

"에, 이 손바닥 무늬들은 제가 직접 제 손바닥을 안료에 묻혀 일일이 찍은 것입니다. '만져주다'를 의미한 것이라 생각하면 됩니다요. 사랑할 땐 만져주지 않나요?"

"그럼 하얀 바가지는 뭔가요?"

"에, 그 바가지는 말예요, 제가 스강나하르에 도착하고 처음 눈을 떴을 때 얻은 영감, 즉 '천국이다!' 라며 놀랬던 당시의 제 심정과 천국이라면 천사들도 많이 있을 터이고 천사들 머리에는 둥그런 빛이 있다고 들어서 그렇게 만든 겁니다."

"네, 그렇군요."

"과연, 패션 황제다운 발상입니다."

모델이 덮어쓴 바가지는 스강나하르 제7지역의 오가페Ogape 늪지[181]에 분포된 바가지과 식물 〈반가버요Bangaveryo[239]〉의 열매를 반으로 쪼개고, 그 속에 들어있던 아주 고약한 냄새를 피우는 알맹이를 들어낸 다음, 바싹 건조하여 탈취제를 써서 냄새를 없애고 표면에 하얀 페인트를 칠한 것이다.

반가버요의 열매는 지구의 한국이란 나라에서 플라스틱 바가지가 나오기 전까지 사용하여 왔던 오리지널 바가지를 만드는 재료인 박과 아주 유사하게 생겼다.
다만 한국의 박이 그 안에 향긋하고도 허연 속살을 가지고 있는 반면, 반가버요는 꼭 똥색깔의 지독한 냄새를 풍기는 속살을 가지고 있다. 따라서 반가버요의 주변에는 벌레 한마리도 얼씬거리지 않을 뿐더러, 근처에 돋아있는 모든 식물들도 반대방향으로 돌아눕은 채 자라는 것으로 보아 반가버요의 대단한 악취를 증명한다 할 것이다.

4

이후 '앙드레 솔로'는 매 패션쇼 때마다 기발한 작품들을 선보였다.
〈얼레꼴레리Eeollekolery[240]〉란 패션만 해도 그 패션열풍은 정말 대단했었다. 그 패션이 나온 직후, 그는 한동안 수백 명의 여성 스토커들로부터 엄청나게 시달렸었다.
얼레꼴레리패션은 남녀 성기를 무지하게 과장한 패션으로 여기서는 차마 표현을 못하겠다. 여긴 스강나하르가 아닌 원시지구이니까…….
또 〈무쟈게이Mujagei[241]〉란 패션도 한때를 풍미하였던 패션이었다. 무쟈게이는 육체적으로 지독스레 편하였던 스강나하르의 인류들을 위해 특별히 고안된 패션으로 세 파트로 나뉘어 진행되었다.
첫번째 파트는 모델들이 모두 무거운 보따리들을 이고 지고 안고 들고 스테이지를 돌았다. 물론 그 보따리 안에는 무겁기만 했지 쓸데없는 물건들로 채워져 있었다.
두번째 파트는 모델들이 몸에 거추장스럽고도 무거운 추들을 치렁치렁 매달고 스테이지를 돌았다. 그 추들의 크기나 모양, 색깔도 가지각색일 뿐더러 대부분 혐오스런 색과 모양을 하고 있었다.
세번째 파트는 모델들이 온몸에 구멍을 뚫고 이상하게 생긴 물건들을 꽂고 있었다. 어떤 물건은 너무 크기도 하려니와 무겁기도 해서 살가죽이 축 늘어지고 모델은 고통스러운 것을 지그시 참고 있는 표정이었다.

인간이 추구하려는 미美란 무엇이던가? 미란 일종의 상대적인 표현이다. 과거 못살았던 지구에서는 더럽고 밉고 못생기고 추한 것에 대비하여 깨끗하고 예쁘고 잘생기고 아름다운 것이 미가 아니던가?
반대로 스강나하르에서는 모든 것이 깨끗하고 예쁘고 잘생기고 아름답기에 상대적인 미란 더럽고 밉고 못생기고 추한 것이라고 앙드레솔로는 설파했었다.
어쨌든 그 무쟈게이패션으로 말미암아 '앙드레 솔로'는 스강나하르 최고의 영예인 명예의 전당 그레잇스피리트노엘[145)]에 헌정되는 행운까지 얻었다.

[제8화]

스강나하르의 축구영웅 '펠레'

'Pele', A Football Legend

'펠레', 2천여 명의 자녀를 두다

1

유니타스가 새로운 국호를 파라토피아로 정하고 새로운 연도 파라를 사용하기로 결정함으로써 명실공이 인류의 새로운 역사가 스강나하르행성에서 펼쳐지게 되었다.

지구연도 서기 2151년1월1일을 스강나하르연도 파라 1년1월1일로 선포하고, 새해 첫날을 디어쓰데이로 하여 파라토피아 최대의 축제일로 정하였음은 물론, 그날 인류는 대대적인 행사들을 펼쳤다.

특히 파라토피아정부는 민간인들이 주도하는 대규모 체육행사, 즉 지구에서의 올림픽같은 거국적인 행사를 개최하도록 제안하였다. 그렇게 해서 파라 1년6월10일, 멤사스센터[76] 24층에 위치한 〈쌍파울홀St. Paulo Hall[242]〉에서 스강나하르 올림픽조직위원회 〈에스오씨SOC[243]〉가 결성되었으며 초대위원장에는 스모 선수 출신의 일본계 〈아사하라 겐또Asahara Giento[244]〉가 추대되었다.

그리고 30명으로 구성된 조직위원회 위원으로는 한국계 체조 선수출신의 〈김방울Kim Bang Ul[245]〉, 미국계 요트 선수출신의 짐 프랭크린(Jim

F. Franklin)[246]〉, 러시아계 투포환 선수출신의 〈미하일로프 스킨 Mikhailov Skiin[247]〉, 요르단계 200m단거리 육상 선수출신의 〈알바사 도미니끄Albasa Dominique[248]〉, 스페인계 국제육상연맹이사 출신의 〈이사벨라 메가로스Isabela Megalos[249]〉, 독일계 은행가 출신의 〈세바스챤 짐멜로Sebastian Jimmelro[250]〉등이 선임되었다.
두명의 상임 부위원장에는 미국계 언론인 출신의 〈맥나마라 리졸데 McNamara Rizolde[251]〉와 아르헨티나계로 체육계 홍보를 담당한 바 있던 〈우스리 드 마리Usle De Mary[252]〉란 여성이 선임되었다.

올림픽조직위원회는 3국7부 및 1개 부속연구소로 조직구성을 마치고 멤사스센터 810층의 3만2천 평방미터 공간에 새 살림을 마련하였다.
3국으로는 사무국, 체육국, 심사국이 있으며, 사무국은 대회운영프로그램과 조직관리를 담당하고 체육국은 대회진행과 선수양성, 선수관리, 경기시설을 담당한다. 심사국은 선수 자격여부를 판정하고 경기심판을 양성하며, 출전선수들의 정밀신체검사 및 도핑테스트Doping Test 등 각종 실험으로 선수들에 의해 저질러질 수 있는 부정을 사전에 적발한다.
7부로는 사무국 산하에 대회운영부, 조직관리부가 있고, 체육국 산하에 대회진행부, 선수관리부, 시설관리부가 있으며, 심사국 산하에는 경기심판부, 자격심사부가 있다. 부속연구소는 심사국 산하로, 선수들의 기록향상을 위해 불법투입하는 약물 등을 밝히기 위한 생체의과학연구소가 설치되었다.
조직위원회 사무국장은 전 국제변호사로서 또 인기연예인으로서, 한국에서 활동한 바 있는 미국계 〈라바트할리Ravart Hally[253]〉가 선임되었다. 올림픽조직위원회는 2년마다 당해 9월 중에 올림픽을 개최하기로 합의하였다. 개최기간은 참가종목 수, 참가선수의 수를 감안하여 일정을 정하기로 하였다.
스강나하르 제1구역의 갠사스 녹지에 30만 명을 수용할 수 있는 메인스타디움 〈펠레마운틴스타디움Pele Mountain Stadium[254]〉이 건설되어 있었으며 축구황제 '펠레'를 기리기 위해 스타디움을 그리 명명하였던 것이다.

2

스강나하르로 이주해 온 인류는 앞서 스페이스벤처유알[22]에서 추진하던 우주계획 스페이스디벨롭파100[53]에 의해 미리 우주로 파견되었던 일부 과학자나 엔지니어, 그 이후 추가로 개척기지로 보내졌던 팅거휴[23]의 자손들이 인구증가에 기여하였음에도 불구하고 대부분 생식능력의 상실로 인구증가는 년 2천명 남짓에 머물렀다.
일찍이 유니타스 헌법에는 자연생식에 의한 종족번식 외에는 과학적인 인공방법으로 인한 인조인간의 생산을 금지시켰기 때문이다. 예를 들면 인공수정과 인큐베이터를 이용해 수많은 아이들을 생산한다거나 간세포를 이용한 세포증식에 의해 인간을 닮은 인조인간의 대량생산을 막기 위함이었다.
그러한 행위는 인간 스스로 존엄성을 상실하는 위험한 행위로 규정하고, 그런 방법을 통해 속성, 대량생산된 인간도 인간으로 규정할 수 있겠는가에 대한 많은 토론과 공청회 과정을 통해 이미 범인류적으로 합의된 사항이었기 때문이다.
대신 유니타스[3]는 인류종족의 영구한 보존차원에서 기존의 의료과학과 생체과학, 유전자공학 외에 생체복원을 위한 〈리사이클링라이프테크날러지Recycling Life Technology[255)]〉, 유전자정보를 분석, 조합하는 〈게놈바이오테크날러지Genom Bio Technology[256)]〉, 멸종된 생명체를 복원시키는 〈바디섬지오테크날러지Body Some Gio Technology[257)]〉를 위한 투자를 강화하였고, 그에 대해 수많은 기술향상과 과학발전을 이룩하였다.

스강나하르의 이주가 끝나고 이후 파라토피아로 이어오는 동안 과학의 눈부신 발전에도 불구하고, 해마다 수백 명 정도의 인간들이 사망하였다. 아무리 스강나하르의 과학이 절대적 수준이라 할지라도 이미 죽은 자를 되살릴 수는 없기 때문이다.
죽은 자의 혈액 중에 하나의 혈구세포만을 가지고도 그와 똑같은 사람을 복제할 수 있다 하여도 완벽하게 그를 대신할 수 없기 때문이고, 그러한 복제행위 자체를 헌법에서 철저히 금지시키고 있기 때문이다.
따라서 죽은 자들은 땅속에 파묻어 썩혀버리는 것이 아니라, '영원한 수면을 취한다'는 의미의 〈슬리핑촤일드Slipping Child[258)]〉라 칭하며, 제2구역의 '신성한 대지'에 세워진 〈파라노블리스쏘울에이리어Para Noblesse Soul Area[259)]〉에 더 먼 훗날 과학이 더 발전되어 죽은 자의 영혼을 다시 불러들일 수 있게 되는 그날까지 냉동상태가 아닌 특수약품 처리되어 유리상자에 넣어져 보관되는 것이다.
매월 마지막 날 밤10시가 되면, 그달 중에 태어난 아이들을 위해 멤사스센터[76)] 앞 너른 빌모어잔디광장[138)]에서 수십만 명의 인류들이 모여, 스강나하르의 새식구가 된 아이들과 그들 부모들을 둘러싸고 대규모 생일축하행사를 개최한다. 그 행사는 참석 못한 인류들을 위해 모든 방송매체들이 전 스강나하르에 생방송을 한다.
보통 그날의 행사에는 파라토피아 대통령과 56인의 각료들은 물론, 300여 명에 이르는 파라토피아 원로회의 로열챔버쉽[196)] 전원도 빠짐없이 참석한다.

참석 못한 인사들은 빌모어잔디광장 어디서나 쉽게 볼 수 있도록 창공에 설치되어 있는 초대형 멀티뷰를 통해 축하 메세지를 실사로 보내오고, 광장입구에는 초대형 나리뷰를 보내어 탄생을 축하하는 것이다.

3

스강나하르에서 가장 규모가 큰 메인스타디움이 '펠레' 이름을 딴 이유로는 '펠레'가 축구황제로서의 대단한 명성도 있었지만, 무엇보다도 생식능력에 있어 누구보다 뛰어났음으로 인류의 개체증가에 누구보다 기여가 컸기 때문이다.
'펠레'는 지구 최후의 날 당시, 그의 으리으리한 대저택 지하에 마련된 그의 개인 축구박물관에서 자신의 잘 나갔던 전성시대를 회상하고 있었다. 마음은 당장이라도 펄펄 날 것만 같은데, 몸은 늙어서 직접 필드에 뛸 형편은 못되고 해서 경기에 임했던 자신의 지난날 모습을 초대형 멀티스크린을 통해 몇 번씩 되풀이하여 보고 또 보고, 또 전성기 때 받았던 각종 우승패며 트로피, 기념패들을 만지며 회상하는 즐거움으로 박물관에 파묻혀 사는게 유일한 낙이었다.
그 개인박물관은 영영세세 후손에게 물려주려고 '펠레'가 특별히 고안하고 돈도 많이 들여서 지었기에 보호막은 기본이고 웬만한 핵폭발에는 끄떡도 없었다. 따라서 '펠레'는 데쓰루[16]의 영향을 전혀 받지 않고 생식능력도 고스란히 간직했기에 일찌감치 팅거휴로 지정되어 누구보다도 먼저 스강나하르에 도착했다.
생식능력을 가진 팅거휴 대부분이 여성이었으며, '펠레'의 왕성한 생식능력과 우수한 유전자는 종마로서 인정을 받기에 충분하였다. 따라서 스강나하르로 이주한 이래 그의 자녀들이 유독 많이 태어난 것이다.

스강나하르라고 해서 그 인류가 다른 곳에서 왔을 리는 없다. 모두 알고 보면 과거 지구인들이고 그 사람이 그 사람이요 그 입맛이 그 입맛일텐데, 마찬가지로 초기의 스강나하르 인류들이 가장 즐긴 스포츠는 역시 축구였다. 자연히 '펠레'와 그의 수많은 자녀들이 축구라는 스포츠를 리드해 간 셈이다.

'펠레'의 자녀들은 한결같이 화려한 개인기를 지녔을 뿐만 아니라, 그들 형제자매들로만 이루어진 팀들의 단결이나 팀웍은 대단했다. 따라서 스강나하르 모든 매스컴들의 방송들은 방송 시작을 알리는 시그널과 함께 그의 근황부터 알렸다.

"에, 오늘도 어김없이 '펠레'와 그의 자녀 축구팀들에 대한 얘기로 방송을 시작하겠습니다."

방송을 마칠 때에도 마찬가지로 '펠레'와 그의 가족 얘기를 빼면 오히려 이상할 지경이었다.

"그럼 '펠레'와 그의 자녀축구팀들에 관한 얘기를 끝으로 오늘의 방송을 마치겠습니다. 스강나하르의 모든 시청자 여러분! 늦은 밤 이 시간까지 시청하여 주신데 대해 진심으로 감사드립니다. 오늘밤도 안녕히 주무십시요."

그리고 방송이 끝날 때 과거 지구시절 대한민국이란 나라의 애국가와 흡사한 가사로 지어진 파라토피아 국가가 연주되기 마련이다.

"스강나하르의 '칼리어산'이 마르고 닳도록……."

이렇게 방송을 끝낼 정도로 그들 방송은 '펠레'와 그의 자녀들에 대한 얘기와 가십거리로 방송을 시작해서 방송을 끝맺는 것이 일과가 된 것이다. 지구시절 한국이란 나라에서 야구스타 '박찬호'나 골프스타

'박세리'의 인기를 훨씬 능가하는 절대적 인기를 한몸에 모으는 대스타 중 대스타가 되었을 건 자명한 이치였다.

물론 '펠레'도 인체공학의 발달로 옛 기력을 되찾아 직접 현역에서 뛰기도 하지만, 그의 2천여 자녀들 중 축구에 뛰어난 자질을 지닌 자녀 520여 명이 참여한, 자녀들로만 구성된 축구팀만도 14개 팀이나 되었다. 이는 스강나하르 전체 프로축구팀 64개중 5분지1을 차지할 만큼 대단했던 것이다.
그러니 그렇듯 축구에 미친 공로도 공로지만 새로운 인류의 탄생을 갈망하던 인류에게 그것도 팅거휴 가운데 가장 많은 몇천 명씩이나 되는 새로운 인류를 탄생시킨 '펠레'의 공로를 어찌 기리지 않을 수 있으리오. 당연히 '펠레'는 스강나하르 최고의 영예인 명예의 전당 그레잇스피리트에 헌정되었음은 물론, 파라토피아 국가원로 최고회의 로열챔버쉽[196]멤버일 뿐만 아니라 그중 가장 영향력 있는 고참임은 말할 필요가 없을 것이다.
그리하여 '아사하라 겐또' 위원장을 비롯한 전 조직위원회 임직원 2천여 명을 위시하여 사무국에 등록된 3만4천여 체육계 관련인사, 그리고 1만7천여 체육인 및 스강나하르 인류들의 3개월간의 노고 끝에 파라 1년9월22일부터 보름간에 걸친 제1회 스강나하르올림픽SOC[243]이 치러지게 되었다.

펠레마운틴스타디움 이외에도 20만 명을 수용할 수 있는 '드라마꼬레스타디움'과 '샤를드로스타디움', 18만 명을 수용할 수 있는 '아드리안스타디움', 10만 명을 수용하는 '볼레르디브쉬스타디움'과 '마르꼴레르스타디움'이 제1구역의 갠사스 녹지에 엄청난 위용을 드러내며 차례차례 완공되었다.

그들 스타디움에서는 대부분의 구기종목과 육상경기가 치러지며, 양궁이나 사격종목을 위해서는 별도로 특수경기장을 설치하고, 관람객은 경기장 상단에 설치된 초대형 수지편[69]멀티스크린을 통해 크게 실사된 화면을 통해 과녁과 출전선수들의 이모저모를 관전할 수 있게 배려하였다. 또한 조정경기를 위한 조정장도 제3구역의 산타바바라 호수 갈리파 공원 옆에 15만 평방m 규모로 조성되고, 그 옆에 지구인류사박물관도 함께 건립되었다.
마라톤코스로는 펠레마운틴스타디움[254]을 출발하여 빌모어 잔디광장을 한 바퀴 돈 다음, 알파구역 내의 드볼드쉬 언덕 위에 위치한 그레잇스피리트 전당을 한바퀴 돌고 다시 펠레마운틴스타디움에 도착하는 코스로 지구에서와 마찬가지 거리인 42.195km로 하였다.
경기종목은 기존 지구의 올림픽 때보다 종목수가 많이 줄어든 94개 종목으로 여기에 소요되는 금메달 수만 모두 184개에 달했다.

주요 경기종목은 육상에 100m, 200m, 400m, 800m, 1200m 허들, 멀리뛰기, 높이뛰기, 장대높이뛰기, 투포환던지기, 원반던지기, 창던지기, 10종 경기, 마라톤……. 수영에는 자유형 50m, 자유형 100m, 자유형 200m……. 구기 종목엔 축구, 농구, 배구, 탁구, 핸드볼……. 격투종목엔 레슬링, 복싱, 유도, 태권도……. 등등이었다.
지구올림픽 땐 개최되었던 종목 중 제외된 종목으로는 아이스하키, 승마, 승마 10종, 조랑말달리기, 카누, 쿵푸, 볼링 등등 제법 되었는데, 그중 대부분 해당종목 출신선수가 없거나 승마의 경우 말馬이 없어서, 또는 여러 조건상의 문제로 제외되었다.
그러나 지구올림픽 때엔 없던 종목이 추가된 경우도 3개나 되었다. 〈몽글리어Monggulia 달리기[260]〉와 〈빠따라기Pataragi타기[261]〉 그리고 〈어쭈구리아Erzzguria싸움[262]〉이 그것이다.

[제9화]

스강나하르 올림픽

Olympic of Sgăngnahare

진기한 올림픽 종목

1

파라 1년6월10일에 마침내 스강나하르 올림픽조직위원회와 에스오씨[243]가 결성되고, 파라 1년9월22일부터 10월6일까지 보름간에 걸친, 제1회 스강나하르올림픽이 전 인류의 깊은 관심과 참여 속에 성황리에 개최되었다.

이 올림픽대회에서는 과거 올림픽에서는 상상도 못하였던 진기한 종목이 3개나 추가되었는데, '몽글리어 달리기'와 '빠따라기 타기', 그리고 '어쭈구리아 싸움'이 그것이다.

몽글리어 달리기와 빠따라기 타기는 이들 동물 위에 인간이 타고 또 조종도 하고 하여 별문제가 없었으나, 어쭈구리아 싸움만큼은 인간의 체력과 능력을 가르는 것이 아닌 동물들 간의 격투였기에 올림픽조직위원회에서는 종목으로 받아들이기에는 올림픽정신에 크게 위배된다 하였다.

"어쭈구리아에게 맘껏 싸울 수 있는 자유를 주라!"

"어쭈구리아도 싸울 권리가 있다!"
"조직위원회는 해산하라!"
"아사하라 겐또[244]와 그 떨거지 조직위원들은 모두 사퇴하라~!"
"사퇴하라! 사퇴하라!"
"지구는 지구고 여기는 스강나하르가 아니더냐?"
"그깟 올림픽 말살내라~!"
"말살내라!"
"말살내라! 말살내라!"

얼추, 5만 명을 헤아릴 어쭈구리아 마니아들이 연일 조직위원회 사무실로 모여들어 난리를 피워댔다. 조직위원회 입장에서도 정말 난감하지 않을 수 없었다.
어쭈구리아 싸움을 즐기는 인간들이 의외로 많았고, 또 어쭈구리아 싸움에는 인간의 지속적인 훈련과 싸움 현장에서의 즉각적인 작전 등이 승패를 좌우함으로, 비록 어쭈구리아라는 동물의 몸체를 빌리지만 정작 인간들이 직접 싸우는 것과 뭐가 다를 것이냐는 억지주장과 이를 지지하는 인간들의 머릿수로 조직위원회를 눌러 이긴 것이다.
그리고 더 웃기는 것은, 이들 동물들을 이용하여 치루는 종목들이 과거의 올림픽 때 치룬 종목들보다도 더 많은 관중을 동원했음은 말할 필요조차 없었다.
그야말로 그들 종목들은 매 경기마다 인산인해를 이루어 경기장이 미어터질 정도로 많은 인간들이 경기장을 찾았으며, 일부 입장을 못한 인간들은 경기장 주변의 휀스에까지 올라가 관전하다가 그중 23명이 지상으로 추락하여 여덟 명은 크게 다치고 세 명이 사망하는 사태까지 벌어졌었다.

2

몽글리어는 스강나하르 제12구역의 광대한 열대림에 대량으로 서식하며, 다른 동물들과는 달리 이삼백 마리씩 큰 무리를 지어 공동생활을 하는 초식성 동물이다.
이들 몽글리어들은 지구상의 거북이와 타조의 모양을 일부 섞어 놓은 듯한 모습을 지녔으며, 스강나하르 초식동물 중에서는 걸음이 가장 빠른 편에 속하고, 머리도 좋고 성격도 온순하다. 많은 인간들이 몽글리어를 지구의 조랑말처럼 길들여 타고 다니려 해도 원체 고집이 세고 말을 잘 안 들으려 하여 길들이기가 쉽지 않았다.
다 자란 개체의 크기는 커다란 황소만하며 몸무게만도 보통 500킬로를 넘는다. 몸 전체는 푸른색을 띠는 굵고 짧은 털로 덮여있다. 통통한 몸체에 거북이등과 같이 두꺼운 갑피甲皮로 덮여있고, 굵고 뭉툭한 여섯 개의 다리로 어기적이며 걷는데도 의외로 빨라, 지구속도로 시속 10km이상 달릴 수 있다.

몽글리어는 몸체 중간 부위에 2m 가까이 길게 뻗은 목이 있고, 그 위로 마치 타조머리와 유사한 넓적한 머리모양이 달려 있다. 이 머리형 부위에는 식물의 잎을 훑어서 뜯는 집개형의 까칠하고 뻣뻣한 혀가 들락거리는, 닭 똥구녕같이 생긴 흐물거리는 입과 사물로부터 반사되는 빛의 세기로 사물을 식별하는 어른 엄지손가락만한 크기로 돌출되어 있는 네 개의 눈이 앞쪽에 두 개, 뒤쪽에 두 개가 붙어 있다.
또한 이 머리처럼 보이는 부위에는 냄새 맡는 후각기능의 노란색 작은 반점들이 표면에 무수하게 찍혀 있으나 실제 뇌에 해당하는 부분은 의외로 갑피 밑의 몸체 안에 들어 있다.

한동안 해부학자들은 몽글리어를 해부하는 과정에서 몽글리어의 뇌를 머리모양의 부위에서 아무리 찾으려 해도 못 찾고 결국 포기하려다가 한 어설픈 조수가,

"박사님, 혹시 이게 뭡니까?"

라면서 몸체 안에서 끄집어 낸 '물커덩'거리는 누런색 반고체물을 흔들어 보였던 것이다.

"어! 이건 가래 아냐?"

"이놈도 가래가 있어요?"

"그럼 가래가 아니라면 뭐지?"

"야~! 진짜 가래처럼 생겼네! 그것도 진한 가래처럼……."

"아님, 혹시 배설물이 아닐까요?"

"똥이라고?"

"크윽~! 어쩐지 묘한 냄새가 진동하더라니……."

오랜 시일을 두고 관찰, 연구한 결과에 의해 이 누런 냄새나는 덩어리가 몽글리어의 뇌임을 밝혀냈다. 그리고 그 예의 그 조수는 방송사 인터뷰에서 다음과 같이 목에 힘을 주고 말했다는 것이다.

"에~, 이미 소문 들어 다아 아시겠습니다만, 저의 끈질긴 탐구정신과 해박한 과학지식에 의거, 다른 학자들이 못 밝힌 것을 제가 밝혀냈다는 거 아닙니까?"

맞는 말이다. '진리란 모름지기 얻으려 헤매는 자에게는 한발 더 멀어지게 마련'이다.

인간들은 몽글리어 머리처럼 생긴 부위에 캡을 씌워서 아무데나 제멋대로 내빼지 못하게 하고, 캡에 부착된 손잡이를 돌려가며 가고자하는 방향도 잡는다.

갑피 위에 앉기 좋은 '가파'를 설치하여, 그 위에 떡하니 버티고 앉은

다음, 꼬리쪽 부위에 돌출되어 있는 작은 돌기를 약간 뻣뻣한 솔로 '사알~살' 간지럽히면, 이놈은 무조건 달리게 되어 있다. 그렇다고 너무 세게 문지르면 몽글리어는 이 돌기를 통해 심한 통증을 느끼게 된다. 적당히 간지럽혀야지 지나치게 '북북' 문지르거나 잡아뜯으면 기분을 몹시 상하게 한다는 뜻이다. 그러면 어찌 되냐고? 이놈은 머리가 좋아서 그 자리에 주저앉고는 절대 들어내기 전까지는 꼼짝을 안한다는 것이다. 그럼 대회 도중 무슨 망신이겠는가?
달리는 몽글리어를 세우는 방법은 다음과 같다. 주먹을 '콱' 틀어쥐고는 야물차게 머리모양에 씌운 캡을 인정사정 보지 않고 냅다 지질러 놓으면, 이놈이 너무 아픈 나머지 그 자리에 나뒹굴기 때문에 지가 안 서고 배기겠는가? 이 부분에는 감각기관들이 모두 모여있어 예민한 반면, 딴데는 다 튼튼한 갑피와 두터운 털로 씌워져서 몽둥이로 뚜드려도 어림없다.

현재 스강나하르에는 이들 훈련된 몽글리어만해도 6만5천여 마리나 있고 동호회가 300여개가 넘으며, 이 동호회에 가입된 인간들 수효도 2만7천여 명이나 된다.
이들은 수시로 개최되는 여러 '몽글리어챔피언쉽'을 통해 승자를 가리는데, 이 몽글리어대회들은 스강나하르에서도 가장 오래된 대회에 속하며, 매스컴에서도 이 대회를 자주 소개하여 인류에게는 가장 친숙한 편이다.
이 몽글리어 달리기 제 1회 올림픽 금메달리스트는 이란계 화가 출신 〈모사히드 알 칸타테Mosamede Arl Cantate[263)]〉에게 돌아갔는데, 그가 혼자 소유한 몽글리어가 무려 4천5백 마리가 넘는다고 하였다. 그래서 그는 전용훈련장과 사육장을 갖추기 위해 인류의 주거지와 6만여 km나 떨어진 몽글리어 집단서식지 제12구역에, 홀로, 외로이 몽글리어를 벗하며 살고 있는 기인에 속했다.

3

두번째 올림픽 진기종목은 '빠따라기타기'라고 있다. 이 빠따라기라는 동물은 스강나하르 전표면의 84%를 덮고 있는 바다는 물론, 강이나 호수 등 물속에 잠겨서 커다란 콧구멍과 넓적한 등판만 내놓고 사는 수생동물로, 모양새는 얼핏 보아 지구의 악어처럼 길쭉하나 악어 등가죽처럼 '우둘투둘'한 건 없이 편편하기만 한 동물이다.
큰 것은 길이가 30여m, 폭이 4m에 이르며, 몸무게도 30톤 이상 나간다. 물속에 잠긴 배 부분에 몸길이만큼이나 길게 찢어진 것처럼 보이는 갈라진 입이 있으며, 그 입안에 수많은 털들이 미세프랑크톤 '쉬잘[72)]'을 걸러내어 먹이로 취하는 것이다.

빠따라기는 물 밖으로 내밀은 길쭉한 코만 없다면, 그 붉으죽죽한 짙은 밤색으로 인해 영락없이 밑바닥이 넓적한 통나무배가 뒤집혀서 둥둥 떠있는 형상이다. 이 동물을 처음 발견한 브라질계 어부출신 〈마드리히 케살Madrichi Kaisar[264)]〉은 다음과 같이 회상하였다.
"제가 제3구역에 있는 싼타바바라 호수로 낚시하러 갔을 땐데요, 호숫가에 낚싯대를 드리우고 두 시간 넘게 기다려도 자잘한 '쪼리'새끼들만 걸리고 '아둘치'나 '검치'등은 도무지 걸리지를 않더라고요."
"그래서 배를 안 가져 온 것을 대단히 후회하고 있던 차에 마침 눈앞에서 10여m 떨어진 곳에 뭔가 거무죽죽하고도 아주 넓적한 통나무 같은 것이 물 위에 떠 있길래 살살 헤엄쳐서 다가 갔읍죠."
"그리고 그 위에 올라탔는데……. 글쎄, 감촉이 꼭 쇠가죽처럼 뻣뻣하니 이상하더라고요. 그래서 찬찬히 생각을 했더랬지요. '이게 뭘까?'하고 말입니다."

"옳거니! 여긴 이런 나무도 있구나!'하고 말입니다. 그리고 그 위에서 한참을 낚시하고 있었는데, 마찬가지로 신통치가 않더라고요."
"그래서 더 깊은 곳으로 가려고 이놈을 살살 밀었지요."
"갑자기 목이 마르네? 물 한 컵 좀 마시고……."
"꼴깍! 꼴깍! 크~~~~~~~!"
"어디까지 얘기했더라? 아! 맞아! 그래서……. 그놈을 '사알살' 밀고서는 30여 m를 더 깊숙이 들어 가설랑, 다시 느긋하니 낚싯대를 드리우니, 안 잡히던 고기가 잡힙니까요? 그래서……."
"꼴깍! 꼴깍! 크~~~~~~~!"
"그래서, 따분도 하려니와 목도 걸걸하여 마침 가져간 '쐬주' 한잔 걸치려고……."

'마드리히 케살'은 한국식 레스토랑에 우연히 들렀다가 한국의 쐬주를 맛 본 뒤론 쐬주 애호가가 되었다. 물론 그 말도 그가 나중에 들려준 말이지만…….
"쐬주 한잔 걸치려고 그럼 안주도 있어야 안 됩니까? 해서……. 이럴 때 대비하고 준비해 간 '마야꼬' 몇 개를 그놈 등판에 쌓아 놓고 그 위에다 쪼리새끼들을 척하니 걸쳐 놓고 불을 지피고는 익기를 기다릴 겸 쐬주 한잔 '쪼르르' 따라서 막 입에 넣으려는데……."
"전 그때 지구 대폭발이 또 일어나는 줄로만 알았지요. 글쎄 이 나무토막 같았던 놈이 '뿌루룩~'거려가며 지를 향해 뭘 뿌려대는데, 그게 뭡니까? 전 그때 일을 생각하면, 그게 악몽이지……. 어이구~~ 치가 떨려……."
이 친구는 한번 말을 꺼내면, 한도 끝도 없는 친구다. 해서……. 다 들은 걸로 치고…….

이 빠따라기라는 동물은 지극히 온순하지만 나름대로 고약한 성질이 있다. 기분이 몹시 언짢아지면, 무슨 '티브이씨에프TV CF' 광고문안처럼, '때와 장소를 안 가리고' 코밑에 감추어진 대형 배설구를 통해 배설물, 이른바 '똥'을 30m도 넘게 멀리 퍼뜨려가며 싸질러대는데, 그 똥이라는게 생김새도 꼭 인간이 싸놓은 설사똥처럼 그 색깔이나 형태가 비슷할뿐더러 고약한 냄새 역시 인간 똥냄새와 같되 냄새농도는 열배, 백배 이상 강하여 코를 틀어막아도 소용없는 짓이다.
그만큼 그 똥 피해가 주변에 엄청 크게 미친다는 것이다. 뿐만 아니라 이 똥은 물로 씻어도 어지간해서는 잘 안 씻기는 아주 고약한 배설물인 것이다. 그래서 이 동물을 조정하는 사람은 차라리 경기를 포기하면 했지 이놈의 비위만큼은 절대로 안 건드리려 한다.

빠따라기타기 경기는 아주 간단하다. 경기 전에 콧구멍 소재를 해주면 아주 순한 양이 된다. 콧구멍 속에는 이물질들이 코딱지처럼 둘러붙어 있어 스스로 떼어내기는 좀처럼 힘이 든다. 그리고 빠따라기는 삐죽 나온 코를 잘 문질러 주면 기분이 최고조에 달해 재촉 안해도 시속, 이것도 지구속도로……. 8km에서 빠르면 10km까지 속력을 낸다. 스강나하르 수생동물 중에서는 그래도 여섯 번짼가로 빠른 속도이다.
세우고 싶을 땐 그 코를 한방 쥐어박으면 똥 쌀 정도는 아니지만, 일단 기분이 몹시 상하기 직전이라는 표시로 더 이상 헤엄을 안치고 멈춰 선다. 그러니 스톱도 별 문제는 아니고…….
스강나하르 올림픽조직위원회[243]에서는 이 동물의 크기를 22m 이내로 할 것을 세부규정에 적용했다. 그 이상 길어도 '파이널커팅' 해봐야 긴만큼 유리할 것이니 기록으로 인정치 않겠다는 것이다.
하여튼 이 빠따라기는 비위를 거스르면 못 말리는 동물이다. 스강나하르 올림픽 셋째날이었던가? 이 빠따라기 때문에 엄청 큰 불상사가 벌어졌었다. 싼타바바라 호수의 조정경기장에서 빠따라기타기 첫 경기가 벌어졌었는데 이날도 예외 없이 이 진기한 경주를 보려고 50여만 군중들이 몰려들어 조정경기장 일대가 성황을 이루었었다.
이땐 마침 빠따라기타기 첫 경기인 만큼, 깊은 호기심을 갖고 파라토피아 대통령 아시리스 리잔테와 300여 명의 로열챔버십 전원도 빠짐없이 참석하여 이 경기를 관전하였다.
30여 마리의 빠따라기가 스타트라인 선상에 도열했다. 그리고 출발 총성과 더불어 일제히 출발하기 시작하였는데, 유독 한 마리만이 출발할 생각을 않는 것이었다. 이 빠따라기는 3번을 달고 있었으며, 성질 급한 호주계 회계사 출신의 〈'알 그레도Ale Gredo265)〉가 타고 있었다.
알 그레도는 빠따라기 코를 살살 간질이면서
"자! 어여가자. 이러다간 꼴찌하겠다. '마르샤' 너 왜 이러니?"
아뿔싸! '알 그레도'는 빠따라기 코가 꽉 막힌 것을 미처 뚫어주는걸 깜빡 잊었던 것이다. 그러니 '마르샤'라 이름 붙여진 빠따라기가 기분이 나빠서 코를 아무리 지극정성으로 긁어준다손 치더라도 그게 한번 삐진 마음을 달래 줄 수 있겠는가? 참으로 하찮은 실수가 오늘의 경기를 아주 망쳐놓게 될 줄이야!

'알 그레도'는 그만 급한 성질을 못 참고 마르샤 몸 위에서 발을 구르며 길길이 날뛰었다. 그 고귀한 대통령 각하 앞에서 말이다. 그러고 나서 다음에 벌어진 상황은 아마 여러분도 익히 짐작한대로 정말 엄청났었다.
마르샤는 심한 모욕감에 몸을 부르르 떨더니 젖먹던 때의 묵은 똥찌끼까지 아낌없이 쏟아냈다. 그것도 내빈석이며 관중석 가릴 것 없이 무지막지하게……. 경기장 관람석은 그야말로 아비규환으로 변하였다. 그 혐오스러운 색깔과 냄새라니…….

"아이고~! 이게 뭔 냄새야?"
"오마이 갓! 사람 살려~!"
경기장은 순식간에 파장되고, 사람들은 삽시간에 흩어져 샤워장이나 목욕탕 등지로 달려갔으나, 이게 물에 씻기기를 하나 잘 떨어지기나 하나 그 이래 거의 한달간을 이 불쾌한 물질 때문에 주변의 수많은 사람들로부터 억울한 오해를 받으며 살아야 했었다.
"이거 뭔 똥냄새야? 혹시 댁이 방구 뀌지 않았소?"
참으로 억장 무너지는 소리 듣기를 감수하여야 했으니…….

'근본적인 원인이 제거되지 않으면 무슨 소용이 있으랴!'라는 유명한 격언과 함께 이후의 빠따라기 경기를 위해 훌륭한 교훈을 남긴 사건이었다. 물론 그 사건으로 이후의 빠따라기 경기일정이 모두 취소되었고…….

4

또 하나의 종목으로 채택된 어쭈구리아 싸움 역시 채택되기까지 말 많고 탈 많았던 것만큼이나 희한한 경기이다.
어쭈구리아는 제7구역의 늪지대 오가페[181)]에서만 서식하는 희귀동물로 물속에 지천으로 깔려있는 플랑크톤 쉬잘[72)]은 안중에도 없고 오직 이 늪지에만 서식하는 플랑크톤 일종인 〈겐또또이Gentoddoy[266)]〉만을 먹이로 하기 때문이다.
이 겐또또이는 처음 발견한 일본계 생물학자 〈겐또이라까Gentoiraka[267)]〉의 이름을 따서 붙여진 이름이고 오가페 늪지에만 있는 〈카토리늄

katorinum[268])〉이란 성분을 먹이로 하고 있으며, 카토리늄 역시 스강나하르에서는 희귀 금속에 속해 딴 지역에서는 아직 발견된 바 없다.
이 카토리늄은 지구연도 2009년 4월경. 지구에서도 미국 여성화학자〈카토리나W.Thi Catoriyna[268])〉에 의해 소량이 발견되었으며, 목성과 명왕성에서 다량이 매장되어 있는 금속임이 밝혀졌었다.

어쭈구리아[262])는 평소 순한 성격이지만 성질만 돋우면 아주 사납게 변하는 것이다. 그럴 수밖에 없는 것이 이 오가페 늪지[181])에는 비스트라메[178]), 두꺼비몽치[180]) 등 여섯 종류의 육식동물이 서식하기 때문에 잡아먹히지 않으려면 사납게 굴어야 하기 때문이다.
따라서 이들 육식동물이 근처라도 다가오면 어쭈구리아는 요란한 몸동작으로 상대의 기부터 죽이고, 그래도 안 물러서면, 그 무섭게 생긴 주둥이로 인정사정없이 물고 늘어지는 것이 물기로는 한 수 하는 망구이앙[177]) 마저도 저리가라 할 정도였다.
망구이앙도 저희들끼리 싸움을 붙이려 하였으나, 이 망구이앙은 저희들끼리는 절대로 싸움을 안하는 묘한 동물인데 반해, 어쭈구리아는 저희들끼리도 거치적거리면 가차 없이 물어뜯고 싸우기 때문에 스강나하르에서는 유일하게 같은 종끼리 싸우는 동물인 것이다.

어쭈구리아는 수륙 양생동물로 거북복어처럼 사각형의 몸체에 보트 탈 때 젓는 노처럼 생긴 발이 몸체 양옆으로 여섯 개씩 달려 있다. 마치 한국의 옛 거북선처럼 물속에서는 노처럼 저어나가고 육지에서는 밑으로 내려뜨려 뒤뚱거리며 걷는 것이다.
온몸은 고슴도치처럼 뾰족해 보이는 가시들로 덮여 있어 시각적으로는 위협적으로 보이지만 실제 만져보면 피부를 찌를 만큼 단단하지는 않다.

눈은 바늘구멍처럼 작은 것이 여섯 개가 앞쪽으로 붙어 있으며 잘 발달되어 있어서 아무리 작은 물체라도, 또 아무리 미세한 움직임이라도 즉시 알아채고 대응한다. 특히 소리에 민감하고 각기 다른 소리들을 분간하고, 또 이 소리들을 기억하고 적응할 정도로 두뇌도 다른 동물에 비해 좋은 편이다.
어쭈구리아는 주둥이가 악어처럼 길쭉하고 날카로운 이빨들이 가지런히 돋아 있다. 다 자란 객체 크기는 몸길이가 1.2m, 몸무게는 50에서 60키로 정도 된다.
어쭈구리아 싸움은 철저한 토너멘트 식으로 진행되며, 두 마리씩 싸움을 붙이는데, 이때 주인이 훈련시킬 때 주입시킨 각종 소리로 전의를 북돋는 것이다. 날카로운 소리에 민감하여, 한바탕 '칵칵'거리며 싸우다가 멈추고 가만히 있으면 그때마다 '호루라기'나 피리, 또는 휘파람 소리 등으로 계속 흥분을 돋궈가며 싸움을 붙이는 것이다.
어쭈구리아는 물려서 상처가 나면 녹색 빛을 띤 피가 나온다. 많이 다치거나 싸움에 승산이 없으면 도망가는 버릇이 있기 때문에 웬만해서는 싸우다 죽는 경우는 없다. 따라서 한쪽이 도망가면 그것으로 승자가 결정되는 것이다.

첫 올림픽 어쭈구리아 싸움에서의 금메달은 스위스계 시계상이었던 유태인 〈아돌프 슈밀러 Adolf Sumiller[270]〉가 차지했다. 대신 그가 1년여 조련해 온 어쭈구리아 '미미'는 주둥이 한쪽을 잃어버리고…….

[제10화]

스강나하르 축제

Festival of Sgăngnahare

베스트세븐 오브 페스티벌

1

파라 1년9월22일부터 10월6일까지 보름간에 걸친, '제1회 스강나하르올림픽[243]'이 전 인류의 대대적인 호응 속에 성황리에 폐막되었다.
이 올림픽은 지구에서처럼 국가별로 겨루는 것이 아닌 선수 개개인의 기량을 겨루는 것으로, 금메달리스트들은 올림픽 메인스타디움인 펠레마운틴스타디움[254]의 〈올림픽골드룸Olympic Goldroom[271]〉에 흉상이 전시되고, 결승 장면은 〈올림픽히스토리Olympic History[272]〉라는 '뷰데이터'에 올려 진다.
'몽글리어달리기'와 '빠따라기타기' 그리고 '어쭈구리아격투'등 진기한 종목이 3개나 추가된, 제 1회 올림픽은 이들 종목으로 인해 인류들로부터 더 큰 관심을 고조시켰 듯이 이후에도 계속 새롭고 진기한 종목들의 추가로 많은 인류들의 관심을 쏠리게 하였다.
스강나하르의 인류는 이 거국적 행사인 올림픽 외에도 크고 작은 행사를 많이 벌렸는데 관심 분야가 제 각각일 뿐만 아니라 참여하는 사람들 수효도 제 각각이었다.

올림픽은 이 모든 행사들 중에서도 스포츠 관심 분야의 총 결집체이므로 규모나 인류들의 호응에서도 단연 이에 따를 대회가 없을 것이다.

스강나하르에는 올림픽 외 빅세븐Big Seven이라 손꼽는 대규모 축제가 일곱 가지나 있다. 이른바 〈베스트세븐오브페스티벌Best Seven of Festival[273]〉이 그것이다.
첫번째로 큰 규모의 행사는 세계풍습박람회이다. 매년 1회씩 11월경에 40일간 일정으로 열리며, 지구시절의 국적별로 인류들이 나뉘어 참여한다. 이 행사는 제3구역의 250만 평방m의 드넓은 〈갈리파공원Gallipa Park[274]〉에서 개최되며, 이미 이 공원에는 연면적 23만 평방m의 대규모 '지구인류사박물관'이 그 위용을 자랑하고 있다.
이 박물관은 외형이 지구 원생대시절의 맘모스를 모델로 하였고 외관 전 표면은 한변의 길이가 7.77m에 이르는 거대한 정육각형 〈시리카유리Cyrica Glass[275]〉를 12만4천286장을 사용, 각 면을 서로 연결하여 이음새 부위를 시리카 재질로 용접해 마감하여 건물 외관 자체가 은빛으로 찬란히 빛나는 환상적인 예술품이었다.
시리카 유리는 밖에서 보면 은빛이지만 안에서 보면 완전 투명으로 스강나하르의 짙푸른 하늘과 색색의 위성들을 선명하게 볼 수 있도록 제조되었다. 스강나하르에서 3억km 쯤 떨어진 우주공간에 이 시리카 유리공장이 건설되었으며, 이 유리는 무중력, 진공상태의 생산라인에서 특수한 기법으로 제조된 초강화 유리이다. 따라서 예리하고도 경도가 높은 다이아몬드 등의 금속으로도 전혀 긁히지 않으며 해머 같은 무겁고 단단한 물체로 내리쳐도 '텅텅' 튀길 뿐 좀처럼 깨어지지 않는다.

특히 이 박물관이 자랑하는 것은 고개를 높이 쳐든 맘모스의 상아에 해당되는 부분으로 내부장식을 제외하고 모든 외피가 무려 3천2백 톤에 달하는 99.99%의 순 황금으로 제작되었다.
또 이 상아는 높게 치켜든 코 밑으로부터 3백20미터 길이로 완만한 곡선을 이루며 치켜졌고, 두 상아 끝의 벌어진 거리 4백44미터를 케이블카로 연결시켜 관람객들이 케이블카를 타면서 〈싼타바바라 호수St' Babara Lake[276]〉의 아름다운 전경을 훤히 내려다 볼 수 있도록 설계하였다. 이 케이블카는 고도가 지상으로부터 무려 1천2백여 미터에 달한다.
맘모스의 두 눈알은 모두 2천500만 배율의 초집점 망원경으로 한쪽은 은하계 중 가장 아름답고 현란한 외우주 D블록 〈델타은하계Delta Galaxy[277]〉에 초점이 맞춰져 있다. 또 한쪽은 외우주 N블록의 〈시그마트론은하계Sigmatron Galaxy[278]〉에 맞춰져 있는데 이 은하계는 한창 우주팽창이 진행 중이라 수억만 개의 밝은 신성新星들이 운무雲舞를 그리는 듯 소용돌이를 치고 있어 실로 장엄하기까지 하였다.

박물관 측의 안내 말에 의하면 파라 2년6월경쯤 되면 내우주의 지구가 속하는 태양계를 볼 수 있는 3억2천만 배율의 특수망원경을 완성할 수 있을 것이라 하였다.
물론 기술상의 문제지만 외우주와 내우주간의 시차視差 극복이 최대 과제로 이의 해소를 위해 큰 것은 직경이 6천7백만km, 작은 것은 2백4십만km에 이르는 거대한 반사경이 내우주 태양계와 외우주 B블록 바카 은하계 사이의 우주공간 7군데에 지그재그 식으로 설치가 되고 난 이후를 전제로 한다고 밝혔다. 이는 마치 물속에 잠긴 잠수함 안에서 밖을 볼 수 있게 하기 위해 굴절망원경을 사용하는 것과 같다고 하였다.
이 박물관 안은 네 개의 구역으로 나뉘어 졌으며, 투명하고 반사가 없는 두꺼운 유리 〈오씰리Osyilry[279]〉로 경계 지어져 있다. 인류발전사관, 지구생태계사관, 지구과학문화사관이 그것이다.
인류발전사관엔 네 개의 공간으로 나뉘고 각 방마다 인간의 태동부터 진화과정, 각 종족의 특성과 변천사, 언어 및 문자의 발달사, 인류의 역사, 종교발전사 등이 온갖 증거자료와 함께 실물이나 모형 등으로 제작되어 전시되고 있다.

지구생태계사관은 입구에 지구가 속한 은하계와 태양계 그리고 거대한 지구모형이 자리 잡고 있다. 그리고 그 안쪽도 네 개의 공간으로 구분되어 온갖 식물류, 동물류, 광물 및 금속류 등과 자연현상, 즉 지층, 대기, 해양에 관한 자료도 모여 있다.
동식물을 비롯한 모든 모형들은 실물 크기로 만들어져 보관되는데 고대 동식물부터 철저한 고증에 의해 특수실리콘으로 제작되었다.
이 모형제작은 미국계 〈빈센트 아크라바트Vincent Acrabatt[280]〉와 한국계 〈황동수Hwang Dong Su[281]〉가 공동 설립한, 〈빈센트황모델테크Vincent & Hwang Modeltech[282]〉라는 연구소에서 만들어 졌으며, 이 연구소에는 6천여 명의 사람들이 각종 모형제작에 참여하고 있다.
특히 이들 연구소에서 만든 고대 공룡 티라노사우루스라든가 알프스 산맥에서 살았었다는 설인, 가상의 동물 킹콩 등은 그 정밀성과 사실감으로 관람객들의 등골을 오싹하게 만들기도 하였다.

지구과학문화사관에는 두 개의 공간으로 분류되어 한 곳에는 인류의 문화변천사로 대륙 간, 종족 간 문화의 흐름과 발전에 관한 자료, 또한 곳에는 지구의 과학기술 변천사와 그간 인간이 발명한 각종 문명의 이기들이 전시되어 있다.
여기에는 초기의 에디슨이 발명한 전화기도 있고 증기기관차, 스위스의 롤렉스시계 등과 함께 한국 삼성전자에서 서기 1996년도에 제작한 '방울방울'세탁기도 놓여 있다.
갈리파 공원 안에는 이곳저곳 세계 각국의 전통 가옥들이 마을을 이루며 조성되어 있다. 이들 마을은 모두 125개국의 125개 마을로, 나머지 마을 조성을 못한 모잠비크, 쿠바 등 30여 개국은 지구 대폭발 때 해당국 국민 모두가 몰살되어 이들 마을조성을 위한 정확한 고증이 없어서 아직까지 조성이 보류된 상태이다. 그러나 이들 고증 안 된 30여 개국의 30여 개 마을은 입지를 위한 부지조성은 되어 있었다.
박람회 측은 이 마을들도 조만간 지구로부터 가져 온 여러 인류사와 인문자료, 사진자료 등을 토대로 인류학자들과 고古건축연구가들로 구성된 지구고건축물연구소의 연구에 의해 조성될 계획이라고 밝혔다.
이 세계풍습박람회는 각 나라별 마을마다 각기 고유의 풍습과 문화, 토속종교, 음식, 의상, 생활용품 등을 소개하는 행사로, 이 행사에 참여하는 사람들은 한결같이 자신의 뿌리를 과시하기 위해 경쟁적으로 정성을 쏟았다.

제1회 세계풍습박람회는 파라 1년11월3일에서 12월12일까지 40일간에 걸쳐 열렸으며 이때 관람객들에 의한 추첨에서 5위권 안에 든 나라들은 1위가 이탈리아, 2위가 네덜란드, 3위 일본, 4위 영국, 5위 스위스 순이었다.
이탈리아는 로마 바티칸 궁전과 콜로세움, 피사의 사탑 등을 실물의

2분의1 크기로 완벽하게 복원하고, 네로황제 시대의 '불타는 로마'를 실물의 10분지1 크기로 재현해 보인 공로를 인정받았다.
2위의 네덜란드는 실물과 똑같은 크기의 튤립을 스강나하르 인류의 수와 같게 4억8천272만1290여 그루 만들어 6천여 평방m 면적에 조성하고, 이 튤립 꽃밭 안엔 역시 실물과 똑같은 6개의 '풍차'를 전시하였다. 그리고 그 유명한 '댐의 작은 구멍을 주먹으로 막아 네덜란드를 구했다는 소년의 이야기'를 실제 크기로 재현하였다.
3위 일본은 홋카이도의 온천지대를 실제처럼 재현하여 관람객들이 직접 온천욕을 즐길 수 있도록 하였으며, 또 후지산을 25분의1로, 천황이 기거하던 천궁은 2분의1로 재현하였다. 무엇보다도 '도요토미 히데요시'시대의 대표적인 온천지역 '벱부'의 일부지역을 실물처럼 재현하여 사람들이 직접 생활해 보임으로써 높은 관심을 불러 일으켰고 아름다운 정원과 아기자기한 집안 장식도 크게 한몫을 하였다.
4위의 영국은 빅밴과 버킹엄 궁전, 웨스트민스터 대성당을 실제 크기로 재현한 점, 이 웨스트민스터 대성당 안에서의 여왕 '엘리자베스 2세의 즉위식'을 완벽하게 재현한 점 등을 높이 평가받았다.
이 즉위식은 당시 참석한 인사들의 실물크기 모형들이 6천8백여 개가 배치되었는데 한결같이 다른 표정과 모습, 다른 복장을 하고 있어 그 노력을 인정받은 것이다.
5위는 스위스로 스위스 전체 국토를 1천분의1 크기의 미니어처로 재현하였는데, 그 정밀성은 뛰어나 스위스 각 도시나 대형 시설물들은 물론 전통가옥과 심지어 자동차며 마차며 사람들까지 1천분의 1 크기로 만들어 배치하였다.
그 미니어처 제작에 들인 노력과 시간도 대단했지만 무엇보다도 이 박람회에 출품된 미니어처 중 가장 규모가 큰 것이었다. 이 미니어처

제작에 소요된 인력도 연 23만 명이었고 제작 기일도 스강나하르 시간으로 석달 가까이, 지구시간으로는 16개월 이상 걸린 것이다.

세계풍습박람회에는 각국의 전래동화며 전래음악, 전통신앙, 신화, 역사적 인물 외에도 각종 예술품, 문학작품, 그리고 주요 문화재나 옛궁전 등의 미니어처, 과거에 사용하였던 모든 종류의 화폐나 우표 등을 전시하였다.

2

두번째 규모의 대회는 '스강나하르 행위무대'로 매년 2회씩, 3월과 9월에 8일간에 걸쳐 펼쳐진다. 이 행사에는 연극, 무용, 발레, 팬터마임, 서커스 등을 망라하였다.
여기에서는 지면 관계상, 현대극이라 불리는 연극에 대해서만 소개를 하겠다. 왜냐하면 무용이나 발레는 거의 지구시절과 비교하여 큰 차이가 없으며 팬터마임은 연극의 〈알타르카Altarca[283]〉로 인해 관객들의 호응을 받지 못하여 극히 일부만이 참여하고 있기 때문이다.
서커스에 있어선 지구적 기술이나 묘기 등이 그대로 답습되어 펼쳐지고, 일부 신체적인 묘기는 몇 가지가 새로이 선을 보였다. 그러나 동물묘기는 스강나하르의 동물들이 지구의 사자, 호랑이, 코끼리, 원숭이 등 서커스에 흔히 등장하는 동물들에 비해 운동신경이 크게 떨어져 훈련시키는 데 어려움이 많다고 한다.

스강나하르에는 1만3천여 개의 크고 작은 연극단체들이 고전과 현대극을 무대에 올리고 있다.
지구시절에 올려졌던 연극들이 고전이라면 스강나하르에 이주해 온 이후에 새로이 개척된 연극형식, '알타르카', 〈듀온Duon[284]〉, 〈샤르데트Shardett[285]〉 등은 3대 현대극이라 불린다.
알타르카는 부담 없이 가볍게 볼 수 있는 1인극으로 '팬터마임'과 첨단 영상기술을 합성한 연극이다. 연기인은 시종일관 아무 대사가 없는 대신 자신의 감정을 무대 중앙에 설치된 〈액드로버시Actdrow Bercy[286]〉란 둥근 원통형 특수막에 〈디파드로버시Dypadrow Bercy[287]〉란 첨단장비를 이용하여 표현하고, 수시로 감정의 변화에 따른 '바디랭귀지'를 가미하는 형식의 연극이다.
현대극 연극단체 중 가장 많은 1천4백여 연극단체에서 알타르카를 고수하고 있으며, 전용무대는 제1구역 내 '빌모어' 잔디광장 뒤쪽 〈보들레르의 사색Speculation of Baudelaire[288]〉이란 숲속에 자리한 113층 타워형 빌딩 〈알타르카타워Altarca Tower[289]〉이다.
이 타워에는 5천 석 소극장이 32개, 3천 석이 86개, 1천 석이 52개, 5백 석이 30개 등 모두 200개의 소극장을 갖추고 있으며, 그 외 1천5백여 개의 크고 작은 사무실이 들어 있다.

듀온은 사람과 특수 홀로그램이 혼연일치되어 내용을 표현하며, 소수의 출연진으로도 마치 대군중을 동원한 것과도 같은 효과를 보여준다. 다시 말해 무대 스케일이 웅장해 보이게끔 '영상트릭'을 이용한 연극이다. 이 듀온은 환상 홀로그램에 일가견이 있는 유명한 예술가 〈리잔 데 고흐Ryzan De Gogh[290]〉가 개발해 낸 연극형식이다.
많은 연극인들은 이 듀온을 무대에 올리는 것을 즐기는데, 이유는 이 무대만큼 화려하고 스펙터클한 연극이 없기 때문이다. 또한, 스강나하르의 인류들도 대부분 이러한 연극을 즐겨보는 추세였다.
듀온의 소재는 스강나하르의 개척을 다룬 내용들을 많이 채택하였다. 마치 영화 '벤허'나 '로마제국의 멸망, '스타워즈'처럼 웅장하고 드라마틱하기 때문이다. 그러나 이 듀온 형식의 연극은 무대에 올리기 위해선 많은 시간과 노력이 필요하다. 그리고 이 듀온은 연극의 '대서사시'로 통하기도 한다.
듀온을 고수하는 연극단체는 모두 876개로 활동하는 연극인은 알타르카의 5천2백여 명보다 훨씬 많은 12만8천여 명이다.
이들은 대규모의 공간을 필요로 하기 때문에 제2구역의 〈신성한 대지[283]〉 안에 전용극장 〈큐빅티어터Cubic Theater[283]〉를 갖고 있다. 207층 정육면체 기둥형의 건물은 보는 각도에 따라 면의 색깔이 바뀌는 '카멜레온'기법으로 설계된 고전적 건축양식의 빌딩이다.
최첨단 레이저빔 시스템을 각기 갖춘 1만2천 석의 대극장이 8개, 8천 석의 중극장이 34개, 6천 석의 소극장이 52개 등 모두 94개가 마련되어 있고, 비교적 넓은 사무실도 1천여 개가 준비되어 있다.

샤르데트는 일체의 행위나 소도구를 배제하고 행위자 자신의 '영적' 능력만으로 관객을 이끌어가는 '최면술적'연극이다. 행위자가 무대 중앙에 나서서 모든 관객을 집단최면 시키고, 최면상태의 관객들에게 영적으로 행위를 보여주는 연극이다.
따라서 이러한 연극 행위자는 고도의 영적 에너지를 가진 사람들만이 가능하므로 스강나하르에는 이런 행위자가 2백40여 명에 불과하다. 샤르데트를 추구하는 연극단체는 모두 81개로 1천 4백여 명의 회원을 갖고 있다.

전용관은 제1구역 '갠사스 녹지'에 마련되어 있으며, 38층짜리 피라미드 형태의 건물 안에, 5백 석짜리 소극장이 7개, 2백 석짜리가 21개 등 모두 28개의 소극장이 자리 잡았다. 이러한 형식의 연극은 관객이 많으면 장애가 있기에 관객 수도 엄격히 제한하였다.

3

세번째 규모의 것은 '스강나하르 경연대회'로 매년 2회, 1월과 7월에 보름 정도 일정으로 개최되며, 음악관련, 예술관련, 잡기관련 등 3개 부문으로 나뉘어 별도로 진행된다.

음악 관련에는 성악, 기악, 작곡, 오페라, 판소리 등과 악기제조도 해당되며 별도로 일반인들이 참여하는 '스강나하르 노래자랑대회'도 있다.
스강나하르 음악계도 고전과 현대로 장르를 구분 짓고 있는데 고전 음악가들의 인기가 더 좋았다. 단편적인 예로 고전음악가 중 그레잇스피리트노엘[145] 전당에 헌정된 음악가가 7명인데 반해 현대 음악가는 단 한명에 불과하기 때문이다. 특히 작곡가로 이름을 드날리는 한국계 〈장미소Jang Mi So[292]〉는 '그레잇스강나하르'란 곡을 작곡한 사람으로, 스강나하르의 장엄한 자연경관과 인류의 개척정신의 위대함을 표현한 곡으로 전곡을 연주하는데 장장 3시간12분이 소요되는 곡을 작곡하였다.

일곱 음계를 넘나드는 그 웅장한 '하모니'와 강렬한 '옥타브', 여기에 동원되는 오리지널 악기만도 47가지나 된다. 일체의 컴퓨터 합성음은 사용을 않고, 벨기에계 악기제조 기술자인 〈스타 가르샤와Star Garshaoa[293]〉가 발명한 〈드릉브릉Durungburung[294]〉'이란 악기의 음을 주멜로디로 이용하였다.

이 드릉브릉이란 악기는 제12구역에 서식하는 〈아갈피에나무Agalpie Tree[295]〉에만 사는 〈또또드릉Totodurung[296]〉과 〈또또브릉Totoburung[297]〉이란 동물의 나팔처럼 생기고 손가락만한 발성기관 2십6만8천 개를 조합하여 만든, 지구의 파이프오르간과 같은 거대한 악기로 보면 된다. 이 악기는 '천상의 소리'처럼 극초저음부터 극초 고음까지 무려 12음계의 영역을 구사하며 떨림이나 찢어짐 없이 맑게 들리는 것이 큰 장점이다.
그러니 이 악기 한대를 만들려면 그 귀엽고 예쁜 또또드릉과 또또브릉이란 동물 2십6만8천 마리 이상을 발성기관을 떼어 냄으로써 벙어리로 만들어야 했다.

유명한 성악가로서는 이탈리아계의 테너 〈루체노 바바로티Luceno Bavarotti[298]〉와 한국계 여성 소프라노 〈조수정Jo Su Jeong[299]〉이 현역에서 꾸준히 뛰고 있으며, 스강나하르 태생 성악가로는 테너 〈바리샤 율리앙Barisha Julian[300]〉과 〈맥그러우McGraw[301]〉, 〈이반 레베데프Ivan Lebedev[302]〉, 〈앙가르드Ang Gnarled[303]〉, 소프라노는 〈피네 베베앙Pynea Bebeang[304]〉, 〈피네 루루앙Pynea Luluang[305]〉 자매와 〈앙드루Angduru[306]〉, 〈데 미리앙De Miriang[307]〉 등이 한창 주가를 올리고 있다.
오페라는 지구식 그대로 전수되어 발표되고 있으나 '백조의 호수'

나 '호두까기 인형'외에는 별 관심을 보이지 않고 다른 오페라를 무대에 올릴 경우, 극히 일부의 사람들만이 관람할 뿐이다. 따라서 '로얄오페라'단이나 〈엔드류 로이드 웨버Andrew Lloyd Webber[308]〉단 등 제법 규모가 큰 오페라단들이 주축이 되어 스강나하르 인류에게 걸맞은 현대 오페라를 개발하는데 여념이 없었다.
판소리는 한국의 전통 국악이다. 이 판소리에 매료되어 관람하는 사람도 제법 되었지만 이를 배우려는 사람들도 제법 되었다. 거의 모든 소리꾼들은 지구 참사 때 죽었으며, 유일하게 서편제를 익힌 인간문화재 '약익식'과 진주 대동문화재 때 판소리 부문 장원을 한 '김동숙'이 활동하고 있으며 '약익식'의 경우, 그 수제자만도 2천7백여 명을 헤아릴 정도로 반응이 좋았다.
경연대회 파장에 즈음하여 개최되는 스강나하르 노래자랑대회는 참가자들로부터 제법 인기가 좋은 대회이다.
이 대회는 지구시절 유일하게 한국에서만 개최되었던 대회였는데, 한국계 코미디언 출신의 '완투쓰리'라는 친구가 제안해서 시작되었고, 이후 그가 사회까지 지속적으로 도맡아 한다. 그는 이 대회를 아주 익살스럽게 진행하였고 또 출연자들 상당수가 웃기는 바람에 많은 웃음을 자아내는 대회인 것이다.
경연대회 예술관련에는 미술, 조각, 판화, 공예, 서예, 모형제작 등이 출품된다. 이 예술관련 행사에는, 수많은 화가나 조각가들이 좋은 작품을 많이 출품하고 있으나 의외로 스강나하르의 인류들로부터는 크게 관심을 못 받고 있는 형편이다.
그래서 한 괴짜 조각가는 '엽기적'인 조각품들을 출품하여 관심을 끌기도 하였다. 그러나 그의 작품들이 너무 섬뜩하고 구역질이 난다 하여 파라토피아[139] 원로회의 로열챔버십[196]이 출품을 자제해 줄 것을 당부하였다.
'머리가 둘 달린 태아胎兒'라든가, 눈이 12개 달린 '베에토벤' 흉상이라든가, 세 가닥으로 갈라진 긴 혀로 자신의 유방을 핥고 있는 '비너스상' 등은 보기에도 섬뜩하고 흉측스럽기만 한 것이었다.
그러나 경연대회 잡기관련에는 인류의 호응도가 꽤 높은 편이었다.
지구의 '기네스'를 그대로 도입하여 각종 진기록과 묘기가 선보이고 일반인들을 위한 '장기자랑대회'도 있는데 이 진기한 구경거리들을 보려고 몰려드는 인파는 엄청났다.

이 〈스강나하르기네스북Sgangnahare Guinness Book of Records[309)]〉에는 과거 지구시절 상상도 못했던 진기록과 묘기들이 속출하였다.

4

네번째 규모는 〈스강나하르씨네마페스티벌Sgangnahare Cinema Festival[310)]〉로 매년 6월에 보름간에 걸쳐 열리며 지난 1년간 새로 제작된 '영화'를 선보이기도 하고 과거 지구에서 상영되었던 영화들도 감상할 수 있는 행사이다.
이 영화제는 제1구역에 위치한 알파 구역 내 드볼드쉬[130)] 언덕 위 그레잇스피리트노엘[145)] 전당 부근에 옛 우주선 '아폴로'를 본떠 만든 2개의 거대한 쌍둥이 빌딩에서 진행된다.
이 빌딩의 형상은 마치 막 우주로 비상하려는 듯 서있는 모습인데 그

중 한 빌딩은 3만 명을 수용할 수 있는 대상연관 1개와 1만 2천 명을 수용하는 3개의 중상영관, 5천 명을 수용하는 소상연관 5개 등을 갖춘 복합상영관 〈스필버그디어터Spielberg Theater[311]〉이고, 나머지 한 빌딩은 열 명 내외의 인원으로 속닥하게 감상할 수 있는 초미니 상영관 500실을 갖춘 〈밀레니엄디어터Millennium Theater[312]〉로 불리었다.
이들 상연관들은 모두 '초광폭수지편 백색스크린'을 갖추었으며, 특히 3만 명을 수용하는 대상연관 〈막스뷔베MaxVeber[313]〉는 스크린 크기가 폭 8백m, 높이 3백m로 관람석을 감싸안은 듯한 반원형으로 시야가 145도나 되었다. 영상은 영사식이 아닌 막면 뒤에서 쏘는 방식이다.

다섯번째 규모의 행사는 3월과 9월중에 3일씩, 년 2회 개최되는 〈오케이뮤직댄스페스티벌OK Music Festival[314]〉이다. 대중적 인기를 모으는 모든 가수와 최고 인기를 모으는 댄서들이 스포트라이트를 받으며 등장한다. 아마 미국의 유명한 가수 '마이클잭슨'을 모르는 인류는 없을 것이다. 그의 인기는 스강나하르에서도 여전하였다.
또 한국의 가수 '김건무' 역시 스강나하르의 가요계를 주름잡았다. '김건무'는 지구에서의 전성기 때는 원래 작은 키였었는데, 일본계의 유명한 성형학자 〈나카무라 사토루Nakamura Satoru[315]〉가 개발한 〈쑈타리메도Shorttari Medo[316]〉라는 성형술을 시술 받고 무려 20cm나 커진 롱다리가 됐다.
스강나하르 태생의 나이어린 가수와 댄서들이 주가가 없는 이유는 그들 또래라고 해 봐야 기천을 넘지 않기 때문이다. 그런데 〈리따우Rytawoo[317]〉란 여가수는 인기가 좀 있었다. 그녀의 〈스랑가리랑Suranggarirang[318]〉이란 노래는 애절한 사랑을 담은 노래로 인류들의 옛 지구적 추억을 불러 일으켜 그 노래를 듣고 눈물을 흘리지 않는 사람이 없을 정도였다.
댄스의 대가로는 그리스계 〈아마게네Amagene[319]〉가 첫손 꼽힌다. 그는 〈푸쉬푸시Pushpush[320]〉라는 스텝과 〈미도리Midori[321]〉란 두 가지 스텝으로 일약 댄스의 붐을 일으킨 사람으로 매주 두 시간씩 로열챔버쉽[196]멤버들을 상대로 댄스 강의를 나가는 사람이다.

여섯번째 규모의 행사는 매년 1회, 12월24일과 25일 크리스마스 양일간에 걸쳐 개최되는 '스강나하르 가장행렬'이다. 이 행사는 브라질 '리오데자네이로'에서 열리던 '카니발축제'를 기획한 바 있는 브라질계 〈싼토 바기니Santo Baginee[322]〉의 제안에 의해 시작되었다.
지구시절의 각국의 의상들은 물론, 전설 속의 괴물이나 유령, 우주괴물 등 온갖 변장들이 다 동원되는 행사였다. 이 행사의 하이라이트는 〈샴바Shambaa[323]〉라는 샴페인을 들이키며 〈몽그스Mongguss[324]〉라는 냄새가 지독한 과일을 아무한테나 집어던지는 것으로 행사가 끝날 땐 행사장이 몽그스 악취와 으깨진 쓰레기로 지저분해지기 일쑤였다. 물론 청소당번은 로봇이 맡겠지만…….
몽그스는 스강나하르 숲에서 흔하게 발견되는 〈우짜뚱Wooozzaddung[325]〉이란 나무의 열매로 크기는 주먹만 하고 생김새는 둥글넓적하다. 얇은 껍질과 과즙은 붉은 빛을 띠고 있으며 계란 썩은 냄새가 천지를 진동한다. 과즙은 물컹하여 조그만 충격에도 쉽게 터지며 맛은 조금 떫지만 그런대로 먹을만하다.

마지막으로 일곱 번째 규모의 행사는 년 4회, 1월, 4월, 7월, 10월에 개최되는 〈머드랜드페스티벌Mudland Festival[326]〉로 스강나하르를 돌고 있는 위성 중의 하나인 템페스트Tempest200) 위성에 가서 치루는 행사다.
템페스트는 스강나하르의 12개 위성 중에 네 번째로 큰 달로 직경이 5천 36km로 스스로 자전하는 구형이며 스강나하르 제1구역 멤사스센터76)에 가장 근접했을 때의 거리가 46만249km이다.
전체 면적의 17%가 진흙으로 이루어졌으며 마른 땅은 3.46% 정도인 126만 평방m에 불과하고 나머지는 염분이 없는 바다로 이루어졌다.
이 위성의 진흙이야말로 0.003mm이하의 아주 고운 입자로 구성되어 있고 요도와 다량의 미네랄이 함유되어 있어 피부미용에도 좋다.
그러나 이 위성에는 산소농도가 희박하고 중력이 약해 일반인들은 산소마스크와 소형 로켓엔진이 부착된 특수복을 입어야 하며 경기에 참석하는 사람은 특수훈련을 받아야 한다.
왜냐하면 경기에 직접 참여하는 사람들은 몸에 아무 것도 걸치지 말아야 하기 때문이다.
희박한 템페스트의 산소로도 두 시간 이상은 견딜 수 있어야 하며 거의 무중력 상태에서 자유롭게 활동할 수 있어야 하기 때문이다.
이 머드랜드페스티벌은 광활하게 펼쳐져 있는 진흙뻘에서 온갖 경기가 치러지며 직접 경기에 임하는 사람이나 관전하는 사람이나 모두 흥미진진하고 통쾌한 스릴을 준다.

이외에도 스강나하르에서는 크고 작은 축제들이 연일 개최됨으로써 인류들은 그 긴 세월을 무료하지 않게 보낼 수 있었다.

[제11화]

스강나하르 기네스대회

The Guinness of Sgăngnahare

온갖 기기묘묘함의 극치

1

'스강나하르 경연대회'에서 '잡기관련'으로 분류되었던 '스강나하르 기네스대회[309]'는 날이 갈수록 인류의 호응도가 높아 갔다. 이 대회는 모든 운영방식이 지구의 '기네스'제도를 그대로 도입하여 펼쳐졌으며, 해마다 수천 건씩의 각종 진기록이 수립되고 진기한 묘기들이 선보였다. 따라서 이 대회는 거듭될수록 관람객들도 폭발적으로 늘어날 뿐만 아니라, 기네스북에 오르려는 사람들 또한 폭발적으로 늘어나 경연대회에서 별도로 독립된 대회로 분류하지 않으면 안될 상황에 이르렀다.

스강나하르 기네스대회는 스강나하르 경연대회에서 독립하여 명칭을 〈스강나하르 기네스멤버십Sgangnahare Guinness Membership[327]〉으로 개칭하고 파라 8년4월12일부터 17일간에 걸쳐 첫 대회를 치렀다.
이 대회는 마침 지구시절 태국계의 기네스협회 이사를 한 바 있는 〈부란푸르B.W.Buranfure[328]〉란 사람의 발의로 경연대회의 들러리로 첫 대회를 시작한 이래, 파라 2년12월말로 불과 1년여만의 짧은 기간에 300여만 명의 회원을 거느린 거대 단체로 발전하였다. 이 숫자는 5억에 채 못 미치는 스강나하르 인구로 미루어 대단한 붐이라 할 수 있으며, 편히 잘 살 수 있음에도 불구하고 그간 인류들의 무료함을 엿볼 수 있는 단면이기도 하다.
"아! 하루하루가 왜 이리 지겹냐?"
"뭐 신나는 일 좀 없을까?"
하던 차제에 엽기적인 기록들과 묘기는 이들에게 관심거리가 아닐 수 없었고 이러한 기록에의 도전을 위해 별별 궁리만을 하면서 사는 사람들도 그 수를 헤아릴 수 없을 만큼 늘어났다.
그 행태들을 일일이 표현할 것 같으면 대부분 사람들은 '말도 안된다'며 '그런 엉터리가 어디 있냐?'하며 반문할지 모르지만 한때 한국이라는 나라에서 일대 소동을 일으켰던 사이비 종교의 '휴거'를 기억해 보면 엉터리 같은 일들에도 사람들은 쉽사리 현혹되는 것으로 봐서 인간이란 단순하고도 유치하기 이를 데 없는 존재임엔 틀림없다.

한국 사이비 기독교단에서 '지구 종말론'을 펴며 '모년모월모시'에 세계 인류가 '최후의 심판'을 맞게 되며, 그중 선택된 일부의 사람들만이 '산 채로 하늘로 들림을 받는다' 하는 거짓 예언 때문에 얼마나 많은 사람들이 이 교단에 전 재산을 헌납했으며, 얼마나 많은 여성들이 목숨보다 더 고귀하고 아까운 지조를 받쳤던가?
상당수의 고관대작이나 지식인들까지 이들 사이비 종교인들의 '휴거론'을 믿었으니, 이처럼 어리석은 사람들이 얼마나 많았는가를 생각해 보면 세상이란 '불가사의한 일'들이 비일비재로 일어나고 있음을 알 수 있을 것이다. 그러니 여기에서 몇 가지 진기한 것들을 소개하면 반드시 그런 것들이 허구로 꾸며낸 거짓이 아님을 알 수 있을 것이다.

2

먼저, 스강나하르 기네스멤버쉽은 파라 3년1월20일 정오에 7만여 명의 인사들이 참석한 가운데 멤사스센터[76] 86층에 마련된 협회 대회의장에서 창립총회를 개최하였다. 4만3천 평방m의 드넓은 대회의장도 넘치는 인파로 발 디딜 틈도 없었다는 것이 이날 참석한 인사들의 증언이다.

이날 총회에서는 임시의장을 맡은 전 회장 '부란푸르'를 초대 총재로 추대하고, 파라 7년10월10일 준공을 목표로 제1구역 내 갠사스녹지에 전용공연장 〈기네스스튜디오센터Guinness Studio Center[329]〉 건설계획을 승인하였다. 그리고 전용센터의 개관 이전까지는 제2구역의 '신성한 대지'안에 있는 듀온연극무대 〈듀온빌리지Duon Village[330]〉를 빌려 쓰기로 하였다.

마침내 기네스스튜디오센터가 준공되던 날은 마치 축제일처럼 스강나하르 인류들을 설레게 하였고, 새로 선보인다는 최첨단 시설에 대한 궁금증으로 기네스멤버쉽[327]에는 문의 〈텔레스코프Telescope[331]〉가 빗발치듯 하였다.

이 센터는 지상 77층, 지하 7층 규모로 지상의 건축물 높이만 6백2십m에 이르렀다. 지상 1층은 스타디움으로 사용되는데, 천정 높이만 3백3십m이며, 면적도 4만5천 평방m에 관람석은 총 100단의 경사식 구조로 설치되어 3만3천 명이 동시에 관람할 수 있게 설계되어 있다.

따라서 센터 1층은 일반 건축물로 따지면 무려 100층에 해당되는 높이었다. 한꺼번에 몰리는 인파를 고려하여 초고속 〈엘리드롭베어시스템Ele Drop Bear System[332]〉 100대가 동시에 가동되며, 전 인류를 위한 중계를 위해 77개의 〈쓰리디뷰카메라3D View Camera[333]〉가 공연장 반원 전 방위의 '스퀘어 2.33도' 각도로 분할, 입체영상을 입력할 수 있게 되어있어 실제와 똑같은 홀로그램을 재현할 수 있도록 하였다.
스강나하르의 과학이 이룩한 최첨단 운송장치 엘리드롭베어시스템과 최첨단 입체화상 카메라 '쓰리디뷰카메라'가 처음으로 선보인 것이다.
엘리드롭베어시스템은 기존 초고속 엘리베이터와는 근본부터 다르다. 마치 지구적 빌딩주차장에서 승용차를 들어올리고 내리는 콘베어식 주차시설을 떠올리면 대충 구조는 알 수 있을 것이다.
'타원형 무한궤도식'으로 콘베어가 회진하면서 한쪽이 올라가고 반대쪽이 내려가는 원리는 비슷하나 체인에 의해 작동되는 것이 아니라 진공상태의 〈드롭베어라인Drop Bear Line[334]〉의 회전틀 속으로 사람을 태운 〈드롭베어캡슐Drop Bear Capsule[335]〉이 자동으로 들어갔다가 원하는 층으로 자동 배출되는 시스템인 것이다.

쓰리디뷰카메라 역시 피사체를 '반원 전 방위 스퀘어식 분할'로 스캔하는 최첨단 광학기재로, 피사체로부터 보내오는 반사빛을 스캔 받아 〈토털뷰에이리어Total View Area[336]〉로 보내는 역할을 한다. 이 데이터를 토털뷰에이리어에서 합성하여 이를 〈쓰리디라운드3D Round[337]〉라는 특수 공간에 재현시키는 것이다.
〈기네스파노라마홀Guinness Panorama Hall[338]〉이란 전시실엔 역대 기네스에 올랐던 온갖 기록과 묘기들중 '백미'만을 엄선하여 약 2십만 점의 사진자료와 6천여 관련 모형들이 전시되었는데 한결같이 희희기기한 모습과 형태들이었다. 관람하는 사람들 상당수가 입이 벌어져 할 말들을 잊고 넋 나간 채 보고만 있을 뿐이었다.

3

"와! 저것 좀 봐요. 저거 사람 맞나요?"
"어머나! 장난 아니네?"
"아니 저건 또 뭐야? 머리가 네 개나 달린 돼지도 있었나?"
"흠! 이건 넘 참혹하군! 아무리 기네스라곤 하지만 어찌 한 몸뚱이에 머리가 세 개, 다리가 여섯 개, 팔이 네 개가 붙은 인간의 모형을 이렇게 버젓이 전시할 수 있을까?"
갑자기 사람들이 한곳에 모여들며 소란스러워 졌다.
"이건 또 뭐야?"
"사람아냐? 근데 진짜 살아있는 모양이네?"
"그러게? 말도 하고 웃기까지 하는데?"
그도 그럴 것이 크리스털 쟁반 위에 놓인 인간의 머리가 관람객들에게 말도 건네고 우스갯소리까지 하더니 별안간 크게 '껄껄'대며 웃기까지 한 것이다.

처음 관람객들은 사람의 머리를 모형으로 만들어 접시 위에 올려놓은 것이려니 생각하고 무심코 지나치거나, 짓궂은 몇몇 사람들은 그 머리를 쓰다듬고 가거나 '툭' 치고 지나갈 뿐이었는데, 느닷없이 그것도 파라토피아 제3대 대통령 일본계 〈이찌 야로꼬Izzi yaroko[339]〉가 지나갈 즈음에 갑자기 떠들고 웃으며 말을 건네는 것이라 많은 사람들은 깜짝 놀라 벌린 입을 다물지 못하고 있었다.
'이찌 야로꼬' 대통령은 가까스로 놀란 가슴을 진정시키고 기네스 관계자에게 따져 물었다.
"도대체 이건 또 뭐요? 내가 얼마나 놀랬는지 아시오?"

로열챔버쉽의 몇몇 원로회원의 항의도 만만치 않았다.
"이보시오. 아무리 기네스가 진기한 것들을 모아 둔다손 치더라도 이건 엄연히 인간 모독행위요. 도저히 있을 수 없는 일인고로 내 로열챔버쉽 자격을 걸고서라도 기네스 측을 응징할 것이오."
"이봐요. 기네스 양반! 난 간이 떨어져서 죽는 줄 알았소."
"이건 좀 심했다. 끌끌끌……."

한참동안 말도 못하고 식은땀을 훔치기만 하던 기네스 관계자는 공손하게 두 손을 모으고 덜덜 떨리는 목소리로 설명을 했다.
"각하, 정말 죄송합니다. 그리고 원로 어르신, 참으로 송구스럽습니다. 여러분 모두에게 죽을 죄를 지었습니다."
"사과만 장황하게 늘어놓으면 쓰나? 빨리 이 사람을 데리고 가서 몸뚱이를 붙여주구려."
"그러게요. 너무 불쌍하네요."
"네, 지금 당장 이 사람에게 몸뚱이를 붙여주도록 하겠습니다."
그때 머리만 있는 사내가 크게 외쳤다.
"뭐라고? 누가 뉘 맘대로 내게 몸뚱이를 붙여준다고 그래? 난 이대로 있게 그냥 놔두란 말이야! 안 그러면 나 죽을 거다."
"아니, 이 사람 왜 이러지요?"

그제야 기네스 관계자는 많은 관람객 앞에서 그간의 사정을 털어 놓았다.
"이분은 중국계 〈짜오쩡뚱Jjaojjeongddung340)〉이란 사람으로 연전에 저를 찾아와서 기네스북에 오를 만한 묘기를 여러 가지 갖고 있다고 한번 봐 달라고 조르더라고요. 막상 이 분의 묘기를 본 결과 신통한 것이 하나도 없드랬습니다. 그래서 그 정도의 묘기로는 기네스북에 오를 만한 가치가 없다고 말씀 드렸는데도 막무가내지 뭐겠습니까? 그 뒤로도 이 분은 걸핏하면 '이번 묘기는 틀림없다'며 수시로 저를 찾아와 저를 엄청 괴롭혔답니다."
"그리고 한동안은 아무 연락도 없고 또 찾아오지도 않더니만 어느 날, 이 분은 허리 아랫부분을 없애고 로봇에 들려 저를 또 찾아 왔드랬습니다."
많은 사람들은 침을 '꼴깍'거리며, 그의 다음 말을 기다렸다.
"물론 저도 처음 이런 꼴을 하고 온 이 분을 보고 깜짝 놀랐었지요. 저는 이 분에게 '이 모습은 병신의 모습이지 어찌 묘기라 할 수 있겠느냐'고 말입니다. '팔다리 잘린 병신을 한번도 못 봤느냐'고 큰소리로 야단쳐서 보냈습니다."
"그래서요?"
"빨리 돌아가서 '인조성형'을 받든가 '생체재생'을 받던가 하라고 막 뭐라 했습니다."
"그래서요?"
"그러고 나서 얼마 안되어 이 분은 제게 다시 나타났는데……."
"그리곤요?"
"지금 이 모습을 하고 말입니다."
"그때도 내쫓거나 야단치지 않았나요?"
"물론 처음에는 꼴도 보기 싫고 또 토할 것 같아서 쳐다보지도 않았지요. 근데 이 분은 참으로 끈덕지더라고요."
"맞아! 그건 나도 인정해요."
머리만 있는 사내가 맞장구를 쳤다.
"그 다음엔 어찌 되었나요?"
"이 분은 손을 저으며 내쫓으려는 저에게 '극한상황에서 초인적 능력으로 오래 참는 것은 기네스 정신에 속하지 않느냐'고 묻더라고요."

"그 소리에 저도 잠시 생각해 보니 맞는 말인 것도 같더라고요."
"그래서 이 분을 자세히 살펴보았지요. 이 분은 머리만 가지고도 얼마든지 살 수 있다고 큰소리치면서, 다소 보는 이에게 혐오감은 줄지언정 몸뚱이 없이도 머리만으로 얼마든지 살 수 있음을 증명해 보이겠노라고 비장한 결심을 내비쳤습니다."
"그리고는 제게 '도와 달라'고 닭똥 같은 눈물을 뚝뚝 흘리면서 간청해 왔습니다. 그래서 그렇게 살면 행동도 부자연스럽고 불편한 것이 많을 텐데 괜찮겠냐고 물었지요."
"이 분은 기네스에 오르기가 그리 쉽지만은 않더라며 기록에 오를 수만 있다면 더한 것도 감수하겠노라는 것입니다."
"그래서 또 물었지요. 남들한테 혐오감을 줄텐데 어찌 생각하느냐고요."
"그랬더니 '이젠 병신들도 얼마든지 고칠 수 있고 또 수명도 얼마든지 늘릴 수 있는 세상에서 병신에 대한 편견이 있을 수 없지 않냐'며 '다 자기가 원하는 형태로 살 권리도 있는 것'이라며 '머리만 가진 한계체형으로 살아가겠노라'고 대답했답니다."
"그러면서 자신의 머리를 뒤집어보라고 하기에 들어서 목 부분을 살펴본 즉, '오! 마이갓!'하고 제 입에서 두 번째 비명이 저도 모르게 흘러 나왔습니다요."

기네스 관계자의 말을 듣고 있던 '이찌 야로꼬' 대통령 이하 모든 사람들이 일제히 머리를 쳐다보며 침을 '꿀꺼덕' 삼켰다. 어떤 성급한 사람들은 머리를 들어 올려 목 부분을 유심히 살펴보기까지 하였다.
"자 여러분! 날 갖고 노시다가 제자리에다 잘 갖다 놓기만 하면 되오."
머리사내가 한마디 더 하였다.

"글쎄, 목 부분에 글쎄……."
"더듬지 말고 말해봐욧!"
"글쎄, 뭔가 살가죽이 '콩닥콩닥' 뛰고 있지 않겠어요? 뭐냐고 물었더니 그게 작게 축소된 심장이래요. 또 그 목 안쪽으론 축소된 위와 허파, 신장, 꼬추 등 별 희한한 게 다 들어 있다고 그러지 뭡니까요?"
"머리만 있으니 부양해야 될 신체도 없고 또 운동량도 적으니 적게 먹어도 되고, 그러니 배설량도 적고……."
"산소 소모량도 적으니 허파도 클 필요가 없고……."
"아하! 그렇게 깊은 뜻이?"
모여 있던 모든 사람들은 그제야 고개들을 주억거렸다.

4

기네스스튜디오센터[329)]〉의 개관식에는 상상을 초월한 최첨단 장치들에 대한 호기심으로 1백만이 넘는 사람들이 참석하였고, 그 이래 이 시설들을 구경하러 다녀간 사람도 3개월 사이에 무려 8천6백만 명을 넘어 섰다고 한다. 우선 인류로부터 지대한 관심 속에 개관한 이 기네스스튜디오센터의 외관부터가 특이하였다.
이 외관 디자인은 남아프리카공화국계의 백인 〈무하마드 압슬러 Muhamad Yabsuler[341)]〉에 의해 디자인되었으며, 지구시절 올림픽 체조 3관왕이었던 러시아계 '코마네치'를 모델로 하여 그녀의 '배를 바닥에 깔고 머리를 바짝 치켜든 채 두발을 두 손으로 잡고 있는' 요염한 포즈를 그대로 확대한 것처럼 건물 외관에 적용시킨 것이다. 그 사실적인 아름다움뿐만 아니라 건축물로서 표현할 수 있는 최상의 '곡선과 미의 극치'였던 것이다. 또한 그 종아리 부분에 올려놓은 지름 8백m에 이르는 거대한 공은 지구의 모형이었으며 그 공 안에는 과거 지구 시절의 '기네스'와 관련된 자료들이 전시되었다.

그날 개관식에 참석한 파라토피아 제3대 대통령 '이찌 야로꼬339)'는 축사를 하던 도중에 너무 두려운 나머지 울먹이는 목소리로 이렇게 외쳤다.

"아! 진정 이 우주에는 전지전능하신 신이 계시온지요? 계시다면 우리 인간을 굽어 보살피옵소서! 우리 인간의 문명이 신의 영역까지 넘보게 될까 심히 두렵사옵니다. 우리 인간으로 하여금 더 이상 자만하지 않도록 굽어 살피시옵소서!"

그리고 원로회의 로열챔버십의 한 원로도 다음과 같이 중얼거렸다.

"흐미, 세상에…, 세상에…! 살다… 살다보니 벼라별 희한한 꼴 다 보겠네."

[제12화]

스강나하르 동물농장

The Guinness of Sgăngnahare

무성생식으로 번식

1

스강나하르에서 개최되는 수많은 페스티벌 중에서 일곱 번째 규모에 해당되는 머드랜드페스티벌[201]은 그 특이한 환경과 치러지는 경기의 다양성으로 인류에게 깊은 인상을 심어주기에는 그만한 경기가 없었다.
대부분의 페스티벌이나 경기들이 지구시절과 같거나 유사하지만, 이 진흙탕에서 치러지는 머드랜드페스티벌 만큼은 지구의 갯벌에서 간단하게 즐기는 진흙탕 장난과는 차원이 다른 것이다.

처음 이 머드랜드페스티벌이 개최될 초기에만 해도 진흙탕에서 뒹굴며 하는 진흙게임이 깨끗하고 우아하게 살아가던 스강나하르 사람들한테는 아주 지저분하고 번거로운 게임 정도로만 인식해 왔었다.
그러나 핀란드계 엔지니어 출신의 '마크 트웨니Mark Twenty[202]'와 이스라엘계 목수 출신의 '세로니비치Seronibichi[203]'의 끊임없는 템페스트[200] 위성의 현지답사와 다양한 종류의 게임연구에 의해 더할 나위 없이 훌륭한, 체력단련과 오락을 겸하는 스포츠임을 증명했다.
처음 두 사람은 스강나하르의 한 독일식 맥주주점에서 만났다. '마크 트웨니'는 마른 체구에 큰 키, 검은 구레나룻이 유난히도 짙고, 선량한 인상을 지녔으며 '세로니비치'는 작은 키에 뚱뚱한 체형으로 대머리가 까진, 좀 수다스러우면서도 잘 웃는 사람이다.

스강나하르에는 대머리가 없다. 대머리들은 간단한 첨단 식모술植毛術로 원하는 스타일이나 색상의 보기 좋은 머리칼을 가질 수 있어서 구태여 대머리를 반짝이며 다닐 이유가 없었던 것이다. 그런데 '세로니비치'는 대머리인 채로 활보하는 것이었다. '마크 트웨니'는 오랜만에 번들거리는 생생한 대머리를 구경할 수 있어서 그게 여간 신기한 게 아니었다.
홀로 '하이네켄'을 홀짝이는 30대 중반으로 보이는 '세로니비치'에게 다가가서는
"저, 대단히 실례인 줄 아옵니다만……."
"네?"
"저……. 한번 만져봐도 될는지요?"
"뭘요?"
"그 반질거리는……."
"아! 이 대머리요?"
"옙!"
"만져보슈~ 뭐 닳는 것도 아닌데 뭐……."
"감사합니다."
이렇게 하여 그들은 서로 주거니 받거니 술잔을 기울이다 보니, 서로가 추구하는 바도 같고, 또 성격이나 의기도 투합하여 자주 만나는 친한 친구사이가 되었다.

어느 날, 그 둘은 스강나하르에서의 일상이 너무 단조롭고 지루한 것에 대해 함께 돌파구를 찾자는 데에 의견을 모으고, 언젠가 방송에서 언뜻 보았던, 제13지역의 스볼러강[135] 유역에 대규모의 목장을 차려 유유히 가축들을 키우며 살아가는 사람들에 대한 '다큐'가 생각나서 그곳에 가서 목장이나 일구며 살기로 의견 일치를 보았다.
그들이 거주하는 제4구역 주거지역 〈뚜름바Ddurumba[342]〉에서 그곳까지는 8천6백km 떨어진 곳이다.

2

그들은 부푼 기대를 갖고 파라토피아 이주행정관청 〈라이프이미그란트섹션Life Immigrant Section[343]〉을 찾아가 목장부지와 사육 가축, 지형과 기후, 환경 등에 관한 정보 등을 알아보고, 여간 마음이 흡족해져 당장 사업을 시작하기로 결심을 굳혔었다.
마치 북아메리카 서부 개척시대의 '카우보이'처럼 폼도 잡아보았다. 쌍권총을 뽑아들고 악당들을 향해 멋지게 총알을 날려보는 포즈를 잡아보며…….
"탕탕!"
"으윽~!"
먼저, 라이프이미그란트섹션로부터 20여만 평방km의 비옥한 토지를 스강나하르 시간으로 10년간 무상 대여 받고, 300여 서부식 대저택의 모델 중에 2층 구조로 커다란 거실과 침실 등 방이 12개 딸린 하얀색으로 외관을 치장한 아담한 저택을 선택하였다.

"네, 이 모델이 그래도 두 분이 사시기에는 아주 적합할 겁니다요. 현명한 선택을 하셨습니다요."

"그럼, 안에는……."

"네에, 그것까지는 신경 쓰실 필요가 없네요. 그런 저택구조에는 나름대로 어울리는 가구며 집기들로 꾸며질 테니까요."

"그럼, 다 된 겁니까?"

"그리고, 어떤 동물을 사육하실 계획이시온지?"

"저, 말이나 소는 어떨까요?"

"저……. 손님, 이곳은 지구가 아니오라……."

이주계획 담당자는 당혹스러워 흐르는 땀을 씻으려고 손수건을 끄집어내었다.

"아참! 제가 깜빡 했구먼요."

"죄송합니다요."

"그럼 뭘 기른다는 거지요?"

"그럼 잠시만요."

담당자는 〈데스크키보드Desk keyboard[344]〉를 두드렸다. 그의 방 한쪽 벽면에 길이 12m, 높이 4m되는 거대한 '초광폭수지편 백색스크린'이 나타났다. 그리고 이어서 제13지역, 스볼러강Sboler River[135] 유역의 아름다운 전경들이 스쳐지나가고 대규모의 목장들이 하나씩 펼쳐졌다.

어떤 목장주는 사람 좋은 너털웃음을 연실 흘려대며,

"키키키키……. 이것 좀 보시라요. 이것들 다 지가 키운 것들인디, 을매나 이쁘요? 키키키키……."

"어여여~! '밍키'야! '똘똘'아! '스모기'야!"

그는 호박처럼 동글동글하고 까맣게 생긴, 그리고 데굴데굴 굴러다니는 동물들을 하나하나 불러가며 또 일일이 쓰다듬으며 자랑스레 한마디 했다.
"키키키키……. 요놈들이 이래봬도 키우기 힘들디요. 으찌나 식성이 까탈스러븐지 일일이 맨져줘야 밥을 먹는다니께요. 키키키키……."

그 목장주는 이러한 〈까망코Ggamingko[345]〉란 동물을 3년째 키우고 있으며, 그 수효도 처음엔 30마리로 시작해서 이제는 1만2천 마리나 된다며 연실 '키키'거리고 호들갑스럽게 몸을 떨어가며 웃어대었다.
"저건 뭐하는 동물이지요?"
"네, 저건 까망코라고 하는 동물인데 처음 발견했을 땐 한주먹도 안된 작은 종자를 '유전자공학'에 의해 100배 이상 키운 거지요. 고기 맛은 꼭 참치라는 생선맛과 비슷해서 일식요리에 많이 사용된답니다."
"제가 보기에는 꼭 검정 호박처럼 보이는데요."
"만져보면 좀 몰랑몰랑하고 손발도 없어 처음엔 무슨 식물인지 알았지요. 그런데 잘 보세요."
담당자는 까망코의 생체구조를 보여주며
"요놈이 유일한 구멍으로 오므리면 작은 점처럼 안보이다가 벌리면 이렇게 커지는데 이 구멍을 통해 이끼 같은 걸 먹거나 작은 〈라레에 Laleia[346]〉같은 달팽이 등을 주워 먹지요. 그리고 소화된 찌꺼기도 이 구멍으로 토해내고……."
"에, 또…… 요걸 한번 보시지요."
"요 희미한 줄무늬 보이시지요?"
"네, 자세히 보니 뭔가 보이네요."
"네. 바로 요 무늬가 후각세포가 있는 부분으로 지구 동물과는 달리 스강나하르 동물들 대부분이 후각기관이 몸 밖으로 요렇게 드러나 있지요. 그리고 요것 좀 자세히…… 네, 좀 더 자세히 보시면…… 구멍이 아주 미세한 구멍…… 네, 이게 바로 빛을 감지하는 시신경이 다량으로 분포되어 있는 일종의 눈이랍니다. 요 구멍으로 물체를 알아본다니까 참 신기하지요?"
"네, 정말 신기하네요."
"이놈은 어느 정도 커지면 성장을 멎고 자기랑 똑같이 생긴 걸 토해내는데, 크기는 작아도 모든 기능이나 특성이 똑같지요. 그게 까망코 새끼인데 꼭 하나씩만 토해내지요. 또 일정한 시간이 지나면 또 하나를 토해내고……."
"신기한 것은 암수 구별 없는 동물이 어찌…… 그게 '무성생식'이라던가? '양성생식'이라던가? 아무튼 닭이 계란 낳듯이 '쏙쏙' 낳더라니까……. 그렇지만 키우기는 쉽지 않은가봐요. 스트레스 받으면 쉽게 죽어버리니까요."

3

다음은 코끼리만큼이나 거대한 동물들을 키우는 목장이 나타났는데 목장주로 보이는 건장한 사내가 부동자세로 서 있다가 갑자기
"충성!"
하고 거수경례를 '척' 올리며 우렁차게 외쳐대고는 계속 부동자세를 유지하며 큰소리로 자기소개를 하는 것이었다.
"저로 말할 것 같으면 대한민국 육군 공수부대 출신 병장 〈이덕팔Lee Duk Pal347)〉입니다. 에, 또…… 저는 미국의 대 아프간 공격 때도 참전하여 무지 열심히 싸웠습니다. 에, 또…… 에이치엠5) 멤버로써 지구사수에 한몫 하여 유니타스3) 무공훈장 '용맹장'을 받았고…… 에,

또…… 그 훈장은 다름 아닌 유니타스 대통령각하 '말콤[4)]'이 직접 제 가슴에 달아주셨습니다. 에, 또…… 궁시렁 궁시렁…… 에, 또…….”

이 사람은 자기 신상에 대한 소개만 장장 30분 넘게 하고 있었다.

“이 사람은 자기자랑 대단히 하는 사람이구먼요?”

“보니 그러네요.”

“저 코끼리같이 생긴 건 뭐지요?”

“네, 저건 〈얄리펀트Yalriphont[348)]〉라고 코끼리만큼 덩치가 큰 동물이지요. 그래 뵈도 저게 고단백질 뭉치랍니다. 저 두껍게 뵈는 가죽을 벳겨놓으면 아주 야들야들한 살점이……. 에고 군침 도네, 그 있지요? 날로 먹는 〈냠냠뽀NyamNyampo[349)]〉?”

“어! 그럼 저게 냠냠뽀란 말여요?”

“넵”

“저도 군침이 도네? 쩝쩝…….”

“그럼 아직도 얄리펀트로 냠냠뽀를 만든다는 거 모르셨어요?”

“…….!”

“저 사람 말은 많아도 스강나하르에선 저 사람, 은인으로 칭송해도 될 만큼 식량증산에 기여하는 바가 대단히 크지요. 저 얄리펀트를 100만 수 넘게 키운대나 봐요. 아마 지금쯤은 그 수도 더 늘어났겠지만…….”

“그럼 번식은요?”

“저놈은 원래 제8구역의 '마의 늪지'라고 불리는 곳에만 서식하는 동물로 늪지의 얕은 곳에 집단으로 몰려 살지요. 이동하는 속도가 원체 느려서 움직이는 줄도 모를 정도이니까요.”

“그럼 번식은 어떻게 하는데요?”

“저놈 배 밑에 보면 커다란 구멍이 있답니다. 털이 숭숭 붙어있는……. 크큭! 거 있지요?”

"뭘요?"
"여자들 거시기……."
"히히! 그럼 거시기?"
"네!"
"하하하하"
"크크크큭!"
"네, 거시기처럼 생긴 구멍으로 크크큭! 그 구멍을 통해 먹고, 싸고……. 또 새끼까지 낳는 답니다."
"먹는 구멍으로 새끼까지도?"
"네, 이놈도 무성생식인지 뭔지는 모르겠지만 역시 자기랑 똑같은 그러나 아주 작은 놈을 수시로 숱하게 뱉어내는가 봅니다. 그 구멍으로……."
"아, 네! 그러면 그 작은 새끼들이 자라서 저렇게 커진단 말이지요?"
"네, 그렇지요."
"그럼 저놈들은 뭘 먹고 살지요?"
"저놈들은 덩치는 커도 의외로 눈에 잘 보이지도 않는 미세한 플랑크톤을 먹고 사는데 프랑크톤중에서도 영양덩어리 〈무쵸아Muchoa[350]〉란 놈을 아주 좋아하는가 봐요. '쉬잘[72]'도 물론 잘 먹지만……. 그리고 저놈은 찰흙을 좋아하는데 마의 늪지에는 철분과 크롬 등의 금속성분이 많이 함유된 찰흙이 많아 그곳에서만 저놈들이 사는 것 같애요."
"그럼 새끼가 저 정도로 커지려면 얼마나 걸린답디까?"
"성장속도는 디게 빠른갑지요. 대략 석 달만 되면 새끼를 낳기 시작한다니까……."
"이봐! '세로니비치'! 우리도 저놈을 한번 키워 봐?"
"근데요, 처음엔 저놈을 키우지 말았으면 해요."

"왜요?"
"첫째, 저놈들 덩치 크다고 키우기 쉬울 것 같애도 보통 예민한 동물이 아닙니다. 불결한 걸 아주 싫어해요. 더러운 진흙탕 속에서 아무렇게나 사는 것 같애도 불결해 진 진흙탕 속에서는 금방 죽어버리니까 하루에도 몇 번씩 진흙탕을 갈아주던가 해줘야 되고……. 또, 눈치가 빨라서 조금이라도 귀찮아하는 눈치라도 보이면, 그냥 시름시름 아파서 죽어 버린다니까요."
"특히 〈빠뽀야Bbabboya[351]〉냄새에는 아주 약하답니다."
"어? 그러면 난 빠뽀야 중독인데……."
"네, 저놈을 키우려면 빠뽀야를 끊던가 해야지요."
"그건 끊을 수 없는 거고……."

화면에는 아까 그 목장주가 로봇들과 함께 비지땀을 쏟으며 진흙을 일일이 뒤집어엎는 모습이 보였다. 일하다말고 그는 뒤를 돌아보며 카메라를 향해 손가락으로 '브이'자를 그리며 '히죽' 웃어 보였다.
"하여튼 저사람 정말 보기보단 대단한 사람입니다."

4

화면에는 새로운 풍경이 나타났다. 드넓은 평야가 나타나고 카메라 초점은 다시 얕게 고도를 낮추면서 지면을 비쳐주었는데 땅바닥 표면 여기저기에는 마치 불가사리처럼 납작하고도 넓적한 것들이 잔뜩 널려 있었다. 어찌 보면 푹 퍼진 문어 같기도 하였는데 물론 얼핏 보기에는 문어 피부를 닮은 듯도 하지만…….
이번에는 제비족같이 빤질거리는 사내와 투실하고 약간은 곰처럼 어방하게 생긴 여자가 서로의 손을 꼬옥 잡은 채 공손히 인사를 하는 것이었다. 사내는 지구시절처럼 신사복을 입고 넥타이까지 단정하게 매고는 머리에 포마드를 발랐는지 기름이 자르르 흘렀다. 그리고 여자는 머리에 자신의 머리 크기와 거의 크기가 같은 크고 요란한 꽃핀으로 치장하고 목에는 얼라 주먹만한 다이어가 박힌 목걸이에다 하얀색 이브닝드레스까지 걸쳐 입었다.
"저 여자 촌스럽기는……."
'세로니비치'가 모처럼 한마디 내뱉었다.
사내는 안주머니에서 빗을 꺼내들고는 뒤로 돌아서서 머리를 다시 한 번 단정하게 빗었다.
"안녕하십니까? 스강나하르 신사숙녀 여러분! 마, 저는 〈샤를르 드골드골Charles de Gaulle[352]〉이고 마, 이쪽은 제 와이프 〈마릴린먼로이Marilyn Monroee[353]〉입니다."
"마, 이 〈앙코르왓드Angkor Wat[354]〉란 동물은 마, 지가 특별히 개량하여 아주 맛있는 마, 일명 '맛의 불가사리'란 마, 그런 동물입니다."
"마, 아는 분은 다 아시겠지요만 마, 이놈들 키우는 거 보통 어려운거 아닙니다. 마, 우리 부부가 마, 이놈들 땜에 산다니까요. 마, 이놈들이 보기에는 이래도요……."
사내의 수다도 장황하게 이어졌다.
"목장하면 저렇게 말들이 많아집니까?"
"글쎄요? 아마 모르긴 몰라도 주위에 사람들이 없어서 말을 많이 하고 싶은 게지요."
"저 사람 얘기 듣다간 해가 다 저물겠네요. 저 불가사리처럼 생긴 건 또 뭡니까?"

"저건 앙코르왓드란 동물로 익혀 먹으면 꼭 바나나 맛이 나는 동물이지요."
"속살도 노리끼리해 가지고 꼭 바나나살 같고요."
"아, 그러고 보니 먼젓번 '차이니즈레스토랑'에서 먹은 '바바나아이스크림'이?"
"네, 바나나 맛이 나는 것은 모두 저 동물로 만들었을 겁니다."
"난, 바나나가 이곳 스강나하르에도 있는 줄로 알았는데……."
"물론 이곳에도 바나나처럼 생긴 식물이 있긴 있는 걸로 들었지요. 과일 모양이……. 그러나 식물 자체는 바나나 나무와는 영 달라도……. 그 식물은 아마 넝쿨처럼 뻗어나갈 걸요? 그 열매는 바나나를 축소해 놓은 것처럼 생겼는데 껍질을 까면 꺼먼색 알맹이들로 꽉 차 있어 바나나인 줄 알고 까먹으려 했던 사람들을 실망시키곤 한답니다."
"맛은 어떤데요?"
"그 알갱이들요?"
"네."
"그건 먹었다하면 토하지 않고는 못 배길 걸요? 어찌나 비리고……. 또 역겨웁던지……. 또 알갱이들이 마치 살아 있는 듯이 입안에서 '톡톡' 튀긴 대지요? 아마?"
"자셔 보셨습니까?"
"전 못 먹어 봤습니다만 먹어 본 사람들이 그러더라고요."
"참, 희한한 동물들도 많지만 희한한 식물들도 많은 가봐."
"당연하지요. 이 스강나하르가 지구의 몇배더라?"
"마흔 두 밴가, 마흔세 밴가?"
이번에도 '세로니비치'가 아는 척을 했다.
"임마! 그건 부피가 그렇다는 거구."
"그럼 면적?"

"그래, 면적을 말해 봐야지."
"면적이? 얼마나 더 크다고 그랬더라? 먼젓번 알긴 알았었는데……."
"아마, 23.45배 크다고 방송에서 그러던걸. 들 은거 같기도 한데……."
"그러니 한번 생각해 보세요. 제가 얼추 알기로는 스강나하르에 5백여만 종에 이르는 동물과 1천여만 종이 넘는 식물들이 산다던데 이들 모두가 다 생소한 것들이 아니겠습니까?"
"하긴 지구에만도 별 해괴한 생물들이 살고 있었는데 이 스강나하르는 오죽할려고……."
"그럼 가축으로 길들여진 동물들은 모두 몇 가지나 되지요?"
담당자는 '데스크키보드'를 다시 두드렸다. '스강나하르 가축현황'이란 제목이 나타나고 이어서 '종류별 현황'이 나타났다.
"현재까지 모두 3천2백15가지 동물이 길들여 진 것으로 나타나 있네요."
"그렇게나 많이?"
"네, 지금 식량화 단계에 이른 가축이 647개 종이고 또, 식량으로 개발 가능성이 있는 종류는 12만5천4백62개 종인데요."
"와! 그렇게나 많이?"
"네."
"그럼 그 길들여진 동물, 아까 몇 종이라 그랬더라?"
"정확히 말해 3천2백15개 종."
"그럼, 3천2백15개 종 모두 전용 목장이 있다는 얘긴가요?"
"물론입죠."
"그럼 그 숫자만큼?"
"아니지요, 목장 숫자는 훨씬 많지요. 제13구역 스볼러강Sboler River135) 유역에만 대규모의 목장이 현재까지 12만6천42개가 있는데요."

"그럼 목장마다 한 가지 가축만 기르는 겁니까?"
"어떤 목장에서는 두 가지, 혹은 서너 가지를 사육하는 데도 있습니다. 그리고 가장 많은 종류의 가축을 사육하는 목장도 있는데……."
"있는데?"
"그게 뭐였더라? 잠깐만요."
담당자는 '데스크키보드'를 다시 두드렸다.
"아! 여기 있네요. '하킨스'목장이라고……. 목장주가……. 여기 포르투칼계 〈미니언 스칼라 하킨스Minion Scallar Hakinss[355]〉씨군요."
"…….?"
"네, 〈카멜레온피쉬Chameleon Fish[356]〉하고…….〈밍크사반테Mink Savante[357]〉하고……. 〈드레곤뭉치Dragon Mungchi[358]〉하고……. 모두 32종, 120만 마리가 넘는군요."
"그 사람 뭘 그리 많이 키웁니까?"
"그 사람도 아까 봤던 한국계 이덕팔Lee Duk Pal[346]씨 못잖게 유명한 사람입니다. 그 사람 화면 좀 볼까요?"
"네, 그럽시다."

담당자는 물 한컵 마시고 나서 하킨스 리스트코드를 확인하고는 다시 데스크키보드를 두드렸다. 백색스크린에는 광활한 목장 전경이 나타났다. 여러 종류의 가축들이 엉겨붙어있는 광경도 보이고 어떤 종류는 무리지어 이동하는 모습도 보였다. 마치 수백만 양떼들의 이동 같아 보였다.
"이건 또 뭐지요? 마치 양떼처럼 보이는데?"
"네, 그건 〈앙키라Ankira[359]〉라는 동물인데 양하고는 전혀 다른 동물이지요. 스강나하르 동물들 중에는 제법 빠른 편인데……."
스크린에는 앙키라의 모습이 크게 클로즈업되었다.

"보세요! 생긴 것부터가 양하고는 딴판이지요?"

"네, 그렇군요."

"털도 없고……. 생김새가 꼭 물개처럼 생긴데다 다리가 모두 6개 아닙니까? 근데 표피는 미색에 가까운 누런색이 되어나서……. 근데 자세히 보면 이놈들 머리 한번 보세요. 마치 주둥이처럼 생긴 게 보이지요?"

"네? 그럼, 주둥이 아닙니까?"

"물론 주둥이가 아니고……."

"그럼 이게 뭡니까?"

"이건, 우리가 즐겨먹는 〈아도네스Adornes[360]〉란 동그란 알을 만들어내는 자궁 비슷한 걸 겁니다."

"아! 그 아도네스?"

"네, 제가 알기로는 이 입처럼 생긴 이놈의 자궁에서 만들어내는 걸로……."

마침 카메라 초점은 앙키라의 주둥이 모양이 크게 벌어지면서 수십개의 검정색 알들이 담겨있는 모습을 보여주었다. 그리고 여기저기 수많은 앙키라들이 같은 모습으로 주둥이를 벌리고 있는 것이었다. 평소 말이 많던 '세로니비치'는 어느새 옆자리에 길게 드러누워서 코까지 드렁드렁 골고 있었다.

"이 친구 하여튼 못 말려."

"친구 분이 무척 졸리운가 보네요."

아도네스는 인류가 즐겨먹는 간식으로 한입에 털어 넣을 수 있는 메추리알만한 크기이며, 표면이 검정색의 반질거리는 구슬같이 생겼다. 이 아도네스는 앙카라의 자궁에서 만들어지는 〈그레이프에그Grapes Egg[361]〉로 불리는 알을 120도의 고온에서 익힌 것이다. 아도네스는 껍질째 먹는데 껍질은 ‘타타탁’ 하고 경쾌한 소리를 내며 잘게 부셔지는 감칠맛으로, 속은 쫄깃쫄깃하고 매콤하면서도, 약간 달착지근한 투명젤리같은 맛으로 먹는 것이다. 물론 소화도 잘되고 쉽게 질리지도 않는 간식거리였다.

이 그레이프에그가 물속에서 일정한 기간이 지나면 껍질이 깨어지면서 앙카라 새끼가 태어나는데, 한동안은 육지보다는 물속에서 생활한다고 하였다. 스강나하르에는 이러한 ‘난생’종류가 제법 있었다.

5

백색스크린에는 목장주가 나타나서 장황한 이야기를 늘어놓고 있었다.

“스강나하르 주민 여러분! 제가 이래봬도 애국자입니다요. 이 많은 동물들 한번 쭉 둘러보세요. 얼마나 많습니까? 다 저 혼자서 키우고 있습니다요.”

그는 땅딸막한 키에 카우보이 복장을 하였고 양쪽 허리춤에는 쌍권총까지 차고 있었다.”

“에고! 저 친구 또라이 아녀? 지가 무슨 서부의 카우보이라고? 디게 웃기네.”

‘마크 트웨니’는 배꼽잡고 웃어대었다. 사실 자신도 그러고 싶었었는데 막상 카우보이 복장을 하고 버티고 서있는 그를 보니 문득 자신을 보는 것 같아 저절로 웃음이 나왔던 것이다.

담당자도 영문을 모른 채 따라 웃었다. 잠에 골아 떨어졌던 세로니비치가 벌떡 일어나,
"뭔 일이고?"
"아, 저 친구 좀 봐, 디게 웃기지?"
"엉? 카우보이 아냐?"
"응, 카우보이 맞지, 근데 좀 어설퍼 보이지?"
"자네도 카우보이 차림한다 해놓고 왜 웃고 그러노? 점마가 땅딸보라서?"
"아니, 근데 왜 이리 웃음이 나오노?"
"내가 보기에는 멋만 있네 그려."

스크린에는 수천 개에 해당하는 기다랗고 붉은 나무기둥이 빽빽이 땅에 박혀 하늘을 찌를 듯이 우뚝 서있는 것이 보였다. 땅딸보가 그 나무기둥 옆에 서 있는데, 그 나무기둥들은 땅딸보보다도 열 길은 실히 될듯 높게 서있는 것이었다. 그리고 그 나무줄기에는 수많은 작은 것들이 매달려서 조금씩 움직이고 있는 것이 보였다.
"여러분! 이것들은 〈늘보아Nulboa[362]〉란 동물로 제가 처음 발견한 동물입니다요. 그리고 이름도 제가 지었습지요. 늘보아, '늘 보아 달라'는 뜻입죠. 어떻습니까? 이름말입니다요."
땅딸보는 늘보아를 발견할 때까지의 모험담과 그 사육동기와 가축으로 키울 때까지의 애로점들을 아주 장황하게 털어 놓고 있었다.
"늘보아는 또 뭡니까?"
'마크 트웨니'는 담당자에게 물어보았다.
"저 사람이 발견하고 또 가축으로 개량까지 했는데, 저, 제6지역의 〈마름모꼴지대Diamond shape Zone[363]〉라고 아십니까?"
"모르겠는데요."

"아마 일반인들은 잘 모르고 있을 겁니다. 기후가 건조하고 높은 고지대가 있어요. 거기에는 오래된 '활강滑降수림'이 무성한 곳으로 〈빠피아Papyia364)〉나무들이 많은 곳이지요. 지금 보이는 저 나무기둥들이 바로 빠피아 나무들로 잎이나 줄기가 없이 저리 밋밋하지요. 그래도 저 나무들은 생명력이 의외로 강하답니다."
"묘한 나무들이군요. 꼭 제재소에 쌓여있는 적송나무를 세워 놓은 것 같군요."
"저 늘보아가 주로 서식하는 나무들이지요. 저 늘보아란 놈들은 꼭 빠피아 나무줄기에 저리 매달려서 일생을 보내는데, 줄기에 가느다란 침을 박고 수액을 빨아먹고 살지요."
"거참, 생긴 건 꼭 무슨 애벌레같이 징그럽게 생겼구먼요?"
"네, 벌레가 아니고 작은 동물이지요. 아, 마침 클로즈업됐네요."

늘보아는 큰 쥐만한 크기로 기다란 몸통에 양쪽으로 6개씩 12개의 다리를 가진 다족류로 다리 끝은 미끄러운 곳에서도 잘 붙어 있을 수 있게 마치 빨판처럼 강한 흡착력을 갖고 있다. 몸은 검붉은 빛깔을 띠고 있어 얼른 보면 마치 보호색처럼 나무색과 구별이 안 될 정도였다.
"저것도 보호색을 갖고 있는가 보군요."
"네, 저 늘보아가 보기에는 좀 징그럽게 보이지만 그 육질이 부드럽고 달콤한 맛을 갖고 있어 스강나하르의 육식동물들이 저놈을 보면 환장하고 먹는다고 합니다."
"에그! 어디 징그러워서 먹겠수?"
"천만에요. 그 '보아스프' 자셔보셨습니까?"
"보아스프? 혹시 저 늘보아로 보아스프를?"
"네, 맞습니다. 바로 저놈을 탁 터뜨려서 그 안의 육질을 믹서로 잘 갈아 만든 것이 바로 보아스프이지요. 물론 익히거나 다른 향신료 등을 넣지 않고 그냥 생거로 먹는 거지요."
"와! 정말 말도 안 된다. 꼭 '감홍시'같이 붉고 달착지근한 것이 저놈 생살코기라고?"
이번에도 '세로니비치'가 큰소리로 외쳤다.
"앙! 내가 젤 좋아하던 보아스프가 저 징그럽게 생긴 놈 속살이라니? 와! 먹은 게 다 나오려고 그러네?"
"그럼 우리가 먹는 음식들은 한결같이 저런 거 비슷한 흉물스러운 것들로 만들어 졌다는 얘긴가요?"
"당연하지요. 지구상의 동물이 어디 남아있는 것이 있습니까?"
"그럼 그 유전잔지 무슨 복젠지 하는 걸로 양이나 소, 돼지 등을 만들어 키우면 안 됩니까?"
"네, 그렇잖아도 그런 연구들이 한창 진행 중인 모양입니다만 어느 세월에 5억 인구들이 먹을 만큼 번식시킬 수 있겠습니까?"
"하긴 그렇군요."
"또, 다행히 스강나하르의 동식물들이 우리 사람들이 그대로 생걸로 섭취해도 탈날 만큼 단백질 자체가 이질적이지 않아서 얼마나 다행이겠습니까?'
"단백질이 다르면 뭐가 안 좋은가요?"
"당연하지요. 단백질이 안 맞는다면 그건 바로 섭취하면 독毒이 될 수도 있다는 것이지요."
"하여튼 저 늘보아란 놈은 우리 인간에게 엄청난 먹는 즐거움을 주는 영물 아닙니까?"
"듣고 보니 그러네요."
"앙! 난 죽어도 다신 저놈 안 먹을 거야!"
이번에도 '세로니비치'가 얼굴이 벌개가지고 늘보아를 가리키며 울먹였다.

"난 먹을 거다, 얼마나 맛있는데……. 홀짝거리며 먹을테니 넌 옆에서 군침이나 흘리고 구경이나 하렴."
마침 스크린 속에서는 그 땅딸보가 그 늘보아를 한 마리 나무기둥으로부터 뜯어내어 두 손으로 받쳐 들더니 몸통에다 입을 갖다 대고는 '쭈욱'하고 힘껏 빨아대는 것이 보였다. 그렇게 1분정도 빨아대니, 그 통통하던 늘보아가 껍데기만 남는 것이다.
"아! 바로 이맛!"
땅딸보는 그 통통한 배를 한번 크게 쓸어내더니
"보세요, 여러분! 얼마나 간단한 식사 대용품입니까요. 그냥 즉석에서 한입에 쭈욱하면 식사 끝! 영양가도 만점이고 또, 맛도 만점이니 요렇게 좋은 휴대용 도시락이 어디에 있습니까요?"
스크린 속의 땅딸보는 뒷짐을 지고 또 어디론가 급하게 걸어갔다. 땅딸보는 제법 큰 무덤처럼 흙들을 쌓아 놓은 곳으로 다가섰다. 얼핏 이러한 무덤들이 수백 기는 되어 보였다. 그리고 이 무덤 주변으로 키가 30cm도 안되어 보이는 작은 로봇들이 분주하게 왔다리 갔다리 하였다.
땅딸보는 빙그레 웃어 보이며 얄궂은 질문을 던져왔다.
"여러분! 수수께끼 한번 풀어보실래요?"
역시 세로니비치가 벌게 진 얼굴로 한마디 했다.
"점마 디게 웃기는 놈일세? 이상한 벌러지를 홀짝거리며 먹지를 않나, 또 이번에는 웬 무덤 앞에서 헛소릴 하는 거여?"
"여러분! 이게 뭔지 아십니까?"
땅딸보가 무덤을 가리키며 물어왔다.
"이것도 제가 발명한 겁니다요. 일명 〈그레이브인큐Grave Incue[365]〉라고 명명했습죠. 무덤이란 뜻의 '그레이브Grave'와 '인큐베이터Incubator'의 '인큐' 합성어죠. 어때요? 그래도 이게 뭔지 모르시겠어요?"

"미친 놈!"
"이봐! '세로니비치'! 좀 입 닥치고 있거라. 원 시끄러워서……."
땅딸보는 무덤을 한 바퀴 휙 돌았다. 그러자 무덤 한쪽에 작은 구멍이 보였다. 그 구멍 속에서는 작은 로봇들이 분주하게 들락거렸다. 로봇 손에는 작은 바구니가 들려있었고, 그 바구니 속에는 동그랗고 하얀 물건들이 담겨있었다.
'세로니비치'가 큰소리로 외쳤다.
"아! 저건 〈스폰Spon[366]〉 아냐? 내가 젤 좋아하는 건데. 아! 맛있겠다."
땅딸보는 로봇에 들려진 바구니를 뺏어 들고는 그 안에 들은 하얀 덩어리를 하나 집어 입속에다 '쏙' 하고 털어 넣는 것이었다.
"아! 이 감칠맛! 여러분이 즐겨 드시는 '스폰'이 바로 요거랍니다요."
그러고 나서 땅딸보는 무덤의 구멍 속으로 손을 쑥 집어넣더니 한참만에 뭔가를 끄집어내는 것이었다. 그 요상한 물체는 밖으로 끌려나오자 '푸덕'거리면서 몸부림치는 것이었다.
"요놈은 원래 밝은 곳을 싫어해서……."
크기는 커다란 털 뽑은 닭만 했는데, 몸체는 거무티티하고 형광 빛을 띠듯이 선홍색 나는 점들이 무수히 찍혀있어 보기에 꽤나 혐오스러워 보였다. 마치 털 뽑힌 닭의 양쪽 날개같이 생긴 것이 몸체 양쪽에 돋아있어 그것을 위아래로 흔들어대며 '푸덕'소리를 내는 것이었다.

땅딸보는 그것을 뒤적이더니 구멍 하나를 발견하고는 몸통 한쪽을 '쿡' 눌러 보이는 것이었다. 그러자 희고 둥근 물체, 즉 스폰이 한 알 삐죽이 나오는 것이었다. 그걸 집어 들더니 역시 입으로 가져가는 것이었다.
"악! 저게 바로 스폰이란 말이더냐?"

'세로니비치'는 놀라 자빠지는 시늉을 해보였다.
"진짜로 알고는 못 먹겠다. 스강나하르 사람들은 이걸 보고도 먹을 수 있는 사람이 몇이나 될꼬?"
"그러니 모르고 먹는 게 약이라는 말도 있잖여."
땅딸보는 그 괴물의 스폰 나오는 구멍에다 입을 갖다 대고는 '쪼옥'하고 입을 맞추고는,
"요놈도 제가 발견해서 오늘날 여러분의 입을 즐겁게 해주는 것입니다요. 요놈의 〈덩카DungKa[367]〉라는 이름도 제가 명명해 준 건데 어때요? 덩카? 근데 요놈은 굴속에서 절대 안 나오려는 성질이 있어 이놈을 발견하는데도 엄청 애를 먹었지요."
땅딸보는 덩카를 도로 굴속에다 쑤셔 넣고는,
"전, 처음에 고 하얀 덩어리가 떵인 줄 알았지요. 근데 달착지근한 냄새가 나길래 혀를 갖다 대 봤는데 꼭 스펀지처럼 부드러우면서도 달착지근한 맛이 나더라고요. 그러고 보니 스폰이 덩카 떵(배설물)은 맞긴 맞지."
땅딸보는 손바닥의 냄새를 맡아보고는,
"캬~! 이 냄새! 냄새도 좋긴 좋아. 또 한 가지 특이한 거 보여드리지요."
땅딸보는 소형 〈트랙커리Trackkery[368]〉를 타고는 운전석 앞쪽의 모니터를 응시하면서 마우스를 몇 번 클릭해가며 조작하는 듯 하더니 눈을 지그시 감는 것이다. 트랙커리는 자동으로 목적지를 향해 빠른 속도로 이동하였다. 거의 지구속도 시속 300km로 달리는 듯 하였다.

트랙커리는 거대한 온실 앞에 멈춰 섰다. 대형유리창이 빛을 받아 번쩍거려서 온실처럼 보인 것이다. 땅딸보는 자동으로 스르르 열리는 도어를 들어서고 이어서 어느 방 앞에 멈춰 섰다. 방문 역시 자동으로

열리는 것이다.
"여러분! 이 문들은 아무한테나 절대 안 열어줍니다. 물론 여러분들 방방도 그렇겠지만……."
스강나하르의 개인 연구소나 방방 역시 주인한테만 열어준다. 주인이 문 쪽으로 다가서면 미리 5m전방에서 주인 체취에 민감하게 반응하는 후각기능센서가 부착되어 있어 이러한 정보가 메인컴퓨터시스템에 연결되어 문을 여닫는 시스템을 통제하기 때문이다.
문을 드나들 때마다 귀찮게 손으로 조작하거나 '문 열어!'하고 소리를 낸다거나 손바닥 또는 눈알을 감지센서에 들이대지 않아도 시스템 자체가 편리하게끔 주인 냄새를 맡고 스스로 알아서 가동하는 것이다.
아! 이런데서 함 살아 보다가 죽어도 여한이 없겠다!
땅딸보는 작은 '라커룸'에서 우주복 비슷한 은빛 나는 것을 걸쳐 입고는 투명한 유리구슬, 아니 둥근 어항처럼 생긴 것을 머리 위에 뒤집어 썼다. 그리고 유리상자 안으로 들어서니 하얀 연기 같은 것이 그를 한동안 둘러쌌다. 그리고는 작은 문을 들어섰는데…….

아! 이게 웬일이고?
이 글을 쓰고 있는 나도 놀랬다.
진심으로…….
수백 마리? 수천 마리? 아무튼 몇 마린 지는 모르지만 엄청나게 많은 날것들이 새까맣게 땅딸보를 덮쳐오는 것이었다.
꼭 참새 떼만 한 것들이…….

[제13화]

스강나하르 꿀단지

The Honeyfly of Sgăngnahare

‘허니플라이’와 땅딸보 ‘미니언 스칼라 하킨스’

1

수백 마리인지 아니면 수천 마리인지 모를, 아무튼 엄청나게 많은 참새만한 날것들이 땅딸보 ‘미니언 스칼라 하킨스[355]〉를 향해 새까맣게 덮쳐오는 것이었다. 순식간에 땅딸보는 새까맣게 달라붙은 참새떼들에 둘러싸여 그 모습이 보이지 않게 되었다.
“아니, 저건 뭡니까?”
‘마크 트웨니[202]’가 ‘라이프이미그란트섹션[343]’ 담당자에게 놀란 마음을 진정시키며 물었다.

“네, 저건 일종의 새들인데요, 꼭 참새만하지요? 날개는 박쥐처럼 생겼고, 몸뚱이는 햄스터처럼 약간 통통하지요. 이름이 뭐라더라? 아! 맞다, 〈허니플라이Honey Fly[369]〉, 허니플라이라고 그럽디다. 주로 동물들의 썩은 시체에다 침을 꽂고 그 육즙을 빨아 먹는데 침이 좀 예리하여 쏘이면 제법 아프답니다. 그래서 죽은 동물의 시체들을 먹이로 준다고 합니다."
"아하! 그럼 시체 청소부군요."
"네, 맞아요. 스강나하르의 청소부 격이지요."
스크린에서는 땅딸보가 손으로 달라붙은 허니플라이를 툭툭 털어내고 있었다. 그러자 더 이상 그에게 달라붙지 않았다.
"여러분, 지금 제가 있는 곳은 허니플라이 사육장입니다요. 이 사육장은 이쪽 끝에서 저쪽 끝까지 무려 600m가 되며, 폭도 450m가 되고 면적은 자그마치 27만 평방m나 됩니다요."
"이 안에는 허니플라이 6만여 마리가 사육되는데, 이러한 사육장이 네 개나 됩니다요. 어떻습니까? 대단하지요?"
"이 허니플라이들은 반드시 죽은 동물의 시체를 먹이로 하며, 저쪽으로 둥글고 길게 뻗힌 것들 잔뜩 보이지요? 바로 그 회색튜브로 보이는 그 관속에 동물시체들이 잘게 갈리어진 상태로 그득 주입이 되어있어 그 튜브에다가 이들 허니플라이는 침을 꽂고 먹이를 흡수하지요."

그는 사방 벽면에 5단으로 길게 걸쳐져 있는 회색빛 둥근 관을 가리켰다. 그 관들 주위로 빽빽히 허니플라이들이 붙어 있었다. 그는 한손을 들어 그 관을 '툭툭' 건드려 보았다. 관은 마치 살아있는 동물의 옆구리 살처럼 물컹거리더니, 출렁거리는 움직임으로 변하여 관 전체로 번져 나갔다. 그러자 수백의 허니플라이들이 마치 참새 떼처럼 요란하게 사육장 안쪽을 날아올랐다. '푸덕'거리면서…….
"이놈들을 처음 제 8구역의 '마의 늪지'라고 불리는 곳에서 발견했을 때에는 저 죽는 줄 알았어요. 그때 이놈들한테 얼마나 쏘였던지……."
"이 관이요? 이래봬도 '동물생체공학'의 개과입죠. 허니플라이가 얼마나 약아 빠졌는데, 아무데나 안 앉고 아무거나 안 먹습죠. 그래서 처음 이놈들을 키울 땐 꽤나 애 좀 먹었습죠."

"처음에 이놈들 키울 땐 실제 '얄리펀트[348]'가죽을 이용하기도 했습죠. 그러나 얄리펀트 시체가 그리 많나요? 원체 잘 안 죽는 놈이 되어놔서 죽은 얄리펀트 구하기란 하늘의 별 따기였죠."

"지금 이놈들은 이 회색빛 물컹거리는, 참! 이 관 이름도 제가 지었습죠. '얄리라인'이라고……. 헤헤 이 관을 얄리펀트 가죽으로 착각하고 있는 겝니다요. 그럴 수밖에 없는 것이 이 질감 좀 보세요. 자세히 보면 쪼글쪼글한 것이 영락없는 얄리펀트 가죽과 뭐가 다릅니까요? 그리고 죽은 얄리펀트 가죽에는 〈앵게지르몬Anggejirmon[370]〉이란 특수한 향이 나는 성분이 있어 이들 허니플라이들을 끌어 들이는 것 같더라고요. 그 향을 개발한 뒤로는 까짓 얄리펀트인들 어떻고 다른 동물인들 어떻겠습니까?"

"이 주변의 목장에서는 죽은 동물들만 있으면 우리 목장으로 알아서들 갖다 주는데……. 이젠 너무 넘쳐 나는 게 동물 시체들인데……. 그러니 요놈들 먹이걱정 할 필요 없고……. 이 관속엔 자동콘베어가 육질을 계속 공급해주고 일정한 수분과 온도, 영양 상태를 계속 체크해 가며……. 하여튼 일하기는 좋게 되어 있지요. 물론 제가 발명한 것들입니다요."

스크린에는 100여 기로 보이는 흰 빛나는 구球형 로봇들이 공중에 '붕붕' 뜬 채로 미끄러지듯 이동하고 있었다. 그리고 어떤 로봇들은 긴 금속성 팔에 페인트 후끼용 건처럼 커다란 통이 달린 물건을 쥐고 있었다.

'마크 트웨니'가 담당자에게 물었다.

"근데 화면에 보니까 로봇들이 무슨 총 비슷한 걸로 뭘 하네요?"

“저거요? 총이 아니고 주사기지요. 저 주사기든 로봇에게는 허니플라이의 생체리듬과 질병 등을 측정하는 예리한 검진기능이 있다고 그래요. 그래서 좀 상태가 이상하다 싶으면 저 주사를 놓아 주기도 하고 증세가 심하면 격리시키기도 한다네요. 다시 말하면 수의사 로봇이라 할까……. 어쨌든 좋은 꿀을 생산하려면 허니플라이가 건강해야 할 테니…….”

“꿀요? 꿀이 있습니까?”

“네, 저것들은 몸에서 분비되는 꿀을 한곳에다 모아두는 묘한 습성이 있더라고요. 그 꿀이라는 게 지구 꿀벌에서 나오는 꿀처럼 생긴 건 아니지만 맛이 좀 비슷해서요. 허니플라이들은 동물성 단백질을 포도당으로 변화시키는 특수한 효소가 있는 모양이더군요.”

“네, 스강나하르에도 별게 다 있구먼요?”

스크린에서는 누런빛이 도는 액체가 그득 담겨 있는 거대한 유리탱크가 보이고, 땅딸보가 그 앞에 놓인 직경 1.5m정도의 공처럼 둥근 ‘컨트롤박스’에 다가서고 있는 모습이 보였다. 이 액체는 서서히 소용돌이치듯 돌고 있었는데 가끔씩 물방울 같은 거품들이 위로 치솟고 있는 것도 보였다.

땅딸보의 손이 컨트롤박스 쪽으로 다가가자 컨트롤박스가 자동으로 앞부분이 열리면서 데스크가 밀려나왔다. 땅딸보는 데스크의 키보드를 조작하여 대형 모니터에 갖가지 화면들을 띄워 보여주었다. 그 모니터에는 현재 사육장안의 허니플라이의 개체수와 건강지수가 표시되어 있었고 습도, 온도, 기압 등 사육장 안의 환경상태를 나타내는 각종 데이터와 생산량을 표시하는 각종 수치들이 빽빽하게 나타났다. 땅딸보는 다시 어느 문을 통해 각종 시설들로 꽉 찬 거대한 방으로 들어갔다. 아까 보았던 탱크로부터 연결되어 왔음직한 유리관을 통해 누런빛이 도는 액체가 수십 기에 이르는 거대한 '탱크로리'안으로 들어가는 것이 보였다. 그 탱크로리는 '붕' 소리를 내면서 진동하고 있었고 그 옆쪽의 데스크에는 수십 개의 '디지털게이지'가 무슨 수치를 열심히 나타내고 있었다. 탱크로리 위쪽에도 역시 여러 개의 투명한 관들을 통해 뭔가가 주입되고 있는 듯 보였다.

다시 그 옆방으로 땅딸보는 안내하고 있었다.

"이것들 좀 보십시오. 저는 이곳 제 13지역의 스볼러강 유역에 있는 다른 목장들과는 달리, 이 허니플라이의 꿀 만큼은 제가 직접 완제품으로 가공하여 출하하고 있답니다. 여러분들이 즐겨 먹는 '허니드링크'와 '허니바', '허니쌈드레이크'등은 모두 제 작품들인 걸요."

중앙초집적 컨트롤시스템과 각종 데이터, 게이지들로 꽉 차 조정실에서 그 끝이 안보일 정도로 거대한 공간을 차지하고 있는 방이 내려다 보였다. 각종 컨베어시스템들이 부지런히 가동되고 있었다. 흰빛 일색의 시설들과 흰빛의 로봇들이 있을 뿐이었다.

"이방은 3무無 즉, '무균, 무습, 무진처리'가 된 진공상태로 유지되고 있답니다."

각기 다른 생산라인에서는 제 각각의 용기들에 각각의 형태와 색상, 맛을 지닌 내용물들이 자동으로 주입되고, 또 포장되어 무인 화물용 '스페이스컨테이너'에 적재되고 있었다.

"제가 하루에 생산하는 물건들이 얼마나 되는지 아세요? 너무 엄청난 숫자라 제가 다 놀래 자빠질 정도라니까요. 보세요, 요 스크린에 나타난 통계숫자를……. 어제 하루 동안 생산된 수치가 요기 있지요? 허니드링크가 1억8백만……. 8백46만3천124병이고, 또, 허니바가 8천6백만 개가 조금 넘네요. 허니쌈드레이크는 6천9백만 개가 넘고……."

이들 생산라인마다 라인별 시스템 현황이 나타났는데 모든 공정에 'All serene!(이상 없음)'이란 표시가 초록색 글씨로 보이고, 성분함량 표시에도 '표준'이란 표시가 나타났다. 성분항목에는 갖가지 수치들이 빽빽하게 나열되어 있었다. 포도당 87.4692, 인산염 7.6943, 칼슘 0.8726, 철 0.2462…… 등등

2

이런 식으로 '마크 트웨니'와 '세로니비치'는 이주 담당자로부터 40여 건의 목장소개를 받았는데, 하나같이 생소하고 신기했을 뿐만 아니라 저절로 감탄이 나올 뿐이었다. 그러고 보니 스강나하르의 인류들은 이들로 말미암아 쾌적한 삶을 누리겠거니 싶어 이들의 이러한 봉사정신, 근로정신이 부럽고 또 일견 존경스러울 뿐이었다. 물론, 이들 모두 누가 알아준다거나 무슨 물질적 이득을 따져서 하는 것이 아닌 자원적 근로이기 때문이다.
스강나하르에는 '베짱이'같이 즐길 줄만 아는 사람이 있는가 하면, 이들같이 '개미'처럼 일만하는 사람도 있음을 처음으로 깨닫게 된 시간이었다.
그들은 이주담당자의 권유대로 '카멜레온피쉬[356]'하고 '밍크사반테[357]' 두 종류의 동물을 사육하기로 결정하였다. 비교적 키우기가 쉽고 재미있을 뿐만 아니라, 여간해서는 잘 죽지 않는 동물들이기 때문이다. 자신들이 정성들여 키우던 동물들이 별 이유 없이 죽어간다면 그것만

큼 심적 고통도 없겠기 때문이다.

이들 동물들을 키우기 전에 먼저, 노련한 동물 사육가 하킨스의 지도와 도움을 의무적으로 일정기간 받아야 했다.
아무리 하찮은 동물들 일지라도 목장주의 무지로 인해 목숨을 잃을지도 모르는데, 그 목숨의 소중함을 일깨워 주기 위한 프로그램의 순서였다. 따라서 이들은 제 13구역의 스볼러강 유역에 자리한 '하킨스'목장을 찾았다.
"어서 오시오, 동지들……. 넘 반갑구먼요."
"넵, '하킨스'씨의 명성도 익히 들었고, 또 스크린을 통해 얼마나 인류를 위해 좋은 일들을 많이 한다는 것을 알게 되었을 땐 너무 존경해 마지않았습니다."
"참말로 대단하십니다."
"별 말씀을……. 이게 다 제가 원해서 하는 일들일 진데……. 무슨……. 어쨌든 두 분께서도 뭘 바래서 이 짓을 하겠다고 나선 것은 아니지 않습니까?"
"하긴 그렇지요. 누가 강요하는 것도 아니고 다 저희들이 하기를 원해서 이리 온 것이지요. 그렇지만 저희들도 하칸스씨처럼 잘 해낼 수 있을지 걱정됩니다."
"동물들은 지구에서나 여기 스강나하르에서나 인간을 속이지 않는다는 것이 공통된 진리인 것 같네요. 뿌린 대로 거둘 수 있는 씨앗과도 같다 할까요? 어쨌든 참으로 반갑습니다. 이곳 목장주들을 모두 초대하여 우리 파티라도 한번 크게 합시다요."
"정말 감사하고 또 이리 환대해 주시니 뭐라고 표현해야 할지……."
"여기 목장주들도 모두 자기 일들이 바빠 놔서 한번 모이려면 마치 무슨 큰 행사처럼 여간 번거롭지가 않더라고요."

제13구역의 스볼러강[135] 유역의 목장들이 있는 곳은 지구의 '오스트레일리아' 보다 2.4배 넓은 대지로 태평양보다 4.2배가량 넓은 대양 한가운데 있는 대륙이다. 아무리 스페이스카가 공간이동 만큼이나 빠르다손 치더라도 '올림픽' 등 특별한 행사가 아니면 그들 목장주들은 여간해서는 인류들의 집단주거지에는 가질 않는 습성이 있다. 코스타리카계, 터키계, 멕시코, 중국계 목장주들이 특히 많고 같은 국적을 갖은 목장주들끼리는 어쩌다 모임을 갖는 정도였다.

3

'하킨스'씨가 베푸는 파티는 그야말로 성황을 이루었다. 스볼러강 유역의 12만6천여 목장주들 대부분이 참석하였고 그외 제 7구역의 오가페늪지에서 대규모 수중목장을 하고 있는 아르헨티나계 〈쑤와르셍SSuwassang[371]〉과 제 8구역 마의 늪지에서 역시 수중목장을 하고 있는 모나코계 〈비르하르w.E.Birehare[372]〉등 전 스강나하르 여기저기 흩어져서 목장하는 40여개 목장주들이 참석하였다.
그만큼 '하킨스'씨는 그의 명성과 업적을 높이 기리고 존경하는 사람들이 많다는 증거일 것이다.
특히 중국계 목장주 〈양첸Yangchen[373]〉은 이들 목장주들을 규합하여 하나의 단체를 만들기를 원하였다.
목적하는 바가 같고 의기도 투합되므로 이권단체라기 보다는 스강나하르 인류들을 위한 동물이벤트나 가축축제 등을 하나 만들어 보고자 하는 의도였다.

음식재료들이 어떤 동물로 만들어졌는지 대부분의 인류들은 알지도 못할 뿐더러 알려고도 하지 않았다. 교육기관 자체가 없어졌으므로 누구든 관심 있는 분야만 알려고 했지 그 외의 것에 대해서는 문외한이었다.

'양첸'은 다소 다혈질적인 성격으로 화도 잘 내고 쉽게 풀어지기도 하였는데, 뭐든 시작했다 하면 끝을 보고야 마는 의욕적이고도 적극적인 성격과 정직하고 남을 비방하지 않는 태도에 이들 목장주들로부터는 지도자감으로 인식되어 왔다.

이러한 '양첸'이 처음 목장을 시작해 보겠노라고 달려든 '마크 트웨니'와 '세로니비치'가 대견스럽지 않을 리가 없다. '마크 트웨니'는 카멜레온피쉬[356]를 기르기로 했노라고 또, '세로니비치'는 밍크사반테[355]를 키우기로 했노라고 말했을 때 그도 크게 기뻐하였다.

"처음 가축을 키우고자 하는 분들은 카멜레온피쉬하고 밍크사반테 둘 다 무난하답니다. 우선, 잔손질이 덜 가야 일이 덜 고달플 테니까요. 동물들도 인간이 어린 자식에게 쏟는 것 이상으로 사랑을 베풀어야 탈 없이 잘 자랄 수가 있답니다."

"우선 카멜레온피쉬는 물론 식용으로도 쓰이지만 사실 관상용 동물이거든요. 그 화려한 색채는 물론 그 형태나 크기도 얼마나 다양합니까? 이 카멜레온피쉬는 가장 흔한 먹이인 쉬잘을 먹이로 하기 때문에 식성도 그다지 까다롭지도 않고 무엇보다도 성격이 온순하여 사람들을 잘 따르지요."

"또 밍크사반테 역시 식용으로 사육되기도 하지만 그 우아한 자연산 털가죽 때문에 키우는 것 아닙니까? 이것 역시 쉬잘이 주 먹이인 동시에 생명력도 강하여 자연 상태에 그냥 방목해도 저희들끼리 잘 알아서 번식도 하고 또 커주기도 하는 동물이지요."

그리하여 '마크 트웨니'와 '세로니비치'는 석 달여간, '하킨스' 목장에 머물며 그의 카멜레온피쉬와 밍크사반테들을 돌보아 왔다.
대부분의 공정들이 자동화되고 또 험하거나 궂은 일들은 로봇들이 대신하여 처리하므로 사실 어렵거나 신경 쓸 일도 별로 없었다. 단지 이들 동물들도 예민한 감성과 성질들을 갖고 있어서 저희들끼리 어울려서 부대끼며 자라기도 하지만, 인간들이 손으로 어루만져 주거나 소리 내어 말을 걸고 노래를 들려주는 것을 상당히 좋아 하였다.

그리고 이 동물들도 예기치 않은 사고가 잦았다. 돌 틈에 끼인다거나 높은 곳에서 떨어진다거나 아니면 뾰족한 돌부리나 나뭇가지 등에 찔리는 것들이 그러했다. 잘 어루어 주고 치료해 주어야지 그렇지 않으면 실제 다친 상처 때문에 죽는 것이 아니라 스트레스로 죽는 경우가 더 많았다.
이들이 어느 정도 자신감이 붙자 '하킨스355)'를 찾았다. 그리고 이제부터 자신들의 목장을 직접 운영해 보겠노라는 뜻을 밝혔다.
"'하킨스' 씨, 그동안 정말 고마웠습니다. 이제 저희들도 뭔가 자신감이 붙네요. 이쯤에서 독립을 선언할까 싶습니다."
'마크 트웨니'는 눈빛을 빛내며 '하킨스'에게 자신감을 표했다. '세로니비치'도 역시 지지 않겠다는 듯,
"생각보다는 가축 키우는 일들이 쉽더구먼요. 함 잘 해보겠습니다."
하고 큰소리로 말했다.
한참을 눈을 감고 심각하게 생각하던 '하킨스'는 이들에게 다음과 같이 타일렀다.
"'마크 트웨니'씨, 내가 자네를 겪어보니 자넨 상당히 섬세한 성격이더구먼, 오히려 자네성격은 예술가가 더 어울릴 것 같기도 하네. 하긴, 자네가 키우겠다던 카멜레온피쉬도 생각보다는 민감한 감성이 있

는 동물이고 ……. 그런데 말일세, 자네한테는 끈기가 좀 부족한 것처럼 느껴져서 하는 말인데……. 그게 좀……. 걱정이네, 동물사육이란 것이 대단한 끈기나 인내심을 필요로 하거든……. 이 동물들도 지능은 떨어지지만 역시 생명체이니까…….”

“또, ‘세로니비치’씨, 자네는 밍크사반테를 키우겠다고 했네만, 물론 자네의 낙천적이고 느긋한 성격은 좋네만……. 좀 안 맞지 않나 싶네. 솔직히 말함세. 자넨 동물 키우기에는 좀 게으른게 탈일세. 그렇다고 언짢게 듣지는 말게나.”

“‘하킨스’씨, 좀 기분이 나빠지려고 그러네요.”

‘세로니비치’가 볼멘소리로 대거리하였다.

“지가 쪼매 게으름 피운 것은 사실입니다만, 그래도 제 것을 키우다 보면 부지런해 질 수도 있는 것 아닙니까?”

“물론 그럴 수도 있겠지. 그러나 동물에게는 다 제각기 목숨이라는 것이 하나씩 밖엔 없는 것일세. 비록 다 크게 되면 인간들의 입으로 들어가겠지만 그래도 살아있을 때에는 하나의 존귀한 생명체라네.”

“비록 목장을 하다가 이게 아니다 싶으면 당장이라도 그만 둘 수가 있네, 그렇다고 누가 뭐라고 그럴 사람은 없으니까. 그래서 하는 말인데, 그땐 남아있는 동물들은 어찌 할 것인가? 누가 계속 돌봐 주겠는가 하는 문제도 있는 것이네. 물론 다른 목장주들이 인수할 수도 있겠지만, 그럴 여건이 안 될 수도 있을 거고……. 또 이들 스강나하르 동물들이란 지구의 가축들하고도 다른 일면이 있다면 유난히 기르던 사람들을 따른다는 것일세.”

“그래서 하는 말이네만……. 너무 언짢게 듣지는 말게나. 자네 둘은 절대로 목장을 해서는 안 될 사람이란 판단이 드네. 이런 말을 하는 나의 입장을 잘 헤아려 주시길 바라네.”

“그래도 굳이 하겠다면요?”

"굳이 하겠다고 그런다면, 누가 말리겠나? 그리하겠다고 우긴다면 내가 자네들에게, '마크 트웨니', 자네에게는 카멜레온피쉬 30마리, 또 '세로니비치', 자네에게는 밍크사반테 30마리 주기로 함세."
"겨우 30마리라니요? 그것 가지고 무슨 목장을 하란 말입니까?"
"한 500마리나, 그렇잖음… 300마리 정도는 주셔야지요."
"30마리도 자네들에게 맡긴다는 것은 하나의 모험일세. 여기 대목장주들이 오늘의 목장처럼 키워나가기를 보통의 노력 가지고 이뤘다고 생각하면 큰 착각일세. 그들 모두 작게는 10마리 가지고 시작한 것일세. 차라리 놀고먹는 것이 일을 잘못하여 스강나하르에 피해를 주는 것보다는 백배 나은 것일세."
"저흰 이대로 포기할 수 없습니다."
'세로니비치'가 치밀어오르는 흥분을 못 참고 두 주먹을 불끈 쥐더니 절규하듯 의자를 박차고 일어섰다.

[제14화]

머드랜드페스티벌

Mudrand Festival

'템페스트' 위성에서 치러지는 진흙탕놀이

1

'마크 트웨니'와 '세로니비'치는 땅딸보 '미니언 스칼라 하킨스[355]'씨의 그런 직설적인 충고에 한동안 어안이 벙벙하였다. 스강나하르에서는 인간 누구나가 자신이 원하는 일을 할 수가 있고 그 자유도 완벽하게 보장된 것으로 알았었다.

그러나 '하킨스'의 그런 냉담한 반응을 보고는 불쾌한 감정도 없지 않았으나 그에게 뭐라고 반박할만한 마땅한 말들이 없었다. 그의 모든 충고가 절절이 사리에 맞는 말들이었기 때문이다.

처음에 자신들이 갖고 있었던 그런 생각들이 얼마나 무모하고 책임감 없는 생각들인가 깨닫고 보니 스스로 자신들이 부끄럽게 느껴졌고, 비록 땅딸보이지만 '하킨스'가 왜 존경받는지 이제야 그 이유를 알 수 있을 것 같았다. 역시 그는 많은 목장주들로부터도 존경받는 위대한 목장주였던 것이다.

"아! 생명을 다루는 일들은 아무나 할 수 있는 일이 아니구나!"
그래도 3개월여 '하킨스'목장에서의 동물과의 생활로 만족하고 목장주로서의 꿈을 접지 않을 수가 없었다.

그 둘은 다시 그들이 거주하던 제 4구역 주거지역 뚜름바[342]로 되돌아 왔다. 그리고 그들은 예전처럼 독일식 맥주 집에 들러 한가한 시간들을 노닥거리며 보냈다.
"이봐! '세로니비치'! 자네 나랑 같이 모험 길에 나서보지 않겠나?"
"뭔 모험?"
"우리가 이 스강나하르에서 산지도 몇 해 지났지만 아직까지 스강나하르가 어떤 곳인지도 모른 채 살아가고 있지 않나?"
"그런데?"
"자넨, 지겹지도 않나? 허구한 날 이게 뭔가? 뭔가 우리가 할 수 있는 일이 있을 것도 같고……."
"난, 편하고 좋기만 한데 뭘?"
"이게 사는 건가?"
"그럼 사람 사는게 다 그렇지 뭐."
"우리 그러지 말고 뭔가 좀 색다른 일거리라도 찾아보지 않겠나?"
"그래, 뭔 좋은 생각이라도 있는가?"
"한번 생각해 보게. 스강나하르에서 그런대로 제 목소리를 갖고 활발하게 활동하는 사람들이 제법 있지 않은가? 이렇게 하릴없이 지내는 것도 이젠 너무 지겹네. 그래서 하는 말인데……."
"그래서?"
"우리 스강나하르 대양탐사를 떠난다든가, 아니면 저 달에라도 한번 다녀옴세."
"대양탐사라?"
"실제로 대양에는 어떤 것들이 있는지 궁금하지 않나?"

"어디 대양뿐이겠어? 육지에도 뭣들이 사는지 알지 못하는데……."
"난 육지보다는 저 녹색 바다 속엔 뭐가 있는지 더 궁금하네."
"글쎄, 고래 비슷한 게 있겠지 뭐."
"물론 그렇겠지만, 뭔가 특이한 괴물들이 있을 것 같네. 가령……."
"가령?"
"우리 인간보다도 더 머리가 좋은 동물이라든가, 아님, 덩치가 고래보다도 더 큰 괴물이 있을 것 같단 말이지."
"하긴 바다 속엔 육지보다는 훨씬 더 큰 동물이 있을 거란 소리는 들어 봤지만……."
"내가 문득, 좋은 프로그램이 생각났네."
"뭔데?"
"스강나하르 바다가 젤 깊은 곳이 얼마나 될까?"
"글쎄, 아마 수천km 쯤 안 될까?"
"그건 말도 안 되고……. 지구도 제일 깊은 바닷속이 만m 밖에 안 된다고 들었는데, 만m 라고 해봐야 10km밖엔 더 되나?"
"그런가?"
"지구보다는 40배 이상 크다고 그러니 아마 2만 m는 안되겠나?"
"그럼 뭘로 들어가지?"
"그러니까 잠수정을 타고 들어가야지."
"잠수정? 맞아, 그러고 보니 지구 적에 본 '바다 밑 2만 리'라는 영화가 생각나네?"
"또 있잖나? '디프'라는 영화도 있고……."
"그래 맞아!"
"근데 겁난다. 하필 바닷속이고?"
"그럼?"
"난 별로 내키지 않는데……."
"그럼 저것 좀 보게."

"뭘?"
"저 하늘에 떠있는 달들 말이야."
"그런데?"
"봐라, 지금 보이는 달들이 모두 몇 개고?"
"하나, 둘, 셋, 넷…, 다섯 개…, 모두 다섯 개구먼."
"그래, 모두 다섯 개구먼, 그런데 참 신기하지?"
"뭐가?"
"지구에서는 까마득한 높이에서 마치 흰 구름처럼 희미하게 보이던 달이 말이야, 이곳에는 이렇게 손에 잡힐 듯이 가깝게, 그것도 형형색색으로 다섯 개씩이나 떠 있으니 말이야……."
"자넨 지금 시를 읊고 있구먼?"
"우리가 무심코 보는 달이고, 때론 아름답다고 표현은 할지언정, 저 달에 직접 갈 생각들은 잘 안 한단 말이지. 저 달에는 무슨 생명체들이 살고 있을까? 또 표면은 어찌 생겼을까? 난 그게 궁금해."
"이 사람아. 말도 안 되는 소리 그만 지껄이게. 스강나하르도 제대로 못 살펴 본 주제에 뭔 달 타령인가?"
"그래도……."
"저 달에 뭐가 있는지 알아보려면, 자네 뱅뱅[147]에 가서 메인 컴퓨터를 켜고 검색해 보게. 그럼 다 나와 있겠지. 뭐가 살고 어떻게 생겼는지……. 벌써 과학자들이 다 조사해 놨을 거야."
"물론 그랬겠지. 그러나 난, 내가 직접 보고 새로운 것이라도 발견하면 그게 더 좋은 것이 아닐까 생각하는데, 자네는 어떤가?"
"근데 좀 꺼림칙하다. 자네는 왜 하필이면 아무도 없는 곳에 그리 관심을 갖나?"
"이게 다 모험정신 아니겠나?"
"그려 그럼, 대신 계획은 자네가 혼자서 다 짜 봐, 난 따라갈 테니."
"고마워, 친구!"

2

그 둘은 〈스강나하르 행성개척센터Sgangnahare Planet reclamation Center[374]〉로 직접 찾아갔다. 아무래도 컴퓨터를 통해 알아보는 것보다도 관련 전문가로부터 직접 알아보는 것이 훨씬 좋을 것 같다는 생각이 들어서 였다.
스강나하르 행성개척센터는 멤사스센터[76] 73층에 자리 잡고 있었다.
그들은 다시 멤사스센터 78층에 위치한 행성개척센터의 산하 〈스강나하르 위성연구소Sgangnahare Satellite Research Institute[375]〉로 안내되었다.
대략 2만 평방m에 이르는 넓은 홀엔 홀의 면적 절반 가득 채울 만큼, 스강나하르와 그 주위를 도는 13개의 위성 모형이 차지하고 있었으며 그 크기는 실로 웅장하였다. 스강나하르 모형만 그 높이가 100여m는 실히 되어 보였다.
그리고 홀 가장자리로 8층으로 높이가 나뉘어져 각층마다 투명유리로 칸이 질러진 대형사무실들이 십여 개씩 자리하고 있었는데 각 방마다 전문가들이 한 사람씩 자리하고 있었다.

그들은 우선 눈에 띄는 대로 입구 쪽의 한 사무실로 들어섰다. 사무실 입구에는 〈템페스트위성연구실Tempest Satellite Research Institute[376]〉이란 입식 팻말이 붙어 있었다.
한 미모의 여성이 그들을 반겨주었다.
“어서 오세요. 〈할러리J.M.Halrery[377]〉라고 합니다.”
“네, 반갑습니다.”
“안녕하세요? 미스 ‘할러리’.”
“저, ‘세로니비치’씨? 그리고 ‘마크 트웨니’씨?”
“네? 어떻게?”

"두 분이 〈체킹터미널Checking Terminal[378]〉을 거치면서……."
"아하! 그렇군요."
"저희 연구실에는 어떤 볼 일로 오셨나요?"
이번에도 말주변이 좋은 '마크 트웨니'가 나섰다. '세로니비치'는 입을 딱 벌리며 주변의 모형들을 바라보기에 여념이 없었다.
"저, 모험 좀 하고 싶어서……. 아무 것도 안 하고 지내는 것이 영 신경 쓰이더라고요. 그래서…… 혹 템페스트[200]도 달인가요?"
"네, 물론이지요. 스강나하르에는 한 개의 태양과 12개의 달이 스강나하르를 돌고 있지요. 다시 말해서 스강나하르는 지구와는 달리 13개의 위성을 거느린 셈인데, 템페스트는 그중 4번째로 큰 달이라고 보면 되겠지요."
"네 번째라?"
"네, 저기 홀에 있는 모형 좀 보세요. 중앙에 팽이처럼 생긴 큰 것이 스강나하르이고, 그 주위에 지금 돌고 있는 위성들 보이지요? 그중 좀 커 보이는 위성 가운데 넓은 갈색 빛을 띤 바탕에 붉은 줄무늬가 있는 달이 바로 템페스트라는 위성이지요."
"꼭 목성 비슷하게 생겼군요."
"네, 잘 보셨습니다. 저도 그렇게 느껴지거든요. 그렇지만 목성보다도 더 아름답지요. 마치 부드럽게 느껴지면서도 뭔가 몽상적인 분위기가 있어 저도 템페스트를 가장 좋아 한답니다."
"근데 저 모형들은 누가 만든 겁니까?"
"글쎄요? 빈센트 뭐더라? 무슨 모델파크라는 연구소라던데? 한번 알아봐 드릴까요?"
"아닙니다. 너무 실감나게 만들어서……."
"그럼 템페스트[200]에 관심이 있으신가요?"
"물론이지요."
"혹시 템페스트에 여행이라도?"

"글쎄요, 한번 설명 좀 들어보고……."

이때까지 주변을 어정거리던 '세로니비치'가 한마디 끼어들었다.
"미스 할러리, 대단히 죄송한 질문입니다만, 어느 나라 출신? 그리고……. 시간이? 죄송합니다만……."
"네, 전 영국계입니다."
"네, 그리고…….?"
"시간요? 네, 좀 있지요."
"네~ 감사합니다."
'세로니비치'는 고개를 몇 번 주억거리더니 또 주변의 물건들에 관심을 돌렸다.
"친구 분, 상당히 솔직하고 재미있으신 분 같애요."
"네, 그렇지요? 저 대머리 좀 보세요. 아마 스강나하르, 아니 생존해 있는 인류의 유일한 대머리일 겝니다."

'할러리'는 데스크키보드[344)]를 두들겨 템페스트에 관련된 영상스크린을 띄웠다. 템페스트위성이 서서히 다가오면서 그 모습이 클로즈업 되었다. 작아보이던 위성이 웅장한 위용을 드러낸 것이었다.
'할러리'가 고운 음성으로 설명을 이어 갔다.
"템페스트는 스강나하르의 12개 위성 중에 네 번째 크기의 위성으로 스강나하르로부터 평균거리 64만3천645km 떨어져 있습니다. 스강나하르를 타원궤도로 돌고 있어 가장 멀리 떨어져 있을 때에는 92만 8천 14km거리에 있게 되고 가장 근접했을 때의 거리는 43만3천147km에 불과하답니다. 또한 이 멤사스센터에 가장 근접했을 때의 거리가 46만249km이지요. 스스로 자전하는 구형이며 직경이 5천36km에 이른답니다."
"전체면적의 17.42%가 진흙바다 〈머드씨Mud Sea[379)]〉로 이루어 졌고,

마른 땅은 3.46% 정도인 126만 평방m에 불과하고 그 외에는 무염성 분의 연한 갈색을 띈 바다로 이루어 졌지요."

"아! 연한 갈색 바다?"

"네, 진흙으로 구성된 뻘이 많다 보니, 바다색도 그리 되었나 봅니다."

"그럼 생명체는요?"

"템페스트에는 동물이 42종 3억6천 개체가 살고 있는 것으로, 식물은 4천7백여 종이 서식하는 것으로 드러났으며, 3천 종이 넘는 미생물이 있는 것으로 밝혀졌지요."

"호오! 그런 환경에서도 그리 많은 동물들이 살아가는군요."

"아니지요. 템페스트의 진흙은 오히려 생명체가 살아가기에 좋은 자양분이 많습니다. 다만 스강나하르의 생명체들이 템페스트로 옮겨가지 못해서 많은 종들이 번식을 못한 것 같아요. 그리고 템페스트에 살고 있는 생명체들이 어떻게 그리로 이동해 갔는 지는 아직 수수께끼랍니다."

"그럼, 스강나하르의 동식물들이 템페스트로 이동해간 것이라고요?"

"네, 다는 아니지만 34% 가까이 되는 종들이 스강나하르의 종들과 유전자가 거의 유사하더라고요."

스크린에는 처음 보는 동물들이 꽤나 눈에 띄었다.

"저기 지렁이처럼 보이는 동물 보이지요?"

"네? 아 네……."

"저것이 스강나하르에 있는 〈오돌피O-DolPy[380)]〉라는 동물과 같은 종이라면 믿어지세요?"

"오돌피는 또 뭔데요?"

"오돌피는 굼벵이처럼 생긴 동물인데 제 5지역 '마의 질곡'이라는 황량한 지대, 땅속에 사는 커다란 두더지만한 동물이거든요."

"그럼 두더진가요?"

"두더지는 아니고 땅속에 굴을 파서 사는 습성은 두더지와 같지만, 땅굴 벽에 입에서 나오는 접착 액으로 도배를 하여 무너지지 않게 하고, 그 속에서 평생을 살아가는데 밤에는 땅밖으로 나와서 활동하는 야행성 동물이지요."
"네, 참 희한한 동물이군요."
"발이 12개라던가? 그 발들이 땅을 잘 팔 수 있도록 발달해 있는가 봐요. 마치 한국의 옛 농사기구 '호미'처럼……. 근데 저 지렁이처럼 생긴 〈미도리Midory[381]〉와 비교해 보세요. 어디 닮은 데가 있는가……."
"글쎄요. 도무지 같은 동물이라는 게 믿어지지가 않네요."
"생물학자들이 처음 저 동물을 발견했을 때, 오돌피하고는 연관관계가 없는 줄로만 알았겠지요. 그러나 컴퓨터의 '유전자검색프로그램'에서 걸러지기를 두 종이 동일 유전자를 소유하고 있기에 이상타 여기고 두 종을 해부하였더니 겉은 엄연히 달라도 내부기관은 거의 유사하더랍니다."
"그럼 스강나하르에서 템페스트로 옮겨 갔는가? 아니면 템페스트에서 건너온 건가? '역추적조사'를 해 봤는데 저 종의 가장 오래된 화석은 38만 년 전께 고작인데 반하여 스강나하르의 오돌피는 무려 1억4천만 전께 나왔다더군요. 그래서 학자들이 내린 결론은 스강나하르의 오돌피가 38만 년 전쯤 기상이변으로 인한 강한 회오리바람의 영향에 의해 몇 마리가 템페스트까지 날려가 그곳의 진흙뻘에 적합하도록 진화가 되었다 하고 내린 겁니다."
"그럼 같은 종도 그렇게 많은 차이를 보이는데 그렇다면 스강나하르에 없는 동물도 있겠군요?"
"당연하지요. 좀 전에 34% 가까운 종들이 스강나하르의 종들과 유전자가 거의 유사하거나 같다고 말씀드렸지요? 그렇다면 나머지 66%는 이곳에 없는 전혀 별개의 종이라 봐도 무방하겠지요."
"정말 소름끼치는데요? 도대체 이 우주에는 얼마나 많은 종류의 생명체들이 살고 있다는 얘깁니까?"
"글쎄요. 아마 수천억 종, 어쩌면 수천억의 수천억 배되는 생명체 종류가 안 있겠습니까?"

스크린은 템페스트[200]의 진흙탕 바다와 갈색숲, 진흙뻘에 들락거리는 무수한 생명체들을 보여주고 있었다.
"이 템페스트의 진흙은 아주 보드랍네요. 그 크기가 전자현미경으로 겨우 보일만큼 0.003mm이하의 아주 고운입자로 구성되어 있네요. 진흙성분도 요도은 물론 칼슘, 마그네슘, 철분, 구리, 그리고 금성분도 다량 녹아있고……. 특히 미네랄이 많이 함유되어 있어 피부미용에 좋다고 그러네요."
"그러고 보니 지구시절, 질 좋은 진흙으로 '머드팩'을 만들어 여성들에게 팔아먹었다는 그런 게 기억나네요. 그럼 스강나하르 여성들을 위해 저 진흙으로 머드팩을 만든 건 있는지요?"
"글쎄요. 저런 진흙이 아니라도 미용을 위해 얼마든지 좋은 화장품이 나와 있는데, 설마 누가 저런 진흙을 얼굴에 바르고 있을라구요."
"그럼 저 템페스트에 가려면 어떻게 해야 되는지요?"
"네, 저희는 매달 2일에 저 템페스트를 주기적으로 탐사하고 있습니다. 그때 저희 팀과 합류하여 함께 가시면 됩니다. 보통 한번 가면 3일씩 머물게 되지요."
"그럼 이리 오면 됩니까?"
"네, 자세한 것은 저희가 '스페이스넷[38]〉'에 다 올려놓고, 저희가 개별적으로 연락을 드리도록 하지요."
"궁금한 게 하나 더 있는데요."
"뭔데요?"
"저 템페스트[200]에 저희 말고 몇 분이나 갔다 왔는지?"
"저희 탐사팀 6명 이외에는 아직 다녀온 사람들이 없는 것 같아요."

"아! 네, 그렇군요. 정말 좋은 얘기 많이 들었습니다. 그럼 다음 탐사팀에 저희 두 사람도 꼭 끼일 수 있도록 도와주십시오."
"네, 물론이지요. 저희도 템페스트에 관심 갖는 분이 계셔서 너무 기분이 좋습니다."
'세로니비치'가 새삼스럽게 끼어들었다.
"미스 '할러리', 잘 들었습니다. 그리고 오늘 어때요? 저희랑 저녁이라도 함께 들면서……."
"네, 좋습니다."
"그럼 이따 7시에 어디…….?"
"프랑스레스토랑 어때요?"
"네에, 물론 저희도……."
"그럼 이따 7시에 제1구역 알파 구역 내에 있는 〈에펠갤러리움Eiffel Galileum[382]〉에서 뵐까요?"
"네, 좋습니다. 그럼 이따 뵙겠습니다."

사무실을 나서자 '세로니비치'가 정색을 하며 말을 걸었다.
"이봐, '마크 트웨니'! 저 여자 내가 점찍었으니, 넘보지 말게."
"이 친구 웃기는 구먼, 알았네. 잘해 보라고. 난 자네는 생전 여자를 안 밝힐 줄 알았는데……."
"꼭 지구적 내가 젤 좋아했던 여자랑 넘 많이 닮아서……."
"그 여자가 누군데?"
"응, 나 혼자 짝사랑하던 여자 있었어. 저 여자 보다는 나이가 많겠지만……."
"혹시 알아? 저 여자가 자네 할머니뻘 되는 여자일지?"
"거 뭔 소름끼치는 소리?"
"이봐! 스강나하르에서는 누가 몇 살인지 어찌 알겠나? 냉동인간 따로 있고, 또 새로 태어난 인간 따로 있고……. 마음먹기에 따라 신체 연령도 얼마든지 조작할 수 있으니……, 난 인간들 나이 하나 만큼은 도저히 못 믿겠더라.”

3

그리하여 ‘마크 트웨니’와 ‘세로니비치’는 템페스트위성엘 3번씩이나 다녀왔다. 비록 한번 갈 때마다 3일간씩 묵었지만 그게 지구시간으로는 보름 넘게 있은 셈이었다.
템페스트에 갈 때마다 ‘할러리’는 물론이고 템페스트위성연구소팀 모두 동행했었으니까…….
탐사대원들이 주로 템페스트 생물체들이나 환경에 대한 연구로 시간을 보낸 반면, 그들은 진흙뻘 속에서 살다시피 하며 게임에 심취해 갔다. 그런 가운데 그들은 진흙뻘에서 즐길 수 있는 각종 게임을 개발해 냈다. ‘머드보드’라든가 ‘머드슬라이딩’이라든가 ‘머드드로핑’, ‘머드미션’등 대략 12종목의 스포츠를 개발하였다. 이 모든 게임들이 한결같이 인류들의 잠재된 모험심과 스릴 등을 맘껏 즐길 수 있도록 고안해 낸 것이다.

머드보드는 ‘스노우보드’ 비슷한 둥글고 길쭉한 판자를 타고 템페스트의 〈테드로페Tedrope[383]〉라는 흐르는 진흙을 거슬러 올라가 정상에 빨리 도착하는 것으로 승부를 가리는 스포츠이고, 머드슬라이딩은 테드로페의 흐르는 진흙을 타고 전 코스 87.64km를 중간에 진흙 속에 빠지지 않고 빨리 결승점에 이르는 스포츠이다.

머드드로핑은 '죽음의 홀'이라는 깊이 300m의 진흙탕 속을 높이 30m에 이르는 다이빙대 위에서 뛰어 내리게 함으로써 가장 깊이 잠수한 사람에게 승자의 자리를 주는 스포츠이다. 또 머드미션은 '네버어게인'이란 템페스트에서 제법 지형이 난해한 곳에서 12명씩 한 팀을 구성하여 '수정의 동굴'에 감추어진 '템페스트의 수정'을 탈취하는 팀에게 우승을 안겨주는 스포츠이다.
이들은 템페스트가 스강나하르에 비해 산소농도가 희박하고 중력이 약해 경기를 관전하고자 하는 일반인들이 호흡하기에 많은 어려움과 몸놀림 또한 불편하겠기에 이러한 문제점들을 해소하기 위한 산소마스크와 소형 로켓엔진이 부착된 특수복을 개발해 내었다.
그러나, 경기에 직접 참석하는 사람은 희박한 템페스트의 산소로도 두 시간 이상은 견딜 수 있어야 하며 거의 무중력상태에서 자유롭게 활동할 수 있어야 하기 때문에 이러한 환경과 신체에 많은 제약을 주는 진흙뻘에 적응하기 위해서라도 특수훈련을 의무적으로 받아야 한다. 또한 경기에 직접 참여하는 사람들은 핫바캡 이외에는 몸에 아무것도 걸치지 말아야 한다.
따라서 이 머드랜드페스티벌[326)]〉은 그 특이한 게임방법도 그렇지만 뭔가 환상을 느끼게 하는 이국적 분위기의 템페스트와 그 광활하게 펼쳐져 있는 진흙뻘에서 온갖 경기가 치러지며 직접 경기에 임하는 사람이나 관전하는 사람이나 모두 흥미진진하고 통쾌한 스릴을 준다.

'마크 트웨니'와 '세로니비치'는 이 진흙탕에서 벌어지는 축제를 '머드랜드페스티벌'로 정하고, 방송매체들을 통해 인류에게 머드랜드페스티벌에 대해, 그 경기의 운영방식에 대해 설명하고 짧은 기간임에도 불구하고 석 달 만에 12만 명에 이르는 회원을 모았다.
그들은 〈템페스트머드챔피온십Tempast Mud Chapion Ship[384)]〉이란 협회를 결성, 파라토피아[139]정부에 인준을 받고 제2구역 '신성한 대지'위에 대규모 머드연습장과 체력단련장, 환경적용장 등을 갖춘 자체 회관을 마련하였다.
〈템페스트머드챔피온쉽센터Tempast Mud Chapion Ship Center[385]〉로 명명된 이 회관은 총 64층, 230m에 이르는 높이로 길쭉한 피라밋형에 윗부분이 몽탕하게 잘려나간 대신 그 위에 진흙탕 물로 흠뻑 젖은 건장한 벌거숭이 남자가 템페스트 위성을 번쩍 들어보이는 조각상을 올려놓았다. 참으로 장엄한 모습이었다.
이와 때를 같이하여 템페스트위성의 〈마타리나Mataryna[386]〉지역에 스페이스트라인[73] 10대가 동시에 접안할 수 있는 〈템페스트스페이스터미날Tempast Space Terminal[387]〉도 건설되었다.

드디어 파라 2년1월12일, 멤사스센터[76] 103층 〈오리엔탈빌리지홀Oriental Village Hall[387]〉에서 6천여 명의 발기인들이 소집된 가운데 첫 번째 정기총회가 열렸다. 이날 파라토피아[139] 대통령 '아시리스 리잔테[141]'도 깊은 관심을 갖고 잠시 들렀다. 물론 이날 총회에서는 머드랜드페스티벌의 탄생을 위한 노고를 높이 인정하여 초대회장에 '마크 트웨니'가, 사무총장에는 '세로니비치'가 추대되었다.
그리고 경기는 매년 4회 개최하되 1월, 4월, 7월, 10월에 각각 1회씩 개최하는 것으로 정했다. 그리고 파라 2년4월1일부터 4월6일까지 6일간에 걸친, 첫 번째 머드랜드페스티벌[201]이 성공리에 개최되었다.
그리고 매회 거듭될수록 회원 수도 급속히 불어나기 시작하였다.
물론 '마크 트웨니'와 '세로니비치'는 비로서 자신들이 베짱이 신세를 면하게 된 것을 진심으로 감사하게 생각하면서…….

[제15화]

스강나하르의 이색 종교

Pretended Religious of Sgăngnahare

'나무미륵보살'교

1

스강나하르에도 지구시절 신앙들이 그대로 옮겨와 한창 그 세를 드높여 가고 있을 때에 일본계 사기꾼 출신의 여성 〈도꾸에 게이꼬 Dokue Geiko[389]〉도 뭔가 새로운 사업을 벌이려고 꿍꿍이속을 다져가고 있었다.

'게이꼬'는 60대 중반으로 보이는 살집이 제법 있는 몸매에 다소 차가운 인상을 지닌 여성이다. 그러나 머리도 좋은 편이고 또 무엇보다도 뱃장이 좋았다. 그녀는 일본 '스기야마현' 태생으로 4대째 내려오는 '모찌야'라는 우동집을 운영하는 '도꾸에 야스나리'라는 부친을 두었다. '야스나리'씨는 딸만 내리 다섯을 두었는데 게이꼬는 그중 넷째였다.

평소 근검과 겸양을 미덕으로 알고 실천해왔던 그녀의 부친은 비록 넉넉하지는 않았으나 네 딸을 키우는데 소홀함이 없었다. 그러나 게이꼬가 여덟 살이 채 되기도 전에 부인을 사별한 '야스나리는 한동안 가업을 게을리 하고 도박과 술로 세월을 보냈다.

그런 중에 ‘야스나리’가 종교에 심취되었으니 일본의 국교 불교인 ‘일련정종’이었으며, 신도 다수가 모여 떼합창으로,

“남묘호랭게교~ 남묘호~랭게~교 남묘호랭게교…….”라 줄기차게 주절대었으니, 이른바 ‘남묘호랭게교’라고도 했다.

이 주문은 때론 느리게, 때론 속사포처럼 빠르게 외워 이를 듣는 이로 하여금 혼곤함에 빠져들게 하는 주술적 효력이 있었다.

아버지 ‘야스나리’를 즐겨 따라다니던 어린 ‘게이꼬’도 그 주문 외우는 소리가 그렇게 좋아서 여고 졸업하고도 한동안 일본 불교 ‘일련정종’에 심취했다.

그녀는 여고 졸업 후 마을의 조그만 ‘우편국’에 3년여 근무하였는데 이때 함께 근무하던 12살 연상의 〈나까무라 겐자이Nakamura Genjai[390]〉와 눈이 맞아 동거를 시작하였다. 당시 ‘겐자이’는 유부남으로 자식까지 둘을 둔 처지였으나 ‘게이꼬’와 정을 통한 이래 그에게서 악착같이 떨어지지 않으려는 그녀를 어찌해 볼 방법이 없었던 것이었다. 결국 ‘겐자이’는 본부인으로부터 이혼을 당하고 많지 않은 재산도 정리하여 위자료로 물었다.

불행이 덮친다고, 당시 일본 열도도 장기적인 불황으로 몸살을 앓고 있을 무렵이었다. 그는 때를 맞춰 불어 닥친 국영기업의 구조조정으로 10여 년을 다니던 우편국을 그만 두어야 했다.

퇴직금 몇 푼을 털어 조그만 식품점을 차렸으나 천성이 무뚝뚝하고 게으른 그인지라 결국 그 장사도 오래 버틸 수 없어 그나마 알량한 퇴직금마저 날리게 되었다. 한동안은 우편국에 계속 근무하던 게이꼬의 수입으로 버티었으나 그 둘의 씀씀이로는 살림살이라 할 것 없이 그저 쪼들리기만 한 것이다.

겐자이는 몇 번인가 여기저기 직장을 잡아보려 하였으나 이미 나이

마흔 줄에 들어선 그를 받아 주는 데도 없었고 배운 재주 역시 없는데다 그는 주변머리조차 갖고 있지 못한 위인이었던 것이다.

2

어느 날인가 그녀는 우연히 만난 여학교 때 친구로부터 '점괘'에 대해 많은 얘기를 듣게 되었다. 아주 용한 여자 점쟁이가 있어 과거의 일들도 자신이 직접 겪은 일처럼 소상하게 알아맞힐 뿐만 아니라, 미래의 일을 미리 알고 있어 그녀를 찾는 정치인, 기업인 등, 유명 인사들의 발걸음이 끊이질 않는다는 것이었다.

'겐자이'가 놀고먹는 것도 언짢지만, 그가 하는 일마다 풀리는 것도 없고, 또 금전적으로 쪼들리게 되니까 자연 사주팔자가 안 좋은 것인지, 아니면 궁합이 안 좋은 것인지, 문득 궁금증도 일어 결국 그녀의 소개로 그 점집을 찾았는데, 그 점집은 손님들이 어찌나 미어터지게 많던지 그야말로 인산인해를 이루고 있었다.

번호표를 부여 받고서도 거의 두 시간 넘게 기다려서야 차례가 되어 점방으로 들어서니, 20대 후반으로 보이는 젊은 여자 점쟁이 〈마쓰다 에지Massda Eji[391]〉는 사람은 거들떠도 안 본 채, 다짜고짜 고함부터 질러대는 것이었다.

"이 우구라질 년아! 서방 잡아먹을 년 같으니라고 니가 그러고도 인간이냐?"

"아니, 아가씨요! 왜 이러세요?"

"네 이년, 네년 상판대기에 그리 나타났다. 네 이년!"

"덮어놓고 욕부터 하면 어떡합니까?"
"어허! 이년이 그래도 정신을 못 차리고?"
"죄송합니다. 그럼 어째야 됩니까?"
"어째긴 뭘 어째? 신령님을 모셔야지."
"신령님을 요?"
"굿을 하란 말야, 굿!"
글쎄, 일본에도 굿이란 게 있긴 있었나 보네?

하여튼 '게이꼬'는 적금 든 돈까지 '탁탁' 털어 걸팡지게 그 비싼 굿이란 걸 하긴 했었다. 돼지머리 앞에서 연신 머리를 조아리고 손바닥에 연기날 정도로 열심히 비벼댔다.
'게이꼬'는 신이 내렸다는 '마쓰다에지'에게 도리깨로 사정없이 맞아서 어깨뼈며 갈비뼈며 몇 군데 부러지는 등 중상을 입고도 그 고통 또한 이를 악물고 참아 냈다.
그런데 굿만하면 좋아질 거라는 점쟁이 말은 간 데없고 '게이꼬'마저 우편국에서 쫓겨나게 되고 살림은 더욱 옹색해져 갔던 것이다.

'게이꼬'는 점쟁이 집엘 좇아가서 돈부터 물어내라고 게거품까지 물었지만, 그게 어디 가당찮은 땡깡일까? 또 '마쓰다에지'가 어떤 여자더란 말인가?
"이년아! 니 복이 고만한 걸 왜 내게 와서 따지냐?"
하고 두 번째부터는 아예 대문 밖에서부터 덩치들에 의해 제지당했다. 속에서 열불뿐만 아니라 천불이 난들 뭐하겠는가? 이미 때늦은 후회만 남을 뿐이다.
혼자 몇날며칠 방구석에 틀어박혀 이 궁리 저 궁리 끝에, 그러한 그녀에게 드디어 묘수가 떠올랐던 것이다.
"나라고 점쟁이 되지 말란 법 있냐?"

3

'게이꼬'는 그길로 여러 점쟁이들을 찾아다니며 점쟁이 수업을 받았다. 그렇다고 해서 돈 주고 정식으로 배웠다기 보다 간단한 사주팔자를 보는 척 하면서 집안팍 분위기도 살피고 그들의 어투도 배우고 하여튼 뭐가 필요한지 시장조사차 두루두루 살펴보러 다녔던 것이다.
'게이꼬는 불과 보름도 안 되어 점집을 차려놓고 점을 보기 시작하였는데, 의외로 넉살도 좋고 뱃장도 좋은 여자라서 그런지 머잖아 단골도 생기고 생활도 안정을 찾는 듯 하였다.
그러자 이왕 내킨 걸음이라 머리 좋은 그녀는 예언을 빙자하여 사기행각까지 하였으니, 비록 큰돈은 벌었지만 대신, 감옥신세까지 여러번 진 이력을 쌓은 것이다.
이런 그녀가 스강나하르에서의 편안하고 아늑한 생활에 젖어 한동안은 그럭저럭 취미생활도 즐겨가며 지냈겠지만, 차츰차츰 그런 생활에도 염증을 느낄만한 것이다.

파라 4년2월경이던가? 늘어지게 긴 시간 잠자고 일어난 '게이꼬'는 눈곱 뗄 생각 없이 컴퓨터 앞에 다가섰다. 스강나하르의 하루하루가 예전과 별다름 없이 조용하고 그래서 더 따분했는 지도 모른다.
그녀는 자신의 뱅뱅147) 안에서 '무료한 시간을 어떻게 보내어야 값지고 활기 찰 수 있을까?' 그러한 생각으로 스페이스넷38)을 연결하고 이리저리 마우스를 갖다 대며 연신 클릭을 하더니 갑자기 눈에 불이 환하게 켜지는 흥미로운 것을 발견했다.
〈나무미륵보살392)〉이란 종교의 사이트를 발견한 것이다.
"이게 뭐지?"

홈페이지로 들어서니 웬 교황이 쓰던 길쭉하고도 황금빛 찬란한 모자를 쓴 괴상하게 생긴 노인이 두 팔을 높이 쳐들더니 널찍이 펼쳐 보이며,
"중생들아! 갈 바를 잃었느뇨? 내게로 오니라. 내게로 오면 영원히 살 것이요, 그렇지 않으면 영원히 죽을 것이니라."
그러면서 뭐라 제대로 알아들을 수 없는 말투로 장황히 말씀을 계속 이어가는 것이었다. 차츰 흥미를 갖다가 직접 나무미륵보살교를 찾아가 보기로 했다. 방문의사를 묻는 질문에 '예스' 버튼을 클릭하니 몇 가지 질문을 물어왔다.
"영원히 살기를 원하냐뇨?"
"예, 물론이지요."
"우주를 창조하신 큰 능력을 믿나뇨?"
이 질문에는 '게이꼬'도 잠시 주저하고 조금 생각해 봤다.
'글쎄, 남묘호랭이는 좀 믿어봤지만…….'
"예, 믿습니다."
"내가 바로 그이니라. 그럼 나를 따르겠느뇨?"
터져 나오려는 웃음을 억지로 참고 겨우 대답했다.
"예, 따르겠습니다."

나무미륵보살교는 제2구역 '신성한 대지'에서 조금 외진 일명 〈고목의 계곡Valley of Oldtree[390]〉이라 불리는 계곡 쪽에 자리 잡았는데, 그 지역은 계곡이 깊고 돌멩이가 많은 곳이다.
전면만 6백여m 높이에 폭이 2천여 m에 달하는 큰 바위 속에 깊고 넓은 굴을 만들어 그 안에 사찰을 지어 놓았는데, 동굴사찰 치고는 참으로 어마어마한 규모였다.
굴속은 넓이가 3만여 평방m에 이르고 굴 천정높이도 4백여 m에 달

하였다. 웬만한 규모의 사찰이 통째로 들어선 것 같았다.
굴 천정 쪽 네 귀퉁이엔 마치 굴속을 대낮처럼 밝히는 인공태양 〈헬로그램프Hellow Clamp394)〉가 설치되어 있고, 사찰 지붕이며 부처상이며 종들은 모두 황금으로 만들었는지 모두 번쩍거렸으며, 사찰 분위기를 맘껏 부리기 위함인지 수호신이나 탱화, 단청 등은 현란하고 오색 찬란하기를 이루 표현할 수 없을 지경이었다. 수천 개는 됨직한 연등 또한 모두 불이 밝혀져 무슨 대규모 축제를 방불케 하였다.
그녀는 제법 어려보이는 두 명의 동자승의 안내로 어느 접견실로 안내되었는데, 그때 대법당 앞을 지나면서 언뜻 보이기를 3천 명은 족히 헤아릴 정도로 많은 신도들이 붉은 색 도포를 걸친 채 엎드려 있고, 스페이스넷38)에서 본 그 노인이 황금빛 도는 긴 지팡이를 들고 그들 앞에 버티고 서 있는 것이었다.
"와! 정말 대단하다!"
그녀의 목구멍으로는 저절로 침이 '꿀꺼덕'하고 넘어갔다. 밖에서 볼 때엔 거대한 바위 밑에 조그만 구멍만 보였었는데, 그 구멍 속에 이런 요지경 세상이 펼쳐져 있으리라곤 누가 생각이나 할 수 있겠는가? 그 굴의 입구는 키 큰 사람의 머리가 닿을 정도의 높이에 두 사람이 겨우 비집고 드나들 수 있을 정도로 협소하였으니 말이다.
그녀가 찾아간 시각은 오후2시경으로 한참 법회가 진행되는 시간이었나 보다. 접견실 안도 제법 넓었는데 바닥에는 '페루시아카펫트'인 듯 황금색과 붉은 자줏빛이 어우러진 고급 카펫이 깔리고 황금과 백상아로 치장된 소파와 장식장들, 그리고 초대형 샹들리에가 눈에 들어왔다. 참으로 고급스러운 분위기였다.
"아따, 이 영감 폼은 드럽게 잡네."
실내장식들을 살펴보는 동안 그녀의 머릿속엔 쉴 새 없이 새롭고 멋진 구상들이 떠올랐다.

접견실에서 한참 기다린 끝에 예의 그 노인이 교황이 들고 다니던 것과 같은 황금빛 나는 끝이 둥글게 말린 지팡이를 짚고 선녀들이나 입었을 법한 눈부신 흰빛 드레스를 입은 12명의 아리따운 아가씨와 두 명의 건장한 청년의 호위를 받으며 나타났다.

'게이꼬'는 이 장엄한 행렬을 맞아 자신도 모르게 자리에서 벌떡 일어섰다. 노인은 그녀 앞에 멈춰서더니 그 긴 지팡이를 번쩍 쳐들고는 다음과 같이 헐떡거리며 외쳐대었다.
"어서 오니라. 사랑스런 내 딸아! 내 그대에게 축복을 내리노라. 오! 진실로 축복하노니, 스강나하르의 태양과 열두 개의 달에게 명하노라, 이……. 참, 그대 이름이 뭐였다고?"
"저요? 아! '도꾸에 게이꼬'입니다만……."
"그래 맞다. 흠, '도꾸이가이꼬'에게 영원한 영생을 줄지어다. 나무타불 헬렐레야!"
그러면서 지팡이로 '게이꼬'의 머리를 '탁'하고 내리쳤다. 순간 머리를 맞은 '게이꼬'는 몹시 아프기도 하였지만, 터져나오는 웃음을 참지 못하고 그만 박장대소를 하였다.
"핫하하하하……!"
그러자 청년들과 열두 처녀들은 얼굴이 파랗게 질려 어쩔 줄 몰라 우왕좌왕하였다.
"무엄한지고!"
한 청년이 그녀에게 다가서며 호통을 쳤다. 그렇다고 기죽을 그녀가 아니었기에
"아니, 이놈이? 넌 몇 살인데 나한테 함부로 말하냐? 어려보이는 놈이……."
"어서 바닥에 납작 엎디어 용서를 빌거라."

"그리고 난 그대보다 더 나이가 많은 사람이다."

하긴 스강나하르는 나이 개념이 없어진 지 오래이다. 외모의 늙어 보임과 젊어 보임은 실제 나이와 일치하지 않기 때문이다. 아들이 아버지보다 더 늙어 보이는 경우도 있으니까…….
'게이꼬'는 '아차! 지금 내가 왜 이러지? 한 수 배우러 온 주제에? 내가 경솔했구먼…….' 싶어 그들 말대로 바닥에 넙죽 엎디었다.
"죽을 죄를 저질렀습니다. 신령님!"
그러자 몇 명의 아가씨와 청년들이 이구동성으로 알려줬다.
"하늘님이십니다."
"신령님은 한 차원 아래시니 하늘님이라 하십시오."
"예, 하늘님! 저의 무지막지한 무식의 소치를 너그러이 용서하옵소서!"
하고 외쳤다. 노인은 지팡이를 크게 휘두르더니 양쪽 어깨를 사정없이 내리치는 것이었다. 얼마나 아팠던지 그녀는 그만 까무러치고 말았다.
"오냐, 내 그대의 어리석음을 용서하노라."
'게이꼬'는 속에서 치밀어 오르는 화를 억지로 참으며 붉은 도포를 얻어 입고 그 굴속의 사찰에서 주야 기거하며 10여일의 나날을 보냈다. 그리고 어느 날 나무미륵보살교의 경전 '나무미륵경' 한권을 감춰들고 동굴 속을 빠져나가려 하다가 문지기들에게 제지당했다. 이 문지기들은 덩치가 유난히 크고 험상궂게 생겼으며 힘들이 장사였다.
"어디 가시려고?"
"예, 바깥 바람 좀 쐬려고요."
"하늘님께 간청을 받으셨수?"
"뭔 간청을요?"

"밖엘 다녀올 수 있는 허가증 말이오."
"예, 그런 게 필요한가요?"
"그렇수."
"잠시 나갔다 오면 안 될까요?"
"그건 아니 되오. 여기 들어오는 순간부터 우리 모두는 하늘님 소유인 것이오."

'게이꼬'는 순간 하늘이 무너져내리는 것을 느꼈다.
'아니, 그럼? 밖엘 나갈 수가 없다고? 이거 참말 낭패로구나!'
아무리 영악한 그녀로서도 속수무책일 수밖에…….
그래서 할 수 없이 좋은 날이 올 때까지 그 굴속에 눌러 살기로 하였는데…….

[제16화]

스강나하르의 사이비교주

Founder of a Religious Sect of Sgăngnahare

'알라마하신神', '도꾸에 게이꼬'

1

아무리 영악한 일본계 사기꾼 '도꾸에 게이꼬'라 할지라도 어쩔 수 없는 상황인지라 그 '나무미륵보살교'의 굴속에 눌러 살기로 하였지만, 그 늙은 교주는 오히려 그녀보다 한수 위인지라 도무지 그녀에게 빠져나갈 구실을 주지 않았다.
그럭저럭 그 굴속에서 그녀가 지낸 세월은 회한의 세월이요 참으로 억장 무너지는 원통의 세월이었다. 그러면서 지내길 1년여, 지구시간으로는 6년이 넘는 긴 세월이었다.
그러다가 마침내 그녀에게도 꿈을 펼칠 수 있는 기회가 왔던 것이다. 그녀의 교활한 지혜에 한국계 나무미륵보살교[392]의 교주 '지방석' 하늘님도 깜빡 속아 넘어간 것이니까.

그녀는 누구보다도 앞장서서 그 하늘님을 극진히 떠받들고 입에 침이 마를 정도로 칭송하였다. 처음에 그녀가 어찌나 극성스럽게 설쳐대던지 앞서 입교했던 많은 사람들로부터 견지를 당했었으나 그렇다고 그녀가 남들 해코지에 눈 하나 깜짝일 줄 아나? '게이꼬' 역시 보통사람들 보다는 한수 위인 것을?
마침내 하늘님도 그러한 그녀를 인정하지 않을 수 없어 그녀에게 막중한 사명을 부여하였다. 교세도 넓힐 겸 직접 세상에 나가 사람들을 입교시키라는 지극히 반가운 명령을 내린 것이다.
"아! 드디어 세상에 나아가는구나!"
그녀는 너무나 기쁘고 가슴이 벅찬지라 그때만큼은 진심으로 하늘님의 발바닥에 진한 키스세례를 퍼부었다. 그녀는 1년2개월 만에, 지구시간으로는 6년8개월여 만에 그 지옥 같던 굴속을 벗어나 대명천지 밝은 햇살 아래 설 수 있게 된 것이다.
그녀가 바깥세상에 나올 때 그녀는 하늘님께 특별히 간청하여 평소 그녀를 극진히 따르던 필리핀계 〈메카이Mecai[395]〉라는 청년과 한국계 〈솔가녀Sol Ga Nye[396]〉, 일본계 〈마쓰시다 요꼬Machushida Yoko[397]〉, 러시아계 〈나탈리 플로스막Natalri Flrosmak[398]〉 세 여자를 동반했다. 그들 모두는 그녀의 새로운 종교관으로 이미 세뇌되어 그녀를 하늘처럼 떠받들던 열렬한 광신도들인 것이다.
이미 그 굴속으로부터 해방된 그녀가 하늘님의 통제를 받을 리가 있겠는가? 아무리 하늘님이라 하더라도 대명천지에서 그녀를 납치할 수는 없는 일. 그녀에게 들려준 '휴대멀티폰'으로 수없이 영상메세지를 보내봐야 이미 계곡을 빠져 나올 때 깊은 소沼에 집어던진 후라 100여m 물속 깊숙이 가라앉은 폰에서는 응답이 있을리 만무했다.
'아차! 속았구나!'하고 하늘님은 가슴을 쥐어 뜯어봐야 '소 잃고 외양간 고치는 격'이 되어버린 것이다. 게다가 자신이 그리도 예뻐하던 솔가녀까지 잃게 되었으니…….
또한, 하늘님은 머잖아 '게이꼬'가 무서운 호랑이로 변할 줄은 더더욱 몰랐으니 결국 하늘님은 '범새끼를 키운 꼴'이 되고만 것이었다.

2

'도꾸에 게이꼬'는 하루하루가 눈코 뜰 새 없이 바빴다. 새로운 종교를 탄생시켜야 했으니 이는 과거 점쟁이 노릇과는 또 다른 차원인 것이다. 우선 자신이 세울 교敎의 이름부터 정해야 했다.
'천상마하교', '우주진리교', '천황교', '마하진리교', '우주일원교', '알라마하교' 등등 30여 가지 이름 중 알라마하교라 이름 붙이기까지 오랜 진통과정을 거쳤다.
'알라'는 '유일하다는 뜻'이고 '마하'란 '위대한 신'이란 뜻이다. 그리고 스스로 '알라마하신神'이라 일컬었다. 나무미륵보살교의 경전 '나무미륵경'을 기초하여 알라마하교의 경전 '알라마하신경'이란 새로운 경전도 탄생시켰다. 과거에 한때 다녔던 '남묘호랭게교'의 교리와 주문도 상기하고 이들을 첨부하여 보다 더 그럴듯하게 꾸몄다.
'하늘님은 그러고 보니 대단한 천재로구나.'
'게이꼬'는 하늘님이 만든 경전의 오묘한 이론에 한동안 매료되었다. 만물의 창제원리와 우주계의 정확한 리듬, 거기에 신의 섭리를 교묘하게 응용하여 한문 투성이의 경전을 만들어 냈는데, 아마 한국 불교 '조계종'의 '불경'을 많이 참조한 듯 하였다.
물론 스강나하르에는 이러한 한자 투성이의 글을 약간이라도 읽을 줄 아는 사람은 극소수였다. 한국계나 중국계, 그리고 일본계 중 몇몇 뿐이었으니까……. 다행히 그녀는 일본계라 상당수의 한자는 대충 알아볼 수 있었다.

먼저, 그러한 한자로 구성된 내용을 확실하게 알기 위해서는 정확한

번역이 필요하였다.
굴속에서 생활하는 동안 거의 1,000여 쪽에 해당하는 방대한 나무미륵경을 하늘님의 설법을 통해 들은 바 있으므로 대충은 이해를 하였으나 새로운 경전을 위해서는 보다 정확한 주석이 필요했다.
'게이꼬'는 컴퓨터의 번역프로그램을 가동시켰으나 입력에서부터 벽에 부딪혔다. 음音을 알아야 입력이 가능한데 음을 모르는 경우, 이들 한자어를 찾기가 용이하지 않기 때문이다. 수시로 모르는 한자들이 자꾸 나타나 어떤 음으로 읽히는 지도 알 수 없었다.
오랜 기간 번역문제로 골머리를 앓다가 드디어 스페이스넷을 통해 인류의 고어만을 전문으로 해독한다는 〈인류고문화古文化연구소 Humankind Remoteages Culture Laboratory[399)]〉가 멤사스센터[76)] 202층에 있음을 알아냈다.
따라서 '게이꼬'는 이 연구소에 근무하는 중국계 '자오쪄밍'이란 남자를 어지간히 괴롭힌 결과 만족할 만한 알라마하신경을 완성할 수 있었다. 아마 하늘님이 만든 나무미륵경보다 훨씬 고차원적인 우주이론과 종교철학이 돋보이는, 그야말로 나무랄 데 없는 경전이었으리라.

신도들에게 소리 높여 외우게 할 '주문' 역시 보다 오묘한 소리와 리듬감을 위해 스강나하르의 시성詩聖 '안토니오 슈잘레[129)]'는 물론, 대문호 러시아계 〈세르게이 보그다노비치 세마크Sergei Bogdanovich Semak[400)]〉으로부터도 내용을 감수 받고 작곡가 한국계 〈이말롱 Lee Malrong[401)]〉과 이탈리아계 피아니스트 〈푸소니 드리비히Fusoni Drhibichi[402)]〉에게 '이따흔게헤르나게 뜸바야흐르게사하……'로 이어지며 거의 10분 동안 지속되는 주문의 멜로디를 얻어냈다.
스스로 몇 번씩 외워 보고 또 따르던 추종자들에게 합창으로 외게 하여 듣기를 수천 번. 이를 다시 스강나하르 태생의 젊은 성악가들인 테너 '바리샤 율리앙Barisha Julian[300]', '이반 레베데프Ivan Lebedev[302]', 그리고 자매 소프라노 '피네 루루앙Pynea Luluang[304]'과 '피네 베베앙Pynea Bebeang[305]', 그리고 '데 미리앙De Miriang[307]' 등에게 불러보게 하였다. 스강나하르 최고의 소프라노들이 불렀음인지 이 주문 역시 너무 구성지고 애절하여 듣는 이로 하여금 절로 신앙심과 복종심이 우러나오게 하였다.

그러한 준비가 모두 빈틈없이 갖춰지자 그녀는 그녀의 추종자들을 이끌고 파라토피아[139] 정부 '문화청' 여성장관 이스라엘계 〈레아 실비아Rhea Silvia[403]〉를 찾아 갔다.

"나는 우주의 계시로 이 나라에 '신성한 왕국'을 건설하려 하오. 그러니 나의 왕국건설을 위해 파라토피아 정부는 마땅히 협조해 줄 것으로 믿겠소."

"뭘 어떻게 도와주면 되겠습니까?"

"우선 왕국을 조성할 부지를 제공하고 왕국에 걸맞은 궁전을 지어주시오."

"네, 알겠습니다. 물론 협조해 드려야지요."

레아 실비아 장관은 '종교국' 국장 아랍에미레이트계 〈압살라 마흐르Absalla mahre[404]〉에게 그들을 안내하였다.

압살라 마흐르는 그녀의 요구사항을 다 듣고 나서는 골똘히 생각하더니 이윽고 난색을 표명하였다.

"저……, 먼저 그러한 요구를 시원스럽게 들어 드리지 못함을 대단히 송구스럽게 생각합니다. 스강나하르가 비록 땅도 넓고 자원이 풍부하기로서니 어찌 개인이 요구하는 대로 토지를 불하하거나 건물을 지어 줄 수 있겠습니까? 그렇게 된다면 너도 나도 이곳저곳에 건물을 지어 달라고 난리 나지 않겠어요?"
"나는 어디까지나 인류를 구원하기 위한 신성한 왕국을 건설하겠다는 것이오. 이건 개인의 사사로운 욕심으로 요구하는 것이 아닌 만큼, 나의 요구를 파라토피아 정부는 반드시 수용해야 할 것이오."
"이것은 저희 정부에서 임의대로 판단하여 결정해도 될 만한 사항이 아닙니다. 스강나하르에는 정부의 권한에 앞서 '로열챔버쉽[196)]'이란 원로회의가 있습니다. 따라서 이 로열챔버쉽의 합의된 의사결정 없이는 이러한 중차대한 사업은 진행할 수 없습니다."
"그럼 어찌해야 나의 요구를 들어줄 수 있다는 거요?"
"먼저 정부의 '단체관리국'에 단체등록이 되어 있어야 하며 그러기 위해서는 10만, 아니면 최소로 잡더라도 3만 이상의 회원을 갖춰야만 그러한 요구를 수용할 수 있다는 얘깁니다."
"아니, 스강나하르에서는 인류의 권리가 지구 때만도 별로 나아진 게 없다는 얘긴가요?"
"천만에요. 한번 생각해 보십시오. 모든 의식주는 물론, 모든 원하는 생활용품이나 교통편의 등이 무상으로 제공되고 있잖습니까? 남한테 피해를 주지 않는다면 모든 활동과 모든 사상까지 무제한으로 보장해 주고 있잖습니까?"
"그렇지만 나같이 대의명분이 뚜렷하고 우주의 선택을 받은 사람이 하고자 하는 것을 막아서야 됩니까?"
"저희는 개인의 활동을 제약하는 것은 절대로 아닙니다. 다만 스강나하르는 모든 인류의 공동 자산이므로 한 개인이 개인의 용도 이상의 것을 요구할 때에는 공동의 이익을 위해서 반드시 합의를 바탕으로 전제되어야 한다는 것을 의미합니다."
"뭐가 그리 까다롭습니까?"

"까다로운 것이 아니라 반드시 그리해야 된다는 것입니다. 그리고 그 누구라도 예외는 있을 수 없습니다."
"그럼, 나무미륵보살교는 어째서 그런 큰 절을 세울 수가 있습니까?"
"나무미륵보살교라니요?"
"아직 나무미륵보살교를 모르십니까?"
"그런 종교가 있습니까?"
"당연히 있지요?"
"글쎄요, 저는 금시초문인데요."
"스페이스넷에도 올라있고 신도 수도 4천3백여 명에 이르지요."
"네, 그런 종교가 있군요. 하지만 그 종교는 정부로부터 정식으로 인정받고 있는 종교는 아닙니다."
"그럼, 불법이란 말인가요?"
"불법이라고는 할 수 없겠지요. 만약 그 종교가 사회적으로 큰 물의를 빚고 또 인류에게 피해를 준다면 당연히 불법이라 단정 짓고 법적 제재를 가하겠지요."
"그런데 어째서 신도가 4천3백에 불과한 나무미륵보살교가 그렇게 휘황하고도 큰 절을 소유할 수가 있지요?"
"네, 현재 그것까지는 저희로서도 알 수가 없네요."
"더군다나 신도들을 석굴 속에 가둬놓고 밖으로 나갈 수도 없게 인신구속까지 예사로 저지르고 있는 데도 정부에서는 모르고 있다는 얘긴가요?"
"네, 그런 일도 있습니까? 사실 우리 정부로서도 개인들의 신변이나 활동까지 일일이 파악할 수도 없습니다. 파악하려 해서도 안 되고요. 그 이유는 잘 알고 계실텐데요?"
"그것은 정부로서 마땅히 해야 할 책무를 등한시하는 것 아닌가요?

그러다 많은 사람들이 나쁜 집단에 억류되고 인권침해 같은 사례, 더 나아가 그런 불법 집단들이 살인까지 저지를 수 있는데, 이를 모른 채 방관만 한다면 스강나하르의 장래가 어찌되겠습니까?"
"고마우신 충고 감사히 듣겠습니다만, 저희로서는 마땅히 도와 드릴 수 없음을 유감으로 생각합니다. 대단히 죄송합니다. 그리고 그러한 불법사례들은 피해자들의 고발과 법정 증언 없이는 저희들이 임의대로 나서서 강제적인 공권력을 행사할 수 없음을 분명히 밝혀 드립니다. 안녕히 가십시오."
"뭐 이런 데가 있어?"

알라마하교 교주 '알라마하신' '도꾸에 게이꼬'도 한 수 하는 여자지만 문화청 산하 종교국장 '압살라마흐르'도 '이빨 까기'로는 보통이 넘는 사람이었다.
그녀는 치밀어 오르는 분노를 한참동안 삭여야 했다. 그녀의 신봉자들은 안색들이 모두 죽은 사람처럼 파랗게 질려서 그녀를 위로하기에 바빴다.
"아! 어찌하여 우리의 알라마하신을 괴롭히려 드나요?"
"오! 위대한 알라마하신이시여! 이러한 부패한 집단들을 향해 이 목숨 바칠 각오가 되어 있나이다."
"이러한 박해도 머잖아 불같이 일어나는 우리 알라마하교 위력 앞에서는 수그러들 것이옵니다. 잠시만 기다리옵소서."
그렇다고 해서 이렇듯 쉽게 물러설 그녀는 결코 아니었다. 그녀는 다시 문화청장관 '레아 실비아'를 찾아 갔다.
"장관님, 도대체 이런 법이 어디에 있습니까?"
"네? 뭐가 잘 안됐나요?"

"안 된 게 아니라 아예 상대도 안 해줍디다."
"네, '압살라 마흐르는 좀 고지식한 친구지요. 근데 뭐가 문제지요?"
"땅도 궁전도 사람들을 끌어 모아야 가능하다고들 하는데, 그것도 3만 명 이상이라든가? 그렇지 않으면 어림없다는 얘기지요. 종교가 사람 머릿수로 좌우된다는 것이 말이 되나요?"
"네, 그렇군요."
"그렇게 해서 이 스강나하르에 아무리 인류를 구원할 수 있는 진정한 종교가 있다 해도 신도 수가 3만이 못 된다면 결국 발도 못 딛게 하겠다는 얘기인데 그런 엉터리 법이 어디 있어요?"
"네, 그렇기는 하네요. 그럼 잠시만요."
'레아 실비아'는 '압살라 마흐르'에게 멀티폰을 연결하여 그와 한참동안 얘기를 나누는 듯 하더니, '게이꼬'에게 멤사스센터 132층의 '스강나하르 도시계획국' 산하 '건축시설물관리센터'를 찾아가서 독일계 〈마르코 폴로Marco Polo[405]〉를 만나면 해결책이 있을 거라고 말해 주었다.
마치 하늘님이나 된 듯 의기양양하던 그녀도 일이 그 지경이 되자 애초의 당당함은 어디로 사라지고 풀이 많이 죽어 있었다.
'괜히 추종자들 앞에서 이게 뭔 망신이람.'
'마르코 폴로'는 인상이 부드럽고 상당히 이지적으로 생긴 사람이었다. 그는 '게이꼬'의 얘기들을 시종 웃음 띤 얼굴로 들으면서 연신 고개를 주억거렸다.
"흠, 예, 정말 멋진 구상이십니다. 참으로 훌륭한 분이십니다."
그녀는 '마르코 폴로'의 그러한 태도에 상당한 위로를 받았다. 이제 어느 정도 말이 통하는 사람을 만난 듯도 하여 장래의 구상은 물론, 알라마하신경을 해설까지 곁들여 가며 설명해 주었다. 그리고 '마르코 폴로'에게 자신을 믿을 것을 권유하는 것도 잊지 않았다.

"저는요, 종교나 신앙은 믿지를 않습니다. 물론, 우주의 신비나 질서를 보면 뭔가 이를 주재하는 신이 있으리란 확신은 있어도 말입니다."
"그 주재자가 바로 나라면 어쩌시겠어요?"
"흠, 그럼 한번 생각해봐야 겠지요."
"그럼 본론으로 들어가서 이제부터 신도들을 모아야 할텐데 마땅한 장소가 없어요. 그래서 그러한 장소를 마련해 줘야 겠는데요."
"그럼 이렇게 해 봅시다."
"어떻게요?"
"지금 모두 몇 분이시라고요?"
"예, 저랑 얘네들까지 해서 모두 다섯이네요."
이때 '메카이'가 끼어들었다.
"알라마하신이시여! 두 명이 더 있사옵니다. '인디라마세'와 '카달피로'도 있잖습니까?"
"아! 맞다. 내가 왜 깜박했지? 그러고 보니 모두 일곱 명이네?"
"그렇다면……. 잠깐만요."
'마르코 폴로'는 데스크키보드[344]를 두드렸다.
"일곱 명에 각각 147평방m라……. 그럼 1천29평방m인데…….
옳지! 여기를 사용하면……. 여길 한번 봐 주시렵니까?"
'마르코 폴로'는 '게이꼬'에게 스크린을 가리켰다.
"제4구역 '뚜름바' 주거지역 안에 '스펠사우스트'센터빌딩이 있는데 바로 이 빌딩 23층에 1천56평방m의 공간이 있네요. 어떻습니까?"
"그건 너무 좁잖습니까?"
"지금 일곱 분이라 하지 안았습니까?"
"곧 신도들이 몰려올텐데……. 좀 더 큰 공간을 할애해 주면 안 됩니까?"

"글쎄요. 공용시설공간의 사용은 한 사람 앞에 147평방m로 제한되어 있어서……. 대신 이 공간을 쓰시다가 사람들을 많이 모으면 그때 다시 넓은 공간으로 옮겨 보심이?"

3

'게이꼬'는 우선 이 장소가 사람들의 주거지역이라는 것이 맘에 들었다. 그래서 '마르코 폴로'의 제안에 따라 이 장소를 얻었다. 그리고 이 공간에 500석 규모의 커다란 제사용 강당을 만들고 조그만 방을 세 개 더 만들었다. 한 방에는 자신이 묵고 나머지 두 방에는 각각 남자 신도와 여자 신도가 묵게 할 생각이었다.

강당 정면에는 큼직한 제단을 세우고 그 중앙에는 황금으로 만든 각대 위에 직경이 80cm쯤 되는 유리구슬을 올려놓았다. 이 유리구슬은 '게이꼬'만의 신통술을 발휘할 비밀스러운 도구이자 사람들을 끌어 모을 수단이다 .

유리 안에는 투명한 메틸알코올로 채워져 있고 아주 미세한 철가루가 바닥에 잔잔하게 깔려 있다.

그녀는 초자석 성질을 갖고 있는 〈써든고롱Sudden Gorong[406)]〉을 냄새가 없는 크림 종류에 섞어 만든 로션을 손바닥에 바르고 이 유리구슬을 바닥부터 서서히 쓸어 올리면 자연스레 유리구슬 바닥에 깔린 철가루들이 손바닥에 묻은 로션의 자석 성질에 의해 딸려 올라

갈 것이다.
그러면 손바닥을 서서히 떼어 내면서 유리 안에 형성된 철가루들의 형상을 보면서 그럴듯하게 '예언'이나 '점괘'를 읊조리면 되는 것이다.
물론 몰려든 사람들이 이를 알아 챌 리도 만무하고 아무리 신통력이 있는 사람이라 한들 이러한 과학 원리를 모르고서야 어찌 이러한 신법神法을 이해할 수 있으랴.

써든고롱은 자장 성질이 있는 써든핼륨[67]에 〈이온화초극성자석법[407]〉에 의해 아주 미세한 분량으로도 쇠붙이를 강력하게 끌어들이는 자석력을 부여한 것으로 이러한 것이 있는 지는 몇몇의 기초소재 학자들 밖엔 모른다. 그중 한 사람이 타일랜드계 〈이모젤 핫미라드Emozel Hotmirad[408]〉라는 사람으로 이러한 물질을 개발한 이집트계 〈아슬람 다비Aslram Daby[409]〉의 밑에서 일하고 있다.
'아슬람 다비'는 원체 사람 만나는 것을 싫어하여 은둔자적 생활을 하는 사람으로 대외 일처리는 '이모젤 핫미라드'를 통해서 처리하고는 한다. '게이꼬'는 '이모젤 핫미라드'를 파라 3년11월4일, 제2회 '세계풍습박람회'때 처음 만났다.
그녀 역시 이 행사 때 일본 마을을 꾸미기 위한 실내인테리어 디자이너의 일원으로 참여하여 일본 전통가옥의 소품들을 맡았었다. 그녀는 나름대로 눈썰미가 좋아 전통가옥에 적합한 옛 다기류나 고가구류, 침구류, 장식류 등을 선별, 배치하기도 하였고, 직접 만들기도 하였다. 그때 우연히 타일랜드 마을을 지나가다 그를 보았는데 그는 타일랜드 재래 농가의 조경을 맡아 비지땀을 뻘뻘 흘리며 일하고 있었다. 자전거 페달 밟듯이 발로 굴러서 물을 퍼 올리는 물레방아 비슷한 것을 타고 있는 농부를 힘겹게 옮기고 있는 중이었다.

그녀가 다가가서 옮기는 것을 도와주며 물었다.
"이게 뭐하는 거지요?"
"예, 이건 논에 물을 대주기 위한 수동 펌푸와 같은 거지요."
"네, 일본에도 비슷한 게 있는 것 같던데……. 그럼 타일랜드도 논농사를 짓는가요?"
"물론이죠. 우리나라에서도 주식이 쌀이거든요. 그리고 저희는 보통 3모작을 하지요."
"그래요? 저희도 주식이 쌀인데……. 그러고 보니 자르르 기름기가 도는 하얀 쌀밥 생각이 나네요. 이곳 쌀은 찰기가 없어서……."
"모르긴 몰라도 스강나하르의 쌀밥은 아마 쌀농사로 재배되는 쌀이 아닐 겝니다."
"그럼은요? 스강나하르에는 쌀도 생산이 안 되나요?"
"글쎄요. 제가 알기로는 '벼'라는 식물이 없는 것 같던데……."
"그럼 지구에서 가져오나요?"
"그렇진 않지요. 지구의 모든 생명체가 다 죽은 걸로 아는데 벼라고 해서 살아남았겠어요?"
"그럼 쌀밥은 그 재료를 뭐로 만들었을까?"
"비슷한 성분으로 만들었겠지요. '인공쌀'이라 하던가?"
'이모젤 핫미라드'은 키가 크고 어깨가 딱 벌어진 남자로 얼굴윤곽이 뚜렷한 사람이다. 그는 일찍이 영국으로 건너가 옥스포드대학에서 '고분자화학'을 전공하고 미국 스탠포드대학에서 '고분자물질의 이온화반응'이란 논문으로 박사학위까지 받은 인텔리 출신이다.
수줍음을 많이 타고 조용하게 지내며 시를 읊조리는 내성적인 사람으로 '게이꼬'가 대하기에는 상당히 편한 사람이었다. 서로의 나이를 확인해 보니 '게이꼬'가 지구연도로 1962년8월생인데 비해 그는 1972

년4월생이었다.
“어머! 그럼 제가 누나네요?”
“어! 그런가요? 그러고 보니 저보다도 열 살이 더 많으시군요. 하긴 제가 지구나이로……. 아마 200살쯤 되었겠네요. 그럼 누님은 210살쯤?”
“정말 웃기지요? 나이를 안 먹는다는 게 즐겁기도 하지만 왠지 섬뜩하기도 하네요.”
“네, 사람들을 만나도 저 사람은 도대체 몇 살이나 되었는지 감을 못 잡겠어요.”
그들은 어느새 연인처럼 다정해져 있었다.

4

제1회 박람회 때 3위를 차지했던 일본 마을이 이번 2회 때는 네덜란드와 영국을 젖히고 2위가 되었다. 그리고 1위는 여전히 이탈리아가 차지하였다. 그리고 3위는 스위스, 4위는 네덜란드, 5위는 오스트레일리아가 각각 차지하고 전 대회 때 4위를 차지했던 영국은 6위로 밀려났다.
‘게이꼬’는 ‘이모젤 핫미라드’와 자주 어울렸다. 같이 술도 자주 마시고 함께 잠자리도 했다. 그런 와중에서 그로부터 함께 일하는 아슬람 다비가 개발한 써든고롱에 관한 얘기가 나온 것이다.
써든고롱은 써든핼륨을 ‘이온화초극성자석법’에 의해 강력한 자석력을 부여한 신소재로 도시와 도시 사이를 연결하여 모든 정보를 동시간대에 교류되게끔 하는 초전도성 광케이블 '아타나바[68]케이블'과 지하의 대규모 운송수단인 '초전도부상열차'에 없어서는 안 될 귀한 소재라 하였다. 또한 이러한 소재가 있는지에 대해서도 몇몇의 기초소재 학자들 외엔 전혀 알려져서는 안 될 극비사항이라 하였다.

'게이꼬'는 '이모젤 핫미라드'를 졸라 써든고롱 분말 300그램이 든 보틀을 하나 얻었다. 물론 그때까지만 해도 그녀가 만들 신흥종교 '알라마하교'를 염두에 둔 것은 아니었다. 단지 그 귀하다는 말에, 또 극비사항이라는 소재에 대한 궁금증과 남들이 가질 수 없는 물건에 대한 소유욕 때문에 그런 것이다.
그런 귀중한 물건이 마침내 그녀를 신의 지위에까지 올려놓을 줄이야 누가 알았겠는가?
유리구슬을 만드는 것은 쉬웠다. 스페이스넷 주문코드의 주문항목에 직경 80cm, 두께 3mm의 깨어지지 않고 전극을 전혀 띄지 않는 특수투명유리를 사용할 것과 내용물은 자성에 민감한 미세한 철가루를 내용물 부피의 1,000분의 1만 넣고 나머지는 메틸알코올로 꽉 채워 달라고 요구하였다. 그리고 무색무취로 써든헬륨 가루를 수용할 수 있는 유지油脂성분의 크림을 주문하였다.

주문한 물건들은 불과 3일 만에 배달되어 왔다. '게이꼬'는 먼저 크림에 써든고롱을 약간 섞어 손바닥에 비벼 발랐다. 손바닥은 금속가루 성분 때문에 약간은 어두운 빛을 띄웠으나 유심히 보지 않고서는 감쪽같아 보였다.
그녀는 손바닥을 조심스럽게 유리구슬에 갖다 대었다. 유리구슬 속의 철가루들이 일거에 손바닥 쪽으로 몰려들며 큰 덩어리를 이루고 유리구슬 또한 손바닥에 달라붙어 잘 떼어지지를 않는 것이었다. 그녀는 유리구슬이 손바닥에서 떨어지지 않자 처음에는 너무 놀랐다.
'게이꼬'는 너무 흥분하여 유리구슬을 그만 바닥에 떨어뜨리는 실수도 저질렀다. 다행히 유리구슬은 말짱했지만…….
따라서 써든고롱의 섞는 양도 잘 가늠하여 그녀가 원하는 만큼의 자력을 띄게끔 조절할 수도 있게 되었다.

써든고롱을 아주 미량만 섞어도 그 효과는 놀랄만 하였다. 손바닥에 크림을 바른 표도 전혀 안 났음은 물론이고, 손바닥의 움직임 정도에 따라 철가루들의 움직임도 각각이었다. 연습을 거듭할수록 유리구슬 속의 철가루도 그녀가 원하는 대로 조정할 수 있게 되었다.
철가루는 그녀의 조정대로 메틸알코올 속을 '스르르' 흐르듯이 움직였으며, 그 철가루들의 퍼지는 정도에 따라 무늬도 제각각이었는데 반짝이는 미세한 철가루들이 움직일 때마다 밝은 빛을 발하는 것이었다. 한걸음 더 발전하여 실내를 어둡게 하고 유리구슬 쪽으로 '할로겐램프'의 직접조명을 비추니 빛을 받은 유리구슬은 움직이는 철가루들의 강렬한 반사광으로 말미암아 그야말로 환상적이었다.
"우아! 드디어 해냈다!"
그녀는 이미 세상을 다 차지한 듯한 기분이었다. 이러한 숨겨진 비밀을 누가 알겠는가? 오직 '이모젤 핫미라드'만 입을 닥치고 있으면 되는데 그 역시 일부러 이러한 비밀을 밝혀 그녀 가슴에 못 박을 위인은 아니라 믿었다.

그녀가 제단에 서있을 때에는 몽환적인 분위기가 연출되게끔 제단 쪽

인테리어에도 별나게 신경 썼다. 다소 푸른빛이 도는 특수조명도 설치하고 제단 밑으로는 은은한 유황향 냄새와 농도를 조절할 수 있는 연막 장치도 했다.
우주의 절대신을 상징하는 심벌도 구상하였는데, 꼬리가 하나로 붙은 열두 마리의 구렁이가 각기 구슬을 하나씩 물고 스강나하르 행성을 감싸고 있는 모습이었다.
그 12마리의 뱀들은 그녀 자신, 즉 알라마하신이요, 12개의 구슬들은 12개의 소우주를 상징하는 것으로 한 개의 내우주와 네 개의 외우주, 즉 모든 우주를 의미한다고 하였다.
그리고 그녀가 입을 옷도 특별히 '앙드레 솔로[233]'에게 부탁하여 지었는데 처음엔 그녀를 거들떠도 안 보던 '앙드레 솔로'도 화장실까지 따라붙는 그녀를 따돌릴 수 있는 방법이 없게 되자 마지못해 그녀의 의상을 맡았다.

황금 사슬로 일일이 꼬아 만든 브래지어와 팬티를 입고 등 뒤로는 푸른빛이 도는 얇은 반투명 실크 망토를 겹겹이 둘렀다.
머리에도 역시 황금으로 심벌을 올려놓은 관을 썼는데, 12마리의 우윳빛 진주를 머금은 구렁이들은 마치 살아 움직이는 것 같아 섬뜩해 보이기까지 하였다.
"도대체 이런 의상으로 뭘 하겠다는 거요? 혹시 이 의상으로 사이비 종교 교주 노릇이나 하겠다는 거요?"
'앙드레 솔로'는 별 희한한 여자를 다 보았다는 듯이 말했다.
"맞아요. 교주 노릇하면 안 되나요?"
그녀의 이런 대답에 '앙드레 솔로'는 어이없다는 듯,
"에끼 여보쇼! 그래서 다들 교주된다면 나도 하나 차리겠소."

어쨌든 '게이꼬'는 그 좋은 말솜씨와 사람 호리는 재주, 그리고 그 신비의 '유리구슬점'으로 스강나하르의 제일 가는 대 예언가이자 알라마하교의 유일신神 '도꾸에 게이꼬'로 명성을 떨치게 되었고, 신도 수도 70만 명을 헤아리는 대 교주로 변신하는데 성공하였다.

그리고 그녀의 성공 이래, 수많은 사이비 교주들이 한때는 유행처럼 극성을 부려 스강나하르에도 많게는 1만3천여 종이 넘는 사이비종교들이 난립하고 2억 가까운 인류들이 이들 종교에 심취했다.

[제17화]

스강나하르의 수수께끼 인물

A mystery Person of Sgăngnahare

'마의 늪지'의 괴인 '키타시라카와'

1

'살아 있는 것'과 '죽은 것' 그 차이란 무엇인가? 우리가 운명 직전의 사람 곁에서 그의 운명을 목도했을 경우, 살아 있을 때와 죽었을 때의 차이란 두 가지 면에서 고찰할 수 있다.
하나는 신체적 변화이다. 흔히 죽었다는 것은 '심장이 제 기능을 못하고 박동을 멈췄을 때' 우리는 그가 죽었다고 판단한다. 이 경우, 뇌파는 당분간 활동을 지속할 수도 있지만 심장 박동이 멎게 되면 당장 혈액순환부터 장애가 온다.
따라서 산소의 공급이 중단되고 노폐물이 쌓이게 되어 신체의 각 장기들과 이를 이루고 있는 단위세포들에 치명적 손상을 주게 된다. 그래서 뇌를 포함한 각 세포들이 썩어가면서 결국 죽게 되는 것이다.
그런데 심장은 계속 활발하게 뛰고 있고, 온몸의 장기들이 정상으로 작동되고 있음에도 불구하고 두뇌의 활동이 멎었을 경우, 죽었다고 표현하는데, 이를 의학계에서는 '뇌사腦死상태'라고 하며 그러한 사람을 '식물인간'이라 한다. 그리고 그러한 인간은 뇌파의 활동이 중단된 상태로 인체의 각 세포나 뇌조직은 살아 있으되 인지나 사고의 능력을 잃었기 때문에 살아 있다고 볼 수는 없다는 것이다.
그리고 의료계에서는 이런 뇌사상태의 사람을 죽은 것으로 할 것인가 그렇지 않고 살아있는 개체로 인정할 것인가를 놓고 현재까지 상당한 진통을 겪고 있기도 하다.
그런데 우리는 이러한 식물인간 상태로 수년씩 살아오다 회생回生한 사람에 관한 얘기도 심심찮게 들어 왔을 것이다. 또, 심장도 멎고 죽은 사람으로 판단하여 장례를 치루는 과정에서, 시체의 일부가 썩기 시작하였음에도 기적적으로 살아 난 사람들 얘기도 들어 봤을 것이다.
뇌세포를 포함하여 신체가 살아있고 심장이 뛰고 있어도 죽은 것이고 심장이 멎고 세포들이 죽어가는 와중에도 살아난 사람들이 있다고 치면, 그야말로 삶과 죽음의 경계가 단순히 신체의 변화에 따른 것으로 보기에는 무리가 있다. 따라서 살아있는 것과 죽은 것과의 차이란 신체 구조상 전혀 그 차이점은 명확하지가 않다는 것이다.

어느 과학자는 인간이 죽는 순간 영혼이 빠져 나가는 유체이탈遺體離脫을 함으로써 몸무게가 2그램 정도 줄어들었기에 그에 따라 영혼의 무게도 2그램이라고 말하기도 하였다. 그러나 그런 주장은 터무니없는 낭설이고 실제로는 아무런 변화가 없다. 아마 그 과학자는 매스컴 좀 타서 이름 좀 날려 볼까 하여 쇼를 부려 본 것일 게다.
신체란 시간의 경과에 따라 수분이 증발하여 몸무게 자체가 몇 그램 정도는 줄어들 수도 있을 뿐더러, 영혼이란 것이 있다면 그것은 생각이나 사랑, 공포, 기쁨 등의 감정과 같이 추상적인 형상으로, 즉 무게나 부피가 있기 보다는 없을 수 있는 무형의 에너지에 속할 테니까 하는 얘기다.

그럼 또 하나는 신체에 영혼이 머물거나 아니면 빠져 나감으로써 삶과 죽음을 경계 짓는다는 가정이다. 죽었다가 소생했다는 사람들은 흔히들 이렇게 주장한다.
"나는 침대 위에 누워있는 나 자신을 내려다 보았다."
"긴 터널을 빠져나가 환한 세상을 보았다."
과연 그들이 주장하는 것처럼, 그들의 영혼들이 살아있는 인체人體처럼 눈이 달려있어 사물을 둘러 볼 수 있고 또 두뇌도 있어 이런저런 생각도 할 수 있단 말인가?
단언컨대, 그들은 영혼을 통해서 자신들을 내려다 본 것도 아니요, 미지의 세계로 통하는 긴 터널 여행을 한 것도 아니다. 단지 그들 신체의 두개골 부위에 내장되어 있는 그때까지는 뇌사상태腦死狀態라 할 수 없는 두뇌로 평소처럼 꿈을 꾸었을 뿐이다. 실제로 영혼이란 것이 존재하기로서니 인체나 두뇌처럼 감각을 갖고 있다거나 생각한다고 볼 수 없기 때문이다.
그 예로, 인간은 배운 것만큼의 틀 안에서 밖엔 생각의 영역이 제한된다는 것을 보면 알 수 있을 것이다. 많이 배운 사람의 영혼은 많은 것을 생각하고, 적게 배운 사람의 영혼은 적게 생각한다면 영혼에도 '유식한 영혼'과 '무식한 영혼'으로 구분할 수 있다는 말밖엔 더 되겠는가? 그것만큼 웃기는 일이 어디에 있겠는가?

하나의 예를 들어보자. 여러 해 전 미국의 어느 한 마을에서 일어났던 실화였다. 그 마을엔 언제부터인가 밤만 되면 짐승 울부짖는 소리가 들려 이를 수상하게 여긴 주민들의 신고로 경찰이 어느 집 지하실을 뒤졌다. 그런데 놀랍게도 그 지하실에서는 스무 살이 갓 넘은 한 여자가 십여 년간 부모에 의해 갇혀 있었다.
무슨 사정인지는 차치하고 그 소녀의 어렸을 적 모습을 기억하던 마을 사람들은 그 소녀 역시, 갇히기 전인 여덟 살 때까지는 여늬애들 처럼 지극히 정상이라 말도 할 줄 알았고 여타 행동도 뒤질 것 없었다고 증언하였다.
그러나 구출된 직후의 그녀는 말을 한마디도 할 줄을 몰랐으며, 지능도 개나 돼지수준을 뛰어넘지 못하였다고 한다. 물론 말주변이 없어서 또는 벙어리라서 등등 예외는 있겠지만 말을 한마디도 할 줄 모른다는 것은 생각을 할 줄 모른다는 것이다. 우리의 생각이라는 것이 우리가 뱉는 언어와 같기 때문이다.
한국어밖엔 할 줄 모르는 사람은 한국어로 생각하지 결코 영어나 스페인어로 생각하지 않는다. 그리고 그 생각의 틀 역시 알고 있는 지식의 범위 안에서 한다는 것이다.
따라서 '엘리베이터'란 단어를 모르는 사람은 엘리베이터 앞에 서서 이렇게 생각할 것이다. '이 승강기는 왜 이리 늦지?'라고 생각하지 '이 엘리베이터는 왜 이리 늦지?'라고 생각하지 않는다는 것이다.
이렇듯 그 여자는 외부와 철저히 차단된 컴컴한 지하실에서 10여 년간 던져주는 음식으로 연명하고 대소변도 그 자리에서 해결하는 생활이 계속되자 언어 자체도, 그리고 생각하는 능력까지도 상실해 버린 것이다.
혹자는 이런 말을 할 것이다.
"설마 기억까지도 잊어버릴까?"
어둠은 상상의 폭을 제한하고 기억은 반복에 의해 재생되고 굳어진다. 이 말은 인간의 두뇌란 마치 기계와 같아서 자주 쓰면 원활히 돌아가지만 쓰지를 않으면 녹슬어 빽빽해 진다는 것이다.

그럼 '삶과 죽음'을 구분 짓는 영혼이란 무엇인가?
영혼이란 우주에 존재하는 혼魂, 즉, 생각하는 물질도 아니고, 감각이나 감정이 있는 것도 아닌 '생명을 주관하는 에너지', 오직 '존재存在' 일 뿐인 '우주의 영靈'에서 떨어져 나온 하나의 작은 파편일 뿐이라는 결론이 나온다.

2

스강나하르[56]에는 파라 6년 이후로 눈에 띄게 갑자기 종교 붐이 일어 기존의 지구시절 종교인 '가톨릭교', '유대교', '불교', '힌두교', '이슬람교' 등 외에도 새로운 신흥종교나 스강나하르 나름의 무속신앙 등이 많이 생겨 1만3천여 종이 넘는 사이비종교가 극성을 부렸고, 한때나마 2억 가까운 인류들이 그들 종교에 심취하기도 했다.
특히 지구시절의 종교 외에도 스강나하르 신흥종교인 나무미륵보살교[392], 알라마하교, 몽골계 〈부르하니교Buruhani[410]〉, 필리핀계 〈이따시르죠교Ettasirjo[411]〉 등은 교세가 각기 100만을 넘어 섰다.
그들 각 종교들마다 이러저러한 무형無形의 영적靈的 실체들을 하나의 효과적인 틀로 형상화하여 이를 동상으로 만들고 숭배하는데 각기 그 크기나 형태들도 다양하였다.
사람 형상도 있고 말 형상, 코끼리 형상, 타조 형상, 뱀 형상 외에도 스강나하르의 동물 '얄리펀트[348]', '두꺼비몽치' 등 동물 형태를 띤 형상과 남근 닮은 형상, 여성기 닮은 형상, 기타 상징적 의미를 나타내는 형상에서 커다란 바위나 나무, 혹은 기하학적 심벌 등을 믿음의 주체로 삼기도 하였다.

부르하니교는 〈자를르치Jarulruchi[410]〉 나무와 유사한 〈씨르벵코Ssirbengko[413]〉 나무를 화롯불에 태우며 의식을 치렀는데, 몽골이 러시아의 지배하에 있을 때 알타이민족의 신앙 '알타이셔머니즘'의 영향에서 온 '부르하니' 즉, 천상계에 8개의 신이, 지상계에 7개의 신이 있다고 믿는 종교이다. 부르하니교는 몽골계 〈까민나야Kaminnaya[414]〉 교주의 〈부르하니점Buruhani Divination[415]〉 이라고 하는 씨르벵코 잎사귀를 흩뿌려 하는 점이 성행하기도 하였다. 마치 옛날, 한국에서 성행하던 "쌀알점'이나 '콩알점'과 아주 유사하였다.
이스라엘계 〈아우렐리Aullely[416]〉가 스스로 '천황'이라 일컫는 〈싼타아우렐리교St. Aullely[417]〉 같은 경우는, 그의 해박한 우주과학과 '신앙이론'에 통달한 과학적 지식에 의해 만들어진 종교로 그 이론에 있어선 거의 완벽했다. 그러나 그의 엽기적 행위에 메스꺼움을 느껴 신도들 대부분이 이탈하였다. 싼타아우렐리교의 의식 중에는 제6구역 '마름모꼴지대' 일대에 서식하는 〈오동통구리Odotogury[418]〉 라는 초식동물 몸속에 기생하는 구더기처럼 생긴 〈아또또Attotto[419]〉 라는 것을 한 줌씩 입에 털어 넣고 생것으로 씹어 먹어야 되는 의식이 있다.

이 오동통구리라는 동물도 흉물스럽고 엽기적으로 생겼지만 아또또라는 구더기는 입에 넣으면 거세게 꿈틀거리며 혓바닥이고 입천장이고 마치 산 낙지처럼 흡착력이 강한 빨판으로 달라붙어 입속 전체가 화끈거릴 뿐만 아니라 떫고 쓰기도 한 아주 묘한 맛을 내는 물질들을 토해내는 것이다. 씹으면 또 '탁따르르'하고 묘한 소리가 난다. 참으로 비위에 안 맞는 구역질나는 짓이었다.
이외에도 각기 개성 있고 독특한 종교들이 많이 있다. 그러나 이들 사이비종교들 상당수가 비윤리적, 비인간적 행위로 말미암아 많은 부작용을 양성했다. 사람들을 납치한다든가 산채로 제물로 바쳐진다거나 살상행위도 암암리에 벌어졌다. 세월이 흐를수록, 이들 사회적인 문제를 일으키는 대부분 사이비 종교들은 파라토피아[406] 정부의 개입으로 또는 신도들의 이탈로 서서히 무너지고, 남아있는 종교들도 몇몇을 제외하고는 대부분 교세가 그리 활발하지를 못했다.
대개의 신흥종교들은 살기 어려울 때일수록 위안처를 찾고자 하는 인간의 나약한 심성을 파고드는 경우가 많은 데 비해, 스강나하르와 같이 인류가 살아가기에 필요한 모든 것이 윤택하게 주어진 경우, 종교란 심심풀이 정도 이상의 의미가 없기 때문이다.

3

그러나 그러한 사회적 분위기에도 아랑곳하지 않고 예외적으로 승승장구하는 종교들도 더러 있었으니 '나무미륵보살교[392]'와 같이 한번 그 종교에 입교하면 혼자 힘으로는 도저히 빠져 나오기가 어려운 경우이다. 그들 사이비종교들은 신도들이 한번 이탈하기 시작하면 의외로 쉽게 붕괴되기 때문에 폭력과 갖은 야비한 방법들을 사용하여 신도들의 이탈을 철저히 막는 것이다.
스강나하르에는 그들 종교 외에도 심령을 믿고 또 영혼을 부르는 의식이 암암리에 베풀어 졌다. 흔히 '심령술사'로 불리는 그들의 모임이 그것인데, 거짓으로 호도하는 돌팔이도 있었으나 과학적 이론을 바탕으로 '우주의 영靈' 그 실체를 확인하기에 이른 사람들도 있었다.
그러한 영적 존재를 첨단과학의 힘으로, 또는 정신적 영감으로 확인하려 하는 특별한 사람들, 그들을 '혼을 느끼고, 혼을 부르는 사람'이라 부른다. 그들은 사람들을 모으거나 그들의 신기神氣를 드러내지 않기 때문에 실제로 얼마나 많은 이들이 그러한 초인적 능력이 있는지는 국가 차원의 집계가 없는 이상 아무도 알 수가 없다.
그중에서도 제8구역 '마의 늪지'에 위치한 〈공포의 수렁Mire of Horror[420]〉에서 인류로부터 철저히 단절된 상황에서 홀로 살아 온 독거노인 〈키타 시라카와Kita Syrakawa[421]〉도 바로 그런 사람이다. 그리고 실제로 이 노인에 대해서 알려진 바도 없고 그를 아는 사람도 전혀 없다.

지구연도 2144년6월경, 그는 스강나하르에 도착한지 얼마 되지 않아 사람들로 부터 멀리 소외된 이곳으로 건너 와 혼자서 수행 길에 나섰기 때문이다.
'키타 시라카와'는 지구연도 서기1953년5월14일, 일본 '나라'근교 '야마토' 지방에서 농부의 아들로 태어났다. 어려서부터 나약하고 소심한 그는 만화를 그리는데 재능을 보였다. 그러나 나라에 소재한 고교를 다닐 즈음 그는 폐결핵을 앓게 되면서 몸이 급속히 쇠약해 졌다. 이후 1971년3월경, 그는 친척이 있는 '오키나와'의 어느 산사에서 요양을 하게 되는데, 이때 그에게 '무당'에게나 내릴법한 '신神'이 내렸다.

어느 날 새벽 두시경, 그는 심한 기침으로 잠자리에서 일어나 벽에 등을 기댄 채 바튼 숨을 내쉬고 있을 때였다. 갑자기 그가 있는 방안의 장면들이 얼음 녹듯이 그의 시야에서 흐트러지더니 이내 사라져 버리고, 그의 몸은 허공에 둥둥 뜨듯이 가벼워지는 것이다. 그리고 그가 원하는 곳 어디든지 거침없이 날아다닐 수 있는 것이다. 이른바 '몸과 영혼이 분리되는 현상' 즉, 유체이탈을 겪은 것이다.

그로부터 그를 괴롭히던 폐결핵은 흔적도 없이 사라지고, 음식물이나 물 등 그 어떤 것도 입에 대지 않고도 한 달을 보낼 수 있을 뿐만 아니라, 몇 개월이고 가사假死상태로 있을 수도 있는 불가사의한 현상들이 그에게 나타났다.
가사상태란 일체의 움직임이 없이 신체의 모든 기관들이 활동을 멎는 것으로 따라서 심장의 박동과 호흡도 멎게 되는 것이다. 그렇다고 죽음에 이른 상태는 아니다.

그로부터 그는 일본 전역의 사찰이나 암자 등을 돌아다니면서 수행길에 나섰다. 한때 그는 일본 불교계 일각에서는 '좌불도사'라는 별명이 붙을 정도로 정좌수행에만 전념했다. 한번 동굴 등에 들어앉으면 가부좌를 틀고 앉아 3개월씩 길게는 반년씩 세상과는 등을 지는 것이다.
그런 그가 행여 굶어 죽을까 염려되어 그의 수행 장소로 먹을 것을 들고 찾아간 일부 스님들은 전에 놔두고 온 음식물이 전혀 손을 댄 흔적 없이 썩어 있는 것을 보고 황급히 그에게로 다가가 그를 유심히 살펴보았다.
전혀 미동도 않고 눈을 지그시 감고 있는 그가 죽은 것으로 착각한 한 스님은,
"좌불도사 이 양반, 죽었나 보네."
"그러게 먹지도 않음 죽을 수밖에……."
"그런데 죽더라도 편히 누워서 죽을 것이지 이게 뭔가, 불편하게 앉아서 죽다니……. 쯔쯔……."
"잠깐만요. 죽은 사람치고는 뭔가 좀 이상하지 않아요?"
"뭐가?"
"이분 비록 마르고 검으티티해도, 꼭 살아있는 느낌이 안 드는가

하고요."
"성불하면 원래 그런거 아닌가?"
"그래도 그렇지 이분은 느낌으로 봐서는 살아 있는……."
"그럼 우리 유심히 살펴보세."
"이상하다. 살아있다면 숨이라도 쉬고, 심장도 뛸 것 아닌가?"
"그런데 이것 보세요. 죽었다면……. 팔이 뻣뻣해서 잡아 당겨도 몸이 함께 딸려와야 되는 거 아닌가요? 그런데 이분 팔은 이렇게 잡아당기니 팔만 벌어지잖아요. 그리고 여기 겨드랑이가 제법 따뜻한데요?"
"그러게? 참 이상한 사람이구먼. 그럼 죽은 것은 아니란 말이지?"
"이봐요. 도사님!"

그들이 몸을 자꾸 흔들어 대자 마침내 그가 눈을 떴다.
스님들은 모두 그 자리에 얼어붙은 듯 놀래서 꼼짝들을 못했다. 먹지도 않고 꼿꼿한 정좌 자세로 살아있음을 확인하고는 모두들 깜짝 놀란 것이다.
"나무타불……, 이분은 인간이 아니시다. 바로 현신現身하신 부처님이시다!"
그가 그렇게 세상과 등진 채 살아가는 것 같아도 그와 대화를 나누어 본 일부 스님들은 그의 해박한 지식과 논리에 혀를 둘렀다.
세상 돌아가는 이치는 물론이고, 밖의 세상에서 어떤 사건들이 벌어졌는지 조차 꿰뚫고 있기 때문이다.
그는 지구 최후의 날을 맞을 때까지 그러한 벽면수공壁面修功을 쌓았다. 점점 깊은 산중으로 들어간 그는 더 이상 세상과의 인연을 끊고 그 이후 그를 본 사람도 없었다.
그는 그의 잠재된 능력이 이미 시공을 초월하는 단계에까지 이른 것이다.

4

파라 4년9월경, '스강나하르 지질 현지조사단' 단장 파라과이계 〈압둘 이즈라메Apdul Esurame[422)]〉 등 일행 12명이 제 8구역 '마의 늪지'를 상세히 조사하기 위해, 이곳으로 몰려 왔다.
이 마의 늪지에는 특이한 현상들이 있어 지질과 관련된 학자들 간에 관심의 대상이었던 것이다. 광대한 면적에도 불구하고 그 심연을 알 수 없는 깊이, 그리고 이 늪지 상공에 형성된 강력한 자장은 이 늪의 심연에 불가사의한 힘이 뻗혀있으리란 예상 때문이었다.
오랜 연구 끝에 이 자장은 스강나하르 중심부에 위치한 써든핼륨[67)]과는 무관한 새로운 힘에 의한 자장이리라는 추측을 낳았다. 따라서 마의 늪지 상공의 강력한 자장은 이 지역 상공을 나는 스페이스카[75)]의 컴퓨터를 교란, 그로인한 불상사까지 발생하였으며 유니타스[3)] 정부에도 이에 대한 불편사항이 수백 건 접수된 바도 있다.
이 자장은 비단 개인용 스페이스카의 운행에 대한 불편만으로 끝나는 것이 아니다. 스강나하르 전 표면에 구축하고자 하는 새로운 통신망에 커다란 장애가 되기 때문이다.
일종의 〈펑크션Pungktion[423)]〉현상으로 주변 3천km내의 모든 통신들이 이 자장의 영향을 받는 것이다. 펑크션 현상이란 어떤 형태를 감싸고 있는 막의 '구멍 뚫림'현상이다. 이러한 초과학적 현상은 다음 기회에 하게 되면 할 것이고…….

어쨌든 이들 조사단 일행들이 마의 늪지를 샅샅이 뒤지다가 어느 한 지점에 이르러서 그들 일행 중 한 사람인 러시아계 〈안드레 코프스키Andre Kopski[424)]〉가 갑자기 흔적도 없이 사라진 것이다. 그렇다고 해서 무슨 구덩이나 물속에 빠진 것도 아니고 그저 보이느니 특별할 것도 없는 밋밋한 지형에서 말이다.

"아니, '안드레 코프스키'가 안 보이는데?"

"방금 요 앞에 서있는 것을 봤는데요."

"누구 '안드레 코프스키'와 같이 안 있었나?"

"글쎄, 이렇게 탁 트인 지형에서 갑자기 어디로 사라질 리가 있겠어요?"

그때 러시아계 〈미셸 로브스키Misel Rovski[425]〉가 큰소리로 모두를 불렀다.

"여기 좀 살펴보시지요. 여기 조금 움푹 파인 곳을……. 주변과 조금 차이가 있지요? 제가 이곳을 지나치려는데 뭔가가 끌어 들이는 힘을 느꼈거든요."

자세히 보니 직경이 대략 삼십여m 가량의 둥근 부분이 주변의 회색빛 보다 더 짙은 진회색을 띄고 있고 주변보다 움푹 들어가 있었다.

"혹시 이것이 일종의 수렁 아닐까요? 밟으면 빨려 들어가는……."

"그리고 손을 한번 대보세요. 꼭 자석 같은 강한 힘이 느껴지지요?"

중국계 〈리 얀진Ry Yanjin[425]〉이 큼직한 바위덩어리 하나를 주워 왔다.

"제가 이 돌을 이 구덩이 속으로 한번 던져 볼 테니, 유심히 봐 두세요."

'리 얀진'이 던져 넣은 그 돌은 이내 흔적 없이 사라졌다. 어떤 소리든 하다못해 구멍 속으로 빠져 들어가는 소리도 안 들렸고 그 구덩이가 돌의 충격으로 일렁인다던가 작은 가루들이 튄다던가 하는 것도 없이 그냥 던져 넣는 순간 시야에서 사라져 버린 것이다.

어쨌든 그들은 그 구덩이 속으로 들어가 보겠다는 엄두도 못내고 '멀티폰'을 통해 파라토피아 정부의 '환경국'과의 교신을 시도해 보았으나 이 역시 인근의 강력한 자장으로 무산되었다.

'압둘 이즈라메는 일행 중 한국계 지질학자 〈지나한Ji Na Han[427]〉과 우루과이계 물성학자 〈써니 페든Sseony Pedn[428]〉을 본부로 보내어 방금 일어난 사고를 보고케 하고 구조를 요청하게 한 다음, '안드레 코프스키의 구조를 일단 미루기로 하였다. 그들은 '미셀 로브스키'가 붙인 '공포의 수렁'으로부터 800여 m 위쪽에 자리 잡은 한 석회암 동굴의 입구를 발견하였다.
좁은 굴 입구로 들어서니 제법 넓은 공간이 나타났으며, 어디에서 흘러 들어오는 빛인지는 모르지만 굴속은 막힌 공간이었음에도 불구하고 꽤나 밝았다. 그러나 습기로 가득차고 비교적 기온이 낮아 음산한 기운과 더불어 추위가 느껴져 옷깃을 있는 대로 여미게 하였다.
"밝은 데도 꽤나 춥고 음침하게 느껴지는데요? 꼭 유령들이 어디선가 튀어나올 것 같은 분위기인데요?"
"그러게. 방금 전에 그런 일이 있고 보니 무슨 괴물들이 있는 것 같이 으시으시하다."
"우리 그만 나가지요?"
"잠깐만! 저기 뭔가 보이지? 저쪽 80m 안쪽으로 뭔가 사람 같은 형체 안보이나?"
"어디요? 아, 사람이 앉아있는 것 같은 모습이……. 사람이 맞긴 맞나?"
"근데 참 희한한 굴이네요. 마치 지구의 종유굴처럼……. 하긴 스강나하르 지질 중에도 석회층이 많긴 많던데……. 그래서 이런 종유석들이 이렇게 많이 생성되어 있군요."
"근데 이 빛은 어디에서 들어오는 것일까요? 아무리 둘러봐도 빛이 스며들 데라곤 없어 보이는데……."

그들은 이런 말들을 주고받으며 점점 더 안으로 걸어 들어갔다. 그리고 돌부처와 같이 가부좌를 틀고 죽은 듯이 미동도 않는 '키타 시라카와[421)]'를 발견한 것이다. 처음 그를 발견한 조사대원들은 흡사 유령 같은 그의 모습을 보고 기절초풍 했다.
그는 등을 입구에서 돌린 채 동굴 안쪽을 향해 가부좌 자세를 하고 있었는데 그의 모습은 오랜 세월 그 상태로 있은 듯 마치 썩은 나뭇등걸처럼 보였다.

"사람이 맞긴 맞나?"
"네, 그런것 같은데요."
"내 생각에는 사람 닮은 돌이나 나뭇등걸이 아닌가 하고……."
"글쎄요. 그렇게 보기에는 이…… 코며 입, 그리고 손가락 좀 보세요. 아무리 희한한 돌이나 그런 게 있기로서니……."
"네, 제 생각도 사람인 것 같네요. 보세요. 이건 틀림없는 수염이고…… 이건 턱수염 같은데……. 좀 길긴 하더라도……."
"인간 나이로 쳐도 100살은 넘어 보이겠는데?"
"머리며 턱수염, 눈썹들이 모두 백설처럼 흰데요?"
"참 희한한 일이군요."
"그럼 사람이라면……. 죽은 걸까?"
"이런 자세로 오래 굶어 죽은 것 같은데요."
"근데 살점들이 볼따구니에 붙어 있는 것으로 보아서……. 살아있는 것 같은데……."
"이 사람아! 이 옷차림 좀 보게. 사람이 며칠만 굶어도 죽는데, 이 옷차림하며, 이 쌓여있는 흙 좀 보게, 거의 무릎 가까이 흙이 쌓여 있는 것으로 보아 수백 년은 이 자세로 있었겠다."
"무슨 수백 년? 인류가 스강나하르에 온 지 얼마나 되었다고? 지구연도로 따져도 기껏해야 백년 내외지……."

"죽었다면 미이라?"
"하긴 죽었어도 이 굴 안에 요상하게 흐르는 기운들이 시체를 썩지 않게 무슨 작용을 할 수도 있겠지."
"그만 나갑시다. 무서워서 더 이상 못 있겠어요."
인도계 여성 미생물학자 〈인디라 마하Indyra Maha429)〉가 재촉했다.
"그런데 잠깐만요. 언제부터 이 자세로 앉았기에……. 이것 보세요. 최근 아니 어쩌면 수십 년 동안 일어선 적이 없는 것 같아요. 그러니까 몸이 앉은 채로 땅속으로 꺼진 것인지, 아니면 주변의 흙들이 조금씩 날아와 쌓인 건지……."
이디오피아계 지층구조학자 〈뜨드와랑 디에르고Ddtwarang Diergo430)〉가 손끝으로 그의 무릎 옆쪽으로 쌓인 흙을 만지고 있다가
"이것 좀 보세요. 단순히 흙이 쌓인 것이 아니라 이 흙조차 쌓인 지 오래 됐나 봐요. 표면이 굳어서 꽤 단단한데요?"
그리고 '뜨드와랑 디에르고'는 그 노인의 신체를 움직이려 했으나 마치 땅 밑으로 뿌리라도 박은 듯이 미동도 안했다. 그의 머리칼은 물론 턱수염도 그 끝부분은 흙속에 묻혀 굳어 버린 채 였다.
"그리고 이 옷 좀 봐요. 이 옷이 마麻종류로 만든 것 같은데……. 근데 꽤 낡았군요. 이미 다 삭은 것으로 봐서 100년이 넘은 것 같은데? 그리고 옷의 섬유질 일부가 피부에 붙은 것이 아니라……. 아예 피부 속으로 파고들었네요? 이것 보세요. 제 말이 맞지요? 이 섬유질을 잡아당기니까 피부가 늘어나잖아요."

그가 입고 있는 옷은 이미 너덜너덜할 뿐만 아니라 일부는 그의 맨살 속에 묻혀 버렸을 정도였다.
"이봐, '뜨드와랑 디에르고'! 그러다가 이 미이라 파손이라도 되면 어쩌나? 어찌됐든 이 미이라는 한번 연구해 볼 가치가 있네. 그러니 소

중하게 다루어 주게."
'압둘 이즈라메'가 주의를 주었다.
"여보세요. 영감님!"
인디라 마하가 마침내 용기를 내어 그 노인을 몇 번씩 흔들었어도 그로부터는 아무 기척도 없었다.
"죽은 사람 뭐 하러 흔듭니까? 혹시 잠이나 자는가 싶어 깨우려는 겁니까?"
"글쎄, 죽은 것 같기도 하고……. 그렇지만 혹시 알아요? 살아 있을지? 더군다나 죽었다면 이 피부가 이만큼이라도 남아 있겠어요? 벌써 썩어 없어져서 뼈가 다 드러났다거나 아니면 이정도로 탄력이 남아있을 까닭이 없겠지요."
"영감님! 눈 좀 떠 봐요!"

바로 그때 그 미이라같던 노인 '키타 시라카와'가 눈을 떴다. 그리고 주변에 둘러섰던 조사단원들을 쭉 둘러보는 것이었다. 그 눈빛은 사람의 눈빛이 아니었다. 눈동자가 없는 쭉 찢어진 눈에서는 어느새 눈물이 홍건해지고 푸른 빛마저 감돌고 있어 보는 이들을 섬뜩하게 하였다.
그들은 너무 놀라서 일부는 뒤로 자빠져 엉덩방아를 찧었고, 나머지도 그 자리에 붙박이처럼 꼼짝 못하고 얼어붙었다. 한참 만에 '압둘 이즈라메'가 겨우 용기를 내어 말을 걸었다.
"저, 영감님, 사람인가요? 아니면……."
"……."
"말은 할 수 있나요?"
"……."
"저희들이 보입니까?"

"……."
"그럼, 원래부터 스강나하르에서 살아오신 분이신가요?"
"……."

그 괴상한 노인으로부터 적의를 못 느끼자 조사단원들도 점점 용기가 났다. 그리고 비록 대답은 안 하지만 궁금증이 일어 집요하게 질문들을 해 대었다. 이들의 이런 성화에 마침내 '키타 시라카와'도 입을 열었다. 겨우 알아들을 수 있을 정도의 극히 낮은 목소리였으며, 그나마도 음절 하나하나가 똑똑 끊기는 소리였다. 마치 문풍지를 울리며 스쳐가는 바람소리 같은, 인간의 목소리라기보다는 울림 같은 것이었다.
"당신들은……. 여기에……. 왜……. 오셨소?"
"……."
"…….?"
"어서……. 여기서……. 나가……. 주시오."
"……."
"그리고……. 다시는……. 여기에……. 오지……. 마시오."
그리고는 다시 눈을 감고 전과같이 요지부동, 꿈쩍 않는 것이었다.

5

지질 현지조사단 단장 '압둘 이즈라메'는 그 후 스강나하르 매스컴에 이 노인에 대한 기자회견을 갖고 그간의 상황을 자세히 설명하였다.

"그의 무릎은 물론 머리칼이나 턱수염조차도 이미 오랜 세월 그리하고 있은 것처럼 땅에 묻혀 있었습니다. 그가 사람인 것을 확인하고 흔들어도 처음엔 죽은 사람처럼 꼼짝을 안 하기에 죽어서 미이라나 화석이 된 것으로 알았습니다."

그때부터 인류들은 그를 '독거노인'으로 불렀다. 그리고 방송 이래 수많은 사람들이 그 노인을 만나려고 예의 제8구역 내의 '독거노인의 굴'이라 이름 붙여진 그 굴속뿐만 아니라 마의 늪지와 공포의 수렁 일대를 샅샅이 뒤졌어도 끝내 그 노인을 두 번 다시 볼 수 없었던 것이다.

그의 이름도, 왜 그곳에 혼자 살아가는지, 또 무엇을 먹으며 사는지, 나이는 몇 살인지 전혀 알 수 없을 뿐더러, 그의 생김새로 미루어 중국계라거니 몽고계라느니 추측만 할뿐 정작 어느 나라 출신인지도 알 수는 없었다. 그런 독거노인 '키타 시라카와'가 어느 날 인류가 사는 세상에 제 발로 나타났으니…….

독거노인 '키타 시라카와'의 괴기한 기행도 차츰 인류들의 기억으로부터 까맣게 잊혀 가고, 그를 직접 만난 적이 있던 '압둘 이즈라메'나 '인디라 마하', '뜨드와랑 디에르고' 등 몇몇 사람들로 부터도 그의 존재가 잊혀 갈 무렵이었다.

파라 7년11월14일 오후, 한 어린 소년의 안내를 받으며 제2구역 '신성한 대지'에 위치한 '혼령을 부르는 모임'인 〈쏘울아카데미Soul Academy[431]〉를 느닷없이 그가 찾아온 것이다. 그때 쏘울아카데미에는 유명한 독일계 '심령학자' 〈베헤트르센B.W.Behetrsen[432]〉과 인도네시아계 초능력투시자 〈술라마탄J.Sulramatan[433]〉, 필리핀계 최면술사 〈술탄 다트Sultan Datt[434]〉, 포르투칼계 '우주론'학자 〈로우 랜드Low Land[435]〉 등이 마침 자리를 지키고 있어서 그 괴상한 독거노인을 맞은 것이다.

'키타 시라카와'는 180cm를 넘는 큰 키에 그야말로 뼈만 앙상하게 남은 노인으로 누가 보아도 살아있는 사람의 형상이 아니었다.
해골? 맞다.
마치 해골에 얇은 가죽만 덮어씌운 듯한 몰골로 그 피부마저 누렇고 검은 곰팡이가 낀 양가죽 같았다. 하얗게 탈색된 듯한 긴 머리칼과 수염은 서로 엉킨 채로 바닥까지 내려와 치렁치렁하였으며 걸을 때마다 발에 걸리기도 하고 뒤로 길게 늘어지기도 하였다.
눈에 덮은 흰 눈썹도 다듬어지지 않아 듬성듬성 엉켜 있었었고, 그 끝이 턱에 걸칠 만큼 길었다.
또한 손톱이며 발톱도 각기 길이가 달라 어느 것은 20cm 가까이 된 것도 있었으며, 대부분 뒤틀리거나 몹시 구부러지고 그 끝 또한 부러진 듯 예리하게 뾰족한 것도 있고 뭉툭하게 닳기도 하였다.
그의 온몸을 덮고 있는 옷 또한 예전 동굴 속에서 입고 있었던 그 옷 그대로 인 듯, 거기에서 더 낡아 손끝으로 조금만 잡아 당겨도 '투두득' 흘러내릴 듯 하였다.
밝은 빛이라도 뒤쪽에서 비칠 경우 그 옷감의 섬유사이로 빛들이 그대로 비칠 만큼 섬유들은 굵은 올만 남아 있어 자세히 보면 그 옷감을 통해 그의 알몸이 다 드러날 지경이었다.
그런데 이상한 것은 얼른 보아 거지 중에 상거지 차림이고 100년은 족히 몸을 씻지도 않았을 그 노인으로 부터는 전혀 냄새가 나지를 않는 것이었다. 그를 맞은 사람들 모두가 그것을 느낀 것은 그 노인이 들어섰을 때부터 그로부터 다가오는 차가운 기운을 느끼면서도 뭔가 고약한 시체 썩는 냄새가 날 것이란 것을 의식적으로 직감하고 암암리에 모두들 무의식적으로 손을 들어 코를 틀어막는 시늉을 했기 때문이다.
특히 모두를 섬뜩하게 만든 것은 그의 눈빛이었다. 그 눈빛 하나만으로도 예사 사람들이 아닌 그들 모두를 얼어붙게 하였다. 그 눈빛만으로도 그는 인간이 아니었기 때문이다.

"맙소사!"

누군가의 입에서 자신도 모르게 신음이 흘러 나왔다. 눈동자가 없이 쭉 찢어진 눈에서는 강렬한 푸른빛이 쏟아져 나왔기 때문이다. 마치 어둠속에서 반짝이는 야생동물들의 안광처럼 말이다.

그 안광이 밝은 실내임에도 그리 섬뜩하게 빛나고 있었기에 더더욱 공포감을 불러일으키기에 충분하였다.

그들은 스강나하르에서만 지구시간으로 치면 60여년을 살아오면서 이 노인처럼 늙은 사람을 여태껏 본 경험이 없었다. 신체 노화 정도로 보아 200살은 족히 되어 보였다.

그들은 이 노인을 보면서 할 말을 잊고 잠시 저희들끼리 말을 주고받았다.

"혹시……. 전에 들은 기억이 나지? 독거노인이라고…….?"

"아! 제8구역 마의 늪지에선가 하던?"

"그래, 그게…….?"

"공포의 수렁이든가? 어떤 동굴 속에 살아 있다던……."

"맞아!"

"바로 그 노인……."

"근데 그 후론 행방불명됐다고 했잖던가?"

"맞아, 나도 한번 그곳엘 가봤었네."

그 노인을 데려왔던 소년에게 '베헤트르센'이 물었다.

"자네는 누군가?"

"전 '아즈하라 콜롬'입니다."

"이 노인을 어디에서 만났나?"

"제가 '아즈테' 호숫가에서 그림을 그리고 있는데 이 노인이 제게 다가와서 무조건 안내하라는 것입니다."
"어디로?"
"그런건 말도 않고……. 근데 이 분을 보니 보통사람하고는 많이 다르더라고요. 보세요. 눈도 이상하고 또 생김새도 이상하잖아요."
"그래서 이리로 모시고 왔나?"
"네, 여기도 이상한데 아닌가요? 귀신을 부르는 데라고 해서……."
"귀신?"
"네, 모두들 그렇게 아는데요. 하여튼 전 할 일 했으니 가 보렵니다."
"수고했다. 잘 가거라."

소년이 나가자 방안은 한결 썰렁해 졌다. 그리고 그들도 노인도 한동안 아무 말도 하지 않았다. 이윽고 '베헤트르센'이 먼저 침묵을 깼다.
"자, 이리 앉으시지요."
그가 자리를 권해도 노인은 들은 척을 안했다. 다시 '베헤트르센'이 큰 목소리로 자리를 가리키며 말을 했다.
"영감님! 이리 앉으시지요?"

6

그제야 노인이 말을 했다.
"알릴께…… 있어서……."
몹시 쉿소리가 나고 너무 작은 목소리라 처음 그들은 노인의 말을 알아듣지를 못했다. '술탄다트'가 큰 소리로 물었다.
"영감님, 방금 뭐라고 하셨어요?"
"알려줄…… 께…… 있다고……."
"뭘 알려준다고요?"
"인류가…… 인류에…… 게……."
"인류가? 인류에게?"
"우선 이리 앉으셔서 차근차근 말씀해 보시지요."
그러나 노인은 자리에 앉는 것을 거절했다. 아주 느리게 한손을 젓는 것으로…….
그리고 힘들게 말을 이어 갔다.
"인류가…… 인류…… 에게…… 인류에게…… 재앙…… 이…… 있으…… 리…… 라……."
'로우 랜드'가 크게 웃으며 말했다.
"영감님, 인류에게 재앙이 있을 거라고요?"
'술라마탄'도 따라 웃으며
"영감님! 새삼스럽게 뭔 말씀을 하십니까? 그럼 외계인이라도 쳐들어 온답니까?"
"인류…… 에게…… 인류에게…… 머…… 잖아…… 머잖아…… 재앙이…… 있으리…… 라."

'베헤트르센'은 주변의 사람들에게 조용히 듣기만 하라고 일렀다. 그리고 노인은 떠듬거리고 나직하지만 똑똑하게 이어갔다.
"인류에게…… 인류…… 가…… 멸망하…… 리…… 라."
그 노인의 말투는 아무도 감히 거스를 수 없을 만큼 점점 무게가 더해갔다. 그리고 두 눈엔 눈물인 듯싶은 것이 홍건하게 고여 있었고 푸른 빛도 더 빛을 발해 눈이 부실 지경이었다.

"인류…… 인류를…… 인류가…… 이성…… 이성을…… 이성……을…… 잃었다……. 인류를…… 인류가…… 이성…… 이성…… 이성을…… 잃…… 었다……."
"파…… 라…… 토…… 피아…… 파…… 라…… 토피…… 아……정…… 부…… 파…… 라토…… 피…… 파라…… 토…… 피아……강…… 해야…… 강해야…… 강하지…… 않…… 으면…… 멸…….망…… 멸망…… 멸망…… 할…… 멸망…… 할 것…… 이다……. 멸망할…… 것이…… 다……."

어느덧 노인의 계속 이어지는 말에 좀 전까지 웃던 사람들뿐만 아니라 모두의 얼굴은 긴장감에 굳어 있었다. 그리고 모두의 등줄기에서는 식은땀이 흘러내리는 것을 느꼈다. 노인의 말이 결코 예사롭지 않기 때문이었다.
그리고 그들의 머릿속에는 동시에 '지구 최후의 날'이 떠올랐다. 물론 그들은 지하에서 보호막 덕분에 살아남았지만 이후 끔찍한 모습으로 변해 버린 지구의 종말을 보아오지 않았던가?
불과 하루 전까지만 해도, 아니 당일, 2047년11월25일 오후3시 정각에서 불과 1분 전까지만 해도 그 어느 누가 지구의 종말이 올 줄 알았겠는가? 싸이파[15)]나 '해머 스컷트[29)]'는 물론이고 '드윈 스뮐러[30)]' 조차도 그렇게 비참하게 변해 버린 지구의 앞날을 상상이나 했겠는가? 만약 그들이 알았다면 과연 그러한 테러를 자행했겠는가?
"스강…… 나…… 하…… 르는…… 멸…… 망…… 할 것…… 이……다…… 인…… 류…… 와 더…… 부…… 불…… 어…… 멸……망…… 할 것…… 이다……."
"영…… 원…… 히…… 영원…… 히…… 영원히…… 멸망…… 할 것…… 이다……."

"써…… 리얼…… 써리얼…… 써…… 리얼…… 써리얼…… 을…… 써리…… 얼을…… 써리얼…… 을…… 못…… 갖…… 못갖…… 게…… 해야…… 해야 할…… 것이…… 다…… 개인…… 이…… 써리얼…… 못 갖…… 게…… 못 갖게…… 해야…… 할 것…… 이다……."
"싸이…… 파…… 싸이파…… 가…… 싸이파…… 가…… 다시…… 싸이파가…… 다시…… 싸이파가…… 다시…… 싸이파가…… 다시…… 나타…… 나타…… 나타…… 날…… 것…… 것이…… 다……."
"스강…… 나하르…… 스강나…… 하르에…… 스강…… 나하르…… 하늘…… 하늘에…… 스강나…… 하르…… 하늘에…… 하늘에…… 나타…… 날것…… 이다……."
"써리얼…… 갖은…… 자는…… 죽…… 여야…… 죽여야…… 써…… 리얼…… 갖은…… 자는…… 죽여야……."
"싸이…… 파…… 다시…… 싸이파…… 죽…… 여야…… 한…… 싸이…… 파 …… 죽…… 여야……."
"악…… 마…… 지옥…… 악마…… 하마…… 악…… 마…… 하마…… 슐…… 악마…… 하마…… 슐드…… 지옥의…… 악마…… 지…… 옥…… 악…… 마…… 하마슐…… 하마…… 슐드…… 하마슐…… 드……."
"인류를…… 지옥…… 의…… 악마가…… 지옥…… 악마가…… 하마…… 슐드가…… 하마…… 슐…… 드가…… 오…… 리……라…… 오리…… 라…… 하마…… 슐드…… 오리…… 라……."

'키타 시라카와'의 말을 정리하면 다음과 같다.
"스강나하르의 인류는 이미 이성을 잃었다. 따라서 파라토피아는 스강나하르에 계엄을 선포하고 써리얼[71]을 소지하는 자는 누구를 막론하고 참살하여야 한다. 또한 '싸이파'의 잔당이 다시 세를 얻어 창궐할 것이니 그 싹이 돋기 전에 제거하여야 한다. 그렇지 않으면 스강나하르엔 또다시 인류의 재앙이 시작될 것이다."
순간, '베헤트르센'을 비롯한 그 자리의 모든 사람들은 노인으로부터 발산되는 강한 에너지의 충격으로 바닥에 나뒹굴었다. 또 그들은 그 노인으로부터 전해오는 강한 메시지를 전달받았다.
그 메시지는 너무나 생생하여 마치 현실의 일처럼 느껴졌다. 수백 대인지 헤아릴 수 없을 만큼 많은 벰파이어스페이스[81]전투기들에 의해 스강나하르의 멤사스센터[76]를 비롯한 주요 건물들이 순식간에 사라지고 그 수효를 헤아릴 수 없을 만큼 많은 인류들이 처참하게 살해되는 모습들이 보였던 것이다.
그리고 중세기풍의 음산한 성도 보이고 긴 백발을 휘날리는 중년의 사내 모습도 보였다. 사람들끼리 피를 흘리며 서로를 죽이는 모습들도 보였다.
얼마나 시간이 흘렀을까? 그들이 정신을 차리고 자리를 털고 일어났을 때에는 노인의 모습이 보이질 않았다. 방금 전까지 보였던 처참한 광경들은 사라지고 방안 모습은 하나도 변한 것 없이 예전과 그대로였다. 그들은 우선 안도의 한숨부터 내쉬었다.

"영감님은?"
"글쎄, 언제 나가셨지?"
그들은 모두 밖으로 나가 샅샅이 주변을 뒤졌으나 끝내 노인을 찾지 못했다. 그리고 그 이후 두 번 다시 그 노인을 볼 수 없었다. 그들뿐만 아니라 그 어느 누구도 그 노인을 그 후론 볼 수 없었던 것이다.
먼저 '술라마탄'이 말을 했다.
"자네들도 스강나하르의 건물들이 파괴되고 사람들이 죽는 것을 보았나?"
"나도 보았네, 그리고 무슨 성 같아 보이는 건물도, 또 백발머리를 하고 있는 좀 으스스한 사람도 보였네."
"그래? 전투기들이 멤사스센터를 순식간에 날리는 것도 보았나?"
"나도 마찬가질세. 나도 똑같은 걸 보았네. 결국 이 자리에 있었던 사람들 모두가 같은 광경을 보았다는 얘기 아닌가?"
"명색이 우리들이 누군가? 그래도 스강나하르에서는 제법 미래를 내다보고 나름대로 초능력자들 아닌가? 그런데 우리들이 모두 한 노인을 감당 못하다니……."
"이건 예삿일이 아니네. 아까 그 노인은 우리 같은 인간이 아닐세. 눈빛을 못 보았나? 그게 어디 사람의 눈이라 할 수 있겠나? 아무리 도가 통했기로 서니……. 난 납득을 못하겠네."

초능력투시자 '술라마탄'도 말했다.
"나도 마찬가질세. 그 노인 몸에서 흐르는 에너지 좀 보게. 난 그토록 강한 에너지를 가진 사람, 아니 그 10분지 1이라도 그런 힘을 가진 사람 본 적 없네."
"그럼 그는 누구인가? 사람이 아니라면……. 혹시 하늘님이 환생한 것인가?"
"그 노인은 신기神氣를 지닌 사람이다. 내가 그 노인을 느껴보려 해도 그 사람 안으로 전혀 파고 들 수 없는 사람이다. 그 노인의 정체는 무엇일까?"
"나도 마찬가지였다. 혹시나 해서 그 노인에게 최면을 걸려고 했는데, 오히려 내 머리에 심한 통증만 전해 오더라."
최면술사 '술탄다트'가 말했다.

그들은 이러한 일들을 어떻게 해석해야 할 지 한참동안 의논도 하고 오래 생각을 했다.
그들 모두는 스강나하르의 앞날을 예견하고 또 나름대로 초능력을 가졌다는 사람들을 거의 다 알고 있었다. 그런 사람들과 만나 그런 일들이 벌어질 것이란 노인의 얘기를 전해 줘도 누구 하나 이를 믿거나 대수로이 여기는 눈치들이 없었다. 그저 우스갯소리나 하는 것쯤으로 여겼고 기껏해야,
"이번에도 '보호막'속으로 피신해야 겠구먼."
"그럼 뭐, 어딘가에 스강나하르보다 더 살기 좋은 행성 하나 발견하면 되겠구먼."
"까짓 살만큼 살았는데 이제 그만 죽지 뭐. 200살 넘게 살았으면 죽을 때도 안됐나?"
"그깟 영감탱이 말 뭐하려 믿노? 더군다나 못 먹어 비쩍 곯았다면서?"
'베헤트르센'은 이렇게 비아냥거리는 그들한테 더 이상 노인의 얘기를 전해주면 뭣하겠냐는 생각이 들어,
"역시 자네들은 점쟁이 수준을 못 벗었군?"
하고 호통을 쳐 주었다. 그러자 그들도
"자네는 그럼 점쟁이 수준은 더 되고?"
"저 친구들 도매로 미쳤구먼? 하하하……."

그들은 멤사스센터 100층에 있는 파라토피아 정부를 찾아 갔다. '베헤트르센'은 먼저, 제3대 대통령 〈이찌야로꼬Iziyaroko[436]〉부터 만나야 되겠다는 생각에 청사 입구의 〈인포룸InfoRoom[437]〉에서 안내 컴퓨터 키보드를 두드렸다. 컴퓨터의 '대통령 면담' 신청항목은 의외로 기재하는 내용이 많았다. '로우 랜드'가 볼멘소리로 투덜댔다.
"대체 대통령이 뭔 데 이리 만나는 게 까다로워?"

“이봐, 대통령이 누군지 몰라서 그래? 자그마치 5억 인구의 왕일세. 옛날로 치면 왕 중 왕이야.”
“하긴 그렇구먼. 몇 백 개의 나라가 합친 것이 파라토피아 아닌가?”
컴퓨터 전면의 스크린에 ‘면담가능’이란 푸른 글씨가 나타나면서 ‘면담일정’ 난에 ‘파라 8년4월2일 오후2시13분부터 2분간’이란 글씨가 나타났다.
“뭐? 5개월 후인 내년 4월2일? 그것도 겨우 2분간?”
“도대체 우릴 뭘로 보고?”
“뭘로 보긴? 그럼 일국의 대통령이 아무나 만나잔다고 아무 때나 만나 주나?”
“우리 이럴 게 아니라 안으로 들어가 보자.”
“이 사람아 아무나 쉽게 들어가게 놔둘 것 같애?”
“그럼 어떡하나? 내년까지 막연하게 기다릴 수는 없는 일 아닌가?”
“잠깐만 기다려 보게.”

‘베헤트르센’은 컴퓨터에 긴급을 알리는 메일을 올렸다. 그러자 이내 스크린에는 젊은 미모의 여자가 나타났다.
“안녕하십니까? 대통령 면담실 제3비서 〈시즈 게이꼬Syz Geiko[438)]〉입니다. 각하를 급히 만나 뵙기를 바란다면서요?”
“네, 인류의 존망을 다루는 시급한 사안입니다. 지금 당장이라도 좀 뵐 수 있도록 도와 주십시오.”
“어떤 내용인지 말씀해 주시지요.”
“각하를 뵙고 직접 말씀드리겠습니다.”
“죄송하지만 면담일정에 따를 수 없다면, 그리 할 수는 없습니다.”
“여기 함께 온 우리 모두는 어떤 노인으로부터 스강나하르의 미래에 대한 예언을 들었는데, 언젠지는 모르겠지만 전투기들에 의해 멤사스센터가 파괴되고 많은 인류들이 무참히 살해된다는 예언을 듣고, 또 그에 대한 환영을 우리 모두 경험했습니다."
'술라마탄'도 한마디 거들었다.
"그것도 아주 생생하게……."
"아가씨, 우리 말 좀 믿어 주세요."
스크린의 여자는 난처한 표정을 지으며
"죄송하지만 제가 듣기엔 전혀 믿어지지가 않네요. 많은 예언가들이 비슷한 예언을 하는 것을 들었습니다만, 모두 한결같이 엉터리들 아닙니까?"
"아니, 누가 무슨 예언을 했다고요?"
"그럼 딴 사람도 우리가 방금 얘기 한 그런 예언을 했단 말입니까?"
'술탄다트가 짜증난다는 듯이 인상을 찌푸리며 말했다.
"다들 비슷비슷한 예언들을 하고 있잖습니까?"
"그런 예언을 하고 다니는 사람이 대체 누굽니까?"
"전에도 몇 분 다녀가셨어요. 내용은 조금씩 달라도 어쨌든 예언을 한답시고 각하를 만나려고들 하데요."
"이건 그런 거짓말쟁이들의 예언하고는 질적으로 다릅니다."
"우리 네 사람이 동시에 경험한 일인데요?"
"그럼 우리가 거짓말하려고 이렇게 몰려다닌다고 생각합니까?"
스크린의 여자는 싸늘하게 식은 얼굴로,
"그럼, 여러분 안녕히 가십시오."
하고는 사라졌다.

그들은 한동안 망연한 자세로 넋을 놓고 있었다. 참으로 어이도 없었지만 그런 엄청난 얘기를 그녀에게 하면서도 그런 말을 하고 있는 자신들도 실감을 느끼지 못하기는 마찬가지였다. 그러니 그녀에게 믿으라고 우길 수도 없는 일이 아니던가?

"근데 '베헤트르센'! 우리가 진짜 그 노인을 만나기나 한 거 맞나?"

"아니, 그럼 자넨 그걸 꿈이라고 생각해?"

"글쎄, 우리가 집단최면 당할 수도 있는 것 아냐?"

"집단최면? 그건 말도 안 돼. 두 눈 멀쩡하게 뜨고 무슨 최면? 더군다나 넷이 동시에? 그럼 우린 모두 바본가?"

'술라마탄'이 이들의 대화가 답답한 듯 가슴을 치며 말했다.

"앞날을 그것도 그런 끔찍한 것을 어찌 인간이 알 수 있겠나? 이렇게 스강나하르의 문명이 발달하고 첨단과학이 발달해도 이룰 수 없는 일들이 아직 많은데 말이야. 뭐? 빛보다 빠르면 시간을 초월한다고? 우린 그런 걸 믿어 왔잖아. 아인슈타인인가 뭔가가 그랬잖아. 빛보다 빠른 물체가 있다면 시간여행을 할 수가 있다고……. 그렇지만 뭔가? 스페이스트라인[73]도 거의 빛과 같은 속도로 가고 또 뱀파이어스페이스[81]전투기들은 더 빠르지 않던가? 근데 우리는 시간여행은 커녕……. 진짜 과거로 거슬러 갈 수만 있다면 지구도 도로 살려 낼 수도 있잖겠나?"

"그러니까 세상에는 불가사의한 일이 있을 수도 또 없을 수도 있다는 게야."

"그게 이번일과 무슨 상관이라고?"

"그러니까 한번 생각해 봐. 그 노인도 엄연히 인간이잖아. 인간이 어찌 미래를 내다 볼 수 있느냐 그런 말이지. 몰라, 추측정도라면……."

"그렇지만 그 노인의 눈빛도, 또 우리를 가둬두는 그 에너지를 생각해 봐. 그게 인간의 능력으로 어디 가능한 거야? 안 그래? 초능력자?"

"글쎄, 인간도 도를 닦기에 따라 초능력자가 될 수도 있다고 봐."

"그럼 예언도 할 수가 있다는 말인가?"

"글쎄, 성경에도 많은 예언이 있었고 또, '노스트라다무스'라고 유명한 예언가 말은 들어 봤지만…….”
“우리 여기서 이러고 있을 게 아니라 방송국에나 가 보세.”
“그래, 그것도 한 방편이지.”

그들은 스강나하르 최대의 방송국 〈에비타Evita439)〉를 찾아 갔다. 다행히 ‘로우 랜드’가 그 방송국 편성부국장 〈이타베 타이Etabe tai440)〉란 사람과 친했다. ‘로우 랜드’로부터 전후사정 얘기를 다 들은 이타베 타이는 크게 한번 웃고는
“스강나하르의 최후라고? 말도 안 되는 소리!”
그리고는 그들을 쭈욱 둘러보고는
“인류가 스강나하르에 와서 적응한 지 얼마나 되었다고? 지구연도로 쳐도 이제 겨우 100년도 채 안 됐는데……. 지구에서는 그래도 인류가 50만년 이상 살아 왔다지 않던가? 근데 겨우 100년도 못 살고 스강나하르가 지구처럼 멸망할 것이라고? 행여 누구한테든 그런 말 하덜 말게. 괜히 미친놈 취급 당하지 않으려면…….”
“그럼 자네는 우리가 작당해서 자네를 속이려 든단 말이지?”
“글쎄, 자네를 믿고 싶어도 꼭 공상과학소설에나 나올 법한 소리가 되어놔서…….”
“우리 네 사람이 그럼 또라이란 말이지? 그런 공상과학소설에서 나올 법한 말들을 퍼뜨리고 다니는?”
“그렇다는 것이 아니고……. 하여튼 엉터리 점쟁이 말만 믿을 수 있나?”
“이보게, 그 노인이 엉터리 점쟁인지는 모르지만, 우리 네 사람은 그래도 심령에 관해서나, 아니면 최면술 그리고 초능력적인 면에서 일반 사람들 보다는 낫네. 그런 우리 말을 건성으로 듣고 아무렇게나 해석은 말게.”
‘이타베 타이’는 잠시 심각하게 생각하더니,

"그럼 이렇게 해 보세."
"어떻게?"
"내가 대담 프로를 주선해 줄 테니까 자네들이 인류들을 직접 설득해 보게. 어떤가? 나를 설득하기 보다는 인류를 상대로 해서 그들을 설득해 보는 것이……."
그리고 그들은 스강나하르에서는 제법 시청률이 높은 대담프로 〈샘소나잇쇼Samsonight Show441)〉에 출연하였다. 그리고 순식간에 유명 인사들이 되었다.

그들이 여기저기 강연회마다 불려 다니고 또 스페이스넷38)의 여러 사이트에서도 그들을 '다큐'로 다루기도 하였다. 그들은 그런 기회가 있을 때마다 하도 진지하게 그러한 말들을 하고 다녀서인지 스강나하르에서는 그들을 몰라보는 사람들이 없었다.
그들의 그런 말들을 진지하게 듣던 한 영화감독도 그들을 찾아 와 영화를 제작하려는데 조언 좀 부탁한다고 하여, 마침내 영화로까지 만들어 졌다.
과거 지구시절에는 우주 공상과학영화들이 많이 만들어 졌었는지는 모르겠지만 스강나하르에서는 스강나하르의 최후를 다룬 영화가 없었기에 이 영화는 만들어지기가 무섭게 공전의 히트를 쳤다.
5억 인구의 스강나하르의 인류들 중 이 영화를 본 총 관람객 수가 무려 12억이 넘어 섰으니까, 대개의 사람들이 두 번 이상은 봤다는 계산이다.
'이찌 야로꼬'대통령도 언젠가 모 방송매체 인터뷰에서,
"전 이 영화처럼 재미있게 본 영화는 없다고 생각합니다. 하여튼 대단히 재미있게 봤지요. 스강나하르의 멸망이라? 참 신선한 충격을 주는 영화였습니다."
영화 제목은 물론 '스강나하르의 최후'라고 붙여졌다.

[제18화]

흔들리는 '파라토피아'

A dying 'Paratopia'

오만함과 쾌락탐닉에만 몰입하는 미래의 인류

1

스강나하르의 인류들은 독거노인 '키타 시라카와[421]'의 경고가 있었음에도 불구하고, 세월이 갈수록 점점 이성을 잃어 갔다.
'위계질서가 없고 강력한 카리스마를 갖춘 리더가 없는 사회란 쉽게 타락하고 쉽게 병들게 되어 있다.'
처음 스강나하르에서는 한때의 무료함을 달래기 위해 동물들의 달리기 경주가 유행했다. 여성 우주과학자 쟝마르소[216]가 즐겼던 달팽이처럼 느린 '피저리[221]'의 달리기 대회인 '피저리피아[220]'가 있고, 그 이후엔 이 피저리에 비하면 한층 빠른 편인 〈우꼬Ukko[442]〉라는 맹꽁이처럼 폴짝 뛰는 〈우꼬피아Ukkopia[443]〉라는 대회도 선보였다.
한동안은 이 경기들로 인해 많은 즐거움을 느꼈고 이 경기들은 수시로 개최되었으며, 각 방송매체에서도 주기적으로 다루었다. 피저리대회는 한때 매니어들이 거의 160만에 이를 정도였으며 피저리피아의 대회종류만 해도 120여 종이 넘었다.

제3구역에서 흔하게 서식하던 우꼬라는 동물은 맹꽁이 비슷하게 생긴 동물로 6개의 긴 다리로 '폴짝' 뛰면서 앞으로 내닫는 동물인데 물론 눈과 귀는 없다.
대신 후각이 예민하여 우꼬가 좋아하는 먹이 〈우랄라Uralral[444]〉라는 냄새가 다소 역겨운 '우따'나무 열매를 우따나무 가지에 매단 채 그걸 우꼬의 후각기관에 갖다 대어 그 냄새로 우꼬를 유인하여 달리게 하는 경기이다.
길이가 30m에 이르는 긴 코스에서 10마리를 1조로 하여 달리기를 시키는데, 가장 먼저 결승점에 도착하는 것으로서 승부를 가린다. '토너멘트'식으로 조별 우승자를 가리고 다시 승자끼리 승부를 겨루게 하는 극히 평범한 게임이다.
이 동물게임들은 그 경기방식의 단순성에 비해 동물들의 상황 대처하는 모습들이 상당히 코믹하고 이들 동물들을 다루는 사람들의 능숙한 솜씨에 따라 많은 변수가 있는 만큼, 경기 진행 중에 의외의 변수들이 많이 작용하여 이를 지켜보는 사람들을 즐겁게 하였다.
그러나 스강나하르의 무절제한 자유가 주는 분위기, 모든 것이 풍요롭고 쾌락에 젖은 분위기의 인류들은 이런 작은 동물들의 애교스런 게임에 점점 식상해 갔다. 보다 강하고 보다 자극적인 게임을 원하기 시작한 것이다.
물론 새로운 게임을 창출할 때마다 로열챔버십[196]의 엄격한 심사에 의해 가부가 결정되고 이를 파라토피아[139] 정부가 허가를 결정한다.
허가 기준은 첫째가 스강나하르의 인류에게 유익해야 함을 전제로 한다. 폭력적이거나 도박성을 띄어서는 안 되는 것이다.
둘째가 스강나하르의 자연과 생명체에 손상을 주어서는 안 되는 것이다. 자연을 허가된 용도이외의 목적으로 훼손시킨다거나 동물을 이용할 경우 그 동물의 생명을 담보로 하거나 학대를 해서도 안 되며 특히 어떤 방법이든 그 동물 본래의 형질을 변경해서도 안 된다는 것이다.
일부 매니어들은 이미 은밀하게 즐겨왔던 '몽글리어[260)]'와 '어쭈구리아[262)]'라는 동물들을 이용하여 게임을 즐길 수 있도록 정식으로 허가해 줄 것을 정부에 요구하기 시작했다.

파라토피아 정부는 제1회 올림픽 때부터 정식종목으로 채택된 경기인 만큼 올림픽 기준에 맞출 경우, 대회를 개최할 수 있음을 통보했다. 그러나 매니어들의 요구는 달랐다.
올림픽은 '아마추어'들의 대회인 만큼 거기에 맞는 규정이 있을지라도, 자신들이 원하는 것은 철저한 '프로정신'에 입각한 '프로'로서 아마추어에 적용하는 각종 제한 규정을 해제하라는 것이다.
이러한 매니어들의 요구는 로열챔버쉽과 파라토피아 정부로서는 들어주기가 곤란한 요구였다. 이들의 요구는 들어 줄수록 점점 더 강도를 더해 갈 것이기 때문이다.
파라 7년4월18일 로열챔버쉽[196)]의 '국가원로회의'가 소집되고 이 자리에는 정부 측의 〈이찌야 로꼬Izziya Roko[445)]〉대통령과 각료들 전원이 참석하였다. 의장 '안토니오 슈잘레[129)]'는 개회사를 통해 인류의 현재모습을 신랄하게 비난했다.
"이 자리에 참석한 로열챔버쉽 원로의원 여러분! 그리고 '이찌 야로꼬' 각하와 각료 여러분!"
"우리 인류가 지구를 등지고 새로운 세계 스강나하르에 정착한지 100년이 채 못 되었음에도 불구하고 오늘날 우리 인류는 '지구 최후의 날'을 망각하고 과거 지구시대의 오만함과 쾌락 탐닉에만 몰입되어 가는 것 같아 심히 유감스럽습니다."

"비록 아직은 극히 일부에 지나지 않습니다만, 인류에게 유익해야 함을 전제로 하며, '스강나하르의 생태계에 손상을 주어서는 안 된다'고 스강나하르의 헌법에 분명히 명시된 바를 이에 정면으로 위배되는 사항, 즉 자연 본래의 형질을 변경하고, 또한 폭력적이고 도박적인, 동물대회를 허가해 줄 것을 요구받고 있습니다."
"그들은 이러한 불법적인 대회를 제한하는 우리 원로회의 자체를 불신할 뿐만 아니라, 나아가 인류의 안전 자체를 위협하고 있는 실정입니다."
이날의 원로회의는 인류의 미래를 걱정하는 의견만 무성할 뿐 결국 이들의 요구조건을 들어 주는 것으로 결론이 났다. 따라서 이들 동물대회 매니어들은 더욱 기고만장하여 거칠 것이 없었다. 그리고 자신들이 원하는 대로 동물들의 유전적 형질마저 예사로 바꿔가며 '몽글리어챔피언쉽'과 '어쭈구리아챔피언쉽'을 개최하기에 이르렀다.

몽글리어는 스강나하르 초식동물중에서는 가장 빠르고 또 머리도 좋으며 성격도 온순하다. 그러나 길들이기가 쉽지 않은 동물이다. 지구속도로 시속 10km밖에 달릴 수 없는 이 동물을 지속적인 형질개량으로 대회를 거듭할수록 30km까지 달릴 수 있도록 하였다. 나중에는 이 몽글리어챔피언쉽도 도박으로 변질되어 써리얼[71)]을 걸기까지 하였다.
이 몽글리어 대회에서는 제1회와 제3회, 제5회와 제6회 등 각기 4번의 올림픽 금메달을 차지한 〈모사히드 알 칸타테Moshahide Al Cantate[446)]〉가 번번이 우승을 차지하였는데, 그는 끝내 파라 8년4월10일 '스강나하르 기네스멤버쉽[327)]' 첫 대회를 치루기 이틀 전이 기네스멤버쉽의 기네스북에 올림픽 4관왕으로 그 이름이 올라가게 되는 영예를 안았음에도 불구하고 제5구역의 마의 질곡, 어느 바위 뒤에서 변사체로 발견되었다.
그리고 그가 모아 두었으리라고 여겨지는 217그램의 써리얼도 감쪽같이 사라졌다.
파라토피아 치안국의 발표에 의하면, 그의 몸에서 채취된 여러 명의 지문이나 혈흔이 발견되었으며, 그중 유전자 검색결과 범인이 이탈리아계 〈스밀리 갬블Smilly Gamble[447)]〉과 스리랑카계 〈마호사 오겔Mahosa Ogel[448)]〉이 유력하나 현재까지 그들의 행방을 찾을 수 없다고 발표했다.

어쭈구리아는 몽글리어보다 4개월여 늦게 시작된 게임으로 평소 순한 성격이지만 성질만 돋우면 아주 사납게 변하는 동물이다. 요란한 몸동작으로 상대의 기부터 죽이고 억센 주둥이로 상대를 물고 늘어지는 것이 '망구이앙[177)]' 못지않을 정도였다.
어쭈구리아는 다른 스강나하르 동물들에 비해 머리가 좋은 편이다. 이러한 동물을 더 사납고도 위협적이게 하기위해 아랍에미레이트계 '유전형질변이'학자 〈무하메드 압슐라Muhamed Apsulra[449)]〉가 그의 친구이자 제1회 올림픽 금메달리스트인 〈아돌프 슈밀러Adoff Shumiller[450)]〉를 도와 이들 어쭈구리아를 크기도 몸길이가 2m, 몸무게도 100키로를 능가할 정도로 그리고 뾰족한 가시도 더욱 굴고 길게 단단하게 개량시켰다.
어쭈구리아 싸움은 철저한 '토너멘트'식으로 진행되며, 두 마리씩 싸움을 붙이는데 따라서 한쪽이 죽을 때까지 겨루게 하여 최후의 승자를 결정하는 것이다.
이 어쭈구리아 싸움에서는 당연히 '아돌프 슈밀러'가 계속하여 우승을 차지했다. 그리고 그의 수중에도 제법 많은 양의 써리얼이 모여졌다.

2

'미르올림피아[194)]'에 출전하는 격투로봇도 예외는 아니었다. 그들 격투로봇 매니어들은 부단하게 파라토피아 정부와 로열챔버십[196)]에 그들의 요구를 관철시켜 왔고, 때로는 불법도 자행했다. 이들 로봇들은 점차 가공할 무기들을 가지고 출전하였다. 특히 이들 승부에 연연하는 매니어들에 의해 격투로봇들이 사용하는 무기들 역시 지능화, 고도화, 흉포화 되어가는 것이다.
따라서 이들 로봇대회가 거듭될수록 새로운 무기들이 계속 등장되고 그 파괴력이 날로 가공할 만큼 증가하였다. 물론 파라토피아 정부에서 법으로 금하는 것이지만 언제부터인가 이들 로봇이 써리얼을 이용하여 파괴력이 엄청난 무기를 소지하고 출전하기 시작하였다.

파라 9년4월6일은 스강나하르 최초의 대규모 살상이 벌어진 비극적인 날이었다. 스강나하르 제5구역의 드넓은 마의 질곡 '미르비시'분화구에서 벌어진 제 50회 미르올림피아에서 '블랙새도우'라는 로봇이 상대로봇을 겨냥하여 발사한 가공무기 '에어버드'라고 불리는 '확산 써리얼[71)]'에 의해 이 격투용로봇대회에 참가하였던 사람 3만2천여 명 중 2천4백여 명이 일거에 목숨을 잃는 사고가 발생하였다.
이 사고는 스강나하르 인류들에게 엄청난 파장을 불러 일으켰다. 스강나하르 각 방송마다 이 대회의 불법성을 지적하고 수많은 인류들이 연일 규탄대회를 열었다. 그리고 로열챔버십[196)]의 결정에 의해 파라토피아 정부는 마침내 이 미르올림피아를 폐지 시키기에 이르렀다.
따라서 미르올림피아는 해체되는 운명을 맞는 듯하였다.
미르올림피아의 대참사 이래 한동안 인류들은 평온을 되찾고 정부의 정책에 순응하는 듯하였다. 그러나 머지않아 스강나하르의 분위기가 예전 같지가 않게 변해 갔다. 사람들은 웬만한 것에도 쉽게 싫증을 내고 다툼도 잦아 졌다. 사소한 일에도 싸움이 벌어져 곳곳에는 이러한 싸움으로 인해 다치는 사람들도 속출하였다.

거리든 공원이든 가리지 않고 쓰레기들이 넘쳤으며 청소로봇들이 치워도 금방 사람들이 함부로 버리고 간 쓰레기들로 더럽혀지곤 하였다. 어떤 이들은 이렇게 쓰레기를 치우는 로봇에게 돌을 던지거나 아니면 쇠몽둥이로 내리쳐서 부셔놓는 사람도 있었고, 공공기관의 기물을 예사로 파손하기까지 했다.
술집마다 만원사례이고 여기저기 술에 취해 비틀거리는 사람들이 갈수록 늘어났다. 늦은 시간이나 인적이 드문 곳에서 뿐만 아니라, 대낮에도 또 인파가 붐비는 곳에서도 불특정 다수를 향한 테러가 끊이질 않았다.
그야말로 스강나하르 전체가 공공질서가 파괴되고 무법천지가 되었어도 이를 다스릴 수 있는 치안은 부재상태였다. 파라토피아 정부에는 전투 병력은 있어도 치안경찰이 없기 때문이다.
특히 파라 10년8월17일에 제4구역 주거단지 뚜름바[342)]에서 있은 확산 써리얼에 의한 대규모 폭발은 인류에게 그리고 파라토피아 정부에게 시사하는 바가 컸다. 1만 4천여 명이 현장에서 즉사하고 8천여 명이 크게 다치는 등 모두 3만여 명의 사상자가 발생할 정도로 엄청난 규모였는데 이는 미치광이 일본계 〈야마구찌 겐따로Yamaguchi Gentaro[451)]〉의 소행으로 밝혀졌다.
'야마구찌 겐따로'는 사고현장에 계속 머물다 '국가안전보호국'직원에 의해 잡혔는데 기자회견에서 다음과 같이 말했다.
"정말 써리얼의 위력은 대단했다. 역시 모두가 탐낼만한 가치 있는 물건이다."

써리얼이 시중에 유통되기 시작하면서 스강나하르는 매일 크고 작은 폭발사고들이 이어졌고 하루에도 수십 명씩 사상자가 발생하기 시작했다. 그리고 별다른 이유 없이 흉기에 의해 살상되는 사람들도 부지기수였다.

〈슈슈 미란데Shushu Mirande[452]〉란 미치광이는 드볼드쉬언덕[130]과 빌모어잔듸광장[138]을 오가며 무려 32명의 머리를 도끼로 찍어 살해하였는데, 그 동기가 참으로 어처구니없었다. 자신이 직접 만든 도끼날을 시험해 보기 위한 것이라 하였다.

"머리가 깨어지는 소리가 다 제각각입디다. 어느 놈은 '퍽'하고 소리나는데 또 어느 놈은 '팍'하고 나고……. 또 어떤 놈은 '쩍'하고 납디다."

"그럼 머리가 깨어지는 소리가 날 때마다 기분은 어땠습니까?"

기자의 물음에 그는 싱글싱글 웃으며

"별 생각 안 나던데요."

"그럼 죽는 사람 심정은 생각해 보셨는지요?"

"죽어요? 죽긴 왜 죽지요? 다시 살려내면 되지 않나요? 우리 의학기술이 그 정도도 안 됩니까?"

3

스강나하르의 인류들이 날로 흉포해져 가고 치안의 공백상태가 지속되자 연일 계속되는 정부의 각료회의와 로열챔버쉽의 원로회의 역시 별다른 성과가 없었다. 그리고 정부 안에도 이미 파벌이 조성되어 스강나하르의 장래나 인류의 안위 따위에는 관심이 없는 듯 벌써부터 차기 대통령 자리를 놓고 저마다 목소리를 높이기 시작하였다.
일부 각료들과 로열챔버쉽 일부 원로의원까지 공공연하게 〈돈보스 카렐라스Donboss Callelras[453]〉대통령의 하야만을 고집하고 있었다. 특히 버마계 총무장관 〈이디 압 둘Ide Ap Dull[454]〉은 노골적으로 그의 실정을 공략했다.
"이번 뚜름바 대참사도 어찌 보면 범인이 파라토피아 정부에 대한 정면 도전이 아니겠오? 이런 참사를 미연에 방지하고자 하는 의지가 없지 않고서야 어찌 이런 사고를 막을 수 있는 치안조차 확보하지 못하고 있는 게요? 나도 정부 각료의 한 사람이지만 그동안 정부에서 인류들을 위해 해 온 것이 무엇인가 생각할 땐 참으로 한심하다는 생각만 드는 게 사실이요. 우리 스강나하르는 절대적인 카리스마가 필요한 것이요. 그런 면으로 보건데 '돈보스 카렐라스' 당신은 이미 대통령으로서의 자질을 잃은 것이오."
로열챔버쉽 원로의원 '앙드레 솔로[233]'도 한마디 했다.
"인간들이란 '당근과 채찍'으로 다스려야 하오. 우리 스강나하르에는 당근은 있으되 채찍이 없는 것이 큰 탈이오."
로열챔버쉽 원로의원 '펠레'도 한마디 했다.
"전에 모 방송에선가? 어떤 노인이 예언했다는 게 생각나는구려. 써리얼을 개인이 갖지 못하게 하라는 등……. 그리고 아직은 모르겠지만 그 노인이 뭐라고 또 예언했다던데? 아! 맞다. 전투기들이 멤사스 센터를 폭파한다던가? 또 싸이파가 나타난다고도 했지 아마……."

써리얼은 서기 2014년 인도네시아 '발리섬'에서 스웨덴계 지질학자 〈노벨 샤콤Nobel Shacom[455]〉과 영국계 '분자구조'학자 〈리쳐드 블랙Rhichard Black[456]〉이 처음 발견한 물질로 발리섬에만 미량으로 매장되어 있는 우라늄 계열로 스강나하르에만 2.8억 톤이 매장되어 있는 것으로 확인되었다.
써리얼에는 방사능이 없어 가장 안전하기도 하여 인류의 미래를 위해 가장 소중하게 다루어야 할 원료이기도 하다. 따라서 파라토피아 정부는 이 원소를 직접 관리하여 왔다.
그러나 핵융합 시 우라늄 버금갈 정도로 엄청난 에너지를 방출하는 원소로 불과 2톤 규모로도 이 스강나하르의 운명을 위태롭게 할 수도 있기에 이 써리얼은 파라토피아가 국가의 경제적 가치를 측정하기 위해 금을 대신한 기본 가치로 하고 이 원소의 개인 소유는 철저히 금지시켜 왔다.
그러나 언제부터인가 스강나하르 인류들 사이에서는 암암리에 그 소유량에 따라 개인의 경제적 부를 측정하기에 이른 것이다. 그리고 그런 써리얼이 언제부터인가 시중으로 공공연하게 나돌기 시작한 것이다.
이후 스강나하르 인류들 사이에서는 로열챔버쉽이나 정부의 경고에도 불구하고 각종 도박이 성행하였으며 거래가 일체 금지되었음에도 불구하고 이들 도박에 써리얼을 걸었다.
로열챔버쉽과 정부의 '미르올림피아[194)]' 해체선언에도 불구하고 이들의 결정에 아랑곳 않는 사람들이 있었으니, 철의 투사 '우루수스[197)]'로 유명한 일본계 '모리자와 도끼야로[198)]'가 이끄는 〈불패군단 Army corps of Invincibility[457)]〉이 그것이었다. 이들은 정부의 권위를 일부러 무시하려 드는 듯 공공연하게 격투로봇대회 미르올림피아Mir Olympia[194)]를 강행하였고, 이들 대회에 참가하는 사람들도 제법 많았다.

이들 불패군단은 이미 폐쇄된 마의 질곡 '미르비시[192)]'분화구가 아닌 다른 장소를 물색해 놓았다. 대양 한가운데 있는 제9지역의 〈오돔바Odomba[458]〉지역인데 그 지역에는 스강나하르 희귀동물 〈오도리Odoree[459]〉와 〈생가끼Senggaki[460]〉 등 40여 종이 서식하는 지역이었다. 그리고 격투로봇 대회 명을 바꿔 〈불의전차 챔피온쉽The Fire of Tank Championship[461]〉이라 정했다. 대회도 년 12회 개최함으로써 매월 한 번씩 치르기로 했다.

4

파라 10년8월20일, 마침내 '돈보스 카렐라스'대통령은 로열챔버쉽과 정부 각료로 구성된 '국가비상대책회의'를 소집했다. 그리고 그들 불패군단이 벌이는 격투로봇대회를 물리적으로 해산시키기 위해 '특단의 조치'를 취하기로 하였다.

그 자리에서 '돈보스 카렐라스'는 숙연하고도 강경한 목소리로 다음과 같이 연설했다.

"존경하올 로열챔버쉽 원로회의 의원 여러분! 그리고 각료 여러분! 저는 이 자리에서 대통령 권한을 행사하여 파라 10년8월20일 오후6시 정각을 기해 스강나하르 전역에 1급 비상에 해당하는 계엄을 발동하고, 스강나하르와 인류의 안위를 해치려 들거나 국가의 권위에 도전하려 하는 어떠한 힘에도 강력히 대응해 나갈 것을 분명히 하고자 합니다."

"따라서 본인은 스강나하르와 인류의 안위에 위협적인 요소는 파라토피아 정부의 전투 정예병력을 투입하고자 합니다. 이 시간 이후로 원로의원 여러분과 각료 여러분들께서도 자중하시고 저의 이러한 결정에 위배되는 언행을 삼가하여 주실 것을 당부 드리며, 공권력을 분산시키려 하는 어떤 힘도 예외 없음을 주지시켜 드리는 바입니다."
이때 성질이 급하고 다혈질인 '이디 압 둘'이 자리를 박차고 일어났다.
"각하! 지금 각하께서는 스강나하르 유례에도 없는 그 원시 지구적 독재를 실현하려고 그러시나 본데, 저는 각하의 뜻에 동의할 수 없습니다."
그러자 여기저기서 원로의원들과 각료들도 가세했다.
"이건 말도 안 된다. 빈대 잡으려고 초가삼간 태우는 격이다."
"스강나하르의 헌법은 '모든 인류의 평등과 자유'를 기초로 하고 있다. 지금 당신은 대통령의 권한을 남용하여 이러한 헌법의 기초마저 뿌리 뽑겠다는 것이야."
"때리쳐라! 차라리 대통령 내가 좀 해 보자!"
그때 '돈보스 카렐라스'는 회의장 뒤쪽을 향해 머리를 두 번 주억거렸다. 그리고 잠시 후 중무장한 군인들이 대거 몰려와 '이디 압 둘'과 몇몇 사람들을 결박하여 끌고 나갔다.

'돈보스 카렐라스'는 계속 말을 이어나갔다.
"자! 여러분! 우리는 힘을 모아 스강나하르를 지켜 나갑시다. 우리가 어떻게 얻은 행성입니까? 이 스강나하르 마저도 지구처럼 잃는다면 우리는 또 어디로 가야 됩니까?"
"여러분도 다들 아시다시피 스강나하르 인류들은 무제한적인 자유와 조건 없는 물질적 풍요를 누려왔습니다. 결국 이러한 것들이 오늘의 방탕과 무절제, 자만을 키워온 것이라 여겨집니다. 따라서 앞으로는 무능하고 무절제한 인사들은 예외 없이 도태시켜 인류의 장래를 위한 걸림돌이 되지 않게 할 것입니다."

'펠레'가 나서서 말을 이었다.
"원로의원 여러분! 그리고 각료 여러분! 오늘 각하의 결단은 우리 스강나하르와 인류를 위해 지극히 온당한 처사라고 생각합니다. 과거 지구에서의 우리 인류역사가 얼마나 유구하였습니까? 그런데도 우리는 지구를 폐허로 만드는 우愚를 범했습니다. 하물며 스강나하르에서의 우리 인류역사는 지구에 비해 촌각에 불과한데 또다시 지구와 같은 우가 범해지지 말란 법도 없잖습니까? 이럴 때일수록 각하와 같은 강력한 카리스마로 똑같은 우가 되풀이 되지 않도록 해야 합니다."
'안토니오 슈잘레[129)]' 역시 '돈보스 카렐라스'의 입장을 두둔하고 나섰다.
"언젠가 말했지요? '앙드레 솔로[233)]'가? 당근으로 말 안 들으면 채찍으로 때려서라도 말 듣게 해야지……. 안 그렇습니까?"
'돈보스 카렐라스'는 일사천리로 파라토피아 국가권력과 모든 조직을 한 손에 장악하였다. 스강나하르에는 오후6시부터 익일 6시까지 통행금지가 실시되고 이를 위반할 경우 즉시 사살하라는 명령이 떨어졌다. 또한 써리얼을 소지하고 있거나 거래하는 경우 쌍방 모두 현장에서 사살하라는 명령도 떨어졌다.

국가권력에 도전하는 행위, 집회 등도 일체 금지되었으며 각 언론, 방송매체, 스페이스넷[38)] 사이트들도 사전검열을 받도록 지시했다. 그외 마약류나 술을 일체 금지시켰으며 위반할 경우 구속시키도록 했다. 정부는 이를 단속하기 위해 스강나하르 전역 482개 지역에 '치안본부'를 설치하고 전투병력 2천과 전투로봇 38만기를 배치했다.
'돈보스 카렐라스'는 특수훈련과 특수군사작전에 통달한 벰파이어스페이스[81)] 전투기들을 출동시켜 불패군단[456)]에 본격적인 공격을 감행하였다. 대부분의 불패군단들이 현장에서 살상되고 그들의 화력이나 장비들이 초토화됨으로써 초반에는 정부쪽이 유리하게 돌아가는 듯

하였다. 그리고 한동안은 스강나하르가 평온을 유지하였다.

5

파라 10년9월15일 정오를 기하여 '돈보스 카렐라스'는 계엄을 해제하고 통행금지 시간도 밤12시부터 4시까지로 완화하였다. '돈보스 카렐라스'는 불행하게도 이러한 평화가 강압에 의한 조작된 것임을 미처 깨닫지 못했다.
스강나하르에서의 오랜 기간을 댓가없이도 무절제한 자유와 풍요를 누린 인류들에 있어 '돈보스 카렐라스'와 정부의 이러한 억압은 납득하기 어려운 것으로 자연히 불만과 반발심이 생기게 마련이다.
따라서 상당수의 인류들이 정부의 처사를 비난하고 불패군단에 호의적인 감정을 갖게 되었고, 또한 불패군단에 가담하는 사람들의 수효가 늘어났다.
정확한 집계는 아니지만 스강나하르 인류중 '돈보스 카렐라스'에 반발하여 불패군단에 호의적인 생각을 가진 인류가 73%를 넘게 차지하고, 그중 불패군단에 적극 가담한 인류만 1억2천을 넘었다 한다.
상황이 이쯤 되니 '우주방위'사령부의 벰파이어스페이스[81)]를 모는 4천여 정예병력 중 절반수가 넘는 2천8백여 병력이 '돈보스 카렐라스'의 명령을 무시하고 무단이탈하여 그들의 부사령관이자 불패군단 적극 가담자인 말레이시아계 〈마칸 앙긴Macan Anggin[462)]〉이 이끄는 〈아르바젠더Arbazender[463)]〉에 가입했다. 그로써 스강나하르와 인류에게는 파멸이 시작된다.

[제19화]

'파라토피아'의 종말

Apocalypse of 'Paratopia'

스강나하르 하늘을 덮는 공포의 '아르바젠더'

1

파라토피아 '돈보스 카렐라스[453]'대통령은 진실로 사명감을 갖고 스강나하르를 그리고 인류를 구하고자 했으나 단맛에 길들여진 인류들로부터 철저히 외면을 당했다. 그리고 스강나하르의 상황은 걷잡을 수 없이 악화되었다.

'모리자와 도끼야로[198]'가 이끄는 불패군단은 정부군으로 부터의 집중 공격으로 한때는 그 세가 많이 꺾였으나 인류들의 열화와 같은 성원에 다시 대규모의 세를 갖추기까지에는 그리 오랜 시간이 걸리지 않았다.

불패군단은 스강나하르 전역에 걸쳐 조직을 분산시키고, 먼저 '중앙초집적지능헤드' 컴퓨터시스템 에니악[79]부터 해킹을 통해 장악을 하였다. 철저히 민간인들 속으로 스며든 불패군단은 누가 불패군단 가담자인지 아니면 민간인인지 구분이 안 되어 정부의 공격으로부터 안전할 수가 있을 뿐만 아니라, 세를 확장해 나가는 데에도 이보다 더 좋은 방법이 있을 수가 없었다. 인류들 대부분이 불패군단 쪽으로 마음이 돌아 선 데에다가 나머지 인류조차 정부에 그다지 호감을 갖고 있지 않다는 데에 정부군의 와해도 불을 보듯 뻔 한 것이다.

중앙 초집적지능헤드는 컴퓨터천재 미국계 〈맥도널드맥로우Macdonald Macrow[463]〉가 장악하여 정부기관의 모든 시스템을 불능상태로 빠뜨렸고, 따라서 정부군의 통신지휘체계는 물론 뱀파이어나 전투로봇을 무용지물로 만들었다.
'모리자와 도끼야로'는 방송과 스페이스넷을 통해 '돈보스 카렐라스' 대통령에게 항복을 권유하였다.
"'돈보스 카렐라스'여! 이미 대세는 우리 쪽으로 기울었다. 인류의 민심은 이미 그대를 떠나 우리에게 와 있음을 너도 잘 알 것이다. 즉시 항복하고 투항을 한다면 목숨만은 보전해 주겠다."
어디 그뿐인가? '모리자와 도끼야로'는 한술 더 떠 이렇게 억지주장을 폈다.
"이제 스강나하르에는 파라토피아란 정부가 사라졌다. 따라서 '돈보스 카렐라스'는 이미 대통령직을 상실했다. 모든 정부 각료들과 로열챔버쉽의 원로회원들을 전격 해임하며, 그들의 자격을 정지시키고 모든 정부기관은 해체를 명한다."
"파라 10년10월20일 정오를 기하여 '돈보스 카렐라스'와 그의 일당인 각료들, 그리고 로열챔버쉽 일당은 전격적으로 투항을 명한다. 이 명에 따르지 않으면 그 후에 벌어지는 일련의 사태들은 너희들에게 전적으로 그 책임이 있음을 알라."

한편 멤사스센터 100층의 대통령 집무실에는 정부 각 부처 장관들과 로열챔버쉽의 원로회원 몇몇이 그리고 '우주방위'사령관 포르투갈계 〈크리스토퍼 셈퍼Christopher Semper464)〉가 자리를 함께 하였다.
대통령 집무실 한켠의 대형 '초광폭수지편464) 백색스크린'에는 '모리자와 도끼야로'의 거듭되는 안하무인격의 경고가 이어졌다. 이러한 경고마저 이제는 컴퓨터의 조작이 불가능하여 화면을 꺼 볼 방도도 없었다. 이미 불려 온 컴퓨터 관련 학자나 기술진들도 속수무책이라 하였다. '모리자와 도끼야로'가 그 복잡하게 구성된 가동 암호를 어떻게 풀어냈는 지를 또 이렇게 거대하고 복잡한 프로그램들을 어떻게 다루는 지를 알 수가 없다는 것이다.
컴퓨터 신동이라 불리던 일본계 〈아사 마이찌로까Asa Maizzroka465)〉나 터키계 〈잠비아 겔끄Jambia geolk466)〉 역시 지금의 컴퓨터를 강력하게 제어하는 힘을 통제하기에는 한발 늦었다는 것이다.

2

'돈보스 카렐라스'는 '크리스토퍼 셈퍼' 사령관에게 정부의 잔존 병력을 소상하게 브리핑하라고 일렀다.
"현재 제 통제를 받는 벰파이어전투기는 저의 직속 전투부대에 소속된 200여 기에 불과합니다. 놈들에게 넘어간 전투부대는 〈가

다하Gadaha[467]〉은하계의 제1, 제2, 제3, 제4 전투부대는 물론,〈니흔시Nihonshi[468]〉은하계의 제1, 제2, 제3, 제4, 제5 전투부대,〈그로조잉Grojoing[469]〉은하계의 제1, 제2, 제3 전투부대,〈에밀리즈앙Azmilliang[470]〉은하계 제1, 제2, 제3, 제4, 제5, 제6 전투부대,〈이즈레타Ezrerata[471]〉은하계…….”

“그만하게!”

“…….”

“그럼 모두 다 넘어가고 자네 직속 전투부대만 남았다는 것인가?”

“현재 〈리틀엔젤Little Angel[472]〉은하계와 〈리호네스Rihoness[473]〉은하계, 〈파라곤Pharagon[474]〉은하계 등 몇몇 전투부대는 상황이 아직 파악이 안되어서…….”

“내 그럴 줄 알았지, 부사령관 ‘마칸앙긴[462]’ 그놈이 평소부터 수상쩍더라니…….”

방위장관 스위스계 〈말랑코Y.Z.Malrangco[475]〉가 주먹을 탁상에 내리치며 고함을 질렀다. 그러자 치안장관 몰리브계 〈겐쟈르 미레Genzar Meere[476]〉가 나섰다.

“참 딱들하시우. 그래 전투병력들이 다 그놈들 편에 가담될 때까지 ‘말랑코’ 당신은 뭐하고 있었소? 그리고 자네, ‘크리스토퍼’……. 뭐? ‘크리스토퍼 심퍼’? 그래 자넨 뭣하고 있었냐고?”

그러자 ‘말랑코’가 ‘겐쟈르 미레’를 쏘아 보며,

“사돈 남 말하고 있네, 그럼 자넨 이 나라가 이 지경이 되도록 치안을 어찌해서……. 이 지경이 됐나?”

“그만들 하시오. 싸우자고 모인 것도 아니고, 또 지난 잘잘못을 따지자고 모인 것도 아니잖소? 그만 하시오.”

'돈보스 카렐라스'가 역정을 내며 둘을 나무랐다. 한참 지속된 무거운 침묵을 깨고 먼저 '펠레'가 말했다.

"'도끼야로'는 내가 좀 아는 놈인데……. 그놈 할아버지 '모리자와 샤켄'이 일본에서는 제법 유명한 스포츠용품 체인을 하고 있는 관계로 내 브랜드를 원하고 해서 계약차 만난 것이 인연이 되어 친구처럼 지내 왔었는데, 그땐 그놈 꼬마였었는데……. 과장이 좀 심하기는 해도 소심한 놈이요. 그러나 투지와 인내는 대단하다고 들었소. 언젠가 미르올림피아[194]에서도 그놈이 만든 '우루수스[197]'란 로봇이 챔피언을 먹었다지 않소? 듣자 하니 그놈 동생 '겐따로'도 이곳에 있다던데……."

'겐쟈르 미레'가 거들었다.

"각하께서 계엄을 해제한 것이 화근이오. 그 바람에 이것들이 드나들며 패거리를 만든 거요. 다시 말해 민심을 장악했다 그 말이오."

자원장관 러시아계 〈유리게네프P.Y.Yurygeneff[477]〉가 말을 가로 막았다.

"그것보다도 우리가 이러한 사태가 올 걸 미리 예감 못하고 준비가 소홀했던 거요. 경찰인가 뭔가……. 그런 거 말이요. 하다못해 비밀경찰 '게쉬타포Gestapo'라든가 '케이지비KGB'라든가 말이오. 또 스강나하르 주민들을 너무 방만하게 풀어 준 잘못도 있는 거요. 무조건 머릿수로 밀어 붙이면 법에 저촉되어도 들어 준 것도 문제였고……."

'앙드레 솔로'가 손을 저으며

"그따위 차 지나가고 손 흔드는 소리 백날 해봐야 이제 와서 무슨 소용이 있겠소? 문제는 저들이 단순한 폭력배가 아니라 우리 스강나하르 군사력을 몽땅 가져갔다는데 있는 것 아니오? 통신지휘 체제뿐만 아니라 뱀파이어전투기들까지 저들 손에 다 넘어가게 생겼는데 어떻게 감당하려고 하오?"

'돈보스 카렐라스'가 긴 한숨을 내쉬며 좌중을 둘러보았다.

"여러분들! 이젠 시간도 얼마 안 남은 것 같소. '도끼야로'가 한 말 못 들었오? 내일 정오까지 투항하지 않으면 공격해 오겠다고 그러는 것 같던데……."

"설마하니 우릴 어쩌겠소?"

"그놈 성질에 또 무슨 미친 짓을 벌일지 어떻게 알겠소?"

"그나저나 어찌 스강나하르의 민심이 하필 깡패 같은 놈 편에 서는지 이해가 안 가오."

'펠레'가 싱겁게 군다는 듯이 '픽' 웃으며 말을 꺼냈다.

"인간들은 너무 많은 자유가 주어지고 '만족지수'가 높아지면 폭력 자체에 매료되는가 봅디다. 거 2000년대 초반이던가? 한국에서 그 뭐라? 옳지, '친구'란 조직폭력배를 다룬 영화가 붐을 일으켰는데, 그 뒤론 유사한 '조폭'들 영화가 줄줄이 히트를 치면서 한국사회는 조직폭력배들이 기하급수로 늘어났고, 그 깡패를 소탕시키는데 정부가 엄청 애를 먹었다지 뭡니까. 사람들이 들고 일어났다지요? '의리의 사나이 깡패'들을 왜 못 살게 구냐면서……. 깡패 하나에 민간인들이 열씩 스물씩 에워싸는 바람에 오히려 경찰들만 다쳤다지 뭡니까. 그게 '조폭 신드롬'이라던가 뭔가……."

'안토니오 슈잘레'가 말을 이었다.

"'펠레' 의원의 말에 전적으로 동감하오. 지금 스강나하르에는 큰 위기가 온 것 같소. 나도 전에 원로회의에서 경고했지만 지구를 빼앗기고 이젠 또 스강나하르마저 저들 테러집단에 빼앗길 것 같은 불길한 예감이 든다오. 지금 사람들은 모두 미쳐 있소이다. 뭘 도통 모르고

협잡꾼 한 놈한테 놀아나고 있는 것이오. 그 '도끼야로' 그놈이 얼마나 잔인하고 무서운 놈인 줄도 모르고 그놈을 마치 영웅시 하고 있다 이말이에요."
"그러니, 어쩌면 좋겠소?"
'돈보스 카렐라스'가 침울한 표정을 지으며 좌중을 둘러보면서 질문을 던졌다. 그러자 '겐쟈르 미레'가 넙죽 받았다.
"지금으로서는 무슨 방법이 있겠소? 저놈 말에 따를 수밖에……."
"그럼, 투항하자는 거요?"
"그럼, 이 자리에서 죽자는 거요?"
"아니, 그럼, 저 호로배한테 가서 목숨만은 구걸하자는 거요?"
'돈보스 카렐라스'가 '겐쟈르 미레'에게 화를 내며 따졌다.
"그럼, 각하! 한번 생각해 보구료. 우리에게 무슨 힘이 남아 있다는 게요? 군대가 있소? 아니면 인류들이 우리말을 듣기나 하오?"
"쩝쩝"
입맛을 다시던 '돈보스 카렐라스'는 '안토니오 슈잘레'를 바라보았다. 평소 그가 가장 존경하는 인물이었으니까.

'안토니오 슈잘레'는 자신을 쳐다보는 '돈보스 카렐라스'의 눈에서 절망을 읽었다. 참으로 그가 애처롭게 느껴졌을 뿐만 아니라 그 자신 마찬가지로 가슴이 답답하고 심한 절망감으로 주체할 수 없었다. 그는 두 팔을 펼치며 어깨를 으쓱였다. 자신으로서도 묘안이 떠오르지 않는다는 것이다. 잠자코 있던 '유리게네프'가 한 마디 던졌다.
"지금 우리가 여기에서 내릴 수 있는 결론은 없는 것 같습니다. 각자가 살 길을 찾으시고 우리 그만 해산합시다."

'안토니오 슈잘레'가 진저리치듯 몸을 한번 크게 떨어 보이고는
"전에 괴상한 노인의 예언이라고 하던 것이 기억나는 군요. 독거노인이라던가? 그 노인이 그랬다지요? 인류가 써리얼[71)]을 소유 못하게 하라고……. 그리고 싸이판[15)]가 뭔가가 다시 나타난다고 하던 말……. 그럼 싸이파가 '도끼야로'가 이끄는 불패군단이란 말인가? 그럼 그 노인의 예언이 맞는다면……. 오! 맙소사! 조만간 이 멤사스센터[76)]도 사라진다는 것이 아니요?"
"그러고 보니 참으로 불가사의한 노인이네요."
"그래, 대통령의 결심은 어떤 것이요?"
"저는 놈들과 타협할 순 없지요. 어차피 제물이 있어야 된다면 제가 남겠습니다."
"그럼, 스스로 죽음을 자처하시겠다?"
"그냥 이 자리에 계속 남아 있겠다는 겁니다."
'겐쟈르 미레'가 다시 끼어들었다.
"그럼, 각하께서는 침몰하는 배와 운명을 같이하는 선장의 심정이시겠구먼?"
"'겐쟈르 미레', 말투가 어찌 장난같이 느껴지네 그려."
"장난이라니요? 보세요. 각하의 표정을……. 마치 세상의 근심걱정을 혼자 도맡아 하고 있는 표정 아닌가요?"
"뗏끼 이 사람아! 이번 일이 어찌 대통령 혼자만의 잘못이란 말인가? 우리 모두 죽음으로 속죄해야 될 일임을……."
"죽다니 누가 죽어요? 죽으려면 댁들이나 죽으슈."
'겐쟈르 미레'는 안토니오 슈잘레'를 가소롭다는 듯이 쳐다보며 말했다. '펠레'가 이러한 그를 '툭툭' 건드리며

“‘겐쟈르 미레’, 자네 말을 좀 가려서 하게. 이 와중에도 어찌 싸우려고만 드는가?”
‘말랑코’가 자리를 털고 일어서며 말했다.
“난, 먼저 일어서리다. 아무런 영양가 없는 말들 백날 뱉어봐야 그게 어디 살로 가겠소? 아님 뼈로 가겠소? 해서 나 먼저 갈 테니 알아서들 하시구랴.”
“저 친구, 얍삽하기는……. 이봐, 같이 가세.”

‘말랑코’와 ‘겐쟈르 미레’가 먼저 자리를 비우자 나머지 사람들도 우르르 따라 나가고 집무실에는 대통령 ‘돈보스 카렐라스’와 ‘펠레’, 그리고 ‘안토니오 슈잘레’와 ‘크리스토퍼 셈퍼’ 네 사람만 남았다. ‘안토니오 슈잘레’는 ‘펠레’와 ‘크리스토퍼 셈퍼’를 가리키며
“자네 둘은 나가 보게. 난 대통령과 운명을 같이 하겠네. 자네 둘은 가족이 있지 않은가. 그러니 우리 둘은 남겨두고 살 길을 찾아보게.”
“‘슈잘레님, 저도 함께 하겠습니다.”
“‘펠레’, 뜻은 고맙지만 자네까지 그럴 필요는 없네. 그러니 ‘크리스토퍼 셈퍼’ 이 친구 데리고 나가게. 아무 미련 두지 말고…….”

3

드디어 파라 10년10월20일 정오가 되었다.

'마칸앙긴[462]'이 이끄는 〈아르바젠더Arbazender[478]〉의 공격이 시작되었다. 아르바젠더의 공격은 파라토피아정부와 주요 기관들이 들어있는 멤사스센터부터 시작되었다. 지상 2100층, 지상높이 7777m에 이르는 멤사스센터는 스강나하르 번영의 상징이자 심장부였다.
수십 대의 뱀파이어 전투기들의 기습공격을 받은 멤사스센터는 불과 2분도 안되어 흔적도 없이 사라졌다. 그리고 그 먼지는 스강나하르 전역으로 퍼져나가 3개월여 스강나하르를 어둠에 잠기게 하였다.
이들 아르바젠더는 이어서 제 1구역 드볼드쉬[130] 언덕위에 위치한 '그레잇스피리트노엘[145]' 명예전당과 갠사스녹지의 '펠레마운틴스타디움[254]'과 '기네스스튜디오센터[329]', '스필버그디어터[311]'와 쌍둥이 빌딩 '밀레니엄디어터[312]', 제 3구역의 '지구인류사박물관[274]'등을 잇달아 파괴하였다.

아르바젠더는 스강나하르의 기간 산업시설들은 물론 주요기관 건물까지 하나도 남김없이 파괴하였고, 그들 아르바젠더의 무모한 시설들의 파괴와 함께 살상된 인류만 1억3천만 명을 넘어섰다.

[제20화]

신격화된 베일의 인물

Figure of Deified Veil

하늘을 찌르는 '세르데카성'의 위용

1

파라 10년10월20일 정오, '마칸앙긴'이 이끄는 아르바젠더의 공격으로 스강나하르가 또다시 잿빛 먼지가 하늘을 뒤덮는 지옥으로 변하였다. 그리고 파라토피아 제4대 대통령 '돈보스 카렐라스'와 위대한 시성이자 스강나하르의 정신적 지주였던 '안토니오 슈잘레'는 스강나하르 번영의 상징이자 심장부인 멤사스센터와 운명을 같이 하였다.
그 영원할 것 같았던 인류의 번영과 첨단과학은 불과 몇 분 사이에 하나의 신기루처럼 그 모습을 감췄다. 지구 최후의 날과 같은 대규모의 핵폭발은 아닐지라도 또 핵폭발에 의한 방사능 등으로 인한 인체에 부작용은 없을지라도 이들 살아남은 인류들은 당장 먹어야 할 물이나 음식물부터 구하기 어려워 고통 받기 시작하였다.
주요 건물은 물론, 모든 기간산업이 일거에 사라진 스강나하르엔 당장 먹을 것, 마실 물부터 없어 굶어죽는 사람들이 속출하기 시작하였다. 그리고 병에 걸리거나 다쳐도 치료조차 받지 못해 죽어 갔다.
스강나하르의 모든 체계가 '중앙초집적지능헤드' 에니악[82] 컴퓨터시스템과 '아타나바케이블[133)]'에 의해 유지되는 만큼, 그 시스템 자체가 파괴된 상황에서는 모든 통신이나 교통수단들이 마비될 수밖엔 없었다. 어디 다른 곳으로 탈출하고자 하여도, 혹은 다른 곳에서 먹을거리를 구하려 하여도 움직이는 교통수단이 없다. 스페이스카[75)]가 있어도 조정할 줄을 몰라 무용지물이었으니 움직일 수도 없고 달리 할 수 있는 것이란 아무것도 없었다.
이 스페이스카 역시 에니악에 의해 시간이나 거리 등 모든 것이 통제되고 조정되므로 탑승자는 단지 가고자 하는 위치만 입력하면 스스로 목적지까지 알아서 출발하고 도착하는 것이었다. 따라서 수많은 스페이스카가 동시에 같은 공간에 떠다녀도 충돌사고 한번 없는 것이 이런 이유 때문이다.

스강나하르의 하늘은 미세한 분진으로 인해 암흑같이 어두웠다. 이 분진들은 너무나 미세하여 마치 공기와 같았다. 뱅뱅[147)] 안까지 스며들어온 이 미세한 먼지들로 인류들 대다수가 피부병이나 안질환, 호흡계에 이상이 생겨 고통을 호소하였다. 뱅뱅 마다 설치되어 있던 모든 '생존안전시스템'마저 가동이 되지 않아 공기정화는 물론 온도, 습도, 기압 조절장치 마저 무용지물이기 때문이다.
그렇다고 밖으로 나갈 수는 더더욱 없었다. 당장 시야를 구분할 수 없을 뿐만 아니라 나서기만 하면 미세한 먼지들로 숨이 막히고, 발을 내디딜 때마다 30cm 넘게 쌓인 먼지들이 풀풀 날렸다.
이러한 먼지들은 약간의 습기나 온도, 기압에도 영향을 받는 바람에 의해 얕은 지역은 그 쌓인 정도가 수십m에 이르고 잘못하여 이런 곳에 빠지기라도 하면 혼자서는 빠져 나오기가 불가능하였다. 나중에 이런 먼지들이 걷혔을 때, 이 먼지 속에 갇혀 죽은 사람들의 시체도 6만7천여 구나 되었다.

2

파라 10년12월10일, 아르바젠더의 벰파이어전투기들의 폭격이 있은 지 50일이 지났다. 그러나 거리는 물론 하늘도 먼지들로 10m전방을 알아 볼 수 없도록 가득 채워져 있었다.
비밀리에 생존한 몇몇 지각 있는 인사들이 파라토피아 제2대 대통령을 역임한 축구황제 '펠레'의 뱅뱅에 모여 '스강나하르생존대책위원회'를 결성했다. 그리고 유니타스 제21대, 22대 대통령을 역임한 바 있는 '질레 박[59)]'이 위원장으로 선임되고 고문에는 '펠레'와 몽골의 시성詩聖 '무자르칸[94)]'이 위촉되었다.
이 모임에는 이들 외에 유니타스 대통령을 역임한 바 있는 '아그리빠 갈론', '아난 샤베이', '마르크스 더빈', '이사벨라 아도르', '제임스 부룩클린'과 머드랜드페스티벌로 유명한 '마크 트웨니[202)]'와 '세로니비치[203)]', 허니플라이[369)]로 유명한 땅딸보 '미니언 스칼라 하킨스[355)]', 미르올림피아[194)]의 영웅 빅마운테스[209)]의 '진사오[207)]', 나무미륵보살교의 '도꾸에 게이꼬[389)]', 그리고 우주방위사령관 '크리스토퍼 셈퍼[464)]', 심령학자 '베헤트르센[432)]'과 최면술사 '술탄다트[434)]', 컴퓨터 신동 '잠비아 겔끄[466)]' 그외 '생명공학자' 인도계 '모하마 샬롬', 여성'인류학자' 프랑스계 '안토니오 앙겔라' 등 50여 명이 참여하였다.

후일 이들은 스강나하르의 독재자 세르데카성 성주 '하마슐드 디 까르디 바스라시[182)]'와 그의 '키케이군단'에 유일하게 대적하는'블루엔젤'사단을 이끌게 된다.
먼저 '펠레'가 입을 열었다.
"참으로 원통하고 기가 막힌 현실입니다. 우리가 스강나하르가 이지경이 되도록 아무 것도 할 수 없었다니……. 이렇게 살아 있다는 것 자체가 부끄럽기 짝이 없습니다.”

‘질레 박’이 조용히 입을 열었다.

“우리가 지구 최후의 날을 맞고 얼마나 좌절했었습니까? 그러나 이 스강나하르를 발견하고 얼마나 감사하게 생각했습니까? 또다시 ‘인류대학살’이란 과거의 전철을 밟지 않으려고, 인류의 번영과 자유와 삶의 질을 높이려고 얼마나 노력을 하여 왔습니까? 이러한 모든 노력들이 의외로 한 순간에 무너지다니…….”

‘마크 트웨니’가 그들을 위로하였다.

“어느 역사학자가 이런 말을 했다지요? ‘인간의 속성은 끊임없이 파괴하고 그 위에 다시 건설하는 것’이라고요. 우리가 힘을 모은다면 다시 스강나하르의 역사를 일으켜 세울 수 있으리라 믿습니다. 다행히 스강나하르에는 무한한 자원이 있습니다. 그리고 아직 수많은 인류들이 생존하고 있습니다. 그렇다면 가능성은 얼마든지 있다고 할 수 있지 않겠어요?”

‘크리스토퍼 셈퍼’가 맞장구를 쳤다.

“네, ‘마크 트웨니 말씀이 맞습니다. 우리가 저들로부터 스강나하르를 구하려면 먼저 강한 전투력을 전제로 해야 합니다. 제게는 아직 200여기의 뱀파이어전투기들이 남아 있습니다. 특히 저희 전투기부대는 ‘초정예부대’로 전투력에 있어 어느 부대보다 막강하다고 말할 수 있습니다. 과거 에니악에 의해 계산되어지고 자동으로 조정되는 때가 아닌 완전히 수동조작에 의해 전투기가 조정될수록 이들의 진가는 더 뛰어나게 발휘된다고 말할 수 있습니다. 아르바젠더에 소속된 전투기 부대들도 이점을 간과하여 함부로 대들지 못하고 있는 이유도 그 때문이지요.”

“그럼 사령관이 거느리고 있는 병력들은 어떻게 통제가 되는 겁니까?"
'질레 박이 물었다.
"지금 제 병력은 스강나하르에서 4억3천6백만 km 쯤 떨어진 〈아시리Assiry[479]〉란 〈스페이스에이리어캠프Space Aryer Camp[480]〉에 머물고 있으며 이 캠프에 둘러쳐진 방위막은 어떠한 물질로도 파괴할 수 없습니다. 그리고 아시리와의 교신은 기존 통신망과는 하등 상관이 없는 단독 특수 통신망을 이용하고 있습니다. 다행히 아시리 캠프의 부대장 '아놀드 파가로니[89]' 대령은 저와 '피의 우友'를 나눈 형제입니다."
"그럼 지금 스강나하르를 장악하고 있는 '모리자와 도끼야로'에 대해서는 파악된 게 있습니까?"
"글쎄요. 그것이 좀 이상한 점이 한 둘이 아닙니다. '도끼야로'가 누구입니까? 격투로봇에 미쳐있는 자 아닙니까?"
'진사오'가 나섰다.
"제가 그 친구를 제법 압니다만, 제 판단으로도 '도끼야로' 단독으로 이번 일을 저지른 것 같지는 않다고 봅니다. 그 친구가 괴팍하고 제멋대로 이긴 해도 이번처럼 무자비하게 인류를 살상할 만큼 대단한 계략이나 뱃장을 갖고 있다고 볼 수는 없지요. 뭔가가 누군가가 그를 뒤에서 조정하고 있다고 느껴집니다."
'크리스토퍼 셈퍼'도 이에 공감한다고 전제하고는
"사실 우주방위 지휘체제가 '도끼야로' 말 한마디에 휘둘릴 정도로 취약하지는 않지요. 저도 내내 생각을 해 왔는데 그 점이 상당한 수수께끼이더군요. 불과 그 짧은 시간으로도 전 우주에 흩어져 있는 모든 전투부대를 장악할 수 있다는 것이, 특히 그 '도끼야로'같은 일개 로봇매니어의 능력으로는 불가능하리라고 보거든요. 그렇다고 해서 아르바젠더사령관 '마칸앙긴[462]' 역시 그 친구가 적극 가담했다 하여 어찌 그 많은 전투부대가 동조하겠습니까?"

"그렇다면 이들을 수족처럼 부리는 제3의 인물이 존재할 수 있다는 얘기군요."
"네, 맞습니다. 틀림없이 누군가가 있습니다. 아주 막강한 영향력을 가진 누군가가 이들을 조정하고 있다 할 수 있습니다."
"흠!"
"그럼, 누구일 것이라고 짚이는 인사는 없습니까?"
"글쎄요?"
"혹시……. 정부의 각료 중에……. 아님, 로열챔버십의 원로회원 가운데?"
'진사오'의 이런 추측에 '펠레'가 '픽' 웃으며 나섰다.
"내 생각으로는 정부나 로열챔버십 안에는 없네. 내가 모든 각료들뿐만 아니라 로열챔버십 멤버들의 성격이든 평소의 행동거지들을 잘 아는데, 결코 그런 짓을 할 사람이 없네. 이번 일은 마치 대규모이면서도 군사작전처럼 치밀하고 더군다나 짧은 시간에 어찌 민심을 그리 쉽게 장악할 수 있느냐 하는 걸세. 마치 귀신에 홀린 것 같지 않나?"
"그럼, 누구란 말입니까?"
"글쎄, 하지만……."
"하지만?"
"하지만……. '모리자와 도끼야로'의 단독작전은 아닌 게 분명하지요. 또 방위군 부사령관 '마칸앙긴'도 그 하수인에 불과하구요."

'베헤트르센'이 생각났다는 듯이 갑자기 무릎을 '탁' 쳤다.
"제가 전에 방송에서 말하던 것이 기억나시는지요?"
"그게 뭐였더라?"
'안토니오 앙겔라'가 기억난다는 듯이 머리를 갸우뚱 거렸다. 이어 '펠레'가 잘 안다는 듯 나섰다.

"나도 들은 기억이 있네. 그리고 얼마 전에도 '안토니오 슈잘레'가 그러더군. 그 독거노인의 예언 말하려는 거지?"
최면술사 '술탄다트'가 끼어들었다.
"예, 그 독거노인의 예언이 신통하게 딱딱 들어맞네요. 써리얼이라든가, 멤사스센터의 파괴라든가……."
'베헤트르센'은 '술탄다트'를 제지하며 말을 이어갔다.
"그 독거노인의 예언은 이제 생각해 보니 모두가 한 치의 오차 없이 척척 들어맞는 사실입니다. 그 노인이 저희 '쏘울아카데미'를 느닷없이 찾아와 예언을 할 때 초능력투시자인 '술라마탄'과 우주론학자인 '로우 랜드', 그리고 저와 이 친구도 함께 있을 때였습니다. 그 노인은 사람의 몰골이 아니었습니다."
"특히 그 눈은 너무나 끔찍하고 강렬한 에너지로 넘쳤습니다. 그 노인은 더듬거리지만 또렷한 음성으로 다음과 같이 예언을 하였습니다. '스강나하르의 인류는 이미 이성을 잃었다. 따라서 파라토피아는 스강나하르에 계엄을 선포하고 써리얼을 소지하는 자는 누구를 막론하고 참살하여야 한다. 또한 싸이파의 잔당이 다시 세를 얻어 창궐할 것이니, 그 싹이 돋기 전에 제거하여야 한다. 그렇지 않으면 스강나하르엔 또다시 인류의 재앙이 시작될 것이다.'라고요"
"그러고 나서 우린 모두가 기절해 버렸습니다. 그런데 마치 꿈속인 듯, 아니면 실제인 듯 생생한 환영들이 보이더라고요. 수백 대인지 헤아릴 수 없을 만큼 많은 벰파이어스페이스 전투기들이 스강나하르의 멤사스센터를 비롯한 주요 건물들을 공격하여 순식간에 사라지게 하더라고요. 또한 수많은 인류들이 처참하게 살해되는 모습들도 보이고요. 그리고 중세기풍의 음산한 성도 보이고 긴 백발을 휘날리는 중년의 사내 모습도 보였었어요. 사람들끼리 피를 흘리며 서로를 죽이는 모습들도 보였고요."

"여기에서 현재의 상황까지는 정교하게 예언들이 들어맞은 것 아닙니까? 그렇다면 싸이파[15]의 잔당들이 누구일까요? 중세기풍의 성은 언제 들어섰는 지도 알 수 없는 저 세르나데[159] 언덕 위에 우뚝 서있는 세르데카성[160]이 아닐까요? 그리고 그 백발을 휘날리던 사내는 누굽니까?"
"그렇다면 '도끼야로'가 싸이파란 말인가? 아니면 아르바젠더의 '마칸앙긴'이란 놈이 싸이파란 말인가?"
"제 생각에는 '도끼야로'도 아니고 '마칸앙긴'도 아닌, 베일에 싸인 그 백발남자가 아니겠냐는 거지요. 그가 누군지는 몰라도……."
"우리 인류들이 그 노인의 예언을 철저히 무시한 결과로군요."
'안토니오 앙겔라'가 안타깝다는 듯이 외쳤다. 진사오가 덧붙였다.
"그럼, 그 노인의 예언이 지금까지 맞는 걸로 보아 이번 일 낸 것도 결국 지구를 파멸시킨 그 싸이파들의 소행이다 이런 얘기군요."
"현재까지는 '도끼야로'나 그 어떤 세력도 활동을 안하고 있는 것 같지요?"
"당연하지요. 통신이 열려있는 것도 아니고……. 또 밖은 개미새끼 한 마리 얼씬 거릴 수도 없이 먼지로 뒤덮여 있고……. 그러니 무슨 활동을 할 수 있겠습니까? 나중에 먼지들이 걷힌다면 몰라도……."
"그나저나 당장 먹을 것도 마실 것도 없는데 어떡하지요?"
'질레 박'의 걱정스런 물음에 '크리스토퍼 셈퍼'가 대답했다.
"현재 인류가 얼마나 살아남았는지는 몰라도 우주에 비축되어있는 식량은 한계가 있다고 봅니다."
'제임스 부룩클린[238]'이 깜짝 놀란 표정을 지으며
"아! 비상식량이 있다는 얘긴가요?"
"당연하지요. 전체 비축량은 모르긴 해도 아마 5억 인류가 스강나하르 시간으로 1년은 버틸 수 있는 식량과 생활필수품들이 우주 여러

곳에 설치되어 있는 '스페이스스퀘어[148]'에 상당량 분산 비축되어 있을 겁니다. 그리고 각 전투부대들이 머물고 있는 스페이스에이리어캠프에도 상당량의 물자들이 비축되어 있습니다."

"그럼 그 물자들은 누구의 통제 하에 있는 것이요?"

"각 전투부대에 비축되어 있는 물자들은 전쟁 발발을 대비하기 위한 군수물자로 '방위청'에서 관할하였습니다만, 스페이스스퀘어에 비축되어 있는 물자들은 '물류청'에서 관리하는 것으로 압니다."

"그럼, 이들 스페이스스퀘어에 비축되어 있는 물자들은 이번 폭파 때 아무런 영향은 안 받았겠구먼요."

"당연하지요."

'아그리빠 갈론'이 궁금증이 이는 듯 물었다.

"그럼 그 물자들은 어떻게 해야 갖다 쓸 수 있는거요?"

"글쎄요? 그것까지는 미처 생각을 못했네요."

'이사벨라 아도르'가 초조함을 숨기지 못하고 물었다.

"그럼 그 스페이스스퀘어마저 저놈들 손으로 넘어간 건 아닐까요?"

"그것까지는 아직 모르겠습니다. 우선 그것부터 알아보고 저들이 손을 못 썼다면 저희가 먼저 접수해야 되겠습니다. 인류의 생존이 달린 문제이니까요."

"그럼, '크리스토퍼 셈퍼'! 이 일은 아주 중요한 문젭니다. 지금 인류들이 굶주림과 질병으로 죽어가고 있어요. 시각을 다투는 일인 만큼 사령관이 직접 챙기도록 하시오."

'질레 박'은 각자에게 할 일들을 지시하고 철저히 보안을 유지하도록 당부하였다.

"우린 이제부터 개개인이 아니요. 우리 어느 누구 한 사람의 배반이 있을지라도 결국 전 인류의 희망을 송두리째 빼앗을 수도 있음을 명심하시오."

3

이들 '생존대책위원회' 말고도 지역마다 스강나하르와 인류들의 생존을 위해 수많은 사람들이 나섰으나 당면한 많은 문제들을 해결하려 해도 이미 대부분의 과학자나 연구기관이 사라져 버리고 모든 산업기지들이 파괴된 마당에 전혀 손쓸 수 없는 지경까지 왔음을 확인하고는 모두들 깊은 절망감에 빠졌다.

"우린 그동안 뭘 했지요? 지금 우리가 스강나하르에 있는 것 맞나요?"

"우리 모두는 미치광이 '모리자와 도끼야로'한테서 집단최면 걸린 것이요. 왜 우리가 그를 영웅처럼 대했는지 지금 생각하면 정말 내 스스로도 이해가 안 가요."

"당장 먹을 것도 마실 물도 없이 어찌 살지요?"

"아파도 치료할 데도 없지만 또 약은 어디서 구하겠소?"

"그 미치광이도 대책 없기론 마찬가지인가 봐요."

마침내 스강나하르 전역을 감싸던 '죽음의 재'가 서서히 걷히면서 사람들이 밖으로 쏟아져 나왔다. 이 모든 재들은 거의 다 스강나하르 전 표면의 84%를 차지하고 있는 바다로 흡수되었다.

거의 3개월 이상 인류들을 괴롭혔던 스강나하르 전역을 덮은 분진들도 마침내 깨끗하게 걷히고 맑고 푸른 하늘과 눈부신 '선샤인' 태양, 그리고 12개의 아름다운 달들의 모습도 드러났다. 하늘과 저 위성들은 여전히 변한 것은 없지만 지상은 그렇지가 않았다. 회색빛 먼지들은 여전히 지상의 모든 것들을 덮고 있었으니까…….

이번 참사의 후유증으로 불과 3개월 사이에 굶어죽거나 병을 얻고도 고칠 수가 없어 죽어간 사람만 1억4천만 명이 넘었다. 사고 당일 폭파된 건물들과 함께 죽은 1억3천만 명보다 더 많은 것이다. 인류 절반이상이 죽은 것이다.
거리마다 방방마다 이들 시체들과 쌓인 쓰레기들이 썩어서 나는 악취가 숨을 못 쉬게 할 지경이었다. 그나마 살아남은 인류들마저 생존이 보장되지 않은 상황에서 얼마나 더 죽어갈지 모른다.
그 피해는 인류에게만 돌아간 것이 아니다. 스강나하르의 자연계에 미친 파괴력은 더 심각한 것이다. 지상이나 바다 표면에 서식하던 대부분 동식물들이 죽은 것이다.
울창하던 숲들도 그 잎사귀나 가지마다 분진들이 켜켜이 쌓여 덕지된 채로 죽었고 이미 죽은 동물들은 그 형체를 분간할 수 없을 정도로 심하게 부패되어 있었다. 바다나 강 표면 역시 분진들이 녹은 채로 수많은 수생동물들의 시체들과 엉겨 붙어 고약한 냄새를 풍기며 썩어가고 있었다.

인류들은 굶주린 배를 채우기 위해 스강나하르 전역을 누비며 땅속의 벌레들을 캐 먹기도 하고 나무뿌리나 먼지에 덮인 잎사귀 등을 뜯으며 생명을 연장했다. 너무 허기가 져서 동물들의 썩은 시체까지 먹는 경우도 비일비재하였다.
이러한 인류들의 모습을 지켜보는 질레 박이나 생존대책위원회 사람들은 마음이 저려와도 어쩔 수가 없었다. 이들에게 당장 음식물이나 생필품을 보급해 줄 수 없기 때문이다.
다행히 모리자와 도끼야로 측은 스페이스스퀘어 중 극히 일부만 접수했을 뿐 상당수는 그 소재조차 파악을 못하고 있었다. 또한 크리스토퍼 셈퍼의 200여 기 뱀파이어 전투기들의 존재는 알고 있으나 고립된 패잔병 정도로 보고 있을 뿐 별로 문제시 삼고 있지를 않았으며 스강나하르생존대책위원회의 존재조차 까마득히 모르고 있었다.

따라서 생존대책위원회는 은밀하게 사람들을 포섭해 나가면서 조직을 키워나갔고 조금이라도 의심스러운 사람에게는 절대로 접근하지를 않았다. 철저한 암중모색으로 그 실체를 드러내지 않고 눈에 띄는 일체의 행동을 삼갔다.

스강나하르에 드리워졌던 짙은 먼지들이 서서히 사라지자 사람들의 시선을 유난히 끄는 한 건물이 있었다. 바로 세르나데 언덕 위에 하늘을 찌를 듯한 위용과 웅장한 이탈리아풍의 고풍스러운 '세르데카성'으로 그 위압적이고 그로테스크한 성의 모습은 파랗게 물들은 스강나하르의 하늘과 묘한 컴비네이션을 이루며 서 있었다.
그 장엄한 세르데카성은 108개의 탑과 108개의 방이 있으며 가장 높은 탑의 높이만 1080m, 즉 1km가 넘는 높이로 제1구역에서 가장 높은 세르나데 언덕 위에 위치하면서 마치 제1구역 전체를 내려다보고 있는 고압적인 풍모를 지니고 있기에 더욱 웅장하게 비쳐지는 것이다. 특히 2,100층으로 높이만 7,777m에 이르는 멤사스센터의 붕괴로 이 세르데카성이 유난히 높아 보이는 까닭이다.
사람들은 세르데카성의 장엄하면서도 일견 음산한 기운이 느껴지는 장관을 보면서 묘한 의혹에 사로 잡혔다.
'저 성은 도대체 누구의 성일까?'
'저 성 안에는 누가 살고 있을까?'
'저 성 안의 모습은 어떠할까?'
'저 성 안에서는 어떠한 일들이 일어나고 있을까?'
섣불리 다가서지도 못한 채, 별별 추측들을 하면서 때론 무성한 소문들을 양산하고 있었다. 한편으로는 심히 궁금증이 일면서도 또 한편으로는 그 성으로부터 뿜어져나오는 뭔가 모를 무한 에너지를 두려워하는 것이다.

4

아르바젠더의 습격이 있고부터 넉 달여 지난 파라 11년3월5일, 모리자와 도끼야로는 불패군단을 앞세워 스강나하르 인류들을 강제로 빌모어잔디광장으로 모이게 하였다.
이때 동원된 인류만 3천만 명이 넘어섰고 그 너른 광장이 입추의 여지가 없었다. 주변으로는 〈스페이스건Space Gun[481]〉과 기타 알 수 없는 무기들로 중무장을 한 불패군단들과 보기에도 섬뜩한 격투용 로봇들과 전투용로봇들이 포진하고 있었다.
멤사스센터는 물론 주변의 초대형 건물들은 이미 흔적도 없이 사라졌고 그 자리엔 거대한 구덩이들이 여러 개 패어 있었다. 아마 멤사스센터나 그외 빌딩들의 지하공간이었으리라. 이러한 대규모 폭격과 분진사태가 있었음에도 불구하고 빌모어광장은 여전히 푸른 잔디를 유지하고 있었다.
멤사스센터가 있었던 자리의 앞쪽으로 높이가 5m, 폭이 60m에 이르는 단상이 마련되고 그 위에는 황금과 보석으로 치장된 화려한 의자가 서른 개쯤 가지런히 놓여졌다. 특히 중앙의 의자는 크고도 더욱 화려하여 마치 중세기 영국의 황제들이 통치할 때 사용했음직한 위용을 갖추고 있었다.
그리고 그 단상 50m 앞쪽에는 5m 간격으로 가로세로 각 2m, 높이 3m쯤 되고 가운데에 동그란 구멍이 뚫린 투박하게 짠 나무틀들 18개가 가지런히 줄을 맞추어 늘어서 있었다. 빌모어광장으로 강제 동원된 사람들은 웅성거리기 시작하였다.

"대체 이것들이 다 뭐지? 저 의자들은 뭐야?"

"글쎄, 누가 대통령으로 취임하나?"
"그럼, 요 앞에 줄줄이 놓인 나무짝들은 또 뭔가?"
"글쎄, 보아하니 그것도 누가 올라서기 위한 단상처럼 보이네."
"그럼 조별 반장이 올라서는 단상인가?"
"어찌 분위기가 살벌하다."
"제기랄! 어째 잘나간다 싶더니, 이게 뭔가? 먹고 싶은 것도 많고……. 배고파 죽겠다."
"그러게, 제길!"
"이번 폭파로 인류 절반은 죽었겠다."
"절반이 뭔가? 3분의 2는 죽었을 걸세."
"그렇게나 많이?"
"아직 정확한 통계는 나와 있지 않지만, 한번 생각해 보게.
다섯 달 되도록 먹을게 어디 있나? 다들 굶어서 죽고 목이 말라 죽고 숨 쉴 수 없어 죽고……. 안 죽은 사람들이 있다는 게 신기할 정도지. 안 그래?"
"나도 지난 다섯 달 동안 먹은 게 거의 없어. 근데도 이렇게 살아 있다는 것이 참 이상하지?"
"나도 마찬가지야. 먹을 게 있어야 먹지. 하긴 뱅뱅에 있던 가죽제품이나 핫바캡 뜯어 먹으면서 연명한 셈이지만……."
"지구적 체질 같았으면 아마 살아남은 사람은 한명도 없었을 거야. 스강나하르의 의술이 그만큼 발달했기 때문에 모두들 특수체질로 변한 덕이라고 할까?"
"그 말도 맞네 그려. 마실 물도 없지……. 또 먹을 것도 없지, 그렇다고 해서 공기가 맑기나 하나? 그런데도 이만큼 사람들이 죽지 않고 버텨 낸걸 보면 우리 체질이 과학문명 덕을 보긴 봤네 그려."
"그나저나, 모리자와 도끼야로가 우리가 힘써 준 것만큼 우리에게 해주려나?”
“이 사람아, 그걸 기대하나?”
“그럼, 우리가 얼마나 저거들 편 들었노? 당연한 거지. 그걸 모르면 우리가 가만있을 줄 알고?”
“아무리 착각도 자유라지만, 자넨 상황판단이 그리도 안 되나?”
“상황이 뭐 어때서?”
“바보야! 우리가 저거들 밀어 줄 때는 보다 잘 살게 해달라는 뜻으로 밀어 준거지 스강나하르를 아주 망쳐 놓으라고 밀어 준거야? 지금 스강나하르가 어떻게 변했노? 보면서도 모르니? 내가 보기에는 저놈들이 우릴 아주 못살게 굴 것 같애.”
“하긴, 아까 저 불패군단인지 뭔지 불한당 같은 놈들 봐. 그놈들 어찌나 사람들을 패대던지 무서워서 혼났다.”
“이젠 우린 사람목숨이 아냐. 완전히 파리, 벌러지목숨보다 못하다니까…….”

5

갑자기 스강나하르에 와서는 처음 듣는 싸이렌소리가,
‘애애애애앵~~~’ 하면서 광장 전역을 울려 왔다.
그리고 광장 한쪽이 술렁거리더니 사람들이 양 갈래로 갈라서며 길이 생겼다.
그 길로 한 무리의 사람들이 나무십자가를 걸쳐 메고는 힘겹게 걸어오는 모습이 보였다. 마치 옛 로마시대 ‘골고타’ 언덕을 향해 ‘지저스크라이스트'가 십자가를 메고 처형당하러 가는 것과 똑같은 광경이 연출된 것이었다.
그들이 다가오자 사람들은 온몸에 전율을 느꼈다. 그들은 다름 아닌 스강나하르에서 꽤 알려진 정부각료와 로열챔버십의 원로회원들이었기 때문이었다.
목숨을 구걸하기 위해 모리자와 도끼야로에게 투항해 온 방위장관 '말랑코', 치안장관 '겐쟈르 미레', 자원장관 '유리게네프', 문화장관 '도미니끄 실비아', 과학장관 독일계 '실베스트 나인하르트', 보건장관 스위스계 '막스 브란드' 등 정부 각료와 로열챔버십의 원로회원 '쟈하르트 실버먼', '론 앤 더슨', '닉랭 카스터', '지오 날로메오', '프랑크 노리' 등등 이었다.

그들은 온몸이 채찍으로 골고루 맞은 듯 옷이 살점과 엉겨붙어 너덜거리고 있었고, 망구이앙들이 새까맣게 붙어 연신 그들의 살 속을 파고들며 살점들을 씹어대고 있었다.
머리에는 굵은 철가시들이 잔뜩 박힌 철관을 씌웠는데, 일부 가시들은 머리뼈를 꿰뚫고 있었다. 그리고 그 철가시가 박힌 상처로부터 조금씩 붉은 피가 내비쳤다. 눈도 모두 찢기어져 눈알이 아예 없고 커다란 눈구멍만 휑둥그레 뚫려있을 뿐이었다. 손가락이나 발가락이 하나라도 온전히 붙어 있지도 않았다.
한 발, 한 발, 또 한 발…….
그들은 의식도 없이 그냥 기계적으로 움직이고 있는 것이다.
그들이 미리 준비된 나무틀 앞에 이르자 메고 온 십자가에 그들을 고정시키고는 못을 박기 시작하였다. 두 팔을 벌려 양쪽 십자가에 고정시키고 각각 커다란 대못을 손바닥에 박더니 두 발은 모아서 십자가 한 부분에 고정시키고는 더 긴 대못으로 발등 쪽으로 박았다.

그리고 그 십자가를 사람이 거꾸로 매달린 상태로 하여 나무틀 위의 구멍에다 고정시켰다.

빌모어광장에 모인 3천만 군중들은 아무 소리도 내지 못하고 그러한 잔혹한 모습에 넋을 잃었다. 그리고 숨 막힐 것 같은 적막감 속에 30여 분이 흘러갔다.
갑자기 단상 위쪽의 하늘에 폭이 8km, 길이가 30km 정도로 빌모어광장 한쪽을 반원형으로 완전히 덮을 수 있는 초대형 '초광폭수지편백색스크린'이 펼쳐졌다. 그 스크린에는 흰 머리를 나부끼는 40대 사내가 두 팔을 넓게 펼쳐보이며 나타났다. 이어서 웅장한 노랫소리가 들려오는 것이었다.

'위대하여라. 우주를 주재하는 영靈이시여!
경배할지어다.
만물을 주재하는 신神이시여!
알파에서 오메가에 이르시는 유일한 신일진대
우주의 처음부터 끝을 이루시는 분이시라!'

'위대하여라.
우주를 심판하는 영靈이시여!
경배할지어다.
만물을 심판하는 신神이시여!
수억 만겁 시간을 초월하시는 유일한 신일진대
수억 광년 공간을 초월하시는 분이시라!'

'모리자와 도끼야로'가 단상에 올라섰다. 그는 넋을 잃고 스크린을 쳐다보고 있는 군중들을 향해 고함을 질렀다.
"모두 무릎 꿇고 앉앗!"

사람들이 못 알아듣고 우왕좌왕하는 사이 불패군단들이 군중들 사이를 헤집고 다니며 쇠몽둥이를 내리쳤다. 머리가 깨어지며 허연 뇌가 쏟아져 나오고, 얼굴을 강타 당한 사람으로부터는 벌건 피가 솟구쳤다. 어깨뼈가 부러지고 갈비뼈가 부러지는 소리들이 한 차례 지나가자 그제야 모든 사람들이 무릎을 꿇고 죽은 듯이 있는 것이다.
그로부터 10여 분이 지나자 단상 옆으로 황금빛이 찬란한 거대한 스페이스카가 순식간에 그 모습을 드러냈다. 몇몇 불패군단 장정들이 스페이스카 문 앞과 단상 옆 엘리베이터 입구까지 붉은 자줏빛 바탕에 황금 무늬를 새겨 넣은 카펫을 펼쳤다.
마침내 그 스페이스카 문이 열리면서 먼저 황금으로 자수를 놓은 눈부신 백색 옷을 입은 남녀 스물 네 명이 모습을 드러냈다. 그들 모두는 한결같이 미남 미녀들로 천사들이 하강한 것처럼 수려한 외모를 하고 있었다. 마지막으로 청색바탕에 황금 수를 놓은 도포를 펄럭이며 백발을 늘어뜨린 사내가 나타났다.
그 모습을 지켜보던 3천만 군중들은 강압적인 두려움으로 숨조차 제대로 쉴 수가 없었다. 그 사내로부터 전신을 훑는 듯한 알 수 없는 힘이 전달되어 왔기 때문이다.
그들이 자리에 앉자 '모리자와 도끼야로'가 다시 크게 외쳤다.
"모두 고개를 깊숙이 숙이고 마음 속에서 진심으로 우러나오는 경배를 하라!"
"여기 계시는 분은 우리의 유일신이신 '우주의 영'이시고 자제분들이시다."
그 사내는 단상 앞에 우뚝 서더니 좌중을 한번 둘러보고는 말을 시작하였다. 그의 말소리는 작지만 마치 '전음술傳音術'이라도 쓰는 듯이 의외로 또렷하게 사람들 귀에 꼽히는 것이었다.

"나는 그대들의 유일신唯一神이다. 나는 그대들의 생각을 지배하고 나는 그대들의 혼령을 지배한다. 내가 있음으로 그대들이 존재하고 나로 말미암아 그대들의 생명이 이어지는 것이다."

"나를 거역하면 곧 죽음이요, 나를 거스르면 곧 고통일 것이다. 나는 그대들의 시간을 주재할 것이며, 나는 그대들의 공간을 주재할 것이다. 따라서 그대들이 존재하는 것은 나를 비롯함이니라."

어느덧 빌모어잔디광장은 기울어가는 선샤인의 석양으로 붉게 물들어가고 있었다. 모리자와 도끼야로는 나무십자가에 거꾸로 매달린 사람들이 숨이 끊어진 것을 일일이 확인하고는 불을 질러 태워버렸다. 열여덟 개의 십자가가 꼽힌 나무틀들은 미리 그 틀 안에 폭죽들을 넣어 놨는지 타들어 갈 때마다 계속 폭죽들이 터지면서 어두워져가는 스강나하르의 하늘을 화려하게 수놓았다. 마치 축제일의 불꽃놀이처럼…….

– 끝 –

2004년10월17일, 일요일 오후

색인
Index

색인 Index

주요 용어해설

본문 중에 처음 등장하는 가공의 인물, 명칭, 용어, 이론, 지명 등의 표기 양쪽에 꺽기(〈, 〉)를 넣어 소설의 상당 부분이 허구인 것처럼 그 표기 또한 저자가 임의로 지어낸 것임을 나타냈으며, 그 뜻은 본문 중에 이미 드러나 있기도 하지만 본 해설 지면을 통해 재차 설명하고 있는 점, 즉 중복하여 설명을 해야 하는 구차함에 대해 진중히 양해 드린다.

***

1) 모하메르 Mohamer : 인류를 구할 수 있는 열쇠가 있는 3,600제곱승의 암호로도 풀리지 않는 비밀스런 수수께끼 상자, 단 한 명의 지고한 영혼의 소유자인 어린 소년 '빅토르 잔'이 풀자 인류는 재앙으로부터 해방되고 진정한 평화가 찾아온다.
2) 몽트뢰 Montreux : 스위스 보주에 위치한 도시로, 면적은 33.37km2, 높이는 390m, 인구는 24,579명2010년 기준, 인구밀도는 736명/km²이다. 알프스산맥 기슭 레만호에 위치한다.
3) 유니타스 Unitas : 서기 2032년10월1일, 몰리브와 네팔 등 20여 개국이 불참한 가운데 220여 개국의 정상이 스위스 몽트뢰에 모여 단일국가로 통합하는 합의서에 서명함으로써 초강력 연합국가 유니타스가 탄생하게 되었다.
4) 리차드 말콤 Ricard E. Malcom : 당시 미국 대통령이었던 인물로 프랑스계이다. 유니타스 초대, 2대, 3대 대통령재임기간 : 2058년10월1일~2069년7월22일으로 최측근의 배반에 의해 대통령궁 집무실에서 머리에만 세발의 총탄세례를 받고 살해 당했다.
5) 헤이븐밀리터리 Heaven Millitery : 일명 에이치엠HM '인간사냥꾼'부대라 일컬어지는 유니타스 소속의 특수진압부대이다.
6) 리사이클링프로그램 Recyclering Program : 유니타스 초대 대통령 '리차드 말콤'이 주도한 '죽음의 행진'으로 불리우던 환경복구프로그램, 강력한 통제로 지구의 환경은 예전의 모습을 되찾게 된다.
7) 헬로우파파 Hallow Papa : 태양의 자외선과 유해광선을 차단하기 위해 성층권 28킬로미터 상공에 2억4천 평방킬로미터의 넓이와 두께 3.2킬로미터에 이르는 인공 오존층이다.
8) 압살라 키케르 Apssaler Cicer : 이집트계 인물로 평소 영웅심리에 사로잡혀 있던 자. 그는 연합국가 유니타스 대통령의 최측근으로서 대통령궁 집무실에서 '리처드 말콤' 대통령을 시해했다.
9) 알렉산드로 미하일로프 Alexandro Mikhailov : 러시아계 인물로, 2044년2월10일 유니타스 연합국가 제4대 대통령으로 정식 취임함으로서 암살된 '리처드 말콤'의 임기 잔여기간을 승계했다.
10) 록키 플래츠 Rocky Flats : 미국 콜로라도주에 위치하며 아나콘다 특별재판소와 구치소가 있다. '리처드 말콤' 유니타스 전 대통령 암살범인 '압살라 키케르'가 재판을 받고 형을 살았다.
11) 아나콘다특별재판소 Extraordinary Tribunal of Anaconda : 미국 콜로라도주 록키플래츠에 위치한 전범재판소. 리처드 말콤' 유니타스 전 대통령 암살범 '압살라 키케르'를 재판한 곳이다.
12) 노엘 Noel : 그레잇스피리트노엘 Great Spirit Noel의 줄인 명칭. 인류 최고의 명예헌장이

다, 스퀘어식 대량육질 양생법을 발명하여 인류의 식량난을 해결한 네덜란드계 '니머라이' 박사 등이 헌정되어 있다.

13) 니머라이박사Dr. Nimerai : 네델란드계로 '스퀘어식대량육질양생법'에 의해 양질의 살코기를 대량생산하므로써 인류의 식량난에 크게 기여하여 인류 최고의 명예헌장 그레잇스피리트노엘Great Spirit Noel 명예의 전당에 헌정됨.

14) 뉴나치즘New Nazism : '드윈 스뮐러Dwin Smiller'가 수장인 테러리스트 싸이파들이 추구하는 신나치주의.

15) 싸이파Ssyper : '드윈 스밀러'를 두목으로 하여 '슈틀러'란 제국을 건설하는데 자신의 한 몸을 기꺼이 바친다'라는 것을 전제로 32년 만에 전 세계에 180여 지부를 설치하고 조직원 수만 80만 명을 헤아릴 정도로 급성장한 순수 게르만혈통으로만 이루어진 테러조직. 2034년1월부터 2036년 12월까지 3년간 전 세계를 상대로 자행된 온갖 테러에 대한 인명살상의 경우 전체사망자 3,224,627명 가운데 92%에 해당하는 3,012,656명이 싸이파에 의해 살해되었고, 폭파테러 등으로 인해 파괴된 건물, 플랜트, 공공시설 등 재산상 피해는 실로 막대하여 동일기간 테러 등으로 인해 입은 재산상의 손실 유니타스 달러 7,267억9,460만 달러 가운데 82.4%에 해당하는 5,988억7,875만 달러가 싸이파에 의해 발생한 피해액으로 나타났다. 대규모 살상용 화학무기개발에도 열을 올린 반인륜적 단체. 개개인 신분의 철저한 위장, 절대적 상명하달식 지휘체계를 확립하고 '정보누설은 곧 죽음'을 의미함을 늘 주지시켰다. 모든 싸이파들은 각 지구별, 지역별로 점 조직화, 활동범위는 무자비한 테러와 약탈, 살상, 납치 등 가공할 범죄 외에 마약 및 무기밀매, 국제매춘, 살인청부업에 까지 뛰어들어 국제적으로 비난이 빗발치는 조직으로 전락

16) 데쓰루Detheroo : 광양자화학탄. 직경은 17.62미터이며 높이는 4.33미터, 무게는 261.82톤으로 은백색 몸체부분의 둥근 윗면에는 무수한 디지털 계기들이 형형색색의 불빛을 깜빡이며 촘촘히 박혀있다. 이 계기들은 사전에 입력된 정보 외에 시시각각 변화되는 외부환경을 스스로 계산하고 제어하는 기능을 갖고 있으며 몸체에 내장되어 있는 슈퍼컴퓨터의 통제를 받고 있다. 데쓰루는 리모트컨트롤에 의해 원격 조정되며, 작동시 176개의 각기 다른 핵탄두로 분해되어 각 핵탄두마다 미리 입력된 정보에 의해 지정된 장소로 이동하여 폭발하게끔 추적 장치가 탑재되어 있고 분해시의 엄청난 핵 폭발력에 의해 순간 최고속도는 광속에 가까운 20마하에 이른다. 데쓰루는 제2차 세계대전 당시 일본 히로시마에 투하된 원자폭탄의 7천5백만 배에 해당하는 파괴력을 지녔으며, 광양자폭풍이 미치는 영향권은 대기권으로 38킬로미터 지점과 암벽으로 이루어진 지하 60여 미터 지점까지 미친다. 서기 2047년11월25일 오후3시 정각, 모든 인류가 초조함과 긴장감 속에 싸이파Ssyper 두목 '드윈 스밀러'를 석방하지 않는다 하여 싸이파 2인자 '해머 스컷트Hemer Scott'는 데쓰루를 터뜨려 자기 자신도 죽고 지구를 황폐화하였다.

17) 신귀족층New Aristocratic class : 인류의 0.01%미만의 기득권층으로 각국 정부 주요인사, 대기업 임원, 성공한 전문직 인사, 중견기업 회장 등으로 구성되어 있다. 싸이파의 테러로 인한 지구최후의 날 지하세계로 피신하여 살아남은 5억 남짓의 인류 가운데 그 숫자는 1천만 명도 채 되지 않았다.

18) 오하이오바이오센터Ohio Bio Center : 인간을 냉동시켜 보관하기 위해 미국 오하이오주

지하 467m에 건설된 대규모 초대형 냉동 창고. 이와 유사한 냉동창고를 전 세계 230 여 군데에 건설하였다.

19) 바이오아이스캡슐 Bio Ice Capsule : 생명연장을 위해 인체를 냉동하여 보관하는 1인용 캡슐로 인체의 수분이 결빙되는 것을 막기 위해 특수처리되었다. 그들 캡슐은 초저온 순간냉동되어 냉동창고 안에 수만 개씩 설치되어 있는 대형아이스컨테이너에 20구씩 보관되었다.

20) 아이스컨테이너 Ice Container : 초저온 순간 냉동된 바이오아이스캡슐을 냉동 창고 안에 보관시키기 위해 특수 제작된 대형컨테이너이다.

21) 마르스센텀시티 Mars Centum City : 스강나하르 행성을 향한 우주도크로 화성에 건설된 개척기지이다.

22) 스페이스벤처유알 Space Venture UR : 유니타스가 천왕성에 구축한 우주개발계획을 위한 대규모의 과학기지. 수많은 과학자와 엔지니어링 기술자들이 투입되어 초광속 운송수단과 대규모 스페이스스테이션의 건설도 함께 추진. 이 연구기지의 주된 연구는 우주개척 분야, 종족의 보존과 형질개량, 자원의 개발과 과학문명 향상 및 방위체재 개발 등 세 개 분야로 나뉘어 진행했다. 면적이나 규모로는 과거 미국 동부도시 로스앤젤리스를 능가하는 초대형 도시의 규모를 갖춘 모습이었다. 특이한 것은 도시 전체가 외관상으로 보기에 하얀 송이버섯 군락을 연상케 했고, 그 버섯 하나하나는 거대한 돔으로서 큰 것은 직경이 3,200미터에 이르렀다.

23) 팅거휴 Tingger Heu : 유니타스 정부가 생식능력을 갖춘 인간에게 붙여 준 일반명사이다. 유니타스 정부는 남성 9,376명, 여성 13,425명 등 모두 22,801명의 건강하고 생식능력이 완벽한 인간을 선별하여 인간종을 보존하는데 주력했다.

24) 디멘션 Dimension : 각각의 팅거휴에게 부여된 고유번호, 극비리에 건설된 특별보호구역 샬롬 Salrom에 그들을 집단거주토록 하여 철저하게 관리하였다.

25) 샬롬 Salrom: 성경에 나오는 지역의 고유명사로 팅거휴가 거주하도록 특수설계된 보호구역. 지구에는 비교적 덜 오염된 지역인 알래스카 지하 7백 미터 지점에다 알파샬롬 Alpha Salrom을 건설하였고, 천왕성에는 스페이스유알 개척기지 안에 베타샬롬 Betta Salrom을 건설하였다.

26) 알파샬롬 Alpha Salrom : 팅거휴를 위해 알래스카 지하 7백 미터 지점에다 건설한 보호소이다.

27) 베타샬롬 Betta Salrom : 팅거휴를 보호하기 위해 천왕성 스페이스유알 개척기지 안에 건설된 보호소

28) 베링거 마을 Behringer Village : 미국 미네소타주에 위치한 작은 마을

29) 해머 스컷트 Hemer Scott : 싸이파 수장 '드윈 스뮐러'의 지령에 따라 은밀히 싸이파 결성을 위해 헌신하여 온 '스뮐러'의 수족같은 인물. 데쓰루를 터뜨려 지구를 초토화 시킨 장본인이다.

30) 드윈 스뮐러 Dwin Smiller : 독일 하이델베르그에서 1962년2월14일에 태어났다. 어렸을 때부터 그의 아버지 에릭 스뮐러의 나치즘에 큰 영향을 받고 자랐으며 하바드법대에서 법학을 전공한 이후, 미국 뉴요크주 웨스트포인트육군사관학교를 나와 미국 육군에 투신하였다. 명석한 두뇌의 소유자로 군사작전과 군사정보에 통달하였고 핵물리학과 각종 군사장비에 해박하였으며 특히 화학무기가 그의 전문이었다. 극히 내성적이고 소심한 성격에다 지나칠 정도로 냉정하고 침착한 그는 타협이 안 통하는 외골수였으며 '냉혈한'으로 불리기도 하였다. 그

는 미국 육군 소장으로 근무 중 불법 무기 거래에 연루되어 12년을 군 형무소에서 복역함. 2026년11월25일 오후3시 정각, 데쓰루를 투하하도록 명령하므로써 지구를 황폐화시킴.

31) 슈틀러 Ssutter : '드윈 스밀러'와 그의 추종 세력 싸이파가 꿈꾸는 순수 게르만족이 이끄는 이상세계. 히틀러의 나치즘을 계승했다.

32) 그란츠 스뮐러 Glanz Smiller : '드윈 스밀러'의 조부. 철저한 나치 신봉자로 제2차 세계대전 당시 '히틀러'의 산하부대 작전참모로 근무하다 영국군에 의해 포로로 잡혀 연합군 포로수용소에 갇혀 있었고 종전 후 네델란드 전범재판소에서 3년 형을 언도받고 복역 후 미국으로 건너 갔으며 그 이래 '나치즘' 부활을 위해 동분서주하였던 위인이다.

33) 에릭 스뮐러 Eric Smiller : 드윈 스밀러의 부친. 철저한 나치 신봉자, 조부와 마찬가지로 '나치즘' 부활을 위해 동분서주하였던 위인이다.

34) 스와츠 린네 Swarz Linnae : 싸이파 두목 '드윈 스뮐러'의 모친

35) 로트링 쿠버 Rotring Kuber : '순수 게르만족이 이끄는 이상세계' 슈틀러제국을 꿈꿔왔던 하버드법대 법학석좌교수

36) 임마누엘 Immanuel : 포털사이트의 하나. 드윈 스뮐러의 모든 작전들은 일체의 통신을 배제하고 외부 어떤 세력에 의해서도 감지되지 않도록 그들만의 암호화된 언어체계로 임마누엘 포털사이트를 통해 극비리에 전달하였다.

37) 유씨씨 UCC : 유니타스 소속의 첩보기관

38) 스페이스넷 Space Net : 행성간의 정보교류를 위해 개통된 우주 인터넷으로, 페타바이트급의 대용량이다.

39) 유니온메가넷 Union Mega Net : 스페이스넷(Space Net)을 이용한 방송채널

40) 다나까 요시히로 Tanaka Yosihiro : 패널로 유명하며 유니온메가넷 상임논설위원으로도 활동하는 일본계 인사

41) 아그네스 다로찌 Agnes Darozzi : 인류학자인 헝가리계 인물임.

42) 에티엥 클라리 Etienne Clary : 유니타스 범죄수사위원회 대테러감시국장인 프랑스계 인물로 명석한 두뇌 소유자이다.

43) 레슬리 호프 Leslie Hope : 미국계 유니타스 원로원 의원임.

44) 나왈 엘 사다위 Nawall El Sadawei : 이집트계 유니타스 원로원 의원

45) 미카엘 케룰라리오스 Michael Keroullarios : 이탈리아계 유니타스 원로원 의원

46) 투가 Tuga : 유니타스의 페타바이트급 대용량을 지닌 초집적지능컴퓨터

47) 듀얼크롬 Dualchrom : 스강나하르에만 있는 광물의 일종. 자연계에선 최고의 강도를 지닌 다이아몬드보다 경도와 마모력이 훨씬 뛰어나고 빛을 흡수하나 반사하지 않는 금속으로 암흑색을 지녔다.

48) 듀얼크롬돔 Dual Chrome Dome : 싸이파의 300기가급 광양자화학탄 데쓰루가 보관되어 있는 시설로서 암벽지반 지하 300미터 지점에 건설된 두께 2미터의 듀얼크롬으로 둘러싸인 돔이다.

49) 셀마 블레어 Selma Blair : 원로원 부의장으로 영국계 인물

50) 자비네 마이어 Sabine Meyer : 브라질계 남성으로 원로원 의장이다. 데쓰루로 인해 '알렉산드로 미하일로프' 대통령, 23명의 원로원 의원들과 함께 처참한 최후를 맞았다.

51) 짜이오 왕 Zzaiho Wang : 2026년12월10일, 유니타스 제5대 대통령으로 취임한 중국계 정치인. 취임 즉시 싸이파의 테러 후유증을 위해 전 세계에 위급전시상황에 준하는 1급 계엄을 선포하였다. 스강나하르 이주를 위해 모든 인류를 냉동시켜 생명을 지속시

키기로 결정함.

52) 스페이스스테이션Space Station : 우주에 건설된 우주선 정류장이다.

53) 스페이스디벨롭파100 Space Developper 100 : 스페이스벤처유알에서 70년간에 걸쳐 극비리에 진행된 우주개발 프로젝트, 주된 연구는 우주개척, 종족의 보존과 형질개량, 자원의 개발과 과학문명 향상 및 방위체재 개발 등 세 개 분야이다.

54) 아인슈타인-로웬의 다리 Bridge of Einstein-Lowen : 스페이스웜의 존재를 알리는 이론으로 블랙홀과 화이트홀로 연결된 우주 이동통로로 밝혀졌다.

55) 바카 은하계The Milky Way Galaxy, Baca : 지구로부터 12억 광년 떨어진 외우주의 B블럭에 위치하고 있는 은하계, 그 많은 행성 중 유일하게 지구와 가장 유사한 환경을 지닌 스강나하르행성이 자리하고 있다.

56) 스강나하르 행성Sgăngnahare Planet : 2077년11월11일 발견되었으며 전 우주의 수많은 행성 중 유일하게 지구와 가장 유사한 환경을 지닌 행성으로 지구로부터 12억 광년 떨어진 외우주의 B블럭 우주좌표 'CD-1212#YMC7292AZ'인 '바카' 은하계 소속, 추정행령 125억년 된 행성으로 '쏘울드법칙'의 '은하중력다변이동계산식'에서 이미 밝혀진 바와 같이 은하계 중력의 다변이동으로 생성된 행성이며 마치 팽이를 닮은 정교한 원추형의 모양을 지녔고, 13개의 위성을 거느리고 있다. 그중 '선샤인'이라는 위성이 마치 태양처럼 스스로 빛을 발광하며, 스강나하르를 137.45시간을 주기로 돌고 있다. 브라질 지방토속어로 '파란진주'라는 의미를 지녔다. 지구에 비해 부피로는 40배가 더 크고 표면적은 70배가 더 넓다. 따라서 협곡이나 산악도 더 깊거나 더 높았고, 강이나 구릉도 더 넓거나 더 광활하였으며, 수목이나 숲도 더 높게 치솟거나 더 넓게 퍼져있었다. 대개의 동물들도 천년 이상 장수하는 종이 많고, 덩치도 지구의 동물들과 비교하면 훨씬 큰 종류들이 많았다. 지구보다 낮과 밤이 여섯 곱절 가까이 길어졌기에 이주 초기에는 인류가 적용하는데 어려움이 많았다.

57) 스피릿트하우스Spirit House : 옛 북아메리카 로스엔젤리스 동남쪽 120킬로 지점의 해저 신생도시 프리덤에 위치한 대통령궁. 프리덤Freedom은 옛 북아메리카 로스엔젤레스 남쪽 120키로 지점의 해저 신생도시.

58) 코난 디말루Conan Dymaloo : 유니타스 제18대 대통령, 모잠비크계로 2099년8월4일 서거했다.

59) 질레 박Jille Park : 유니타스 제18대 대통령 '코난 디말루' 대통령의 서거로 1개월 후인 9월2일 제19대 대통령 자리에 오른 한국계 인물. 유니타스 제 21대 대통령이 되면서 우주이주계획 '드림언더스페이스100'을 성공리에 진행시켰다.

60) 무빙플로어Moving Floor : 회의장 전면에 설치되어 있는 이동식 단상. 회의에 참석하지 못한 인사들의 홀로그램Hologram이 레이저빔에 의해 재생된다.

61) 드림언더스페이스100Dream on the Space 100 : 짧게는 63년, 길게는 102년간 폐허가 된 지구에 계속 머물러 왔던 냉동인류 4억8천여만 명과 활동인류 1천7백여만 명 등 5억 가까운 인류의 스강나하르 행성 대 이주계획을 말한다.

62) 쏘울드법칙Sold Method : 은하중력 다변이동방식을 적용하여 행성의 나이를 계산해내는 법칙으로 스강나하르 행성이 125억년된 행성임을 밝혀냈다.

63) 선샤인Sunshine : 스강나하르 13개의 위성 중 하나. 마치 태양처럼 스스로 빛을 발광하며 스강나하르를 137.45시간을 주기로 돌고 있고 스강나하르의 낮과 밤을 구분지

어 주고 있다. 선샤인 외 나머지 12개의 위성은 스스로 빛을 내지는 못하지만 표면의 독특한 성분구조로 말미암아 반사광에 의해 형용할 수 없을 정도로 아름다운 색채를 보여준다.

64) 스프링엑시머 Spring Excimer : 스강나하르는 주야 온도차가 심하여 인류가 거주하기엔 어려움이 많다. 이를 해결하기 위해 거주지역엔 자동대기온도 조절장치를 운용하고 있어 인류가 생활하기에 아주 쾌적한 온도를 자동으로 유지하게끔 한 장치이다.

65) 게발트 Gebalt : 스강나하르에만 있는 원소로 대기권에 약 0.275%가 함유되어 있으나 인체에는 아무런 영향도 안 미치는 것으로 드러났다.

66) 헬세이 Helsay : 스강나하르에만 있는 원소로 대기권에 약 0.032%가 함유되어 있으나 인체에는 아무런 영향도 안 미치는 것으로 드러났다.

67) 써든헬륨 Sudden Helium : 스강나하르에만 있는 원소. 헬륨과 같은 질량을 지닌 무거운 금속으로 스강나하르 행성의 삼분의 이를 차지하며, 이 행성의 중심을 유지할 뿐만 아니라 지구 중심부의 핼륨처럼 자장을 띄고 있는 성분이다.

68) 아타나바 Attanaba : 스강나하르에만 있는 원소. 전도율이 구리의 30배가 넘는 초강력 전도체로 그 매장량도 12억 톤에 이르는 것으로 밝혀졌다.

69) 수지펀 Sujipyeun : 스강나하르에만 있는 원로 물고기비늘 같은 편상이며, 듀얼크롬과 정반대의 성격을 가진 성분으로, 열이나 전파는 물론이고 레이저나 방사능을 철저히 차단하는 성분이다.

70) 드롱 Drong : 스강나하르에만 있는 원소의 한 종류. 천연의 상태에서는 짙은 암갈색의 액체로 존재하지만, 섭씨 2130도의 고온에서 탄소와 반응하면 투명해지면서 탄성을 지닌 고체로 변형되며, 쉽게 가공이 되고 가공 후엔 변형이나 웬만한 충격에도 부러지거나 깨지는 경우가 없고 가볍기 때문에 한동안 인체의 뼈 등 의료용으로 사용되었던 성분이다.

71) 써리얼 Surrial : 스강나하르에만 있는 원소 중 하나. 지구에서도 인도네시아 '발리섬'에서 미량으로 발견되는 우라늄계열로 스강나하르엔 무려 2.8억 톤이 매장되어 있으며, 핵융합 시에는 우라늄 버금가는 엄청난 에너지를 방출하는 원소이다. 그러나 써리얼에는 우라늄과 같은 방사능이 없어 인류가 발견한 가장 안전하고 부가가치가 가장 높은 원료로 사용되는 성분이다. 써리얼은 발견 이래 한동안은 연합국가 유니타스에서 직접 관리하고 개인소유를 일체 불허하였다. 후에 금을 대신하여 기본가치로 인정하고, 이 원소의 소유량으로 부를 측정하는 기준으로 삼았다.

72) 쉬잘 Syzal : 스강나하르 전 표면의 84%를 차지하고 있는 바다에 서식하는 녹색의 미세 프랑크톤으로 초록빛을 띄고 있다. 스강나하르 대부분 동물들이 이 쉬잘을 먹이로 삼고 있다.

73) 스페이스트라인 Spacest Line : 승객 3천명과 2천 톤의 화물을 동시에 탑재할 수 있는 초대형 우주선. 자체적으로 초집적인공지능을 지니고 있어 유사시를 대비하여 완벽하다할 자동항진기능을 갖추었다.

74) 스페이스도크 Space Dock : 우주선 스페이스트라인 30기가 동시에 접안할 수 있도록 건설된 우주여객선 터미널.

75) 스페이스카 Space Car : 중앙통제방식의 자동컨트롤로 웬만한 거리는 순간이동이 가능한 개인승용 자가우주선

76) 멤사스센터 Memsas Center : 총 2,220층 규모의 빌딩으로써 지하로는 120층으로 땅밑으로 673m를 파고 내려갔으며, 지상

은 2,100층으로 하늘로 치솟은 높이만 7,777m에 이르는 상상을 초월한 초대형 빌딩이다.

77) 아마겟돈 빌딩 Armageddon Building : 2028년에 로스앤젤리스에 건설되었던 지하 22층, 지상 220층짜리 초대형 빌딩.

78) 밀레니엄홀리데이빌딩 Millennium Holiday Building : 2022년 한국의 용인에 건설되었던 지하 18층, 지상 180층짜리 빌딩으로 연면적 7천만 평방미터에 달하는 광대한 규모를 자랑한다.

79) 토탈세이브라인 Total Saveline : 지식 및 정보공유를 위해 각 세대, 각 정부부처와 기관, 각 기업들을 중앙 초집적지능헤드 에니악에 연결하는 초전도 광케이블. 폐허 직전 지구의 모든 광케이블의 총용량 50배가 넘는 125억 헥사 Hexa규모로 모든 생활권역을 스페이스넷화하였으며, 항차 인류의 쾌적하고 편리한 삶을 보장한다.

80) 이즈레라 Ezrera : 무형생명체 생물로 분류된다. 분홍빛을 띈 연기 형상의 동물로 붉은색의 초미세단세포들이 세포간 거리를 산소화합물을 삼중 고리로 하여 연결하고 있는 특이한 구조를 갖췄으며 놀랄만한 기억소자를 지니고 있다.

81) 뱀파이어스페이스 Vampire Space : 1인승 전투기로 수직이착륙과 순간발진이 가능하다. 수직으로 떠오르며 순식간에 시야에서 사라지는 엄청난 순발력을 지녔다. 밋밋하고 동글동글한 형태는 언뜻 보기엔 돌고래를 본뜬 듯했다. 크기도 작아 평균신장을 지닌 어른이 팔을 넓게 벌린 크기에 못 미치며. 어른 둘이 양쪽에서 번쩍 들어 보일 만큼 가볍다. 이착륙뿐만 아니라 출격 목적지나 요격대상물까지 모두 초집적지능헤드 에니악Eniac에 의해 조종. 전투원이 조종간 좌석에 앉는 순간 모든 기기들은 자동으로 제어가 되고, 이륙에서 최고속도 3다이징 Dising까지는 불과 0.3초 밖에 소요되지 않는다.

82) 에니악 Eniac : 초집적 지능헤드로 중앙 통제형 컴퓨터 시스템이다. 스강나하르의 모든 로봇과 컴퓨터는 물론 전투기 등 운송수단부터 전송 등을 통제한다.

83) 다이징 Dising : 스강나하르 정부가 구정한 속도의 단위, 1다이징은 지구 속도로 초속 12만 킬로미터에 해당한다.

84) 마마 토리비아 Mama Toribia : 데쓰루의 후유증으로 죽어간 페루계 시성詩聖

85) 유니타스 생명윤리위원회 : 스강나하르에 정착한 인류의 생존을 확고히 지키기 위해 설립된 기관.

86) 오픈더스페이스데이 Open the Space Day : 유니타스가 스강나하르에 정착한 인류의 새로운 출발을 기념하기 위해 서기 2100년 10월10일을 오픈더스페이스데이로 정했다. 그날을 기하여 드림언더스페이스100의 프로그램이 전개되며 인류의 대역사, 즉 대대적인 스강나하르 이주가 시작되는 것이다.

87) 스페이스페스티벌어소시에이션 Space Festival Association : '질레 박' 대통령을 위원장으로 하고 각 지역의 수장들이 당연직 위원으로 선임, 발족되었다. 그리고 각 단위 지역별로 페스티벌을 개최하도록 하였다.

88) 월드피스 World Peace : 스강나하르 스페이스트라인 전용 우주기지

89) 퍼스트챔버 First Chamber : 우주선 스페이스트라인 주조종사. 첫 번째 퍼스트챔버는 우주 물리학자이자 미공군 파일럿 출신인 '아놀드 파가로니'로 'SK 2084-1 SL'기의 조정간을 잡은 그는 지구시간으로 2084년10월10일 오전10시 정각에 스강나하르 제1스페이스도크 월드피스를 이륙하여 지구로 향하였다.

90) 아놀드 파가로니 Arnold Pagaroni : 스강나하

르 제1스페이스도크 월드피스를 이륙하여 지구로 향하는 우주선 스페이스트라인의 첫 비행을 성공적으로 이끈 우주선 조종사 퍼스트 챔버. 우주 물리학자이자 미공군 파일럿 출신이다.

91) 다이징Dyiging : 초속 12만 킬로미터를 1다이징으로 기본단위로 삼는다.

92) 스페이스웜Space Worm : 블랙홀과 화이트홀의 연결고리인 우주관문. 스강나하르와 지구를 오가는 지름길로 삼았다.

93) 브라이트 비즐리Bright Beasley : 이탈리아계의 명테너, 유니타스연도 1년1월1일, 오픈더스페이스데이 때 '위대한 우주에 영광 있으라'란 시를 읊었다.

94) 무자르칸Mu Jarcan : 몽골계의 시성詩聖으로 유니타스연도 1년1월1일, 오픈더스페이스데이 때 '우주의 영롱한 보석 스강나하르여'란 대서사시를 낭송했었다.

95) 엔레이파시Enraypasy : 염력을 극대화한 일종의 텔레파시. 무한대의 지능을 지닌 물체는 스스로 엔레이파시를 방출한다. 엔레이파시는 시공을 초월하여 그 어떤 사물에도 영향을 미칠 수 있다고 했다.

96) 아나스타샤 포사츠카야Anastacia Posatzkaya : 헝가리계 여성 천체물리학자. 우주의 생성시기를 과거 학자들이 추산해낸 150억 년을 훨씬 뛰어넘어 2천7백억 년 전으로 보고 현재의 우주나이를 인간의 나이로 치면 아직 걸음마단계에 속하는 연령대 아이돌Idoll로 아직까지 완벽한 틀을 형성하지 못한 상태이며, 완벽한 상태 퍼펙트Perfect가 되기 위해 향후 1천3백조 년 이상의 시간이 더 경과되어야 할 것이고, 우주생성 이전부터 이미 존재한 염念이 불멸인 이상 우주 또한 불멸이라 그 수명이 향후 영원히 지속될 것'이라고 주장했다.

97) 아이돌Idoll : 현재의 우주나이를 인간의 나이로 치면 아직 걸음마 단계에 속하는 연령대 아이를 지칭함. 즉 미숙한 상태를 의미한다.

98) 퍼펙트Perfect : 완벽한 상태, 아이돌Idoll과 반대되는 개념.

99) 라부아지에Antoine-Laurent Lavoisier : 프랑스의 화학자. 1774년 '화학반응 전의 물질의 총질량과 반응 후에 생성된 물질의 총질량이 같다'는 질량불변의 법칙이 전 우주에도 성립한다고 주장.

100) 우주질량불변의 법칙The Space Circulating System : 화학반응에서 반응 전의 물질의 총질량과 반응 후에 생성된 물질의 총질량이 같다는 법칙. 전 우주적으로 질량보존의 법칙이 성립한다는 법칙이다.

101) 미러법칙Mirror Method : 일종의 거울이론으로 우주질량불변의 법칙을 함께 적용하여 비교적 완벽한 전체 우주지도를 완성.

102) 찰스 베네트Charles H. Bennett : IBM 연구원 출신. 1993년 양자역학의 '얽힘현상Eentanglement'을 이용하면 양자의 순간이동이 가능하다는 이론을 제시했다.

103) 앤턴 질링거Anton Zeilinger : 오스트리아계 인물. 1997년 베네트'의 이론을 실험적 결과로 입증시켰으며, 1998년 미국 캘리포니아공대에서는 얽힘현상을 이용하여 빛의 기본단위인 광자Quantum가 갖고 있는 주요 물리적 특성을 멀리 떨어진 다른 광자에 그대로 전달하는 양자공간이동Quantum teleportation에 성공한 바 있다.

104) 양자공간이동Quantum Teleportation : 빛의 기본단위인 광자Quantum가 갖고 있는 주요 물리적 특성을 멀리 떨어진 다른 광자에 그대로 전달한다는 이론.

105) 응웬 따이 짜우Wungyien Taizyu : 압력에 대한 반발력이 강한 신소재도 하나의 수수께끼였으나 그 수수께끼를 푼 사람은 베트남계 신소재공학자로 그 역시 후일에 명예의 전당 노엘에 헌정되었다.

106) 캡타논 Captanone : 블랙홀이나 화이트홀의 엄청난 압력을 견디고 견제할 수 있는 물질로 알려졌다.

107) 드림펄 Dream Peal : 모든 압력에 대해 강한 반발력을 지닌 신소재이다. 2058년 베트남계 신소재공학자 '응웬 따이 짜우'가 발견한 신소재로 자석의 반발력에서 힌트를 얻었다. 우주선 스페이스트라인의 외벽처리로 속도의 저항을 견뎌내게 함으로서 인류의 스강나하르의 대이주를 가능케 하였다.

108) 마오쪄장 하이 Maozeijang Hyi : 유니타스 제10대 대통령으로 중국계 인물이다.

109) 스페이스웜코스 Space Worm Course : 전 우주를 통털어 인류가 살기에 쾌적할 것이라 예상되는 72개의 행성 리스트와 그 코스를 정리했다.

110) 어드벤쳐스페이스라인 Adventure Space Line : 인류는 새로운 행성을 발견하고 개척하기 위해 제작된 특수우주선. 전 우주에 흩어져 있는 72개의 각 행성을 향해 '인류에게 쾌적한 환경을 제공해 줄 새로운 행성의 탐사'를 목적으로 2061년4월10일을 기해 천왕성 스페이스벤처유알 우주기지에서 276대의 스페이스라인이 대장정에 나섰다.

111) 루실라 피자니 곤살베스 Lusilla Pyzani Konsalbess : 탐사우주선 어드벤쳐스페이스라인을 운항하는 탐사팀 팀장이며 브라질계이다. 그는 지구를 출발한지 16년7개월만인 2077년11월11일, 지구로부터 무려 12억 광년 떨어진 외우주 B블럭 바카은하계에서 지구와 환경이 거의 유사한 스강나하르 행성을 발견한 주인공이다.

112) 몬테비데오 Montevideo : 우루과이의 수도

113) 앙카라 Ankara : 터기의 수도

114) 유니온티브이 Union TV : 유니타스시절 민간방송 중의 하나

115) 킴 페이트 Kim Peit : 캐나다계 여성학자

116) 안티모르고 Antimorgo : 안드로메다성운 일대에 살고 있는 생명체로서, 가늘고 긴 촉수들로 둘러싸인 외계인. 크기가 0.2미크론에 지나지 않는다. 지구 생물체와 비교한다면 하나의 박테리아 크기에 불과하다. 그러나 안티모르고의 지능은 측정이 불가능하리만큼 엄청난데, 아마 인류가 이룩한 과학 문명의 결정체라 자부할 수 있는 에니악보다 더 뛰어나다고 볼 수 있다. 블랙홀처럼 엄청난 중력을 자체적으로 지닌 생명체이다.

117) 히드로콥 Hydrocop : '히드라'처럼 생긴 외계인. 외우주 E블럭 써티스 은하계 일대, 특히 디펙트로 행성을 본거지로 삼는 생명체로서, 그 크기가 상상을 초월할 정도로 크다. 원통형으로 생긴 몸통 끝에서 끝까지의 길이는 대략 3천 미터에서 4천 미터, 즉 3~4킬로미터의 거리에 이른다.

118) 써티스 Sertiss : 외우주 E블럭에 위치한 은하계이다.

119) 디펙트로 Defectro : 외우주 E블럭 써티스 은하계에 속한 행성

120) 낸스 애커만 Nance Ackerman : 평생을 환경운동가로 활동해왔던 미국계 칼럼리스트

121) 보나 네벤잘 Bonna Nebenzahl : 소수 인권보호운동가이자 가수로 활동해왔던 스페인계 동성애자

122) 피스코 발렌뚜아 Pisco Balentua : 스페이스트라인 드림펄 표면처리의 불량화소를 사전에 잡아내는 엑스레이검사 정비 담당자로 스페인계 인물이다. 그는 스페이스트라인 SK 2088-13 SL기의 대형사고에 대한 자책감을 견디지 못하고 자결했다.

123) 로버트 제퍼슨 Robert Jefferson : 유니타스 제21대 대통으로 미국계이다.

124) 이사벨라 아도르 Isabella Author : 유니타스 제22대 여성대통령으로 남아공계 인물이

다. 그녀는 취임한지 한 달여 밖에 되지 않아 2112년11월6일경, 스페이스트라인 'SK 2091-22 SL' 퍼스트 챔버:제인 프로스트 기 또한 내우주 GH42-13 블랙홀을 빠져 나오지 못하여 10,120명이 유명을 달리 했다. 그녀는 그 사고로 취임한지 한 달여 밖에 되지 않았음에도 사임위기에 몰리기까지 했다.

125) 유니온메디칼큐센터 Union Medical Q-Center : 스강나하르의 첨단의과학시설. 스강나하르에 바이오아이스캡슐 속의 냉동상태로 이주해 온 냉동인류들은 유니온메디칼큐센터의 알파인냉동클리닉하우징에서 특별히 짜여진 벤츄라프로그램에 의해 생체복원과정을 거쳐 온전한 사람으로 깨어날 수 있었다.

126) 알파인냉동클리닉하우징 Alpha Freezing clinic Housing : 유니온메디칼큐센터의 한 부분을 차지하는 센터로서 특별히 짜여진 벤츄라프로그램에 의해 생체복원과정을 거쳐 온전한 사람으로 깨어날 수 있었도록 한다.

127) 벤츄라프로그램 Ventura Program : 알파인냉동클리닉하우징의 생체복원프로그램. 냉동인류들은 스강나하르 유니온메디칼큐센터 Union Medical Q-Center의 알파인냉동클리닉하우징 Alpha Freezing clinic Housing에서 특별히 짜여진 의해 생체복원과정 벤츄라프로그램을 거쳐 온전한 사람으로 깨어날 수 있었으나 잃어버린 생식능력 만큼은 아직까지 원상태로의 복원이 불가능했다.

128) 라우덴 에말리어 Lowden Emalia : 열세 살짜리 프랑스계 소녀. 냉동상태에서 의식을 회복하지 못하고 식물인간상태로 잠자는 듯한 모습이 마치 천사처럼 너무나도 아름다워 스강나하르로 이주해 온 모든 인류의 눈시울을 붉게 하였다.

129) 안토니오 슈잘레 Antonio Sujalle : 스강나하르의 詩聖으로 포르투칼계 인물이다.

130) 드볼드쉬 Dboldshuy : 스강나하르 주요시설들이 밀집되어 있는 제1지역인 알파구역 내의 야트막한 언덕. 유니타스는 지구 최후의 날에 희생된 인류의 원혼을 달래기 위한 대규모의 위령탑을 세웠다.

131) 디어쓰데이 The Earthday : 유니타스는 스강나하르 신기원이 선포되는 날을 기념하고 '지구 최후의 날'과 그날의 희생자들을 영원히 기리기로 하였다.

132) 단위블록시스템 Unit Block System : 건축물을 포함한 모든 시설들은 내구연한이 다 된 시설의 일부는 마치 자동차부품 갈아 끼우듯 쉽게 교체할 수 있도록 모든 시설들은 처음부터 규격화된 블록으로 제작하여 조립하는 공법으로 시공된다.

133) 아타나바케이블 Attanaba Cable : 시와 도시를 잇는 정보망도 과부하가 나타나지 않는 특수합금섬유인 아타나바 섬유로 연결되어 있어 모든 도시간의 정보교류도 동시간대에 이뤄질 수 있게 하였다.

134) 초전도자기부상열차 超傳導磁氣浮上列車 : 시속 5,200킬로미터로 아무리 먼 곳에 위치한 도시라도 지구시간으로 12시간 안에 도착할 수 있다. 초전도자기부상열차는 진공터널을 레일 없이 초전도 유도장치誘導裝置에 의해 운행되는 열차로 진공궤도열차 眞空軌道列車로 불리기도 한다.

135) 스볼러강 Sboler River : 제4구역 주거지역 뚜름바 Ddurumba에서 8천6백km 떨어진 곳이다. 스강나하르에서 기후조건이 가장 온화하고 2억4천만 평방미터에 해당하는 광활한 지역인 제13지역에 위치한 강이다. 지구의 여러 생태지역을 그대로 옮겨놓은 듯한 곳으로 대규모의 목장들이 들어서 있다. 목장들이 있는 곳은 지구의 '오스트레일리아' 보다 2.4배 넓은 대지로 태평양보다 4.2배가량 넓은 대양 한가운데

있는 규모면에선 섬이라기보다는 대륙에 가깝다.

136) 스매Smae : 지구의 돼지와 고기 맛은 매우 비슷하지만 겉모습과 습성은 전혀 다르다. 스매는 우선 지구의 이끼 낀 바위모양을 하고 있다. 그래서 처음 이곳에 온 개척단 중 한 사람이 바위로 착각하고 그 위에 걸터앉아 땀을 닦고 있는데, 깔고 앉은 바위가 움직이는 바람에 깜짝 놀라 자세히 관찰한 결과 그제야 그것이 아주 느릿느릿 움직이는, 외피가 바위처럼 단단한 동물임을 알았다는 얘기다.

137) 유끼Yuki : 스강나하르에 서식하는 동물. 식물 보리麥와 아주 유사한 성분과 맛을 가진 알갱이를 생산하는 동물로 생김새는 가운데가 볼록하고 긴 항아리 모양의 몸체를 여섯 개의 털이 북실북실한 티스푼처럼 생긴 다리들이 떠받들고 있다. 크기는 다양하여 큰 것은 키가 8미터를 넘는 것도 있고, 작은 것은 키가 10센티에도 못 미치는 것이 있다. 물론 작은 것이 갓 태어난 어린 새끼라 덜 자라서 그런 것이 아니다. 이곳에도 같은 종에 큰 종자가 있고 작은 종자가 있는 것이다.

138) 빌모어Villmore광장 : 스강나하르 멤사스센터 앞 777만 평방미터의 넓디넓은 잔디광장. 주요 국가적 행사는 거의 이곳에서 치러진다.

139) 파라토피아Paratopia : 유니타스의 새로운 국호. 지구연도 2150년12월31일 밤11시경, 선포된 새로운 초인류국가로서 파라토피아 개국 원년을 맞자 국호를 바꾼다.

140) 패스컴Passcom : 손바닥 안에 쥘 수 있는 일종의 개인전용 소형 컴퓨터로 휴대용전화기의 역할은 물론 신분증 역할도 한다. 액정과 패스컴에 연결된 이어폰을 통해 67개 국어 중 선택한 언어로 자동번역과 통역도 가능하다.

141) 아시리스 리잔테Asiris Rejante : 유니타스 제30대 대통령을 역임한 파라토피아 초대 대통령으로 브라질계 인물이다.

142) 리잔 데 고흐Rizan De Gogh : 천재적인 이탈리아계 예술가로 파라토피아 개국행사 때 환상 홀로그램을 연출하여 인류를 감동시켰다.

143) 파나시르Panasir : 우주의 영靈이며, 우주 만물의 절대주이다.

144) 파라Para : 스강나하르 연도, 지구연도 2151년1월1일을 파라 1년1월1일로 선포하였다.

145) 그레잇스피리트노엘Great Spirit Noel : 스강나하르 명예의 전당으로 인류를 위해 기리 남을 업적을 쌓은 인물의 자료를 전시한다.

146) 에스페란토Esperanto : 세계에서 가장 많이 쓰이는 인공어. '에스페란토'라는 이름은 1887년 발표한 국제어 문법 제1서에 쓰였던 '라자로 루드비코 자멘호프'의 필명인 'D–ro Esperanto에스페란토 박사'에서 유래되었다. 국제적 의사소통을 위해, 배우기 쉽고 중립적인 언어를 목표로 하여 만들어졌으며, 원래는 국제어Lingvo Internacia라고 불리었다. 전 세계 국가가 단일 국가 유니타스로 통합되고, 스강나하르로 이주한 파라토피아 정부는 에스페란토를 국어로 사용하도록 독려했다.

147) 뱅뱅Bengbeng : 1인1실의 단독 주거주택으로 인류가 거주하기에는 더할나위 없이 완벽한 집기와 시설을 갖추었으며 각자의 기호에 맞게 쾌적하게 꾸며져 있다. 뱅뱅 바닥면에는 아무 것도 놓여있지 않은 상태로 텅 비어있고 드로윙쿠션을 위주로 변기를 겸한 샤워셔틀이 설치되어 있다.

148) 스페이스스퀘어Space Square :우주공간에 특별히 마련된 물류센터로 주문품 자체가 흔히 쓰이지 않는 특수한 제품을 생산, 보

관하는 장소이다.

149) 조디 윌리엄스 Jody Williams : 유명한 미국계 경제학자. '유리구슬놀이'라는 우화를 통해 경제이데올로기의 폐해를 잘 묘사한 바 있다.

150) 파노라마스크린 Panorama Screen : 인류가 개별로 거주하는 뱅뱅 사방 벽면에 설치된 스크린이다. 뱅뱅 실내 네 귀퉁이가 라운딩 처리되고 이 스크린이 빙 돌아가며 설치되어 있어 원하는 경치나 그림을 투영할 수 있다. 따라서 네 면의 벽면은 별도의 벽지나 액자 등으로 장식할 필요가 없다.

151) 샤워셔틀 Shower Shuttles : 뱅뱅에 설치되어 있는 샤워시설이다.

152) 드로윙쿠션 Drowing Cushion : 뱅뱅의 내부 공간을 유일하게 차지하고 있는 것으로 책상 겸 의자와 침대의 용도를 함께 지닌 집기이다. 드로윙쿠션에서는 영화 및 음악감상을 비롯 모든 취미활동이 가능하고 초현실적인 시뮬레이션으로 실제와 같은 섹스와 모험도 가능하다. 한 개의 드로윙쿠션을 제작하기 위해서는 약 3백만 개의 부품이 소요될 만큼 정교하게 만들어졌다. 부품수로 따졌을 경우 옛날 지구에서 하늘을 운항하던 보잉707기와 맞먹을 것이다. 인류는 뱅뱅 안에 거주할 때엔 일하든 잠자든 오락을 하든 간에 예외 없이 그 드로윙쿠션 위에서 생활하게 되어 있다. 따라서 드로윙쿠션은 가장 생활과 밀접한 기구로 온갖 과학메커니즘이 총결집한 만능기계인 것이다.

153) 닥캡 Duck Cap : 드로윙쿠션을 활용하기 위해 머리에 덮어쓰는 캡이다. 캡에는 덮어쓰는 순간 두피에 자동으로 연결되는 수많은 센서가 부착되어 있고 얼굴 전체를 가리는 막이 있어 프로그램이 작동하는 순간 초현실적인 효과를 제공한다.

154) 푸드콘 Foodcon : 원하는 음식은 드로윙쿠션의 푸드콘을 통해 주문하며 유통로봇에 의해 배달된다. 빈 그릇은 푸드콘의 배출구멍을 통해 내보내면 된다.

155) 자갈치 송 Jagalchi Song : 욕심 많은 한국계 여성. 그녀는 지구 최후의 날에 운 좋게 살아남은 빈곤층이었다.

156) 핑크텔 Pinktell : 오로지 육체적 직접 접촉 섹스만을 위해 공원 주위에 조성된 고급 방갈로이다. 웬만한 특급호텔 특실급이고 안에는 애정행위를 위해 시중드는 섹스로봇도 있으며 사용료는 당연히 무료이다.

157) 스강나하르라이프사이클프로그램 Sgăngnahare Lifecycle Program : 파라토피아 정부는 스강나하르 밤과 낮의 사이클 적응을 위한 프로그램을 개발하여 모든 인류가 생활훈련에 참여하게 했다. 인류가 스강나하르의 환경에 적응하기 위해서는 반드시 거쳐야 할 필수 프로그램이다.

158) 푸드매뉴얼 Food Manual : 드로윙쿠션의 푸드콘을 이용하려면 나름 각자의 입맛에 맞는 레시피가 필요하다. 푸드콘의 푸드매뉴얼에는 수십만 가지가 넘는 요리가 소개되어있어 입맛을 돋우는 온갖 진기한 요리를 주문해서 먹을 수 있다.

159) 세르나데 Sernade 언덕 : 스강나하르 제2지역에서 가장 전망이 좋은 언덕. 빼어난 경관을 전망할 수 있는 좋은 위치이다. 세르데카성 Castle Serdeca이 자리하고 있다.

160) 세르데카성 Castle Serdeca : 스강나하르 제1구역에서도 가장 높은 세르나데 언덕 위에 위치하고 108개의 옥탑과 1,080개의 방을 지니고 있으며, 가장 높은 탑의 높이만 1,080m, 즉 1km가 넘는 높이로 하늘을 찌를 듯한 날카로운 위용과 다소 으스스한 분위기를 풍겨 감히 세인들이 똑바로 바라보기에도 섬뜩한 이탈리아 비잔틴 Byzantine풍의 고풍스럽고 위압적이고 웅

장한 성이다. 성의 외벽은 그 어떤 빛이 라도 다 빨아들이는 블랙홀과 같은 완벽한 검은 색을 띠고 있어 성의 전체 윤곽을 한 자리에서 한눈에 관찰하기란 불가능했다. 어쩌다 투사되는 빛의 각도에 따라 성의 윤곽이 단편적으로 드러나기도 하지만, 직접 가까이 가서 들여다보지 않는 한 그 복잡하고 섬세한 조각물의 윤곽이 파악되지 않는다. 반면에 빛의 조화를 의도적으로 극대화한 건축구조물이라 할 수 있는 것이 어느 땐 성 전체가 흰 광채로 둘러싸인 듯 신묘한 느낌을 주기도 했고, 어느 땐 성 전체가 핏빛으로 물들어 유령의 성처럼 섬뜩한 느낌을 주기도 한다. 실제로 존재하는 건축물임에도 어느 땐 신기루를 보듯 그 형상이 불안정하여 몽롱한 착각을 불러일으키기에 족한 단순한 건축물이 아닌 형이상학적 건축구조물라 할 수 있다.

161) 밀리언드레곤Million Dragon : 스강나하르 제2지역에 접해있는 망망대해. 세르나데 언덕 위에 서서 내려다보면 수백만 마리의 용들이 뛰노는 모습같다 하여 명명되었다.

162) 클레멘티나 체리Clementina Cherry : 세르데카성을 건축할 당시에 종합설계프로젝트 총책임자로 설계에 직접 참여했었노라는 미국계 건축공법공학자. 그는 미국 매사추세츠공과대학을 수석으로 졸업한 영재로 22세에 최연소 건축공학박사학위를 취득한 뒤, 수많은 특수 건축공법이론을 발표해왔으며 이후 미국 하버드대학교에서 건축설계공법학과 주임교수로 재직해왔다. 2022년 미국 '유니온아크텍 매거진Union Architectural Magazine'에 의해 가장 위대한 현대건축가 100인에 선정될 정도로 건축설계분야에서는 독보적 존재로 자리매김해온 인물이다. 세르데카성의 건축 관련 비밀을 언론매체에 공개한 이후 머리가 호두알만한 크기로 줄어든 모습으로 발견되어 인류를 경악케 하였다.

163) 유니온아크텍 매거진Union Architectural Magazine : 미국의 유명 건축분야 전문지

164) 3D듀얼시뮬레이션3D Dual Simulation : 실제 존재하지 않는 건축물이나 구조물을 실물처럼 느끼게 하는 시뮬레이션 프로그램

165) 산타빅토리아St. Victoria : 스강나하르 제8구역에 위치하고 생태와 자연 풍광이 매우 뛰어난 지역이다.

166) 웨이브트러스트Wave Trust공법 : 초대형 건축물의 내부에 벽이나 기둥이 전혀 없는 대신 천문학적인 자체하중을 외벽만으로 견뎌내도록 하기 위해 하중을 분산시키는 불가사의한 공법으로 '클레멘티나 체리Clementina Cherry'가 발명한 건축공법이다. 세르데카성을 건축할 당시에 처음 도입된 공법이다.

167) 신시아Cynthia공법 : 역시 '클레멘티나 체리Clementina Cherry'가 발명한 건축공법으로 세르데카성을 건축할 당시에 처음 도입했다. 외부의 기압과 동일하게 내부의 기압을 조절하기 위해 꼭대기에서 추를 늘어뜨리는 공법이다. 기둥이 하나도 없는 상태에서 거대한 구조물을 지탱하고, 거대 구조물 안팎의 기압 차이에서 오는 엄청난 상대압을 오로지 늘어뜨린 추 하나로 제어할 수 있다.

168) 스페이스팩토리Space Factory : 우주공간에 조성되어 있는 생산기지. 초정밀 광학장비나 의료장비 등은 대부분 무중력상태인 스페이스팩토리에서 제작된다.

169) 하벤Haben : 세르데카성의 지하에 위치한 죽음의 격투장. 파라토피아 정부가 금하는 예상치 못한 혈투를 예사로 진행한다.

170) 몽애Mong-Eh : 스강나하르에 서식하는 초식성 동물. 몽애는 어른의 손바닥만한 크

기의 거북등처럼 생긴 동물로 두꺼운 가죽이 얼마나 질기고도 탄력이 있으며 단단한지 남성들의 성기를 보호할 겸 미적 장식용인 핫바캡Hotbar Cap을 만드는데 사용한다.

171) 핫바캡Hotbar Cap : 남성의 심벌부위만 가리기 위해 두터운 몽애Mong-Eh 가죽으로 특별히 제작된 남성 성기 보호주머니. 핫바캡은 투박해뵈는 모양새에 비해 습기와 냄새를 잘 흡수하고 서늘한 온도를 유지하며 통풍도 잘되어 성기의 상태를 최적하게 함으로 남성의 필수품이 되었다. 남성들은 혼자 머무는 뱅뱅 안에서는 벗고 생활하지만, 간편한 차림새로 외출할 때에는 대부분 이 핫바캡을 착용한다.

172) 피냥Pinang : 주로 우르사이Urusai 나무에 기생하는 넝쿨식물의 일종으로 껍질에는 날카롭고 단단한 가시가 빽빽하게 돋쳐있어 격투용 블러드캡Blood Cap을 만드는데 사용된다. 알맹이는 인간이 먹기엔 상당히 떫고 독성도 있어 복용하면 체질에 따라 며칠씩 혼수상태에 빠뜨리며, 때론 강한 환각증세를 일으킨다. 파라토피아 소속 약제연구소 '스랑바이오팜Srang Bio Pharm'은 이러한 알맹이 성분을 이용하여 최면효과에 쓰일 약효를 연구 중에 있다. 껍질은 고무보다 신축율과 탄성이 월등하여 공업용으로 많이 쓰이지만, 직접 몸으로 스포츠를 즐기려는 사람들이 외부의 충격이나 상처 등의 예방을 위해 신체 보호용 피복으로 가공되어 사용되기도 한다. 가공되지 않은 본래의 껍질표면은 예리하고 충격에 강한 침들이 무수히 박혀있어 살갗에 살짝 갖다 대이기만 하여도 큰 손상을 입힌다.

173) 블러드캡Blood Cap : 두 주먹을 감싸는 일종의 격투용 글로브이다. 날카로운 가시가 빽빽하게 돋친 피냥의 껍질로 만든다.

174) 히키키Hikiki : 키가 수십 미터 이상 자라며 둘레만 10미터 이상 거목으로 자라는 스강나하르에 널리 분포되어 자생하는 식물의 한 종류이다. 이 나무 줄기엔 초식성 동물인 몽애가 붙어 그 수액을 빨아먹고 산다.

175) 우르사이Urusai나무 : 스강나하르에 서식하는 넝쿨식물의 일종으로 지구의 바오밥 나무와 아주 흡사하게 생겼는데, 도대체 얼마나 오래 사는지 수령이 3억년 이상 된 나무도 많다.

176) 스랑바이오팜Srang Bio Pharm : 파라토피아 소속 국립약제연구소

177) 망구이앙Mangkuiang : 스강나하르 제7구역의 광활한 오가페Ogape늪지에서 주로 서식한다. 육식동물은 아니지만 그들의 천적인 육식동물들과 대항하기 위해 육식동물처럼 흉포하게 진화했다. 무는 것을 아주 좋아하는 습성을 지녔고, 크기는 어른 주먹만 한데 멍게와 비슷하게 생긴 원형으로 붉은 빛깔의 몰랑몰랑한 피부를 지녔다. 몸의 절반을 커다란 송곳처럼 예리한 이빨을 가진 큰 입이 차지하고 있으며, 평소엔 가만히 있다가 동물 등 물거리가 보이면 큰 입을 '딱딱'거리며 닥치는 대로 물고, 한번 물면 놓지를 않고 육질 속으로 파고들어간다. 손가락 정도는 한 번 물리면 그대로 잘려나갈 정도로 강력한 이빨을 갖고 있다. 커다란 입 바로 밑에는 새끼손가락이 들어 갈만한 큰 구멍 두 개가 가지런히 뚫려있는데, 그 구멍 속을 그득 메운 촉수를 통해 빛을 감지하고 냄새를 맡는다. 후각은 인간보다 백오십만 배 발달하여 지구의 개만큼은 우수하다고 한다.

178) 비스트라메Bistrame : 스강나하르 제7구역의 광활한 오가페Ogape늪지에서 주로 서식하는 30여 종의 육식동물 중 하나.

179) 오질라Ojilla : 육식동물 중 하나로 스강나하르 제7구역의 광활한 오가페Ogape늪지에서 주로 서식한다.

180) 두꺼비몽치Duggeobimongchi : 스강나하르 제7구역의 광활한 오가페Ogape늪지에서 주로 서식한다. 육식동물이다.

181) 오가페Ogape늪지 : 제7구역의 광활한 늪지로 육식동물 6종이 서식하며 특히 비스트라메, 두꺼비몽치 등 막명 높은 동물이 있다.

182) 하마슐드 디 까르디 바스라시Hamasuld De Kardi Baslash : 전설속의 인물처럼 여겨왔던 세르데카성 성주. 스웨덴 구스타브' 황실의 피를 이어받고 대대로 부귀영화를 이어내려온 스웨덴 귀족 '바스라시Basrassy's Family' 가문의 태생이다. 당시 바스라시' 가문의 재산은 스웨덴 황실을 능가하고 스웨덴 재벌 순위로도 다섯 손가락 안에 들 것이라는 소문이 떠돌 정도로 엄청난 부를 지녔음은 물론 그에 걸맞은 권력도 함께 누렸으며, 그러한 부와 권력은 대를 이어 세습되어 왔다. 그는 스웨덴 '칼 구스타브 16세Carl XVI Gustaf' 입헌군주제 하에 내무장관을 역임했던 목재왕 '드리볼리 바인 바스라시Drivoli Bain Baslash'의 외동 아들로 서기 1975년4월4일 스웨덴 수도 스톡홀름에서 태어났다. 그의 소년기와 청년기는 모든 면에 있어서 타의 추종을 불허할 정도로 비상했기에 일견 세간의 스포트라이트는 받았을지언정 비교적 원만하였다. 신체 조건 또한 월등하게 우수한 형질을 타고 난지라 모든 스포츠에서 뛰어난 재능을 발휘했으며, 큰 키에 이지적으로 생긴 외모는 젊은 여성들의 가슴을 무척이나 설레게 했다. 그러나 의외로 냉혹할 만큼 자기관리에 철저하여 좀처럼 감정을 드러내지 않았기에 늘 '얼음왕자'라는 닉네임을 달고 다녔다. 스웨덴 귀족 출신이자 엄청난 부를 지닌 대부호임에도 불구하고 자신의 신분에 전혀 걸맞지 않는 마법과 심령술 따위에 심취되어 괴이쩍은 돌출행각을 일삼아 온 지라 일찍이 신귀족층 사이에선 '인류의 이단아異端兒' 또는 '악마의 화신'으로 불렸던 괴인怪人 '하마슐드'. 그러니까 현재 그의 나이를 지구나이로 치면 237세로 고령인 셈이다. 유난히 하얗게 빛나는 백발과 수염을 길게 늘어뜨렸으나 2미터가 넘는 장신은 군살 없는 균형 잡힌 근육질로 나이를 비껴간 듯 강건하기만 했다. 검은 도포에 유난히 하얗게 빛나는 백발과 수염을 길게 늘어뜨린 기인이다. 신의 경지에까지 오른 초영술超靈術로 초인적 능력을 지녔으며, 시공時空을 자유롭게 넘나들 수 있는 인물로 전해진다.

183) 하씰러Hassyrer : 세르데카성 성주 '하마슐드 디 까르디 바스라시'의 약칭

184) 바스라시Basrassy's Family : 스웨덴 구스타브 황실의 한 가문으로 대대로 부귀영화를 이어내려온 스웨덴 귀족 가문이다. '바스라시' 가문의 재산은 스웨덴 황실을 능가하고 스웨덴 재벌 순위로도 다섯 손가락 안에 들었으며, 그에 걸맞은 권력도 함께 누렸고 그러한 부와 권력은 대를 이어 세습되었다.

185) 칼 구스타브 16세Carl XVI Gustaf : 스웨덴 입헌군주제 황제

186) 드리볼리 바인 바스라시Drivoli Bain Baslash : 스웨덴 칼 구스타브 16세Carl XVI Gustaf 입헌군주제 하에 내무장관을 역임했던 목재왕으로 '하씰러Hassyrer'의 부친이다.

187) 덴 코마 라게르크비스트Den Coma Lagerkvist : 스웨덴 사회민주당 의원으로 막강한 정치실세로 군림했던 사람이다. '하씰러Hassyrer'는 부친의 권유로 그의 밑에서 보좌관을 하며 정치를 배웠다.

188) 다겐스 니헤테르 Dagens Nyheter : 스웨덴 유력 일간신문. '하씰러 Hassyrer'는 한때 이 신문사의 객원논설위원으로 활동했다.

189) 올라잉카 코사 콜비츠 Holalnca Kosa kollwitz : '하씰러 Hassyrer'의 개인비서로 일하다가 '하씰러'의 눈에 들어 그녀를 부인으로 맞이 함. '하씰러'가 유일하게 사랑했던 여인. 그녀는 스코틀랜드 지방에서 대대로 어업에 종사해 온 그야말로 보잘것없는 한 어부의 셋째 딸로 태어났으나 유독 머리가 비상하여 옥스퍼드대학에 진학할 기회가 주어졌고, 대학에 진학한 뒤 얼마 후엔 집안이 생계를 유지하지 못할 지경으로 몰락한 터라 그때부터 그녀 스스로 호구지책을 해결하지 않으면 안될 만큼 어려운 상황을 맞게 되었다. 비록 시골 어부의 딸에 불과했으나 지적인 언행과 우아한 자태는 아무나 함부로 범접할 수 없는 고귀한 품격을 느끼게 했다. 병약한 그녀는 하씰러 Hassyrer'와의 사이에 딸을 출산하고 그로부터 두 달여 만에 하씰러' 앞에서 유명을 달리했다.

190) 잉카 올리비에 Inca Olivier : '하씰러 Hassyrer'와 '올라잉카 코사 콜비츠 Holalnca Kosa kollwitz' 사이에서 태어난 외동딸.

191) 제딘 Zedin : '하씰러 Hassyrer'의 필명. 그는 제딘이란 필명으로 수많은 의과학 및 생명과학분야와 관련된 300여 편의 논문들을 의과학 및 생명과학 사이트에 발표했고 그로인해 관련학자들 간에 괄목할 주목을 받았다.

192) 미르비시 Mirbishi : 스강나하르 제5구역 드넓은 '마魔의 질곡疾谷'. 모래와 괴석으로 뒤덮인 수억 평방미터의 광활한 지역이다. 이 거칠 것 없이 광활하고도 황량한 곳에 직경이 30km쯤 되는 정원형의 거대한 분화구가 있다.

193) 로펑 Ropuong : 미르올림피아에서 겨루기 위해 출전하는 격투용 로봇을 말한다. 파라토피아정부의 철저한 규격제한으로 로펑의 몸체와 그가 사용하는 무기의 총 부피는 122세제곱입방미터를 넘지 못하고, 총무게는 215톤을 넘지 못한다.

194) 미르올림피아 Mir Olympia : 스강나하르 제5구역 마魔의 질곡疾谷에서 로펑의 실력을 겨루는 격투대회로 통상 일년에 6회 개최된다. 최종 승자에겐 '미르의 월계관'을 씌워준다. 또 '최후의 승자' 지위에 3회 이상 오르게 되면, 마의 질곡 입구에 마련된 겟사르제단에 그 로펑의 실체를 전시하고 그를 조정한 사람의 이름이 '황금패'에 오르게 된다.

195) 겟사르 Gettsar제단 : 스강나하르 제5구역 마의 질곡 입구에 마련된 거대한 제단이며, 백색 대리석으로 지어진 건물로 그 안은 온통 황금으로 장식되어 있다. 미르올림피아에서 '최후의 승자' 지위에 3회 이상 오른 로펑과 그를 조정한 사람의 이름은 '황금패 Gettsar Golden Board에 오른다.

196) 로열챔버쉽 Royal Chambership : 파라토피아 원로회의. 국가 중요안건을 결정하는 의결기구로, 전 현직 대통령들과 명예의 전당에 헌정된 인사들로 구성된 스강나하르의 유일한 통치기구이다. 입법과 사법, 감찰기능도 함께 갖고 있다.

197) 우루수스 Urusus : 철鐵의 투사라는 별명을 가졌으며, 일본계 청년 '모리자와 도끼야로 Morishawa Dokiyaro'의 격투용 로봇이다. '우루수스'는 '오메가젯 Omegazet'이란 새로운 적수가 나타나기 전까지 장장 7승에 이르도록 적수가 없는 천하무적으로 이름을 떨쳤으며, 그 기록은 이후에도 갱신이 되지 않고 있었다. 따라서 '모리자와 도끼야로 Morishawa Dokiyaro'의 기고만장은 하늘 높은 줄 모르고 치솟기만 하였다. '우루수스'는 겟사르 제단에 전시되

고, '도끼야로'의 이름 또한 황금패에 오르는 영예를 안았다.

198) 모리자와 도끼야로 Morishawa Dokiyaro : 철鐵의 투사 '우루수스 Urusus'를 미르올림피아에 출전시켜 마침내 우승을 거머쥔 일본계 청년이다. 격투용 로봇 마니아로서 그는 청년이라고는 하지만 지구연도 서기 2002년3월생이니까 실제나이는 217세다. 그러나 지구에서 드림언더스페이스 100 프로그램이 전개되기 직전까지 73년, 그리고 제2차 이주대열에 끼일 때까지 대기한 기간이 31년, 스강나하르까지 오는 동안의 15년 등 냉동상태로 보낸 기간만 119년이나 되며 그 냉동기간을 나이로 치지 않고 빼더라도 지구나이로 이미 할아버지격인 98세에 해당된다.

199) 모리자와 겐따로 Morishawa Gentaro : '모리자와 도끼야로 Morishawa Dokiyaro'의 두 살 아래 동생인 일본계 청년이다. 아이러니하게도 형이 스강나하르로 이주할 때까지 오랜 기간 냉동상태로 있었고 그렇지 않은 동생이 오히려 더 늙어 그의 아버지뻘쯤 보일 정도의 겉모습을 하고 있었다.

200) 템페스트 Tempast : 스강나하르를 돌고 있는 13개의 위성 중 4번째로 큰 위성. 표면에 수분과 진흙이 특히 많아 머드랜드 페스티벌 Mudland Festival 행사를 치루기도 최적지이지만 미용 용도의 머드팩 재료의 산지로도 유명하다.

201) 머드랜드페스티벌 Mudland Festival : 템페스트 Tempast 위성에서 치러지는 진흙탕 축제로 '마크 트웨니'와 '세로니비치'가 개최했다.

202) 마크 트웨니 Mark Twenty : 핀란드계 엔지니어 출신. 템페스트 Tempast 위성에서 치러지는 진흙탕 머드랜드페스티벌 축제를 친구 '세로니비치 Seronibichi'와 함께 처음 고안한 사람. 마른 체구에 큰 키, 검은 구레나룻이 유난히도 짙고, 선량한 인상을 지녔다.

203) 세로니비치 Seronibichi : 30대 중반으로 보이는 이스라엘계 목수 출신으로 작은 키에 뚱뚱한 체형으로 대머리가 까진, 좀 수다스러우면서도 잘 웃는 사람이다. 템페스트 Tempast 위성에서 치러지는 진흙탕 축제를 친구이자 동료인 '마크트웨니 Mark Twenty'와 함께 처음 고안한 사람으로 스강나하르에서는 극히 보기 드문 대머리인 채로 살아간다.

204) 듀알롱 Dualong : 다이아몬드보다 경도가 뛰어난 듀알크롬과 충격에 강한 드롱의 합성금속.

205) 라바섬 Rubber Seom : 탄성이 뛰어나고 고무보다 훨씬 질긴 우르사이나무의 열매껍질 성분

206) 오메가젯 Omegazet : 연승 가도를 달리던 우루수스를 꺾은 격투용 로봇.

207) 진사오 Jin Saoh : 60대로 보이는 한국계 격투용 로봇 마니아. 파라 2년11월15일부터 개최된 제12회 로봇격투대회 미르올림피아에 처음 출전한 이래, 지난 4년간 거의 20회를 빠짐없이 출전하였으나 번번이 참패했다가 21번째 출전에서 첫 우승을 거두었다. 이날의 첫 승리는 우주를 얻은 것만큼이나 가슴 벅찬 것이었다.

208) 헤드캡 Head Cap : 머리에 덮어쓰는 특수캡으로 닥캡 Duck Cap과 거의 비슷한 모양을 갖추고 있지만 격투용 로봇을 조정하기 위해 훨씬 복잡하고 정교한 구조를 갖췄다.

209) 빅마운테스 Big Mountess : 지구상 전설의 설인을 모델로 한 한국계 '진사오'의 격투로봇. 거대한 고릴라 같기도 한 '빅마운테스'는 키가 24미터, 가슴둘레는 18미터로 덩치에 있어선 다른 로봇에 비해 작은 편, 그러나 아주 교활하여 상대의 결점을 신속하게 파악하고 이를 역이용할 수 있을

만큼 대단한 인공지능을 부여받았다. 파라 6년3월15일 오전 8시부터 시작된 이번 로봇격투대회에서 '진사오'와 투톱을 이루며 마지막 남은 상대 로봇 '워털루워어Waterloo War'를 파괴함으로써 최종 우승을 차지한 격투로봇이다.

210) 워털루워어Waterloo War : '진사오'의 '빅마운테스Big Mountess'가 우승을 위해 마지막으로 꺾은 상대 격투용 로봇이다.

211) 즌마몬사네Znmamonsane : 미르올림피아를 32회 치루는 동안 최후의 승자 지위를 3회 차지한 로봇이 모두 4기에 이른다. 그중 16회, 19회, 21회, 22회 대회 등 4승 기록을 달성한 격투로봇이다.

212) 미도도Midodo : 미르올림피아 23회, 24회, 25회 대회 등 3승을 기록한 격투로봇

213) 즈글레Zgle : 미르올림피아 28회, 29회, 30회 대회 등 3승을 기록한 격투로봇

214) 슈슈왈드Shushu Wald : 미르올림피아 직전 대회 때 '쟈이안트멀로우Giant Merlot'를 출전시켜 18회 미르올림피아대회에서 우승을 차지한 네덜란드계 할아버지.

215) 쟈이안트멀로우Giant Merlot : 격투로봇으로 18회 미르올림피아대회 우승자인 네덜란드계 '슈슈왈드Shushu Wald'소유

216) 쟝마르소Jang Marceau : 중국계 여성으로 원래 우주과학자였다. 한동안 피저리피아Pijeripia, 지구로 치면 달팽이경주대회와 비슷한 경주로 스강나하르에서 가장 통제하기 어렵고 그러면서도 느린 편에 속한 피저리Pijeri란 동물을 조련하여 출전시키는 경주에 매료되어 로봇격투에는 관심이 없었다. 그런데 얼마전에 사귄 제이드Jeide: 남성섹스파트너로부터 로봇격투의 스릴에서 오는 긴장감과 통쾌감이 상당하다는 것을 알게 되어 미르올림피아에 관심을 갖게 되고 마침내 격투로봇 우먼헬롱Women Hellong'을 출전시켰다.

217) 우먼헬롱Women Hellong : 중국계 여성 '쟝마르소Jang Marceau'가 미르올림피아에 출전시킨 격투용 로봇이다.

218) 바비리아쇼넷Babiria Sowernet : 필리핀계의 미모 앵커 출신으로 미르올림피아에 격투용 로봇 '바비리아컴온Babiria Comon'을 출전시켰다.

219) 바비리아컴온Babiria Comon : 필리핀계 앵커 출신의 '바비리아쇼넷Babiria Sowernet'이 미르올림피아에 출전시킨 격투로봇이다. 비록 '쟈이안트멀로우'에겐 패했지만 대회참가자 모두의 간담을 서늘케 했던 괴물이다. 2백 데시빌dB만 넘어도 인간의 고막을 피열하고도 남는데 '바비리아컴온'은 2센티 두께의 강철판도 찢겨나갈 파괴력을 지닌 무려 2만4천 데시빌의 목소리로 떠들어댄다.

220) 피저리피아Pijeripia : 지구로 치면 달팽이 경주대회와 비슷한 경주로 스강나하르에서 가장 통제하기 어렵고 그러면서도 느린 편에 속한 피저리Pijeri란 동물을 조련하여 출전시킨다.

221) 피저리Pijeri : 스강나하르에 서식하는 동물로 덩치는 커다란 자라만큼 크지만 달팽이 못지 않게 느리고 통제하기 꽤나 어려운 동물이다. 피저리피아Pijeripia에 출전시키기 위해 훈련을 시키지만 조련과정이 결코 쉽지가 않다.

222) 제이드Jeide : 여성의 경우 남성 섹스파트너를 일컫는 속어이다.

223) 나카르트광Nacart Rays : 어떠한 물체라도 관통시키고 절단할 수 있는 인공광人工光으로 레이저보다 더 강력한 투사력과 파괴력을 갖고 있는 광선이다. 상대 격투로봇을 손상시켜 더 이상 움직이지 못하는 고철로 만드는 역할을 한다.

224) 파라닥터Para Doctor : 18회 미르올림피아대회 때 '쟈이안트멀로우'가 보여준 무기.

'쟈이안트멀로우'의 블랙홀을 축소한 듯 강력한 흡인력을 지닌 깔때기처럼 생긴 무기로 상대 로봇 몸체에 들이대면 깔때기 내부의 강력한 소용돌이 속으로 빨려 들어가 잘게 썰린 듯한 조각으로 분해된다. 깔때기 형상 안쪽의 표면에 박힌 수억 개의 미세한 특수기둥들이 진동자 역할을 하여 극히 미세한 진동도 그 파장을 수십억 배로 증폭시키는 옛 지구시절의 청진기원리를 이용하여 만든 것이다.

225) 드롭해머 Drop Hammer : 스강나하르 제5구역 마의 질곡에서 벌어지는 미르올림피아 18회 대회 때 '쟈이안트멀로우'가 새롭게 선보인 무기로 상대 로봇을 내리치면 그 압력이 2만4천 톤, 속도가 시속 1천2백 킬로미터에 이를 정도여서 맞아서 안 부셔지는 로봇이 없고, 그 내리치는 속도도 어찌나 빠른지 제대로 피할 수 있는 로봇도 별로 없었다.

226) 우테테말레 Utetemale : 미르올림피아 역대 대회에서 단 한 번도 빠진 적이 없는 말레이시아계의 백전노장. 미르올림피아에서 '빅마운테스'가 가장 고전하였던 상대 로봇 '썅가블레 Ssagable'를 출전시켰다.

227) 썅가블레 Ssagable : 미르올림피아 역대 대회에서 단 한번도 빠진 적이 없는 백전노장 '우테테말레'의 작품답게 허점이 없는 로봇이다. 생김새는 지구의 문어와 비슷하게 생긴 스강나하르 대양생물 닷봉 Dachbong 을 닮았다. 길이가 40여 미터나 되는 긴 발이 22개가 머리에 붙어있고, 그 발마다 온갖 종류의 무기들이 들려있다. 무기는 거의 새롭다 할만한 것은 없었으나 그 무기들을 적재적소에 동시다발로 사용해대니 그에 남아날 로봇이 없었던 것이다.

228) 닷봉 Dachbong : 지구의 문어와 비슷하게 생긴 스강나하르 대양생물.

229) 듀알레스 Dualess : 듀알크롬과 특수 스테인리스의 합금을 특수 열처리한 금속.

230) 푸드프로그램 Food Program : 스강나하르에서 생산되는 재료만 가지고도 어떤 요리든지 다 만들 수 있을 만큼 완벽한 레시피들이 입력되어 있다.

231) 쑈랑그리 Showranggree : 과거 스페인 황실에서 즐겨먹던 궁중요리. 상어 지느러미 말린 것을 갈아서 샥스핀 Shark's Pin 에 얹어 불에 살짝 구워 만들어낸다.

232) 가리아쥬 Gariaju : 스강나하르 거주 인류들이 외출할 때 입는 지구시절 일본인들의 유까다와 흡사한 간단한 가운 형식의 의복이다.

233) 앙드레 솔로 Andre Solo : 유명 패션디자이너였던 한국계로 스강나하르의 패션을 주도하는 사람이다. '앙드레 솔로'는 매년 4회씩 패션쇼를 개최하며 그때마다 기상천외한 디자인을 내놓아 스강나하르의 여성들을 매료시켜 왔다.

234) 뷰티썸머홀 Buaty Summer Hall : 스강나하르 멤사스센터 100층에 위치한 거대한 만 평 규모의 무빙 홀, 스테프나 연주자 등을 제외한 순수 객석만 약 20만석이다.

235) 나리뷰 Nariview : 멀티뷰 Multview로 보낼 고화질 축전이 담긴 영상을 말한다.

236) 멀티뷰 Multview : 대개의 대형 행사장 중앙 무대에 설치되어 있는 대형 멀티스크린을 말하며, 이 스크린 화면에 나리뷰 Nariview 를 통해 들어온 실사 메시지가 관객들이 볼 수 있도록 선명한 화질과 오디오로 투영된다.

237) 이디아 말린 Idia Malin : 유니타스 제27대 대통령 우간다계 인물.

238) 제임스 부룩클린 James Brooklyn : 유니타스 제28, 29대 대통령

239) 반가버요 Bangaveryo : 스강나하르 제7지역의 오가페 Ogape 늪지에 분포된 바가지

과 식물. 열매를 반으로 쪼개면 그 속엔 아주 고약한 냄새를 피우는 알갱이가 빼곡하니 들어있다.

240) 얼레꼴레리 Eeollekolery 패션 : 스강나하르에서의 '앙드레 솔로' 패션열풍은 정말 대단했었다. 얼레꼴레리는 그의 패션쇼에 선보인 기발한 작품들 중 한 가지. 그 패션이 나온 직후, 그는 한동안 수백 명의 여성 스토커들로부터 엄청나게 시달렸었다. 얼레꼴레리패션은 남녀 성기를 무지하게 과장한 패션으로 여기서는 차마 표현을 못하겠다. 여긴 스강나하르가 아닌 원시지구이니까…….

241) 무쟈게이 Mujagei 패션 : '앙드레 솔로'의 패션쇼에 선보인 작품들 중 한 가지로 한때를 풍미하였던 패션이다. 무쟈게이는 육체적으로 지독스레 편하였던 스강나하르의 인류들을 위해 특별히 고안된 패션으로 모델들이 모두 무거운 보따리들을 이고 지고 안고 들고 스테이지를 돌았다. 물론 그 보따리 안에는 무겁기만 했지 쓸데없는 물건들로 채워져 있었다.

242) 쌍파울홀 St. Paulo Hall : 스강나하르 멤사스센터 24층에 위치한 초대형 홀. 같은 빌딩 멤사스센터 100층에 위치한 뷰티썸머홀 Buaty Summer Hall 보다는 규모가 작은 편이지만 역시 2만석의 관객석이 비치되어 있다. 국가의 중요 행사를 치룰 수 있는 대형홀의 하나이다.

243) 에스오씨 SOC : 파라 1년6월10일에 멤사스센터 24층에 위치한 쌍파울홀 Sao Paulo Hall 에서 결성된 스강나하르 올림픽조직위원회 정식명칭의 영문자 첫머리를 딴 단축어이다.

244) 아사하라 겐또 Asahara Giento : 스강나하르 올림픽조직위원회 에스오씨 SOC 가 결성되고 초대위원장에 선출 된 스모선수 출신의 일본계 남성

245) 김방울 Kim Bang Ul : 30명의 스강나하르 올림픽조직위원회 위원 중 한 명인 한국계 체조 선수출신.

246) 짐 프랭크린 Jim F. Franklin : 미국계 요트 선수출신, 스강나하르 올림픽조직위원회 초대 위원으로 선임되었다.

247) 미하일로프 스킨 Mikhailov Skiin : 러시아계 투포환 선수출신

248) 알바사 도미니끄 Albasa Dominique : 요르단계 200m단거리 육상 선수출신으로 스강나하르 올림픽조직위원회 초대 위원으로 선임되었다.

249) 이사벨라 메가로스 Isabela Megalos : 스페인계 국제육상연맹이사 출신으로 스강나하르 올림픽조직위원회 초대 위원으로 선임되었다.

250) 세바스챤 짐멜로 Sebastian Jimmelro : 독일계 은행가 출신 인사

251) 맥나마라 리졸데 McNamara Rizolde : 미국계 언론인 출신으로 두 명의 스강나하르 올림픽조직위원회 상임 부위원장 중 한 명이다.

252) 우스리 드 마리 Usle De Mary : 아르헨티나계로 지구시절 저널리스트 출신으로 올림픽 IOC 등 체육계 홍보를 담당한 바 있던 여성이며, 두 명의 스강나하르 올림픽조직위원회 상임 부위원장 중 한 명이다.

253) 라바트할리 Ravart Hally : 지구시절 대한민국이란 나라에서 국제변호사로서 또 인기 연예인으로서 활동한 바 있는 미국계 인사로 스강나하르 올림픽조직위원회 사무국장으로 선임되었다.

254) 펠레마운틴스타디움 Pele Mountain Stadium : 스강나하르 제1구역의 갠사스 녹지에 건설된 30만 명을 수용할 수 있는 축구 스타디움. 지구시절 축구황제 '펠레'를 기리기 위해 그리 명명되었다.

255) 리사이클링라이프테크날러지 Recycling Life

Technology : 유니타스는 인류종족의 영구한 보존차원에서 기존의 의료과학과 생체과학, 유전자공학 외에 생체복원을 위한 획기적인 생체복원 프로그램 및 장치인 리사이클링라이프테크날러지를 인류에게 무상 제공했다.

256) 게놈바이오테크날러지 Genom Bio Technology : 유전자정보를 분석, 조합하는 프로그램과 그 장치를 총칭하는 명칭

257) 바디섬지오테크날러지 Body Some Gio Technology : 멸종된 생명체를 복원시키는 프로그램과 그 장치를 총칭하는 명칭

258) 슬리핑촤일드 Slipping Child : 죽은 자들은 땅속에 파묻혀 썩는 것이 아니라, '영원한 수면을 취한다'는 의미로 붙여진 죽은 자의 명칭. 따라서 죽은 자들은 제2구역의 '신성한 대지'에 세워진 파라노블리스쏘울에이리어 Para Noblesse Soul Area 에 더 먼 훗날 과학이 더 발전되어 죽은 자의 영혼을 다시 불러들일 수 있게 되는 그날까지 냉동상태가 아닌 특수약품 처리되어 유리상자에 넣어져 보관되는 것이다.

259) 파라노블리스쏘울에이리어 Para Noblesse Soul Area : 스강나하르 제2구역 '신성한 대지'를 일컫는 명칭이다. 이 장소에 죽은 이들의 냉동 관유리상자 슬리핑촤일드가 안치되어 있다.

260) 몽글리어 Monggulia : 스강나하르 제12구역의 광대한 열대림에 대량으로 서식하며, 다른 동물들과는 달리 이삼백 마리씩 큰 무리를 지어 공동생활을 하는 초식성 동물이다. 지구의 거북이와 타조의 모양을 일부 섞어 놓은 듯한 모습을 지녔으며, 스강나하르 초식동물 중에서는 걸음이 가장 빠른 편에 속하고, 머리도 좋고 성격도 온순하다. 많은 인간들이 몽글리어를 지구의 조랑말처럼 길들여 타고 다니려 해도 원체 고집이 세고 말을 잘 안 들으려 하여 길들이기가 쉽지 않았다. 다 자란 개체의 크기는 커다란 황소만하며 몸무게만도 보통 500킬로를 넘는다. 몸 전체는 푸른색을 띄는 굵고 짧은 털로 덮여있다. 통통한 몸체에 거북이등과 같이 두꺼운 갑피로 덮여있고, 굵고 뭉툭한 여섯 개의 다리로 어기적이며 걷는데도 의외로 빨라, 지구속도로 시속 10km이상 달릴 수 있다.

261) 빠따라기 Pataragi : 스강나하르 전표면의 84%를 덮고 있는 바다는 물론, 강이나 호수 등 물속에 잠겨서 커다란 콧구멍과 넓적한 등판만 내놓고 사는 수생동물로, 모양새는 얼핏 보아 지구의 악어처럼 길쭉하나 악어 등가죽처럼 '우둘투둘'한 건 없이 편편하기만 한 동물이다. 큰 것은 길이가 30여m, 폭이 4m에 이르며, 몸무게도 30톤 이상 나간다. 물속에 잠긴 배 부분에 몸길이만큼이나 길게 찢어진 것처럼 보이는 갈라진 입이 있으며, 그 입안에 수많은 털들이 미세프랑크톤 '쉬잘'을 걸러내어 먹이로 취하는 것이다.

262) 어쭈구리아 Erzzguria : 어쭈구리아는 수륙양생동물로 거북복어처럼 사각형의 몸체에 보트 탈 때 젓는 노처럼 생긴 발이 몸체 양옆으로 여섯 개씩 달려 있다. 마치 한국의 옛 거북선처럼 물속에서는 노처럼 저어나가고 육지에서는 밑으로 내려뜨려 뒤뚱거리며 걷는다. 온몸은 고슴도치처럼 뾰족해 보이는 가시들로 덮여 있어 시각적으로는 위협적으로 보이지만 실제 만져보면 피부를 찌를 만큼 단단하지는 않다. 주둥이가 악어처럼 길쭉하고 날카로운 이빨들이 가지런히 돋아 있다. 다 자란 객체 크기는 몸길이가 1.2m, 몸무게는 50에서 60키로 정도 된다. 어쭈구리아는 평소 순한 성격이지만 성질만 돋우면 아주 사납게 변하는 것이다. 그럴 수밖에 없는 것이 이 오가페 늪지에는 비스트라메, 두꺼

비몽치 등 여섯 종류의 육식동물이 서식하기 때문에 잡아먹히지 않으려고 사납게 군다.

263) 모사히드 알 칸타테 Mosamede Arl Cantate : 몽글리어 달리기 제1회 올림픽 금메달리스트로 이란계 화가 출신이다. 그는 무려 4천5백 마리가 넘는 몽글리어를 혼자 키우고 있다. 그래서 전용훈련장과 사육장을 갖추기 위해 인류의 주거지와 6만여 km나 떨어진 몽글리어 집단서식지 제12구역에 홀로 몽글리어를 벗하며 살고 있는 기인에 속했다.

264) 마드리히 케살 Madrichi Kaisar : 빠따라기를 처음 발견한 브라질계 어부출신

265) 알 그레도 Ale Gredo : 빠따라기 대회에 수시로 출전하는 호주계 회계사 출신

266) 겐또또이 Gentoddoy : 스강나하르 제7구역의 늪지대 오가페에서만 서식하는 플랑크톤의 일종. 어쭈구리아가 즐겨먹는 먹이이다. 이 겐또또이를 처음 발견한 일본계 생물학자 '겐또이라까 Gentoiraka' 이름을 따서 명명되었으며, 오가페 늪지에만 있는 카토리눔 katorinum이란 성분을 먹이로 하고 있다.

267) 겐또이라까 Gentoiraka : '겐또또이'란 플랑크톤을 처음 발견한 일본계 생물학자.

268) 카토리눔 katorinum : 스강나하르에서만 발견된 희귀 금속으로 딴 지역에서는 아직 발견된 바 없다. 이 카토리눔은 지구연도 2009년4월경. 지구에서도 미국 여성화학자 '카토리나'에 의해 소량이 발견되었으며, 목성과 명왕성에서 다량이 매장되어 있는 금속임이 밝혀졌었다.

269) 카토리나 W.Thi Catoriyna : 미국 여성화학자로 지구연도 2009년4월경에 태어났다. 지구에서도 그녀에 의해 소량의 카토리눔 katorinum 이 발견되었으며, 그녀의 이름을 본따 명명되었다.

270) 아돌프 슈밀러 Adolf Sumiller : 첫 올림픽 어쭈구리아 싸움에서의 금메달리스트. 지구시절 시계상이었던 스위스계 유태인이다.

271) 올림픽골드룸 Olympic Goldroom : 스강나하르올림픽 역대 금메달리스트들의 흉상이 전시된 호화스러운 별관

272) 올림픽히스토리 Olympic History : 스강나하르올림픽 결승 장면을 '뷰데이터'에 올려진 것을 말한다.

273) 베스트세븐오브페스티벌 Best Seven of Festival : 스강나하르에서 개최되는 대규모 축제 가운데 대표적인 축제 일곱 가지

274) 갈리파공원 Gallipa Park : 스강나하르에서 첫 번째로 큰 규모의 행사 세계풍습박람회가 열리는 장소로 제3구역의 250만 평방m의 파라토피아 최대 크기의 드넓은 공원이다. 이 공원에는 연면적 23만 평방m의 대규모 '지구인류사박물관'이 그 위용을 자랑하고 있다.

275) 시리카유리 Cyrica Glass : 스강나하르에서 3억km 쯤 떨어진 우주공간에 이 시리카유리공장이 건설되었으며, 이 유리는 시리카 소재를 이용하여 무중력, 진공상태의 생산라인에서 특수한 기법으로 제조된 초강화 유리이다.

276) 싼타바바라 호수 St' Babara Lake : 스강나하르 제3구역에 위치한 호수

277) 델타은하계 Delta Galaxy : 외우주 D블록에 위치하고 있으며, 은하계 중 가장 아름답고 현란하다.

278) 시그마트론은하계 Sigmatron Galaxy : 외우주 N블록에 위치하고 있으며, 한창 우주팽창이 진행 중이라 수억만 개의 밝은 신성들이 운무를 그리는 듯 소용돌이를 치고 있어 실로 장엄하다.

279) 오씰리 Osyilry : 고압력으로 압축한 규소성분을 주원료로 제작된 투명하고 반사가 없는 두꺼운 유리로 주로 전시장이나 박

물관 칸막이로 사용된다.

280) 빈센트 아크라바트Vincent Acrabatt : 미국계 조각가. 한국계 설치미술가 '황동수Hwang Dong Su'와 '빈센트황모델테크Vincent & Hwang Modeltech'란 연구소를 공동 설립했다. 이 연구소에는 6천여 명의 사람들이 각종 모형제작에 참여하고 있으며, 고대 공룡 티라노사우루스라든가 알프스산맥에서 살았었다는 설인, 가상의 동물 킹콩 등은 그 정밀성과 사실감으로 관람객들의 등골을 오싹하게 만들기도 하였다.

281) 황동수Hwang Dong Su : 한국계 인물로 설치미술가로 활동한다.

282) 빈센트황모델테크Vincent & Hwang Modeltech : 미국계 조각가 '빈센트 아크라바트Vincent Acrabatt'와 한국계 설치미술가 황동수Hwang Dong Su'가 공동설립한 모형제작 연구소이다.

283) 알타르카Altarca : 전위예술 행위의 일종으로 팬터마임이나 연극에서 주로 시도하고 있다. 즉 부담 없이 가볍게 볼 수 있는 1인극으로 '팬터마임'과 첨단 영상기술을 합성한 연극이다. 무대 연기인은 시종일관 아무 대사가 없는 대신 자신의 감정을 무대 중앙에 설치된 액드로버시Actdrow Bercy란 둥근 원통형 특수막에 디파드로버시Dypadrow Bercy란 첨단장비를 이용하여 표현하고, 수시로 감정의 변화에 따른 '바디랭귀지'를 가미하는 형식의 연극이다. 특히 이 연극은 듀온Duon, 샤르데트Shardett 등과 함께 스강나하르의 3대 현대극이라 불린다.

284) 듀온Duon : 환상 홀로그램에 일가견이 있는 유명한 예술가 '리잔 데 고흐Ryzan De Gogh'가 개발해 낸 연극형식으로 '알타르카Altarca', '샤르데트Shardett' 등과 함께 스강나하르 3대 현대극이라 불린다. 주 소재는 스강나하르의 개척을 다룬 내용들을 많이 채택하였다. 마치 영화 '벤허'나 '로마제국의 멸망', '스타워즈'처럼 웅장하고 드라마틱하기 때문이다. 듀온을 고수하는 연극단체는 모두 876개로 활동하는 연극인은 알타르카의 5천2백여 명보다 훨씬 많은 12만8천여 명이다. 이들은 대규모의 공간을 필요로 하기 때문에 제2구역의 신성한 대지 안에 전용극장 큐빅티어터Cubic Theater를 갖고 있다.

285) 샤르데트Shardett : 스강나하르에 이주해 온 이후 새롭게 개척된 연극형식으로 듀온Duon, 알타르카Altarca 등과 함께 3대 현대극이라 불린다. 샤르데트는 일체의 행위나 소도구를 배제하고 행위자 자신의 '영적' 능력만으로 관객을 이끌어가는 '최면술적' 연극이다. 행위자가 무대 중앙에 나서서 모든 관객을 집단최면 시키고, 최면상태의 관객들에게 영적으로 행위를 보여주는 연극이다.

286) 액드로버시Actdrow Bercy : 무대 중앙에 설치된 둥근 원통형 특수막. 연극에서 대사 대신 자신의 감정을 디파드로버시Dypadrow Bercy란 첨단장비를 이용하여 이 특수막에 표현한다.

287) 디파드로버시Dypadrow Bercy : 무대 중앙에 설치된 액드로버시Actdrow Bercy란 둥근 원통형 특수스크린에 영상이미지 등을 투사하는 첨단장비이다.

288) 보들레르의 사색Speculation of Baudelaire : 스강나하르 제1구역 내 빌모어잔디광장 뒤쪽에 위치한 수목이 빽빽하고 경관이 수려한 숲을 말한다.

289) 알타르카타워Altarca Tower : 스강나하르 제1구역 내 빌모어잔디광장 뒤쪽 '보들레르의 사색'이란 숲속에 자리한 113층 타워형 빌딩. 이 타워에는 5천 석 소극장이 32개, 3천 석이 86개, 1천 석이 52개, 5

백 석이 30개 등 모두 200개의 소극장을 갖추고 있으며, 연극 알타르카의 전용무대이다.

290) 리잔 데 고흐Ryzan De Gogh : 환상 홀로그램에 일가견이 있는 유명한 예술가로 듀온Duon'이란 연극형식을 개발했다.

291) 빅티어터Cubic Theater : 제2구역의 신성한 대지 안에 위치하고 있으며, 207층 정육면체 기둥형의 건물은 보는 각도에 따라 면의 색깔이 바뀌는 '카멜레온' 기법으로 설계된 고전적 건축양식의 빌딩이다.

292) 장미소Jang Mi So : 작곡가로 이름을 드날린 한국계 여성. 스강나하르의 장엄한 자연경관과 인류의 개척정신의 위대함을 표현한 '그레잇스강나하르'란 곡을 작곡한 사람으로, 전곡을 연주하는데 장장 3시간 12분이 소요된다.

293) 스타 가르샤와Star Garshaoa : 벨기에계 악기제조 기술자.

294) 드릉브릉Durungburung : 드릉브릉이란 악기는 스강나하르 제12구역에 서식하는 아갈피에나무Agalpie Tree에만 사는 '또또드릉Totodurung'과 '또또브릉Totoburung'이란 동물의 나팔처럼 생기고 손가락만한 발성기관 2십6만8천 개를 조합하여 만든, 지구의 파이프오르간과 같은 거대한 악기로 보면 된다. 이 악기는 '천상의 소리'처럼 극초저음부터 극초 고음까지 무려 12음계의 영역을 구사하며 떨림이나 찢어짐 없이 맑게 들리는 것이 큰 장점이다. 그러니 이 악기 한대를 만들려면 그 귀엽고 예쁜 또또드릉과 또또브릉이란 동물 2십6만8천 마리 이상을 발성기관을 떼어 냄으로써 벙어리로 만들어야 했다.

295) 아갈피에나무Agalpie Tree : 스강나하르 제12구역에 서식하는 나무.

296) 또또드릉Totodurung : 주로 아갈피에나무Agalpie Tree에 서식하며 다람쥐 크기의 초식동물로 겉모습이 앙증맞고 귀여운 외모를 갖고 있다. 3옥타브 이상의 고음의 소리를 내는데 마치 천상의 음인 듯 싶을만큼 청아하고 곱다. 인류는 또또드릉의 손가락만한 성대를 떼어내 악기 만드는 데 사용한다.

297) 또또브릉Totoburung : 주로 아갈피에나무Agalpie Tree에 서식하며 또또드릉보다 2배 크기의 초식동물로 깜직하고 귀여운 외모를 갖고 있다. 2옥타브 밑의 저음 소리를 내는데 비록 저음일지라도 울림이 크고 떨림이나 찢어짐이 없다. 인류는 또또브릉의 손가락만한 성대를 떼어내 악기 만드는 데 사용한다.

298) 루체노 바바로티Luceno Bavarotti : 이탈리아계의 유명 테너.

299) 조수정Jo Su Jeong : 한국계 유명 소프라노로 고전적 미를 갖춘 여성이다.

300) 바리샤 율리앙Barisha Julian : 스강나하르에서 태어난 유명 테너.

301) 맥그러우Mc Graw : 스강나하르에서 태어난 유명 테너.

302) 이반 레베데프Ivan Lebedev : 스강나하르에서 태어난 유명 테너.

303) 앙가르드Ang Gnarled : 스강나하르에서 태어난 유명 테너.

304) 피네 베베앙Pynea Bebeang : 스강나하르에서 태어난 유명 소프라노. '피네 루루앙Pynea Luluang'과 자매간으로 언니이다.

305) 피네 루루앙Pynea Luluang : 스강나하르에서 태어난 유명 소프라노. '피네 베베앙Pynea Bebeang'과 자매간으로 동생이다.

306) 앙드루Angduru : 스강나하르에서 태어난 유명 소프라노.

307) 데 미리앙De Miriang : 스강나하르에서 태어난 유명 소프라노.

308) 엔드류 로이드 웨버Andrew Lloyd Webber단 : 스강나하르에서 '로얄오페라'단과 쌍벽

을 이루는 초대형 오페라단

309) 스강나하르기네스북 Sgăngnahare Guinness Book of Records : 스강나하르에서 개최되는 대규모 행사 가운데 세번째 규모로 지구의 '기네스'를 그대로 도입하여 스강나하르기네스북에 오르기 위한 각종 진기록과 묘기들이 속출하였다. 이에 해마다 수천 건씩의 각종 진기록이 수립되고 진기한 묘기들이 선보였다.

310) 스강나하르씨네마페스티벌 Sgăngnahare Cinema Festival : 스강나하르에서 개최되는 대규모 행사 가운데 네번째 규모로 매년 6월에 보름간에 걸쳐 열리며 지난 1년간 새로 제작된 '영화'를 선보이기도 하고 과거 지구에서 상영되었던 영화들도 감상할 수 있는 행사이다. 이 영화제는 제1구역에 위치한 알파 구역 내 드볼드쉬언덕 위 그레잇스피리트노엘전당 부근에 옛 우주선 '아폴로'를 본떠 만든 2개의 거대한 쌍둥이 빌딩에서 진행된다.

311) 스필버그디어터 Spielberg Theater : 지구시절 유명한 영화감독 '스티븐 앨런 스필버그 Steven Allan Spielberg' 이름을 본 따 명명한 극장이다. 극장은 제1구역 알파 드볼드쉬언덕 위 그레잇스피리트노엘 부근에 옛 우주선 '아폴로'를 본떠 만든 2개의 거대한 쌍둥이 빌딩 중 한 빌딩에 있다. 3만 명을 수용할 수 있는 대상연관 1개와 1만 2천 명을 수용하는 3개의 중상영관, 5천 명을 수용하는 소상연관 5개 등을 갖춘 복합상영관으로 '초광폭수지편 백색스크린' 을 갖추었다.

312) 밀레니엄디어터 Millennium Theater : 제1구역 알파 드볼드쉬언덕 위 그레잇스피리트노엘 부근에 옛 우주선 '아폴로'를 본떠 만든 2개의 거대한 쌍둥이 빌딩 중 한 빌딩에 있다. 스필버그디어터 Spielberg Theater 가 대규모 상영관이라면, 열명 내외의 인원으로 속닥하게 감상할 수 있는 초미니 상영관 500실을 갖춘 복합상영관이다. 모든 상연관들은 '초광폭수지편 백색스크린'을 갖추었다.

313) 막스뷔베 Max Veber : 스강나하르에서 가장 규모가 큰 상영관으로 3만 명을 수용할 수 있다. 스크린 크기가 폭 8백m, 높이 3백m로 관람석을 감싸안은 듯한 반원형으로 시야가 145도나 되었다. 영상은 영사식이 아닌 막면 뒤에서 쏘는 방식이다.

314) 오케이뮤직댄스페스티벌 OK Music Festival : 스강나하르에서 다섯번째 규모의 행사이다. 3월과 9월중에 3일씩, 년 2회 개최되는 행사로 대중적 인기를 모으는 모든 가수와 최고 인기를 모으는 댄서들이 스포트라이트를 받으며 등장한다.

315) 나카무라 사토루 Nakamura Satoru : 일본계의 유명한 성형학자로 일명 '쑈타리 메도 Shorttari Medo'라는 작은 키를 크게 늘리는 성형술을 개발했다.

316) 쑈타리 메도 Shorttari Medo : 일본계의 유명한 성형학자 '나카무라 사토루 Nakamura Satoru'가 개발한 키 늘리는 성형 기술. 한국계 가수 '김건무' 역시 이 성형술을 시술 받고 무려 20㎝나 커진 롱다리가 됐다.

317) 리따우 Rytawoo : 스강나하르 태생의 유행가수. 그녀는 스랑가리랑 Suranggarirang이란 노래를 불러 크게 히트했다.

318) 스랑가리랑 Suranggarirang : 스강나하르 태생의 유행가수 '리따우 Rytawoo'가 부른 트롯계열의 노래로 애절한 사랑을 담은 노래이다.

319) 아마게네 Amagene : 댄스의 대가로 첫 손 꼽히는 그리스계이다. 그는 푸쉬푸시 Pushpush'라는 스텝과 미도리 Midori'란 두 가지 스텝을 개발하여 일약 댄스의 붐을 일으킨 사람으로 매주 두 시간씩 로열챔버쉽 멤버들을 상대로 댄스 강의를 나가

는 사람이다.

320) 푸쉬푸시Pushpush 스텝 : 댄스의 대가 '아마게네Amagene'가 개발한 스탭으로 앉았다 일어섰다, 앉았다 일어섰다를 반복하며 그 과정에서 우스꽝스런 행동을 연출하는 댄스 스텝이다.

321) 미도리Midori 스텝 : 역시 댄스의 대가 아마게네Amagene'가 개발한 스탭으로 머리를 이리저리 저으며 뒤뚱뒤뚱 스텝을 밟아 보는 이로 하여금 일부러 위태하게 또 엉성하게 느끼도록 하는 댄스 스텝이다.

322) 싼토 바기니Santo Baginee : 과거 지구시절 브라질 '리오데자네이로'에서 열렸던 '카니발축제'를 기획한 바 있는 브라질계 인사. 그는 스강나하르에서 여섯번째 규모의 행사로 매년 1회, 12월24일과 25일 크리스마스 양일간에 걸쳐 개최되는 '스강나하르 가장행렬'을 제안했다.

323) 샴바Shambaa : 스강나하르 가장행렬의 하이라이트로 들이키는 샴페인의 일종

324) 몽그스Mongguss : 스강나하르 가장행렬의 하이라이트로 샴바Shambaa란 샴페인을 들이키고 아무한테나 집어던지는 몽그스는 스강나하르 숲에서 흔하게 발견되는 우짜뚱Wooozzaddung이란 나무의 열매이다. 크기는 주먹만 하고 생김새는 둥글넓적하다. 얇은 껍질과 과즙은 붉은 빛을 띠고 있으며 계란 썩은 냄새가 천지를 진동한다. 과즙은 물컹하여 조그만 충격에도 쉽게 터지며 맛은 조금 떫지만 그런대로 먹을만하다.

325) 우짜뚱Wooozzaddung : 스강나하르 숲에서 흔하게 발견되는 나무로 냄새가 고약하고 떫은 몽그스Mongguss란 열매를 맺는다.

326) 머드랜드페스티벌Mudland Festival : 스강나하르 일곱 번째 규모의 행사로 스강나하르를 돌고 있는 위성 중의 하나인 템페스트Tempest 위성에서 년 4회, 1월, 4월, 7월, 10월에 진흙탕에서 벌어지는 행사다. '머드보드', '머드슬라이딩', '머드드로핑', '머드미션' 등 12종목이 메달을 걸고 좌웅을 겨뤘다.

327) 스강나하르 기네스멤버쉽Sgăngnahare Guinness Membership : 스강나하르 기네스대회는 스강나하르 경연대회에서 독립하여 명칭을 스강나하르 기네스멤버쉽으로 개칭하고 파라 8년4월12일부터 17일간에 걸쳐 첫 대회를 치렀다.

328) 부란푸르B.W.Buranfure : 지구시절 기네스 협회 이사를 한 바 있는 태국계 인사로 스강나하르 기네스멤버쉽 초대 총재로 취임했다.

329) 기네스스튜디오센터Guinness Studio Center : 제1구역 내 갠사스녹지에 건설된 전용 공연장. 이 센터는 지상 77층, 지하 7층 규모로 지상의 건축물 높이만 6백2십m에 이른다. 지상 1층은 스타디움으로 사용되는데, 천정 높이만 3백3십m이며, 면적도 4만5천 평방m에 관람석은 총 100단의 경사식 구조로 설치되어 3만3천 명이 동시에 관람할 수 있게 설계되어 있다. 따라서 센터 1층은 일반 건축물로 따지면 무려 100층에 해당되는 높이었다.

330) 듀온빌리지Duon Village : 제2구역의 '신성한 대지' 안에 있는 듀온연극무대

331) 텔레스코프Telescope : 정부기관이나 단체 등에 문의형식의 의견전달과 질문에 대한 답변을 요청할 때 사용하는 메일형식.

332) 엘리드롭베어시스템Ele Drop Bear System : 100층을 논스톱으로 운행할 경우 단 3초만에 오르내릴 수 있는 초고속 엘리베이터. 타원형 '무한궤도식'으로 콘베어가 회전하면서 한쪽이 올라가고 반대쪽이 내려가는 원리는 비슷하나 체인에 의해 작동되는 것이 아니라 진공상태의 드롭베어라인Drop Bear Line의 회전틀 속으로 사람을

태운 드롭베어캡슐 Drop Bear Capsule 이 자동으로 들어갔다가 원하는 층으로 자동 배출되는 시스템인 것이다.

333) 쓰리디뷰카메라 3D View Camera : 공연장 반원 전 방위의 '스퀘어 2.33도' 각도로 분할, 입체영상을 입력할 수 있게 되어있어 실제와 똑같은 홀로그램을 재현할 수 있도록 설계된 특수 입체영상카메라로 피사체를 '반원 전 방위 스퀘어식 분할로 스캔하는 최첨단 광학기재'로, 피사체로부터 보내오는 반사빛을 스캔 받아 토털뷰에이리어 Total View Area 로 보내는 역할을 한다.

334) 드롭베어라인 Drop Bear Line : 엘리드롭베어시스템의 주설비인 회전틀로 드롭베어캡슐 Drop Bear Capsule 의 운행을 가속하기 위한 진공상태의 통로이다.

335) 드롭베어캡슐 Drop Bear Capsule : 엘리드롭베어시스템의 드롭베어라인 회전틀 속을 사람을 태우고 오르내리는 안전캡슐

336) 토털뷰에이리어 Total View Area : 쓰리디뷰카메라로부터 전송받은 데이터를 합성하여 이를 쓰리디라운드 3D Round 라는 특수 공간에 재현시키는 장치

337) 쓰리디라운드 3D Round : 토털뷰에이리어 Total View Area 에서 합성한 데이터를 특수 공간에 재현하는 장치

338) 기네스파노라마홀 Guinness Panorama Hall : 역대 기네스에 올랐던 온갖 기록과 묘기들중 '백미'만을 엄선하여 약 2십만 점의 사진자료와 6천여 관련 모형들이 전시되어 있는 전시장

339) 이찌야로꼬 Izziyaroko : 파라토피아 제3대 대통령으로 일본계 인사이다. 지구시절 일본 재벌서열 20위 권에 든 사람으로 데쓰루 투하직전까지 횡령과 세금포탈의 혐의로 일본 고등법원에서 재판을 받던 사람이다. 스강나하르로 오면서 철저히 신분세탁에 성공하여 대통령 지위까지 올랐다.

340) 짜오쩡뚱 Jjaojjeongddung : 자신의 신체를 머리만 남긴 채 기네스스튜디오센터에 전시토록 하여 물의를 일으킨 중국계 인사. 그는 머리 밑 부분에 신체의 온갖 장기를 콩알 크기로 축소하여 재배치함으로써 보기에는 꼴사나워도 생명유지에는 아무 이상이 없도록 했다.

341) 무하마드 압슬러 Muhamad Yabsuler : 기네스스튜디오센터의 외관을 디자인한 남아프리카공화국계의 백인

342) 뚜름바 Ddurumba : 스강나하르 제4구역에 위치한 대규모의 주거지역으로 3천5백만 개의 뱅뱅이 지구시절 밀집 아파트 단지처럼 고층으로 조립되어 있다.

343) 라이프이미그란트섹션 Life Immigrant Section : 파라토피아 이주행정관청

344) 데스크키보드 Desk keyboard : 주로 행정관청 민원실 등에 민원인들의 요구사항 등을 검색할 때 담당자가 지구시절 컴퓨터에 딸린 키보드 두드리듯 입력하는 장치. 이렇게 입력된 내용은 민원인들이 잘 볼 수 있도록 초광폭수지편 백색스크린에 투사된다.

345) 까망코 Ggamingko : 스강나하르에 서식하며 손발도 없이 몸통만 있어 이동시 굴러다니는 검정 호박처럼 생긴 동물이다. '마크트웨니'와 '세로니비치'가 템페스트 위성에서 머드페스티벌로 재마보기 전에 함께 공동목장을 운영한 적이 있었다. 당시 한주먹도 안되는 작은 종자를 '유전자공학'에 의해 100배 이상 키웠으며 고기 맛은 참치라는 생선맛과 비슷해서 일식요리에 많이 사용되었다.

346) 라레에 Laleia : 지구의 달팽이와 비슷한 동물로 시속 1킬로의 속도로 움직인다.

347) 이덕팔 Lee Duk Pal : 한국계로 지구시절 대한민국 육군 공수부대 병장출신으로 한때

는 에이치엠 멤버로 활약했고 권투선수였다. 그는 제13구역 스볼러강 유역에서 대규모 목장을 건설한 후 코끼리만큼 덩치가 큰 동물이자 고단백질 뭉치인 '얄리펀트'를 100만 수 넘게 키운다.

348) 얄리펀트 Yalriphont : 제8구역의 '마의 늪지'라고 불리는 곳에만 서식하는 동물로 늪지의 얕은 곳에 집단으로 몰려산다. 이동하는 속도가 지구의 거북만큼 워낙 느리며 코끼리만큼 덩치가 큰 동물로 생긴 것도 코끼리와 얼핏 유사하다. 덩치에 비해 의외로 미세 플랑크톤 무쵸아 Muchoa를 먹고 산다. 두껍게 뵈는 가죽을 벳겨놓은 살점은 고단백질 뭉치로 날로 먹는 냠냠뽀를 만드는데 사용한다. 대한민국 육군 공수부대 병장 출신으로 한때는 에이치엠 멤버로 활약했던 '이덕팔'이 자신의 농장에서 대량 사육한다.

349) 냠냠뽀 NyamNyampo : 코끼리만큼 덩치가 큰 동물이자 고단백질 뭉치인 스강나하르 동물 얄리펀트를 날로 먹게 만든 음식의 일종

350) 무쵸아 Muchoa : 미세한 플랑크톤으로 영양덩어리이다. 덩치 큰 동물 얄리펀트 Yalriphont의 주 먹이이다.

351) 빠뽀야 Bbabboya : 스강나하르 제8구역의 '마의 늪지'에서 많이 난다. 지구의 담배처럼 중독성이 있는 독성식물의 일종으로 냄새도 향이 지나치게 짙어 역겹게 느낄 수도 있다.

352) 샤를르 드골드골 Charles de Gaulle : 와이프 '마릴린먼로이 Marilyn Monroee'와 함께 스강나하르 제13지역 스볼러강 유역에서 목장을 개설, 앙코르왓드 Angkor Wat 일명 '맛의 불가사리'란 동물을 개량하여 키우고 있다.

353) 마릴린 먼로이 Marilyn Monroee : 투실하고 약간은 곰처럼 어방하게 생긴 여자로 지구시절엔 영국계 대기업 회장의 외동딸로 호의호식했다. 스강나하르의 보편적 시민형. '샤를르 드골드골'의 아내로 남편 따라 스볼러강 유역에 목장을 개설하고 앙코르왓드란 동물을 집단으로 키운다.

354) 앙코르왓드 Angkor Wat : 스강나하르에 서식하는 동물로 생김새는 지구의 문어같고 땅바닥 표면 여기저기에 불가사리처럼 납작하고도 넓적하게 분포하여 살고 있는 동물이다. '샤를르 드골드골 Charles de Gaulle'과 '마릴린먼로이 Marilyn Monroee' 부부가 특별히 개량하였으며, 그 생김새대로 일명 '맛의 불가사리'라 일컬어질만큼 그 맛이 독특하며 익혀 먹으면 꼭 바나나 맛이 난다.

355) 미니언 스칼라 하킨스 Minion Scallar Hakinss : 포르투칼계의 하킨스 목장 경영주로서 한국계 '이덕팔'씨 못잖게 대규모 목장 주로서는 유명한 사람이다. '카멜레온피쉬', '밍크사반테', '드레곤뭉치' 등을 비롯 32종, 120만 마리가 넘는 동물을 사육하고 있다.

356) 카멜레온피쉬 Chameleon Fish : '하킨스' 목장에서 키워지고 있는 동물로 지구의 카멜레온처럼 주변 환경의 분위기에 맞춰 몸의 색을 바꿀 수 있는 물속에 주로 사는 동물이다.

357) 밍크사반테 Mink Savante : '하킨스' 목장에서 키워지고 있는 동물로 지구의 밍크처럼 몸통이 긴 동물.

358) 드레곤뭉치 Dragon Mungchi : '하킨스' 목장에서 키워지고 있는 동물로 지구의 상상동물 용처럼 생긴 동물.

359) 앙키라 Ankira : 지구의 양처럼 몰려다니는 동물로 생김새가 꼭 물개처럼 생긴데다 다리가 모두 6개로 양하고는 전혀 다른 동물. 스강나하르 동물들 중에는 제법 빠른 편. 스강나하르인들이 즐겨먹는 아도

네스의 재료인 그레이프에그Grapes Egg란 동그란 메추리알 크기의 검정색의 반질거리는 구슬같이 생긴 알을 주둥이를 통해 한꺼번에 수십 개씩 생산한다.

360) 아도네스Adornes : 앙키라의 자궁에서 만들어지는 그레이프에그Grapes Egg로 불리는 알을 120도의 고온에서 익힌 것이다. 물개처럼 생기고 다리가 모두 6개인 앙키라Ankira 가 낳는 동그란 검정색 알 '그레이프에그Grapes Egg를 120도의 고온에서 익힌 음식으로 스강나하르인들이 즐겨 먹는다. 아도네스는 껍질째 먹는데 껍질은 씹을 때 '타타탁' 하고 경쾌한 소리를 낸다. 이 그레이프에그가 물속에서 일정한 기간이 지나면 껍질이 깨어지면서 앙카라 새끼가 태어난다.

361) 그레이프에그Grapes Egg : 앙키라Ankira주둥이 모양의 자궁에서 생산되는 검정색 알. 120도의 고온에서 익힌 알을 아도네스Adornes라 하여 인류가 즐겨 먹는다.

362) 늘보아Nulboa : 큰 쥐만한 크기로 기다란 몸통에 양쪽으로 6개씩 12개의 다리를 가진 다족류로 다리 끝은 미끄러운 곳에서도 잘 붙어 있을 수 있게 마치 빨판처럼 강한 흡착력을 갖고 있다. 제6지역의 마름모꼴지대Diamond shape Zone의 빠피아란 거대한 나무기둥에 매달려 가느다란 침을 박고 수액을 빨아먹고 한 곳에서 평생을 보낸다. 스강나하르의 육식동물들이 가장 선호하는 먹이이며, 인류는 생것으로 몸통에 입을 갖다 대고는 '쭈욱' 하고 힘껏 빨아먹기도 하지만 '보아스프'로도 즐긴다.

363) 마름모꼴지대Diamond shape Zone : 제6지역에 위치하고 있으며, 기후가 건조하고 높은 고지대가 많다. 오래된 '활강수림'이 무성한 곳으로 빠피아Papyia 나무들이 유독 많이 자생하는 곳

364) 빠피아Papyia : 제6지역의 '마름모꼴지대'에 서식하는 거대한 나무로 그 기둥에 늘보아Nulboa가 집단으로 매달려서 줄기에 가느다란 침을 박고 수액을 빨아먹고 산다. 생명력이 의외로 강하다.

365) 그레이브인큐Grave Incue : 지구시절 대한민국의 야산에 넘쳐나던 무덤처럼 생긴 곳에서 스폰Spon이 생산된다 하여 무덤이란 뜻의 '그레이브Grave'와 '인큐베이터Incubator'의 '인큐' 합성어를 붙였다. 스폰Spon을 낳는 덩카DungKa를 위해 조성한 무덤형태의 양육케이지. 덩카는 마치 털 뽑힌 닭의 양쪽 날개같이 생겼으며 밝은 곳을 싫어하고 몸체는 거무티티하고 형광빛을 띠듯이 선홍색 나는 점들이 무수히 찍혀있어 보기에 꽤나 혐오스럽다. 몸통의 구멍을 누르면 희고 둥근 스폰이 삐죽이 나온다.

366) 스폰Spon : 그레이브인큐Grave Incue에서 생산되는 동그랗고 하얀 덩어리. 인류가 가장 좋아하는 음식재료의 하나로 날것으로 먹기도 한다.

367) 덩카DungKa : 일종의 줄기식물

368) 트랙커리Trackkery : 지구시절 트렉터와 유사한 농업용 원동기 일종이다. 운전석 앞쪽의 모니터를 응시하면서 마우스를 몇 번 클릭하면 자동으로 원하는 장소로 빠른 속도로 이동한다. 최고속도는 지구속도 시속 300km로 달릴 수 있다.

369) 허니플라이Honey Fly : 참새만한 조류의 일종으로 동물들의 사체에 침을 꽂고 그 육즙을 빨아 먹는다. 벌처럼 침에 쏘이면 제법 아프다. 땅딸보란 별명을 지닌 목장주 '미니언 스칼라 하킨스Minion Scallar Hakinss'가 꿀을 얻기 위해 20여 만 마리를 인공사육하며 죽은 동물의 시체를 먹이로 준다. 허니플라이에게는 동물성 단백질을 포도당으로 변화시키는 특수한 효

소를 지니고 있다.
370) 앵게지르몬Anggejirmon : 지구의 벌나비같이 꿀을 찾는 허니플라이들을 끌어 들이는 특수한 향의 성분. 죽은 얄리펀트 가죽에서 발생한다. '미니언 스칼라 하킨스'는 보다 많은 허니플라이를 사육하기 위해 앵게지르몬향과 똑같은 인공향을 개발했다.
371) 쑤와르셍Ssuwassang : 스볼러강 유역의 12만6천여 목장주들 가운데 제7구역의 오가페늪지에서 대규모 수중목장을 하고 있는 아르헨티나계 인물로 목장주들로부터 '하킨스' 못잖게 리더로서의 존경을 받고 있다.
372) 비르하르W.E.Birehare : 제8구역 마의 늪지에서 쑤와르셍Ssuwassang'과 마찬가지로 수중목장을 하고 있는 모나코계 인물
373) 양첸Yangchen : 중국계 목장주. 그 역시 목장주들을 규합하여 하나의 단체를 만들기를 원하였다.
374) 스강나하르 행성개척센터Sgăngnahare Planet reclamation Center : 멤사스센터 73층에 자리 잡고 있다. 대략 2만 평방m에 이르는 넓은 홀엔 홀의 면적 절반 가득 채울 만큼, 스강나하르와 그 주위를 도는 13개의 위성 모형이 차지하고 있고 그 크기는 실로 웅장하다. 스강나하르 모형만 그 높이가 100여m는 실히 되어 보인다. 행성개척센터는 은하계 너머 행성을 발굴하고 개척하는 일을 한다.
375) 스강나하르 위성연구소Sgăngnahare Satellite Research Institute : 멤사스센터 78층에 위치한 행성개척센터의 산하 연구소이다. 스강나하르 위성들을 관찰하고 조사하는 일을 한다.
376) 템페스트위성연구실Tempest Satellite Research Institute : 스강나하르는 지구와는 달리 13개의 위성을 거느렸는데, 템페스트는 그중 4번째로 큰 달로 넓은 갈색 빛을 띤 바탕에 붉은 줄무늬가 있는 달이다. 템페스트위성연구소는 오로지 템페스트 위성만을 전문으로 조사연구 및 개척하는 일을 맡고 있다.
377) 할러리J.M.Halrery : 템페스트위성연구실에서 안내 업무를 하고 있는 영국계 여성
378) 체킹터미널Checking Terminal : 주요 연구기관이나 비밀정보를 다루는 장소를 방문할 때에 통과하는 입구
379) 머드씨Mud Sea : 스강나하르의 12개 위성 중에 네 번째 크기의 템페스트 위성에는 물과 진흙이 많아 머드 축제를 하기엔 적당한 장소이다. 진흙 속엔 다량의 미네랄과 유익한 박테리아가 있어 피부미용에 좋다. 템페스트 위성 전체 표면적의 17.42%가 진흙바다 머드씨Mud Sea로 이루어 졌고, 마른 땅은 3.46% 정도인 126만 평방m에 불과하고 그 외에는 무염성분의 연한 갈색을 띈 바다로 이루어 졌다.
380) 오돌피O-DolPy : 굼벵이처럼 생긴 동물로 제5지역 '마의 질곡'이라는 황량한 지대, 땅속에 사는 커다란 두더지만한 동물.
381) 미도리Midory : 오돌피O-DolPy와 같은 종이지만 템페스트로 건너가서 전혀 다른 생김새로 진화했다. 지렁이처럼 생긴 무척추 동물로 템페스트 위성에서만 발견된다.
382) 에펠갤러리움Eiffel Galileum : 제1구역 알파구역 내에 있는 프랑스식 전통 레스토랑
383) 테드로페Tedrope : 템페스트위성의 흐르는 진흙 강.
384) 템페스트머드챔피온쉽Tempast Mud Chapion Ship : 템페스트위성에서 치뤄지는 머드랜드페스티벌을 주관하는 협회 명칭
385) 템페스트머드챔피온쉽센터Tempast Mud Chapion Ship Center : '템페스트머드챔피온쉽'이 입주해 있는 빌딩이다. 총 64층에

230m에 이르는 높이로 길쭉한 피라밋형에 윗부분이 몽탕하게 잘려나간 대신 그 위에 진흙탕 물로 흠뻑 젖은 건장한 벌거숭이 남자가 템페스트 위성을 번쩍 들어 보이는 조각상을 올려놓았다.

386) 마타리나 Mataryna : 머드랜드페스티벌이 개최되는 템페스트위성의 한 지역으로 스페이스트라인 10대가 동시에 접안할 수 있는 '템페스트스페이스터미날'도 건설되었다.

387) 템페스트스페이스터미날 Tempast Space Terminal : 템페스트위성의 마타리나 Mataryna 지역에 건설된 스페이스트라인 터미널. 스페이스트라인 10대가 동시에 접안할 수 있다.

388) 오리엔탈빌리지홀 Oriental Village Hall : 멤사스센터 103층에 위치한 대형 홀

389) 도꾸에 게이꼬 Dokue Geiko : 일본계 사기꾼 출신의 여성. 스강나하르에서 스스로를 '알라마하신'이라 칭하며 사이비종교 교주가 된다.

390) 나까무라 겐자이 Nakamura Genjai : '도꾸에 게이꼬'보다 12살 연상의 유부남으로 자식까지 둘을 둔 처지였으나 게이꼬와 정을 통한 이래 그에게서 악착같이 떨어지지 않으려는 그녀를 어찌해 볼 방법이 없어 동거를 시작했으나, 본부인으로부터 이혼을 당하고 많지 않은 재산도 정리하여 위자료로 물었다.

391) 마쓰다 에지 Massda Eji : 지구시절 20대 후반으로 보이는 젊은 여자 점쟁이

392) 나무미륵보살교 : 스강나하르 파라토피아 정부시절 제2구역 '신성한 대지'에서 조금 외진 일명 고목의 계곡 Valley of Oldtree 이라 불리는 계곡 쪽에 자리 잡은 신흥 사이비종교

393) 고목의 계곡 Valley of Oldtree : 스강나하르 제2구역 '신성한 대지'에서 조금 외진 계곡에 자리 잡은 이름처럼 음산하고 돌멩이도 많은 황량한 지역이다. 사이비 종교 '나무미륵보살교'가 자리하고 있다.

394) 핼로그램프 Hellow Clamp : 빛이 전혀 없는 한밤중도 대낮처럼 밝히는 엄청난 밝기의 인공태양.

395) 메카이 Mecai : 필리핀계 청년. '도꾸에 게이꼬'를 하늘처럼 떠받들던 열렬한 광신도 중 하나로 '도꾸에 게이꼬'가 나무미륵보살교를 빠져나올 때 그녀를 따랐다.

396) 솔가녀 Sol Ga Nye : 한국계 여성. '도꾸에 게이꼬'를 하늘처럼 떠받들던 열렬한 광신도 중 하나로 도꾸에 게이꼬'가 나무미륵보살교를 빠져나올 때 그녀를 따랐다.

397) 마쓰시다 요꼬 Machushida Yok : 일본계 여성. '도꾸에 게이꼬'를 하늘처럼 떠받들던 열렬한 광신도 중 하나로 도꾸에 게이꼬가 나무미륵보살교를 빠져나올 때 그녀를 따랐다.

398) 나탈리 플로스막 Natalri Flrosmak : 러시아계 여성. '도꾸에 게이꼬'를 하늘처럼 떠받들던 열렬한 광신도 중 하나로 도꾸에 게이꼬가 나무미륵보살교를 빠져나올 때 그녀를 따랐다.

399) 인류고문화연구소 Humankind Remoteages Culture Laboratory : 인류의 고어만을 전문으로 해독하는 연구소로 멤사스센터 202층에 있다.

400) 세르게이 보그다노비치 세마크 Sergei Bogdanovich Semak : 러시아계 대문호

401) 이말롱 Lee Malrong : 한국계 작곡가

402) 푸소니 드리비히 Fusoni Drhibichi : 이탈리아계 피아니스트

403) 레아 실비아 Rhea Silvia : 파라토피아 정부의 '문화청' 여성장관으로 이스라엘계이며 지구시절 모델로도 활동했다.

404) 압살라 마흐르 Absalla mahre : 아랍에미레이트계로 파라토피아 정부의 '문화청' '종

교국' 국장으로 일했다.

405) 마르코 폴로 Marco Polo : '스강나하르 도시계획국' 산하 '건축시설물관리센터' 고위직으로 독일계 남성이다.

406) 서든고롱 Sudden Gorong : 스강나하르에서 채광된 초자석 성질을 갖고 있는 금속. 자장 성질이 있는 써든핼륨에 이온화초극성자석법에 의해 아주 미세한 분량으로도 쇠붙이를 강력하게 끌어들이는 자석력을 부여함으로서 만들어진다.

407) 이온화초극성자석법 : 써든핼륨을 이용, 아주 미세한 분량으로도 쇠붙이를 강력하게 끌어들이는 자석력을 부여하는 기술로 이런 기술은 몇몇의 기초소재 학자들 밖엔 모른다. 그중 한 사람이 타일랜드계 '이모젤 핫미라드'라는 사람으로 이러한 물질을 개발한 이집트계 '아슬람 다비'의 밑에서 일하고 있다.

408) 이모젤 핫미라드 Emozel Hotmirad : 기초소재 학자로 타일랜드계이다. 써든고롱을 발명한 기초소재 학자로 '아슬람 다비 Aslram Daby'의 밑에서 일하고 있다. 미국 스탠포드대학에서 '고분자물질의 이온화 반응'이란 논문으로 박사학위까지 받은 인텔리 출신이다.

409) 아슬람 다비 Aslram Daby : 자장 성질이 있는 써든핼륨을 이온화초극성자석법으로 초자석 성질을 갖고 있는 써든고롱으로 변화시키는데 성공한 이집트계 기초소재 학자이다.

410) 부르하니교 Buruhani : 몽골계로 교세가 각기 100만을 넘어 섰다. 씨르벵코 Ssirbengko나무를 화롯불에 태우며 의식을 치렀는데, 몽골이 러시아의 지배하에 있을 때 알타이민족의 신앙 '알타이셔머니즘'의 영향에서 온 '부르하니' 즉, 천상계에 8개의 신이, 지상계에 7개의 신이 있다고 믿는 종교이다.

411) 이따시르죠교 Ettasirjo : 필리핀계로 교세가 각기 100만을 넘어 섰다. 남근 닮은 형상의 조형물을 설치하고 이를 숭배했다.

412) 자를르치 Jarulruchi : 스강나하르에 널리 분포되어 있는 등나무 형태의 식물

413) 씨르벵코 Ssirbengko : 등나무 형태의 식물로 가지나 줄기 등을 태우면 짙은 향내가 나며 많이 맡으면 정신이 혼미해지고 최면효과가 나타난다. 제사나 종교의식을 치룰 때 많이 사용한다.

414) 까민나야 Kaminnaya : 부르하니교의 교주로 몽골계이다.

415) 부르하니점 Buruhani Divination : 부르하니교Buruhani의 의식에서 교주 까민나야 Kaminnaya에 의해 주로 시행한다. 마치 옛날, 한국에서 성행하던 "쌀알점'이나 '콩알점'과 아주 유사하다.

416) 아우렐리 Aullely : 이스라엘계 사람으로 그는 스스로 '천황'이라 일컫고, 해박한 우주과학과 '신앙이론'에 통달한 과학적 지식에 의해 만들어진 종교 싼타아우렐리교 St. Aullely를 창설했다.

417) 싼타아우렐리교 St. Aullely : 이스라엘계 아우렐리 Aullely'가 창설한 사이비 종교. 종교적 이론에 있어선 거의 완벽했으나 얼마 가지 않아 교주의 엽기적 행위에 메스꺼움을 느껴 신도들 대부분이 이탈하였다.

418) 오동통구리 Odotogury : 스강나하르 제6구역 '마름모꼴지대' 일대에 서식하는 초식동물로 겉모습이 가까이 하기에는 지나치리만큼 흉물스럽고 엽기적으로 생겼다.

419) 아또또 Attotto : 오동통구리 Odotogury 몸속에 기생하는 구더기처럼 생긴 벌레로 산낙지처럼 흡착력이 강한 빨판이 있다. 보기에 아주 흉물스럽고 그 맛도 역겨워 도무지 음식 재료로는 적합하지 않았음에도 싼타아우렐리교 St. Aullely 교주 '아우렐리 Aullely'는 의식 중 신도들에게 강

제로 먹였다.

420) 공포의 수렁 Mire of Horror : 스강나하르 제8구역의 '마의 늪지'에 위치한 석회암 지역으로 수많은 동굴이 있으며, 지형이 다소 밋밋하지만 그 외엔 동식물이 서식하기엔 무척이나 황량한 지역이다.

421) 키타 시라카와 Kita Syrakawa : 스강나하르 제8구역 '마의 늪지'에 위치한 공포의 수렁 Mire of Horror 한 동굴에서 인류로부터 철저히 단절된 상황에서 홀로 살아 온 괴기한 독거노인. 곧 벌어질 스강나하르의 최후를 인류에게 알려왔다.

422) 압둘 이즈라메 Apdul Esurame : '스강나하르 지질 현지조사단' 단장 파라과이계 인사. 일행 12명과 함께 제8구역 '마의 늪지'를 조사하다가 오랜 벽면수행으로 석고처럼 굳어버린 괴인 키타 시라카와 Kita Syrakawa를 발견하고 그의 예언을 청취했다.

423) 펑크션 Pungktion 현상 : 통신망이 불통될 만큼 커다란 장애를 가져오는 현상

424) 안드레 코프스키 Andre Kopski : 러시아계 탐사요원, 탐사단장 압둘 이즈라메 Apdul Esurame'를 따라 제8구역 '마의 늪지'를 조사하다가 실종되었다.

425) 미셀 로브스키 Misel Rovski : '스강나하르 지질 현지조사단'에 합류한 러시아계 탐사요원이다.

426) 리 얀진 Ry Yanjin : '스강나하르 지질 현지조사단'에 합류한 중국계 탐사요원

427) 지나한 Ji Na Han : '스강나하르 지질 현지조사단'에 합류한 한국계 지질학자이자 탐사요원

428) 써니 페든 Sseony Pedn : '스강나하르 지질 현지조사단'에 합류한 우루과이계 물성학자이자 탐사요원

429) 인디라 마하 Indyra Maha : '스강나하르 지질 현지조사단'에 합류한 인도계 여성 미생물학자이자 탐사요원

430) 뜨드와랑 디에르고 Ddtwarang Diergo : '스강나하르 지질 현지조사단'에 합류한 이디오피아계 지층구조학자이자 탐사요원

431) 쏘울아카데미 Soul Academy : 스강나하르 제2구역 '신성한 대지'에 위치한 '혼령을 부르는 모임'

432) 베헤트르센 B.W.Behetrsen : 제2구역 '신성한 대지'에 위치한 '혼령을 부르는 모임'의 연구원이자 독일계 심령학자

433) 술라마탄 J.Sulramatan : 제2구역 '신성한 대지'에 위치한 '혼령을 부르는 모임' 연구원이자 인도네시아계 초능력투시자

434) 술탄다트 Sultan Datt : 제2구역 '신성한 대지'에 위치한 '혼령을 부르는 모임' 연구원이자 필리핀계 최면술사

435) 로우 랜드 Low Land : 제2구역 '신성한 대지'에 위치한 '혼령을 부르는 모임'의 연구원이자 포르투칼계 '우주론' 학자

436) 이찌야로꼬 Iziyaroko : 파라토피아 제3대 대통령으로 일본계이다.

437) 인포룸 InfoRoom : 파라토피아 정부청사의 안내실

438) 시즈 게이꼬 Syz Geiko : 일본계 여성으로 대통령 면담실 제3비서이다.

439) 에비타 Evita : 스강나하르 최대의 방송국

440) 이타베 타이 Etabe tai : 스강나하르 최대의 방송국 에비타 Evita 편성부국장

441) 샘소나잇쇼 Samsonight Show : 스강나하르 최대의 방송국 에비타 Evita의 제법 시청률이 높은 대담프로

442) 우꼬 Ukko : 맹꽁이 비슷하게 생긴 동물로 6개의 긴 다리로 '폴짝' 뛰면서 앞으로 내닫는 동물인데 물론 눈과 귀는 없다. 대신 후각이 예민하다. 이 우꼬를 길들여 우꼬피아 Ukkopia 라는 대회도 개최하고 있다.

443) 우꼬피아 Ukkopia : 스강나하르의 인류는 피저리의 달리기대회인 '피저리피아'와 더불어 우꼬 Ukko 라는 맹꽁이처럼 폴짝 뛰는

동물을 길들여 우꼬피아라는 대회도 개최하고 있다. 우랄라 Uralra 라는 냄새가 다소 역겨운 '우따' 나무 열매를 우따나무 가지에 매단 채 그걸 우꼬의 후각기관에 갖다 대어 그 냄새로 우꼬를 유인하여 달리게 하는 경기이다.

444) 우랄라 Uralral : 냄새가 다소 역겨운 '우따' 나무 열매

445) 이찌야 로꼬 Izziya Roko : 파라 7년1월1일 제3대 대통령으로 취임.

446) 모사히드 알 칸타테 Moshahide Al Cantate : 몽글리어 대회 제1회와 제3회, 제5회와 제6회 등 각기 4번의 올림픽 금메달을 차지한 인물.

447) 스밀리 갬블 Smilly Gamble : 이탈리아계 남성으로 파라토피아 치안국은 '마호사 오겔'과 공모하여 '모사히드 알 칸타테 Moshahide Al Cantate'를 죽인 범인으로 지목되었으나 잠적했다.

448) 마호사 오겔 Mahosa Ogel : 스리랑카계 남성으로 파라토피아 치안국은 '스밀리 갬블'과 공모하여 '모사히드 알 칸타테 Moshahide Al Cantate'를 죽인 범인으로 지목되었으나 잠적했다.

449) 무하메드 압슐라 Muhamed Apsulra : 아랍에미레이트계 '유전형질변이' 학자

450) 아돌프 슈밀러 Adoff Shumiller : 제1회 스강나하르올림픽 금메달리스트

451) 야마구찌 겐따로 Yamaguchi Gentaro : 일본계 싸이코패스로 파라10년8월17일 제4구역 주거단지 뚜름바에서 확산 써리얼에 의한 대규모 폭발을 일으켜, 1만4천여 명이 현장에서 즉사하고 8천여 명이 크게 다치는 등 모두 3만여 명의 사상자가 발생했다.

452) 슈슈 미란데 Shushu Mirande : 이탈리아계 사이코패스. 드볼드쉬 언덕과 빌모어 잔디광장을 오가며 무려 32명을 도끼로 머리를 찍어 살해한 미치광이로 살해 동기가 참으로 어처구니없었다. 그는 자신이 직접 만든 도끼날을 시험해 보기 위한 것이라 하였다.

453) 돈보스 카렐라스 Donboss Callelras : 베네수엘라계로 파라 9년12월1일, 제4대 대통령으로 취임.

454) 이디 압 둘 Ide Ap Dull : 파라토피아 정부의 총무장관으로 버마계 인물이다. '돈보스 카렐라스' 대통령의 실정을 공략하며 하야를 요구했다.

455) 노벨 샤콤 Nobel Shacom : 스웨덴계 지질학자로 서기2014년 영국계 '분자구조' 학자 리쳐드 블랙 Rhichard Black'과 함께 인도네시아 '발리섬'에서 써리얼을 처음 발견했다.

456) 리쳐드 블랙 Rhichard Black : 영국계의 '분자구조' 학자로 서기2014년 스웨덴계 지질학자 노벨 샤콤 Nobel Shacom 과 함께 인도네시아 '발리섬'에서 써리얼을 처음 발견했다.

457) 불패군단 Army corps of Invincibility : 미르올림피아 우승자로 철의 투사 '우루수스'로 유명한 일본계 남성 '모리자와 도끼야로'가 로열챔버쉽과 정부의 '미르올림피아' 해체 선언에 반발하여 조직한 격투로봇 메니아 조직.

458) 오돔바 Odomba : 스강나하르 제9지역의 대양 한가운데 있는 큰 섬. 섬에는 광활한 평원지대가 끝없이 펼쳐져 있다. '모리자와 도끼야로'의 불패군단은 폐쇄된 마의 질곡 미르비시분화구 대신에 오돔바를 선택했다. 오돔바에는 스강나하르의 희귀동물 오도리 Odoree 와 생가끼 Senggaki 등 40여 종이 서식하는 지역이다. 그리고 격투로봇 대회 명도 바꿔 불의전차 챔피온쉽 The Fire of Tank Championship이라 명명했다.

459) 오도리 Odoree : 스강나하르 제9지역에 서식하는 희귀동물

460) 생가끼Senggaki : 스강나하르 제9지역에 서식하는 희귀동물

461) 불의전차 챔피온쉽The Fire of Tank Championship : 격투로봇대회 '미르올림피아' 대신에 새로 명명된 대회명. '모리자와 도끼야로'의 불패군단은 로열챔버쉽과 정부의 '미르올림피아' 해체선언에 반발하여 명칭과 개최장소도 바꾸고 대회도 년12회 개최함으로써 대회를 매월 한번씩 치르기로 했다.

462) 마칸 앙긴Macan Anggin : 부사령관이자 불패군단 적극 가담자인 말레이시아계 '마칸 앙긴Macan Anggin'이 이끄는 '아르바젠더Arbazender의 부사령관. 스강나하르의 최후를 가져다 준 원흉이다.

463) 맥도널드맥로우Macdonald Macrow : 미국계 컴퓨터천재로 마칸 앙긴Macan Anggin'이 이끄는 불패군단 '아르바젠더Arbazender를 도와 중앙 초집적지능헤드 에니악을 장악하여 정부기관의 모든 시스템을 불능상태로 빠뜨렸고, 따라서 정부군의 통신지휘체계는 물론 벰파이어나 전투로봇을 무용지물로 만들었다.

464) 크리스토퍼 셈퍼Christopher Semper : 포르투갈계 인물로 파라토피아 정부 '우주방위' 사령관을 맡았다.

465) 아사 마이찌로까Asa Maizzroka : 스강나하르에서는 한때 아사 잠비아 겔끄'와 함께 컴퓨터분야에서만큼은 최고의 신동이라 불리던 일본계 인물

466) 잠비아 겔끄Jambia Geolk : 스강나하르에서는 한때 아사 마이찌로까'와 함께 컴퓨터분야에서만큼은 최고의 신동이라 불리던 터키계 인물

467) 가다하Gadaha 은하계 : 스강나하르행성이 소속되어 있는 외우주의 B블럭 '바카Vaca' 은하계와 22억 광년 거리에 있는 우주좌표 'AZ-7260#PTR7390XT'은하계, 우주 22기의 벰파이어전투기로 구성된 우주전투부대 4개 소대가 주둔하고 있다.

468) 니혼시Nihonshi 은하계 : 스강나하르행성이 소속되어 있는 외우주의 B블럭 '바카' 은하계와 16억4,200 광년 거리에 있는 우주좌표 'GI-1208#TYO7390GG' 은하계, 22기의 벰파이어전투기로 구성된 우주전투부대 5개 소대가 주둔하고 있다.

469) 그로조잉Grojoing 은하계 : 외우주의 B블럭 '바카Vaca' 소속의 스강나하르행성과는 비교적 근거리인 7억6천 광년 거리에 있는 외우주의 A블럭 '그랑프리Grand Prix' 소속 은하계이다. 22기의 벰파이어전투기로 구성된 우주전투부대 3개 소대가 주둔하고 있다.

470) 에밀리즈앙 Azmilliang 은하계 : 외우주의 B블럭 '바카' 은하계와 36억1,700 광년 거리에 있는 우주좌표 'WQ-2312#YUT1296CA' 은하계, 22기의 벰파이어전투기로 구성된 우주전투부대 5개 소대가 주둔하고 있다.

471) 이즈레타Ezrerata 은하계 : 스강나하르행성이 소속되어 있는 외우주의 B블럭 '바카'은하계와 71억3,300 광년 거리에 있는 우주좌표 'MT-9064#CYM1423KB' 은하계, 우주전투기지 중 가장 먼 거리에 위치하고 있으며 22기의 벰파이어전투기로 구성된 5개 소대가 주둔하고 있다.

472) 리틀엔젤Little Angel 은하계 : 스강나하르행성이 소속되어 있는 외우주의 B블럭 '바카' 은하계와 13억2,960 광년 거리에 있는 우주좌표 'CZ-1331#GYG2398OJ' 은하계, 22기의 벰파이어전투기로 구성된 2개 소대가 주둔하고 있다.

473) 리호네스Rihoness 은하계 : 스강나하르행성이 소속되어 있는 외우주의 B블럭 '바카' 은하계와 9억8,650 광년 거리에 있는 우주좌표 'PW-9393#HJY1129MB' 은하계, 22기의 벰파이어전투기로 구성된 4개

소대가 주둔하고 있다.

474) 파라곤 Pharagon 은하계 : 외우주의 B블럭 '바카 Vaca' 소속의 스강나하르행성과는 가장 먼 102억4천여 광년 거리에 있는 외우주의 C블럭 '베켄바우어 Beken Bauer' 소속 은하계이다. 22기의 벰파이어전투기로 구성된 우주전투부대 2개 소대가 주둔하고 있다.

475) 말랑코 Y.Z.Malrangco : 파라토피아 정부 방위장관으로 스위스계 인물이다. 다혈질 성격을 갖고있어 부하들이 눈치를 많이 살핀다.

476) 겐쟈르 미레 Genzar Meere : 파라토피아 정부 치안장관, 몰리브계 인물

477) 유리게네프 P.Y.Yurygeneff : 파라토피아 정부 자원장관, 러시아계 인물로 낙천적이면서 호방한 성격을 지녔다.

478) 아르바젠더 Arbazender : '마칸앙긴'이 이끄는 불패군단. 파라토피아 정부군으로부터 강탈한 200기가 넘는 벰파이어전투기로 무장했다.

479) 아시리 Assiry : 스강나하르행성에서 4억3천6백만km쯤 떨어진 소행성. 스페이스에이리어캠프 Space Aryer Camp 가 있으며, 우주지역 사령관 '크리스토퍼 셈퍼'의 200여기의 벰파이어전투기들이 대기하고 있다.

480) 스페이스에이리어캠프 Space Aryer Camp : 스강나하르행성에서 4억3천6백만km쯤 떨어진 소행성 아시리 Assiry 에 건설된 우주전투비행캠프. 우주지역 사령관 '크리스토퍼 셈퍼'의 200여기의 벰파이어전투기들이 대기하고 있다.

481) 스페이스건 Space Gun : 스강나하르 파라토피아 정부군이 소유하고 있던 일종의 레이저 건으로 피격대상을 조준만하면 오차를 자동조준 설정하는 센서에 의해 100% 명중률을 자랑한다.

김영찬(金永燦) SF공상과학소설

초판1쇄인쇄 2005년 8월 10일
재판1쇄인쇄 2019년 9월 10일

지은이 김영찬(金永燦)
주소 48729 / 부산광역시 동구 중앙대로 308번길 7-3 / 부산인쇄조합 3층
휴대폰 010-3593-7131
이메일 sahachanchan@hanmail.net

발행인 김영찬(金永燦)
디자인 월간 「부산문학」 디자인팀 / 데코·브레인
기획처 도서출판 한국인
발행처 도서출판 부산문학
등록번호 제2019-000001호
주소 부산광역시 동구 중앙대로 308번길 7-3 / 주식회사 한국인
전화 (051)929-7131, 441-3515
팩스 (051)917-7131, 441-2493
홈페이지 http://www.busanmunhak.com
이메일 sahachan@naver.com
가격 35,000원
ISBN 978-89-94001-22-7(04810) / SET 978-89-94001-30-2(04810)
CIP 2019035342
이 도서의 국립중앙도서관 출판예정도서목록(CIP)은
서지정보유통지원시스템 홈페이지(http://seoji.nl.go.kr)와
국가자료공동목록시스템(http://www.nl.go.kr/kolisnet)에서
이용하실 수 있습니다.